비평의 길

국립중앙도서관 출판시도서목록(CIP)

비평의 길 : 이성욱 평론집 / 이성욱 지음.
— 파주 : 문학동네, 2004
p. ;　cm — (문학동네 평론집)
ISBN 89-8281-832-4 03810 : ₩16000
810.906-KDC4
895.709-DDC21　CIP2004001118

비평의 길

이성욱 평론집

문학동네

동요만 있었던 것은 아니다.
새로운 현실변화는 나에게 갓난 새에게 비쳐지는
세상같이 신기함으로 다가왔고……
새로운 문화를 비롯한 현실 전반과 여물게 몸을 섞고 싶다는
욕망의 살집을 부풀렸다.
— 이성욱, 2000

차례

제1부

비평의 길 13
— 90년대 비평의 흔적에 관하여

문학과 '벌거숭이 임금님' 38

문학 쟁점의 재정립과 지반 확대의 필요성 68

제2부

'심약한' 지식인에 어울리는 파멸 83
— 이인화의 『내가 누구인지 말할 수 있는 자는 누구인가』 표절 시비에 대해

'나'와 세계의 불화 그리고 '생존법' 115
— 하루키 소설의 반향

'참을 수 없는' 최근 소설들의 '가벼움' 128
— 박일문, 『살아남은 자의 슬픔』, 주인석, 『희극적인, 너무나 희극적인』

난폭한 주장의 '상품성' 162
— 대중문학의 공세에 즈음하여

제3부

우리 시대의 죄, 혹은 죄의식 177
— 조세희론

개인적 꿈과 사회적 꿈의 봉합 방식 194
— 김호창, 『꿈꾸는 자의 사랑법』

『사랑의 조건』에 대한 옹호와 비판의 갈래 206
— 안재성, 『사랑의 조건』

분단 현실과 그것의 소설적 극복 방법 234
— 윤정모 외, 『민족소설선 2』

소시민적 문학론의 탈락과 민족문학론의 분화 250

반미문학의 전개과정과 과제 274

제4부

농담의 위장막 뒤에 숨은 것 301
— 은희경, 『마이너리그』

문학과 키치 307

오래 지속될 미래, 단절되지 않는 '광주'의 꿈 328
— 광주민중항쟁의 문학적 형상화에 대하여

내면, 타자의 복원과 타자의 배제 350

갈등 혹은 이단의 상상력들 368
— 심상대, 김영하, 백민석 소설을 중심으로

키보드 문학 세대에 관한 불편한 스케치 또는 단상 387

예각에서 원융으로의 더딘 선회 400
— 김영현, 『그리고 아무 말도 하지 않았다』

소설문학의 균형을 기대하며 409
— 오정희, 「옛우물」, 김영현, 「그리고 아무 말도 하지 않았다」, 이문열, 「아우와의 만남」

80년대에 대한 '소박한' 독해법 421
— 김형경, 『새들은 제 이름을 부르며 운다』

통일을 끌고 가는 '난장이'들의 여정 434
— 채영주, 『시간 속의 도적』

좌초한 오디세이아의 모험 449
— 이문열, 『오디세이아 서울』

시인과 압구정동의 비상구 457
— 박상우, 『시인 마태오』, 이순원, 『압구정동엔 비상구가 없다』

얼음벽, 그것을 파괴하는 불덩이의 사회적 변증 467
— 고원정, 『빙벽』

제5부

신생을 위한 시 493
— 김지하론

세기말, 백무산과 유하에게서 얻은 생각 510
— 백무산, 『인간의 시간』, 유하, 『세운상가 키드의 사랑』

'뿌리 의식'으로서의 시학 518
— 윤중호, 『금강에서』

연단(鍊鍛)에서 오는 새 길의 풍경 528
— 안도현, 『외롭고 높고 쓸쓸한』

발문 안테나와 리베로의 비평 김용교(시인) 543

제1부

문학의 존재 조건 그리고 그것의 물질적 성격의 원천적 변화를 이야기하는 마당에 종래의 '문학적 담론'으로 예의 '문학의 위기'를 설명하려는 것은 일종의 자가당착이다. 기존의 검산법으로는 검산되지 않는 수식을 여전히 종래의 검산법으로 검산해보려는 시도와 마찬가지인 셈에서 그렇다. 이는 그것이 현실이든, 표상 차원이든 '문학의 위기'를 산출하는 전체 사회 변동, 과학기술 변동, 그에 긴히 연관된 문학 변동 등을 문학의 차원에서 분석, 설명하려는 혹은 할 수 있다는 태도의 완강함에 크게 다르지 않다.

비평의 길
—90년대 비평의 흔적에 관하여

1. 90년대 비평의 입구

90년대의 입구에서 우리는 이른바 민중문학론의 선회를 체험한다. 알다시피 일반이론적 지위를 누리고 있던 '정통' 마르크시즘이 '현실 사회주의'의 몰락과 더불어 근원적 회의의 대상이 되면서부터이다. 민중문학론의 이념적 돛대에서 보자면 좌표의 사라짐이었다. 그것은 한편으로 새로운 좌표의 형성력을 요청하는 동인이 된다. '반성'이라 회자되던 민중문학론의 관점과 방법의 전환 모색은 그 요청에 대한 초기적 응대였다. 작품과 비평 준거에 있어 유연화로 이어지는 것은 일의 순서로 보아 일견 자연스러웠다. 민중문학론이 하나의 잘 짜여진 체계라기보다는 '생래적 속성'(이런 말이 가능하다면)상 '논쟁적 태도(polemic stance)'에 가까운 것이라면, 이런 상황은 비판적 논쟁의 겨냥점이 일단 외부에서 내부로 옮겨지는 형국이었다. 소위 '발본적 반성(radical reflexivity)'의 지향점이 그랬다. 남는 문제는 반성적 성찰의 방법과 효력이 그 발본성에 필적하는가라는, 바꿔 말해 얼마나 문학적 성취로 이행되었는가 하는 점이다. 작품과 이론에 있어, 90년대 초기의 그 '반성'의 열기에 방불하는 문학적 내실을 산출했는지는 지금까지 만족스러운 답변을 연기해놓고 있다.

민중문학론의 변화 맥락은 예상치 못한 효과를 낳는 원인이 되었다. 현실은 말끔히 해석되지 않고 이념적 향도는 공약되지 않던 상황 속에서 민중문학론이 겪었던 혼란은 전근대인들이 근대로 넘어가는 과정에서 겪었던 낯선 세계에의 혼란 같은 것이기도 했다. 전래하던 확실성의 기초가 사라지자 세계에 대한 새로운 확실성의 발견으로 혼란의 세계를 평명(平明)과 질서의 세계로 재구성해나간 초기 근대인처럼 90년대 초 민중문학론은 그런 식의 새로운 확실성과 재질서화를 요청하는 '국면(conjuncture)'에 던져져 있었다. 민중문학의 논쟁적 성질의 벡터가 외부에서 내부로 전환되는 것도 그런 양상이었다. 그런데 그 벡터의 변환은 외부 대상의 존재 방식에도 변화의 동기를 심는다. 민중문학의 자기 점검은 지향점은 내부로, 방법은 다양한 문학이론 패러다임 속의 유영이라는 형식으로 이루어졌다. 이는 민중문학의 비판 대상(소위 자유주의문학이든 순문예주의자이든)에 대한 비판과 논쟁의 완화를 가져왔다. 원하든 원하지 않든 그 논쟁적 구도를 자신의 존립 방식 중 한 축으로 삼고 있던 비민중문학 계열이 마찬가지로 민중문학에 대한 비판 강도나 빈도를 늦추게 되는 반사적 효과로 이어진 것이다. 논쟁적 긴장이 엷어지기 시작했고 그것은 90년대 '내내' 그랬다. 말하자면 그런 구도는 90년대 비평의 반성 과제인 논쟁과 토론의 부박성을 야기하는 원인 가운데 하나로 작용했다. 민중문학 자체에도 긴장의 부재가 깔린다. 새로운 문학적 긴장의 탐색 의지가 긴장의 상실을 낳게 되는 역설로 나아간 셈이다.

2. 새로운 상황과 대응

90년대 비평계는 전반적으로 새로운 여정에 나서게 된다. 현대비평이론의 다양한 성과를 검토하고 해석의 방법틀로 원용해보는, 외양상 활발함이 가세한다. 다양한 패러다임에의 비평적 관심이 왕왕 공소한 이론의 범람과 횡행으로 매도되기도 했지만 그런 다양성은 일방 90년대 새로운 성향의 소설들이 내포하는 문제의식에 충실히 조응하기 위한 노력의 표현이기도 했다. 그것은 또한 역사적 현실이 어느 한두 가지 비평 패러다임으로는 해석, 포괄되지 않는다는 자각의 반영이었다. 말하자면 역사 현실과 문학 텍스트 사이의 소통구를 여러 곳에 두고자 하는 탐색 의지의 표시였다. 페미니즘, 정신분석학, 담론이론, 문화연구 해체론, 프로이트-마르크스주의 등등 각종 패러다임에의 관심은 한편으로는 해석의 정확성과 활성을 위한 것이기도 했지만 다른 한편으로는 그를 넘어서, 현실 재생산 메커니즘의 복합성에 대한 통찰을 획득하기 위한 모색이었다. 비평이 작품에 대한 수용과 독해를 자기 소임의 일단으로 하는 것은 당연하지만 그에 못지않게 현실의 제 국면에의 개입이 비평의 존립 근거가 된다는 점에서 그런 모색은 자기 동일성의 모형을 재사고하는 일이었다. 그것은 비평의 존재론, 즉 비평은 어떻게 탄생하고 운동하는가에 대한 그리고 비평의 원칙적 가치와 규범의 시원성에 대한 재사고였다. 이런 사유는 '좁은 의미'의 정치성이 문학과 비평에 과잉 규정력으로 작용하던, 그래서 비평의 존재 이유 역시 거기서 크게 자유롭지 못하던 상황에서 한 발 비켜선 사유라는 점에서 한국문학사에서 역사적인 의미를 지닌다 하겠다.

한편 90년대의 새로운 문화 지형은 문학의 존재 조건에 급격한 변화를 가져왔다. 문학의 하한가 현상 혹은 문학의 위기라는 말로 요약되는 특정 국면은 그런 변화가 가져온 현상이었다. 그에 따라 문학 가치의 보존을 위한 대응책이 강구되었다. 그 보존책의 정당성 여부를 떠나 그것은 자연스러운 일이었다. 거기에 비평이 조력하게 됨은 물론이다. 대응책 가운데 가장 공세적인 방법은 시장 논리에의 과감한 투신이었다. 그것이 자승자박의 결과로 혹은 무거운 바위를 지고 상업주의의 늪을 지나는 일일 수도 있지만 어쨌든 문학은 자구책을 위해 그렇게 루비콘 강을 건넜다. 문학의 보존과 자본에 의한 포섭 사이에서 감행되는 곡예는 한켠으로는 출판자본의 규모 확장과 시장법칙에의 '적절한' 변신으로 이어졌고 다른 켠으로는 '순수한' 자본의 압력에 대해서는 비판적 지성으로 통제하겠다는 비평의 결의가 있었다. 하지만 시장의 '보이지 않는 손' 은 그런 비판적 지성의 안목에서 자신을 은닉하는 생래의 탁월한 장기를 유감없이 발휘했다.

3. 논쟁, 이념, 입장

90년대에도 몇 가지 논쟁점이 형성되었다. 소략하게 살펴보자. 먼저 세대론 문제가 있다. 이 문제는 사실 성립하기 힘든 의제일지 모른다. 창작의 경우 세대간의 차이가 작가의 감각의 차이와 연계되고 나아가 작품 감각의 현저한 차이를 낳는 요인이 될 가능성은 많다. 하지만 비평은 사정이 다르다. 비평 역시 수용의 한 과정이고 그 수용이 감각의 작용을 필수적으로 요청한다는 점은 사실이다. 그럼에도 비평의 차이와 변별점을 이루는 기본적 준거는 이론적 패러다임의 차이에서 오는 것이지 세대 차이에서 오는 것이 아니다. 그런 점에서 세대가 비평의 정당성에 대한 지수나 준거로 작용하지는 않는다. 세대 차이가 비평의 향방을 가늠하는 준거가 된다면 아리스토텔레스 같은 이천오백 년 전의 아득한 구세대는 일찌감치 고려장을 쳐야 옳다.

미국 유학파들이 유포한 포스트모더니즘 또한 논쟁의 일단을 이루었다. 포스트모더니즘은 이론의 문제는 차치하고서라도 우선 현실 적합성의 차원에서부터 그 유효성이 기각될 수밖에 없었다. 객관적 과학, 보편적인 도덕 및 법률 그리고 자율적인 예술 등 계몽주의적 근대 프로젝트의 실현이 여전히 초미의 화두일뿐 아니라 전근대성의 잔존이 또한 여러 적폐를 이루고 있는 우리 현실에서 미국 후기자본주의의 문화논리인 포스트모더니즘은 부박한 이론적 패션 그 이상이 아니었다. 물론 포스트모더니즘 경향에 해체론적 사유를 포함시킨다면 이야기는 달라진다. 그러나 포스트모더니즘에서 징발한 데리다를 비롯한 해체주의는 데리다 '원판'에 대한 미국식 아카데미즘의 착취와 왜곡이라는 점에서 원판과도 별 인연이 없다. 정보를 먼저 획득했다는 점 하나만을 유리한 고지로 삼아 이론적 변방에 그 최신성을 살포하는 데에 재미를 붙였던 유학파 포스트모더니즘주의자들의 주장은 한갓진 객담으로 여겨도 무방하다.

오히려 우리에게 사고의 활성을 공급했던 것은 모더니즘 재고론에 관련된 논란이었다. 모더니즘은 앞으로도 지속될 논란거리이지만 이번 경우만 두고 볼 경우 모더니즘 재고론에 대한 비판 논리가 그렇게 만족스럽지만은 못하다. 모더니즘에의 찬반 이전에, '민중의 피와 땀'을 비판의 요지로 삼는 태도가, 그 '피와 땀'이 환기시키는 절박함에 비해 그것을 해석하는 안목은 낭만주의적인 태도에 가까워 보여서이다.

모더니즘 예술의 출현 이래 그에 대한 비판의 이력은 루카치의 경우를 비롯해 대개 알려져 있다. 그러나 루카치와 브레히트의 논쟁을 통해서도 알 수 있다시피 그것이 애초의 의지처럼 그리 쉽게 깔끔히 정리되지 않는 것은 모더니즘 문제가 그만큼 복합적 양상의 성격을 지니기 때문이다. 주지의 사실이지만 모더니즘에 대한 루카치의 비판 요지는 모더니즘이 자본주의적 사물화와 파편화를 재생산하는, 그래서 퇴폐의 형식으로 조직되는 부르주아 이데올로기의 형상화 논리라는 점이다. 반면 모더니즘이 19세기 말, 더욱 심화되어가는 자본주의의 전일화과정에 대한 역사적 대응이라는 점이나 혹은 모더니즘에 유토피아에의 충동에서 돌출하는 기존 질서에 대한 전복이 욕망이 부단히 흐르고 있다는 점 등이 루카치의 윤리적 강박감의 코드와는 접속될 수 없었다는 사실 또한 여러 논자들에 의해 누차 지적되어왔다. 산술적인 경제적 합리성으로 인간의 감각을 절단하고 재구성하는 자본주의의 규율에 반발하면서 그 감각의 온전성과 해방에의 의지를 표현하려 했던 모더니즘의 또다른 면을 보지 못하고 단지 그것을 자본주의의 문화 현상의 온순한 반영자, 그래서 리얼리즘의 적대자로 평결하는 제한적 시각은 성급한 일반화의 오류와 멀지 않다. 모더니즘에 대한 루카치의 비판이 부분적인 정당성을 지닌다 해도 모더니즘에 내재해 있는 유토피아적 욕망의 복원과 그것을 해방의 기획으로 연결시키는 가공 작업은 우리의 비평 실정에 있어 지금도 중요한 참조사항이 된다.

모더니즘이 자본주의에의 복속과 반발이라는 양가성으로 구성되는 점이나 또 모더니즘 논의에 있어 모더니즘 예술의 역사적 성취와 담론 정치의 일환인 모더니즘에 관한 '이데올로기화'가 복잡하게 혼재되는 점 자체가 벌써 모더니즘에 대한 일반화의 유혹을 사양하는 성격이다. 연구자에 따라 프루스트, 제임스 조이스, 버지니아 울프 등만이 아니라 D.H. 로렌스, 도스토예프스키 등까지도 모더니즘 작가의 반열에 넣는 일을 목도하게 되면 한 개별 작가나 작품에도 순수하게 모더니즘적인 요소와 그렇지 않은 요소들이 복잡하게 혼융되어 있다는 점을 새삼 절실히 느끼게 된다. 제임스 조이스의 소설은 '전통적' 리얼리즘의 관점으로는 비판 목록의 윗부분에 등재되어 있다. 하지만 그의 소설 서사의 핵심을 이루는 내부성 혹은 내면은 선형적이고 목적론적인 근대 자본주의의 시간관과 길항하는 비선형적 시간성으로 조직되어 있다. 이 측면에 대한 독자의 체험은 곧 지배적인 근대 자본주의적 감각 질서에 대한 이단적 체험으로 이어질 가능성을 내포한다. 만약 이런 점을 고려하지 못하는 시각에서의 비판이라면 그 비판이 오히려 문제적이다.

모더니즘 예술은 자본주의의 진전에 대한 역사적 대응이다. 비평은 작품의 일정한 축적을 전제로 한다. 서구와 동일한 궤도를 걷지는 않겠지만, 그럼에도 자본주의의 진전도와 그와 연계된 예술적 대응으로서의 물건 값이 충분히 나가는 모더니즘 작품을 제대로 축적해보지 못한 것이 우리 문학사의 사정이다. 그런 만큼 모더니즘 작품과의 비평적 긴장을 통한 다양한 평가의 경험 역시 그리 깊지 못하다. 그런 실정에서 모더니즘에 대해 손쉽게 기각하고자 하는 태도는 비유컨대, 야전의 참여 경험이 없는 교관이 논리실증주의 하나만으로 우발적인, 그런 만큼 변수가 많은 야전 상황을 재단하려는 일과 크게 다르지 않다. 그런 점과 관련하여, 모더니즘 재고론에 대한 반론이 황석영과 조세희를 비교하면서 전자의 손을 훌쩍 들어주는 것은 얼른 수긍하기 힘들다. 황석영 소설의 리얼리즘적 성과를 감안한다 하더라도 그의 소설에 내재해 있는 영웅서사적 요소 같은 것은 오히려 리얼리즘적으로도 세련되지 못한 측면이다. 그런 점을 고려하지 않은 채 단순한 평면 비교의 틀 속에서 어느 일방의 우세를 논하는 것은 그 자체가 오히려 반리얼리즘적 사유와 멀지 않다.

개화, 계몽이 가치의 전일성을 이루고 그것이 또한 우리 근대문학 출발기의 한 태생성으로 작용하는 맥락에 문학을 문이재도(文以載道)의 관점으로 포섭하는 전통적 사고가 합류하게 되는 과정은 알게 모르게 우리 문학사에서 모더니즘 문학에 대한 하나의 압력을 의미했다. 나아가 식민지 경험과 8·15 이후 지속된 정치적 야만은 문학의 계몽주의적 성격을 더욱 강화시키는 작용점이 되고, 그것은 또한 무의식적으로 모더니즘의 사유와 예술적 실험의 지평을 제한하는 노릇을 했다. 모더니즘 문학의 생산과 거기에 대한 본격적 비평의 경험과 역사가 이처럼 깊지 않음을 고려할 때 모더니즘 논의는 일층 활성화될 필요가 있다.

위에서 본 것처럼 90년대에 몇몇 논쟁이 없는 것은 아니었다. 하지만 비평의 존재 방식 중 하나인 논쟁이 없던 시대가 90년대라는 판단도 틀리지 않다. 80년대의 상황과 비교해보면 그 평화로움이 한층 더 실감난다. 이 논쟁 부재의 양상은 90년대 비평의 반성 과제이다. 물론 논쟁이 비평의 핵심은 아니다. 그러나 논쟁은 비평의 자기 반성을 매개한다는 점에서 사양해서는 안 될 활동이다. 비평은 진리 독점권의 주장, 배타적 논리의 위험성에 항상 노출되는 속성을 지닌다. 때문에 그것에의 자극과 교정의 기회 공급은 타자와의 맹렬한 대화 형식인 논쟁의 몫이다. 이 대화가 가능하기 위해서는 비평의 자기 정체성의 윤곽이 뚜렷할 필요가 있다. 그 뚜렷함은 폐쇄성이 아니다. 자기 비평이념의 현저한 표명은 비평가 혹은 비평 그룹 상호간의 차이를 마찬가지로 현저하게 해준다. 그 차이가 바로 자기 반성의 출발점이 되기에 그렇다.

90년대 내내 반복되었던 섹트주의, 비평가의 권력집단화 운운의 비판은 사안의 중대성에 비해 그 내용상 문학적 논쟁이라 하기에 어딘지 모자란다. 그 비판은 윤리적 기준에 입각한 사태의 묘사이다. 그러므로 그것은 문학의 '윤리실천강령'에 관한 논란이지 이념과 이론의 충돌을 통해 새로운 이론과 해석의 틀을 생산해내는 '문학 논쟁'이라 보기는 힘들다(물론 섹트주의 등을 시장이념의 발현 형식이라 볼 수도 있지만). 그렇게 보면 문단 권력, 섹트주의 등등에 대한 논란은 비평담론 사이의 논쟁이라기보다는 비평을 하는 '사람'들 사이의 분규였다. 사람들 사이의 대립과 분규에서 차가운 이념과 이론의 생산물이 나오기는 어렵다.

비평가 사이의 이념적, 해석학적 대립과 논쟁은 비평의 의인화이다. 논쟁의 부재는, 따라서 의인화의 소재가 되는 비평이념의 애매함에서 야기된다. 논쟁의 부재가 90년대 비평의 반성 과제라면 그 반성의 겨냥점은 비평이념의 탁마와 제시의 게으름이다. 『문학동네』의 지면에 쓰는 글이니만치 『문학동네』와 이와 관련된 문제 하나를 오히려 스스럼없이 이야기할 수 있겠다. 향후 집필될 문학사에서 90년대 문학의 한 성과로 기록될지도 모를 『문학동네』는, 적어도 표면적으로 보아 90년대 초까지 지속되어오던 문학 지형의 진행선 각도에 변화를 가져오는 특이점으로 여겨질 만했다. 특이점의 자격성은 『문학동네』 고유의 이념과 방법의 탑재 여부로 가늠된다. 하지만 우리는 아직 『문학동네』의 학파적(?), 이념적 성격을 발견하지 못한다. 이 미발견 운운이 『문학동네』 편집위원들 간에 이념적 통일성이나 균질성이 솔기 없이 마름질되어 있어야 한다는 요구는 아니다. 또한 이념을 표나게 내세우는 것이 능사는 아니다. 해석력, 미적 감각이 동반되지 않는 관점과 이념의 강조는 강퍅함으로 전락하기 일쑤다. 때문에 '독트린'이 아니라 각종 글쓰기에서 자신의 이념을 자연스레 관철하겠다는 의도를 가질 수도 있다. 또 표현하지 않는 방법으로 표현하겠다는 전략을 선택할 수도 있다. 하지만 그런 의도가 적실하고 설득력 있게 수행되었는지는 요령부득이다. 『문학동네』의 등장은 논쟁의 지평을 새롭게 다층화하면서 긍정적인 담론 생산의 매개가 될 수 있었고 또 그것을 기대하게 했다. 그러나 『문학동네』는 영향력의 양적 수준에 비해 논쟁적 대화를 통한 비평 담론의 고양에 기여하는 바 많지 않았다는 판단을 피할 수 없다.

그런 상황과 대조되는 상황 하나를 일별해볼 필요가 있다. 앞에서 언급한 것처럼 90년대 들어 비평의 양은 늘어난 반면 비평의 이념이나 방법에 있어 그 윤곽선은 이전에 비해 희미해졌다고 할 수 있고 또한 세간의 평가도 대개 그러하다. 그 까닭에 대한 천착이 90년대 비평의 문제점을 밝히는 일과 다른 일이 아닌 터에, 지난여름 그에 직결된 발언이 『문학과사회』의 편집동인으로부터 나오게 된다. 한 계절 문학에 대한 『문학과사회』의 '총평'을 작가 "관리 비평"으로 비판한 것에 대한 대응인 셈이었다. '관리 비평'의 요지는 특정 출판자본이나 문예지가 작가에 대한 전략적 관리 차원의 일환으로 비평을 오도하고 있다는, 그렇기에 그런 담론은 비평의 상궤가 아니라는 점이었다. 그 비판의 저의가 여하하든지 간에 외관상 도두 뵈는 것은 『문학과사회』 편집동인의 다음과 같은 '단호한' 반응이다. "우리가 우리의 문학적 입장을 분명히 하는 것은 그 정직한 자기 표명을 토대로 다른 입장들과 활발한 토론을 벌이기 위해서이지 장악을 위해서가 아니다. (……) 분명히 언명하거니와, 우리가 총평을 통해서 특정한 작가들을 옹호하고 다른 작가들을 외면하거나 비판하는 것은 우리가 그들의 문학을 그렇게 보기 때문이(……)다. (……) 우리가 외면하는 작가들은 다른 입장에 의해 옹호될 권리를 충분히 가지며(그것은 우리가 떠맡을 몫이 아니다) 그리고 관점의 차이가 다소간 선명할 때, 그것은 한국문학에 대한 생산적 토론의 장을 여는 기회가 될 것이다."[1] 작품의 선택과 비평의 근간이 자신의 고유한 비평이념과 관점에 근거하고 있다는 공공연한(?) 태도의 드러냄이 칠년대한의 비 같던 차에 위의 발언은, 정당성 여부를 떠나, 어쨌든 신선하기까지 했다.

재작년 『문학과사회』 여름호에 게재된 백낙청 선생의 글 「비평과 비평가에 관한 단상」을 읽을 때도 소회는 유사했다. 그 글의 한 부분은 『창작과비평』에서 상찬하는 작가와 『문학과지성』(그의 계승인 『문학과사회』도 포함하여)에서 고평하는 작가가 상대 지면에서는 대개 홀대받는 점을 지적하면서 그 이유를 공정한 비평적 태도의 부재로 규정한 손경목씨의 지적에 대해서였다. 그에 대한 백선생의 대답은 간명하다. 비평 대상에 대한 분별과 선택은 '특정' 문학관의 투철함과 확고함(그는 그것을 '당파성'으로 표현하기도 한다)의 소산이라는 것이다.

『문학과사회』 편집동인과 백선생 발언의 정당성 여부를 검토할 계제는 아니다. 반복적으로 지적되어온 사실이지만, 자기 고유의 방법이나 독자적인 이념적 지향 대신 뭔가 애매한 불투명함으로 이어져오던 90년대 비평 경향을 상기할 때, 위의 두 경우는 문학관과 비평에 임하는 태도를 선명하게 공시한다는 점에서 그 새삼스러움이 오히려 생경함조차 느끼게 했다. 보는 이에 따라 그것이 완고함으로 간주될 수도 있지만 또 당연한 사실이 신선해 보인다는 것 자체가 90년대 비평의 문제성을

1) 「오늘의 한국문학—문학 공간 : 1999년 여름」, 『문학과사회』 1999년 여름호.

드러내는 징후이기도 하지만, 아무튼 그랬다.

물론 당사자들은 90년대 내내 흔들림 없이 분명한 입장을 유지했다고 주장할 수 있다. 그래서 이번의 발언에 새삼스러움을 느끼는 쪽이 오히려 문제적인 시각의 소유자라고 비판받을 수도 있다. 그런 비판을 받아들이면 당사자들이 주장하는 대로 『창작과비평』과 『문학과사회』(『문학과지성』을 포함하여)의 비평의 준거는 변화 없이 시종했었다는 말이 된다. 그것 역시 인정해보자. 두 계간지가 우리 현대문학의 형성력 모두는 아니지만, 그럼에도 80년대까지만 해도 상호 준별되는 문학적 이념과 관점이 문학 지형의 중요한 두 축을 형성해왔다는 점은 인정된다. 그런 준별점이 작품의 분간과정에도 적용되었음 역시 큰 이견 없이 동의된다. 백낙청 선생 말처럼 상대 지면에서 활약한다는 이유 자체만을 문제삼아 그 작가를 평가에서 배제하는 원칙은 없었다 하더라도, 어쨌든 두 문예지로 귀속되는 일종의 작가군 같은 동아리나 진영이 분할되어 있었음은 사실이다. 그러나 그런 분간 안목의 소산이라면 역시 이해될 법하다. 그 동아리나 진영이 각각의 준거에 의한 선택과 배제 원리의 결과라는 점에서 원칙적으로 문제될 것은 없다(90년대 들어 생긴 새로운 문학적 '취향' 중의 하나가 '진영' 개념에의 혐오이기는 하지만). 자신들의 관점에서 배제되거나 외면당하는 작품들은 다른 관점에 의해 옹호될 수 있다는 『문학과사회』의 주장은 그런 원칙의 재표명에 다를 바 없다(그것이 이제는 낡은 사전에나 등재되어 있음직한 '계급적 관점'의 투영이라 해도 무방하다). 선택과 배제의 원리에 따라 한쪽에서는 매번 이청준을 상찬하는 반면 황석영은 적당히 처리하고 다른 한쪽에서는 그 반대의 구도를 취하는 것도 '원론적' 층위에서 보자면 특정의 문학이념과 관점의 원칙적 작동 결과이기에 당연하고도 자연스러운 결과로 보면 된다. 적어도 위의 발언을 들어보면 그렇다. 부언컨대 '주목'과 '외면'의 준거가 편견이나 편파성의 증거로 제시되기도 하지만 그 주목과 외면을 가르는 문학 관점과 이념의 틀이 한 시대, 한 사회의 담론의 긴장과 탄력 그리고 확대재생산에 기여한다는 점은 인정되어야 한다.

그런데 바로 그런 문맥을 유념하면서 작금 전개되는 상황을 관찰해 보면 이채로운 대목이 나타난다. 이전과 다르게 『창작과비평』과 『문학과사회』 양쪽으로부터 공히 상찬과 고평을 받고 있는 작가가 있다. 신경숙씨(의 작품이 아닌)이다. 현상 자체로만 볼 경우 신경숙씨는 양쪽의 이념과 관점으로 보아 고루 가상한 작가로 활약하는 셈이다. 전에 없던 이례적인 일이 아닐 수 없다. 물론 작가는 변하게 마련이다. 그 변화의 궤도에 따라 그 작가에 대한 상찬 주체의 변화 역시 뒤따르는 결과이다. 작가가 포로모션에 전속된 연예인은 아니다. 까닭에 한 출판사에 전속되는 것도 아니다. 또 특정 문예지의 출판사가 그 문예지의 이념과 관점의 틀에 가감 없이 조응하는 작가만 상대하는 것은 아니다. 작품의 성취도나 이념적 호응도에 있어 크게 대척되지 않으면 평가와 출판의 대상으로 치는 게 상례이다. 하지만 신경숙 같은 작가에 대한 양쪽의 상찬과 주목을 그런 문맥의 논리에 적용시키기는 적절치 않다.

관점에 따라 주목하는 작품이 다를 수 있다. 또 한 작가에게서 여러 경향의 작품이 나올 수 있음 역시 상식에 속하는 일이다. 하지만 『문학과사회』와 『창작과비평』의 논리는 작품보다 '신경숙 자체'에 더 비중을 두는 것 같다. 세간의 평가나 또 당자들의 확언으로나 서로 용해되지 않는 이념과 관점으로 이해되던 양쪽의 입장이 한 작가에게서만은 연대의 모양을 취하는 형세이다. 이에 대해 한쪽이 '자발적' 오독을 인내하고 있다는 식의 기계적인 판단이 나올 가능성도 없지 않다. 당사자가 그 오독의 '부재 원인'을 자각하지 못할 수도 있다. 그러나 그와 반대로 양쪽의 상찬은 신경숙씨의 작품에 깃들어 있는 해석의 풍부성에서 유래하는 것이라 주장할 수도 있다. 그럴 경우 문학의 창조성에서 이념적 층위에 이르기까지 신경숙 작품은 두 진영 모두에게 나누어줄 수 있는 의미소를 내장하고 있는 것으로 봐야 한다는 결론이 나온다(세상에 보편적인 의미는 없다는 여러 의미론자들의 주장이 목에 걸린다). 그렇다면 그것의 내용은 대체 무엇일까? 도식에 기대어 말할 경우 『창작과비평』에서 주목하는 측면이 '창비' 문학이념의 호응점이라면 그것이 『문학과사회』에게는 '외면'의 대칭점이 되어야 말이 된다. 반대의 경우도 마찬가지이다. 그렇지 않다면 양쪽의 문학이념과 관점을 포괄하는 상위의 개념과 준거가 존재하고 신경숙씨가 그것의 실체를 증거하는 모형이 된다. 만약 그렇다면 양쪽의 입장은 상위 틀에 의해 서로 통합되어 있다고 보아야 할는지 모를 일이다. 그것은 모든 문학적 이념, 관점 등을 초월해 있는 '위대한 창조성' 같은 것일까? 하지만 그 창조성이라는 것도 문학이념과 관점으로부터 마냥 자유롭지는 않다. 문학사를 상기하면 한 작가에 대해 상이한 관점이 서로 상찬의 합의를 보는 경우가 없지는 않다. 토마스 만을 사례로 들 수도 있다. 하지만 그것이 파시즘에 대항하는 인민전선문학의 문맥에 연루되어 있음 또한 참조해야 한다. 또다르게 문학사의 정전을 떠올릴 수도 있다. 그러나 현대의 탈정전화 작업은 그것에 이견을 제공한다. 정전 성립의 정당화 이념이 부각되던 당대와 시간적으로 상거하고 있지만, 그럼에도 탈정전화 프로젝트에서 확인할 수 있는 것처럼 정전 역시 초역사적인 존재가 아니며 그것 또한 해석권을 둘러싼 계급갈등의 장이라는 점을 유념할 필요가 있다.

우리는 앞에서 특정 작품에 대한 외면과 주목이 자신들의 문학적 관점과 입장의 결과라는 『문학과사회』의 주장 그리고 비평 대상에 대한 분별과 선택은 '문학관의 투철함과 판단 기준의 확고함'의 소산이라는 백낙청 선생의 언급을 보았다. 양쪽의 그런 기준이 한쪽에서는 황석영 작품의 창조성이나 완성도에 대한 기각으로 다른 한쪽에서는 이청준 작품에 대한 동일한 평결로 귀결된다는 점을 이야기했다. '외면'과 '주목'에 대한 그런 기준과 태도를 원칙적으로 배척할 문제는 아니라고 했다. 그런 모든 경우의 수를 고려한다 할 때, 예의 양쪽에 돌올한 주목을 받고 있는 신경숙씨의 경우는 사안의 현상을 볼 때 요 몇십 년을 비기더라도 황석영이나 이청준보다 뛰어난 작가로 평가되고 있는 셈이다. 실제 그런가를 따져보는 일은 이 글의 소관이 아니다. 혹은 그런 일이 양쪽의 당사자들이 미처 체감하지 못하고 있는 모종의 '부재 원인' 의 결과인지에 대해 알아보는 것도 마찬가지로 이 글의 과제가 아니다. 해석권의 싸움이 진리권 확보의 장이라는 점을 떠올려볼 수도 있다. 그럼에도 우리가 유념할 것은 신경숙씨를 둘러싼 복잡한 상황에 대한 설명은 90년대 문학과 비평의 성격 그리고 그것의 메커니즘을 설명하는 일에 핵심적인 관건이 된다는 점이다. 그렇기에 신경숙 문학은 90년대 문학 지형의 민감한 '센서' 가 되어 있다.

4. 문제와 비평의 운명

90년대 비평의 문제를 여기서 죄다 논할 수도, 그럴 능력도 없다. 그러나 텍스트 해석에 있어 닫힌 텍스트주의 혹은 텍스트 고립주의의 경향은 지적하지 않을 수 없다. 90년대 비평에서 그런 경향은 적지 않았다. 개별 작품에 대한 설명(explication) 이상으로 나아가지 못하는 방식이 그런 것이다. 그런 방식은 밀폐된 텍스트주의의 행동강령과 통한다. 때문에 그것은 해석(interpretation)으로 상승하지 못한다. 개별 텍스트에 대한 조밀하고 내재적인 분석 방식이 필요하지 않다는 것이 아니다. 문제는 그것이 개방적, 궁극적 해석을 위한 매개로 기능하는 것이 아니라 텍스트를 자족적인 닫힌 구조물로 보는 시각 안에서 맴돈다는 데에 있다. 그런 시각은 저자(author)를 텍스트의 의미의 생산자이자 주재자로, 텍스트를 균열 없는 완전한 유기체 혹은 '잘 빚어진 항아리' 로 보는 시각과 닮아 있다. 또한 텍스트를 구멍이나 결핍이 없는 자기 충족적인(self-contained) 체계로 보는 시각과도 유사함을 지닌다.

이런 시각이 신비평이나 구조주의적 성향과 크게 다르지 않음을 지적하는 일은 어렵지 않다. 앞에서 우리는 90년대 비평에 다양한 패러다임의 활용과 그것의 통합적(interdisciplinary) 방법 등의 새로운 시각이 세워졌음을 언급했다. 하지만 그것이 위와 같은 문제와 연결될 때는 텍스트 내부의 의미 찾기에만 새로운 시각을 투입하는 형국으로 용도 변경되어버린다. 현대 비평이론의 통합성은 텍스트 내부의 구조만 통합적으로 읽자는 용도에서 발명된 것이 아니다. 텍스트 내부와 외부의 중층적 관계성을 독해할 필요성 때문에 예의 통합화가 요청되고 제출되었던 것이다. 그러하기에 위와 같은 문제를 안고 있던 비평 경향은 텍스트를 매개로 성립하는 더 큰 맥락의 문제 구성과 생산으로 나아가지 못하게 마련이다. 개념, 패러다임 등을 텍스트 내부에 기계적으로 적용해보는 수준 이상이 되지 못한 것이다.

신비평의 묵은 냄새가 가시지 않은 그런 비평은 어찌 보면 해석의 근간을 텍스트 외부에 두는 외재비평(extrinsic criticism) 관행(80년대 경향?)에 대한 비판과 반발감(사회과학의 범람을 비난했던 목소리가 대표적이다. 그러나 매개 없는, 즉 사회과학의 직접적 적용이 내비칠 수 있는 제국주의 성격이 문제이지 사화과학 패러다임 자체가 필요 없는 것은 아니다)이 알게 모르게 간여한 결과로 볼 수도 있다. 하지만 텍스트 해석에 외재적 요소의 동원이 문제될 일은 아니다. 그러니 텍스트 내/외부의 관계성에의 천착 역시 문제되는 게 아니다. 문제될 게 있다면 그 관계를 기계적 인과론이나 알레고리적 반영의 관점으로 접근하는 시각이다. 혹은 문학을 사회과학의 자기 정당성을 적용하는 영토로 간주하는 혹은 굳이 최악의 사례를 들자면 문학을 선전론적 실용주의 안에 가두는 태도가 문제이다. 이에 대한 비판이 텍스트 자체의 충실한 비평을 요청하는 목소리였다. 그 충실도라는 담론의 정체 자체도 검토되어야 하겠지만, 어쨌든 현실에서는 그런 방법에의 과잉 집착이 비평을 텍스트 내부에 고립시키는 문제를 낳았고, 나아가 비평의 존재론 자체를 위협하는 소지를 안게 되었다.

부언하지만 텍스트에 충실하자는 논리가 그 자체로 문제될 것은 없다. 하지만 현실로 드러난 결과로 볼 때 그런 주장에는 알게 모르게 오래된 신화인 텍스트 신성주의가 스며들어 있다. 예의 주장의 비평적 반영은 텍스트에 대한 존중의 자세, 아울러 비평가의 겸허한 자세를 전제하고 있는 듯이 보인다. 그러나 텍스트를 존중하는 것과 신성시하는 것은 다르다. 존중은 가열한 대화를 낳지만 신성시는 경배로 연결된다. 신성시는 존중의 외관과 달리 오히려 자신의 비평적 문제설정의 정당화를 위해 텍스트를 '착취' 한다. 고쳐 말해 텍스트를 특정한 틀에 감금하고 텍스트의 역사적 가능성의 여지를 절단하며 파편화, 부분화시키는 작업에 쉽게 연루된다. 그런 의미에서 보면 오히려 존중의 반대편에서 있는 자세와 다를 바 없다.

해석 문제에 있어 닫힌 텍스트주의(혹은 강단비평)의 변종을 함께 언급하지 않을 수 없다. 90년대 들어 비평가의 양산 실태는 앞에서 언급했다. 그런데 그런 과정에서 제출된 비평 중 적지 않은 경우가 마치 보고서와 같은 '리포트 형' 비평의 형태를 띤다. 리포트 형 비평의 특징은 학습된 개념과 텍스트를 서로 짝 맞추기로 '연습' 하는 방식이다. 개념과 패러다임 역시 비평의 형성력 중 하나이다. 그것 없는 비평은 맹목에 가깝기 때문이다. 그러나 그것만으로는 아직 비평으로 완성되지 않는다. 비평으로 상승하는 과정에서 다른 것에 의해 매개되어야 한다. 그 매개과정에 중요한 것이 자기만의 독자적인 생각이나 태도 혹은 관찰이다. 이른바 비평의 자의식이다. 리포트 형 비판에는 바로 그런 비평의 자의식이 부재하고 그렇기에 그것은 치명적인 문제가 된다. 그 자의식의 부재로 인해 텍스트에 대한 과잉 해석 또는 무기력한 종속이 발생한다. 모르면 모르는 수준에서 알면 아는 수준에서 자신의 감각과 이론적 수준으로 감행해야 할 비평이 아직 습득과정중인 그래서 제 자신도 충분히 이해하지 못한 개념의 번다한 나열과 조합으로 이루어지는 까닭도 그 때문이다. 이를테면 데리다의 개념과 방법을 텍스트 독해와 비평에 원용하는 방식을 들 수 있다. 그러나 데리다 방법틀 밑에 관류하고 있는 데리다 자신의 정치성의 흔적은 개의치 않는다. 로고스 중심주의에 대한 데리다의 비판의식에서 수행되는 목소리 언어의 복원 맥락이 리포트 형 비판에서는 단지 단어의 재치 있는 장난을 위해 존재하는 맥락으로 원용된다. 리포트 형 비평이 선행 작업에 대한 추종이나 답습에 머무는 것도 예정된 결과이다. 선행 비평가들과 혹은 다른 해석과의 즐거운 대결의 긴장 대신 고루한 모방에 그치는 것이다. 비평의 견고한 자의식이 없는 곳에 반성적 성찰이 있을 수 없다. 자의식은 반성의 결과이지만 동시에 반성의 출발이다. 텍스트와 비평적 자의식의 만남 대신 텍스트와 개념 자체의 만남만이 누비는 담론이 비평이라 하기는 곤란하다. 수사비평이나 해설비평의 대한 문제도 예의 문맥과 무관치 않다. 있어도 좋고 없어도 좋은(redundant) 비평의 양념에 집착하는 것은 자의식의 부재 탓이기 때문이다.

비평은 총체성을(총체성에 '대해서'가 아니라) 사고하는 데서 자신의 존재 이유를 얻는다. 과거와 현재, 부분과 전체, 공시성과 통시성 등의 연결고리를 잇는 작업에서 정체성을 획득한다. 그렇기에 비평은 한편으로 그런 고리의 발견 작업이기도 하다. 닫힌 텍스트주의, 강단비평의 변종인 리포트 형 비평, 해설비평 등이 주석와 설명의 수행력은 있을지 몰라도 그 고리를 발견하는 일을 할 수는 없다. 비평이 만약 뭔가 생성적이고 생산적인 일이라면 그 자격은 현실에서 끊어지고, 은닉되고 접힌 것 등을 복원하고 연결함으로써 총체성의 면모를 사유하게 해줄 수 있을 때에만 주어지기 때문이다.

90년대 비평을 가장 괴롭혔던 것은 상업주의와의 공모설이다. 기실 90년대의 비평은 한국 비평사에서 가장 난처한 딜레마에 빠져 있었는지도 모른다. 유례없는 자본의 강한 압력과 포위망 속에서 생존을 위해

'적의 논리'를 차용해야 하고 한편으로는 시장 논리로부터 문학과 비평의 수호를 견결히 해야 하는 일은 그 강도나 상황의 엄중함에 있어 이전에 경험해보지 못하던 난제이기 때문이다. 그럼에도 불구하고 90년대 문학의 상업주의화 분석은 피해갈 수 없는 비평의 과제이다. 분석은 다각도를 요하지만 예의 상업주의가 어느 한 측면에서는 역사적 불가피성의 산물이라는 인식을 동원하는 것이 객관성 분석에 도움이 되는 면도 있다. 문학이 시장 논리를 적극 수용, 개발하고 상업성을 고려하게 되는 것은 문화 환경의 새로운 단계 및 변화와 무관치 않다. 세평대로 자본주의의 고도화는 시각주의 문화를 중심으로 한 문화산업의 수직상승과 문학을 비롯한 문자문화의 수직하강이라는 상호반비례성을 조절한다. 시각문화의 편재성에 따른 문학의 영예 위축은 한편으로 문학의 새로운 생존 방법을 요청하는 요인이 된다. 문학도 '규모의 경제학'을 적극 사고하고 또 그것의 일정한 현실화는 그 요청에의 부응이다. 문학 광고량의 급증을 한 예로 들 수 있다.

주지하다시피 자본주의의 급진성은 문화의 지형 전반을 가파른 속도로 재조직한다. 고급문화예술와 대중문화예술 사이의 완강한 분단선을 간단히 무너뜨리는 일도 그중의 하나이다. 그러고 나서 생활세계 전반에 상업문화와 소비문화의 편재성을 완성한다. 고급문화예술을 고급으로 존재하게 하던 후광은 더이상 빛으로 존재하지 않는다. 전통적 문화예술 생산과 수용의 매개였던 아우라의 파괴, 그로 인한 예술의 후광 상실은 현상적으로만 볼 경우 기계복제기술의 등장 결과이지만 그것의 더 큰 원인은 문화예술에 대한 자본주의 시장정책이었다. 90년대 문학의 위축은 이런 문맥 위에 놓여 있었다. 문학은 생존과 신생을 위한 전략을 강구해야 했고, 그것의 하나로 문학의 재이미지화를 등장시킨다. 문학의 '후광(halo)'을 재구축하는 일이 그런 방략이다. 그 후광은 시장 논리를 반사판으로 삼아 작가에게 재투영된다. 본래 성상(聖像)에 씌워진 빛이 후광이라는 말에서 암시되는 것처럼 그것은 초월적, 신학적 나아가 신비성의 함의를 품고 있다. 이 함의는 한편으로 문학을 비롯한 예술을 진정성, 근원성, 탈속성 등의 맥락에 배치하는 기제가 된다. 후광의 복원 작업에 임하는 태도는 크게 두 형태였다. 하나는 진정성, 글쓰기의 자율성, 수공업성, 장인 등의 단어에서 표상되는, 이제는 지나가버린 과거 문학 생산의 자질들의 재활성을 겨냥하는 태도이다. 그것이 가능해지면 거기에 대한 대중의 자연스러운 조응과 인정의 결과로서 후광이 다시 형성될 수 있다는 생각이다. 그런 후광이 당대 역사의 물질적 성격이 탈락된, 즉 단지 형식적 스타일만의 혼성물일 수 있다는 점은 크게 고려되지 않는다. 이것이 후광 형성의 동기를 안에서부터 구성해나가려는 태도라면 다른 하나는 밖으로부터 주입되는 방식이다. 요컨대 인공성의 농도가 높은, 밖으로부터 제작 공급되는 후광이다. 자본주의 문화정책은 전통적인 예술의 후광을 파괴하는 동시에 새롭게 복원, 생산한다. 후광의 신비성, 장인성 등이 새로운 문화 형식의 이윤 획득을 위한 교두보가 되기 때문이다. '스타덤' 혹은 '스타 시스템'이 대표적인 경우이다. 20세기 초 할리우드의 발명품인 스타 시스템은 스타 이미지의 생산과 관리를 광고(promotion), 홍보(publicity), 영화(film), 영화평과 논평(comment)이라는 네 가지 범주의 활용을 통해 수행한다. 이를 통해 스타들의 이상적이고 신비스러운 인물모형(personae)을 창출한다. 스타는 자생적인 결과가 아니라 다중적 과정과 다중적 의미의 구성물인 셈이다. 위의 네 가지 범주 중 영화를 문학작품으로만 바꾸고 나면 작금의 문학 생산, 유통, 수용 전반의 과정과 별다르지 않다. 이즈음 상업적 개가마저 올리고 있는 주요 작가의 경우, 작품 자체에 대한 평가는 논외로 하더라도, 그 작품, 작가의 존재 형식에 이 네 가지 범주가 활약하고 있음은 부인할 수 없다. 비평이 거기에 어떤 수준으로든 관계되어 있음 역시 마찬가지이다. 정리하면 시장법칙의 문화예술정책이 고급문화예술의 후광을 파괴한다. 그것은 전통문학의 위축을 가져온다. 그런데 그 시장법칙의 피해자인 문학이 바로 자신에 대한 파괴법칙을 조력자로 삼아 후광 복원을 기획한다. 작금의 이런 문학 지형의 풍정이 차도살인(借刀殺人)인지 역설인지 모를 일이다.

광고의 미학적 효과를 후광 생산의 질료로 삼는 일을 언급하면서 광고에 대해 간략한 지적 하나를 하고 넘어갈 필요가 있다. 이 문제는 한편으로 비평가의 기능을 새삼 사고하게 하는 면과 관련되어서이다. 광고가 이제 비평을 대신한다느니 또는 비평이 광고 카피처럼 되어버렸다느니 하는 통설에 대해서 말하려는 게 아니다. 어떻게 하여 이제는 광고가 '문학 내재적'인 자리를 차지하게 되었고 아울러 광고 자체가 문학과정에서 빠질 수 없는 문학담론의 한 형태로 전환되었는가 하는 문제에 대해서이다. 모 출판사는 신문 광고로도 더이상 '독자의 개발'이 불가능하다고 판단되어 라디오를 활용하고 있다고 한다. 이는 이 출판사만의 일이 아니다. 신문 보도에 따르면 창작과비평사와 문학과지성사는 현재 라디오 광고를 하고 있고 문학동네 출판사도 곧 할 예정이라고 한다. '독자의 개발'은 한편으로는 말 그대로 '독자'의 개발이고 다른 한편으로는 '시장'의 개발이라는 의미도 함축한다. 시장체제 속에서 살아가는 한 일견 불가피할 수도 있다. 여하튼 그런 목적은 광고 디자인의 중요성을 더욱 증대시킨다. 광고 안의 문자 담론, 이미지 그리고 그것의 전체 구성인 광고 담론의 효율성에 깊은 관심을 가지지 않을 수 없는 것이다.

하지만 적어도 문학(예술)의 입장에서 그런 논리를 무조건 승인할 수 있는지는 의문이다. 적정선을 거론할 수도 있지만 그 적정이라는 수준이 수월하게 조작, 관리되지 않는다는 것이 문제의 핵심이다. 광고 역시 하나의 담론이고, 담론은 그 자체로 고유의 특정 메시지와 의미작용을 하는 구조라는 일반론을 상기해보아도 그렇다. 문학 광고가 작품과 대중 사이에 소통의 다리를 놓아주는 단순한 물질은 아니다. 의미론적으로 중립적이거나 투명하지 않다. 광고 담론도 다른 담론과 마찬가지로 담론의 은하계로 비행하는 순간, 그 이후는 생산자의 손 밖에서 논다. 광고 역시 하나의 서사이자 담론이라는 성격 그 자체는 수용에 따라 그 의미가 천변하는 의미론적 위상을 지닌다. 수용미학에 비긴다면 광고 역시 수용자의 수용과정에 참여하는 단독적인 세력이다. 다른 세력, 다시 말해 비평, 작품 등의 자체 의미와 서로 중층적으로 혼재되면서 수용자의 의미결정과정에 참여한다. 수용자가 텍스트를 수용할 때 광고 역시 하나의 정보(담론)로 주어지면서 수용과정에 외삽되기 때문이다. 요약하면 광고는 의미로 축조된 다리이며 작품이 광고라는 다리를 건너 수용자에게 도착하는 일은 하나의 독립적인 의미 덩어리의 중간을 헤치면서 가는 일이 된다. 그렇게 헤치는 과정에 작품의 의미와 광고의 의미가 섞이게 마련이다. 만약 그렇다면 그렇게 도착한 의미, 다시 말해 수용된 의미는 애초에 문학 생산과 유통의 다른 주체(작가, 비평가)가 의도하는 바와 다르게 작용할 가능성이 항존한다. 소통이론에 비긴다면, 광고의 의미론적 단위가 작품 메시지의 참된 의미의 전달을 방해하는 '노이즈'가 되지 않으리라는 법도 없다. 실제로도 그렇다. 근자의 몇몇 중요 작품과 이른바 '하위문학'을 양쪽의 광고 카피만을 놓고 비교해볼 때 거기서 우리는 아무런 차이를 발견할 수 없다. 그럴 경우 문학에 입문하는 독자 역시 두 작품의 '질적' 차이를 발견하기 힘들다는 점 또한 충분히 예측된다. 광고가 오히려 입문 독자의 분별력을 방해하는 역할을 하는 셈이다. 광고 카피 역시 후광 생산요소 중의 하나라면 역설적으로 바로 그런 점이 애초 의도와는 반대로 문학의 참된 후광 가능성을 차단하는 기능을 할지 모른다. 후광 효과가 도달하고자 하는 곳 중에 하나는 입문 독자 혹은 독서 훈련이 미처 안 된 독자이다. 그들에게 필요한 것은 좋은 작품과 그렇지 않은 작품을 분간할 수 있는 안목의 훈련이다. 그러나 그들에게 제시되는 광고 카피는 언제나 해당 작품에 대해 최상급의 수사를 동원할 수밖에 없다. 그것이 광고의 운명이다. 그들에게 제시되는 작품이 모두 좋은 작품이라는 메시지는, 따라서 나쁜 작품도 없다는 형용 모순의 제시이다. 거기서 발생하는 입문 독자의 혼란은 문학 활성이라는 긴 과제로 보아 소홀치 않은 문제가 된다. 문학 활성은 양질의 독자 양성과 확장에 관건을 둔다. 그런데 예의 혼란의 조장은 좋은 독자의 양성은커녕 있는 독자마저 내치는 노릇이다. 좋은 독자 없는 곳에 좋은 문학이 존재할 리 없다. 그렇기에 앞의 문제는 문학의 재활성책이 오히려 문학 몰락의 촉진제가 될지도 모른다는 위험성을 경고한다. 광고의 품위를 도모하자는 게 아니다. 광고의 상품미학적 논리에 충실하면 할수록 그럴 수밖에 없는 운명을 주시할 필요가 있기 때문이다. 위의 문맥을 참조하면 광고는 예의 '노이즈'가 될 가능성이 농후하며 비평은 바로 그런 노이즈를 견제하고 제거하는 일을 소임의 하나로 삼아야 한다. 비평의 문제를 언급하면서 광고 문제를 거론하는 것은 앞의 소임이 꼭 비평담론을 통해 수행될 일만은 아니라는 점 때문이다. 요컨대 우리의 문학출판 현실에서 비평가가 편집 영역에만 관계하는 것이 아니라 운영에도 이모저모로 연계되어 있다는 점을 생각해보면 될 일이기에 그렇다.

90년대 중반 이후 비평과 상업주의 관계에 대한 논란 역시 그런 측면과 연루되어 있다. 알다시피 비평이 출판자본의 세일즈맨이나 거간꾼이 되었다는 것, 비평이 광고 카피를 대신하고 있다는 것, 자사 출판 작품에 대한 비평은 원천봉쇄한다는 것 등등, 그에 대한 실증과 비판의 강도는 상당했다. 비평이 자신의 역할을 상실하고 문화산업의 한 기능 부분으로 타락했다는 지적은 알다시피 비평의 탄생부터 부단히 있어왔다. 비평이 상품중개인이나 홍보요원으로 전락했다는 테리 이글턴의 지적도 그런 문맥이다. 시장법칙이 '문학 생산품'의 운명을 좌우하고 거기에 전통적인 합리적 준거가 개입될 여지는 사라져버렸다는 그의 지적은 시공간의 상거를 뛰어넘어 우리의 현실을 묘사하는 말로도 그 적절성을 잃지 않는다.

그런데 문제는 시장의 거대한 압력에 직면한 우리 문학 그리고 비평 상황에 대한 다양한 비판이 대개는 윤리적 평결에 입각해 있고, 그런 까닭에 충정의 질에 비해 현실적 개입력과 파생력은 크지 않다는 데에 있다. 문제는 우리 비평사에 있어 이전의 정치적 압력(보이는 손?)에 대해서는 비교적 민감하게 작동하던 자의식이 새로운 억압인 자본과 시장의 압력(보이지 않는 손?)에 대해서는 상대적으로 둔감해지는 구조적 문제이다. 비난이 맞비난으로 끝나고 마는 것도 이 구조에 대한 주밀한 분석과 대응책의 공동 인식이 충분치 못해서인 듯하다.

적어도 비평가의 옷을 입고 있는 한 그 누구도 비평이 시장에 전면 투신하는 것을 용납하지 않는다. 작금의 비평이 상업주의의 조력자가 되었다는 세간의 평에 대해 시각의 근본적 교정을 요구하는 어느 비평가의 논리도 그런 셈이다. 그 논리는 이제는 대세가 되어버린, 문학 생산에의 자본 개입을 무작정 부인할 수 없다는 것이다. 따라서 비평이 어떤 식으로든 출판자본과 관계하지 않을 수 없다면, 거기서 중요한 것은 밖에서의 염결주의적 비판보다 비평의 견경한 '엄정성' 으로 자본의 과도한 압력과 상업주의를 견제하는 노력의 경주라는 주장이다. 그런 생각을 소위 '편승과 저항' 의 전략으로 요약할 수 있을지 모르겠다. 미셸 페쇠의 말을 원용하면 자본에의 전면 의탁인 동일화도 아니고, 그렇다고 현대의 문학 생산 조건으로 감안할 때 '불가능한 임무' 가 아닐 수 없는 자본 논리에 대한 전면 부정으로서의 반동일화(counter-identification)도 아닌, 요컨대 자본주의 시장법칙의 편승 속에서 그것에 내부적인 개입을 시도하는 역동일화(disidentification) 전략이 그런 것이라 할 수 있다.

또다른 비평가는 자신이 활동하고 있는 90년대의 문학이 후대에 혹여 상업주의와의 공모와 밀월의 황금기로 평가받을까 두려워한다(그만 아니라 누구나 두려워한다). 그런 감개에는 비평의 독립성과 자율성으로 시장법칙에 대항하겠다는 결연한 의지가 동반된다. 하지만 그가 속한 문예지가, 실제로 그렇든 안 그렇든, 어쨌든 그런 밀월의 징후를 보이고 있다는 비판의 대상이 되고 있다. 그 비판은 예의 의지와 충정으로 충만한 '주관적 진실'이 누구 말대로 '객관적 환상의 유용한 도구'로 쓰일 가능성에 대한 사전 경고일지도 모른다. 이런 측면은 비평에만 적용되는 게 아니다. 문학 관련자 모두 밀월과 공모가 종내 문학의 괴멸을 불러올지도 모른다며 문학의 운명을 우려한다. 하지만 현실에서 그런 우려는 대개, 거대한 수평 에스컬레이터에서 거꾸로 뛰어가는 작은 점으로 느껴진다. 우리들 의지의 방향성은 에스컬레이터 진행 방향과 거꾸로이지만 종국적으로 내릴 수밖에 없는 지점은 그 에스컬레이터의 목적지이듯이. 공모에의 우려는 높은 밀도의 공감으로 흘러다닌다. 자본에의 비판과 공생으로 요약될 수 있는 비평의 역동일화 전략 또한 누구나 애호할 만한 전략이다. 그러나 그 효과는 방법의 안착으로만 보장되지 않는다. 또다시 윤리적 판단의 냄새가 나는 말이기는 하지만 그것에 비평의 양심(양심의 영어 표현, 즉 'conscience'의 어원인 라틴어 'conscientia'의 뜻은 비평의 존재론과 관련해 시사하는 바가 있다. 이 말은 함께 알고 있다는, 다시 말해 사실에 대한 공동 인식의 뜻과 함께 자기 됨에 대한 의식을 의미하기도 한다. 'conscientia refléxa'는 반성의식을 뜻한다. 양심은 소박한 도덕, 윤리의 문제라기보다는 비평의 사유에 있어 보편 인식을 지향하는 자기 성찰의 내적 원리라는 의미를 함축하고 있다고 할 수 있다)과 윤리학이 자기 검열 기제로 작용하지 않는다면 동일화의 길로 접어드는 또한 일순이다.

5. 맺음말

허락된 지면을 넘어가버린 셈이니 몇 가지 문제만 소략히 확인하고 말을 맺어야 한다(그렇다고 그 문제의 비중이 적다는 것은 아니다). 90년대 비평의 많은 문제는 비평담론이 자기 존재의 물질적 근거를 반성적 성찰의 메커니즘에 적극 포함하지 않는 데에서 온다. 바꿔 말해 문학의 생산, 유통, 수용과정을 포함하는 문화 지형 전반에 자기의 위상을 투영시키지 않는다는 것이다. 투영되지 않음은 문제 없음의 판단으로 이어지기 십상이다. 이는 결국 90년대의 문학의 시장 기제는 비평을 포함한 채 가동되고 있는 데 비해 비평은 그 메커니즘과 자신의 관계에 대한 조밀한 분석을 충분히 수행하지 않은, 요컨대 임무의 방기로 귀결된다. 독서사회학이나 문학과정의 사회학의 필요성을 촉구하는 의견이 없었던 것은 아니나 그것이 강력한 의제로 형성되지는 못했다. 비평의 자리는 문학의 외부가 아니다. 문학의 안에 포함된 채 질문과 심문 앞에 출두해야 한다. 그렇기에 자신을 문학에 대한 심문관으로 간주하던 자리에서 벗어나 스스로를 심문받는 자리로 하강시켜야 한다. 그것이 부재할 때 비평의 자기 반성은 객관성의 취약함에서 벗어나지 못한다. 결국 비평의 자기 반성적 성찰은 비평의 공간과 지평의 규정 요인, 즉 당대의 비평을 생산해내는 역사적 형식들을 탐구하는 일로 확장돼야 한다.

90년대 비평담론이 소홀히 한 것 중에 하나가 독자의 양성 문제이다. 독자의 '개발'을 광고에 맡길 것이 아니라 비평 교육을 포함하는 문학 교육의 계발을 통해 이루는 것이 정상의 길이다. 위기감은 가끔 지나친, 그래서 비현실적인 대응책을 낳는다. 문학 교육이 구하는 것은 백 명(수많은 사람)이 읽는 작품보다 한 명이라도 백 년 동안 읽을 수 있는 작품이다. 그리고 그 작품을 읽을 수 있는 눈을 가진 독자이다. 그런 시각에 마냥 지지표를 보낼 수는 없다 해도 그 태도는 장기적으로 문학의 가치 보존에 오히려 지름길이다. 문학의 광고화는 백 명이 백 년 동안, 합이 천 명(엄청 많은 소비자)이 읽을 작품과 독자를 확보하겠다는 욕망이다. 그 욕망이 문학의 영예가 될지 오욕이 될지의 판단은 이르면 이를수록 좋다. 문학의 위축은 장기 국면의 사태이다. 문학 교육 그리고 비평 교육은 그 안에서 문학이 신생을 도모하기 위한 핵심적 관건 중 하나이다. 다음 세기의 비평이 이를 놓쳐서는 안 되는 까닭도 그 때문이다.

(『문학동네』 1999년 가을호)

문학과 '벌거숭이 임금님'*

1. 1997년 가을, 문단의 풍경 하나

비평가 A는 어느날 월간 『현대문학』으로부터 몇 회에 걸쳐 서평란의 집필을 맡아달라는 청탁을 받았다. 그는 서평의 첫번째로 1997년 '오늘의작가상' 수상작인 『낯선 천국』을 택했다. '오늘의작가상'이라는 명망 있는 문학상의 수상작이라 관심을 가질 만하다고 보았다. 하지만 작품은 기대에 미치지 못하였고 이러저러한 불만을 느끼게 되었다. A는 그런 까닭에 강한 비판의 논조로 서평을 썼다. 이에 대해 '오늘의작가상' 심사위원 중의 한 분인 소설가 하일지씨가 중앙일보를 통해 반론을 제기했다. 그러다 며칠 후 A는 『세계의문학』의 원고 청탁을 받았다. 『낯선 천국』에 대한 서평을 해달라는 것이었다. A는 청탁자에게, 일전 그 작품에 강한 비판을 한 처지로 예의 문학상을 주관하는 출판사의 계간지에 다시 비판적 서평을 게재하는 것은 적당치 않겠다는 요지의 말

* 지면 발표 당시의 제목은 '대중사회의 전개와 자본의 문화 사업, 예술의 테러리스트가 되고 있다' 였다(편집자 주).

을 건넸다. 기실 이런 태도는 일종의 관행적 사고, 이를테면 특정 출판사의 매체에 그 출판사 발간 작품에 대한 비판적 글을 싣는 것은 온당치 못하다는 생각의 반영인 셈이다. 그 관행이 어떤 합리적 전거를 가지고 있는 것도 아니고 또 바람직한 문학적 태도도 아닌 것은 분명하지만 A를 비롯한 많은 비평가들이 그런 관행에 물들어 있는 것이 또한 현실이었다.

청탁자는 저간의 사정을 알고 나서 다른 글을 부탁하게 되었다. 그런 후 A는 『세계의문학』 가을호와 겨울호에 걸쳐 이즈음 우리 소설문학의 전반적 문제점을 함께 살펴보는 글을 쓰게 되었다. 가을호에 게재된 A의 글 「내면, 타자의 복원과 타자의 배제」에는 이번 평문에 이은 연재글이 겨울호에 마저 실릴 것이라는 안내도 나갔다.

가을호가 나온 후 A는 겨울호에 게재될 나머지 글을 준비하던 중 민음사으로부터 새로운 통보를 받았다. 겨울호에 약속된 예의 연재글을 실을 수 없다는 것이었다. 통보자의 전언을 요약하면 사주가 민음사에서 제정한 문학상의 수상작을 비판한 A에 대해 상당히 고약하게 생각하며, '자신의 출판사'가 발행한 작품을 비판하는 그런 불쾌한 비평가에게 자사의 지면을 내줄 수 없다고 결정했다는 것이다(사실은 이미 약속된 지면을 압수하는 행위지만). A는 물색 모르는 비판을 한 덕분에 일종의 집필금지 처분을 받은 격이 되었다.

A는 민음사의 사주가 속이 상했을 수도 있겠다고 생각했지만, 그렇다고 그것이 비평적 견해를 봉쇄하는 근거가 된다는 점은 이해할 수도 없었거니와 믿기도 힘들었다. 민음사의 사주가 그렇게 비상식적인 분이라고는 생각할 수 없었기 때문이다. 그후 A와 『세계의문학』 사이에는 몇 번의 이야기가 더 오갔다. 집필불가 원인이 정말 사주의 불쾌함 때문인지를 알고 싶다는 A의 요청에 공식적인 회답이 표시되지 않던 중 민음사로부터 다시 연락이 왔다. 사주의 지시로 그런 것이 아니고 편집진에서 그런 결정을 한 것이고 그게 문제라면 다시 약속된 겨울호

원고를 써도 좋다는 게 회답의 요지였다. A는 편집 관계자의 말을 믿기가 힘들었다. 또한 처음에는 게재불가 결정을 내렸다가 문제가 생기니까, 그럼 써도 좋다는, 마치 일종의 은전을 베푸는 듯한 출판사의 태도는 처음보다 더욱 불쾌한 일이라고 생각했다.

한편 『현대문학』 편집자들의 태도도 평상심을 잃은 듯했다. 『현대문학』이 애초 A에게 서평을 청탁할 때는 몇 회를 계속 써달라는 것이었다. 그런데 A가 쓴 예의 서평에 대해 앞에서 이야기한 것처럼, 논박도 있고 또 신문에 기사화되기도 하자 『현대문학』 편집진은 처음 생각을 급히 거두어들였다. 다음 달부터 일체의 연락을 두절하고 A에게 종무소식으로 일관했다. A가 설혹 서평 청탁에 대한 성실한 이행 의지를 고수하려 해도 그것은 하릴없는 짓으로 귀결되는 형국이었다.

2. 해프닝 혹은 결절점?

지난 계절 문단의 한구석에서 일어났던 사연이다. 우선 독자들을 비롯해 문학 관계자들은 이런 일에 대해 어떻게 생각하는지가 무척 궁금하다. 이 사연은 사실 얼마 전 내가 겪었던 일이다. 적어도 내 생각에는 민음사의 그런 태도에 분명 큰 잘못이 있다고 본다. 자사 출판물에 대해 비판을 했다는 것이 자사 발행의 문예지에 실릴 글을, 그것도 매체와 필자 그리고 독자 사이에 약속된 글을 취소해버리는 이유가 될 수 있다고 생각하는 것이 도대체 이해되지 않았기 때문이다. 그것은 마치 특정한 비평적 견해가 마음에 들지 않으면 폭력을 통해서라도 그 입을 막을 수 있다는 논리와 진배없다. 자신을 비판하는 방법이 비평적 견해의 방식을 띠었다면 그에 대한 논박이나 비판도 최소한 그에 준하는 방법으로 수행되는 것이 온당한 처사이지 그것을 '문학 외적인' 방법, 즉 강압으로 대처하거나 억압한다는 것은 한 개인에 대한 도리도 아니거니와 문학 전체에 대해서도 경우가 아닌 것이다. 심하게 해석하면 그것은 문학에 대한 일종의 협박이자 테러일 수도 있다. 한데 그런 일이 다른 곳도 아닌 한국문학의 큰 기둥 노릇을 하고 있다고 평가되는 민음사에 의해서 일어났다는 점에서 문제의 심각성은 더하다. 사실 민음사는 정당하지 못한 이중적 방법을 취했다. 나의 비평적 견해에 대해 한편으로는 '문학적인 방법'으로 응대하면서 다른 한편으로는 '비문학적'인 방법, 즉 강압을 사용했다는 점에서 그렇다. 전자는 심사위원 중의 한 분인 하일지씨의 반론과 『세계의문학』 편집진이 쓴 반론이다. 이는 얼마든지 좋은 일이다. 『낯선 천국』에 대한 나의 비판이나 『현대문학』의 공동서평에 결점이 없다고 말할 수 없기에 그에 대한 지적과 비판은 공적 담론의 장인 비평적 지평의 탄성과 확장에 당연히 기여하는 바 있기 때문이다. 하지만 민음사는 그런 '점잖은' 방법은 '공식성'이 보장되는 일간지나 계간지 등에만 적용하고 나와의 개인적 관계에서는 매체의 소유권을 담보로 마치 아무런 사전 설명 없이 사주가 피용자 해고하는 듯한 정당치 못한 방법을 취한 것이다. 결국 이런 방법은 그것이 아무리 정당치 못하다 하더라도 공론의 장에서 공개되지 않으면 민음사와 나의 개별적 관계로만 묻혀버릴 것이고 그렇게 되면 문제될 게 없다는 생각의 소산이다.

이런 일이 유감스럽지 않을 수 없다. 사주에 대한 문예지 편집권의 독립 문제를 새삼 거론하지 않더라도 사주가 예의 이유로 그런 결정을 필자에게도 강요한다는 것은 있을 수도 없는 일이거니와 민음사의 나중 설명처럼 설혹 편집진이 사주의 불편한 마음을 미리 헤아려 그런 결정을 내렸다 하더라도, 그것이 지혜로 보이기보다는 오히려 문제를 더 불거지게 만드는 데에 기여하는 '악수'로 보이기 때문이다. 더구나 민음사의 편집진은 민음사 직원인 동시에 활발한 문학활동을 하고 있는 문인들이지 않은가.

『현대문학』의 태도 역시 아름답지 못하다. 『낯선 천국』 서평 원고를 보냈을 때 편집진은 아무 문제가 없다고 했다. 그에 대한 논쟁이 발생한 후에도 나에게는 여전히 문제될 게 없다고 설명했다. 그런데 어느 날 무슨 까닭에서인지 이야기가 달라졌다. 설혹 『현대문학』의 서평란을 둘러싸고 비난과 비판이 난무하는 복잡한 논쟁이 벌어진다 해도 그것은 시종 정당한 문학적 방법으로 대응할 일이다. 앞뒤 잴 줄 몰랐던 나의 서평 때문에 민음사와의 '돈독한' 관계가 불편해지는 것을 참을 수 없었는지, 아니면 『현대문학』 품위가 동네 시장 좌판 수준으로 여겨질까봐 심히 저어되었는지 그도 아니면 문단 인맥에 흠집이 생길까봐 그랬는지는 모를 일이나 『현대문학』의 태도는 아무튼 딱하기 그지없다. 문학행위를 통해 발생한 문제에 대해서는 당연히 문학적 방법으로 대처함이 옳다. 그러나 『현대문학』이 이번에 보여준 태도는 그런 문학적 판단의 결과가 아니라 지극히 '비문학적' 고려의 결과라는 점에서, 더구나 오랜 이력을 자랑하고 한국문학의 지킴이로 자처하는 바로 그 『현대문학』의 처신이 이 정도라는 점에서 나는 무책임 추궁의 차원을 넘어 처연함까지 느끼게 된다.

위에서 언급한 일은 일견 민음사와 나(혹은 『현대문학』까지 포함하여) 사이에 있었던 사사로운 해프닝일 수도 있다. 하지만 곰곰이 생각해보면 이번 일의 성격이 꼭 그렇지만도 아닌 듯싶다. 나 개인적으로야 물론 불쾌한 일이지만 더 넓게 보면 혹시 이 일이 문학에 대한 우리 시대의 공공연한 인식과 태도이며 나아가 일종의 무의식적 반응이 아닐까라는 생각을 하게 된 것이다. 다시 말해 '문학 외적인 것'이 문학을 목조르는 일이 공공연히 이루어지고, 그럼에도 그것을 별 문제로 보지 않는 맹목의 의식이 자연스럽게 드러난 것은 아닐까라는 생각을 하게 되었다는 말이다. 그럴 경우 이번 일은 한 현상을 통해 구조의 핵심적 성격이 발현되는 것처럼, 단지 나 개인에게만 한정된 것이 아니라 요컨대 이즈음 우리 문학이 당면하고 있는 문제들이 한 개인의 경우를 통해

'결절점(結節點)' 을 드러내 보이는 의미를 내포하고 있다는 견해가 가능할 법하다는 것이다. 그것이 마냥 나의 과민반응에 따른 확대해석인 것만은 아닌 듯싶기도 하다.

만약 이번 일의 의미가 한 개인 혹은 민음사라는 한 출판사에 국한되는 것이 아니라면 그 확장된 의미는 어떤 것으로 구성될까라는 질문으로 돌아가게 된다. 그것은 결국 문학출판을 비롯한 문학 전체에 대한 자본의 전일적 지배가 더욱 경향화되어가고 있는 추세, 그에 관련해 사주나 편집자의 존재 방식이 자본 메커니즘에 의해 강력 규정당한다는 조건, 그런 현상에 대한 비판자이자 문학의 호민관으로 존재해야 할 비평(가)의 무력화, 나아가 여타의 비합리 등등일 것이다. 이번 일은, 말하자면 '비문학적 요소' 로서의 예의 구성물들이 중층적으로 결절되어 문학적 판단과 태도를 자기 식으로 재성격화하고 있는 것이 작금의 대세로서, 이번 일은 그런 흐름이 하나의 조그만 현상을 경유해 자신을 실현한 경우로 보이는 것이다. 물론 이 글의 문제의식이 한 개인의 사사로운 일을 일반적 경우로 환원하는, 이를테면 성급한 일반화의 오류가 되어서는 곤란할 터이다. 이 글은 그런 점에서 한 명의 비평가이기도 한 나 자신이 그간 제 소임을 제대로 못 했기에 이런 일이 일어나게 되었다는 자책 및 자기 반성을 겸하면서 동시에 현금 문학의 어김없는 문제점을 문단의 동료들과 함께 공유해보았으면 좋겠다는 소망에서 출발한다.

3. 문학 위기의 실제

문학의 위기라는 언사는 이제 지나치게 진부하다고 한다. 그럴 법하다. 하지만 그 말의 사용도가 빈번하고, 그래서 진부한 느낌을 자아낸다고 해서 그 표현이 내포하고 있는 현실적 문제점이 진부해지는 것은 당연히 아니다. 위기의 요소들은 오히려 더 축적되고 있는 편이다. 해서 여전히 문학은 위기라고 보는 것이 나의 생각이다. 사실 문학 위기론이 제기될 때 그 진단의 배면에는 새로운 미디어와 그에 무비판적으로 젖어들어가는 대중들의 감수성 그리고 그의 파급 효과인 문자매체에의 경시, 바꿔 말해 대중들이 문학에서 이탈해간다는 우려가 깔려 있는 것이었다. 문자매체 중심의 문학이 기존 문화예술 영역에서 중심적 역할을 해온 사정을 감안할 때 멀티미디어로 대표되는 새로운 매체 중심의 급격한 문화 환경 변화는 일견 그런 판단을 낳을 법하다. 하지만 그 판단이 한편으로 기술 발전이 가져온 다양한 표현매체의 발견, 그로 인한 표현 영역의 확장이라는 측면에 대한 객관적 의미와 기능을 충분히 이해하려는 노력이 수반되기도 전에 그것을 문학중심적 시각으로 재단하려 했던 일종의 '속수(速手)'였다는 사실은 부인하기 힘들다. 그렇기에 문명사의 한 순환기적 변동점에서 도대체 문학의 긍정적 기능을 여하히 지속시킬 것이며 혹은 문학에도 변화가 필요하다면 그 변화의 내실은 어떻게 재구성되어야 하는가라는, 좀더 발본적 문제의식이 필요한 시점에 다른 매체에 대중들이 몰려간다는 점에 몰두하여, 그것을 위기론의 증거로 삼는 인식이 횡행하기도 했다. 그런 태도는 단지 양의 많고 적음을 기준으로 문제를 가늠하는 단순한 판단법이라는 점에서 문학적인 태도라 보기는 힘들다. 오히려 이런 태도가 문학의 위기를 부추기는 요인일 수도 있는 법이다.

이와는 다른 맥락에서 새로운 육질의 상상력과 기법을 탑재하고 출현한 새로운 세대들의 작품들에 대해 기성 문단이 초기에 내비친 일종의 당혹감과 불편함도 문학의 위기론을 떠받치는 증거로 원용된 바 있다. 하지만 그것은 문학에 대한 새로운 태도와 경향 및 방법의 부상에 대해 기성성이 내보이는 임의적인 반응으로서 역사과정에서는 항상적으로 있어온 일이다. 이는 윌리엄스의 명제대로 '부상하는 문화'와 '지배적 문화' 사이의 긴장과 갈등이라는 점에서 오히려 새로운 문제의식을 낳는 생산적인 지반이 되는 것이기도 하다. 그런 까닭인지 새로운 작가들의 비기성적 문학 경향을 문학 위기의 증거로 제출하는 일은 이제 많이 없어진 것으로 보인다. 문학 위기의 주범으로 평결받았던 신매체의 등장이나 새로운 세대들의 대거 상륙을 거북하게 여길 것이 아니라 오히려 필요한 것은 그것을 문학의 탄성을 드높이는 조건으로 활용하고자 하는 적극성일 것이다. 그런 적극적 자세가 여러 어려움에 처한 현단계 문학의 새로운 자강(empowerment)을 북돋우는 데에 중요한 전기가 된다는 것이 나의 소신이기도 하다.

그런 논리에서 보자면 문학의 위기를 만들어내는 종국적 요인은 더욱 구조적인 것이다. 그것을, 이제는 문학이 자본에 거의 전면적으로 포섭되었다는 사실로 설명하는 것 역시 진부한 편이다. 그럼에도 문학에 대한 최종심급이 자본이 되었으며 그 최종심급의 평결에 따라 문학이 급격한 재편을 강요받고 있다는 사실은 음울하지만 어쩔 수 없는 현실이다. 문학에 대한 자본의 전면적 포섭이라는 현실 조건이 이즈막 창작, 비평, 유통 등 문학계 전반을 기형적으로 재편하는 핵심적 동인이 되고 있는 바는 대개 자각하고 있다. 이는 결국 그간 '예술의 자율성' 이라는 이름으로 문학이 수행하고 있던 반성, 비판의 능력이 압착되고 있다는 것의 재확인인 셈이다. 비록 그 원천적 성격이 자본주의적 시민사회를 전제하는 한계점 안에서의 자율성이었지만, 그럼에도 불구하고 문학이 현실과의 교접 속에서 이루어낸 문제설정의 생산능력과 성찰방법의 축적은 이제 자본의 전방위적 공격 앞에 하루하루 허물어지고 있는 형국인 것이다.

문화산업이라는 미학주의적 형식 혹은 상업주의라는 공격적 이데올로기에 점차 식민화되어가고 있는 문학 현실 앞에서 비평가들은 때로는 망연자실히, 때로는 깊디깊은 우려를 나타낸다. "21세기형 문화산업은 예술이라는 독창적인 인간행위를 산업이라는 경제구조 속으로 흡수함으로써 그것의 전래의 문화다움, 예술다움을 약화시킬 것이다. 그 시장 경제의 메커니즘에 흡수된 문화-예술은 자본의 논리에 인간의 심미적, 정서적 창조력을 왜곡시킴으로써 문화-예술의 인간성, 진지성, 진정성을 희석시키고 만다"[1]는 김병익 선생의 지적이나 "상업주의의 괴물은 (……) 한 시절의 무적함대처럼 정신의 무력화에서 철저하게 무차별적"이며 그것은 문학을 "졸속적 대량생산의 작품" "일회용 소모품"으로 만들어 작가를 그 소모품의 생산자로 전락시키는 동시에 "상업주의적 문학 현상에 대한 비평의 현상추수적 방조" 및 "상업주의 시대의 주문에 응하는 비평", 다시 말해 주문생산비평을 낳은 근거가 되고 있다는 유종호 선생의 지적도 그런 우려의 표현이다.[2] "문학뿐 아니라 모든 진정한 예술이 점점 더 위협받게 되는 현상이 자본주의의 전일화에 따르는 대세"[3]라는 지적도 마찬가지이다.

예문에서의 루카치의 이런 지적이 그의 시대만이 아니라 지금에도 적용된다고는 하지만 사실 자본주의사회에서 문학이 그런 테두리를 원천적으로 벗어날 수 없는 것은 불우하기는 하되 생래적 운명임에는 자명하다. 예술이 자본과의 관계에서 종속상태에 들어갈 때 그것은 서로 분명하게 구별되는 두 개의 단계, 이를테면 '형식적 굴복'과 '실제적

---

1) 김병익, 「자본-과학복합체 시대에서의 문학의 운명」, 『문학과사회』 1997년 여름호, 503쪽.

2) 유종호, 「20세기의 막바지에서」, 같은 책, 484쪽.

3) 백낙청, 「비평과 비평가에 관한 단상」, 같은 책, 513쪽. 백낙청 선생은 루카치를 인용하면서 작금의 우리 문학 현실에도 그의 지적이 적중한다고 보는데 루카치의 말을 다시 한번 인용해본다. "점점 강도가 높아가는 제반 압력과 대다수 비평가 및 문학전문가 자신이 심지어 미적 판단에서조차 문학에 객관적인 평가를 적용하지 않으려는 태도가 낳은 결과는, 한마디로 무정부상태이다. 온갖 견해들의 무정부상태요, 각자가 자기만을 챙기는 전쟁이며, 이념적 혼돈이다. 이는 되풀이하건대 자본주의에 의한 수많은 창작자와 비평가들의 전반적 타락의 결과인 것이다. (……) 진정한 기준이 결여된 이런 분위기, 자본주의적 고용주로부터의 정치적·경제적 압력과 점증하는 천편일률성, 선정주의, 재정적·도덕적 파멸로 끊임없이 위협하는 냉혹한 경쟁 등이 판을 치는 이런 분위기에서는, 그 미적·도덕적 수준을 외부인들은 아무도 존중할 수 없는 무원칙한 패거리들이 나타나게 마련이다."

굴복' 이라는 두 단계를 띤다고 설명하는 게르하르트 라이트호이저의 다음과 같은 말도 역시 그런 운명의 일단을 알려준다.

> 형식적 굴복은 예술 생산자가 아직도 그의 작업 도구들을 마음대로 사용하게 방임하며, 아울러 그의 작업의 자율성이라는 본질적인 국면을 마음대로 처리하게 내버려둔다. 자본관계로의 실제적 굴복은 예술가를 지시에 따라 일하는 무산화된 피고용자가 되게 한다. 그의 자율적 예술활동의 전제들은 거의 완전히 빼앗기고 만다. 그의 사용가치에 정위된 작업의 특수성은 말소될 위험에 처한다.[4)]

루카치의 경우 그가 예술·문학에 대한 자본의 포섭을 걱정하고 있기는 하지만 그래도 그의 시절은 희망의 알심이 탄탄하던 시대였다. 자본의 포섭력에 못지않은 비자본적 존재 방식이 역사상 그 어느 때보다 활발히 탐구, 실천되던 시절이 그가 살던 때라는 점에서 그렇다. 그 시절을 풍미하던 준열한 작가의식, 이념의 공고화 등은 예의 자본의 활성화 반대편에 마주 서 있던 팽팽한 대당으로서 자본과의 긴장을 늦추지 않던 단단한 축이었기에 그렇다.

다소 형식논리적인 측면을 드러내기는 하지만 라이트호이저의 말을 참조할 경우 우리는 '형식적 굴복' (굴복이라는 말이 썩 유쾌한 표현은 아니지만 형식적 굴복을 자본에의 상대적 독립과 자율성으로 해석할 수도 있을 터이다)과 '실제적 굴복' 을 구분해주는 지표가 무엇인지 질문할 수 있다. 작가의 태도는 가장 기본적인 것일 테고, 자본의 포섭력에 대한 비평의 버팀목 역할 정도, 전체적인 시대 상황, 자본 지배의 강도, 자본에 대한 문학인들의 내면화 수준 등도 들 수 있을 것이다.

사실 시민사회에서의 예의 '형식적 굴복' 은 예술작품의 사회적 분배

4) 페터 뷔르거, 『미학이론과 문예학 방법론』, 김경연 옮김, 문학과지성사, 1993, 215쪽.

가 원천적으로는 자본에의 종속을 조건으로 삼고 있지만 그 조건들이 예술작품들의 사회적 기능 영역을 침해하지는 않는 사회적 타협의 결과이기는 하다.[5] 하지만 지금의 사정은 그런 시절을 자본의 순박했던 한때로 회고하게끔 한다.

문학은 자본의 문화산업 전략에 거의 나체로 의탁하게 되었고 그에 따라 문학에 대한 자본의 지배력은 더욱 상승하면서 그것의 내면화는 문학인들에게 자연스러운 과정으로 받아들여지게 된 것이 작금이다. 그에 반해 그런 경향을 되구부리는 데에 아르키메데스의 입지점 노릇을 해야 할 비평은 제 소임을 수행하지 못한 채 오히려 상품미학의 디자이너가 되라는 강요에 시달리고 있다.

이런 대목은 결국 문화예술이 지니고 있던 그 본연의 생기가 소실된 것, 바꿔 말해 현실에 대한 비판으로서의 역동적 성격이 퇴각하고, 대신 그 자리에 보다 순수한 문화산업 논리를 통해서만 존재하고 작동하는 시장 메커니즘이 들어앉게 된 것의 반영인 셈이다. 그런 점에서 이는 문화예술의 물상화(Verdinglichung)가 정착되는 과정에 다름아니며, 『계몽의 변증법』이 그리도 우울하게 전망하던 문화예술에 대한 자본의 '파시즘화'가 비로소 완성되는 광경인 것이다.

자본주의사회에서 시장 논리로부터 자유로운 것은 물론 없다. 문학 역시 그 논리의 자장권에서 존재하고 숨쉰다. 하지만 그런 조건을 전제한다 하더라도 자율성과 창조성이라는 문화예술의 고유한 성격을 보존하려는 노력이 있는 가운데 꾀해지는 문학의 생산, 유통, 수용과정의 합목적성과 마케팅 전략에 문학의 모든 것을 종속시키는 과정은 엄연히 다르다.

유례없는 폭식성을 자랑하는 후기산업사회에서의 자본 논리는 당연히 후자를 자신의 방법으로 취하려 하겠지만, 요컨대 문학제도의 자구

---

5) 페터 뷔르거, 같은 책, 214쪽.

력이 여하하냐에 따라 문학이 자본의 공세에 무작정 당하지만은 않을 수도 있다. 이 방어력의 모색, 다시 말해 문화산업의 강력한 흡인력에 대해 문학의 공익성 혹은 공동선의 논리로 대응하는 방법의 모색이 물론 문학에게만 맡겨진 몫은 아니다. 그것은 당연히 전 사회적 차원의 협동이 요구되는 일이다. 하지만 그 역시 문학이 그런 방어를 견결히 하겠다는 태도를 보일 때 가능한 일이다. 말하자면 하늘은 스스로 돕는 자를 돕는다는 잠언처럼!

멀티미디어의 확산에 따른 문자매체의 위축 혹은 '단군 이래' 최대의 불황이라는 출판계의 최근 사정이 어려움을 더해주기는 하지만 출판계의 총매출액은 여전히 증대하고 있는 실정이며 그것은 앞으로도 계속될 전망이다.[6] 출판 규모의 확대는 문학출판의 규모 역시 키우게 마련인데 이는 국내 출판물 중 문학도서가 가장 많은 종수를 차지하고 있는 측면에서도 확인된다(일간지 책 광고 중 문예물이 차지하는 비중은 3, 40퍼센트나 된다). 이런 점은 상기한 것처럼 문예물이 각 출판사의 운명을 좌우할 수 있다는 사실을 확인시켜준다. 양적인 차원에서만 보자면 문학은 위기가 아니라 오히려 단군 이래 최대의 확장치를 자랑하고 있는 중인 셈이다.

사실 자본의 확대는 기존의 문예물 출판 관행을 전혀 다른 방식으로 재편한다. 지반이 아예 달라지는 것이다. 전체 시장 규모와 출판사의 자본 규모가 소규모이던 때에는 출판사와 작가 그리고 작품의 관계가

---

6) 90년대 들어 우리 사회의 변화를 압축적으로 표현하고 있는 문화산업의 급격한 확장은 문학책을 비롯한 출판물의 확대도 포함하는 일이다. 참고서나 아동물의 비중 때문에 그 질은 비록 여전히 문제적이지만 1995년의 경우 한해 총발행부수가 1억 4천만 부, 총매출액이 1조 2476억원에 이르고(박남정, 「염려와 기대가 공존하는 출판계」, 『리뷰』 1996년 겨울호) 세계 10대 출판대국(출판만이 아니라 영화, 음악을 비롯한 문화산업 거의 전 영역에서 우리나라 시장 규모는 세계 10위권에 들어간다)으로 등록되는 것이 국내 출판계이다. 이윤 동기로 기획되는 문학 및 여타 출판물의 입장에서 볼 때 이런 출판의 시장 규모는 엘도라도 그 자체이다. 하지만 그런 점은 동시에 문학, 출판물 등에 대한 자본의 압박이 얼마나 드셀지, 그 강도를 짐작게 하는 지표이다.

일종의 인간적 관계 혹은 공동체적 관계였다는 '전설'을 전해듣는다. 출판사 혹은 사주는 작가를 작품이라는 예술생산물을 창작하는 정신적 주체로 본 것이다. 하지만 출판시장의 규모 확대에 따라 자본의 규모 역시 확대되는 과정에 들어서면 그런 기존의 관계는 깨어지게 마련이다. 일 년 총매출액이 백억, 이백억을 넘어가는 대규모 출판사 메커니즘의 가동 주체는 더이상 하나의 인격적 표현으로서의 출판사 사주가 아니게 된다. 자본 그 자체이다. 그때부터 출판자본은 작가를 '예술가'로 보지 않는다. 작가는 일종의 생산물품 계약자가 되고 작품에 대한 판단은 부가가치 생산 여부를 기준으로 이루어진다. 작품에 투자가치가 있다고 생각할 때는 당연히 마케팅 비용을 적극 지출할 것이다. 결국 그런 맥락이 공고해질 때 투자가치의 담지체인 '문학상품'이 자본의 잉여축적 논리에 규정될 수밖에 없는 것은 불가피한 일이라 하겠다. 문제는 자본가가 아니라 자본 그 자체라고 했던 마르크스의 갈파가 이런 식으로 적용되는 것이다. 결론적으로 자본의 진전이 기존 문학출판의 공동체적 논리를 근본적으로 해체시키는 동시에 새로운 질서를 강제적으로 재편시킨다는 논리이다.

적당한 사례가 될 수 있을는지는 모르겠으나 출판계에는 이런 이야기가 있다. 베스트셀러를 내면 망한다는 객담이다. 모든 출판사가 베스트셀러를 대망하기는 하지만 이전에 소규모로 운영되던 출판사가 어느 날 우연찮게 베스트셀러를 내게 되면 그 크기를 관리, 운영할 수 있는 규모로 확장하지 않을 수 없다. 확장된 출판사는 당연히 고정경비를 비롯해 많은 지출을 감당해야 한다. 하지만 그 베스트셀러 규모에 맞게 재정비된 운영 규모를 충족시키는 또다른 베스트셀러가 나오지 않을 경우 그 출판사는 종국적으로 적자에 허덕일 수밖에 없게 된다. 그런 확장된 자본의 크기에 맞는 운영을 위해서라도 베스트셀러의 유혹은 더욱 강하게 마련이다. 그런 조건에서 문학작품을 비롯한 출판 대상은 당연히 부가가치 동기에 입각해 판단될 수밖에 없는 것이다. 그를 위해

갖가지 마케팅 전략이 동원됨은 필지의 사실이다(출판업도 벤처기업이라는 우스갯소리도 그래서 나온다). 해서 그 전략에 의하면 작가는 더이상 정신적 주체로 대접받지 못한다. '실행과 구상의 분리' 라는 자본주의적 노동분업 명제가 여기에도 적용되는 셈이다.

이야기를 다시 돌아와, 이런 형세 속에서 지금 우리 문학은 과연 스스로를 얼마나 돕고 있는가라고 자문해보지 않을 수 없다. 스스로를 돕는, 다시 말해 자강의 방편은 여러 가지이겠지만 문학상, 광고, 각종 이벤트, 문학정책 그리고 비평 등은 그 가운데에서도 주요한 방법일 터이다. 그런 까닭에 우리는 그런 방법들이 과연 현금 문학이 당면하고 있는 위기의 국면을 헤쳐나가는 데에 있어 혹은 자강의 노력을 기울이는 데에 있어 얼마나 적절한 역할과 방책 노릇을 하고 있는지 다시금 자문해보지 않을 수 없다.

3-1. 문학상은 문학상이다

만복의 근원이 황금으로 산술되는 이 세기말의 막바지에 고달픈 작가에게는 유상의 지원이자 무상의 위로요, 독자들에게는 하나의 우량품 인증서 같은 문학상이 그 자체로 문제될 것은 물론 없다. 그런 것이라면 오히려 다다익선이 아닐 수 없다. 하지만 현실은 그렇지 못하다는 데에서 가슴 답답함이 시작된다. 여기서 새삼 상기하지 않더라도 그간 문학상을 둘러싼 여러 불만과 풍문들의 떠돎이 단지 풍문으로 끝나지 않는 것은 나 혼자만의 소회가 아닐 것이다.[7] 비평가의 말이 이제 어느

7) 문예진흥원 자료에 의하면 1996년 1월 현재 시행중인 문학상 수는 총 174개이다. 시상 주체별로 나누어보면 문학단체나 유관협회에서 주관하는 상이 85개, 신문 잡지 출판사 43개, 상 운영위원회 37개 등이다. 문학상 중 절반 가량은 유명 작가들의 이름을 상 제호로 삼고 있다. 문학상 제정년대별 분포를 보면 50년대에 제정한 문학상이 4개, 60년대 9개,

정도나 신용을 갖는지, 비평계의 말석인 나조차 의문을 갖는 바이지만 지난봄 『한국문학평론』에서 비평가들을 상대로 조사한 설문 내용을 보면 그 심각성을 간접 확인하게 된다. 그것의 객관성 여부는 일단 논외로 하더라도 가령, 문학상이 너무 많다는 압도적 의견에서부터 심사 기준에 상업적 의도가 짙게 깔려 있다, 공정치 못하다, 공로상, 격려상으로 전락했다는 응답, 심지어 나눠먹기라고 보는 의견이 응답자의 반이 넘는다는 사실에 이르면 심각함을 넘어 어찌해볼 도리조차 없게 만든다. 더욱이 문학상의 공정성 여부에 대해 응답자 163명 중 2명만이 공정하다고 본다는 보고[8]까지 접하고 보면 이는 실로 난제 중의 난제가 된다.

나아가 한 평론가는 거의 문학상 '철거론'에 가까운 생각을 갖고 있다. 예컨대 문학상이 "문예지와 출판사를 둘러싼 분파 형성, 이합집산, 상업출판의 수단"[9]이라고 보는 시각이나 "문단의 친소관계, 작가의 사교력, 기타 섹트에 가담하였느냐 등의 여부에 의해 그리 고르지 않은 형국으로 배분되는 것이 또한 문학상이지 않"느냐는 힐난이 그것인데 그 정도에 이르면 문학상은 더이상 연명해야 할 아무런 이유를 발견하지 못한다. 추한 꼴만 보이는 애물단지로 전락한 셈이고 그런 애물이 존재해야 할 까닭은 없다고 보는 것이 그의 생각인 듯하다. 또한 "웬만큼 역량 있고 작품 발표를 한 알려진 작가라면 신인상을 제외하고는 한두 가지 문학상을 받지 못한 경우가 드물 정도로 흔해빠지고 값싸진 것이 또한 문학상이다"[10]라는 말은 문학상이 더 갈 데 없는 싸구려 자화자찬의 도구가 되었다는 이야기와 다를 바 없다.

70년대 31개 그리고 80년대에는 92개로 대폭 늘어난다. 90년대에도 문학상은 계속 늘어나는데 이 시기의 특징은 수상상금이 대규모화된 점이다.

8) 「설문 : 평론가 168명에게 듣는다」, 『한국문학평론』 1997년 봄호, 88쪽.

9) 김이구, 「작가적 욕망의 사회적 다스림」, 『오늘의 문예비평』 1996년 봄호, 120쪽.

10) 김이구, 같은 글, 131쪽.

문학상에 대한 이런 생각이 소수 문인의 것만이 아닌 것은 새삼스러울 게 없다. 물론 근자만 하더라도 주요한 문학상 수상작이 모두 터무니없는 작품이나 작가에게 수여된 것은 아니다. 그런데도 이런 지적과 비판이 왜 갈수록 거세지는 것인가. 결국 문학상이 상 본연의 노릇을 못하고 그 이상을 겨냥하고 있기 때문이라 할 수 있다. 이미 알 만큼 다 알려진 것이지만 그래도 다음의 말은 그런 생각을 더욱 확고하게 한다. "문학상 여부에 대해서는 다소의 논란이 없지는 않지만 판매에 있어서 만큼은 수만에서 수십만 부까지 기록하는 베스트셀러 제조 방법의 하나로 자리잡았다."[11] 심사위원들이 선정한 수상작이 발휘할 상업성이 의심을 받아 한창 인기가 좋은 작가의 작품으로 발표 전에 조정되는가 하면, 아예 점찍어둔 작가로 결정하는 요식행위로 심사가 진행되기도 한다.[12] 문학상의 상업주의적 전략에 대한 힐책이다. 말하자면 문학상의 베스트셀러화는 수상작에 대한 독자들의 사후적 지원과 성원의 결과가 아니라 애당초 베스트셀러를 겨냥한 일종의 기획상품 성공 결과라는 진단이다. 앞에 든 예문들이 무슨 확실한 증거를 가지고 있는 것은 아닐 터이다. 그러나 눈앞에 선명히 보이는 증거가 없다고 해서 이런 귀띔을 무시하는 사람은 없다. 오히려 많은 사람들이 고개를 주억거린다. 사실이 아니기를 바라지만 만약 그런 혐의에서 완전히 벗어나기 힘든 구석이 있다면 이는 문학상 심사위원들에게 대단히 욕된 이야기가 된다. 말 그대로 출판사의 상업적 전략에 이용당하는 셈이 되기 때문이다. 물론 심사위원들은 나름의 선별 기준을 가지고 불편부당한 심사를 위해 애쓴다고 본다. 하지만 출판사나 문학상 관계자의 암묵적 요청을 완전히 무시하기 어렵다는 데에 곤혹스러움이 있는 것이다. 심사위원의 노력이 미필적 고의나마 문학상의 그런 상업적 출판에 '도우미'가 된다면 이를 어떻게 보아야 할지, 여간 난망스러운 일이 아닐 수 없다.

11) 이호림, 「출판량은 선진국, 질은 후진국 수준」, 『오늘의 문예비평』 1996년 봄호, 144쪽.
12) 김이구, 같은 글, 134쪽.

문학상에 개연되어 있는 상업주의적 전략, 다시 말해 문학상 역시 자본의 포섭망에서 자유롭지 못하다는 점은 문학상 자체의 존립 이유를 다시 물어보게끔 한다. 요컨대 현행 문학상이 문학의 자강 방도책이 되고 있는가라는 질문이다. 앞에서 이야기한 것처럼 자본주의의 전일화라는 조건을 상기할 때 문학상의 상업적 활용은 자본의 처지에서 보면 자연스러운 과정이기는 하다. 사실 문학상만큼 광고 효과가 높은 것도 드물기 때문이다. 문학상의 권위, 심사위원들의 엄정 기준에 의해 결정된 작품이라면 당연히 읽어볼 만한 것이라 생각하지 않을 수 없다. 그러나 이는 점차 옛날이야기가 되어가고 있다. 문인들만이 아니라 우선 수많은 독자들이 더이상 문학상의 권위를 인정하지 않는다. 문학상의 상업적 전략을 모르는 독자는 거의 없는 실정이다. 문학상의 광고 효과가 가장 바람직하게 나타나는 것은 그 상의 권위가 유지될 때이다. 그때 발산되는 광고 효과는 문학의 자강으로 고스란히 옮겨질 수도 있다. 하지만 작금의 사정은 그 효과를 상업적으로 너무 남벌하거나 훼손하고 있는 것이다. 문학상의 권위를 자연스러운 광고 효과로 이월시키는 것이 아니라, 문학상을 이윤 동기의 대리점으로 삼고자 하는 욕망이 더 우세한, 요컨대 그 관계의 본말을 전도시키는 일로 인해 문학상은 이제 자신의 권위를 스스로 해체하고 있다는 말이다. 그렇다면 문학상이 문학의 자강책이 되기는커녕 오히려 철거반이 되고 있다고 생각해야 하지 않겠는가.

여기에 소위 '이벤트 마인드' 라는 것이 끼어든다. '이벤트 마인드' 는 문학상의 상품적 부가가치 상승을 위해, 다시 말해 예의 광고 효과의 극적 상승을 위해 적극 고려되고 활용되는 방법론일 것이다. 사실 '이벤트' 라는 것이 그 자체로 문제될 것은 없다. 이벤트의 활용은 문학의 대중화 그리고 보급과 향상, 나아가 문학 정책을 위해 얼마든지 용인될 필요가 있다. 그러나 여기서 문제삼는 것은 그런 원론적인 측면이 아니라 문학상과 이벤트 마인드의 공모 결과인 문학의 아득한 추락 양상이다. '이벤트' 라는 것이 문학의 참된 대중화와 활성화에 기여하는 것이 아니라 상업적 목표로만 배치됨으로 말미암아 오히려 문학의 추락과 질곡을 촉진하는 요인이 되고 있음이 문제라는 말이다.[13)]

---

13) 『현대문학』 1997년 7월호 서평란에 언급된 '이벤트 마인드' 란 표현에 대해 '오늘의 작가상' 수상작 『낯선 천국』의 출판사인 민음사 편집 관계자는 다음과 같은 말로 반박하기도 했다. "문학상을 출판사의 이벤트 마인드로만 알고 있는 것 또한 엉뚱한 발상이다." 또 위 서평에서의 나의 말, 즉 "습작 수준도 안 되는 작품을 수상이라는 화제성 계기를 통해 근사한 상품으로 만들겠다는 출판사의 이벤트 마인드"라는 표현에 대해 "이제 막 문단에 나온 무명의 신인작가가 출판사의 이벤트 마인드 없이 무슨 방식으로 자기를 독자들에게 알릴 것인가"(장은수, 「복면을 벗고 정정당당하게 나서라」, 『세계의문학』 1997년 가을호)라는 말로 반박하기도 했다. 민음사 편집자들의 말대로 사람들이 문학상을 어찌 이벤트로만 알겠는가. 또 어찌 문학상이 '이벤트 마인드' 만 먹고 살 수 있겠는가. 하지만 근래의 문학상이 상업성을 겨냥한 문제의 '이벤트 마인드' 와 무관하다고는 그 누구도 자신 있게 주장하지 못할 것이다. 문학상 속에서 이미 펴지고 있는 예의 상업적 '이벤트 마인드' 를 지적하는 내 생각에 "엉뚱한 발상"이라는 별호를 얹어주는 일은 이즈막 문학상 실태에 대해 좀더 냉정하게 관찰해본 뒤에 해도 전혀 늦지 않다. 한편 민음사 편집자 말대로 유망한 신인작가를 대중들에게 알리는 데에 '이벤트 마인드' 가 필요하다는 것은 백 번 옳은 소리이다. 위에서 이야기한 대로 문학적 이벤트는 문학 그리고 새로운 작품들의 보급과 향상에 촉매가 될 수 있기 때문이다. 하지만 내가 문제삼는 것은 그런 일반론이 아니다. 신인작가 혹은 수상작의 상업적 활용을 위해 '이벤트 마인드' 가 거품을 만들어내고 그것이 독자들에게 미혹과 들보로 작용하여 신인작가의 작품이나 수상작을 제대로 보는 눈을 가리는 요소가 되는 측면을 경계하고자 하는 것이 근본적 문제의식이다. 오도된 '이벤트 마인드' 가 문학의 퇴락을 가속시킨다면 그것 역시 '이벤트 마인드' 가 신인작가를 대중들에게 알리는 역할을 한다는 점 때문에 그냥 두어야만 하는가. 왜곡되어 알려지는 것은 알려지지 않느니만 못한 것은 당연하지 않은가? 이런 점은 벌써 오래 전에 바로 민음사 편집주간에 의해 다음과 같이 환기되기도 했던 바이다. "지금까지 출판사들은 베스트셀러를 만들기 위해 작품 그 자체보다 허상을 가지고 독자들에게 접근하지는 않았는가, 예를 들면 이념을 업고 센세이셔널리즘을 추구한다든지, 지적 허영을 이용한다든지 해서 과대 속임수적인 광고, 조작적이고 비정상적인 영업활동, 무리한 시상 제도, 저널리즘의 시사성에 편승하려는 태도가 있지 않았는가."(「좌담 : 대중사회의 전개와 문학의 위기」, 『문예중앙』 1992년 여름호, 194~195쪽. 강조는 인용자) 이영준씨가 열거하는 사례들이 모두 왜곡된 '이벤트 마인드' 의 실행 항목들임은 분명할 터이다. 민음사의 예의 반박은 한편으로 보면 이해될 여지도 있다. 기실 『낯선 천국』에 대한 서평의 반은 작품 평가이고, 나머지 반은 이즈음 문학상 전반에 대한 비판으로 이루어져 있다. 여기서의 문제의식이 '오늘의 작가상' 에 한정된 것이 아니기는 했지만 문학상의 "비장려적 행태"를 지적하는 일이 『낯선 천국』에 대한 서평을 계기로 시작되었으니 어찌 보면 '오늘의작가상' 이 문학상의 문제

문학상을 생각할 때 다른 문제도 이야기해볼 필요가 있다. 우선 문학상은 많되 각 상들의 변별성이 없다는 점, 다시 말해 그 상만이 가지고 있는 특징들이 점차 없어진다는 점을 들어야 한다. 여러 상을 보면 한국문학사에서 선구자적 또는 탁발한 작품 성취를 보인 작가들의 이름을 문학상의 제호로 삼고 있다. 그런 작가들을 상의 제호로 삼은 것은 한편으로는 그 작가들의 문학에의 태도, 정신, 문학적 특징을 기리는 동시에 다른 한편으로는 그런 것이 후배 작가들의 작품세계에 중요한 창작 재료이자 길눈이 되기를 바라는 마음에서일 것이다. 때문에 그 작가의 고유한 특징을 현재적으로 계승, 발전시키는 측면과 동시에 후배 작가가 작금의 문학적 과제를 예의 특징에 얼마나 훌륭하게 접합시켰나 하는 점이 수상의 기본적 기준일 것이라는 예상은 과한 것이 아니다. 결국 그런 의미의 문학상이라면 그것은 한국문학의 봉우리들인 이상 동인 만해 소월 이산 요산 김수영 신동엽 등의 문학세계가 보여주는

점을 모두 뒤집어쓰는 형세로 읽혀질 수도 있었기 때문이다. 서평에서 논급한 문학상의 '이벤트 마인드'를 기준으로 보면 '오늘의작가상'은 다른 상들에 비해 그 정도가 덜한 것은 사실이다. 민음사 편집 관계자의 주장대로 "민음사에서 '오늘의작가상'을 만든 것은 보수적인 문단 상황을 타개하고 신인작가들에게 기회를 주어 새로운 작품과 독자들을 직접 연결시킴으로써 문학의 혁신을 꾀하는 것"(장은수, 같은 글)이었음은 알고 있다. 그래서 그 상의 수상작들은 또한 독자들만이 아니라 문학지망생들을 비롯한 문인들에게도 신뢰의 징표로 받아들여졌다. 한 출판사가 그렇게 자랑으로 여기는 문학상의 수상작을 논평하는 자리에서 문학상의 문제점을 지적했으니 민음사로서는 억울할 수도 있다. 하지만 민음사는 그런 자랑이 이제는 과거의 일이 아닌지, 지금도 그런 취지가 지속되는지, 지공무사하게 자문해볼 필요가 있다. 다시 말해 상업성이 유독 두드러지는 문학상에 비해 비록 덜하다 하더라도 왜곡된 '이벤트 마인드'에서 얼마나 자유로운지 다시 한번 되돌아볼 필요가 있다는 말이다. 유감스럽게도 적지 않은 문인들은 '오늘의작가상'의 애초 취지가 점차 회석되어가는 점을 안타깝게 생각한다. 그렇기에 '오늘의작가상'이 그간 쌓아온 성과와 보람을 계속 견결히 하기 위해서라도 초발심으로 돌아가고자 하는 새삼스러운 성찰이 긴요하다고 보았고 나는 그런 점을 민음사와 같이 이야기하고 싶었던 것이다. 자사가 제정한 문학상의 수상작을 비판한 '비평적 견해'가 마음에 안 든다 해서 혹은 '오늘의작가상'의 전통과 영광을 몰라준다고 해서 이미 청탁한 필자에게 비문학적 강압을 사용하는 일은 나 한 사람에게만 그치기를 바랄 뿐이다.

'화이부동'의 미덕을 후배 작가들도 성취하기를 바라는 마음과 권장에 다름아닐 터이다. 그것이 온전히 수행된다면 우리 문학의 다양성과 스펙트럼의 확장을 촉진시키는 동력이 된다는 점에서 퍽이나 소망스러운 일이 아닐 수 없다. 그런데 그런 소망을 작금의 문학상이 충족시켜주는지는 의문스럽기 짝이 없다.[14)]

또한 신문사나 출판사의 예의 문학상들이 어느 날 한목에 계획되고 시작된 것은 당연히 아니다. 후발 주자들은 기존의 문학상에 대한 일단의 비판이나 대안의 관점에서 제정된다고 공표되곤 한다. 요컨대 그때까지의 문학적 관행이나 판단 기준으로는 포착, 평가하기 힘들었던 새롭고도 의미 깊은 작가를 발굴하겠다는 것이 출사표의 취지이다. 기존의 상과는 그 성격과 색깔이 다른 상이라는 강조인 것이다. 그런데 이 역시 애초의 그런 취지가 얼마나 유지되고 있는지 의문의 염을 떨쳐버릴 수 없다. 물론 문학상의 선정 기준이 그것만은 아니겠으나 만약 그런 점만이라도 제대로 수행되었다면, 모르긴 몰라도 한국문학은 유례없는 다양성의 폭과 깊이를 자랑하고 있을 것이고 문학의 위기라는 불길한 풍문도 그런 형국 앞에서는 머리를 곤두세우지 못했을 것이다.

하지만 현실을 돌아볼 때 그런 기대는 말 그대로 기대일 뿐 그 이상이 아니기에 우리는 안타깝다. 수많은 상은 서로의 차이나 특징에의 변별성을 강조하지 않는다. 실제 어떤 작품이 이 상을 받으나 저 상을 받으나 크게 책잡힐 일이 아니게 흘러간다. 독자들도 이 상 수상작이나 저 상 수상작이 결코 다른 색깔과 맛과 육질을 가진 작품이라 생각하지 않는다. 수년간 체험으로 확인한 사실이다. 현실이 그렇다면 상이 그렇게 많아야 할 이유가 없게 된다. 아니 사실은 문학상 제정측 스스로가 그

14) 우스갯소리 하나 하자면, 각자의 차이와 특징이 사라진 문학상일 경우 독자들은 혹시 이상 동인 만해 소월 김수영 등의 문학이 서로 비슷한 것이라고 착각하지는 않을는지 걱정이다.

이유를 기각해버리는 셈이 된다.

애초의 바람직스러운 취지가 점차 희석되는 것은 유감스럽게도 문학과 상품화 전략의 연계 때문이기도 하다. 수상 자체를 화제성 이벤트로 연출해 그것을 구매의 유인요소로 삼고자 하는 태도가 앞머리에 나설 때 애초의 취지는 뒤켠으로 밀려나게 마련이라는 점에서 그렇다. 문학상 관계자는 한사코 인정하지 않을지라도 독자들은 거의 그렇게 생각한다. 앞에서 예로 든 김이구씨나 이영준씨의 말도 그런 실정에 대한 지적에 다름아니다. 만약 문학상의 광휘가 문학상 스스로에 의해 점차 스러져간다면 아무리 상금이 많고 또 시상식에 아무리 많은 인파가 몰린다 해도 문인에게도, 독자에게도 결코 영광스러운 일만은 아닌 것이다. 그 영광을 되찾기 위해서라도 문학상은 처음의 취지를 다시 상기해보아야 할 터이다.

다른 한편, 자기만의 색깔을 주장하는 문학상은 많은데 그 수상작을 심사, 선별하는 심사위원은 대개 몇몇 분에 한정되는 점도 생각해보아야 할 대목이다. 심사위원을 할 정도의 문학평론가나 작가이면 각각이 자신만의 이념, 방법론, 문체, 취향 등이 독자적 수준으로 체현된 편이고 따라서 그 차이가 존재함은 당연하다. 만약 문학상들이 상호 특징과 차이를 보존한다면 그 문학상의 취지에 가장 합당한 심사위원이 있어야 한다. 그런 전제가 인정된다면 각 문학상의 심사위원은 제각각 다를 수 있고 또 달라야 한다. 하지만 현실에서 심사위원들은 한정된 분들로 겹쳐진다. 심한 경우 몇몇 분은 거의 모든 문학상 심사를 맡기도 한다. 그런 조건에서 수상작의 다양다재함이 얼마나 권려될 수 있을까. 문학상의 변별성이 희석되는 것이 이런 맥락과 무관하지만은 않다는 생각이 지나친 비약인가? 물론 한정된 인력에서, 권위를 인정받을 수 있는 분들을 심사위원으로 위촉하려니 그런 겹침이 생길 법도 하다. 하지만 그렇다 하더라도 그것이 그런 관행을 계속 지속시켜야 할 필연적인 이유는 되지 못할 성싶다.

3-2. 광고와 '복수'

이야기를 '이벤트 마인드'로 다시 돌아오면 광고 문제를 간략히나마 이야기하지 않을 수 없다. 문학상만이 아니라 광고가 '이벤트 마인드' 회로에 접속하게 될 때 문학 광고는 여느 광고와 다를 바 없어야 한다는 압력에 직면한다. 자본주의에서 광고가 사활적 요소라는 것은 부언의 여지가 없다. 문학의 처지에서 볼 때 문학 광고는 달라야 하겠지만, 어쨌든 문학과 독자와의 접촉면과 기회를 넓혀주는 광고 기능을 마냥 문제삼을 수만은 없다. 그것의 운용 여부에 따라 쓸 만한 문학 부양책이 될 수도 있다.

더욱이 문학의 위축 현상과 문학 독자들이 점차 줄어드는 요즘의 실정을 감안하면 더욱 그렇다. 하지만 자본의 얼굴은 그런 소박함을 그냥 놓아두지 않는 것 아닌가. 아무리 선의에서 출발한 문학 광고라 하더라도 광고의 세계에 들어서게 되면 그 세계의 논리, 다시 말해 광고의 문법을 따라가지 않을 수 없는 어려움에 처하게 마련이다.

광고는 마케팅의 현대적 방법론인 상품미학의 꽃이라 한다. 광고가 상품미학의 효과를 가장 오롯이 실현하기 때문일 터이다.[15] 상품미학

---

15) 다음은 올해 1월에서 9월까지 국내 주요 문예물 출판사의 주요 일간지 광고 총 단수를 조사한 표이다. 서적 광고료는 주요 일간지의 경우 요일, 면수, 컬러 흑백 등의 조건에 따라 차등이 있기는 하지만 대개 1단×1센티미터에 2만원에서 4만 5천원 사이이다. 만약 5단 통광고(신문 한 면의 삼분의 일 정도)라면, 1단에 4만원짜리일 경우 5단×37센티미

1997년(1~9월) 단행본 광고 게재 현황

	동아일보	조선일보	중앙일보		동아일보	조선일보	중앙일보
김영사	72.5(단)	55(단)	35(단)	열림원	178	66	43
문이당	74	84	65	창비	144	93	
문학과지성사	25	25	5	해냄	177	173	80
문학동네	60	159	110	강		15.5	
문학사상	55	38	20	동문선	25	25	20
민음사	266	266	121	둥지	93	124	150
세계사	55	5		살림	25	65	5
솔	16.6	10	35	푸른숲	5	35	5
실천문학	5		64	현대문학	17.5	10	

론은 광고가 약속하는 가치실현과 물건의 실제 사용가치 사이의 거리가 너무 멀기 때문에 가해지는 비판이다. 그 거리가 멀면 멀수록 광고는 상품미학이 요구하는 성공의 경지에 이르게 된다. 문학 광고가 이 상품미학적 광고 문법과는 어떻게 다른지 아니면 그에 적극 편승하고 있는지는 따로 따져보아야 할 사안이지만 그 문법에만 따를 경우 그것이 언젠가는 자승자박의 덫이 될 수 있음은 당연하다. 문제는 문학 광고가 그 덫을 오히려 디딤돌로 번역해 받아들이는 자의성을 발동할 때부터 시작된다. 현실의 광고 문법을 그대로 따르기로 작정하는 순간, 그것은 문학작품의 사용가치(이런 말이 성립하는지는 모르겠지만)의 높낮이를 무화시켜버리는 일로 용도전환된다. 출판 관계자의 말대로 출판사가 이윤 동기에 의해 작동되는 한 "과대속임수적 광고"[16]가 심정적으로는 싫더라도 출판사 시스템 논리에 따른 하나의 불가피한 현상이 되면서, 책 뒤표지에 게재되는 평론가의 촌평[17]도 신문 광고에 인용되는 동료 문인들의 단평도 모두 해당 출판물의 품질을 보증하는 인증서가 되어버린다. 다시 말해 광고 문법에 의해 역할 변경이 일어난다. 독자가 만약 문학 광고가 약속하는 사용가치를 순진하게 받아들일 경우 광고되는 모든 작품은 수준차가 없는, 이를테면 모두 훌륭한 작품이 되어버린다. 말하자면 광고의 세계에서 한국문학은 순식간에 대단한 높이로 상향 평준화되어버리는 것이다. 그러나 그것도 얼마 안 가 "화려한 광고에 속았다"[18]는 독자의 체험적 자각에 의해 마치 늑대와 양치기

터(신문 가로 길이)×4만원이다. 한편 신문 광고의 서적 광고 중 문예물이 차지하는 비중은 3, 40퍼센트 정도이며 출판사의 광고비는 총매출액의 15~25퍼센트 정도이다. 이는 매출액 대비 광고비 비율이 가장 높다는 화장품(10퍼센트)이나 제약(9퍼센트)을 훨씬 상회한다.(이성욱, 「베스트셀러는 무엇으로 사는가」, 『문화분석의 몇 가지 길들』, 문화과학사, 127쪽)

16) 이영준, 같은 글.

17) 이에 대해서는 정과리씨도 적절하게 지적한 바 있다. 『문학과사회』 1997년 여름호, 669쪽 참조.

18) 박남정, 같은 글.

소년의 관계처럼 이해되기 십상이고 그때부터 문학 광고의 말은, 그것이 아무리 훌륭한 비평가가 일독을 권하는 것일지라도, 어느 것 하나 믿지 않게 된다.

이때부터 비평가의 신용은 동네 개가 물어가버린 이후이다. 광고 대상인 작가들의 작품도 마찬가지가 된다. 광고 효과가 상당한 문학상이 '이벤트 마인드'가 앞장서고 5단 통광고가 반복적으로 뒷배를 받치며 비평가가 옆에서 거드는 형국으로 연출될 때 그것은 영락없이 저 할리우드의 '스타 시스템'을 빼닮은 격이 된다. 하지만 그런 '스타 시스템'의 '프로모션적 논리'에 의해 부풀려지는 작가라면 그 역시 얼마 안 가 독자들의 매몰찬 외면 앞에 내팽개쳐질 것이라 보아야 한다.

90년대 들어 이른바 본격문학과 대중문학의 구분을 무효화하자는 주장이 있는 것은 주지하는 바이다. 물론 그 무효론의 속은 그것대로 진지하게 따져보아야 할 일이지만 그렇다고 작품의 높낮이에 대한 구분의 의미를 모두 사장해버릴 수는 없는 노릇이다. 하지만 그럼에도 우리가 유념해야 할 대목은 그 구분의 동요는 바로 출판자본의 마케팅 전략이 낳은 효과라는 점이다. 상품미학으로 포장된, 그래서 모든 작품을 전부 탁월한 작품으로 광고하는 현실에서, 그 논리에만 따르더라도 예의 구분은 당연히 없어져야 하는 것이며, 실제를 보더라도 성취 높은 본격문학이라 광고된 작품이 과대광고일 때 독자들은 본격문학의 본격성에 대해 어떠한 가치와 애정을 발견할 수 없게 되는 것이다. 대중문학이 본격문학과 맞먹으려 하면 본격문학 생산자들은 노기 서린 목소리로 친자와 서자의 넘을 수 없는 차이를 언제나 역설한다.

하지만 작가나 비평가 혹은 출판사가 아무리 본격문학의 지존함을 주장해도 그것을 스스로 무효화시키고 있는 자승자박의 형국에서는 본격문학은 이제 가면 갈수록 그 '본격성'의 효험을 상실해갈 뿐이다. 문학이 자본과 공모할 때 '본격문학'은 이런 '자해'의 방식으로 복수하는 것이다. 옹색한 비유이지만 '억압의 귀환'인 셈이다.

3-3. 비평은 비평이다

여기서부터 비평의 문제를 거론해볼 수 있다. 엄정한 비평적 안목의 총기를 시종 온축해야 할 (나를 비롯한) 비평가들의 신용이 무간나락으로 추락중이라면, 그래서 비평가가 자본에 휘둘리고 '스타 시스템'에 의해 분식되는 문학의 지주대로 연명한다면 '비평하는 자'의 존재증명은 여하히 할 것인가라는 근본적인 질문을 피할 길 없게 된다. 자본이 문학을 식민화하고 비평은 그 식민지의 내국 식민지가 되어가고 있다고 보는 것이 지나친 자괴일지는 모른다. "나는 아니다"라고 말할 비평가도 있겠다. 하지만 다음과 같이 전해지는 목소리를 견강부회라고 무시할 수 있는지는 모르겠다.

조정래 선생 같은 작가는 이즈막 비평을 "패거리비평" "골목비평"이라 비아냥거린다. 그가 보기에 어떤 신뢰할 만한 비평가가 문단과 비평의 부조리함을 지적했을 때 돌아온 반응은 "철저하게 무시하기, 철저하게 외면하기, 철저하게 깔아뭉개기"였고, 때문에 그 비평가는 그런 외면, 무시의 전략에 "걸려들어 혼자 떠벌린 형국이 되"었다고 한탄한다. 그는 비평이 "상업주의에 수청 들기, 각종 심사 장악하기, 끼리끼리 간음하기" 등에 흠뻑 빠져 있어 "그 폐해는 이루 말할 수가 없다"고 야유한다.[19] 이를 단지 작가의 비아냥이나 지청구로만 받아들이기에는 비평계의 현실이 그런 여유를 갖지 못한다. 아마 이런 말도 국내 문단 지형상 조정래 선생이니까 할 수 있을 터이지, 여전히 문학권력을 통해 자신의 성장을 의탁해야 되는, 이를테면 아직 출판자본의 은전이나 그 출판자본에 관련된 비평가를 의식해야 하는 작가들일 경우, 설혹 조정래 선생 같은 생각을 한다 하더라도 쉽게 내뱉지 못할 이야기이다. 조정래 선생 역시 자신이 그런 말을 할 수 있는 까닭은 "(자신은) 더이상

19) 조정래, 「평단의 어제 오늘 내일」, 『한국문학평론』 1997년 봄호, 72쪽.

상처입을 것도 손해볼 것도 없다는 심보 때문"[20]이라는 것이다.

위와 유사한 지적은 작가에게만이 아니라 비평가 스스로의 평가에서도 되풀이되는데 평론가들에 대한 설문조사 결과[21]나 비평을 "근친상간, 주례비평, 동종번식, 근친비평"으로 보고 비평계를 "학연, 지연, 인연이 이상하게 얽힌 배타적 이익집단"이라 평가절하하는 것[22] 혹은 "제 논에 물 대기"[23]쯤으로 보는 것이 그것에 해당한다.

한국 비평의 원로들 역시 "상업주의적 문학 현상에 대한 비평의 현상 추수적 방조" "상업주의 시대의 주문에 응하는 비평", 이를테면 주문생산 방식에 입각한 비평이나 "성질상 덕담 쪽으로 흐를 수밖에 없는 해설비평" 등을 비평의 심각한 문제이자 "공신력 상실"의 주요 이유라고 지적하고 있다.[24] 백낙청 선생에 의하면 "자본주의 시장 논리의 문학 지배는 곧바로 불성실한 비평에 대한 현실적 수요를 확대하는 과정이라는 점이 오늘날 비평 위기의 특성"이며 "훌륭한 창작을 어렵게 만드는 여건이 출판과 언론매체들의 거의 전면적인 상업화일 경우, '중개상'으로서의 비평가에 대한 수용는 전에 없이 커지게" 되는, "다시 말해 잘못된 풍토를 바로잡을 임무를 띤 비평가에게 이 잘못된 풍토에 이바지하라는 압력이 도리어 집중되고 그렇게 하는 비평가의 영향력도 증가"[25]한다는 것이다.[26]

---

20) 조정래, 같은 글.

21) 설문조사에서 평론가들은 다음과 같은 문제를 꼽았다. 비평의 이념이나 철학의 빈곤/비객관성/상업주의에의 추수/편중성과 정실비평의 문제/편향성, 편파성 그에 따른 도식성/논리의 비일관성/평론 문체의 고답성, 현학성, 난삽함/불성실한 독서로 인한 오독/특정 주제, 소재만 선호/개성과 독자적 문체 빈곤, 대가 모방/엘리트적 폐쇄성 및 대중문화와 단절/작가와 독자들에게 계몽주의적으로 군림.(「문학평론 무엇이 문제인가」, 『내일을 여는 작가』 1997년 1·2월호, 158~159쪽)

22) 신철하, 「지상토론 : 오늘의 문학과 비평이 놓인 자리」, 『오늘의 문예비평』 1996년 봄호, 41쪽.

23) 우찬제, 같은 글, 38쪽.

24) 유종호, 같은 글, 484쪽.

25) 백낙청, 같은 글, 512쪽.

예의 문맥은 결국 잘못된 풍토가 문학에 가하는 억압을 되받아쳐야 할 비평가가 출판자본의 재산관리인이나 집사가 되고 있다는 경고에 다름아닐 것이다. 관리라는 표현을 긍정적으로 쓸 수 있다면 문학담론 및 제도 그리고 문학적 진정성에 대해 성실한 관리인이자 호민관이 되어야 할 비평가가 거꾸로 반대편의 이득을 보존해주는 역할을 하고 있다는 말이다.

자본의 압력에 의한 비평의 왜곡상은 비평의 탄생 이래 계속되어온 일이기는 하다. 서구의 18세기는 "비평이 책을 팔아먹기 위해 속임수를 쓰던 시절"[27]이었다는 것이나, "대규모 법인 사업에 필요한 무보수의 홍보활동 같은 것으로 문화산업에 흡수되어버렸다"[28]는 호헨달의 지적을 들어보면 그렇다. 지금이 18세기가 아닌 것은 분명하다. 물론 상품미학이 문학에도 스며든 것이 어제오늘의 일은 아니지만 문학에 대한 그런 상품미학적 기도에 대해 견결한 대응을 꾀해야 할 존재이자 발본적 비판자이어야 할 비평가마저 예의 우수 "홍보원"에 적합한 본보기가 되고 있다면 비평가 자체가 상품미학의 요소로 전락했다는 증거이다. 작품에 대한 부당한 헌사, 인간관계를 고려할 수밖에 없는 비평 심리,[29] 출판자본의 유도와 압력에 순응하는 비평 등이 계속되는 한 비평의 희

26) 비평 현실에 대한 최근의 비판에는 다음 글들이 있다. 방민호, 「90년대 문학의 종언」, 『문학정신』 1997년 가을호 ; 권성우, 「비판의 네 가지 방식」, 『포에티카』 1997년 가을호 ; 이경철, 「가버린 순수성과 순수성 확보를 위한 논쟁」, 『문예중앙』 1997년 여름호 ; 구모룡, 「위기의 시대, 비평의 길」, 『황해문화』 1997년 가을호 ; 조정래, 「평단의 어제, 오늘, 내일」, 『한국문학평론』 1997년 봄호 ; 「설문 : 평론가 163명에게 듣는다」, 같은 책 ; 김이구, 「작가적 욕망의 사회적 다스림」, 『오늘의 문예비평』 1996년 봄호 ; 이윤택, 신철하, 우찬제, 「지상토론 : 오늘의 문학과 비평이 놓인 상황」, 같은 책 ; 도정일, 「작가와 비평가」, 『내일을 여는 작가』 1997년 1·2월호 ; 이동순, 「건전한 비평풍토의 정착을 위해」, 같은 책 ; 손경목, 「권력을 누리는 법」, 같은 책 ; 서준섭, 「우리 문학의 성숙을 위하여」, 같은 책.

27) 테리 이글턴, 『비평의 기능』, 유희석 옮김, 제3문학사, 1991, 41쪽.

28) 테리 이글턴, 같은 책, 101쪽.

29) 설문조사에서 눈여겨볼 점은 비평의 어려움으로 "대인관계 때문에 공정한 평가를 하기 어렵다"는 점을 들고 있다는 점이다.(『한국문학평론』 1997년 봄호, 91쪽)

망은 참으로 찾기 힘들어진다.

80년대와는 달리 이즈음에는 문학 논쟁이 사라진 것도 비평의 상품미학적 성격과 무관치 않다. 새삼 언급하지 않아도 문학이념, 방법, 철학, 정책 나아가 문학의 역사적 제도 등에 대한 깊이 있는 탐색과 논쟁의 부박함은 부인할 수 없는 현실이다. 논쟁이 유도하는 경쟁적 탐구의 에너지가 진공상태에 이르자 그 자리를 대신 차지하고 나서는 것이 무성한 '실제비평'이다. 이 실제비평도 두 가지로 분간할 필요가 있다. 말하자면 문자 그대로 정교한 실제비평과 실제비평의 외관을 띤 해설비평은 다르기에 그렇다. 여기서 보다 더 문제삼아야 하는 것은 해설비평이다. 그러나 실제비평에 대한 관점도 좀더 넓혀야 할 성싶다. 실제비평의 활발함은 부덕이 될 수 없다. 이념의 강세에 의해 상대적으로 실제비평이 홀대받았던 지난날을 상기한다면 실제비평은 양과 질 공히 더욱 활성화될 이유가 얼마든지 있다. 하지만 문학 방법론이나 이념의 지원을 받지 못하는, 또 그 지원의 폭을 두텁게 하는 활발한 문학 논쟁을 수반하지 않는 실제비평이 얼마나 지구력을 가질 수 있을까라는 의문은 무시로 든다. 온전한 문학 논쟁은 순수하게 문학적이다. 이익의 관점이 끼어들지 않는다. 그렇기에 정실 혹은 인간관계, 비공정성, 주관적 감정, 상업주의, 소아병적인 문단 정치나 권력욕 등이 개입할 여지는 적어진다. 그런 여지의 축소가 참된 실제비평의 확대 계기가 됨은 당연하다.

80년대가 지났다고 논쟁점이 사라졌다고 보는 사람은 없을 것이다. 오히려 논쟁 지역은 더 넓어지고 논쟁의 항목은 더 늘어났다고 보는 것이 온당할 터이다. 비록 여러 한계가 지적되지만 80년대에 있어 문학이념, 방법론 등에 대한 분투는 문학 지형의 뚜렷한 변별을 기초하는 토대였다. '방법론적 회의'를 통해서든, 아니면 '변혁에의 복무론'에 의해서든 아무튼 그랬다. 논쟁은 그런 변별, 다시 말해 자신의 문학적 정체성의 독자성을 분명히 벼려나가는 가운데 이루어진다. 작금의 각 문예지, 문학동인들을 생각해볼 때 그 변별성이나 독자성이 무엇인지 진지하게 자문해볼 필요가 있다.

상황이 어려울수록 원칙이 빛나는 법이다. 비평담론의 지평에는 이성 이외의 것이 끼어들 수 없다는 비평 초기의 엄숙한 원칙(비록 상업화, 이성의 도구론적 타락 등으로 인해 그 이상이 훼손될 때도 많았지만)은 아무리 험한 세상이라 하더라도 여전히 우리가 보존해야 할 원칙이 아닐 수 없다. 그 원칙이 만능키는 아니지만 그럼에도 그것을 지켜내고자 하는 다짐이 최소한 공유될 때 비평은 문학의 자강책이 방목되고 길러지는 넓은 터로 자리할 수 있을 것이다.

4. 글 말미에

지금까지 지면을 낭비하면서 이어온 논의는 사실 문학 관련자라면 모두 아는 이야기이다. 문인들이 모이는 술자리나 사석에서 언제나 하는 이야기이고 타박이다. 사람들은 한숨을 내쉬며 이야기한다. 이야기하면 무엇 하나라고. 나 역시 가끔 그런 생각이 없지 않다. 문단의 선후배나 동료들은 오늘 논한 것을 한번 써보면 좋겠다는 의향을 비치자, 한결같이 말렸다. "네가 무슨 독립군"이냐고, "이런 문제가 어제오늘의 일이냐"고, "'찍히기만' 할 뿐이다"라고, 또 그렇게 '튀어서' 문제 해결될 것 없다고, 무슨 뾰족한 해결책은 있느냐고…… 나 역시 독립군이 될 생각은 없거니와 그럴 능력도 물론 없다. 나 또한 '튀고' 싶은 생각은 없으며, 마찬가지로 해결의 비방을 가지고 있는 것도 아니다. 하지만 그런 가운데에서도 한 가지 머릿속에 항상 궁굴러다니는 것은, 문제가 분명함에도 불구하고 그것이 언급되면 왜 대개의 경우 애매하고 불편한 침묵으로 응대하거나 자조로 마무리되어야 하는지, 그것이었다. 결국 이는 '기품' 있는 문학담론과 제도에 그런 '비공식적' 문제가 끼어들 수는 없다는, 다시 말해 그런 문제는 문학담론의 대상이 아니라는 완강한 편견 탓일 것 같다. 그 '비공식적 문제'가 현실에서는 아무리 강력한 문학 질서의 재조정 요인이 되고 있다 해도 그것을 문제의 영역으로 인정하지 않는, 이를테면 문제의 성격이 어떻든 '공식'과 '비공식'이라는 모호한 구분법으로 일관되는 우리 문단의 아름답지 못한 이중적 구조의 반영이라 볼 수 있다는 것이다. 하지만 지금까지의 관습적 사고에 의해 '비문학적' '비공식적' 영역으로 간주되던, 예컨대 자본과의 노골적인 공모, 정실, '이벤트 마인드' 등을 문제의 영역으로 생각하지 않고 계속 사사로운 자리의 지청구 정도로만 치부할 때 '비공식적 문제'가 '공식적' 문학담론과 제도적 관습을 잡아먹는 속도는 양이 사람을 잡아먹었던 속도보다 훨씬 빠를 것이다. 그때는 아마 비공식, 공식 구분할 필요 없이 모두 자본의 충직한 신료로만 살아가면 되는 세계일 것이다.

문제를 문제로 인정하고 그것을 공론의 장에 올려놓아야만 그때부터 문제 해결에의 모색이 시작된다는 것은 모두 아는 이치이다. 독자들이 혹은 만인이 다 아는 사실적 문제를 문단의 공식적 담론장에서 무시한다고 해서 그것의 현실작용이 감추어지거나 증발하는 것은 아니다. '벌거숭이 임금님'에 대한 우화를 '전 문단적'으로 다시 한번 학습하는 일이 없기를 바랄 뿐이다.

(『문예중앙』 1997년 겨울호)

문학 쟁점의 재정립과 지반 확대의 필요성

1. 문제설정의 이동을 요구하는 '문학의 위기'

'문학의 위기' 라는 담론을 둘러싼 갖가지 소문 혹은 우려는 지난 계절에도 역시 문학계의 주요 이슈였다. 이 이슈는 향후 문학 이외의 매체나 장르가 대중적 영향력을 더욱 강화시켜가면 갈수록 훨씬 더 증폭될 문제이지 몇 개월 혹은 몇 년 안에 논쟁하고 정리될 소지의 문제는 아니다. 알다시피 이는 문학 영역 안의 지형 변화에 따른 것이 아니고 거대한 사회 변동 그리고 과학기술 발전에 연동되는 문화 변동의 추세에 연루된 문제이기에 그렇다. 그렇기에 '문학의 위기' 라는 담론을 대할 때 중요한 것은 문학이 위기냐 아니냐 하는 판단의 정당성 여부보다는 문학과, 문학을 문학으로 존재케 했던 외부적 조건 사이에 있었던 다양한 관계 방식의 변동 양상과 그것의 현실적 결과를 추적하는 일이 선행되어야 한다는 점이다.

그러나 문학계의 현실은 그런 요구를 여전히 충족시키지 못하고 있다. 우선 논의의 양으로만 보더라도 '문학의 위기' 가 꽤 오래 전부터 작가나 비평가들의 공식적, 비공식적 자리에서 중요한 이야깃거리가 되고 또 그 문제의 추이에 촉각을 곤두세우고 있음에도 불구하고 이 문제를 정면으로 그리고 다양한 문제설정으로 다루려는 노력은 터무니없이 부족하다. 또 있다손 치더라도 기존의 문학적 담론으로 '문학의 위기'(사실은 문학적 토픽의 변동이라 보아야 옳을 것이다)를 설명하는 일에 더 익숙하다. 요컨대 기존의 문학이론 이외의 이론이나 현실적 준거로 그 위기 문제를 살펴보는 일은 한참이나 더디다는 말이다. 문학의 존재조건 그리고 그것의 물질적 성격의 원천적 변화를 이야기하는 마당에 종래의 '문학적 담론' 으로 예의 '문학의 위기' 를 설명하려는 것은 일종의 자가당착이다. 기존의 검산법으로는 검산되지 않는 수식을 여전히 종래의 검산법으로 검산해보려는 시도와 마찬가지인 셈에서 그렇다. 이는 그것이 현실이든, 표상 차원이든 '문학의 위기' 를 산출하는 전체 사회 변동, 과학기술 변동, 그에 긴히 연관된 문학 변동 등을 문학의 차원에서 분석, 설명하려는 혹은 할 수 있다는 태도의 완강함과 크게 다르지 않다(이런 태도에서 우리는 문학을 논의의 중심 또는 정점에 놓고 다른 문화예술 영역이나 장르를 계열화시키던 구래의 '관습' 이 여전히 간섭하고 있음을 본다). 위 영역 사이의 내적 연관성이나 현실 효과 등에 대해 문학 진영에서 과연 얼마나 깊이 논의해본 바 있는가라는 질문에 문학 관련자 중 그 누가 과연 자신 있게 대답할 수 있을까?

특히 이런 문제에 대한 기존 비평가들의 무기력은 안타깝다. 정과리나 이재현 등의 몇몇 비평가들만 이 문제를 자신의 주요 과제로 삼을 뿐이지 지난 시대 그토록 활발했던 비평가들은 여전히 침묵중이다. 오히려 이제는 이순에 가까운 김병익 선생의 독전이 안타까울 정도이다.[1] 김병익 선생의 글은 한편으로는 문학의 재구성에 대한 적극적인 자세와 다른 한편으로는 지난 문학에 대한 향수가 서로 '절충' 되어 있는 인

---

1) 『동서문학』 1995년도 일 년치 참조.

상을 보여주지만 그럼에도 불구하고 그의 다채로운 관점의 제시가 후배 비평가들에게 하나의 자극으로 작용하고 있음은 분명하다. 여하간 많은 비평가들의 예의 침묵이 새로운 모색을 증거하는 것인지 모르겠지만 현실은 좀더 많은 그리고 다양한 논점으로 구성되는 '문학의 위기' 에의 토론을 요구한다.

그런 즈음에 '크리스천 아카데미' 에서 개최한 '차세대가 구상하는 한국문학의 미래' 라는 다소 거창한 제목의 문학 포럼은 지난 계절에 있었던 몇 안 되는 문학적 토론과 논쟁의 자리였다.[2] 특히 이 자리에서 주목되는 대목은 두 가지였다. 하나는 앞에서 이야기한 '문학의 위기' 에 대한 진단 혹은 전망(이광호, 「문학의 생존, 문학의 생성 : 문학의 위기론을 어떻게 볼 것인가」)이며 다른 하나는 민족문학의 중생(重生) 프로그램에 대한 제안(임규찬, 「민족문학의 오늘과 내일」)이다.

'문학의 위기' 를 논하는 이광호의 발제문은 적어도 외관상으로는 현재까지 밝혀진 위기의 원인이 다 언급되고 있다. 가령 복합매체의 증가에 따른 문자매체의 위축, 문화산업 논리에 의한 문학의 상품미학화, 근대미학의 '미적 합리성' 범주의 동요 등등이 그것이다. 그러나 그의 언급은 충분치 않다. 피상적이다. '문학의 위기' 는 결국 문자매체의 위기에서 출발한다. 이는 문학이 문자매체의 수장 역할을 한다는 데에서 기인하는 문제인데 이 문자매체의 위기는 매체 자체만의 문제가 아니라 문자매체와 연관된 인간과 자연의 관계, 인간 사이의 커뮤니케이션 형태 변화에 따른 새로운 사회조직론의 문제, 주체 형태의 변화를 야기하는 정체성 형성의 새로운 과정 및 요인 등등의 문제를 포괄하고 있다.

이를테면 점차 문자매체를 대체해가는 전자언어로서의 새로운 커뮤니케이션 형태는, 문자매체의 특징이던 기호의 재현 대신 정보적 시뮬레이션이라는 전혀 새로운 소통 형태를 낳는데, 이는 문자매체가 가지

2) 여기서 발표된 각 발제문과 질의 토론의 내용은 『대화』 1996년 봄호 참조.

고 있던 지시 대상과 지시 내용 관계의 안정성을 동요시키는 요인이 되고 있음을 확인시켜주고 있다. 지시 대상과 지시 내용 관계의 불안정성은 양자 관계의 안정성을 기초로 하던 재현의 법칙을 교란시키는 근인이 되는데 이를 재현으로서의 문학의 입장에서 볼 때는 결국 문학의 존재근거를 흔들어놓는 현실인 셈이다. 또한 문자매체의 현실 효과를 통해 확인, 승인되던 근대적 주체 형태, 즉 가상의 합리적, 자율적 주체라는 관념은 여기서 좀처럼 그 현실성을 인정받기 힘들게 된다. 전자적 매개소통수단은 분산되고 다중적인 주체라는 특정 형태로 종래의 주체(agent) 형태를 변화시키는 고리가 되기에 그렇다.

재현의 원칙도 문제적이기는 마찬가지다. 다소 도식화하면 기존의 현실 재현은 자연을 포함하는 안정적인 물질세계(총체성이라는 관념)와 안정적인 주체 사이의 조응 및 운동이라는 입론에서 성립했다. 하지만 정보화나 인공지능학 등으로 대별되는 과학기술의 변화는 현실의 구성요소와 그 요소 사이의 구성관계를 바꿔놓았으며 이는 고전적인 자연관이나 현실관으로는 제대로 설명하기 힘든 현실이 되어버렸다. 가령 종래의 자연관 패러다임으로는 시공간의 압축 현상을 설명하지 못하는 것을 한 예로 들 수 있을 것이다. 문제가 이럴 때 문학의 근간인 재현의 문제는 근본에서부터 흔들리게 되는 것이다.

여기서 '문학의 위기'에 대한 근인, 원인을 두루 설명할 수는 없지만, 그대로 위에서 이야기한 맥락과 거기에 포괄되는 토픽들 정도는 예의 문학 포럼의 발제문에서 충분히 검토되어야 할 것들이었다. 하지만 유감스럽게도 그렇지 못하다. 이런 결과는 무엇보다도 정확치 못한 문제설정의 소산인 듯하다. 지나친 추측일지 모르겠으나 위 발제문은 '문학의 위기'를 논하되 여전히 모든 문제를 문학 범주를 일단 경유시키는 가운데 진단하는 논점을 취하고 있다. 앞에서 이야기했다시피 '문학의 위기'는 문학의 외부 규정요소의 변화에 따른 결과인데도, 그 위기를 논함에 있어 문학을 포함하는 현실 변동 전반에 관한 관심 및 설명에서 출발하는 것이 아니라 거꾸로 그 외부 규정요소를 종래의 문학으로 해석하고자 하는 도립된 형국을 보여주고 있다는 것이다. 물론 이는 발제자만의 특유한 태도가 아니다. 이미 일종의 기득권처럼 행사되고 있는 문학중심주의에의 전통적 통념이 문학 관련자들에게 알게 모르게 작용하고 있는 무의식적 결과로 보는 편이 옳을지 모른다.

이 발제문에서만이 아니라 다른 자리에서 문학 관련자들이 예의 위기를 논할 때도 전제로는 문학이 역사적 구성물이라는, 즉 '역사적인 것으로서의 문학'이라는 인식을 두지만 기존의 문학적 전통에서 숙성된 욕망 한켠에는 그것을 계속 기각하거나 아예 심리 일정에 올려놓지 않으려는 의지가 계속 작용하고 있음을 볼 수 있다. 달리 말하면 문학은 자신의 구조 안에 이미 존재하는 타자성에 대해 성찰할 줄 아는 생래적인 성찰력 혹은 부정정 상상력을 가지고 있다 하지만, 현실에서 볼 때 그것은 여전히 상대적인 힘의 우열관계에서 문학의 동일성이 안정적으로 보장되는 한에서 강조되는 것이지 그 타자성이 오히려 문학의 역사적, 구성적 '성질'을 약화시킬 수 있는 조건으로 출현하고 있는 현실 앞에서는 그 타자성에 대한 적대적인 포즈를 버리지 않고 있다는 것이다.

이광호가 이 발표문에서 문학의 죽음이나 위기를 언급할 때 "문학은 죽을 것인가를 묻는 것은 이제 공허하다. 차라리 우리는 문학이 어떠한 방식으로 존재할 것인가, 혹은 어떠한 방식으로 자신의 죽음을 실현할 것인가를 물어야 한다"라고 권유하는 질문 방식에도 그런 맥락은 끼어 있다. 여기서는 이미 자신의 삶과 죽음까지도 스스로 통어하는 통일성의 주체철학 그늘에서 성장해온 전통적 문학 위상에 기대어 현실과 문학의 죽음을 관계시키고 있지, 타자성의 확대를 야기하는 현실에서부터 논의를 출발하고 있지는 않은 것이다. 그때 거기에는 문학이 이데올로기적 형태라는 혹은 역사적 구성물이라는 문제설정이 들어갈 자리는 없게 된다. 그러나 문학의 위기는 바로 그런 이데올로기 형태로서의 문학 혹은 역사적 구성물로서의 문학이라는 조건 위에서 출발, 전개되고 있다는 엄정한 현실이 부인될 도리는 없다.

부언하지만 위의 문맥에서 나타나는 문제는 발제자만의 문제가 아니다. 그것은 오히려 문학 관련자들 거의 전체의 내밀한 구석에 서식하던 집단적 심리가 드러난 탓이라 해도 무방할 터이다. 예컨대 그것은 새롭게 부상하는 문화와 그것의 현실적 파장력에 대해 기존의 문화적 헤게모니를 장악하고 있던 세력이나 집단이 느끼는 '거리 두기의 의무감' 같다고 할 수 있을 터이다. 이런 심리는 가령 문학 관련자들의 대다수가 복합매체 혹은 전자언어를 통한 새로운 의사소통수단에 대해 거의 본능적인 두려움 혹은 신경증을 보이고 있는 것에서도 드러난다.

하지만 그것이 두려움이나 신경증이라는 심리적 불안정에서 그치는 것이 아니라 그런 것을 느끼는 측에서 스스로에게 강요하는 굴절된 시각, 이를테면 테크노 문화 혹은 인공지능학 문화와 같은 새로운 문화를 '문학적 담론'으로 '번역'해서만 해석, 반응하려는 자세에 의해 문학의 소비자이자 수용자인 대중의 실상이 왜곡될 수 있다는 데에 문제의 심각성이 있다.

전자언어로 대표되는 새로운 언어 혹은 표상체계에 대한 탐색이 없다는 것은 그 언어의 실제 사용자이자 그 사용으로 인해 자신의 정체성에 변동이 발생하는, 즉 현실에서는 새로운 성질로 구성되어가는 주체의 형태에 대한 탐색이 없다는 것으로 연결된다. 이런 태도는 대중을 정체된 상태로 보며 동시에 대중에게 새롭게 생성되는 욕망도, 표상체계로, 그로 인한 대중과 현실과의 새로운 관계 방식도 승인하지 않는 원인이 된다. 만약 이런 지적이 어느 정도 타당하다고 가정한다면 현재의 문학적 움직임은 여전히 문학에 대한 재래의 표상과 재래의 수용자 사이의 관계로만 설정된다. 문학을 찾던 대중이 점차 복합매체 쪽으로 간다는 논리의 이면은 다른 쪽에 손님을 빼앗기고 있다는 심리와 크게 다를 바 없는데, 여기에는 손님들의 기호 변화가 단지 손님들의 변덕이 아니라 그 손님들이 그렇게 될 수밖에 없는 새로운 현실 조건의 대중장악력과 현실 효과에 대한 인정이 빠져 있다.

이 모든 맥락은 결국 '문학의 위기'(문학의 변동)를 야기하는 모든 조건조차도 문학으로 귀납시켜 문학으로 번역해야만 그 진상을 파악할 수 있다는 '문학중심주의'의 솔직한 표현이다. 그렇기에 '문학의 위기'에 대한 극복 방법도 여전히 '문학적'인 것이다. 가령 영상매체적 혹은 복합매체적 사고는 파편적, 분절적이기 쉽다. 따라서 그 매체에 대한 추수는 종합적 현실 인식의 장애 요인이다. 그에 비해 문학은 종합의 능력과 현실에 대한 부정적 상상력을 근간으로 하기에 변화되는 현실에 조응하는 갱신이 성공한다면 대중의 올바른 현실 대응력 신장에 여전히 가장 유효하다는 것 때문에 삶에 대한 반성적 인식에 있어 문학이 아직까지 가장 전위적이라는 등의 인식이 그 보기가 된다. 여기에는 대중의 문자해독능력(literacy)을 신장시키는 데에 있어서 문학이 핵심적 기능을 하며 그를 통해 대중의 교양능력을 확대시킨다는, 대중의 교사로서의 문학이라는 고색창연한 명제가 여전히 중심에 자리하고 있는 것이다. 여기서 대중의 질적 변화는 정밀히 고려되지 않는다. 즉 현대사회에서 대중이 어떻게 변화했으며 특히 다양한 매체의 발전은 대중의 문자해독능력(현대에 들어 literacy는 문자매체로서의 문학에 꼭 한정되지 않는다)을 문학만이 아닌 다른 방식으로도 가능하게 하고 신장시킨 조건이라는 사실은 간과되고 있다.

아울러 새로운 문학적 방법론을 위해 "우리 시대의 문화적 우세종으로 떠오르는 대중문화나 영상매체 안에서 문학의 질료를 발견하는 노력"을 기울여야 한다는 맥락의 발언을 보더라도, 현상적으로는 흠잡을 데 없는 발언이지만 왠지 여기에도 여전히 '재래'의 문학적 표상을 중심으로 다른 매질의 요소를 포섭할 수 있다는 문학중심적 사고의 흔적이 발견되는 것이다. 요컨대 '문학 이후'라는 '가능한, 문학의 미래'에 대한 고려는 보이지 않는 것이다. '문학의 위기'라는 담론은 앞으로도 지리할 정도로 계속될 것이다. 그러나 그에 관한 모든 논의가 '문학 이후'가 도래할 수 있다는 가능한 미래에의 전망을 빠뜨리고 진행되는 한 고정적인 문학적 임계점 안에서만의 자기 분석, 자기 해체에 그치고 말 것이라는 점을 분명히 상기할 필요가 있다.

2. 민족문학의 중생이 요구하는 것

이광호의 발제가 문학 일반이 당면한 곤혹스러움에 관한 것이라면 임규찬의 발제는 7, 80년대 한국문학의 독전관이었던 민족·민중문학이 직면한 위기에 대한 것이다. 발제문에 제시된 임규찬의 대의는 일단 다음의 문장에서 직정적으로 드러난다. 현실이 여러 변화를 겪고 있기는 하지만 "아직 민족문학이 유효하며, 오히려 이전보다 그 역할이나 의미가 커지고 있다고 생각한다. '발본적 쇄신이 근본적이 될수록'이란 전제하에서. 무릇 모든 살아 있는 것들은 상승과 하강의 부침을 겪게 마련이다". 어떻게 보면 대단히 완고한 민족문학론의 갱신주의로 비칠 수도 있다. 민족문학론의 현실적 정당성에 대한 여러 곳에서의 우려에 비해서도 그렇고, 80년대 민족문학론의 한견을 담당하고 있던 김명인이 과거의 민족·민중문학에 대한 사망선고를 내린 것에 비하면 더욱 그렇다.

이 발제문에서 주장되는 핵심을 몇 가지로 추려보면 다음과 같다. 먼저 민족문학은 세계문학과의 절합관계를 통해 존립해야 한다는 요구가 더욱 긴요해졌다. 민족문학의 갱신은 이 요구에의 정확한 부응이 가능할 때 이루어질 수 있다. 그러므로 민족, 민족주의, 국제주의, 세계체제 사이의 연관성 및 그것이 자아내는 당대 정세에 대한 정확한 분석이 필요하다. 일종의 문화적 저항운동인 민족문학은 과거의 오류, 이를테면 적의 무기로 자신의 무기를 벼리던(조직 형태를 보기로 들어 확대해석하면 프롤레타리아 당 형태가 근본적 검토 없이 실용적 필요에 따라 부르주아 정치의 장치를 그대로 빌려왔던 것이고 이것이 프롤레타리아 정치의 곤란함을 가중시키는 요인이 되었던 바 있다) 행태에 대한 근본적인 점검, 즉 민족문학운동 '방법론'의 새로움이 필요하다. 민족문학은 이제 권력과 정치의 가장 구체적이고 미시적 현장인 일상성에 주목해야 하며 그것의 반영 구조인 지역성 문제에 대한 올바른 대응을 자기 일정에 올려야 한다. 위의 것들을 위해 문학적 방법론인 리얼리즘은 발본적인 쇄신이 필요하다. 거기에는 기존의 재현원칙에 대한 점검이 수반되어야 한다는 것 등이 그것이다.

말의 모양새로만 따지면야 어디 하나 흠잡을 데가 없다. 그러나 우선 하나 지적하자면 위의 새로운 과제들이 결국은 리얼리즘이란 방법론으로 귀결될 터인데 문제는 리얼리즘에 대한, 발제자의 표현대로 '발본적인' 점검이 없다는 것이다. 예컨대 리얼리즘의 인식론적 근거인 반영이론의 인식론적, 방법론적 지위의 정당성이나 나아가 개폐 여부에 대해서는 검토가 없다는 말이다. 물론 백낙청 선생의 어법을 빌려 "실사구시" "지공무사" "과학을 뛰어넘는 '도(道)'의 경지와 같은 지혜" 등등을 일종의 논거로 제시하고 있기는 하지만, 리얼리즘의 역사가 차지하고 있었던, 그런 만큼 두터운 현실 효과를 전유하고 있었던 과정에 비하면, 그 제시의 시간적, 이론적 두께나 설득력은 한참 모자란다. 과학의 한계를 표현한 것이 도(道)인지, 아니면 기존 과학의 재구성이나 확장의 다른 이름이 도(道)인지 애매하기 그지없다. '지공무사'나 '도(道)'와 같은 명제를 제시하기까지 수반된 제시자의 논구과정이야 정치한 인식과정이었을 수도 있고 또 그것의 정당한 표현이 예의 명제식으로밖에 나타나지 못할 수도 있지만 그렇다고 하더라도 그런 애매한 명제의 제시는 결코 개념 생산의 온당한 방식이 아닐 것이다.

민족문학에서의 부분범주라 할 수 있는 '민족' 문제에 대한 검토가 기왕의 맥락과 크게 다르지 않은 것처럼 보이는 것도, 또 세계체제 혹은 후기자본주의에서 새롭게 출현하는 모순의 직시를 강조하기는 하지만 기존 모순의 상호은폐나 응축, 전치 형태, 또 새롭게 출현한 모순과 기존 모순의 복합적인 중층화과정에 대한 파악이 제대로 나타나지 않는 것도 모두 구체적 내용 파악이 부족한 상태에서의 개념 활용이 가져온 문제처럼 보이는 것이다. 민족·민중문학의 신생이 어떤 형태로 드러날지는 아직 미지수이다. 하지만 결과가 어찌 되든 그 신생에의 모색과정 혹은 민족문학 개념의 재구성이 저항적 문화운동의 온전한 몫을 감당하기 위해서는 무엇보다 이론적 엄밀성을 수반해야 한다는 점은 민족문학의 갱신 노력에도 여지없이 적용되어야 하는 대목이다.

3. 90년대 '최초'의 후일담문학으로서의 『십 년간』과 『외딴방』

이제는 일종의 패션으로 자리잡은 듯한, 혹은 자기 상처 드러내고 장사하는 것처럼 여겨지는 것이 후일담문학이다. 물론 후일담문학이라는 것이, 말의 외형적 의미로야, 문학은 어차피 과거의 현재화이고 그렇기에 과거를 현재의 관점이나 시각으로 호출하는 동시에 통찰하고 그를 통해 현재와 미래에의 실마리를 움켜잡게 하는 것이라는 의미에서는 문학 그 자체일 수도 있다. 하지만 근년에 성행했던 후일담문학은 문학이 얼마나 자신을 비루하게 만들 수 있는가를 확실하게 보여준 추문이 되어버렸다.

그 까닭이야 여러 가지를 댈 수 있지만 그중 가장 도드라지는 것은 역사에의 맹목이다. 반성의 형태로 드러나는 후일담문학의 관점은 역사와 인간과 사회를 너무 순진하게 그리고 단순하게 판단한 것에 대한 지적이다. 그런데 문제는 여기서 발생한다. 80년대의 삶이 너무 단순했다고 판단하는 근거가 여전히 80년대의 '오류'에 대해서 너무 단순하고 순진한 해석에서 출발한다는 것이다. 80년대의 경험이 인간의 살림살이가 얼마나 복잡하고 미묘한 것인가라는 사실을 각성시켜주었다면서도 지금 시점에서 80년대의 오류를 바라보는 관점은 자기가 반성하는 대상의 순진함과 단순함 꼭 그것만큼으로 반복되는 것이다. 그렇기에 여기에는 역사적 한계와 논리적 한계 등의 차이를 가려보는 안목이 없다. 그런 점에서 이제까지 후일담문학은 삶에 대한 안목이나 역사 현실에 대한 인식의 수준 등이 공히 미성년의 그것이라 해도 과언은 아니다.

그런 와중에 정히 후일담문학이라 한다면 그렇다고도 할 수 있는 방현석의 『십 년간』과 신경숙의 『외딴방』은 90년대 '최초'의 후일담문학으로 불려도 손색이 없다. 방현석 소설은 무엇보다 80년대의 과잉 결정적 의미를 해명하기 위해 역사의 통시적 선을 끌어들이는 노련함을 과시한다. 그는 결국 예의 80년대의 과잉 결정의 의미는 80년대를 직접적으로 대상화해서는 설명할 수 없는, 이를테면 역사과정에서 지체되고 봉쇄된 모순과 문제의 응축적 폭발이 80년대의 가파름이라는 전제에서 먼저 70년대의 십 년간을 찾아가는 것이다. 이는 다른 후일담문학에 비해 한결 두터운 시각의 반영이 아닐 수 없다. 하지만 그의 소설에 70년대 십 년간이 오롯이 담기기에는 그 양에 대한 작가의 압축능력이 만족스럽지 못하다. 곳곳에서 설명 형태로 드러나는 당대 모순에 대한 작가의 진술이 한 예이다.

그에 비해 신경숙의 『외딴방』은 70년대 후반을 '나'로 압축시키는 기술을 보여주고 있다. 전통적인 서사구조에 얽매이지 않는 그의 건축술은 개인과 역사의 관계에 대한 소설적 진술에의 색다른 진경을 보여주고 있는데, 이를 통해 우리는 70년대 후반에 대해 좀더 자유로운 유영과 조망을 할 수 있는 것이다. 역사의 진실과 개인의 진실을 이야기하되 역사성이라는 범주가, 광폭한 현실에 의해 잘게 쪼개져 존재하는 밑바닥 개인에게 어떤 식으로 스며들어 있는가를 보여주는 이 소설은 가령 역사라는 큰 봉제물의 양장선을 하나하나 뜯어가면서 그 봉제물의 속을 보여주고 있다. 하지만 작가에게 70년대와 그것에 마주 서 있던

'나'의 정체성은 여전히 이해부득이다. 분명히 그는 역사에 기록되지 않는, 그러나 역사의 한 구성물임에 분명한, 이름도 빛도 없는, '근로자'이자 '산업체 야간학교 학생'인 '나'와 '나'와 관련된 인물 및 사건들을 역사의 당당한 존재로 복권시키고 싶어하지만 그 욕망을 자기 해명으로 설득하기에는 '큰 역사' '작은 역사'의 상관성에 대한 설명에 자신 없어하는 것이다. 전통적 서사구조와는 다른 방식으로 지난 시기를 재구성해보고 싶어하는 것이나, "담임이 갈리자 열여덟의 나" "그날 밤의 여자가 생각나 열여덟의 나, 언짢아진다" 등의 표현에서 보이는 '나'에 대한 특이한 어법은 결국 그때 자기 정체성에 대한 질문, 다시 말해 '나'를 둘러싸고 있던 역사 현실, 그리고 그 속에서 성장했던 '나'의 정체성에 대한 해명이 여태 충분히 되고 있지 않다는 것의 반영이라 할 만하다. 이 점은 정당성 여부야 일단 논외로 하더라도 세 친구들과 70년대의 관계 방식에서 형성되는 인물들의 정체성에 대한 해명에 자신감을 보이는 『십 년간』의 방현석과 비교되는 대목이다. 이제 길게 이야기할 여유는 없지만, 여하튼 뛰어난 '노동소설'이자 '성장소설'이며 무엇보다 온전한 의미에서 '후일담문학'의 전형을 보여준 두 소설은 지난 계절의 여간한 성과가 아닐 수 없다.

(『문화과학』 9호, 1996)

제2부

이처럼 아무런 현실 설명력이 없는 논리에 기초하여 자기 작품의 정당성을 강변하는 것은 자신의 논리적 인식능력과 문학적 능력이 얼마나 좋로 미달인가를 스스로 폭로하는 꼴인데, 이런 부당한 인식이 종국에는 혼성모방(패스티시)이라는 가당찮은 방법을 취하는 것으로 이어진 것이다. 따라서 표절이냐 정당한 방법이냐 아니면 패러디냐 패스티시냐 하는 구분의 다툼은 본질적인 문제가 아니다. 문제의 핵심은 패스티시라는 방법을 택하는 이유가 인식론적 파산, 그리하여 문학적 깊이의 높이에 미달이 모자라는 문학적 능력의 파산 때문이라는 그 인과성을 분명히 확인해야 하는 점이다.

'심약한' 지식인에 어울리는 파멸

—이인화의 『내가 누구인지 말할 수 있는 자는 누구인가』 표절 시비에 대해

1. 마침내 지식인의 위기가?

작가의 표현에 의하자면, 이인화의 소설 『내가 누구인지 말할 수 있는 자는 누구인가』는 이른바 포스트모던한 시대 혹은 세기말적 시대에 좌표 잃은 지식인의 부유성과 혼란을 그리고 있다 한다.

사실 포스트모더니스트의 입장에서 보자면 근대적 세계관이나 패러다임은 점차 소멸되어가고 반면에 포스트모던한 가치관과 사유 방식은 현실적 힘을 통하여 자신의 새로운 왕국을 건설하고 있는 것이 현대 상황일 것이다.

이에 따라 지식인들의 객관적 지위와 역할은 전과 달리 새로운 지점에서 자신의 위치를 조명받게 된다. 왜냐하면 지식(인)의 쓰임새와 그 동일성은 결국 포스트모더니즘적 범주가 결정하기 때문인데 말하자면 근대적 의미의 지식(인)을 해체시켜 다시금 자신의 질서로 재통합하는 역사적 정향성이 포스트모더니즘의 성격이기에 그러하다.

현단계를 포스트모던한 시대로 해석할 수 있느냐의 여부는 논자에 따라 달리 생각할 수 있다. 그러나 필자의 입장에서 보자면, 그 논거들을 이 자리에서 밝힐 여유는 없지만 어찌 되었든 근대적 범주와 과제 중 중심적인 것은 여전히 유효한 반면에 근대적 기획에 포괄되지 않는 탈근대적인 과제와 범주가 혼재되어 있는 것이 우리 당대의 성격이 아닐까 한다.

아무튼 우리 당대의 성격이 여하하든지 간에 근대와 탈근대적 패러다임 사이의 갈등은 현실적인 것 같으며 그런 현실은 특히나 지식인들에게 자못 예민하게 받아들여지는 것 또한 사실인 듯하다. 따라서 맥락이 이러할 때 예의 역사적 경향을 바라보는 기존의 지식인은 다음 몇 가지 유형의 자세로 나뉘어진다고 할 수 있다.

첫째는 근대적 범주 혹은 프로젝트가 이제는 더이상 현실 운동의 조건이나 계기가 될 수 없고 세계는 탈근대적인 것에 의해 구성, 진행되어간다는 생각에서 탈근대적인 덕목들을 적극 받아들이는 입장이다. 여기서 근대적 과제, 즉 산업노동자와 부르주아를 기초로 한 자본주의가 그 탄생과 발전 속에서 부단히 품고 지낼 수밖에 없었던 계급투쟁과 이 계급투쟁을 중심에 놓고 진행되었던 사상적 헤게모니 쟁패의 과제는 사라진다. 이 말은 이를테면 근대사상과 정치의 문제틀이자 그것의 발전 동인으로서의 모순 내용, 즉 계급문제와 계급투쟁이 더이상 사회 변화의 기본적인 원리로 작동될 수 없다는 판단인 셈이다.

둘째는 아직 근대적 범주의 핵심은 유효하지만 탈근대적 범주도 '동시대적'으로 개입되어 그 층위가 복합적으로 동거하고 있다는 판단하에, 그 복합적 동거 양상을 자신의 사유와 행위 속에 적극 반영, 생산하여 자신의 현실적 위치에 대한 '전환(Transformation)'을 지향한다는 자세이다.

셋째는 근대적 가치관이나 패러다임은 당대적 현실 앞에서 완전히 망실되어 더이상 인문주의적 '아우라'는 가능치 않다는 판단하에 오직 세계에 대한 불안과 동요 속에서 자기 내면으로의 은거 혹은 망명을 떠나는 자세이다. 이때 인식 주체(지식인)와 인식 대상(탈근대적 세계) 사이의 커뮤니케이션은 더이상 가능치 않게 되어 주체의 동일성 확보 문제는 주관적 분별력에만 빙탁한다.

그러나 이런 구분은 일단은 표면적인 범박한 분류일 터이고 설혹 그것이 유효하더라도 우리 눈에 가시적으로 들어오지 않는 그 사이사이마다의 미묘한 혼재 양상 역시 많을 것이라는 예상은 그리 어려운 일이 아니다. 또한 예의 구분과 그 사이의 엇갈림에 남한 사회의 특수성이라는 또하나의 예민한 조건이 들어앉는다면 그 풍경의 복잡함과 꼴의 수다함은 실로 변화무쌍일 것이다.

이 소설에서 우리는 그 보편적 정세의 표면장력과 맞물려 있는 우리 사회의 변화 앞에서 민감히 반응하는 여러 유형의 지식인들의 운명을 만나게 된다. 소설에서 그들이 비록 구체적인 삶의 행로를 통해서라기보다는 관념과 사유의 무늬결을 통해 우리 앞에 나타나기는 하지만 그들의 운명이 변해가는 길목마다 요동하는 그들 관념의 표정은 긍정적으로든 부정적으로든 우리에게 하나의 반성적 텍스트로 다가온다.

그런 의미에서 필자는 이런 주인공들의 관념과 그 관념을 현실화시키는 방법론이 일단은 그것의 긍정, 부정을 떠나 우리 시대의 인식적 지도를 만드는 데 좋은 반성 자료가 될 수 있다는 궁리를 하는 것이며 그런 전제에서 이 지식인들의 속내평과 행동들을 '비판적'으로 살펴보려는 것이다.

의대를 졸업하고는 전문의와 작가의 전망 사이에서 고민하다 전업작가의 길로 들어서는 은우, 의사 사회밖에 알지 못하며 은우가 작가로 변신하는 것을 끝까지 말리다 결국 그와 헤어지는 은우의 애인 레지턴트 윤희, 학생운동을 하다 이제는 변혁운동의 일선에서 이탈한 채 갈등 속에서 헤매는 정임, 전위조직원 운동가이면서 수배되어 나날이 쫓기고 있는 규진, 그리고 현실의 가속적 부패성에 절망하여 도덕적 파시스트를 대망하는 문학평론가 박문도 등 우리 사회의 다양한 지식인들이 현실세계와 관계맺는 모습을 그려보인 것이 이 작품이다.

기본적으로 이 소설은 은우의 관념을 축으로 해서 세계사의 운명에 따라 부침을 거듭하는 지식인의 운명을 보여주고 있다. 여기서 은우의 관념이 축인 까닭은 은우의 인문주의 정신의 지향, 그리고 그것에 기초하고 있는 그의 지식(인)관과 예술관들이 현실의 여러 사건들과 인물들을 만나면서 작품을 조직하고 있기 때문이다.

주인공 은우는 심한 위기감을 느끼고 있다. 그 위기의 원인은 두 가지이다. 하나는 윤희와의 갈등이며 다른 하나는 새로운 그러나 비휴머니즘적 질서로 조직되고 있는 세계사적 징후이다. 은우가 보기에 지식인사회의 위상과 역할은 예전과 달리 급속한 몰락의 길로 걸어가고 있다. 그 몰락은 따라서 지식인의 정신적 본향이었던 인문주의적 이상의 동반 몰락도 재촉하는 것이다. 그런 은우의 문제의식은 다음으로 이어진다.

이전에는 기본적으로 자율적 회로라는 순결성에 의해 지배구조에 대한 마지막 문제제기 집단이자 반성 지역이었던 지식인사회가 이제는 어느덧 국가독점자본주의(혹은 후기자본주의)로 진급한 순도 높은 자본주의적 질서에 의해 그 본령의 위상이 급격히 해체된다. 즉 기왕에 가지고 있던 지식인사회의 비판성과 순결성이 보다 강력해진 자본의 구심적 논리에 무기력하게 포섭되어감에 따라 예의 덕목은 낱낱이 파괴되는 것이다. 그런 자본의 논리는 '분석, 종합판단' 능력과 '통합적 이성'을 구현하고 있던 지식인들을 폐쇄적인 전문 영역으로 파편화시키며 그런 조건하에서의 생산물만을 요구하게 된다는 것이다.

이런 세계에서 은우는 "자본가들이 만든 이 뜬세상 한구석에서 월급타령이나 하며 늙어가는 의사"[1]로 살아가느냐 아니면 "인문주의 정신의 마지막 저항에 협력"(126쪽)하여, 지식인의 종합적 인격을 유지하며

1) 이인화, 『내가 누구인지 말할 수 있는 자는 누구인가』, 세계사, 123쪽. 이하 인용은 본문에 쪽수만 표시.

살아가느냐 하는 기로에 서 있음을 감지하게 되고 결국은 자기의 동일성을 후자에서 찾으려 한다.

하여 지식인적 삶의 방편을 그는 전업작가로 구현하고자 하는데 이 작가의 위치는 그에게 혼동과 혐오가 미만한 세상 중에서도 홀로 "머리 위에 나부끼는 영원한 보헤미안의 깃발…… 도도한 정신의 깃발, 정신의 연대"(45쪽)를 가능케 하는 삶의 지평으로 간주되는 것이다.

근대적 의미의 통합적 주체를 문학을 통해 실현하려는 은우의 의지가 논리적으로나 현실적으로나 온당한 판단인가 하는 문제는 여기서 잠시 접어두자. 아무튼 소설에서 인문주의적 주체의 회복이라는 지향을 통해 자신의 동일성 확보를 꿈꾸던 은우는 현실 앞에서 철저히 패배해간다.

작가로서의 자유스러운 인간을 꿈꾸는 은우, 그렇지만 생활인으로서 요구되는 덕목도 결코 소홀히 하지 않으려 하던 그는(은우는 생활인과 작가 사이의 관계에 대해 키에르케고르의 명제를 빌려, 주어진 사회질서와 통념 속에서 한 개인에게 요구되는 시민 혹은 사회인으로서 위치를 충실히 이행하는 인간을 '윤리적 인간'으로, 반면에 모든 질서나 체계로부터 부단히 벗어나려 하는 자유로운 인간을 '심미적 인간'으로 구분하여 작가라는 위치는 그 양자를 적절하게 조화시킬 수 있는 경우라고 생각한다. 그러나 키에르케고르의 미학관이 기본적으로 주관적 탐미성에 기초하고 있으므로 그 양자의 구분이 대단히 자의적일 수밖에 없다는 사실은 은우에게는 애당초 관심 밖이다) 최초로, 애인 윤희와의 불화와 이별 앞에서 깊은 '현실적' 절망감을 맛보게 된다.

그러나 은우의 패배는 애정 문제에만 국한되는 것이 아니다.

그가 현실에 대한 고뇌 어린 사유를 통해 빚어낸 그의 작품은 평론가에게 무참히 난타당하여 잡지에 게재되지 못한다. 이것은 단지 게재 여부의 문제가 아니라 그의 가치관과 삶의 방식이 철저히 부정당한 것인 셈이다. 그리하여 개인적 애정의 소망도 보편적 애정의 구현도 현실 앞에서는 그 싹가지조차 거세당하는 꼴이 되고 급기야 은우는 스스로 파멸의 길인 조카 정임과의 근친상간으로 들어서게 된다.

"진정한 실재 ……존재의 우연성을 부정해줄 초월적인 실재를 갈망"(274쪽)하고 그 갈망을 작품을 통해 조형해보려던 은우에게 현실은 "허위로, 잔혹으로, 모순으로"(같은 곳)으로 대답해줄 뿐이었다. 이런 은우의 행로는 결국 그에게 혐오와 분열 그리고 영락한 자신의 몰골을 확인시켜주는 과정일 뿐인 것이다. 하여 진리에 대한 신뢰도 그에게는 외사랑이었을 뿐 그에게 돌아온 것은 단지 허망한 추억의 잔영뿐이었다.

은우의 동요와 나름의 깊은 사색 그리고 그가 몰락해가는 일련의 과정은 우리로 하여금 당대의 세계사적 위치를 새삼 반추해보게 한다. 나아가 근대성의 중요한 좌표인 "인문주의적 정신"으로 부패한 현실 속의 소금임을 자임하던 근(세)대적 지식인의 정체성이 예의 "순도 높은 자본주의"의 가공할 장력 앞에서는 도대체 어떻게 되어야 하는가 하는 은우의 고뇌는 다시금 우리 자신의 근본적인 문제가 되어 우리 앞에 던져지고 있다.

그러나 이것이 현실의 아포리아임에는 틀림없지만, 또 은우의 문제의식과 고뇌의 충정을 십분 이해할 수 있지만, 그 고뇌의 중심에서 일단은 약간 떨어져나와 다른 시각으로 세계의 안색을 살펴보는 것도 어쩌면 은우의 충정에 동참하는 길일 수도 있으리라. 그런 의도는 자고로 어떤 문제에 직면하여 그 문제에 대한 질문 방식이 제대로 되기만 하면 그 문제의 해답은 이미 많은 부분 질문 속에 이미 선취되어 있다는 상식적인 교훈, 요컨대 문제틀(Problématique)의 중요성을 재삼 상기하여 문제의 방향타를 달리 옮겨보자는 취지이다.

그렇다면 여기서 우리는 은우의 문제의식과 대안(이 대안이 은우의 세계관, 지식(인)관, 그리고 예술관 등의 내용이다)을 좇아가보면서 그것의 적실성 여부(논리적 측면과 역사적 측면 양자 공히)를 적어도 네거티브한 방법 수준에서나마 관찰해볼 수 있을 것이다. 그런 탐색과정을 수행한 후에 우리는 나름대로 은우의 고뇌와 방법이 진실로 참된 것인가 하는 점을 사려해볼 수 있을 것이다. 그런 점에서 객관 현실에 대한 은우의 인식론적 방법론이나 인식과정의 내용이 혹여나 타당함을 결여하고 있는 점이 설명된다면 애초 은우가 가진 문제의식은 잘못된 전제에서부터 출발한 것이라는 평결이 가할 것이다. 따라서 그 결과는 전제가 거짓이면 결과가 참이 될 수 없다는 가언명제의 기본적 논리에 따라 예의 문제의식의 적실성 여부를 분명히 가려볼 수 있게 될 터이다.

2. 인문주의 정신 그리고 지식인?

의사라는 위치를 내팽개치고 전업작가가 되기로 결단한 은우의 의식구조에는 인문주의 정신과 지식인에 대한 신뢰와 희구가 밑자리로 깔려 있다. 그러면 은우가 결단코 고수하려는 그 '인문주의 정신과 지식인'의 실체란 도대체 무엇일까?

작품에서 은우가 앞의 문제에 대해 논리적으로는 설명하지 않지만 예컨대 다음 인용문(물론 인용문 중 두 부분은 은우의 예술관을 나타내는 말이기는 하지만 그 예술행위가 근본적으로 은우의 '인문주의적' 지향에 기초하고 있기에 서로 맥이 통하는 것이기도 하다)을 보면 그것의 대강은 짐작 가능하다.

> 나는 나의 머리 위에 나부끼는 영원한 보헤미안의 깃발을 본다. 도도한 정신의 깃발, 정신의 연대.(45쪽)

> 의사 회계사 변호사 대학교수…… 이런 전문 재래직들, 말하자면 자본가의 조직 밖에서 자신의 지식으로 어느 정도의 생활 수준과 위신을 유지하던 사람들……(123쪽)

나에게 새로운 고귀함과 영예를 약속하던 힘, 자신의 말을 갖지 못하는 무수한 인생 위에 홀로 군림하는 정신과 언어의 힘……(125쪽)

그리고 위 인용문과 더불어 이 작품에 대한 류철균씨의 서평을 살펴보면 그 인문주의 정신과 지식인 문제에 대한 은우의 속내를 더 확연히 들여다볼 수 있다.

90년대 한국사회에 있어서 문학은 (……) 대지식인(grand intelligentsia)을 향한 마지막 환상이며 추억의 그림자이다. '학(學)이란 근본적으로 하나'라고 믿었던 행복한 시절이 있었다. (……) 루카치가 진정한 학문은 오로지 하나이며, 그 하나란 헤겔에 뿌리를 둔 마르크스라고 역설을 하던 시절. 후설이 유럽 학문의 총체적 위기를 떠들며 엄밀한 학으로서의 철학(현상학)을 들고 나오던 시절. (……) 지식에 대한 열정적인 근본주의가 (……) 인문주의의 통합적 이성을 한몸에 구현하고 대학 구내를 어슬렁거리던……[2)]

민감한 독자라면 이 정도 인용에서도 어느 정도 감지할 수 있겠지만

2) 류철균, 「재현할 수 없는 세계에 대한 질문」, 『책 마을』 1992년 봄호, 진명서적. 언론에 보도된 대로 평론가 류철균씨와 작가 이인화씨는 동일한 인물이다. 그런데 여기서 류철균씨는 자신의 작품에 대해 자신이 서평을 하고 있다. 우선 양자가 동일인물이기에 류씨의 서평은 자신의 소설에 대한 해설이자 창작 보고서라고 할 수도 있다. 따라서 이 글을 읽어보면 주인공 은우의 성격을 어느 정도 알 수 있다. 한편 공식적인 매체에 자신의 소설에 대해 자신이 서평하는 문제를 어떻게 받아들여야 할지 곤혹스럽다. 어찌 그런 방식이 서평의 객관성을 보장해줄 수 있겠는가. 독자를 우롱하는 방자함이라 해야 할지, 아니면 치기만만이라 해야 할지. 그러나 이런 것도 포스트모던한 방법이라 한다면 더이상 할 말은 없다. 참고로 그 서평의 한 대목을 부기해둔다. "이 작가가 자칫 그 이야기의 재능 때문에 어설픈 대중적 취향에 영합하게 되지나 않을까 하는 것이다. 대중의 때 묻은 박수를 원하기보다 관념과 사상의 깊이를 더욱 확보하고 그것을 자연스럽게 소설적 육체로 만드는 작업에 정진해달라는 말을 꼭 하고 싶다."

은우에게 있어 '인문주의와 지식인'의 문제는 한 몸뚱어리로 존재한다. 즉 '인문주의 정신'에 충만할 때 비로소 '지식인'으로 자리할 수 있게 된다는 말이다.

이런 은우의 '인문주의 정신'이란, 분명치는 않지만 아마도 근(세)대적 역사과정에서 이른바 그 과정의 중심적 추동력이라 회자되어왔던 도구적 이성의 통합 능력인 듯하다. 그런데 그 통합적 이성은 객관적 실재인 사회와 자연에 대한 '총체적' 인식과 통제를 이른바 '학(學)'이라 하는 인식론과 방법론을 통해 수행했던바 그것의 인격적 구현은 당연히 그 높은 이성의 담지체인 '지식인'에 의해 가능해진다고 보는 것이 은우의 생각이리라.

여하튼 그 '인문주의 정신과 지식인'의 관련성을 간단히 요약해보았는데 언뜻 보아 은우는 '인문주의와 지식인'에 대해 상당히 상식적인 생각을 가지고 있는 것 같기도 하다. 그런데 왜 그것을 통해 "문학에 의지하여 조화롭고 이성적인 삶을 모색해가는 전형적인 휴머니스트인 이은우의 패배는 처음부터 예정된 것"이며 또 "현실 속에서 은우의 순진한 인문주의는 철저히 패배"[3)]해갈 수밖에 없는 것일까. 은우의 생각이 그 자체로 정당한데도 불구하고 강팍한 현실이 그런 상식의 정당함을 허락지 않는 것인가. 아니면 더이상 현실에서 그것의 약효가 가능치 않기 때문인가.

그런데 급한 김에 서둘러 필자의 견해부터 먼저 밝혀보자면, 은우의 생각은 대단히 일면적 발상이고 동시에 비역사적 안목에 갇혀 있기에 현실의 문제를 따지고 말고 할 것 없이 그 실패는 예정된 수순이었고 그것의 확인과정이었다는 것이다. 먼저 은우가 지식(인) 문제를 보는 시각은 존재론적이고 본질론적인 한계에 사로잡혀 있다. 그것은 인문주의적 패러다임에 있어서도 마찬가지이다.

3) 류철균, 같은 글.

우선 지식인 문제에 관해 검토해보자.

작품에서 은우는 지식인의 역사적 위치를 지배집단 혹은 자본가의 전횡과 부조리에 대해 문제를 제기하는 비판적 집단으로 또 그 문제제기를 통해 당대 사회관계에서 저항과 반성적 영역을 보증받는 집단으로 간주하고 있다. 예컨대 은우가 "자본가들은 ……언제나 지식인사회를 해체시켜 월급쟁이의 군집으로 만"(123쪽)들려고 한다고 비판하는 것은 앞의 문제의식이 깔려 있기에 가능한 것이다. 따라서 은우는 자본주의와 지식인은 반정립적 관계로만 판단하고 있다.

그러나 주지하다시피 지식인의 위상과 성격은 그 자체로 고유한 단일적 성격을 갖고 있는 것은 아니다. 오히려 이중적 속성을 가지고 있다는 것이 일반적인 사고일 터이다. 이를테면 당대 지배질서에 반정립적이기도 하지만 역으로 지배질서의 안정적 재생산을 추동시키는 기생적 성격의 강한 친화성도 동시에 가지고 있음은 충분히 논증되는 바이다. 따라서 지식인의 성격은 역사적 맥락이나 혹은 사회의 물질관계에 초연한 범주로 존재하는 것이 아니라 기본적으로 지식(인)이 생성되어 나오는 메커니즘의 성격, 즉 역사적 형성과정에 따라 그 내용의 실체가 구성되는 셈이다.

말이 나온 김에 지식(인)의 문제를 좀더 거론해보자면 기실 지식인의 성격은 우선 지식의 문제와 관련해서 생각해야 한다.

알다시피 지식이 그 자체로 투명하거나 가치 중립적으로 존재하는 것은 아니다. 말하자면 지식은 첫째로 지식생산 메커니즘의 구조적 조건에 따라 자신의 효과를 나타내며 둘째로는 지식 효과를 생산해내는 물질적 장치를 소유한 세력의 성격에 따라 그 내용 및 성격이 조건지워진다는 것이다.

자본주의사회에서 지식이 생산되고 분배되는 일차적인 장소는 학교라는 사회장치이다. 그런데 자본주의사회에서 학교는 근본적으로 지배질서의 궁극적 목적을 재생산하는 토대적 장치인 셈인데 그런 점은 이미 라이머나 프레이리 혹은 알튀세의 학교 성격 연구에서 훌륭히 분석되어 있다. 그중 특히 알튀세는 학교를, 지배구조를 재생산하는 국가 이데올로기장치들(ISAs) 중 가장 효과적이고 직접적인 장치라고 지적하고 있는 형편이다.

그런데 학교를 통한 지식 전수는 두 층위로 구분될 수 있다. 하나는 가장 기본적인 교육과정으로 우리 식으로 보자면 초등학교 단계이며 다른 하나는 고급학교, 즉 고등학교나 대학교이다.[4)]

그러나 고급학교의 '인문교육' 내용은 우리가 일상적 생활에 직접적인 관련을 가지고 써먹을 수 있는 지식이라기보다는 지배구조에 편입하기 위해서 꼭 필요한 통과제의용 입장권 같은 것이다. 이 경우 이런 지식은 실과적 지식(knowledge)이 아니라 교양적 지식(지성, intelligence)으로만 존재한다.[5)] 그런 점에서 보자면 은우가 강조하는 가령 철학이나 문학 같은 인문주의 교육의 핵심도 기실은 교양적 지식에 다름아니며 따라서 그것은 요컨대 당대의 지식인사회를 만들어내는 기본적 생산요소인 것이다.

한편 사회적 지식 생산관계 속에서 실과적 지식과 구분되는 교양적 지식(intelligence)의 정오(正誤) 구분은 별 의미가 없다. 아니 그것보다 더 중요한 것은 이 교양적 지식이 육체노동자와 지식노동자의 분할을 야기하는 데 있어 적극적인 성격을 띤다는 점이다. 따라서 이런 지식(intelligence)을 체현한 사람이 바로 지식인(intelligentsia)이 되는 것이고 그 지식이 보장해주는, 육체노동자와의 구분을 통해서 예의 지

4) 이 양자를 가르는 기준과 의도 그리고 이런 구분된 교육의 가늠자인 인문교육 중 특히 문학과 언어 교육이 어떻게 지배구조의 이데올로기와 재생산에 기여하는가 하는 문제는 르네 발리바가 탁월하게 지적한 바 있다.(Michel Pêcheux, *Language, Semantics and Ideology*)

5) 이 구분이 어떤 이데올로기적, 사회적 효과를 가지며 또 그것을 통해 지배구조는 어떻게 재생산되는가 하는 문제는 르네 발리바와 함께 알튀세 및 에티엔 발리바의 저작에서 잘 살펴볼 수 있다.

식인은 국가를 관리하는 '지식노동자'가 되는 것이다. 거꾸로 이런 수순에 따라 '인문교육'이 실행되지 않는, 즉 보통교육만 받은 사람은 피지배계급이자 무지한 사람(ignorant)으로, 즉 육체노동자가 되는 것이다. 이런 점에서 우리는 바로 이 지식인이 자본주의적 가치관의 재생산을 담당해온 장본인임을 알 수 있다. 또 역으로 자본주의적 지배구조는 지식인의 생산을 통해 자신의 이데올로기적 토대를 강화하는 것이라는 사실도 알 수 있다. 따라서 지식인 생산의 정신적 내용을 담당하는 인문주의란 것이 그 자체로 본질론적으로 존재하는 것이 아니라 전술한 사정과 같이 본의 아니게(?) 자체의 복합적 성격 속에서 자본주의의 독전관 노릇을 하는 셈이 되는 것이다.[6)]

한편 상술한 논리가 어떤 새로운 문제의식을 담고 있는 것이 아니라고 반박할 수도 있다. 물론 그렇다. 그러나 그런 문제가 아직까지 우리의 난제로 남아 있으며 더욱이 이 문제가 근대적 시민으로서의 보편적 인간 범주의 틀 안에서 해결하지 못한 채[7)] 이른바 '포스트모던'한 시대의 과제로 남아 있다는 사실은 이 문제의 파악과 해결이 결코 녹록지 않다는 것의 반영일 따름이다.

가령 이 지식(인) 문제가 자체의 지배 이데올로기적 성격으로 인해 자본주의사회의 재생산구조와 얼마나 깊은 연관성을 맺고 있나 하는 것은 유사 이래 최초로 사회주의('반자본주의')체제를 성립시킨 레닌의 깊은 문제의식을 통해서도 시사받을 수 있다. 이를테면 레닌이 "요리사도 국가를 관리할 수 있어야 한다"고 강조한 것은 단지 육체노동자와 지식노동자의 자리바꿈을 주장한 것이 아니라 자본주의의 기본적 생산구조를 극복하기 위해서는 노동의 성격과 지식의 성격, 즉 육체노동과

---

6) 이런 맥락에서 볼 때에만 1968년 프랑스 5월혁명 당시 제도교육의 전면적인 철폐를 들고 나왔던 학생들 시위의 역사적 의미를 제대로 읽을 수 있다.

7) 이 지식 문제가 '무지'의 문제를 수반하여 이른바 포스트모던한 시대의 과제 중 하나인 '대중'의 문제와 직결되어 있다.

지식노동의 성격과 내용을 근본적으로 전환시켜야 한다는 문제의식이 깔려 있었기 때문이다.[8] 또 모택동이 추동했던 문화혁명(비록 스탈린적 경향으로 인해 그 의의가 무척 홀대받아왔지만)의 기본 취지도 이와 맥락을 같이하는 것이다.

결론적으로 말해 이상을 슬로건 식으로 정리해보자면 지식 범주는 격렬한 계급투쟁의 장이며, 따라서 지식인이 이 투쟁에서 결코 자유로운 존재는 아니라는 것이다.

그러나 이런 생각이 지식인에 대한 '원죄'를 추구하는 것이나 혹은 지식무용론을 주장하는 청산주의적 입장으로 해석되어서는 곤란하다. 문제는 다만 그 지식과 지식 노동자의 중층적 성격을 분간해서 균형 잡힌 시각으로 지식(인) 문제를 바라보자는 것이다. 또 그래야만 주인공 은우의 도정과 운명을 보다 깊이 있게 조망해볼 수 있을 터이기 때문이다.

반면에 근대적 지식(인)의 역사성을 통합적으로 구성하고 있는 인문주의의 문제도 같은 맥락에서 조망해볼 수 있다. 간단히 말해 인문주의라는 패러다임 역시 본질론적으로 주어진 것이 아니다. 예컨대 푸코가 문제삼는 '지식의 고고학'이나 '지식과 권력'의 문제에서 볼 수 있는 것처럼 그것은 언제나 근대 정치의 전개 맥락에 따라 지배질서의 권력 문제와 떼려야 뗄 수 없는 '내연의 관계'였던 것이다.

이런 관점은 다른 한편으로 근대 역사에 있어 학문간의 분파투쟁을 통해서 각 분과학문 사이의 우열적 계열화가 이루어진 것이나 또다른 비근한 예로 프로이트나 라캉의 이론이 인문주의 전통의 최고 표현체였던 당대 학계에서 강하게 배척당하고 거세당할 뻔했던 역사적 경험에서 확인되는 사실이다. 그런 현상이 단지 이론상의 문제라고 주장하는 것은 너무 순진한 생각이다. 그것은 다름아니라 프로이트나 라캉의 이론이 당시 지배구조의 정신적 질서를 받치고 있던 인문주의적 지평

8) 물론 이것을 소재주의적으로만 해석하여 대학교수를 갱도로, 광부를 강단으로 위치이동시켰던 스탈린의 좌·우 편향적 형태와 동일시해서는 안 된다.

과 그것을 조직하고 있는 지배구조의 지식 재생산 기획을 현저하게 위협했기 때문이다. 즉 이것 역시 다른 말로 하자면 자본주의 질서 내에서 일어나는 인문주의간의 분파투쟁에 다름아닌 것이다. 따라서 이런 식으로라면 자본가들의 지식인 통제 방법이 은우가 생각하는 방식, 즉 지식인을 월급쟁이로 만들어 통제하는 방법뿐만이 아니라 인문주의의 존속을 통해서도 지식인을 포섭, 통제해가는 것이라는 사실이 어느 정도 확인된다 하겠다.

그러나 강조컨대 인류의 지혜가 이룩한 인문주의나 지식의 문제를 단지 지배구조의 재생산적 기능만 강조하여 그것의 유산적 성격이나 긍정성을 전적으로 부정하자는 이야기 역시 아니다. 오히려 강조점은 인간 주체성의 강조를 통해 근대적 인간의 역사적 지평을 결정적으로 넓혀놓았던, 예컨대 데카르트나 칸트의 인문주의적 패러다임을 '과학적'으로 이해, 분석하여 그것의 순기능과 역기능을 갈래잡자는 취지이다. 아울러 이것이 가능할 때 이 작품에 대한 분석 가늠자가 온전하게 작동될 수 있다는 생각 때문이기도 하다.

이제 이 문제에 대한 잠정적인 결론을 내릴 때인데 앞에서 살펴본 것처럼 우리는 그 '인문주의 정신'이나 '지식(인)' 범주가 결코 가치 중립적이거나 투명한 것이 아니라는 점을 확인해볼 수 있었다. 그러나 불행하게도 은우는 지배구조가 생산해낸 이데올로기의 미망에 사로잡혀 인문주의나 지식인을 투명한 존재로 인식하게 되었던 셈이고, 따라서 문제설정이 그렇게 잘못되었을 때 결과의 파산이란 필연적일 수밖에 없는 것이다. 이를테면 전건 부정의 오류인 셈이다.

이런 점에 비추어볼 때 "조화롭고 이성적인 삶의 모색"을 가능하게 해주는 인문주의가 '포스트모던'한 조건 때문에 망실[9]되어간다는 은우의 관념은 인문주의에 대한 근본적인 반성은 애당초 없고 단지 그것

9) 이런 관점은 작가 역시 마찬가지이다.(류철균, 같은 글)

을 존재론적 혹은 본질적으로 바라보는 은우의 관념 여행이 당도하는 예정된 기항지일 뿐이다. 따라서 새로운 시대에는 지식의 지형이 여하히 구성되어야 하며 지식인의 위상은 여하히 재편성되어야 하는가 하는 역사에 개한 구체적인 질문 대신에 그는 흘러간 노래에 대한 추억만 불러오고 있는 것이다.

그런데 문제를 한번 거꾸로 생각해보아, 만약 균형적 사고를 가진 지식인이라면 오히려 그 인문주의 혹은 "조화, 이성, 휴머니스트" 등의 패러다임에 대한 근본적이고도 진지한 성찰부터 해보아야 하는 것이 아니겠는가. 또 그 인문주의 정신의 긍정성은 다름아니라 어떤 현실적 명제에 대해서도 끊임없이 방법론적 회의와 성찰을 계속해나가는 자세가 아니겠는가. 동시에 그 인문주의 정신을 구현시키고자 하는 사람이라면 오히려 재구축되는 현실세계와 그 속에서 대두하는 비이성적, 비휴머니즘적인 요소에 대한 정확한 인식의 노력과 해결책을 구상해보아야 하는 것이 아니겠는가. 결과적으로, 이런 통찰이 결여된 은우의 "순진한 인문주의"가 패배할 수밖에 없었던 것은 상대적으로 '포스트모던' 한 현실세계가 너무 교활하고 강퍅해서가 아니라 자신의 사유에 대한 근본적 통찰이 결핍되어 있던, 애당초 무기력하고 비현실적인 은우의 관념성 때문이라 보는 것이 바른 시각일 것이다. 따라서 은우의 몰락은 인식론적으로만 국한해 보더라도 자신의 주관적 관념성 때문이지 포스트모던한 시대가 그 몰락의 근원적 이유라고 볼 수는 없는 것이다. 그런 점에서 이 '순진한' (그러나 실은 무지한) 인문주의가 세계를 단지 "허무와 잔혹, 모순으로 가득찬" 것으로 판결내리는 것은 하나도 이상한 것이 아니며 또 그런 생각의 연장선에서, 더이상 실재 대상에 대한 인식 가능성은 불가한 것이기에 진리 대신 환상으로 생존을 이어가겠다는 은우의 결심[10]이 하등 이상할 것이 없는 것이다. 그것은 어차피 인

10) 이 결심이 재현 대신 위장, 모방, 거짓말 등의 방법을 택하게 되는 근원지이다.

식론적으로나 방법론적으로 예정된 수순이기에 그러하다. 어찌 잘못된 진맥에서 바른 처방이 나오겠는가. 콩 심은 데 콩 날 뿐.

결론적으로 말해 앞에서 살펴본 바와 같이 은우는 인문주의나 지식(인) 문제에 있어서 그것에 대한 역사적 관점 그리고 현실에 대한 부단한 회의와 성찰이라는 기왕의 인문주의 정신의 본류 양 측면 중 어느 것 하나도 만족시키지 못한 지극히 유아론적인 '인문주의 정신'과 '지식(인)'의 관념에 침윤된 것으로 확인되는 것이다. 따라서 은우의 동요나 몰락은 자신의 내부에 내장되어 있던 그것의 싸가지가 당대 성격을 현실 조건으로 해서 발화된 결과일 따름이다.

이제까지 우리는 인문주의 정신과 지식인 문제를 중심에 놓고 이것에 대한 은우의 생각이 논리적 정합성이나 현실적 적합성 양 측면에 있어 과연 온당한 것인가 하는 점을 비판적으로 살펴보았다. 사실 이 문제가 중심적으로 고찰되어야 하는 이유는 주인공 은우의 현실 인식이나 또 세상을 살아가는 방법 등이 모두 기본적으로 자신의 '인문주의 정신'과 '지식(인)' 관에서 실마리를 풀어나가기 때문이었다. 그러나 은우의 인물 성격을 제대로 가려보기 위해서는, 예의 문제가 중심적이기는 해도 다른 문제들도 더불어 추가되어야 함은 당연한 사실이다.

가령 은우나 작가 양자 공히 관념론자들의 특기인 주체의 절대화와 대상의 절대화 사이를 오락가락하는 모습을 전형적으로 보여주고 있는 점[11)]이나 은우의 예술관과 방법론이 이런 무기력한 관념에 기초하고 있기에 재현을 포기하는 점[12)] 등에 대한 자상한 검토가 동시적으로 이루어져야만 은우의 관념세계와 행위에 대한 비판적 '재현'이 가능할 것이기 때문이다. 이 문제들은 다른 기회나 다른 필자에 의해 수행

---

11) 이 문제는 주체와 대상의 '자명함'이라는 명제를 통해 설명할 수 있다. 예컨대 은우가 자신, 즉 '나' 혹은 주제를 자명하게 주어진 것으로 간주하여 그것의 구성과정과 요건은 인식하지 못한 채 실재와 부재의 의미, 재현과 모방 등을 사고하는 것이 그런 예이다.

12) 이 역시 주 9와 동일한 방법으로 설명될 수 있다.

되었으면 좋겠다.

3. 마르크스주의 혹은 마르크스주의적 지식인의 위기?

모두에서 언급한 것처럼 작가는 지식인의 동요 문제를 그 유형의 특징에 따라 동요의 보편적 속살을 드러내 보이려 한다. 그런 의도에, 우리 현대사에 있어 거대한 사상적 산맥인 마르크스주의(적 지식인) 문제가 개입되는 것은 당연한 일이리라. 작가는 마르크스주의 사상에 침례받고 그 사상의 현실운동 한복판에서 8, 90년대를 살아왔던 학생운동 출신 정임과 전위조직의 직업적 활동가 규진의 동요와 갈등을 그려냄으로써 마르크스주의 역시 예의 "인문주의 정신과 지식인"의 몰락이라는 탈근대적 징후에서 자유로울 수 없다는 점을 부각시키고자 한다.

따라서 작가가 보기에 정임과 규진의 성격 및 상황은 이 시대 마르크스주의(적 지식인)의 위기를 드러내는 데 가장 합당한 인물이 되는 것이다.

물론 탈근대성에 대한 논란마냥 마르크스주의의 위기 문제를 놓고 벌어지는 논박 또한 수다하다. 예컨대 위기의 존재 여부에서부터 시작하여, 만약 위기라면 그 위기의 성격과 내용 그리고 그것의 현재적 의미 여부에 관해서까지 그 논박의 스펙트럼은 실로 폭넓다. 그런 점에서 우리는 정임과 규진을 통해 펼쳐 보이는 마르크스주의(적 지식인)의 위기가 과연 온당한 그림인가를 흥미 있게 지켜볼 수 있다.

소설에서 정임의 배경적 상황은 두 가지로 설명된다.

하나는 할머니와 부모마저 모두 잃은 고아로, 다른 하나는 학생운동을 하다 이제는 전선에서 이탈하여 다른 삶의 영역으로 인입되어가는 인물이다.

한때 학생운동을 하였으나 지금의 정임은 세속적 삶이 뿜어내는 욕망에 강하게 지배받는, 그렇지만 운동적 삶의 잔흔과 자의식이 그 욕망과 갈등을 벌이고 있는 국면의 인물인 것이다. 그러나 정임은 나름의 논리로 자신의 변모에 대한 합리화 혹은 알리바이를 꾀한다.

가령 자신을 비롯한 모든 변혁운동 활동가들의 운동 동기를 욕망(정임에게 있어 욕망은 모두 타기시되기만 하는 덕목이다)의 흔적으로, 따라서 규진도 레닌이라는 환상의 자기 전이를 통해 자신의 욕망을 채워나가는 존재로 보는 것이나, 아울러 이제는 "아무도 더이상 혁명의 이상을 불태우지 않고 (……) 현실에 대한 죄의식도 사라지고 모두들 어둠에 눈을 익히려고 부산하게 몸부림치는 그런 시대"(124쪽)라고 나름의 정세 분석까지 곁들이는 것이 그런 맥락이다. 하여 이런 해석은 변혁운동을 계속하는 것조차 "패배할 수밖에 없는 파멸의 운명"(126쪽)으로 간주하는 것의 논거로 작용한다.

현실에서 정임과 같은 생각을 하는 사람은 분명히 있을 수 있다. 그러나 정임의 사고 방식이나 정세적 판단을 좀더 자세히 들여다보면 변혁운동에 대한 그녀의 인식 수준이 아주 낮으며 자의적이기까지 하다는 점을 알 수 있다. 즉 그녀의 수준은 정말 학생운동 수준, 다시 말해서 지극히 아마추어 수준에서 맴도는 것이다. 이런 전제에서 보자면 거꾸로 정임의 인식 내용이 아마추어 수준이기에 그런 '통념'에 지배되는 주관적 판단도 가능하다고 볼 수가 있다.

예컨대 욕망, 이미지 그리고 레닌 등 각급의 문제와 그것 사이의 내적 연관성을, 별다른 논거점 없는 자신의 경험적 통념으로 해석하는 자의성이 그런 것의 한 예다. 그러나 이 문제를 우리 식으로 한번 뒤집어 생각해보자.

우선 욕망은 그 자체로 옳고 그름의 대상이 아니다. 욕망은 실재하기는 하지만 그것의 꼴과 성격은 특정하게 주어진 생산 메커니즘에 자기 조건을 갖는 것이다. 따라서 그 자체로 타기의 대상이 될 수는 없다. 만약 욕망에 대한 타기 여부의 판단이 가능하려면 먼저 그 메커니즘의 성격을 정치하게 가려내고 난 후에야, 표층적으로 실재하는 욕망의 현상을 비판할 수 있는 것이다. 파시즘도 욕망의 표현이지만 인류애나 인간해방의 의지도 욕망의 표현이기에 그렇다.

이 욕망의 문제가 이미지의 문제로 이어진다.

욕망하는 존재는 욕망의 대상을 가진다. 그러나 그 대상이 항상 실재(real), 즉 리얼리즘으로 존재하는 것은 아니다. 아직 실재로서 존재할 만한 조건이 정초되지 못했을 때 그것은 리얼리즘으로서가 아니라 이미지 혹은 유토피아 범주로 주어진다. 그러나 이것 역시 그 자체만으로는 옳고 그름의 대상이 아니다. 공상과는 그 질이 다르기 때문이기도 하지만 이것의 특징이 언제나 대중(운동)의 심리적 조건으로 주어지기 때문이다. 이 역시 시비 여부는 그것의 생산 메커니즘과 성격 문제에 달려 있다.

현실은 남루해도 이상으로 가는 유토피아(적 이미지)가 높기에 오늘도 대중은 그 도정의 고난을 견딘다. 카타콤의 '욕망'이 사자굴과 십자가의 공포를 이겨냈던 것도 기실은 천년왕국과 메시아의 이미지가 있었기에 가능했고 동학의 '욕망'이 만 가지 간난을 넘어설 수 있었던 것도 후천개벽과 용화수 미륵의 이미지가 있었기에 그러했다. 물론 근대 산업 프롤레타리아들이 나날의 고통 속에서도 내일의 희망(욕망)을 가질 수 있었던 것도 '반자본주의'로서의 공산주의라는 이미지가 있었기에 가능했다(프란체스코 파의 '청빈'의 욕망과 공동체적 이미지도 마찬가지 식으로 설명될 수 있다).

레닌 문제만 해도 그렇다. 정임의 말대로 레닌을 환상으로 본 것은 마르크스레닌주의의 '개념적 한계성'이나 진리 유효성의 문제를 바로 보지 못한 우리 눈의 들보 탓이지 어찌 '잘 알지도 못하는' 마르크스레닌주의 탓이라고 할 수 있을 텐가.

물론 현실적으로 볼 때 정임과 같은 과정을 걸어온 이른바 교조주의적 경향이 없지 않다. 아니 많다고도 할 수 있다. 그러나 기왕의 경험이 그렇다 하더라도, 보다 밝은 눈으로 마르크스레닌주의를 경전화시켜 그것의 본래적 의미마저 참칭하는 것이 아니라 그 이론의 내적 모순이나 '난제(difficult)' 및 '공백(gab)' 등을 진지하게 논구해보아야 하지 않겠는가.

이런 점에서, 마르크스주의 위기의 현실태로 회자되는 현실사회주의의 몰락이나 세계 진보진영의 전반적 수세의 객관적 의미가 정임을 통해 온전하게 그려질 수 없는 것은 당연하다 하겠다. 따라서 저널리즘적 기술 수준에서 언급되는 세계변화 양상에 대한 그녀의 판단은 다만 그녀 주관성의 확인 대상으로나 앉을 뿐이지 그것이 역사적 현상의 배후에서 작동되는 구조적 인과성에 대한 '징후적' 반성 텍스트로 역할하리라 기대하는 것은 난망스럽기 짝이 없는 일이다. 하여 정임의 맥락이 이러할 때 정임의 상황적 성격을 설명해주는 장치인 80년대 변혁운동사의 상징적 사건들이 모두 그것의 역동적 의미는 거세된 채 단지 패배의 정조 속에서 호출되는 것은 당연하다 하겠다.

결론적으로 말해 정임이라는 인물의 이런 성격이 그려내는 것은 '한때'의 마르크스주의적 지식인의 비극이 아니라 '낭만주의적 운동관에 어울리는 허무주의(청산주의)적 파산'일 뿐이다.

앞에서 말한 바처럼 작가는 마르크스주의(적 지식인)의 위기와 동요를 정임과 규진을 통해 그리려 했다. 그러면 문제는 과연 정임이나 규진이 이런 당대 상황을 제대로 반영하는 합당한 인물인가 하는 점이다. 그러나 우리가 살펴본 것처럼 우선 정임이라는 수준의 인물을 통해서는 실제적으로 마르크스주의(적 지식인)가 직면해 있는 각급의 위기 내용을 제대로 묘사할 도리가 없다. 이렇게 되면 '마르크스주의(적 지식인)는 현실적으로 동요한다'라고 확신한 듯한 작가의 의도조차 지극히 자의적인 내용으로 채워졌다는 것이 확인되는 꼴이다. 왜냐하면 작가의 확신이 제대로 형상화되려면 그것을 확인시켜줄 문제적 인물이 합당한 처지에 놓여 있어야 하는데 정임을 통해서는 실제 마르크스주의에 위기가 도래했는지 아니면 그냥 정임의 위기가 도래했는지가 분간하기 어렵기 때문이다. 따라서 정임의 전선 이탈과 갈등이 곧 마르크스주의(적 지식인)의 위기로 설명될 수 있다는 생각은 견강부회와 다를 바 없다.

결국 이것은 인물 선택과 묘사의 실패이며 동시에 작가가 이른바 '마르크스주의(적 지식인)의 위기' 문제를 보는 시각과 수준을 반영한 셈이 된다. 말하자면 마르크스주의에 대한 인식이나 체현 수준이 저급한 인물을 갖다놓고 마르크스주의의 위기나 마르크스주의적 지식인의 동요를 그려보겠다는 것은 그 결과의 객관성이 보장될 리도 없거니와 이를테면 자기 마음에 드는 안경을 골라 그것으로 세상을 보겠다는 것과 진배없는 노릇이다. 따라서 우리는 여기서 정임이라는 인물이 실제로는 작품 내에서 인물 선정에 대한 객관성을 보장받지 못하고 다만 작가의 이데올로기와 조급함이 날것으로 주입, 조정된 인물이라는 사실을 확인하게 되는 것이다.

물론 마르크스주의(적 지식인)의 위기나 동요가 없다고 말할 수는 없다. 현상적으로 보더라도 예전보다 동요, '전향'하는 '한때'의 마르크스주의자는 더 많다. 그러나 오히려 그런 점에서 보더라도 마르크스주의(적 지식인)의 위기나 동요를 제대로 그리려면 현단계 마르크스주의의 당대적 수준에 조응할 수 있는, 정임보다 훨씬 핍진성 있는 인물을 선택했어야 그 묘사의 박진감이 살아날 수가 있었을 것이다.

그러나 이것 역시 우리의 기대일 뿐 작가의 지금 수준에서 그것을 기대한다는 것은 난망한 일이다. 이 점은 정임과 달리 마르크스주의 운동의 한복판에서 '전위조직원'으로 활동하는 규진의 묘사를 통해 예의 마르크스주의(적 지식인)의 동요를 확인해보려는 방법에서도 확인되는 대목이다.

규진의 상황을 설명해주는 장치는 전체적으로는 변혁운동 진영의 수세국면이라는 정세와 개인적으로는 보급투쟁의 방편으로 택한 강도(박문도가 강조하는 러시아식 표현으로는 강제귀속조치) 행각의 실패에서 오는 심리적 압박감이다. 이런 주객관적 요인에 의해 규진 역시 정임과 마찬가지로 전체적으로 패배적 정조에 잠겨 있다. 이전에는 패배의식이 수세적 국면에 따른 정세의 증후현상이었기에 덜 구체적이었다면 교회 강탈의 실패는 그 패배의식과 위기감을 구체적으로 가속, 심화시키는 것이 되었다. 그러나 강탈 행각 실패 후 오히려 이 실패의 후유증이 규진의 심리와 동요를 강력하게 좌우하는 요인으로 작용한다.

규진의 성격이 이러할 때 정임을 설명해본 논법을 따르자면 규진이라는 인물이 과연 마르크스주의(적 지식인)의 위기와 동요를 드러내줄 수 있는 합당한 인물인가 또는 당대 전위적 마르크스주의자의 성격을 보편적으로 매개시켜줄 수 있는 인물인가 하는 점을 질문해볼 수 있다.

먼저 강도 행각이라는 상황 설정을 보자.

간단히 말해 소설이 아무리 허구이기는 해도 이런 상황 설정은 대단히 비현실적이다. 물론 문학이 허구의 산물이기는 해도 그 허구는 현실과 유사한(analogous) 의미에서 허구인 것이며 동시에 역사적으로 주어진 현실 안에서의 범주이기에 그것은 언제나 현실과의 긴밀한 개연성을 가져야 한다.

그러나 현실에 있어 현재 우리 사회의 전위조직 사정을 어느 정도 아는 사람이라면 조직의 보급투쟁 방편으로 강도 행각이 결정된다는 것이 얼마나 비현실적인지는 금방 알아차릴 수 있다. 그런 방편은 모험주의적이고 맹동주의적인 행위로서 제 살 깎아먹는 격이 되기 때문이다. 만약 강도 행각이 조직의 결의를 통해서가 아니라 규진의 개인 결정 차원에서 실행된 것이라고 강변한다면 그를 전위조직의 활동능력과 수준을 가진 조직원으로 간주하기 어렵거니와 만일 그렇다면 전위조직적 소양이 없는 인물로 그리려 하는 자가당착에 빠지게 된다.

소설에서는 남민전을 사례를 들어 그런 행각이 현실성이 있는 듯 강조하고 있지만 그것이 꼭 지금에 와서 반복된다는 법도 없거니와 동시에 그런 설명법은 남민전이 처해 있던 당대의 조건과 현재 전위운동의 비밀활동 능력이나 조건의 차이를 이해하지 못하는 무지의 소치이다.

이 역시 결론적으로 말해 마르크스주의(적 지식인)의 위기를 그리려는 의도에 있어 강도와 같은 비현실적인 극단적 방법을 채용한 것은 작가의 무책임한 자의성만 노출한 것일 뿐이며 따라서 이런 상황 설정 때문에라도 예의 위기에 대한 묘사는 애당초 실패할 운명일 수밖에 없다. 또 뒤집어 이야기한다 하더라도 센세이셔널한 상황을 부각시켜야만 예의 위기나 동요를 설명할 수 있다는 것은 변혁운동의 속내평이나 마르크스주의(적 지식인) 위기의 실체에 대한 작가의 무지(이 무지는 예컨대 규진과 명희라는, 이른바 '전위운동가' 사이에 오가는 이야기 꼴이 흡사 학생운동 수준의 유인물을 그대로 옮겨놓은 듯 생경하기만 한 모습에서도 확인되는 대목이다)를 자인하는 꼴일 따름이다. 그런 점에서 이런 형국은 결국 자신이 잘 모르는 것을 억지로 왜곡해서라도 나름의 균형과 안배를 갖추어보려는 과잉 용기 혹은 형식주의적 발상에서 나온 것이라 할 수밖에 없다.

그러므로 우리는 이제까지의 관찰에 따라 다음과 같이 결론내릴 수 있다.

먼저 소설에서 은우는 당대 지식인이 직면해 있는 곤란과 혼란의 보편적 성격이 투영된, 의미심장한 인물의 '분위기'로 그려지고 있으나, 살펴본 것처럼 은우라는 '지식인'이 진리 대신 환상으로 살겠다고 결단하기까지의 원인과 과정을 보면 이 지식인의 성격을 분명히 알 수 있다.

그 원인과 과정은 단순하기 그지없다.

박문도라는 정치적 허무자의 농변과 애인과의 이별 그리고 근친상간(이는 또 현실과 환상이 뒤섞여 있는 부분이기도 하다), 이뿐이다.

물론 이런 원인이 한 개인을 격렬한 동요로 몰아갈 수 있다. 그러나 반면에 이런 정도의 현실적 회답 앞에서 진리를 포기할 정도라면 그를 어떻게 우리 당대의 반성적 지식인의 옷을 입고 있는 사람이라 할 수 있겠는가. 또 이런 정도의 아픔으로 허물어지는 사람이 어찌 우리 눈을 잡아둘 수 있는 '문제적' 지식인이라 할 수 있겠는가. 다만 그는 심약하기 그지없는 '지식인적' 에피고넨일 뿐인 것이다. 알다시피 은우가 기대고 있는 인문주의의 역사적 구현자들은 그렇게 박약한 정신의 소유자가 아니었다.

이런 '비문제적' 인 지식인을 통해 도대체 당대 지식인의 지형에 대한 독자들의 반성적 독서를 촉구할 수 있겠는가. 만약 이런 정도의 지식인을 통해 정말 우리 시대 지식인의 동요와 내면을 반영할 수 있다고 생각한다면 그건 작가의 인식적 태만을 증거하는 것일 따름이다.

따라서 막말로 정리하자면 그는 단지 '세상이 날 안 받아준다' 고 하여 자해하는 인물일 뿐이다.

한편 은우의 몰락은 포스트모던한 시대 때문[13]이라고 진단하는 작가(이인화)의 주장도 실은 소설 완성도의 결핍을 고백하는 것일 따름이다(물론 현실의 어떤 사건의 성격이 포스트모던한 조건에 좌우될 수도 있다. 그러나 그것이 설득력을 가지려면 소설적 현실에서 포스트모던한 조건에 대한 형상화의 깊이와 장치가 제대로 안배되어 있어야 한다).

그런데 작품 전체적으로 보아 "소설적 완성도는 떨어져도 인물들의 지적인 대화가 소설의 개성과 성공을 끌어낸다"는 권성우씨의 논평은 수용하기 힘든 측면이 많다. 오히려 인물간의 대화 수준은 범박할 뿐이다. 예컨대 전위조직원 사이의 대화는 앞에서 지적한 바와 같이 학생운동의 유인물 수준이며, 은우와 박문도 사이의 대화도 수사만 현란할 뿐이지 어떤 현실적 깊이도 느낄 수 없다. 그러므로 소설적 완성도나 지적인 것의 풍요로움 어느 것 하나 제대로 되었다고 볼 수 없는 것이다.

이런 함량 미달은 결국 작가의 철학적 한계 때문인데 이는 류철균의 서평에서도 검색해볼 수 있는 사항이다.

---

13) 류철균, 같은 글.

그가 서평에서 포스트모던한 시대 조건 때문에 인식 주체의 확실성, 즉 데카르트적 확실성이 심각한 해체 위기를 겪고 있다고 하는데[14] 사실 데카르트가 명석판명(Klar und deutlich)하다고 본 코기토(Cogito)는 포스트모던한 조건 때문만이 아니라 철학사적으로도 부단히 회의되어온 명제이다.[15]

가령 물자체(Ding an Sich) 명제를 통한 이성의 한계를 지적한 칸트의 인식론에 의해서도, 또 '직접적인 것의 불투명함' 이나 직접적, 명시적 담론 안에서는 역사의 진리를 읽을 수 없다는 스피노자의 문제의식에 의해서도 누차 교정되어야 했다. 뿐인가, 결정적으로는 마르크스레닌 철학의 진리의 상대성과 절대성 범주를 통해서 근본적으로 재구성되어야 했던 명제가 바로 이것이다.

따라서 코기토의 동요가 포스트모던한 조건과 직접적인 인과관계를 맺고 있다는 판단은 결국 작가의 편향적 현실 인식 때문이라고 평결할 수밖에 없다.

한편 다른 대목 역시 동일한 논법에 의해 결론 가능하다. 즉 마르크스주의(적 지식인)의 동요 현상을 정임과 규진을 통해 그려보려던 작가의 의도는 인물 선정과 상황 설정 양 측면에 있어 공히, 선택과 묘사의 비합리성 때문에 실패로 끝날 수밖에 없었다는 것. 그런 맥락에서 이 실패는 객관적 검증과정 없이 예의 동요를 어서 빨리 확인해보고 싶어 하는 작가의 자의식이 '정직하게' 반영된 것이라는 점. 그리고 마지막으로는 작가 나름대로 진지한 주제의식을 거머쥐고 있었으나 소재의 실패로 주제의식과 소재가 서로 충돌할 수밖에 없었다는 점이다.

14) 이것이 은우라는 인식주체의 동요를 설명하는 기제이다.

15) 사실 데카르트의 코기토(생각, 정신, 이성) 개념 역시 헤겔의 절대 정신 혹은 대주체(Subject) 명제와 마찬가지로 주체철학의 맥락에서 고찰해볼 수 있는 대상이다.

4. 표절과 모방 사이의 아크로바트?

작년 대한민국 미술대전 수상작을 놓고 미술계에서 벌어졌던 표절 시비는 아직도 기억에 선할뿐더러 그 시비 사이에 오갔던 논쟁은, 옆 동네 일이기는 했지만 그래도 같은 예술적 동업자의 입장이기에 약간의 관심은 가지고 지켜본 바 있다. 그러나 솔직히 말해 그 일이 우리 문학 동네의 당사가 아니었기에 그다지 깊은 우려를 가지고 있지 않았던 것 또한 사실이다.

그러나 그런 일이 이제 우리 문학작품에도 현실로 나타났기에 문제다.

상의 격조야 어떤 것이 우월한가는 관심 밖이지만 그래도 명색이 당대의 일급 소설가라는 심사위원들[16] 손에 의해 골라진 '작가세계문학상'의 수상작인 이 소설이 표절(작가는 이것을 패스티시 pastiche라는, 우리 소설세계에서는 아직 낯선 신소재적 기법이라고 해명하고 있지만)의 혐의를 받는 것은 필자를 포함한 여러 사람에게 여간 당혹스러운 일이 아니다.

먼저 정임에 대한 묘사에서 표절 양상이 두드러지는데, 그중 고아가 되는 상황의 설정과 과정 그리고 작은할아버지 집의 부엌 풍경 등을 비롯한 여러 대목은 일본 작가 요시모토 바나나의 중편 『키친』을 거의 그대로 옮겨놓은 부분이다. 이 부분이야 그래도 나중 '자신의 소설에 대한 자신의 서평'에서 그 경위와 동기를 어느 정도 설명해놓았지만(이에 대한 필자의 견해는 뒤에서 언급할 것이다) 다른 부분에서도 표절의 혐의는 여실히 발견된다.

단도직입적으로 현장검증부터 해보자. 우선 공지영씨 작품과의 비교이다.

16) 참고로 심사위원 구성을 보면 김주영 이문열 박완서 김원일 이제하 씨 등이다.

나는 누군가가 정신없이 따귀를 갈기는 것처럼 의식이 아득해지고 얼굴이 굳어갔다. 그리고 잠시 후엔 엉망으로 날뛰는 감정을 제어할 수 없었다.(238쪽)

그러나 민수는 날뛰는 감정을 제어할 수가 없다. 누군가 따귀를 정신없이 갈기는 것처럼 정신은 아득해지고 얼굴은 굳어간다.[17)]

온몸의 감각이 무디어지고 이대로 촛물처럼 녹아 땅 속으로 사라졌으면…… 어서 이 밤이 갔으면…… 어서 이 겨울이 갔으면. 어서어서 꽃이 지고 찬바람이 불고 아주아주 늙어버렸으면…… 잠 못 드는 이 긴 세월이 힘겹다. 이 젊음이 내겐 힘겹다.(239쪽)

온몸이 감각이 무디어지고 이대로 영원히 촛물처럼 녹아 땅 속으로 스며들어갈 것만 같다. (……) 어서 이 밤이 갔으면, 어서 이 가을이 갔으면, 어서어서 해가 지고 달이 뜨고 아주 늙어버렸으면…… 이 젊음이 내게는 너무 힘겨워.[18)]

"아까 이년 때문에 둘이나 놓쳤어. 이 빨갱이 년!" (……) 그들은 한참을 그렇게 때리다가 나를 닭장차 안으로 끌고 가 팽개쳐버렸다. 그곳엔 앞서 붙잡힌 세 명이 땅에 고개를 처박고 꿇어앉아 있었다.(240쪽)

"이년 독종이니까, 웬만큼 해가지고는 안 될거야. 아까 이년 때문에 둘이나 놓쳤어." (……) 그들은 한참 민수를 더 그렇게 때리다가 닭장차 뒤쪽으로 끌고 가 팽개쳐버렸다. 여남은 명이 고개를 박고 무릎이 꿇린 채로 거기 앉아 있었다.[19)]

---

17) 공지영, 『더이상 아름다운 방황은 없다』, 풀빛, 241쪽.
18) 공지영, 같은 책, 241, 246쪽.

이어 일본작가 무라카미 하루키[20] 작품과의 비교이다.

잠에서 깨어나면 아직은 낯선 여자가 옆에서 코를 골며 자고 있는 아침. 방 안에 온통 술냄새가 진동하고 머리는 숙취로 지끈지끈 아프고, 이윽고 도깨비처럼 머리가 헝클어진 여자가 옆에서 트림을 하며 일어나는 아침. (……) 여자가 "아, 저리 좀 비켜봐요. 내 스타킹 한 짝 어디 갔어?" 어쩌구 투덜대는 아침.(136쪽)

눈을 뜨면 옆에 알지 못하는 여자아이가 쿨쿨 자고 있고, 온 방에는 술냄새가 풍기고 (……) 나의 머리는 숙취로 해서 흐리멍텅해 있다. 얼마 후 여자아이가 눈을 뜨고, 슬금슬금 속옷을 찾아 두리번거린다. 그리고 스타킹을 걸치면서 (……) 투덜대면서……[21]

앞에서 말했다시피 요시모토 바나나의 『키친』에서 복사해온 부분은 너무 길어 인용하기가 곤란하지만 그 정도는 아무튼 공지영씨나 하루키 작품보다 훨씬 더하다.

이상에서 확인해볼 수 있는 것은 이인화씨의 소설이 어미나 어순을 약간 변형한 것을 제외하고는 예로 든 작품에서 거의 복사되었다는 사실이다. 이는 누가 보더라도 표절로 인정하지 않을 수 없는 명백한 사

---

19) 공지영, 같은 책, 306쪽.

20) 하루키 작품에 대한 모방 이야기를 하자면 장석주씨의 장편소설 『낯선 별에서의 청춘』을 거론하지 않을 수 없다. 그의 소설 역시 플롯이나 시공간적 배경, 인물 설정 그리고 이미지 등에 있어 하루키의 『바람의 노래를 들어라』와 『상실의 시대』 두 작품을 단지 합성 모방해놓은 듯하다. 물론 이인화씨 경우처럼 거의 그대로 옮겨쓰지는 않았지만, 어쨌든 이런 경향이 득세하는 것은 해당 작가들의 무능력을 광고하는 것 같고 아울러 우리 문학의 어두운 구석을 보는 듯해 여간 씁쓸하지가 않다. 이 문제에 관해서는 『문학정신』 6월호에 실릴 졸고를 참고하기 바란다.

21) 무라카미 하루키, 『상실의 시대』, 유유정 옮김, 문학사상사, 75쪽.

실이다.

그러나 이런 표절행위가 마냥 숨겨질 수 없다는 사실을 '예견'(!)했는지 이인화씨는 '자신의 소설에 대해 자신이 쓴 서평'에서 다른 부분은 언급조차 않고 요시모토 바나나의 경우만 들어 그것은 차용 범주에서 드는 혼성모방(pastiche) 기법을 사용한 것이라 주장하고 있다(이 서평에서도 공지영씨나 하루키 작품에 대한 언급은 전혀 없다. 그러나 이것은 예컨대 요시모토 바나나의 경우 그 복사의 정도와 내용이 집중적이기에 너무 뚜렷한 '물증'으로 확인될 수 있는 반면에 하루키나 공지영씨의 작품 경우에는 그것이 여기저기 흩어져 있어 발견키 어려울 것이라는 나름의 '예상'이 작용한 결과일 수도 있다). 그러나 백 보 양보하여 작가의 주장을 일단 선의로 받아들인다 해도 거기에는 또다시 검증되어야 할 문제가 등장한다.

하나는 차용과 표절의 관계 여부 문제. 다른 하나는 과연 패스티시라는 것이 미학적으로 가능한 범주인가? 또 가능하다면 어떤 논거에 의해 가능해지는가 하는 점이다.

미학 범주에 있어 기존 작품의 이미지나 형식 등을 빌려와 자신의 작품 원료로 삼는 것을 통상 차용, 혹은 인용이라 한다. 그 차용의 대표적인 경우가 패러디 같은 것이다. 그러나 차용은 항용 자의적으로 인정되는 것이 아니라 거기에는 나름의 절차와 방법의 특징이 구비되어야 하는데 이를테면 그 형식에서의 공공연함뿐만 아니라 내용에서의 명백한 의도성이 분명하게 나타나야 한다.[22] 그래서 누가 보더라도 차용의 이미지나 내용을 분간할 수 있게끔 그 '공공연함과 명백성'이 드러나야 하는 것이다. 동시에 바로 이 점이 표절과의 차이를 분명하게 해주는 지표인 것이다. 우리 문학사에 있어 『소설가 구보씨의 하루』나 외국의 경우 브레히트의 『가정 교사Der Hofmeister』[23] 등은 이 요건을 구비했

22) 심광현, 「표절 시비와 미술대전의 방향」, 『월간 미술』 1992년 1월호.

23) 차용의 대가라 할 수 있는 브레히트의 차용 원리 및 원칙에 관해서는 Werner

기 때문에 표절과는 관계없는 작품으로 평가되는 것이다. 미술의 경우에는, 모나리자나 마릴린 먼로의 사진에 공격적 변형을 가한 앤디 워홀의 작품이 좋은 예이다. 여기서 독자들은 그 차용의 의도성과 공공연함을 명백히 알아차릴 수 있기에 예의 작품도 표절의 시비에서 벗어나는 것이다.

그러나 이인화씨 작품에서는 이 차용의 요건이 전혀 갖추어져 있지 않다. 오히려 다른 작품에서 따온 부분 부분이 도처에 숨어 있다(이런 점에서 보자면, 어지간한 다독가가 아니라면 또 아주 유의해서 읽지 않는다면 그의 작품에서 표절의 흔적을 찾아내기란 모래밭에서 바늘 찾는 격일 것이다. 따라서 악의로 한번 해석해볼 때 필자처럼 다양한 독서를 하지 못하는 사람에게 발견되지 않은 표절이 수다하게 널려 있으리라는 혐의를 둘 수도 있다). 그래서 독자들은 도저히 그의 작품에서 어떤 차용의 의도성을 발견할 수가 없다. 따라서 우리는 이런 점, 즉 차용의 정당한 절차를 거치지 않았다는 점에서 이것은 분명히 예술 방법에서 인정되는 차용의 범주가 아니라 심하게 말해서 도용(盜用)일 수밖에 없다고 단언하는 것이다. 물론 이인화씨는 자신의 방법이 패스티시이고 패스티시는 차용의 일종이기에 자신의 표절에 차용에 속하는 것이라 강변하고 있지만 그건 전혀 설득력 없는 이야기다. 왜냐하면 백 보 또 백 보 양보하여 패스티시가 정당한 차용 방법이라 하더라도 그것이 곧 자신의 표절 행위가 패스티시라는 것을 입증하는 것도 아니기 때문이다.

오히려 그가 자신의 소설에 대한 서평에서 정임이라는 존재는 패스티시 기법으로 만들어진 인물이라고 '친절하게'(?) 설명해야만 하는 사정은 거꾸로 작품에서 패스티시라는 차용법이 전혀 납득할 만한 장치로 역할하지 못했다는 사실을 스스로 자인하는 셈이다(이인화씨와 서평자 류철균씨는 같은 인물임을 유의하라!). 또 이인화씨 작품에 대한 심

Mittenzwei, *Brechts Verhältnis zur Tradition*, Akademie-Verlag이 좋은 참고가 될 수 있다. 아울러 브레히트는 이런 방법을 개작(Bearbeitung)이란 용어로 설명한다.

사위원의 심사평 어디에도 패스티시라는 기법에 대한 언급이 없는 점은 작가의 강변에도 불구하고, 위와 마찬가지로 그 기법의 적실성을 의심하게 만드는 대목이다. 이 역시 거꾸로 말해 만약 그 기법이 작품 전체의 의미에 중요한 역할을 하는 형식적 특징이라면, 그럼에도 불구하고 심사위원들은 내용의 중요성에 버금가는 기법 심사는 전혀 하지 않았다는 말이 되는 셈이고 만약 그렇다면 이 작품의 수상 근거에 심각한 의문이 제기되는 것이다.

류철균(이인화)씨는 요시모토 바나나의 『키친』 역시 기존 작품에서 혼성모방된 것이라는 자신의 해석을 끌어들여 자기 작품의 표절 혐의를 무효화시키려 하지만 정임은 그렇다 하더라도 난데없이, 이 소설에서 별 중요하지도 않은 인물인 성규에 대한 묘사가 하루키 작품에서 표절되었다는 사실은 어떻게 설명하려는지 모르겠다. 여기에는 차용의 기본인 의도성의 명백함이나 공공연함을 적용해볼 구석이 도대체 없기 때문이다.

마지막으로 이번에는 천 보를 양보하여 류철균(이인화)씨의 주장대로 표절이 차용으로 인정될 수도 있다고 가정한다면 이제 차용이니 도용 혹은 인용, 표절 등에 대한 구분은 없어져야 마땅할 것이고 따라서 가령 누군가가 백 가지의 기존 작품에서 백 개의 장면을 따와 단순 조립, 합성해놓더라도 그것 역시 차용, 도용 등에 대한 어떤 시비의 대상도 될 수 없다는 논리로 발전하게 될 것이다(그것이 예술이냐 아니냐를 떠나).

류철균씨가 강변하는 패스티시라는 것 역시 아직까지 예술 방법의 하나로 정착된 것은 아니다. 다만 혐의의 대상일 뿐이다. 예컨대 이것을 독특한 개인의 세계나 스타일이 더이상 불가능한 시대의 산물[24]이라고 설명하기도 하지만, 우선 그런 상황 인식의 적확성과 깊이 여부를

24) 김준오, 「현대시의 패러디화와 이데올로기」, 『현대예술비평』 창간호.

떠나더라도 바로 이 점, 즉 진정성 대신 깊이 없는 경박성이 판을 치는 현대예술의 경향에 대한 문제의식이 제임슨으로 하여금 이 용어를 비판적으로 사용하게 만든 것이다.[25)]

그러나 사실 시야를 좀더 넓혀보자면 패스티시가 미학적 범주냐 아니냐를 따진다는 것 자체가 웃기는 일이다. 왜냐하면 이것을 주장하는 사람들에게 이 문제는 스스로 자신을 두 번 옭아매는 격이 되기 때문이다. 첫번째는 패스티시가 등장한 이유를 재현 대상에 대한 인식적 전유의 불가능성과 따라서 이제 예술은 다만 기성품을 모방할 수 있을 뿐이라는 논리로 설명하는데 그것은 스스로를 인식적 '금치산자'로 옭아매는 것이며 두번째는 첫번째가 전제가 되어 스스로를 형식주의자로 옭아매는 것이 되기 때문이다.

아무튼 이 문제에 대한 미학적 논의는 좀더 찬찬히 해볼 필요는 있으나 이 정도에서 일단 맺자. 그러나 이런 논박보다 오히려 더 중요한 것은 이런 현상을 교훈으로 삼아 우리의 예술적 반성능력을 높이는 일일 것이다. 따라서 예술적 현실반영에 있어, 테리 이글턴의 지적처럼 예술생산의 반성적 거리가 점점 소멸되어가는 현대예술의 지형에서 우리가 정말 필요로 하는 것은 그 반성적 거리의 강화와 함께 우리의 미학적 힘을 다시금 심화시키는 일이며 아울러 그것을 위한 과학적 좌표를 생산해내는 것이 우리의 과제로 다가온다는 점을 분명히 인식해야 할 것이다.

(『한길문학』 1992년 여름호)

25) 프레드릭 제임슨, 「포스트모더니즘—후기자본주의의 문화 논리」, 정정호, 강내희 편, 『포스트모더니즘론』, 터, 1989 ; 프레드릭 제임슨, 「포스트모더니즘과 소비사회」, 김욱동 편, 『포스트모더니즘의 이해』, 문학과지성사, 1990.

‘나’와 세계의 불화 그리고 ‘생존법’
—하루키 소설의 반향

1

우리에게는 아직 낯설다고 할 수 있는 무라카미 하루키라는 일본 작가가 미국과 일본에서는 많은 ‘대중적’ 관심을 받고 있는 모양이다. 그러나 방금 언급한 낯설다는 표현은 필자의 과문함 탓인지 모르겠는데, 얼마 전 일간지 문학 기사[1)]나 몇몇 주간지[2)] 그리고 계간 『세계의문학』 1992년 봄호에서 그를 주목받는 작가로 다루고 있으며, 아울러 위 기사에서 우리나라의 몇몇 작가들이 하루키로부터 이모저모의 영향을 받고 있다고 보도한 바를 미루어보면 그를 아는 사람이 꽤 되는 듯도 하다. 이런 저간의 문학 동향에 따라 이 글은 비록 하루키 작품에 대한 본격적인 평문의 성격은 되지 못하더라도 그의 작품이 보여주는 특징을 요약적으로 살펴보려 한다. 아울러 그에게 영향받았다는 한국 작가의 작품에서 그 영향점은 과연 어떤 형태로 나타나고 있는가를 소략하게 다룸

1) 조선일보 1991년 12월 13일자.
2) 『시사저널』 1992년 3월 26일 판 ; 뉴스위크 한국어판 1991년 12월 25일자.

으로써 하루키 작품에 대한 독자들의 이해를 돕고자 한다.

2

우리나라에 소개된 하루키의 작품은 그의 처녀작 『바람의 노래를 들어라』를 비롯하여 『상실의 시대』(원제는 '노르웨이의 숲'), 『1973년의 핀볼』 『양을 둘러싼 모험』 『댄스, 댄스, 댄스』 그리고 단편집 등이다.

우선 그의 소설을 읽어보면 모든 작품이 하나의 주형을 기본으로 하여 여러 형식으로 변주됨을 알 수 있는데 그 기본적 주형의 모양새는 다음과 같다.

첫째는 하루키 자신이 밝히고 있다시피 한 소설에 나오는 주인공 '나'는 그의 다른 소설에 나오는 주인공과 동일한 인물이다.[3] 예컨대 『상실의 시대』에 나오는 19세의 '나'는 『바람의 노래를 들어라』의 21세인 '나'를 지나 『댄스, 댄스, 댄스』의 삼십대 '나'로 성장해간다.

둘째는 뒤에서 서술되겠지만 그 동일한 주인공이 거의 동일한 성격으로 묘사된다는 점이다.

셋째로는 일반적 규범에 비추어보아 정상적인 성격으로 나오는 등장인물이 드물다.

넷째로 그의 소설에는 언제나 키치적인 것이 영화의 백뮤직처럼 무수히 등장한다.

이런 점에 비추어볼 때 우리가 여기서 하루키의 작품세계를 그의 처녀작 『바람의 노래를 들어라』를 중심으로 하여 그 변주를 살펴본다 하더라도 하루키 소설을 관류하고 있는 기본적인 시각을 채집해보는 데는 그다지 큰 무리가 없으리라고 생각한다. 물론 『양을 둘러싼 모험』과

---

3) 『댄스, 댄스, 댄스』, 문학사상사, 10쪽.

『댄스, 댄스, 댄스』의 환경이나 그 환경과 마주 서 있는 주인공의 심리 및 생활양식이 다른 소설과는 다소 다르기는 해도 그것이 결정적인 변화의 지표로 여겨지지는 않는다.

『바람의 노래를 들어라』는 주인공인 대학생 '나'가 방학 동안 고향에서 보내는 18일간의 이야기이다.

글의 수순에 따라 밝혀져야 하겠지만 먼저 서둘러 결론부터 이야기해보자면 하루키 소설의 화두는 '자기 속을 들여다보면서 끊임없이 자신의 생존 이유와 생존 방법을 찾아가는 과정'이다. 이는 필자가 읽어본 하루키 전 작품에 땅 밑의 수류처럼 흐르고 있는 주제의식이다. 뒤에 밝혀지겠지만 이 '존재 이유'라는 명제는 하루키 작품에서 하나의 신탁처럼 반복되고 있지만 동시에 그런 만큼 그의 전 작품의 밑동을 구성하고 있는 기본적인 사유 대상이기도 하다. 그러나 그렇다고 해서 그것이 그 존재 이유를 찾기 위한 것도 아니며 또 '나'가 자기 객관화의 계기를 현실적으로 궁리해보는 것도 아니다. "모든 것은 지나가버린다. 아무도 그것을 붙들 수 없다. 우리는 그런 식으로 살아가고 있다"[4] 라는 정서에서 감지해볼 수 있는 것처럼 자신의 존재에 대한 반추가 다분히 허무주의적으로 이어지는 것은 그 반추의 속내를 짐작케 한다. 그러나 문제는 그런 허무의 정서를 지적하는 선에서 그칠 것이 아니라 그것의 심층적 원인을 찾아보아야 그 허무의 구조적 전모를 이해할 수 있을 터인데 그 저간의 내평을 알기 위해서는 이 소설의 시간 배경인 일본의 6, 70년대 상황을 유의해서 기억해보아야 한다.

6, 70년대 당시 일본은 학생운동이 중심이 된 좌익운동의 소용돌이 속에서 하루하루를 보냈다. 1948년 전학련의 결성을 시작으로 해서 전공투와 연합적군의 출현과정은 일본열도의 뜨거움을 그대로 보여주는 단면도였다. 1969년 1월 18일 도쿄대 야스다 강당 공방전, 9월 5일 전국

4) 『바람의 노래를 들어라』, 145쪽.

전공투 결성대회, 1970년 3월 31일 적군파 요도 호 공중납치, 6월 15일 전국 각지의 반(反)안보 집회, 1972년 2월 19일 연합적군 아사마 산장 농성, 기동대와의 총격전 등으로 이어지던 투쟁의 연대(年代)는 당시 일본의 대학생 누구에게나 어떤 형식으로든지 깊은 영향을 주지 않을 수 없었다.

한편 6, 70년대는 일본뿐만 아니라 전 세계적인 내홍의 시대였다. 예컨대 서구를 뒤흔들어놓았던 1968년 프랑스 5월혁명, 그리고 서구 및 제3세계 변혁운동세력의 급속한 성장, 또한 미국을 휘감고 있었던 뉴레프트운동, 격렬한 반전운동, 이것의 문화적(그러나 단순히 문화적 층위에만 제한된 것이 아닌) 표현인 몬터레이 페스티벌과 우드스톡 페스티벌(여기서 우리는 제니스 조플린이나 지미 헨드릭스, 짐 모리슨 등에 대한 표상과 그에 수반되는 여러 징후를 떠올려볼 수 있다) 등이 그것의 표징이라 할 수 있다. 아무튼 이러한 여러 일들은 사실 기존의 지배적 통념에 대한 거대한 역류였고 또한 새로운 세대에게 있어서는 희망의 상징이기도 했다. 이 60년대의 풍경을 하루키는 다음과 같이 스케치하고 있다.

> 그 시대에는 모든 것이 변하고 있는 것처럼 보였습니다. (……) 그리하여 무엇인가가 굳은 껍질을 깨고 지금 막 지상에 그 모습을 드러내려는 것처럼 보였습니다. 우리들은 그 변동을 자기 손에 움켜잡을 수 있을 것처럼 생각했던 것입니다. (……) 거기엔 이상(理想)이란 것이 있었습니다. (……) 정치적인 투쟁이 있었고, (……) 히피와 (……) 반전가(反戰歌)가 있었습니다. 지미 헨드릭스와 짐 모리슨이 있었습니다. (……) 데모의 열풍에 휩싸였던 대학은 봉쇄된 채로 있었습니다. (……) 가치관은 반전되고 또 반전되었습니다.[5)]

5) 『상실의 시대』, 문학사상사, 15~16쪽.

이처럼 변화와 새로운 사회에 대한 기대는 하나의 목적, 하나의 싸움을 목전에 두게 되었다. 이에 따라 그 목적의식은 사람들간의 연대의식을 자연스레 엮어내는 좌표가 되었으며 그 연대감은 사람 각자의 자기 정체성에 대한 희망의 확신표로 여겨졌다. 이런 사정을 통해 유추해보자면 중심부였든 아니면 주변부였든 간에 전공투 활동에 직간접의 관계를 가지고 있던 '나' 나 혹은 변화의 열기에 들떠 있던 '나' 의 동년배들의 입장에서 보자면, 이후에야 어찌 되었든 간에 당시 '나' 와 세계 사이의 관계는 한없는 긍정관계였을 터이다. 세계는 '나' 의 실현 대상이었고 그 실현 대상은 하등 회의할 구석 없는 명석판명한 구성물이었다. 또한 이를 인문주의적(헤겔주의적) 관점에서 보자면 동일자와 비동일자의 지양이 한껏 당연한 시대였던 셈이다. 그로 인해 '나' 와 세계 사이의 커뮤니케이션은 너무나 용이하고 확연한 것이었다. 거기에 분열이나 허무 등등이 끼어들 여지는 없었다. 오직 변화에 대한, '능히 산을 옮길 만한 믿음만이 있을' [6] 뿐이었다. 요컨대 그 믿음은 당대적 자신감의 반영이었을 것이다. '나' 와 세계는 행복한 동거를 이루고 있었다.

그러나 그 현란했던, 미래의 '유토피아' 를 향한 질주는 어느 날 갑자기 떼로 지는 벚꽃처럼 홀연히 그 맥동이 중단되었던바, 이를 하루키는 다음과 같이 회고하고 있다.

> 지금 이 시대에 서서 그 당시를 생각하면 나는 매우 이상한 기분에 잠기게 됩니다. 그 격렬한 시대를 탄생케 한 변동의 에너지는, 도대체 지금 이 시대에 무엇을 가져오게 한 것인가, 하고. 그 당시에 매우 대단한 큰 일로 생각했던 것은 도대체 어디로 사라져버린 것인가, 하고.[7]

일본에서의 변혁운동 혹은 변화의 소망들은 일단 실패했다. 그 실패

6) 다카사와 고지, 『전공투』, 현대평론 옮김, 백산서당, 1985, 18쪽.
7) 『상실의 시대』, 16쪽.

는 집단의 실패였고 개인의 실패였다. 그 집단에 묶여 있던 '나'의 실패이기도 했다. 그 집단이 꿈꾸고, 한 실존이 꿈꾸었던 것은 서서히 침몰해갔다. 그 꿈이 사회주의 혁명이었든 아니면 유토피아의 구현이었든 그도 저도 아니면 개인의 끝 간 데 없는 자유에 대한 희구였든지 간에.

기성의 지배체제와 질서, 윤리 등은 물론 그 홍역기를 거치면서 타협적인 자기 변신을 꾀했다. 일본은 그렇게 변해갔다. 그러나 60년대의 '질주'가 꿈꾸던 사회가 아니라 오히려 그 반대편이라 할 수 있는 사회, 가속적인 국가독점자본주의가 쏟아내는 본격적인 풍요의 사회로 발전해갔다.

개인적으로 볼 때 가장 예민한 시기인 대학생 시절을 일본 현대사에 있어서는 가장 민감했던 연대(年代)의 한중간에서 보내고 있던 '나'는 결국 어떤 식으로든지 간에 그 변화 이전과 변화 이후의 세계를 동시에 겪지 않으면 안 되었다. 그러나 동일인인 '나'에게 있어 그 세계는 동일한 세계가 아닌 것이다. 여기서 최초의 충격이 온다. 이제 그 정화의 대상이었던 '부패'한 세계가 꼴바꿈하여 오히려 '나'를 정화시키려 하며 그 세계는 오직 자신의 메커니즘에 충실히 합류할 것만을 요구한다. 엄청난 속도로 비대해지는 현실과 예상치 못했던 반전 앞에서 '나'는 급기야 그 세계와의 대화 통로를 망실하게 된다. 그것은 실어증의 전주이다. 우리가 말문이 막히거나 기(氣)가 막힌다는 것도 기실은 나라는 주체에 어떤 충격이나 급격한 반전의 자극이 주어질 때 생기는 경우가 아니던가.

최초의 충격으로 인한 실어증은 일단 세계와의 순탄한 교접을 불가능하게 만든다. 물론 달라진 세상은 나를 인입하기에 여러 노력을 경주하지만 '나'에게 그 세상은 이제 불가해한 혼란의 덩어리고 두려움의 처소가 되는 것이다. 하여 그런 세상이 뿜어내는 장력에 '내'가 빨려들어간다면 '나'는 낱낱이 분해될지도 모른다는 형체 없는 공포와 불안감이 날로 더해감은 당연하다 하겠다. 이때 '나'는 지배질서에 대한 수용이냐 거절이냐 하는 선택의 결단을 요구받는다.

그러나 역사의 한 국면이 요구하는 결단의 기로 앞에서 '나'는 세상과 '나' 사이의 불화를 확인하게 되며 그 불화는 세계, 다시 말하자면 세계를 구성하고 있는 사물의 질서나 가치 및 개념 등과의 소통 불가라는 확인으로 진전되어간다. 이런 정황에서 '나'는 하나의 선택을 할 수밖에 없게 되는데 그것은 '나름대로 살아가기' 즉 자신만의 고유한 '생존법'을 익혀나가는 것이다. 그럼 그 생존법은 어떤 형태인가? 우리는 그것의 하나를 다음에서 간취해볼 수 있다.

> 문장을 쓴다는 작업은 곧 자신과 자신을 둘러싼 사물과의 거리를 확인하는 것이다. 필요한 것은 감성이 아니라 자(尺)이다.[8]

자(尺)는 '나'와 세상 사이의 거리를 유지시켜주는 기제이다. 그 거리가 때에 따라 유동적임은 물론이다. 그런데 그 간격을 확인시켜주는 자가 꼭 필요한 것은 '나'가 그 세상에 묻혀서는 안 된다는 다짐 때문이다. 그 세계로의 함입은 곧 '나' 자신을 분해시키는 길이며, 따라서 '나'를 보존하기 위해서는 항상 일정한 간격을 두고 있어야 한다. 그 세계라는 사물 속에 웅크리고 있는 그 어떤 지배적 윤리나 가치에 나를 의탁해서는 안 된다. 그런 가치나 윤리는 그 세계의 것이지 '나'의 것이 아니다. 하여 이런 이유로 인해 그 자는 '나'의 존재를 보장하는 생존 방식의 논리가 되는 것이다.

이런 '나'의 관점은 이를테면 "모든 사물을 너무 심각하게 생각하지 말 것, 모든 사물과 나 사이에 적당한 거리를 둘 것"[9]이라는 말이나 "무엇이 좋고 무엇이 나쁜가를 누가 아는가"[10]라는 말이 '나'의 생존양식

---

8) 『바람의 노래를 들어라』, 12쪽.
9) 『상실의 시대』, 59쪽.
10) 『댄스, 댄스, 댄스』, 22쪽.

과 관련되는 대목이라는 점에서 다시 한번 확인되기도 한다. 따라서 예의 관점은 "우리가 인식하려고 노력하는 것과 실제 인식하는 것 사이에는 심연이 가로놓여 있다"[11]라는 결론으로 유도된다.

왜 심연이 존재하는 것일까? 그것은 타자(비동일자)와의 커뮤니케이션 단절로 인해서이다. 소통의 단절상태에서는 인식 대상과 인식 내용 사이의 반영이 불가능해짐은 당연하다. '나'와 세상의 불화는 그 단절의 심연을 낳았으며 따라서 이제까지 인정되던 인식의 문법으로는 인식 대상과 주체 사이의 심연의 깊이만 더해질 뿐이다. 여기서 언어의 불신이 시작된다. 그러나 언어는 커뮤니케이션을 가능케 하는 가장 기본적인 매질이 아니던가. 소쉬르(Saussure)나 에밀 방브니스트(Emile Benveniste)의 이론에 의하자면 언어는 사회 안에서 사상이나 이념의 커뮤니케이션을 중재해주는 객관적인 담론의 체계이며 인간을 주체로 구성하여 그 인간 사이의 교호작용을 가능케 해주는 구조인 것이다. 그러나 '나'에게 있어 '저' 세계의 언어로 이루어지는 커뮤니케이션은 '나'의 언어 방식으로는 파악되지 않는 인식 대상들의 움직임들인바, 여기서 언어의 한계가 세계의 한계라는 비트겐슈타인의 명제가 개인적 차원에서 변칭되어 '나'의 언어의 한계가 세계의 한계로 설명된다. 이로써 '나'의 시니피에와 시니피앙은 '저' 세계의 그것과는 길항의 운명을 맞이하게 되는 셈이다.

'나'의 이런 세계관이나 심리는 연이어 "나의 정의는 너무나 보편적이기 때문에, 라는 대목이 무엇이라고 말할 수 없을 정도로 좋다"[12]라는 고백과 맞닿아 있는데 이 말은 이를테면 '나'의 생존법은 '나'의 정의와 보편(양자 모두 '나'의 기표와 기의로 구성되는)에 의한 것이라는 자기 암시와 다를 바 없는 것이다. 따라서 보편이 보편으로 되기 위한 개별적 구체와의 관련성 등에 대한 천착 또는 그 정의의 보편성을 검증

11) 『바람의 노래를 들어라』, 15쪽.

12) 같은 책, 81쪽.

해보는 현실조회 등은 '나'에게 필요 없는 것이다. 왜냐하면 길항 대상인 저 세계에 조회를 해보는 순간 그 세계는 '나'를 상관하려 들기 때문이다. 정의도 마찬가지이다. 정의에 대한 역사적인 보편타당한 논증이 아무리 공정성을 가진다 하더라도 '나'의 정의와는 무관하며 그것은 오직 '저' 세계의 준거일 따름이기 때문이다. 따라서 이런 논법은 '나'의 생존양식을 정당한 것으로 평결해주는 알리바이가 되는 셈이다.

결국 예의 커뮤니케이션 부재와 언어의 불신 그리고 세상과 따로 노는 '나'의 생존법 등에서 보이는 '나'의 허무한 정조는 하트필드의 내면풍경인 세계의 '불모(不毛)함'이라는 명제에 깊이 맞닿아 있다. 그 불모함이란 인식 주체와 인식 대상의 불화 속에서는 아무것도 생산되지 않는다는 깨달음에서 연유하는 것인바, 그 깨달음은 따라서 세상에는 기대할 만한 것이 아무것도 없다는 허무의 색깔로 덧칠되는 것이다. 본시 한 인식 주체가 세상과 '관계'한다는 것은 그 '관계'에서 무엇인가 수태될 것이 있고 그 수태는 모종의 생산으로 이어진다는 것인데 '나'와 길항하고 있는 세상과는 일껏 '관계'해보았자 아무것도 생산될 것이 없으며 그 결과는 단지 '불임'일 뿐이라는 '나'의 생각도 그 불모에 대한 경도 때문인 것이다. 따라서 소설의 등장인물들 간에 주고받는 대화가, 한 가지 주제를 놓고 진지하게 발전되어가기보다 대단히 분절적으로 이어진다는 점이나, 소의 되새김질에 인간사의 여러 덕목들을 등치시켜 그 모두가 무의미하다고 역설하는 '나'의 심경이나 여자를 만나 내밀한 이야기를 주고받고 잠자리를 같이 하더라도 그것에 어떤 각별한 의미를 부여하지 않는 '나'의 행태도 이런 불모의 정서로 설명 가능해진다. (한편 섹스 문제는 다른 측면에서의 해석도 가능하다. 예컨대 외계의 소원한 언어로는 타자의 현상이 가능치 않다고 보는 '나'의 상태에서 섹스는 인간 사이의 진솔한 교통 형태 중의 하나로 간주될 수도 있는 문제이다. 시쳇말로 보디랭귀지의 현현인 셈이다.)

지금까지 우리는 하루키 작품의 내면풍경을 이루고 있는 기본적 밑그림을 일련의 수순에 따라 살펴보았는데 그것에 더해지는 채색의 꼴을 하루키의 다음과 같은 말에서 결론적으로 확인해볼 수 있다.

즉 80년대는 이른바 고도자본주의로 접어들었다. 이는 이미 모든 요소를 삼켜버린다. 고르바초프마저 삼켜버린다. 이렇게 되면 무엇이 선이고 무엇이 악인가를—무엇이 전위(前衛)이고 무엇이 후위(後衛)인가를—통 알 수 없게 되어버린다. 그러한 구조 자체가 붕괴되어버린다.

이러한 가운데에서 '나'라는 인간이 어떻게 살아남아가느냐 하는 점에 나는 흥미를 느끼고 있다. 그것이 『댄스, 댄스, 댄스』라는 소설을 나에게 쓰게 만든 의미이다.[13)]

3

이제 하루키의 작품과 유비되는 혹은 다소간의 영향을 받았다고 회자되는 한국 작가의 작품에 있어 그 영향의 형태는 여하히 나타나고 있는가를 살펴보면서 글을 마무리하도록 하자.

처음으로 장편소설 『낯선 별에서의 청춘』을 상재한 장석주씨는 예의 일간지에 "하루키로부터 영감을 얻었고 영향도 받았다"고 토로한 바 있어 그의 소설이 과연 하루키 소설과 어떤 영향관계에 있을까 하는 점은 궁금한 대목이 아닐 수 없다. 그러나 그 궁금증은 이내 당혹스러움으로 전위된다.

하루키의 소설(특히 『상실의 시대』와 『바람의 노래를 들어라』)에는 현재의 한 인물이 과거에 대한 그리움으로 그 과거를 회고해보면서 현재의 자신을 둘러싸고 있는 공허함을 드러내는 측면이 있다. 그런데 『낯

13) 『상실의 시대』, 469쪽. 강조는 인용자.

선 별에서의 청춘』은 그 줄거리나 구성에 있어 언뜻 보면 상론한 하루키의 두 작품을 기계적으로 배합해놓은 듯한 인상을 강하게 받는다. 특히 『바람의 노래를 들어라』와는 그 모티프나 형식에 있어 놀라울 정도로 유사해 두 책을 동시에 읽는 독자에게는 열없음조차 느끼게 한다.

이런 면뿐만 아니라 예컨대 『낯선 별에서의 청춘』과 『바람의 노래를 들어라』가 둘 다 사소설 형식을 띠며 주인공이 공히 작가라는 점, 소설의 내적 논리가 수십 개 삽화의 조합을 통해 하나의 큰 이미지로 모아진다는 형식적인 측면, 더 나아가 『낯선 별에서의 청춘』의 여러 장면이 『바람의 노래를 들어라』에서 거의 복사된 점(이를테면 엄청난 양의 맥주를 퍼마시는 장면과 폭음의 이유, 주인공들의 근거지인 『바람의 노래를 들어라』의 'J의 Bar'가 『낯선 별에서의 청춘』에서는 '블루 카페'로 변칭된 점 등) 등 그 유사성은 놀라울 정도다.

또 주제의식의 소설적 논리에 있어 전반에 흐르는 주인공의 심리나 당대의 현실을 보는 눈의 형성과정이 별 차이를 갖고 있지 않다는 측면에서도 그러하며 그것의 자기 구현 방식도 마찬가지이다. 이것은 예컨대 하루키의 두 소설에 묘파되는 '나'와 마찬가지로 『낯선 별에서의 청춘』의 주인공 동호도 현실을 단지 자신을 짓누르기만 하는 부조리의 근원으로 간주하여 그런 상황에서 나날이 상실되어가는 본원적 정신의 고향을 모색해보려 한다는 점, 하여 그것은 자신의 존재 이유를 밝혀내는 것에 의해서만 확립될 수 있다고 믿으며 그 존재 이유를 모색하기 위해 일련의 통과제의를 겪는다는 점에서도 확인되는 대목이다.

그런데 만약 사정이 이러하다면 이것은 영향을 받았다는 정도의 문제가 아니다. 문제는 파로디(Die Parodie) 해석을 둘러싼 문예학적인 논의로 시비가 번질 수 있는 형국이다. 그러나 이 지면에서 그런 시비 대상에 대한 옳고 그름을 낱낱이 따질 수 있는 형편은 아니고(이 문제는 곧 필자의 다른 글에서 상세히 다룰 예정이다) 단지 파로디가 모작과 다른 점은, 그 기법의 동기가 적실성을 가지려면 형식의 차용과 더불어 주제의식은 언제나 구체적인 당대의 경향성에 그 근거를 두어야 한다[14]는 점을 강조하는 선에서 그치고자 한다. 그러나 필자는 유감스럽게도 장석주씨 소설에서 그 모작과 파로디의 차이를 발견하기가 힘들다는 점이 곤혹스러운 것이다.

한편 장정일씨는 『바람의 노래를 들어라』에 대해서 일종의 해설을 쓴 바 있는데 기실 장정일씨의 소설 『아담이 눈뜰 때』는 하루키 소설과 비교되는 측면이 꽤 수다하다.

그중에서 특징적인 점은 단적으로 말해 젊은 세대의 속앓이를 드러내고 있는 점이다. 물론 그 양상과 그 원인은 다르다. 예컨대 하루키 작품의 사회적 배경은 난숙한 국가독점자본주의로 진급한 일본사회라는 특정성이 있다면 반면에 장정일씨의 작품은, 장정일씨 본인의 표현에 의하자면 '세기말적 사회' 라는, 일면 추상적인 지형을 그 배경으로 한다. 그러나 양자의 작품 내 등장인물은 현대적 가속성과의 불화 앞에서 망실되어가는 주체의 동일성에 대한 절망을 확인하고, 그러나 다시금 그 동일성에 대한 추억과 회복의 욕망 그리고 그것에 대한 충족 방식을 실존적 내면으로의 칩거나 망명으로 귀결시킨다는 점에서 동일하다. 특히나 그 내면으로의 망명이나 은신의 거처 중 하나가 당대와는 비동시대적 구성물인 흘러간 팝송 등으로 택해진다는 점은 양 작가에게 체현되어 있는 유사한 문화 효과의 한 단면으로 볼 수 있다. 반면에 등장인물들의 실존적 특징들은 알튀세의 개념을 빌리자면 결국 국가독점자본주의나 세기말적 사회의 지배적 통념에 '호출' 된 개별자들의 특성인데 그런 호출된 개별자들이 꾀하고 있는 호출에 대한 부정이 객관적 현실에서의 구조적 인과성에 대한 통찰을 통해 구해지는 것이 아니라 지극히 주관성에 침윤되어 있는 방식에서 구해진다는 점은 양자가 가지고 있는 가상적 세계관의 근사한 표현이라는 점에서 또한 강한 친화성

---

14) Claus Träger, *Wörterbuch der Literaturwissenschaft* 참조.

을 보이고 있는 대목인 셈이다.

(『문학정신』 1992년 6월호)

'참을 수 없는' 최근 소설들의 '가벼움'*

—박일문, 『살아남은 자의 슬픔』, 주인석, 『희극적인, 너무나 희극적인』

1. 머리말

지난번 이인화의 소설 『내가 누구인지 말할 수 있는 자는 누구인가』(이하 『내가』)에 대한 필자의 글[1]로 인해 때아니게 이른바 '표절 시비' 혹은 '포스트모더니즘 논쟁'이 일어났다. 그런데 신문기사에서 사용된 위와 같은 표현은 가십적 성격과 그리 먼 것이 아니었기에 오히려 필자의 글이 내포하고 있는 더욱 근원적인 문제의식을 가리는 결과를 낳았다. 물론 신문기사의 속성이라는 것이 대중의 눈에 가장 들어오는 문제에 포커스를 맞추게 마련이고, 또 필자의 글에 표절과 포스트모더니즘 문제에 관한 언급이 없었던 바는 아니어서 그런 표현이 전혀 틀린 것은

* 이 글은 박일문의 『살아남은 자의 슬픔』(민음사), 주인석의 『희극적인, 너무나 희극적인』(열음사), 이인화의 『내가 누구인지 말할 수 있는 자는 누구인가』(세계사)를 분석 대상으로 삼고 있다. 박일문과 주인석 작품에 대한 분석은 각각 『세계의문학』 1992년 여름호와 『문학정신』 1992년 6, 7, 8월호에 실린 것을 텍스트로 했다.

1) 「'심약한' 지식인에 어울리는 파멸」, 『한길문학』 1992년 여름호.

아니다. 그러나 문제의 핵심은 빗나가게 되었는바, 요컨대 주변적인 것이 중심적인 것을 대체해버린 꼴이 된 셈이었다.

소위 표절 문제가 제시된 필자의 글은 무엇보다도 이인화의 소설 혹은 그와 유사한 경향의 소설들이 봉착할 수밖에 없는 자기 내적 모순 및 그것이 형성되는 과정과 결과를 검증하려는 시도였다. 이것을 문학적 차원으로 본다면 육화되지 않은 문학성의 경박함과 문학적 능력의 결핍이 어떤 방편으로 자기 합리화를 꾀하게 되며, 그 자기 합리화의 결정적인 함정은 무엇인가 하는 점을 밝히는 시도인 셈이었다. 이런 것을 필자는 한편으로는 세계관과 인식론 그리고 문학 방법 각각의 차원에서 살펴보려고 했으며 다른 한편으로는 그것들이 어떤 상관성으로 이어져 있기에 그런 파산이 발생할 수밖에 없는가 하는, 일련의 인과성 문제를 다루고자 했었다. 예컨대 다음과 같은 경우를 보면 그러한 문제의식의 함의를 알 수 있지 않을까도 싶다. 가령 이인화의 자기 작품에 대한 합리화 논리는 '재현할 수 없는 세계'에 대해 기존의 관행, 즉 기존의 세계관이나 인식론으로 재단하지 말아달라는 주문으로 구성되어 있다. 그러나 이러한 논리는 자기 모순의 대표적 전형이다. 왜냐하면 이인화의 그런 주문은 객관 실재와 인식 주체의 전유관계를 거부하는 인식론의 부정인 셈인데 그러나 자신이 주장하는 "재현할 수 없는 것"이라는 담론 역시 재현 가능성 여부에 대한 나름의 인식론을 전제하고 있기 때문이다. 이처럼 아무런 현실 설명력이 없는 논리에 기초하여 자기 작품의 정당성을 강변하는 것은 자신의 논리적 인식능력과 문학적 능력이 얼마나 품도 미달인가를 스스로 폭로하는 꼴인데, 이런 부당한 인식이 종국에는 혼성모방(패스티시)이라는 가당찮은 방법을 취하는 것으로 이어진 것이다. 따라서 표절이냐 정당한 방법이냐 아니면 패러디냐 패스티시냐 하는 구분의 다툼은 본질적인 문제가 아니다. 문제의 핵심은 패스티시라는 방법을 택하는 이유가 인식론적 파산, 그리하여 문학적 깊이와 높이에 턱없이 모자라는 문학적 능력의 파산 때문이라는 그 인과성을 분명히 확인해야 하는 점이다. 따라서 이인화의 작품이 만약 훌륭한 포스트모더니즘 작품이라면(김욱동 교수는 이인화의 작품이 탁월한 포스트모더니즘 작품이라고 변론하고 있지 않는가[2]) 바로 그 작품이 소위 포스트모더니즘 작품들의 인식적 불구성을 대표적으로 증거해주는 표지이기도 하다.[3] 다른 한편 『내가』의 변호사를 자처하고 나선 김욱동 교수의 변론도 인정하기 힘들다. 『내가』가 패스티시 기법을 썼기에 훌륭한 포스트모더니즘 작품이라는 김욱동 교수의 말추렴은 선소리와 다를 바 없기 때문이다. 그의 이런 논리는 이를테면 지시적 인과성에 기초한 증명법에 다름아닌데 기실 이런 인과성은 포스트모더니즘적 사유 방식에서 가장 거부하는 논리가 아니던가. 그런 점에서 보자면 김욱동 교수는 본의 아니게(그러나 필연적으로) 자신의 본적을 부인하는 불충을 범한 꼴이다.

부언컨대 『내가』를 둘러싼 문제에 있어 결코 혼성모방에 대한 시비가 중심이 될 수 있는 것은 아니다. 핵심적인 것은 그 작품의 내용적 파행성을 분석, 적출하고 비판하는 것이다. 이런 적출과 비판이 온전히 수행되어야만 혼성모방이라는 것이 얼마나 터무니없고 평생 자기 모순을 지고 다닐 수밖에 없는 것이란 점이 가려질 수 있는 것이다.

---

2) 중앙일보 1992년 5월 28일자.

3) 이른바 패스티시라는 것의 정당성 여부나 그것의 효력을 다투는 일은 다른 차원의 문제로도 따져보아야 한다. 가령 하나의 새로운 기법이 문학사에 등장할 때는 나름의 현실적인 논거와 효력을 보유하고 있어야 한다. 그 효력은 이를테면 기존의 문학적 지평의 확장이나 문학성의 심화에 기여하는 바가 있어야 가능해진다. 예컨대 패러디라는 기법도 그것이 이전의 기법과는 다른 방식으로 문학의 가능성을 높이는 데 한몫을 했기에 유효한 기법의 하나로서의 자기 자리를 주장할 수 있게 된 것이다. 즉 하나의 기법이 시민권을 획득하려면 무슨 법조문이나 판례적 해석에 의해서가 아니라 문학의 심화와 확장이라는 '인준관' 의 검인이 필요하다는 말인 셈이다. 따라서 패스티시도 이런 인준과정의 검색을 통해 그 타당성 여부가 가려져야지, 누구 하나가 현실적 토대 없이 '주장' 만 한다 해서 그것이 수용될 수 있는 것은 아니다. 그러나 유감스럽게도 패스티시라는 것은 문학성의 심화에 기여하는 것이 아니라 반대로 그 문학성의 파괴에 목적이 있는 것이다. 그리고 그 파괴를 합리화하는 논거는 현실적으로나 논리적으로나 부당 전제하에 이루어지고 있다.

이제껏 우리는 이인화 소설에 대한 독법, 이를테면 세계관과 방법에 대한 분석이 여하히 되어야 하는가를 간략히 되짚어보았다. 그 독법을 통해 우리가 파악해야 하는 것은 작품이 다루고 있는 소재나 묘사 대상의 엄중함에 비해 그것을 형상화하는 작가의 주제의식이나 인식 등은 심히 일그러져 있다는 점이다.[4] 그런데 주목되는 것은 이런 이인화의 작품 경향과 유사한 작품들이 계속 상재되고 있으며 또한 작품 자체의 성취도나 품도 여부에 상관없이 무작정 대중적 찬사(?)를 받고 있는 현상이다. 뒤에서 살펴보겠지만 이 글에서 문제삼는 작품들, 즉 박일문의 『살아남은 자의 슬픔』(이하 『슬픔』)이나 주인석의 『희극적인, 너무나 희극적인』(이하 『희극』) 등이 그런 것이라 할 수 있는데 이 작품들도 공교롭게 『내가』가 실패한 경로를 거의 유사하게 걷고 있다. 그런데도 불구하고 작품 성취도에 관계없이 상찬되고 있는 것은 어떤 특별한 이유가 있을 터인데 그것은 가령 이데올로기 효과에 의한 현상이라고 볼 수도 있으며 혹은 사회 전반의 대세나 기류에 의한 것이라 할 수도 있으리라. 그런 점에서 보자면 이들 작품의 유사함은 작품 내재적인 측면뿐만 아니라 작품 생산의 조건과 계기에까지 이른다고 예측해볼 수 있을 터이다. 그러면 그 유사함이란 도대체 무엇일까? 그런 유사함은 어디에서 발원하고 있는 것일까? 또 필자의 생각대로 이들 작품들이 한결같이 결정적인 흠결을 보이고 있다면 그것의 원인은 무엇일까 하는 점이 궁금치 않을 수 없다. 이런 문제의식에서 이 글은 예의 문제들의 현상과 원인들 그리고 그것이 함의하고 있는 바를 살펴볼 것이다. 아울러 그런 함의가 문학 지형과 작품 창작에 어떻게 반영되는가 하는 문제도 소략한 작품 분석을 통해 조회해보려 한다.

4) 이 문제에 대해서는 필자의 앞의 글을 참조.

2. 일반 정세와 관련하여

앞에서 이야기한 것처럼 이들 작품들은 여러 유사성을 노출하고 있다. 그 유사성은 이들 작품의 탄생 동기이기도 하다. 그런데 그 유사성은 결코 우연적인 것이 아니라 현하의 문학 지형 혹은 문학 정세의 한 효과라는 사실에 주목해야 한다. 이런 유사성은 몇 가지로 나누어볼 수 있는데 그중에 눈에 띄는 것은 작품의 탄생 배경과 그 작품의 합리화 논거이다. 따라서 여기서는 이런 문제에 대한 진맥과 더불어 이들 작품을 일관되게 관통하고 있는, 그래서 그런 만큼 이들 작품을 전반적으로 통어하고 있는 공통점을 관찰해보려 한다.

이즈음 이인화의 『내가』를 비롯하여 박일문, 주인석의 작품들처럼 크게 보아 사소설 범주에 넣을 수 있는 '자기 고백적' 소설 혹은 성장소설들이 계속 출간되고 있다. 이들 작가들은 대개가 60년대에 태어나 이십대 전체를 80년대에 보냈던 세대들인데 그 탄생 연대의 변별성이 이제는 우리 문단에 있어 하나의 정서적 연대(連帶)를 나타내는 상징이 되고 있다고도 한다. 그 정서적 연대의 내용은 이른바 '새로운' 감각과 신서정으로 회자되고 있는데 그런 감각은 가령 80년대의 풍경을 그려내는 데 있어서도 이전 세대와는 다른 시각으로 그려내는 동인이 되는 것이다. 또 그 새로움이란 예컨대 기존의 소설문법을 과감히 파괴한다는 것에서 새로움의 문학사적 인준의 근거를 얻고 있기도 하다.[5] 한편 예의 사소설, 즉 이 글에서 다루려는 소설들의 소재나 문제의식은 모두 다 변화하는 역사, 이론적 혼란, 사상적·정치적 지형의 탈바꿈, 그리고 사회의 거대한 지층 변화로 설명되는 역사적 전환기라는 일련의 당대성에서 발원하고 있다. 말하자면 이 소설들은 역사의 한 순환이 끝나는 단계에, 그 순환과정의 보편성에 포함되어 있던 한 개인의 실존적 순환

5) 권영민, 「이달의 소설」, 중앙일보 1992년 6월 30일자.

을 다루고 있다. 이를테면 그 역사의 순환과 실존의 순환이 교차하는 지점에 소설적 내시경을 들이대고 있는 것이다. 이런 역사적 경향이 얼마나 민감한 문제이고 그런 만큼 얼마나 초미의 관심사가 되고 있는가 하는 문제는 익히 다 아는 사실이다. 그런데 이들 소설들이 소재 자체가 주는 힘과 아울러 이런 전체 정세 효과와 맞물려, 거기다 저널리즘의 '비평적 기사'가 만들어내는 초점 만들기에 힘입어 많은 사람들의 입에 오르내리며, 그 내용의 튼실함과는 무연한 하나의 이미지(가상적) 작용을 통해 문학 지형의 새로운 지표로 간주되고 있는 것도 이즈막의 실정이다. 하지만 현상이 그렇다 하더라도 이 소설들의 문학적 성취도와 위에서 이야기한 일종의 징후적 현상을 엄격히 구분해서 가려보아야 함은 당연한 일이다. 그 가려봄은 예컨대 특정 작품이 작품 속내의 완성도나 '창작과정에 개연된 특수한 사정'에 상관없이 표피적으로 상찬받고 있는 현상을 적절하게 정정해본다는 의미를 내포하고 있는 것인데 그런 점에서 그 가려봄은 작품 생산의 저변에 흐르는 예의 징후의 맥락과 작품 성취도 사이의 연관성을 깐깐하게 살펴보는 것을 필요로 하는 셈이다.

이들 소설들은 대개가 두 가지의 밑그림을 통해서 조형되고 있다(이것은 창작의 동기이기도 하다). 그 하나는 이른바 '마르크시즘의 위기' 혹은 거대이론의 해체, 포스트모더니즘의 시민권 획득 등 이른바 정세의 혼돈 속에서 배태된 포스트 증후군의 확산이다. 작가들이 포스트 증후군에 감염된 사실을 인정하느냐 안 하느냐에 상관없이 적어도 필자가 보기에는 어떤 문맥의 해석을 통해서든 이 감염은 부인하기 어려운 현상이다. 이인화 같은 경우는 그런 것이 자신의 창작을 움직이는 동학의 기제라고 공공연히 '주장'하기도 한다. 박일문 역시, 이인화와는 상대적인 변별성을 가지기는 하지만 세계관이나 문학 방법론적인 측면에 있어서는 동일한 궤도를 달리고 있다. 그런데 여기서 문맥은 약간 다르지만 이 문제에 대한 정확한 진맥이 필요하다는 점 하나를 지적하고 넘어가자. 그 진맥의 내용은 첫째, 문학에서 포스트주의자로 자처하는 인물들이 생각하고 주장하는 바의 포스트 종(種) 내용이 현실의 조회를 제대로 받은 것인가이고, 둘째는, 그들이 과연 원판 포스트 이론을 충분히 소화하고 이야기하는 것인가이다. 이것은 요컨대 포스트 종의 원판과 한국에서의 포스트주의자들이 그것을 '목적의식적'으로 오독하여, 혹은 텍스트를 자의적으로 취사 선택하여 적용하는, 그래서 일차 정보 자체부터 왜곡, 원천봉쇄시키는 복사판 포스트 종과의 구별이 필요하기 때문이다. 이 구분이 필요한 것은 한편으로는 필자가 보기에 적어도 한국에서 행세하고 있는 자칭 '포스트주의자'나 '포스트모더니스트' 대다수가 '혼성모방' 혹은 흉내내기 수준이기 때문이며, 다른 한편으로 그 구분은 어찌 되었든 현실적 영향력을 행사하고 있는 포스트주의자들의 실체가 사실은 불량 수입상이라는 점을 밝히는 효과를 거둘 수 있기 때문이다. 따라서 이런 폭로는 적어도 한국에서의 포스트 증후 현상에 대한 유력한 비판의 방법이 될 수 있다고 본다. 가령 포스트모더니즘의 이론가로 자처하는 김욱동 교수가 주장하는 바의 '상호텍스트성'이 어떻게 오용되고 있나 하는 점[6]을 원판(줄리아 크리스테바) 대조를 통해 자세히 밝히면서 다시 정정을 가한 도정일 교수의 작업[7]이 이런 방법의 좋은 예다. 따라서 위에서 이야기한 구분의 필요성은 우선 한국판 포스트모더니즘을 비판하는 데 주요한 방법 하나가 될 수 있다는 점에서 유의미한 논거를 얻는다(예컨대 기존의 리얼리즘적 비판으로는 애초 접점이 형성되지 않는 경우가 많음을 생각해보라). 비유가 허락된다면 이런 비판 방법은 예컨대 차도살인 혹은 이이제이의 방략, 즉 자기 칼로 자신을 겨누게 하는 것과 아울러 자신의 본적이 포스트 가(街)라고 주장하는 아이들이 기실은 사생아임을 폭로하는 방략이기도 한

6) 중앙일보 1992년 5월 28일자.

7) 도정일, 「시뮬레이션 미학, 또는 조립문학의 문제와 전망 — 이인화의 '혼성기법'이 제기하는 문제들」, 『문학사상』 1992년 6월호.

셈이다. 물론 그렇다고 원판 포스트 종을 인준하자는 이야기는 아니다. 또 원판 포스트 증후현상이 한국에 건너와서는 현실적 토대와는 상관없는 가상적 수준에서나마 '토착적 포스트 종'으로 변환될 수도 있다. 문제는 양자 모두 준열한 비판의 대상이기는 하지만 다만 예의 구분이 그 비판의 한 방편이 될 수 있다는 생각 때문에 이런 문제의식을 제출해 보는 것이다.

한편으로 이야기를 다시 돌려 '마르크시즘의 위기' 문제를 보자. 이 문제는 이들 작품들이 자기 논리의 근거로 삼고 있는 것이다. 이 위기는 이제 누구도 부인하지 못하는 엄연한 '일반적' 상황이다. 이들 작품이 80년대 변혁운동에 대해 끊임없이 시비를 거는 것도 그리고 그 시비를 함에 있어 시비 논리의 조력자로 끌어들이는 것도 이 '마르크스주의의 위기'라는 표상이다. 그러나 이들 작가가 사고하는 예의 위기 그리고 '위기'라는 표현에 대한 시류의 선정적 통념에 편승하여 80년대를 재단하는 그들의 설명법은 유아론적 자의식의 그늘에서 한 발짝도 벗어나지 못한다. 마르크스주의와 변혁운동을 다루는 데 있어 이인화의 터무니없는 논리의 경박성은 『내가』에 대한 평론에서 다룬 바 있으나 박일문의 『슬픔』이나 주인석의 『희극』에서도 그런 논리가 동일하게 반복되고 있는 것이 하나의 특징적 현상이다. 이렇게 반복되는 현상은 따라서 그들 인식의 유사함을 보여주는 것인데 그런 점에서 보자면, 뒤에서 밝혀지겠지만 『내가』에 가한 비판과 그것의 방법이 『슬픔』이나 『희극』에도 동일하게 적용될 수 있다. 따라서 '위기'를 논함에 있어 중요한 문제는 그들이 편한 대로 생각하는 것과 실제 위기의 의미와 현재성을 진지하게 따져보는 것은 엄연히 다르다는 것과 아울러 이 다름을 통해 그들이 예의 위기를 얼마나 경박하게 사고하고 있나 하는 것이 폭로, 인증되어야 한다는 점이다. 왜냐하면 그 위기를 형상적 질료로 삼음에 있어 그것을 어떻게 생각하느냐에 따라 문학의 문학다움이 가려지기 때문이다.[8)]

앞에서 이야기한 밑그림의 다른 하나는 자신들의 이십대, 즉 정신적으로나 정서적으로 가장 민감하고, 팽창과 수축이 활발한 성장의 시기를 '격동'의 80년대 가운데를 가로질러왔다는 주장으로 이루어진다. 따라서 그들의 이야기는 자신의 직접적 체험 혹은 이론적 추체험의 밀도가 어떤 세대보다 남다르다는 것이다. 그러나 중요한 것은 자연적인 성장의 연대를 80년대에 살아온 것이 아니라 그 연대의 격동 속에서 자신이 얼마나 실천적으로 '격동'했으며 그 연대를 통찰하는 안목의 깊이와 높이가 얼마나 현실 적합적인가이다. 이 점 역시 뒤에서 살펴보겠지만 예의 작가들의 작품이 보여주는 문제의식의 품도와 작가 개인의 실존적 고민은 함량 미달이라 하지 않을 수 없다.

3. 문학 정세와 관련하여

예의 작품이 득세하게 되는 요인 중 하나는 이른바 '문학의 위기'와 연관된다고 할 수 있다. 그런데 이 문학의 위기는 두 가지 갈래로 이야기할 수 있다. 그 하나는 소위 '민족·민중' 문학의 위기이다. 이 문제는 세계사의 변화와 전체 진보진영의 위축현상과 맞물려 있고 그런 만큼 이념의 문제와 깊은 상관성을 가지고 있는 것이기에 별다른 말이 필요 없으리라. 이런 형국에서 중요시해야 할 것은 그런 위기의 국면을 우리

8) 한편 위기 문제를 논함에 있어 개인의 실존적 자리에 따라 그 위기가 어떻게 반향되냐 하는 점도 주목해야 할 문제이다. 가령 80년대의 역사적 과제를 위해 마르크시즘을 나날의 일용할 양식으로 삼아 80년대 내내 고투에 고투의 언덕을 피눈물로 기어올랐던 사람들이 '느끼고' 사고하는 것과 주변에서 서성거리던 사람들이 '느끼고' 사고하는 그것의 진실성은 얼마나 다른가! 예컨대 어느 동료 비평가가 고백한바, 그 위기로부터 오는 최초의 충격, 연이은 깊은 병의 임재, 그러나 이후로는 정서의 혼란 차원에서 탈출하여 이제는 오히려 예의 위기를 담백하게 받아들인다는 것, 그리하여 그 위기를 평론활동의 확대 계기로 삼고 있다는 한결 성숙해진 이야기는 그 다름의 현실적 결과와 의미를 예감케 한다.

가 어떻게 성숙한 자세로 타개해나갈 것이며 아울러 그 위기를 어떻게 성장의 계기로 삼을 것인가 하는 문제이다. 그러나 '문학'의 위기는 좀 다른 함의를 가진다.[9] 이 문제 역시 대강 두 가지 차원에서 논의해볼 수 있다. 하나는 우선 문학 안의 문제이다. 알다시피 90년대에 들어 이른바 본격문학 혹은 순문학의 입지가 많이 좁아지고 있다.[10] 이것은 대중의 정치감각의 변화와 감성틀의 변화에 맞물려 일어나는 현상인데 아무튼 본격문학이 예전과 같은 자리를 누리고 있지 못함은 사실인 것 같다. 이 본격문학의 쇠퇴 맞은편에는 조잡한 합성시집(그런데 혼성모방주의자의 논리에 따르자면 이것 역시 훌륭한 포스트모더니즘적 문학이 된다)의 엄청난 판매, 서스펜스 추리소설이나 SF소설의 상종가 경향, 그리고 야사류 소설이나 경박한 에세이류의 베스트셀러화가 풍요의 미소를 짓고 있다.[11] 이상의 언급은 단지 현상에 대한 지적이지만 우리는 이 현상을 통해서만도 문학의 자리를 다시금 짚어봐야 한다는 요구를 받는다.

다른 하나는 문학을 포함하는 문화적 사실 전반과 관계되는 문제이다. 현대에 있어 이른바 테크놀로지의 급속한 발전은 대중의 예술적 경험과 대중의 감수성 조직 형태를 급격히 바꾸어가고 있다. 그런 점에서 현대사회에는 이전과는 다른, 아주 새로운 형태의 문화가 범람하고 있다. 그런 만큼 현대사회가 만들어내는 문화 형태는 인간이 세계를 체험

9) 여기서 위기라는 언사는 다소 과장된 표현일 수도 있다. 그러나 문학이 이전에 누리고 있던 사회적 기능이나 역할이 상대적으로 위축되고 있는 저간의 사정은 부인할 수 없는 사실이다. 그런 점에서 이 문제는 문화론적 각도에서 좀더 정치한 분석과 연구가 요구되는 대목이다. 충분치는 않지만 심광현씨의 「유물론적 문화지형학 구성의 전망」과 필자의 「90년대 문화운동의 방향 모색」은 이런 문제를 문화 지형과 문화운동론적 시각에서 살펴본 바 있다. 두 글 모두 『문화과학』 창간호에 실려 있다.

10) 이 문제는 출판사의 편집자와 문학평론가들의 좌담인 「대중사회의 전개와 문학의 위기」(『문예중앙』 1992년 여름호)에서 소략히 진단되고 있다.

11) 한국일보 1992년 6월 2일자 기사에 따르면 시집 베스트셀러 10위 중 1위, 2위, 3위, 5위, 6위, 8위, 9위가 무명시인의 시집 혹은 합성시집이라 한다.

하고 지각하는 틀을 과거와는 비교도 안 될 정도로 변화시키고 있다. 예컨대 대중매체, 그중에서도 특히 시청각매체를 통해 다양한 수위로 조절되기도 하는 욕망구조의 변화, 전산화 시스템을 통한 (문화)상품 유통구조의 혁신, 또 이런 유통구조의 혁신에 의해 추동되는 대중적 예술의 확산, 소위 과학기술혁명으로 인한 표현 영역의 확장 등은 인간의 정서구조나 지각구조에 있어 과거와는 질적으로 다른 형성 규준들로 작용하고 있다. 이런 지형이, 하여 새로운 매체, 마케팅 및 미적, 문화적, 상업적 전략을 통해 대중문화, 일상생활문화, 대량소비문화 등을 구성해가고 있는 것이 이즈음의 문화 현실인 것이다.[12] 인간의 의식과 감성을 구성하는 것 중의 하나인 매체의 형태가 문자매체에서 시청각매체로 급속히 이전되어가는 것도 이런 맥락에서 해석될 수 있는 것이다. 따라서 이런 점은 가령 현대에는 문화구성 요건의 중심항이 문학을 중심으로 동심원을 그리고 있던 순수예술에서 여타의 영역으로 위치이동하고 있다는 판단을 가능케 한다. 이것은 경험을 통해서도 알다시피, 대중에 대한 위력과 효과에 있어 문자매체보다 시청각매체가 압도적이라는 사실에서 확인되는 대목이다. 바로 이 지점에 문학의 '위기' 가 존재하는 셈이다.

이런 상황에서 문학이 일종의 자구책을 취하게 됨은 당연하다. 그런데 그 자구책은 일차적으로 문학 창작에 대한 상품 논리의 노골적 포섭으로 현상하고 있다. 이는 가령 잘 팔리는 신소재적 상품문학을 만들어내야 한다는 논리로 이어지는데, 예의 베스트셀러의 대다수가 문학성과는 거리가 먼 '물건' 으로 이루어져 있다는 사실은 이런 논리, 즉 문학에 대한 상품 논리의 노골적인 포섭을 증거하는 지표이기도 하다.[13] 문

12) 졸고, 「90년대 문화운동의 방향 모색」, 『문화과학』 창간호.

13) 가령 공장에서의 생산라인과 마찬가지로 일련의 조립공정을 통해 만들어지는 미국의 할리퀸 문학과 유비되는 우리 문학의 인스턴트화 경향도 이런 맥락에서 해석되는 대목이다.

학에 대한 상품 논리의 노골화는 간단히 말해서 출판자본은 우선 대중의 취향과 관심을 끌 수 있는, 즉 돈이 될 수 있는 텍스트만을 추려서 '투자' 하고 따라서 본격문학에 대한 관심은 이제 이차적인 것으로 물러나앉는다는 논리로 이어진다. 또 설혹 본격문학을 출판한다 하더라도 그것은 잉여가치 재생산에 충실할 때만이 가능해지는 것이다. 이런 사정은 출판사의 이윤 동기가 창작자의 문학적 동기보다 앞서거나, 아니면 창작과정에 예의 이윤의 논리가 계속 간섭하게 되는 현상으로 이어지는데 특히 전작 장편소설의 경우 그 정도가 무척 심한 형편임은 다 아는 사실이다. 따라서 작가가 출판사의 요구와 제한에 따라 작품을 쓰다 보면 당연히 그 작품의 질이 소기의 목적과 배리되는 것으로 귀결됨은 당연할 터이다. 물론 문학의 상품화 논리가 어제오늘 일이 아니기는 하지만 전에는 그것이 잉여적 수준이었고 덜 객관화되어 있었으며 혹은 간접적이거나 한번 여과되는 이차과정이었던 반면에 이즈막에는 그런 상품 논리가 전일화되어가는 현상으로, 즉 그 양태는 이전과 질을 전혀 달리한다는 것이 문제의 초점이라는 것이다.

이처럼 어느 장르보다 보수성이 짙은 문학의 생산양식에서 상품 순도의 진급 속도가 가팔라지는 것은 예의 변화하는 문화적 현실의 산물이고 거기에 따른 문학 나름의 대응책이라고 생각할 수도 있다. 하지만 그것이 이제 문학 본연의 노릇을 왜곡하고 있는 점은 심히 우려되는 현상이 아니라 할 수 없다. 그런데 앞서 이야기한 문화적 환경 속에서 문학의 대응책 즉 문학의 상품화 전략은 두 가지 질료를 기초로 해서 전개되고 있다. 우선 하나는 작품 내재적인 측면이다. 그 측면은 소재주의와 '새로움'이라는 표상으로 변주된다. 이 소재주의는 '선정적' 혹은 '황색' 소재주의로 표현될 수 있다. 알다시피 작금 진행되고 있는 사회적 변화의 용틀임은 무엇보다도 지난 과거, 특히 한국 현대사의 굵은 획을 그었던 80년대에 대한 재성찰과 가려봄을 자신의 주요 기제로 삼고 있다. 그런 만큼 대중들에게도 이 문제는 남의 일이 아니고 대단히 중요한 관심사로 다가선다. 왜냐하면 그 누구도 80년대의 지배적 형상에서 자유롭지 못했었고 따라서 그것은 어떤 방법과 수순을 통해서든지 자체의 통사적 의미가 규명되고 정리되어야 하는 대상인 것이다. 또 그런 만큼, 그것을 대하는 인식 수준의 높낮이를 떠나 그 문제는 대중의 관심사 안에 아직까지 영향력을 행사하는 존재로 자리잡고 있는 것이다. 바로 이 지점, 즉 적당한 사회, 정치적 의식과 약간은 선정적인 대중적 관심이 동거하고 있는, 80년대라는 '형상적 공간'이 변화된 현실 앞에서 대단히 현혹적인 작품 소재로 떠오르는 것이다. 그 유혹은 정말 강력한 것이기에 작가라면 누구나 한 번쯤은 다루어보고 싶어하는 것도 숨길 수 없는 사정이다. 출판자본 혹은 세상사에 눈치 빠른 작가는 누구보다도 이런 사실을 먼저, 잘 알아차리고 있는 것이다. 여기에 상품의 이윤 동기가 결탁하게 되는 것이다. 따라서 출판자본은 당연히 이 소재가 돈이 될 만하다고 판단할 터이고 그것은 이른바 소재주의적 작품 생산을 강요하게 된다. 이 소재주의의 특징은 우선 80년대적 형상이나 이념의 외피를 쓰고는 대중의 지적 허영을 적절하게 이용하고 있는 점이다. 따라서 그것이 대중의 지적 허영 혹은 선정적 관심이나 기갈에만 종속된다면 그것에 문학적 진지함이나 성취도를 기대할 도리는 없는 것이다. 가령 지극히 통속적인 작품에도 80년대 변혁운동의 표정 한 대목은 꼭 외삽된다거나 아니면 그런 작품의 광고 카피에 소위 "데모, 80년대가 만들어내 젊은 영혼의 고뇌, 고문 속에 피어나는 순백한 사랑" 등등의 표현이 아무런 거리낌 없이 사용되는 것은 예의 현상의 한 징표이다. 이른바 80년대 학생운동을 무협지 스타일로 구성했다고 온갖 방자함을 떠는 『무협 학생운동』은 가장 우화적이면서 극적인 상징이 아닐 수 없다.

필자는 『슬픔』 『내가』 『희극』 등의 작품도 직접적으로든, 아니면 간접적으로든 결국은 출판자본이 요구하는 소재주의에 함몰된 작품에 다름아니라고 생각한다. 그것은 이들이 자신의 문학적 능력이 감당하지 못함에도 불구하고 80년대라는 소재적 유혹에 빠져 그것을 물고 늘어지는 것에서나 혹은 주인공들이 한결같이 센세이셔널한 성격으로 꾸며지고 있는 것에서나 또 바로 그 선정성으로 80년대의 논리와 속살을 농단하고 있는 사정에서 그런 혐의를 발견할 수 있기 때문이다.[14] 이와 더불어 문학 상품화 전략에 중요한 아이디어를 제공하는 '새로움'이라는 표상은 신서정, 신세대라는 담론으로 합리화되기도 하는데 그것도 알고 보면 문학사적 의미에서보다 문학상품의 신소재 발굴이나 '이노베이션' 논리에 더 충실한 경향으로 귀결되는 측면이 짙다. 물론 문학 정세에서 그런 새로움의 징후를 전면적으로 부정할 일은 아니지만 무원칙한 기법의 과용이나 포스트모던이라는 사술이 그런 새로움을 대변하는 한에 있어서는 그것이 문학상품의 이윤증식 논리에 적극 조응하는 것으로 간주될 수밖에 없는 것이다. 그런 면에서 보자면 『내가』는 '훌륭한' 문학상품이 되는 셈이다.

한편 문학의 예의 대응책의 다른 모습은 기획상품의 출현이라는 현상으로 이루어지기도 한다. 이 기획상품이라는 현상은 예컨대 이전에는 문학작품의 구매, 소비가 자발적으로 이루어진 경향이 짙었던 반면에 이제는 독자들의 소비 패턴이 광고의 효과나 문학상품의 이미지에 많이 경도된다는 사정에 착안하여 나타난다. 가령 이전에는 문학상품의 소비를 독자의 자발성에 맡기고 있었다면 이제는 그 상품의 온갖 모양을 넣어 그것 자체로 만들어지는 하나의 미적 공간과 또한 대량적 선전을 통해 현란한 이미지를 독자에게 투입하여 독자들의 소비욕구를 적극적으로 촉발시키고 있다. 기획상품은 바로 소비가 적극적으로 강요되는 현대적 시장 형태에 충실한 상품생산 형태이다. 바로 이런 논리에 문학상품이 점차 깊이 개입해들어가고 있다. 예컨대 일반적으로 각

14) 필자는 이들 작품이, 『희극』에서 김감독이 드라마의 소재로 학생운동을 택해보자 하면서 "난 물론 혁명하자는 게 아냐. 재미있는 얘깃거리를 만들자는 거지"(231쪽) 하는, 즉 학생운동을 상업적으로 우려먹자는 논리와 그리 멀리 떨어져 있는 것이 아니라고 본다.

기업에서 상품생산 이전에 그것의 소비 시뮬레이션을 먼저 뽑아보듯이 베스트셀러 제작 출판사에서 대중들의 감각, 선호도, 취향, 소비 패턴 등등을 가늠하여 그것을 문학작품 생산에 적극 반영시키는 것이나 문학상 제도를 통해 상품의 이미지를 한껏 제고시키는 것 등도 이런 기획의 논리에 해당하는 것이다.[15] 베스트셀러 상품은 이런 기획이 모범적으로 성공한 경우이다. 하여 작품의 성취도보다 외관적 이미지나 모양에 더 신경을 쓰는 이런 경향 때문에 작가의 창작의 자유로움이나 창작동기가 많은 제한을 받게 됨은 당연하다 할 것이다(이는 소재 선택에서부터 문체에 이르기까지 전 영역에 걸쳐 있는 것 같다). 그러나 한 겹을 더 벗겨보면 문학의 이런 자구책이 기실은 문학의 빈곤과 위기를 더욱 가중시키는 주요 요인이라는 것이 작금의 문학 지형이다.[16]

정리하자면 예의 작품들이 상업적으로 일정하게 성공(?)하게 된 것도 작품 내재적인 성취도 때문이라기보다는 작품 외재적인 면이 더 강하게 작용했기 때문이라 볼 수 있다. 그 외재적인 면의 첫째는 예컨대 80년대라는 고난에 찬 역사적 도정에 있어, 그 과정에서 흘린 피와 눈물과 땀방울의 진지한 의미는 가려지고 그것의 형해만이 소재주의의 대상이 되고 있는 사회 전반의 경향이라 할 수 있다. 둘째는 이런 정세적 정서를 감지하고 있는 출판사가 이것을 적극적으로 작품 생산의 원료로 끌어들여 이런 소재를 하나의 기획상품 생산으로 연결시키는 '빼어난' 마케팅 기술이다. 따라서 그런 기획에 붙들려 만들어지는 작품이

---

15) 필자는 『내가』와 『슬픔』이 순전히 작품 내재적인 수준에 의해 수상작으로 선정된 것은 아니라고 본다.

16) 이런 문제는 출판 당사자의 다음과 같은 발언에서 확인해볼 수 있다. "지금까지 출판사들은 베스트셀러를 만들기 위해서 작품 그 자체보다 허상을 가지고 독자들에게 접근하지는 않았는가, 예를 들면 이념을 업고 센세이셔널리즘을 추구한다든지, 지적 허영을 이용한다든지 해서 과대속임수적인 광고, 조작적이고 비정상적인 영업활동, 무리한 시상제도, 저널리즘의 시사성에 편승하려는 태도가 있지 않았는가."(「좌담 : 대중사회의 전개와 문학의 위기」, 『문예중앙』 1992년 여름호, 194~195쪽)

문학적 품격을 갖출 수 없음은 당연하다. 왜냐하면 애당초 작품 생산의 동기 하나가 천박한 소재적 관심에만 가 있기에, 따라서 거기에는 그 어떤 총체적 소설적 힘도 부재할 수밖에 없기 때문이다.

결론적으로 말해 이른바 '문학의 위기' 시대에 우리가 문학을 대함에 있어 더욱 깐깐하고 엄정한 자세를 유지하지 않고서는 그 위기의 속도는 더해만 갈 것이다. 우리가 작가의 노고에 격려를 아끼지 말아야 함에도 불구하고 준열한 비판 역시 그에 못지않아야 하는 이유가 바로 여기에 있는 것이다.

4. 작품의 내용적 공통점에 관하여

세 작가의 작품은 내용적으로 아주 강한 친화성을 보이고 있다. 예컨대 80년대를 되돌아보는 작가나 작품 주인공들의 태도나 혹은 '충만한' 자의식에 의해 현실세계의 객관성이 부정되고 있거나 하는 점이 그것이다. 그런 점에서 이들 작품에는 하나의 '연대틀'이 형성되고 있는데 이 작품들의 공통점이라 할 수 있는 그 연대틀의 내용을 살펴보면 다음과 같다.

첫째, 이들 작품은 전반적으로 보아 허무주의, 청산주의적 정조로 가득 차 있다. 그런데 청산 대상의 준별과 허무의 발생 동기가 사회역사적인 필연의 결과로 미화되고 있지만 사실은 대개가 유아론적 회의에서 출발한다. 그러나 청산되어야 할 것은 작가나 작품 내 주인공들의 경전적인 사고 방식과 자세 등이 아닐까 한다. 짝사랑하다, 또 머릿속에서만 그 짝사랑의 실상을 그려보다, 정작 만나보니 그 짝사랑의 대상이 자기가 평소 믿고 그려온 대상이 아니라 하여 그 대상을 나무라는 것은 얼마나 우스꽝스러운 일인가. 아무튼 이들 세 작품이 그리는 주제의식은 한 꼭지점으로 집중되고 있는바, 그 꼭지점은 허무와 청산이라는 이름으로 존재한다.

둘째, 80년대 변혁운동의 도정과 그 속살을 '다루려' 고 한다. 그런데 문제는 학생운동 즉 아직 아마추어적 행태를 벗어나지 못한 학생적 변혁운동을 남한사회의 대표적 운동 형태로, 그래서 학생운동의 서투름과 조야함을 마치 운동권 전체의 논리인 양 견강부회하고 있는 조잡한 일반화의 오류를 범하고 있는 점이다. 아울러 개인들의 실존적 문제를 깊이 천착 '하려' 하는 데 있어서도 문제는 그런 천착이 마치 80년대 논리의 파산 때문에 가능해진 것인 양 묘사되고 있는 점이다. 이런 논리는 개인의 실존에 대한 미세한 관심과 역사적 과제의 수행 노력을 대립적인 것으로 간주하고 있는 것에 의해 구성된다.

셋째, 주인공(혹은 작가) 모두가 80년대 변혁운동을 시니컬하게 보고 있거나 아니면 아래로 굽어보고 있는 듯한 인상이다. 이의 원인은 여러 가지일 수 있으나 여기서는 오히려 변혁운동에 대한 콤플렉스 혹은 분명치 않은 자신의 인식 내용과 능력의 결핍을 위장, 엄호하기 위해서인 듯하다.

넷째, 객관 현실의 실재를 자기 입맛대로 형상화한다. 예컨대 80년대 운동 논리의 파산을 증거하기 위하여 작가는 소설적 논리에 의해서가 아니라 자신의 의도를 작품에 날것으로 주입하여 그 의도대로 움직이는 인물을 선택, 묘사하고 있다. 이런 문제를 가령 리얼리즘적 각도에서 보자면 전형 묘사의 실패이고 따라서 총체에 대한 온전한 묘사가 제대로 되지 않음은 당연하다 하겠다.

다섯째, 우연한 현상일는지는 모르나 작품 모두의 성취도나 완성도가 지극히 불만스럽다. 하지만 이런 현상의 원인을 가만히 생각해보면 결국 한편으로는 문학적 인식론과 방법론의 실패에서, 다른 하나는 소재와 주제의식의 충돌에서 기인하는, 예정된 결과라 할 수 있다.

여섯째, 모두 소재주의적 작품들이다. 그 소재는 대개가 80년대의 우세 논리이다. 그런데 이 작품들은 80년대의 부정을 통한 반대급부로 작가의 자의식적 논리를 정당화하고 있다. 하지만 그 부정의 논리는 사회적 설득력이 부재한 채 다만 자신이 주관의 성채에서만 맴돌고 있을 뿐이다. 결국 80년대는 이들 작가에게 얼빰 맞고 돌림매당하고 있는 형편인 셈이다. 물론 이 돌림매를 놓는 것에 합류하고 있는 소설들은 이들 작품 외에도 수다하다. 그런 것은 최근 작품의 우세적 경향으로 특징지어진다.

이와 유사한 문제로서 이들 작품의 주인공들이 일종의 반성적 모양을 갖추고 있는 듯 그려지고 있지만 기실은 자기 미화로 귀결되고 있다는 점을 지적할 수도 있다. 예컨대 자신의 무지와 오류는 80년대의 '상황 논리' 때문에 어쩔 수 없었다는 것으로 변론된다. 그러나 이런 미화를 합리화시켜주는 소설의 내용과 형식 두 측면에서 공히 많은 결함이 노출되고 있다. 우선 형식적 측면에서 보자면 그 미화가 살아 움직이는 인물과 현실의 실재성을 형상적으로 채색하는 것에 의해 구성되는 것이 아니라, 끊임없이 뿌리 없는 관념과 추상적 언사로만 모자이크되어 있기에 그 어떤 '실감' 영상을 제공하지 못하고 있다. 내용적으로는 간단히 말해 그 미화의 논거가 주관적이기 짝이 없고 80년대 역사의 그 어떤 대목도 균형 잡힌 시각으로 온전히 표집하지 못한다. 오직 편파적이고 불균형한 인식으로 구성되고 있다. 그런 인식 수준으로 80년대를 단죄하는 형국의 단순 반사물로 그 미화가 주장되고 있는 것이다.

한편 이들 소설들은 대개가 고백체 소설 유형으로 건축되어 있다. 알다시피 고백체 소설은 자의식을 솔직하게 드러내는 특징을 가지고 있으며 동시에 그 드러냄을 타자에게 심판받아보고 싶어하는 심리를 가지고 있다. 그러나 한편으로 그것은 지나친 자의식의 장력에 의해 묘사 대상의 사회적 객관성을 놓쳐버리기 쉽고, 고백이라는 '내면 토로'의 관성으로 인해 객관 실재조차 짙은 주관성으로 그려내기 쉬운 약점이 있다. 이들 소설들은 유감스럽게도 고백체 소설의 약점을 전형적으로 보여주고 있다. 자신의 자전적 행로를 이야기하고 더불어 그것의 설명

장치로서 그 과정에서 부딪쳤던 사회의 표정과 굴곡에 대해 이야기하고 있으나 후자의 사회역사적 위상과 의미에 대한 묘사는 철저히 개인의 자의식적 분열과 들보 낀 눈에 갇혀 있다. 그러다보니 자신의 내면 행적을 드러내는 것조차 제대로 하지 못하는 것으로 귀결되는 것이다. 요컨대 소설들이 살아 움직이는 현장감보다 작가나 화자의 관념으로만 빚어진 듯한, 그래서 고여 있는 듯한 인상을 주는 것도 이런 문제에서 기인하는 것이다.

5. 하루키 문제에 관하여

이들 작품은 거의가 하루키에게 감염되어 있다. 주인석 같은 경우는 자신의 작품은 하루키가 아니라 밀란 쿤데라의 분위기와 방법을 빌려왔다고 이야기하고 있다. 그러나 세계관이나 작품 분위기에 있어 하루키나 쿤데라의 차이는 습자지 한 장 차이이다. 물론 쿤데라는, 어떻게 보면 하루키의 경박성을 넘어서고 있는 듯이 보일 수도 있다. 하지만 필자는 하루키를 일본의 쿤데라로, 쿤데라를 체코의 하루키로 비유해 보아도 큰 무리는 없다고 생각한다.

그런데 우리가 하루키 문제를 조망해볼 때 먼저 유념해야 하는 것은 문체 및 분위기와 하루키 혹은 작품에 배어 있는 세계관 사이의 관계이다. 하루키 작품은 여러 가지 수준으로 정의될 수 있지만 가장 기본적으로 규정될 수 있는 것은 허무주의, 개인주의, 소비중독주의가 덧칠된 작품이라는 사실이다. 하루키 작품의 문체는 바로 이 정조 혹은 세계관을 가장 효과적으로 담아주는 기표이다. 따라서 그의 문체는 자기 원인에 의해 생성된 것이 아니다. 그의 문체는 그의 허무주의적 세계관 그리고 세계에 대한 그의 냉소적인 태도에 기인하고 있기 때문이다. 따라서 예의 작가들에게 돌림병같이 감염되어 있는 증후군은 단지 분위기 혹은 문체상의 유사함으로만 해석될 수 있는 문제가 아니다. 근본적인 문제는 설혹 하루키의 문체나 분위기만을 차용해오려 했다 하더라도 현실적으로는 하루키적 세계관에 그들이 알게 모르게 흡수되어간다는 사실이다.

한편 특정 작가가 처해 있는 현주소를 생각해볼 때는 하루키 작품의 사회성을 이해해줄 수도 있다. 일본의 현대사에서 하루키 유가 배출될 수 있는 것은 당연하기 때문이다. 그러나 우리의 조건은 달라도 한참 다르지 않은가. 그런데 이들 작가들이 그 조건의 차이와 다름을 사고하지 못한 채 하루키의 상품적 매력에만 끌려들어간다면 이는 단연코 타기되어야 할 덕목이 아닐 수 없다. 반면 앞의 진술과는 배치되는 듯하지만 다른 한편으로 우리 사회에서도 이제는 하루키의 모방 정도가 아니라, 가상적 차원에서나마 한국적 하루키 유가 생산될 수 있는 조건이 만들어지고 있는 것에 주목할 필요가 있다. 가령 한양대 대학원 신문(1992년 6월 30일자)에서 박일문, 이인화 작품이 그려내는 사회 표정이 현하 젊은 세대의 감수성을 가장 잘 반영해주는 소설이라 하고 있는 점에서나, 압구정이라는 기호 이미지가 전국화되는 현상에서도 이런 조짐이 보이는 것이다.

6.『살아남은 자의 슬픔』—살아남을 수 '밖에' 없는 자의 슬픔

지금까지 우리는 예의 세 작품에 공히 관류하고 있는 공통적 요소에 대하여 살펴보았다. 그런데 이런 공통요소가 어떻게 현현하고 있나 하는 것을 적절하게 보여주는 작품이 바로『슬픔』이 아닐까 한다. 따라서 여기서는 이 작품을 분석해보면서 그런 공통점이 어떻게 박혀 있나 하는 점을 추적해볼 것이다.[17)]

이 소설은 격동의 80년대를 살아온 이십대 청춘의 고통과 부유에 대한 기록이자 고백이라 할 수 있다. 그 격동 속에서, 작가 자신으로 예측되는 '나'는 역사적 실존과 개인적 실존 사이의 갈등과 아픔을 집어삼키며 버텨온 것이다.

이런 '나'의 족적을 밑동으로 삼고 있는 이 소설은, 좌로는 '시사적 질료'라는 소재적 힘을, 우로는 '오늘의작가상'이라는 '든든한' 지원군을 배경으로 하여 이즈음 문학 지형에서 하나의 경향을 이루고 있는 독특한 융기점에 합류하고 있다. 그 융기는 앞에서 살펴본 바대로 표피적 차원의 기법, 세계관, 소재의 힘으로 구성되어 있다. 또한 여러 평자들은 이 소설에 대해 상찬을 아끼지 않고 있다. 그런 만큼 유력한 비평적 대상으로 떠오르고 있는 것도 사실이다. 그러나 그의 작품을 몇 번에 걸쳐 자세히 읽고 난 후에 다가온 필자의 비평적 관심은 그 작품의 미덕보다 오히려 흠집이나 혹은 결정적인 결함에 대한 불만 쪽으로 더 기울어진다는 사실을 숨길 수 없다. 이것은 예컨대 『내가』를 우연찮게 보고 나서 그것의 가식성에 화가 나서 그 작품에 대해 맹렬한 비판을 가해야겠다고 궁리했던 것의 동기와 유사한 심정에서 비롯되는 것이기도 하다. 따라서 수고한 작가에게는 다소 섭섭한 일이 되겠지만 이 작품에 대한 나의 비평은 많은 비판과 혹은 공격적인 언사로 채워질지도 모르겠다. 하지만 위에서 이야기한 것처럼 여러 사람들이 『슬픔』을 수작이라고 칭찬하고 있는 형편이기에, 거기에 나의 비판이 하나쯤 곁들여져도 모양은 그리 나쁘지는 않겠다는 생각이다.

아무튼 이 소설에서 기록되고 있는 것은 80년대에서 90년대 초반까지를 시간 배경으로 한, '나'라는 젊은 영혼의 정신적 방황과 변혁적 실천 그리고 그 행로 위에 켜켜이 쌓이는 '관념의 존재론'이다. 그 행로는 학생운동, 노동운동, 해고와 징역, 출판활동, 출가 등의 많은 이력으로 채워진다. 이 행로의 종국에서 '나'는 자신의 유적이 엇나간 길이었음

17) 주인석의 『희극』은 다음 기회에 다룰 것이다.

을 깨닫고 이전과는 다른 길에 들어선다. 그 길은 작가의 길이다. 80년대 내내 '나'와 많은 사람들이 "길 위에 서 있"었고 "나름대로 끊임없이 '길 찾기'"를 했었지만 그 길은 결국 자신들에게 만족스러운 회답을 전해주지 않았다는 것이 '나'의 생각이다.[18] '라라'의 자살도 '디디'의 예측할 수 없는 발산도 결국은 그 회신 혹은 '복음'의 부재에서 출발하는 것이다. 이 지점에서 '나'는 새로운 길 찾기를 모색하는 것이다. 그 모색의 초석은 먼저 80년대 '나'의 경험, 아니 '나'를 둘러싸고 있던 전체사적 경험의 부정을 통해 놓여진다. 그 초석 위에서 새로운 방법론은 자기 긍정의 '신작로'를 포장해가는 것이다.

'나'의 인생 행로를 성찰케 하는 길이라는 상징은 문학사에 있어 유서 깊은 비유법이기도 하거니와 언제나 읽는 이 저마다로 하여금 자신의 길을 새삼스레 반추해보게 하는 예술적 용매제이기도 하다. 이 작품은 '나'라는 개인이 걸어온 궤적을 고백적으로 우리 앞에 던진다. 그 고백은 가히 파격적이기도 하다. 또 그런 만큼 자의적, 유아론적, 주관적 관념성, 자의식의 과잉 등으로 채색되는 형상에서 멀리 떨어져 있지 못하다. 그 고백은 대개가 80년대라는 격동의 세월을 자기의 경험을 통해 설명하는 것으로 이루어진다. 여기서 두 가지의 길이 포개진다. 하나는 개인의 내밀한 실존이 걸어온 길이며 다른 하나는 변혁과 투쟁 그리고 해방의 함성으로 점철된 80년대 역사의 길이다. 이를테면 개인의 오솔길과 역사의 무한대로이다. 이 길은 합류하기도 하며 갈라지기도 한다. 그러나 '나'는 시종일관 합류의 과정에서 벗어나지 않으려 했던 존재였다. 사정이 이렇다면 '나'가 자신의 길을 회고해보는 것은 결코 개인적 차원이 길만이 아니다. 오히려 그 길은 개인 개인이 얽히고설킨 역사적 대로로 확장된 길의 차원이다. 왜냐하면 결국은 '나'의 길이 만들어지는 것도 또 그 길을 '반성적'으로 되돌아볼 수 있는 안목도 예의 대로가

18) 『슬픔』, 182쪽. 이하 인용은 본문에 쪽수만 표시.

있었기에 가능한 것이기 때문이다. 이 되돌아봄의 성찰을 통해 '나'는 제3의 길에 대한 모색을 꾀하고 그 모색은 하여 새로운 정신과 관념으로 충만되는 작가의 길로 물꼬를 잡는다.

여기까지는 별달리 할말이 없다. '나'가 어떤 길을 택하든 그것은 열려진 미래의 몫이거니와 개인 결단의 문제이기에 그렇다. 그러나 지나온 길에 대해서만은 다르다. 즉 개인의 이름을 빌려 지나온 길을 응시하고 해석하지만 그 해석은 작품에서 나타나다시피 80년대 전체사를 개인의 '존재론적 가치'를 변론하기 위한 번제물로 삼고 있기 때문이다. 그런 점에서 적어도 지난 개인사의 농밀한 풍경의 기억은 개인적 차원의 해석에 맡겨놓을 수 있다손 치더라도 그 길의 배경인, 80년대의 민중사 전체의 행로를 되돌아보는 대목만큼은 결코 개인적 차원에 맡겨둘 수는 없는 문제이다.

그 길은 '나'의 실존 덩어리가 걸어온 길이기도 하지만 작가 자신이 이야기하는 것처럼 '나' 혼자서 걸어온 길이 아니라 80년대 민중 전체의 길이기도 하다. 그 길은 김상진 박종철 이한열 강경대가 죽어간 길이며, 수많은 사람들이 감옥에서 보냈던 형극의 길이며, 80년 광주학살과 항쟁의 피울음이 깊이 박혀 있는 길이며 6월항쟁의 아우성이 덮여 있는 길이기도 하다. 바로 그렇기 때문에 우리는 80년대의 독법을 작가에게만 맡겨놓을 수 없으며 그 독법의 방법과 내용을 예의 주시하지 않을 수 없다. 어쩌면 나의 비평적 감식안은 바로 이런 문제에 가장 민감하게 겨누어져 있는 것인지도 모르겠다.

물론 아무리 거대한 역사의 용적도 개인의 실존적 문제를 전면적으로 재단할 수는 없거니와 동일한 차원으로 여길 수 있는 문제 또한 아니다. 각 개인이 그 역사를 느끼고 사고하는 것이 다를 수도 있고 혹자에 따라 유별날 수도 있다. 그 특수함은 그것대로 존중되어야 함은 당연하다. 하지만 양자에는 범주의 차이만 있을 뿐이지 그것이 서로 무연한 개별 운명체가 아닌 것 또한 당연하다. 이 소설에서 전개되는 작가의 각양각색의 생각도 그리고 그것을 문제삼는 성찰의 능력도 어쨌든 80년대의 굴곡에서 연원한다는 사실은 부정하지 못할 일이다. 따라서 다시 말하건대 우리는 그 길, 즉 작가 개인이 걸어온 길이기도 하지만 수많은 사람들이 같이 걸어온 80년대 도정의 의미와 현재성에 대한 해석을 작가 개인에게만 맡겨둘 수는 없는 노릇이다. 작가가 자기 나름의 경험과 생각으로 그것을 교직할 권리가 있는 것처럼 우리 역시 거기에 '비평적 간섭' 을 할 권리가 있는 것은 이런 이유 때문이다. 또 그 길은 우리의 길이었기도 하기 때문이다. 그런 점에서 작가 개인의 예의 권리를 인정한다 하더라도 그 권리와 해석의 정당성은 별개의 문제이기에 우리는 그 변별점을 갈라치려 하는 것이다.

그 갈라침은 예컨대 다음과 같은 식으로 이루어질 수 있다.

작가는 80년대 변혁운동의 중요한 기제로 작용하는 정파 문제를 다룸에 있어 그것의 부정성을 아래와 같이 서술한다.

> —당신은 나를 사랑합니까? 여자가 묻는다.
> —그렇다. 남자가 대답한다.
> —그걸 어떻게 증명하죠? 하고 여자가 다시 묻는다.
> —나는 정치적으로 너와 입장을 같이한다.
> —됐어요. 그럼, 우리 사이는 진정으로 사랑하는 동지로군요.(208쪽)

정파와 애정의 상관성이라는, 어느 문제보다 민감하고 그런 만큼 말 못 할 속사정이 어느 것보다 많을 수 있는 문제를 작가는 이런 식으로 희화화시키고 있다. 그러나 이런 희화화 논리는 오히려 자기 인식능력의 희화성을 되비춰주는 거울로 작용하고 있다. 물론 정파 차이 때문에 남녀간의 애정 문제에 곤란이 생긴다는 서술은 실제 있는 이야기이기에 묘사의 대상으로는 가능한 일이다. 그러나 그런 가능성이 예문과 같은 식으로 표현되는 것은 작가의 무능력과 경박함을 여지없이 증거해주는 대목이다. 만약 진중한, 그래서 세상살이의 깊은 속내평에까지 더듬이를 대고 있는 작가라면 인간 사이에서 무엇보다 진솔하고 자유로워야 할 애정 문제가 왜 정파 문제 때문에 곤경을 겪는지, 그 정파가 애정 당사자의 실존에 어떤 의미로 작용하기에 사랑의 문제와 갈등하는지, 혹은 그런 갈등 당사자의 속내와 아픔은 과연 어떨까, 역사라는 큰 눈으로 볼 때 그런 문제는 도대체 어떻게 설명될 수 있는가, 혹은 한 실존의 정치적 동일성을 기초하는 정파라는 조건과 원초적인 감성에 기초하는 사랑이라는 조건은 여하히 합체될 수 있는가 하는, 더욱 본질적이고 진지한 질문을 던질 것이다. 왜냐하면 이 작품의 묘사 대상, 즉 80년대가 상징하는 사회정치적 표상과 실존의 개인사가 교차하는 지점에 대한 형상화는 바로 그 정치성을 가장 잘 대변해줄 수 있는 정파 문제와, 반면에 실존의 문제를 가장 잘 설명해줄 수 있는 애정 문제가 어떻게 관계 맺고 있나 하는 것에 대한 사려 깊은 천착이 가능할 때 성공적으로 묘사될 수 있기 때문이다. 그러나 이런 문제에 대해 빈정거리기만 하는 작가의 태도는 오히려 예의 사려 깊은 천착을 감당하지 못하는 자신의 무능력에 대한 빈정거림에 다름아닌 것이다. 또 논리적으로 보더라도 예문의 경우를 들어 정파와 애정의 문제를 설명하는 작가의 논리는, 가령 성고문이 폭로되자 불순분자들은 성을 혁명의 도구로 부리고 있다고 떠들어대는 안기부의 논리와 하등 다를 것이 없는 셈이다. 깊이 깊이 곱씹어가면서 추적해봐야 할 문제를 이런 식으로 방자히 재단하는 자의 시야에 80년대 풍경이 어찌 온전히 들어올 수 있겠는가. 따라서 그가 마치 80년대 운동 논리의 부정성을 가장 잘 드러내주는 것이라 간주하여 차용한 앞의 대목이 결과적으로는 그의 얕은 생각을 가장 잘 드러내주는 대목이 아닐 수 없다. 그런 점에서 그의 80년대 독법은 전혀 온당치 않다는 결론으로 이르는 것이며 이 지점이 바로 80년대의 객관성과 그것을 자의적으로 농단하는 작가의 시각을 갈라쳐야 하는 곳이다.

결론적으로 말해 작가는 정파의 차이와 그것의 당대적 의미를 가당찮은 예를 들어 완전히 희화화시키고 있는 것이다. 아무튼 이 문제는 나중에 다시 다루기로 하고 다른 이야기부터 해보자.

앞에서 언급했다시피 이 소설은 청산이라는 이미지가 다양한 용재를 통해 변주되고 있다. 그런 점에서 이 소설의 키워드는 청산이다라는 판단이 그리 엇나가는 것이 아니다. 이런 점을 유념하면서 소설 전반부에 나오는 '변비'라는 단어를 만나면 그것이 매우 상징적이라는 것을 눈치 챌 수 있다. 그 말이 작품 처음에 나온 것도 우연이 아니라고 생각한다. 이 변비라는 단어는 위에서 말한 소설의 키워드 혹은 주제의식과 관련된다. 본문을 보자.

> 나는 변비에서 해방되었다 (……) 나는 나의 어머니로부터 해방되었다 (……) 나는 내 몸과 내 기억으로부터 어머니와 변비를 떼어낸 것이다.(179~180쪽)

예문에서 예측할 수 있다시피 '나'에게 있어 어머니는 떼어내버리고 싶은 악연의 잔혼이고 '나'의 삶을 질곡하던 부정의 대상이다. 변비가 '나'의 육체를 괴롭히던 것이라면 어머니는 '나'의 정신을 괴롭히던 존재인 것이다. 그런데 여기서 '해방'과 '떼어버림'을 '청산'으로 바꿔 읽어도 맥이 통한다. 작품을 읽다보면 느끼겠지만 이런 자의식 속에서 살아가는 '나'에게 있어 자신의 이십대 전체를 지배했던 80년대 그리고 그 속에서 성장했던 자신의 유적은 변비와 마찬가지로 떼어버리고 싶은 흔적인 것이다. '나'의 "삶에 있어서 어머니와 변비는 동일한 의미"(180쪽)로 간주되듯이 80년대와 관계되는 모든 것 역시 변비와 동일한 의미가 되는 것이다. 즉 변비와 마찬가지로 그것은 청산의 대상인 것이다. 그런 점에서 보자면 '나'에게 있어 80년대적 형상은 모두 다, 상징적으로는 청산하고 싶은 기억들인 동시에 변비와 같은 보잘것없는 것이 되는 셈이다. 그런 의미에서 그의 청산 목록에는 크게 두 가지 청산 대상이 기입되어 있는데 그것은 자신의 육체적 생명을 만들어준 어머니, 정신적 생명을 꼴지워주었던 80년대인 것이다. 이런 '총체적' 인 부인은 마치 베드로가 자신을 고기 낚은 어부에서 사람을 낚는 어부로 만들어준 예수를 부인하는 장면과 닮은꼴이다.

이 청산의 문제는 다음과 같은 경우로도 설명된다.

작품을 찬찬히 읽다보면 분명히 느껴지는 게 있다. 그것은 이를테면 이 작가는 '아끼는 마음' 을 배우지 못했구나 하는 인상이다. 달리 말해 작가는 무언인가를 빨리 털어내버리고 싶어하는 강박심리에 시달리고 있음을 간파할 수 있다. 그것은 가령 자신의 말, 생각, 정념 등 개인적인 것에서부터 작품에 등장하는 80년대 풍경의 요모조모 혹은 전반에 걸쳐 있다. 이 작품에서 무정향적 발산과 분출의 이미지가 연쇄되는 것과 무엇인가 거두어들이고, 다스리고 하는 것이 느껴지지 않는 것도 예의 논법으로 설명 가능해진다. 작가가 어떤 사유 대상이나 상념을 씹고 또 씹어 한 번 씹었을 때의 맛과 여러 번 씹었을 때의 맛 차이에 대해, 그리고 그 차이의 효과에 대한 곰삭은 생각을 궁굴려보는 인내가 드문 것 역시 앞의 논리와 맞닿아 있다. 그의 이러한 '아낌 없는 마음' 과 무정향적 발산의 정서는 종국에 자신의 지난 행적과 관련되는 것이라면 모두 어서 빨리 털어버리고 싶은 심리를 강요하는 것으로 역할하기도 한다. 그것이 '과거를 묻지 마세요' 라는, 일종의 '구각탈피 콤플렉스' 로 인도하는 이정표로 기능하게 되리라는 예상은 어렵지 않다. 여기서 묻지 말아달라는 '과거' 의 리스트에는 80년대의 역사적 도정을 비롯하여 심지어 자신의 정신적 지조, 자신이 사랑했던 여인들까지 기재되는 것이다. 상술한 '아낌 없는 마음', 빨리 털어내버리고 싶은 심리, 무정향적 발산의 정서 등은 청산이라는 담론의 지시 대상에 다름아니다. 청산이라는 시니피앙은 예의 마음, 심리, 정서라는 시니피에를 거느리는 것으로서 자기 효과를 표출하는 셈이다.

일단 청산주의라는 '미약' 에 빠지면 큰 것이나 소소한 것 할 것 없이 거의 모두가 청산 목록에 기재되는 운명에 빠진다. 사정이 이럴 때에는 가령 타자의 회복과 정정에 대한 애씀도 쓰잘 데 없는 노릇으로 보이게 마련이고 그 어떤 진지한 노력도 자기 위안이나 최면으로 매도하게 마련이다. 그러므로 청산주의라는 이름은 그 어떤 세제보다 강력한 세척력을 가리키는 이름에 다름아니다. 그것의 지나친 '기능' 때문에 옷에 낀 때뿐만 아니라 본디 색감까지 빼버리는 무의식적 기능을 하는 것 또한 청산주의의 숙명이다. 예컨대 '나' 가 80년대에 대한 성찰이란 이름으로 목욕물을 버리려다 아이까지 버리는 형국으로 귀결되는 것이 바로 청산주의의 심리학 때문인 것이다. 세 작품에 나오는 주인공 특히 『슬픔』의 '나' 의 청산주의적 태도 역시 이와 크게 다를 바 없다. 그들에게 청산주의에 대한 반성적 거리, 즉 주체의 청산 의도와 객체의 청산 대상 사이의 간격과 구분에 대한 침착한 가려봄이 자리할 곳은 없다. 『슬픔』에서 '나' 가 자신의 지난 유적을 바라보는 시각도 이와 다르지 않다. 왜냐하면 그에게 있어 80년대의 궤적은 다만 벗어나야 할 욕망의 흔적일 뿐이지 그 십 년간에 교착되어 있는 논리적 오류와 역사적 한계의 엄밀한 분간에 대한 관심은 태무하기 때문이다. 아니 사실 그것은 자신의 능력 밖의 일이기에 오직 자신은 그 십 년을 일괴암적으로 묶어 청산 목록 큰제목에 기입하기만 하는 것이다. 이런 '결단' 에 조정되는 '나' 의 밑자리에 변혁운동의 부정적 요소를 침소봉대하여 그것을 회복할 수 없는 것으로 물고 늘어지려는 태도가 애당초 전제되어 있는 것이다. 이런 그에게 진정으로 청산되어야 할 것과 계속 보존해야 할 역사적 성과를 분별해보려는 진지한 사고의 노력이 있을 턱이 없다.

그러면 이 청산주의 혹은 허무주의는 대관절 어디에서 오는 것일까? 그것의 발원지나 기원은 어떤 모습으로 존재하는 것일까? 이런 물음에 답하는 것은 그리 어렵지 않다. 가령 인간은 원숭이 해부의 열쇠다라는 말과 될 성싶은 나무는 떡잎부터 알아본다라는 속담을 상기해보자. 전자가 현재의 형세를 통해 과거의 모습을 조감해볼 수 있다는 지혜를 알려주는 것이라면 후자는 과정을 보면 결과를 대강 예측해볼 수 있다는 지혜를 일러주는 것인데, 현재의 청산주의자 모습을 통해 과거의 유적을 예측해볼 수 있는 것과 마찬가지로 80년대의 '나'가 어떤 논리와 실천으로 살아왔는가를 살펴봄으로써 그 청산과 허무의 진원을 간취해볼 수 있는 것이다.

작품 속에서 '나'는 그 누구보다도 맹렬한 운동가, 정교한 이론으로 무장된 마르크스주의자로 그려진다. 그래서 '나'는 이론적으로 보나 실천적으로 보나 80년대 당시 학생운동의 가장 높은 봉우리를 등정하고 있는 것이다. 그러나 그것은 '나'의 주장일 뿐 실로 작품 여러 곳에서는 그지없이 모순된 '나'의 다면성이 상호 충돌하고 있음을 알 수 있다.

학교를 그만두겠다는 '라라'를 달래고 비판하는 대목은 특히나 '나'의 모순이 어떤 식으로 요동치는가를 잘 드러내준다. 즉 '라라'에게 변혁운동의 전략전술 문제와 활동의 원칙을 역설하고 '라라'의 비조직적 발언을 준열하게 비판하던 그가 갑자기 자신은 출가할지도 모른다고 이야기하는 것이나, 그런 결심을 하게 된 동기에 대해서도 자신은 잘 모르겠다는 불명료성이나, 급기야 자신은 "운동을 한다고 생각해본 적은 없다"(206쪽)는 무책임한 이야기 등등은 '나'라는 인물이 얼마나 깊은 모순에 빠져 있는 존재인가를 알려주는 부분이다.

이처럼 '나'라는 존재의 기본적 모순성을 밝혀주는 대목들은 이외에도 수다하게 널려 있다. 예컨대 시위의 주동을 서고 선진적인 복학생 학습 서클에서 혁명이론을 쌓은, 그래서 수배에 쫓기는 그가 난데없이 "지금 무엇을 해야겠다는 욕망을 버리려고 노력하"(202쪽)면서 "진정으로 세상을 사랑한다면 세상을 그냥 내버려두는 것이다"(같은 곳)라는 결심으로 이어지는 경로가 그런 것 중의 하나이다. 요약하자면 운동적 삶에 있어 그것을 버팅겨주는 알기조차 없는 채 마냥 부평초처럼 흔들리는 것이 '나'의 운동적 동일성이다. 이런 점을 보자면 '나'가 청산과 허무의 둥지로 안착하는 것이 하나도 이상할 것 없다. 예정된 수순일 뿐이다.

문제가 그렇다면 앞에서 밝혀진 '나'라는 존재의 안목 수준에서 80년대에 대한 반성적 성찰과 총체적인 해명을 기대한다는 것은 난망스럽기 짝이 없다. 또 그 안목으로 80년대 운동 논리를 구성하고 있는 정파 문제나 사상투쟁의 의미를 제대로 설명할 수 있을지 의문이다. 결국 '나'가 택하는 것은 자신의 선택을 합리화하기 위한 예의 문제들의 부관참시이다. 이런 문제는 가령 관념적 운동관이나 문학과 운동을 대립시키는 '나' 의 태도에서도 보여지는데 이런 것에 대한 설명은 생략하자.

한편 이 소설을 보면서 내용에 못지않게 많은 불만을 느꼈던 것은 작가의 형상화 방법이었다. 단적으로 말해 이 소설은 인물의 현실적 설득력을 삶의 구체적 장면을 통해서가 아니라 관념에서 관념의 연쇄망을 통해 강요한다. 사실 추상적 관념에 구체적 환경이라는 피와 살을 입혀서 그 추상이 설명하는 것보다 더욱 실감나게 세상의 살림살이를 전유할 수 있게 해주는 것이 문학의 자랑거리인데 이 소설에서는 그러한 문학만이 가질 수 있는 미덕이 여지없이 제거되고 있는 것이다. 이를테면 소설의 이야기성이 상실된 것이다. 물론 이야기성보다 문학 본연의 노릇을 더 심화시킬 수 있는 방법이 발견되면 마땅히 환영받을 일이다. 하지만 이 소설에서 그런 가능성을 찾기는 어려운 형편이다.

이 소설이 방법적으로 문제가 많은 것은 가령 작가가 자기 내면의 여러 관념의 조각, 그것의 관계, 그 안에서 내연하는 모순 등을 '작가' 적으로 적절히 안배, 조직, 형상화하는 것이 아니라 그것을 그저 무한적으로 발산 혹은 배설만 하고 있기 때문이다. 알다시피 작가는 자기 속내를 발성연습하듯이 무작정 뱉어내는 사람이 아니다. 모름지기 작가는 '그냥' 말과 '문학적' 말을 구분할 줄 알아야 하는 것이다.

특히나 눈에 거슬리는 것은 사상가나 이론가의 이름들이 아무런 매개 연관성 없이 어지럽게 군무하는 현상이다. 그것이 이 작품의 실감

구성이나 인물의 성격 묘사에 무슨 의미와 장치로 기능하는지가 도대체 요령부득이다. 뱉어내기만 하고 소설적으로 추스르거나 조직할 줄 모르는 이런 나열의 '놀이'는 이것뿐만 아니다. "관념론과 유물론, 새로운 것과 낡은 것, 본질과 현상, 분석과 종합, 귀납과 연역"(185쪽) 등등의 치기스러운 나열도 그런 것인데 그 어느 것도 결코 녹록지 않은, 그런 만큼 깊은 사유적 안배가 필요한 언사들이 아무런 무게도 없이, 또 소설 맥락의 의미구성도 없이 그저 키치로 혹은 백뮤직 같은 것으로 사용될 뿐이다. 이런 시류의 관념이 도대체 작품에서 어떤 역할을 하는지 알 도리가 없다. 수많은 작가나 영화감독 등의 나열도 마찬가지이다. 이런 수많은 작가, 사상가, 개념 등등은 '나'에게 단지 '소비'의 대상으로 등장할 뿐이다. 이런 나열이 '나'의 정신적 편력을 설명하는 것이라고 강변할 수도 있으나 그런 방법이 그 편력의 속내를 얼마만큼이나 드러내줄 수 있겠는가. 이런 것이 치기스러움으로 보이는 것은 비단 필자만의 생각이 아니리라.

그런데 이런 문제는 소위 기법의 '새로움'이라는 문제와 관련되어 있다. 알다시피 이 소설의 기법은 전통적인 서사적 소설문법으로는 포괄되지 않는다. 바로 이 점이 심사 경위나 다른 평문의 고평의 전거이다. 그러나 필자는 다른 시각으로 이 문제를 본다. 가령 기존의 기법이 농숙해지고 그것이 밖으로 차고 넘쳐서 시선을 새로운 것으로 이동시켜 보는 것하고, 그렇지 않은 상태에서 다만 '새로움'이라는 소재적 미혹 또는 담론의 정치성에 끌려들어 표층적으로만 새로움을 추구하는 것하고는 그 동기가 다른 만큼이나 결과도 다르게 나타나게 마련이다. 하여튼 이 문제를 간단히 요약하자면 작가가 예의 기법을 쓴 것은 그의 능력과 관계되는 일로서 필연적인 현상이라고 생각한다. 앞에서 진단해본 대로 '나'로 변칭되는 작가의 내면과 인식의 처리 용량으로는 80년대라는 막중한 묘사 대상에 대한 통어적 형상화를 할 수 있는 능력이 부재하기에 당연히 '파편적' '분절적' 묘사를 채택할 수밖에 없는 것이다.

다른 한편으로 이 기법 문제는 하루키의 소설 건축술과 그것이 뿜어내는 분위기 문제에 관련되는 것이기에 기법 문제에 제한하여 논의를 전개하기에는 많은 조심스러움이 요구된다. 말을 하다보니 그 지겨운 하루키 문제가 또 나오게 되었다. 남세스럽기 짝이 없는 일이다. 그냥 지나가자.[19] 아무튼 중요한 문제는 이 소설의 기법이 작가의 청산주의적, 허무주의적 세계관에서 주조된다는 것과 그것이 우리 현실의 요구에 기초한 것이라기보다는 불량 박래품의 종자라는 사실을 확인하고 넘어가는 것이다.

7. 맺음말

이제까지 우리는 '새로운 감수성'이라는 담론 전략으로 최근 소설의 경향적 우세종을 차지하고 있는 소설들의 내포적 공통점과 그런 내포가 대표적으로 반영되고 있는 작품을 분석해보았다. 그런 분석과정이 만족할 만한 것은 아니지만, 그래도 그런 경향을 관류하고 있는 논리와 그것의 효과에 대해 약간의 정리는 해본 셈이다. 이제 글 끝에서 다른 말을 새삼스레 하기보다 다른 중견작가의 '진짜' 수작에 대해 같이 생각해보는 것으로 그치는 것이 보기가 좋을 것 같다.

---

19) 사실 필자는 『슬픔』이 하루키 작품의 적자임을 확신하고 그 근거를 밝히려 많은 준비를 했었다. 요컨대 표절이든 혼성모방이든 아니면 모작이든지 간에 『슬픔』은 하루키를 동반하지 않고서는 전체적으로 해석되기 어렵다. 이 문제에 관심 있는 사람들은 하루키 작품과 『슬픔』 그리고 하루키 작품에 대한 또다른 모작 장석주의 『낯선 별에서의 청춘』을 비교해보면서 읽어보라. 분위기든 문체든, 아니면 플롯이든 그 유사함의 밀도에 놀랄 것이다. 여기서 그것을 낱낱이 밝혀놓지는 않겠다. 한편 지난번 필자의 글이 기사화되면서 어떤 신문은 장정일의 소설이 하루키 작품의 모작이라고 보도한 바 있다. 그러나 당시 필자의 글은 하루키 작품과 장정일 작품에서 유비되는 점을 밝힌 것이지 장정일 작품이 표절 작품이라고 하지는 않았다. 장정일 작품이 표절 작품이 아닌 점은 분명하니 오해 없기 바란다.

그 수작은 양귀자의 「숨은 꽃」이다.

그 이유는 간단히 말해 이 수작과의 비교가 한편으로는 이들 세 작품의 결정적 실패 요인을 드러내주는 판별지 역할을 할 수 있다는 것이며 다른 하나는 바로 그 판별 준거가 예의 작가들이 앞으로 성취해야 할 '기본기' 이기 때문이다. 양귀자의 작품 역시 급격하게 변화하는 현실 앞에서 느끼는 작가의 흔들림과 답답함을 다루고 있다. 그 흔들림은 이제껏 자신이 삶의 좌표와 같은 것으로 생각하던 것의 가치가 위협받고, 그런 만큼 자기가 이제껏 중요한 작품의 형상화 대상이라고 생각했던 것의 효력이 상실되는 듯한 현실 앞에서의 막막함이다. 하지만 그런 와중에서도 자신에게 틈입해오는 상실감을 차분히 회복해가는 대목은 읽는 이로 하여금 잔잔한 감동과 함께 세상살이의 지혜를 어떻게 터득할 수 있나 하는 것을 깨닫게 해준다. 이런 미덕의 가능성은 무엇보다도 작가가 자신을 정직하게 객관화시키는 용기에서 얻어진다. 작가는 결코 불투명한 관념의 덩어리에 자신을 내맡기지는 않는다. 오히려 엄혹한 현실을 대면하는 자신과 그 현실 사이의 상관성을 형상화할 때 자신이 알고, 느끼고, 체험한 것 '만큼' 을 통해서 그 현실을 재투사해볼 뿐이지 결코 자신의 자의식을 과장하거나 아니면 현실을 자기가 아는 것 이상으로 비약시키지도 않는다. 이렇듯 자신의 삶이 비록 누추하더라도 그것을 감추지 않으며 또 혼란과 내면의 상처가 존재하더라도 결코 엄살 부리지 않는다. 다만 자기 몸체만큼의 능력과 깨달음의 무게만을 객관 현실에 과감히, 그러나 정직하게 내던지는 것이다. 바로 이 점이 「숨은 꽃」이 알려주는 지혜의 손 가리킴인 것이다. 이에 반해 예의 세 작가는 일종의 관념적 허영기에 파묻혀 자신들이 쓸 수 있는 것 이상을 부여잡고는 만용을 부리고 있는 것이며 이런 만용은 하여 다른 모든 사람들도 자기가 생각하는 것처럼 생각할 것이라는 일반화의 환상에 빠져, 누구도 원하지 않는, 남의 고백까지 대신해주려는 과잉의욕과 친절을 베풀고 있는 것이다. 자신의 능력 이상을 '과감히 고백' 하는 것이 의

지와는 무관하게 언제나 실패의 첩경이라는 사실을 깨달아야 할 것이다. 예의 작품이 난파하게 되는 요인 중에 이런 요소도 한 자리를 차지함은 물론이다. 그런 점에서 그녀의 작품은 소설의 품격이 어떤 것인지를 세 작가에게 한 수 가르쳐주는 교보재라 할 수 있으며 따라서 그런 만큼 양귀자 작품의 미덕은 더욱 돋보이는 것이다.

끝으로 한마디만 부기하자. 이 글에서 다룬 작품들은 세 작가가 처음으로 쓴 장편들이다. 그런 만큼 아직은 서툴고 조야할 수도 있다. 이 글은 바로 그 점을 지적하는 것이다. 비록 이 작품들이 수다한 문제를 안고 있고 또 현하 문학 지형에 있어 가장 대표적인 결점을 보여주는 작품들이기는 하지만 말 그대로 문학적 출사표인 만큼 향후의 쇄신을 기대한다.

(『실천문학』 1992년 가을호)

난폭한 주장의 '상품성'

—대중문학의 공세에 즈음하여

1

언제부터인지 문화에 관한 담론 혹은 문화적인 것으로 해석되는 다양한 물상과 이미지들이 우리의 일상에 고루고루 상륙하고 또 그 반향인지 문화적인 것에 대한 갈증은 날 가는 줄 모르게 증폭해가는 듯하다. 책이나 음반의 '백만 부 고지' 점령이 이제는 흔한 일로 된 점이나, 문화산업이 후기현대자본주의의 효자 노릇을 톡톡히 하고 있는 점은 그 증거가 아닐 수 없다. 뿐만 아니라 가령 현재 서울의 상업용 건물 중 무려 78퍼센트가 1980년 이후에 지어졌다는 사실은 도시공간 이미지가 급히 변화했다는 것과 동시에 한편으로는 소비의 조건이 다른 한편으로는 도회지의 풍정과 사람의 인정이 만들어지는 조건이 많이도 달라졌다는 것을 일러주는 대목이다.

이런 양상에 대해 많은 사람들이 이런저런 해설을 내놓지만, 본디 문화라는 것이 가지고 있는 성격이 워낙 다지향적이고 또 문화 개념에 대한 속 시원한 규정이 무척 힘든 일이라는 점에서 그 해설에 모든 것을 걸 수는 없다는 곤혹스러움이 우리 앞에 엄존한다. 이 곤혹은 한편으로 현대의 문화심급의 형성과 전개가 이전의 그것과 같지 않다는 점, 즉 다른 심급의 요소들과 실로 복잡다단하게 얽혀 있고 그 얽힘에서 불가측한 문화적 효과들이 발생한다는 데에서 주어진다. 그러다보니 이전의 문화심급 규모와 수준에 적당하게 건축된 문화설명법은 약효가 많이 떨어지게 된 것이고 한편으로는 현대의 문화심급이 그렇게 복잡하다보니, 그에 따라 그 설명의 이론적 기초와 해법의 복잡함이 제곱, 세제곱되어야 한다는 요구를 받게 되는 것이 현실이다. 따라서 어떤 문화적 텍스트를 분석 혹은 설명한다 함은 그만큼 복잡하고 섬세한 그리고 무엇보다 고단한 사유 그리고 이전의 설명법에서 멀리 비켜나 있는 눈을 요구하게 되는 것이다.

이처럼 문화 문제의 새로운 변신은 당연히 많은 사회적 효과를 생산했다. 이전에 문화적인 것을 대할 때 우리가 가지고 있던 문화 모형에 관한 경험론적인 인식틀과 거기서 유래하는 본질론적 가치판단의 규준을 종래와 다른 문제설정에서의 인식 방법과 규준으로 전환하고자 하는 것 등도 그중의 하나이다. 그러다보니 이즈음 문화를 보는 눈은 만인만색이라고 할 정도로, 이를테면 몇몇 발언의 독과점을 허용하지 않는 상황이 발생하게 된 것이고, 따라서 모종의 문화적 텍스트를 어떤 방식으로 해석하고 거기에 어떤 가치를 둘 것인가 하는 문제도 많은 참작조항을 깊이 고려하지 않으면 안 되게 되었다. 가히 문화해석의 춘추전국 시대인 것이다.

문학을 둘러싼 논의 역시 이즈막 문화 문제가 연출하는 대체적 맥락의 영향을 받고 있음은 부인하기 힘들다. 문학 혹은 '좋은' 문학이란 무엇인가 하는 근본적인 수준에서의 질문이 왕성하게 일고 있는 것이나, 문학작품의 질에 대한 종래의 평결 기준을 아예 못 본 척하려는 경향이나, 그리고 문학(작품) 생산관계나 방식 및 수용 조건이 달라지고 있다는 주장을 강하게 내놓는 모습 등은 그런 점에서 한판의 이론적 난전을 예비하고 있는 형국이 아닐 수 없다. 그러다보니 이전부터 '본격' 문학 혹은 순예술(fine art)이라 부르던 명명법에 심기가 언짢던 사람들의 불만이 점점 더 고조되고, 그에 따라 예의 본격문학의 반대편에 있는 것으로 여겨졌던 이른바 '대중문학'에 대한 재심 청구가 거세지기 시작한 것이다. 결국 이는 문학이란 무엇인가 하는 고색창연한 문제를 다시 소급하는 일이 될 터인데, 비유컨대 '장미의 이름' 처럼, 문학 범주를 두고 현대적 '명목론'이 재연되는 셈이다.

이런 와중에 꽤나 많은 사람들의 심기를 건드릴 소지가 다분한 '파상적' 발언이 제출된 것이다. "90년대의 대표적인 젊은 작가들인 장정일, 이인화씨"[1]의 대담이 그것이다. 자의든 타의든 오늘 나는 이 대담을 놓고 몇 가지 이야기를 해야 한다. 그러나 솔직히 기껍지 않다. 별로 내실 있는 논의로 꾸며지지 않은 대담에 정색을 하고 맞대응하는 것도 우습겠다 싶은 생각도 까닭 중 하나지만, 무엇보다도 나의 다소 논쟁적인 발언이 이 대담의 '기대치' 가운데 하나인 '마케팅 전략'이나 상업적 목적에 본의 아니게 복무하게 되는 것은 아닌가 하는 무기력한 염려 때문이다. 어쩌면 나의 이 고민은 자본주의적 폭식성 앞에 무력하게 서 있는 이즈막 우리 문학의 처지를 반영하는 표식일는지도 모르겠다. 신나게 쓴 글이 읽는 사람도 신나게 만든다. 신나는 글은 분석이나 쟁론의 대상 수준이 만만찮거나, 거기서 무언가 배울 것이 제법 있을 때 씌어지는 법이다. 그러나 나는 오늘 신이 나지 않는다. 그런 글은 읽는 이도 피곤하게 만든다. 거칠고 읽는 재미가 없더라도 용서해주기 바란다.

---

1) 「UR시대의 소설과 영화」, 『상상』 1994년 봄호, 9쪽.

2

이 대담에서 이인화는 현실의 변화에 따라 사회관계에서의 문학 영역이 확장 혹은 변화되어야 한다는 전제를 가지고 있다. 이런 생각이야 그 자체만으로는 별 무리가 없다. 그러나 자신의 주장을 강화하기 위하여 끌어들이는 많은 사례와 논리는 참으로 온당치 못하다. 그중의 하나. 그에 의하면 문학 선배들이 '옛사랑의 추억'에 사로잡혀 '단편의 시대'로 돌아가자느니 '문학의 위기'가 도래했다느니 하면서 완고한 고집쟁이가 되어간다는 것이다. 사실 문단 주위를 둘러보면 당대의 조건을 간파하지 못하고 그것에 충실하지 못한 고루한 '문학주의자'가 없는 것은 아니다.

변화의 흐름을 애써 무시하려는 것에는 두 가지 이유가 있다. 그런 변화의 조류를 실감 있게 느낄 수 없게 만드는 본인의 게으름이 그 하나라면, 다른 하나는 그런 변화를 인정한다는 것 자체가 자신의 존재론적 정체성을 불안정하게 흔들어놓는다는 일종의 위기의식에서 나오는 의식적, 무의식적 반동심리이다. 이런 점을 지적하는 것이라면 이인화의 주장은 일견 타당하다. 하지만 단편을 강조하고 문학의 위기를 거론하는 전체 맥락에 대한 그의 해석에는 호도의 혐의가 짙게 걸려 있다.

먼저 단편 강조론은 최근 젊은 작가들이 제대로 된 문학적 훈련과 숙성과정도 거치지 않은 채 아마추어 수준에서, 독특한 재기나 발랄함 하나만으로 장편을 양산해내고 또 그런 장편 양산이 다름아니라 문학의 상업주의적 유인력에 맥없이 걸려들어가는 요즘 경향을 걱정하고 비판하는 대목에서 나온 것이지 단편 그 자체를 당대 문학의 대안으로 삼고자 하는 자세에서 나온 것도 아니고, 단편의 시대로 돌아가자는 식의 가역의 강변을 하는 것도 아니라는 점이다. 단편 강조론이 나온 전후 맥락을 그가 모를 리도 없건마는 이를 애써 무시하는 것은 왜일까? 또 다른 노림수가 있는 것은 아닐까? 나의 이 의심 많음은 어떻게 다스려야 좋을까!

'문학의 위기' 론을 해석하는 것도 그렇다. 필자도 일전 문학의 위기를 언급한 바 있지만, 문학의 위기론은 크게 보아 하나는 뉴미디어를 비롯한 새로운 매체의 매질이 만들어내는 문화 환경의 새롭고도 급격한 꼴바꿈, 다른 하나는 거기에서 연원하는 대중의 문화 향수 방식의 다양화 및 변화로 인해 전통적인 문자매체를 근간으로 하고 있는 문학이라는 기존 형상의 사회적 영향력이 감소하고 있다는 전반적 문화현실 읽기에 근거하여 문학의 사회적, 예술내적 위상이나 효과의 객관성이 어떤 조건에 놓일 것인가를 추적해보는 가운데 나온 대목이지, 다른 매체의 발전을 문학에 대립적인 것으로 간주하거나 아니면 그 발전이 문학의 기득권을 위협하고 있다는 식의 옹졸한 발상에서 나온 것은 아니었다. 따라서 문학의 위기를 논하는 행간에는, 문학 역시 역사과정에서 생성, 발전해온 사회적 실천의 하나이기에 사회구조의 역사적 조건 변화가 문학의 형상 변화나 위치이동을 요구하고 또 그 요구의 수용이 필연적인 것이라면 당연히 그래야 한다는, 오히려 미래지향적인 의사가 깔려 있는 논의였다.

이와 함께 문학의 위기론이 나왔던 또다른 까닭은 전통적인 예술 창작관을 미덕으로 여기는 사람들이, 앞에서 언급한 것처럼 이즈음 문학 '작품' 이 많은 경우 예술적 질을 고양시키기 위한 작가의 연공과 조탁의 반복이라는 전통적인 창작 동기에서가 아니라 이윤 동기라는 지극히 상업적인 목적에 의해 양산되고 있다는 측면을 지적하면서 문학의 '제자리' 찾기를 강조하는 맥락이라는 사실이다. 문학의 위기가 곧 문학의 사망을 신고하는 호들갑도 아니고, 반사이익을 겨냥한 것도 아님은 이인화를 포함해 최근 문학 경향을 웬만큼 꿰고 있는 문학인이라면 자명하게 알 수 있는 사실이다.

예의 단편 강조론이나 문학의 위기론은 그가 보기에 대단히 보수적인 태도의 소산이다. 그런 발상으로는 우리 문학이 가파른 국내외적 변화 앞에서 살아남을 수 없다는 것이 그의 강조이다. 이와 관련하여 그는 문학에 대해 새롭고도 '진보적'인 사고를 할 것을 주장한다. 그러면 그가 내놓는 '진보적'인 대안은? '우리 것이 좋은 것이야!' 처럼 재미있고, 신나고, 거기다 삶의 지혜를 주는 '토착적 서사'이다. 그런데 그의 말을 듣다보면 그가 오히려 보수적이라는 생각을 떨치기 힘들다(이런 보수성은 이 대목에서뿐만이 아니라 대담중 그가 하는 발언 전체의 근저에 흐르고 있는 성격이다). 이는 고전적 의미의 서사성과 그것의 문법 및 언어 형식을 '우리 것'과 단순 교배시킨 앞의 '토착적' 서사문학을 강조하는 것에서나 예술 혹은 문학의 실험 작업을 식민지 지식인의 열등감의 표현으로 몰아붙이는 것에서 여실히 드러난다.

논자에 따라 다소간의 편차는 있지만, 다각적인 실천으로 형성되는 사회관계에서 예술적 실천의 지위와 정체성의 고유함은 항용 기성의 권력망을 넘어서는 상상력과 일탈성의 힘으로, 기존 사회의 구조나 질서의 안전성을 밑바닥에서부터 뒤흔들어놓고 이를 통해 사회의 자기 정화 능력을 신장시키는 것에서 주어진다는 것이 광범위한 동의이다. 더불어 자체적으로는 그런 행위가 기존 예술 영역이 사회제도와 맺고 있는 연계성을 다시 사유케 하여 제 스스로의 반성 메커니즘을 유도하는 성질을 가지기에 예술 고유의 재활성을 강조하고 실천하는 것이다. 말하자면 예술이 하나의 중요한 사회적 실천의 자격을 얻을 수 있는 것은 기존의 것을 부단히 의심하고 기존 질서의 외재적인 문제의식과 행위를 거듭 수행함으로써 사회 전체 차원의 혁신과 확장의 돌파구를 열어나간다는 측면 때문이다. 이런 예술의 고유한 욕망 형태가 없다면 예술은 더이상 사회적 범주가 아니게 된다.

이런 욕망의 실천행위는 예술 영역에 교착되어 있는 옛것과 새로운 것의 갈등 그리고 그 옛것에 색인되어 있는, 기존 사회구조와 예술의 공모와 통합의 기제를 비판적으로 드러낸다. 그 드러냄은 예술의 새로운 문제설정으로 구현되기도 하는데 그 문제설정의 현실화의 주요 방략 중의 하나가 실험(정신)이다. 물론 실험에도 격이 있듯이 어떤 유보 조항이나 견제 논리도 없이 실험 그 자체가 상찬되어야 한다는 것은 아니다. 실험행위가 언제나 생산적인 사회 효과를 산출한다고만은 할 수도 없으며, 더구나 현대예술사에서 보여지듯 실험행위조차도 하나의 형식주의로 편벽해지고 있는 현상이나 그것이 하나의 상업적 이벤트로 유도되어, 애초 의도와는 달리 실제로는 자본주의적 지배질서의 재생산에 기여하고 있는 현상을 보면 실험행위에 대한 더욱 엄밀한 판단이 요구되기 때문이다. 하지만 그럼에도 불구하고 실험의 역기능을 우려하는 것보다는, 종래 예술적 실천에 분산, 응축되어 모순들을 적출해내고 그것의 극복을 모색하는 실험 정신의 역동성과 비판성을 더욱 밀어올리는 노력이 더 중요하다.

실험 혹은 아방가르드적 정신과 실천이 이인화의 말대로 소수 독자들의 별난 취향만을 만족시키기 위해 존재하는 예의적 사안이 될 수는 없다. 그런 정신과 실천이야말로 예술을 예술됨으로 만들어주는 존립 근거 중의 하나인 것이며, 거꾸로 그런 정신이 없을 때 예술은 더이상 예술 되기를 포기한 셈이 되는 것이다. 알다시피 이인화는 이전 컴퓨터의 오려붙이기식 '어셈블리 라인'에서 수행된 이른바 '혼성모방'이라는 공정법으로 자신의 첫번째 장편소설을 생산해냈다. 그때 그는 그 소설을 "기존의 관행적 평가 기준으로 재단하지 말아달라"고, 자신의 실험성(?)을 유별나게 강조한 바 있다. 그 실험의 격의 높낮이야 어찌 되었건, 실험 정신을 유독 강조하던 그때 그의 발언과 일종의 의고주의적 집착에서 나오는 지금의 이인화 발언을 대조해보면 꽤나 재미있는 에피소드가 만들어지는 셈이다.

장정일과의 대담에서 여러 '교훈적' 이야기를 두루두루 원용하면서 향후 한국문학의 대안으로 제시하는 이인화의 프로그램은 '토착적 서사'를 원자재로 한 국제적 문학상품 개발이다. 그것의 '미학적' 근거는 의외로 아주 간단명료하다. "진정한 소설은 동시대를 고민하며 살아가는 독자 전체를 향하고 있다는 사실입니다. 진정한 소설은 평론가들이 끼리끼리 추켜주는 지금의 문단골목 소설이 아니라 실제로 동시대의 일반 독자들에게 충분히 이해되고, 그들을 감동시키고, 그들의 가슴에 오래도록 지워지지 않을 인생의 모델을 심어줌으로서 그들의 삶을 변화시키는 그런 소설인 것입니다"가 그것이다. 그런 '품격'을 지닌 소설로 『펠리컨 브리프』를 들며, 이 작품의 작가 존 그리샴을 이 시대의 가장 진보적인 작가로 등극시킨다. 이 발언은 이 좌담의 주제 전체를 관통하는 핵심이다.

나는 이 이 대담을 읽기 전에, 이 좌담을 "공세적 대중문화론"이라 표현한 언론의 요약 기사를 먼저 읽으면서 혹시나 이인화가 이른바 대중문학과 본격문학의 거친 구분 관행이나 혹은 대중문학이라는 기존 형상에 대해 새롭고도 생산적인 해석과 사고 전환의 계기를 던져주고 있지는 않나 싶어서 기대되는 바가 제법 있었다. 그러나 막상 대담을 실제 읽는 중에 이런 발언을 접하고 나서는 역시나였다. 그러나 나의 사사로운 감정은 접어두고 어쨌든 그의 발언으로 다시 돌아가보자.

문단의 평론가와 소설가들을 구역싸움으로 날을 지새는 동네 소악배처럼 치부하는 발언은 일단 제쳐두자. 하지만 대중문학(혹 이런 표현이 불만스럽다면 지금까지 '진정한 소설을 잘 모르던' 사람들에 의해 대중문학으로 불려지던 텍스트라 해두자) 텍스트 및 그것과 독자대중, 즉 수용자와의 관계에 대한 그의 발언은 새롭게 경청할 게 거의 없는 '방언'이라는 점은 지적되어야 한다.

그의 발언을 곧장 비판하기보다 이른바 대중문학을 보는 방법에 대한 논의를 통해 그 발언의 문제점을 살펴보자. 가령 대중문학을 논할 때 그보다 더 큰 범주인 대중문화를 둘러싼 논의를 참고로 하면 대중문학에 대한 관점 정립에 적지 않은 도움을 얻어올 수 있다. 요즈음 들어 대중문화를 보는 눈이 이전과는 무척이나 달라졌다는 점은 대중문화에 대한 왕성한 논의 때문에 누구나 다 알고 있을 터이다. 이 논의의 핵심은 대중문화를 자본주의적 지배관계의 재생산을 위해 대중들을 지배 이데올로기로 순치시키는 것으로 간주해온 종래 대중문화관의 교정을 통해 대중문화의 잠재적 가능성을 발양시키자는 것이며 다른 한편으로는 대중문화의 현실적 위력에 걸맞은 관심과 분석을 수행하자는 것이다. 예의 가능성은 수용자의 조건이나 의도에 따라 대중문화적 산물은 얼마든지 다양한 수준과 방식으로 수용될 수 있다는 수용대중들의 능동성에 대한 강조에서 주어진다. 여기에는 무엇보다도 대중의 문화적 정치력에 대한 믿음이 내포되어 있다.

예의 가능성과 믿음은 한편으로 대중문화의 구성 성격에서 근거를 찾는다. 대중문화라는 범주에는 문화 텍스트의 생산관계, 생산된 문화 텍스트 그리고 그것의 소비(자) 혹은 수용(자) 등이 서로 절합되어 있다. 이때 대중문화 텍스트는 생산주체가 부여한 의미와 수용주체가 읽어내는 의미 그리고 그 텍스트에 실제 구현된 의미의 상호성이라는 관계망을 이루는데 그 의미들 사이에는 긴장과 낙차가 크게 날 수가 있다. 즉 생산주체의 생산 의도가 항상 수용자에게 그대로 먹혀들어가는 법은 아니라는 것이다. 이른바 일탈적 독해나 변형적 해독을 강조하는 것도 이런 맥락 때문이다.

본격문학이라는 언사에는 종래 대중문화관처럼 알게 모르게 대중문학을 지배 이데올로기의 착실한 도구로만 간주하는 시각이 배어 있었음은 부인하기 어렵다. 물론 텍스트의 완성도나 질에 대한 특정한 판단 기준이 그런 표현을 하게 하기도 하지만, 그런 시각에는 독자대중은 대중문학의 저급한 메시지에 그대로 끌려들어간다는, 독자대중을 피동적인 수용자로만 생각하는 면이 깃들어 있다. 앞서 말한 대중문화에 대한 새로운 전략 모색의 입장에서 보면 교정해야 할 시각이 아닐 수 없다.

새로운 대중문화관이나 전략 모색이 그 정당성을 충분히 검증받고 있다고는 속단 못 하겠지만, 본격문학과 대중문학의 거친 구분법에 대해 다소간 불만을 가지고 있던 나로서도 혹시 그런 새로운 대중문화 전략에서 예의 구분법을 보다 생산적인 패러다임으로 전환시킬 수 있는 요소를 찾아볼 수는 있지 않을까 하는 일말의 기대를 품고 있었음은 사실이다. 모르긴 몰라도 이인화의 "대중문학 공세론"도 예의 새로운 대중문화관의 부각에서 힘을 얻어오고 있는 듯하다.

그가 『펠리컨 브리프』나 『베니스의 개성상인』을 이 시대의 걸작으로 치는 것도 그런 맥락 위에 있다 하겠다. 그런데 이 두 작품을 최고의 작품으로 치는 그의 주장은 그것대로 그의 감식안 수준이려니 하고 넘어갈 수 있다. 그러나 그의 말대로 독자대중들이 그 텍스트에서 일률적으로 '가슴에 오래도록 지워지지 않을 인생의 모델과 삶을 변화시키는 감동'을 받을 것이라는 주장은 그가 기대고 있는 새로운 대중문화관에 정면으로 배치되며 그래서인지 그 텍스트와 독자대중과의 관계에 대한 그의 판단은 지극히 자의적일 따름이다.

그는 피하주사이론에서의 대중 해석처럼, 독자대중을 텍스트 생산 의도를 주입하는 대로 주입받는 피동적 존재로만 보고 있기 때문이다. 말하자면 '대중'의, '대중'을 위한 문학을 주장하지만 균형 잡힌 대중 읽기에서 멀리 벗어나 있는 것이다. 앞에서 본격문학과 대중문학의 강고한 경계선 주장에는 수용자의 창의적 혹은 변형적 독해 가능성을 간과하는 태도가 어느 정도 깃들어 있다고 언급했다. 이는 한 주체 형태에도 계급, 성, 인종, 세대 등등의 각기 다른 성격들이 복합적으로 가로지르고 있고, 해서 그 복합적 성격은 어떤 문화산물을 다양한 방식을 수용할 수 있는 탄력적 조건이 될 수 있다는 점을 보지 못하는 것에서 발생하는 문제이다. 그런데 역설적이게도 예의 그 경계선 허물기를 주장하는 그에게서 가장 강력한 경계선 강화 논리가 나타나는 것이다. 단순하게 말한다면 텍스트가 좋으면 독자대중에게 좋은 것이고 텍스트가 나쁘면 독자대중에게 나쁘다는 논리가 그것이다. 이는 결국 그가 독자대중의 감동 운운하고 있지만 대중이라는 사회적 위상에 대한 이해가 제대로 되어 있지 않음을 일러주는 증거라 하겠다.

한편 그가 『펠리컨 브리프』나 『베니스의 개성상인』을 그렇게 상찬하는 것의 강력한 근거로 대단히 많은 독자가 그 텍스트를 선택했다는 점을 들고 있다. 여기서 금방 엿보이는 것은 그가 대중 범주를 단지 양적인 개념으로만 치환시키고 있다는 정치적, 경제학적 이해 수준의 함량 미달이다. 그런데 그런 대중 해석은 많은 사람들이 빠질 수 있는 관념론적 함정이라는 점에서 이해해줄 수 있다. 그러나 대중들이 그런 소설들을 왜 그렇게 많이 읽는가 하는, 그런 소설의 생산과 유통 및 대중 각각의 이데올로기적 존재 조건들의 절합 메커니즘이라는 보다 근본적인 문제에 대한 생각은 전혀 없다는 점에서 그의 결정적인 허약함이 드러나는 것이다. 결국 정밀한 분석과 접근을 요하는 대단히 복합적인 문제를 그의 수준으로 '과감하게', 그리고 단순하게 강등시켜버리는 것이다. 그런 점에서 본격문학이든 대중문학이든 특정한 문학 텍스트를 논할 때 필요한 생산관계의 문제, 텍스트 내재적인 구조의 문제, 독자의 반응을 생각하는 수용자의 해독 및 수용 양상 등에 대한 정치한 논의는 간 데가 없게 되는 바이다.

이런 문제 외에도, 일일이 다 지적할 수는 없지만 문화산업이나 여타 문학 문제에 대한 이인화의 발언에는 수많은 오류가 내포되어 있다. 형식이나 기법 문제로만 이해하는 것에서 나오는 근거 박약한 작가주의/장르주의 구분법이라든가, 영화와 소설의 '크로스오버'를 논할 때 양 매체를 소재적으로만 파악하여 기계적인 결합을 주장하는 것이라든가, 문화 혹은 문학 창작을 국제시장에서 경쟁력 있는 상품의 생산라인으로 간주하는 경향이라든가 하는 점 등이 몇 가지 예이다.

이인화가 이 시대 최고의 진보적 작가로 치는 존 그리셤에 대해 컬럼비아 영화사 사장 마크 캔튼은 다음과 같이 이야기했다 한다. "다양한 관객에 대해 비정치적 태도를 견지하며 흥행에 대한 희망과 스타 주연 영화의 상식에 대한 신뢰를 주는 보기 드문 예."[2)]

나는 마크 캔튼의 이야기를 이인화를 보는 출판자본의 시각으로 대체해도 그다지 엇나가지는 않겠다고 상상해본다. 이인화는 문학에 대한 자본의 포섭, 말하자면 문학이 자본의 종복이 되는 것을 전혀 두려워하지 않으며, 아니 그것에 적극 편승하려는 발언을 용감하게 하고 있기 때문이다. 그렇기에 이제 이 좌담에서 행하는 그의 '난폭한' 주장도 좋은 상업적 요소가 되는 것이다. 그는 말한다. 문학의 상품화 "대세와 일정하게 타협하"는 것은 "한때 몸을 아껴 백년의 큰 계획을 도모"하는 것이기에 "후세에 무슨 부끄러움이 있"을 것이며, "수치를 안고 치욕을 참으며 하기 싫은 일도 하는 것이 남자가 아"니겠느냐고. (십 년도 내다보기 힘들어하고, 안 그래도 우리 사회의 유구한 '대장부(大丈夫) 이데올로기'에 주눅들어 있는 나로서는 백년지계, 남자 운운하는 그가 부럽기만 하다!) 그런 결기야 그의 사정에서 나오는 것이라 봐줄 수도 있다. 그러나 "수치를 (……) 참"고 상업적 메커니즘에 "타협"하려면 혼자서 조용히 그러면 된다. 자신의 논리를 정당화시키기 위한 알리바이로 다른 작가들의 고투 어린 작업을 단박에 무시하는 계책을 택하는 것은 그리 아름답지도 영민하지도 못하다.

그가 처음 장편을 썼을 때, 자신의 작품을 스스로 서평하면서 스스로에게 타이른 바가 있다. '대중의 때 묻은 박수에 당신의 재능을 팔지 말라'고. 이제 그는 그 대중의 '때 묻은' 박수가 필요한가보다.

(『세계의문학』 1994년 겨울호)

---

2) 정성일, 「남성판 신데렐라 콤플렉스」, 『한겨레 21』 3호, 1994, 88쪽.

제3부

우리의 관심을 끄는 것은 아무래도 80년대의 보편성과 그것에 마주하고 있는 작가의 90년대적 위치 사이에서의 긴장관계 혹은 충돌 현장에서 벌어지는 광경이 아닐까 싶다. 이것은 물론 관찰자의 위치에서 재미있는 구경이나 해본다는, 악의 어린 기대가 아니다. 오히려 그런 긴장과 충돌의 효과나 귀결이 빚어내 우리 시대에 맞춤한 가치의 일단을 생산할 수 있는 가능성을 내포하고 있지 않을까 하는 기대 때문이다. 또한 이 기대의 대상은 우리가 만들어가야 할 90년대적 가치의 생산요소 혹은 관계이기 때문이기도 하다.

우리 시대의 죄, 혹은 죄의식
—조세희론

1. 조세희를 다시 읽는다는 것

70년대의 암흑 속에서 조세희가 쏘아올린, 『난장이가 쏘아올린 작은 공』(이하 『난장이』로 약칭)은 분명 하나의 기념비적 예광탄이었다. 그 예광탄은 한편으로는 사회 전반을, 다른 한편으로는 문학 영역을 밝히는 것이었다. 그런 조세희 문학을 지금 이 자리에서 다시 보는 것은 어떤 의미를 가지는 것일까? 모든 예술작품이 그렇듯이 고전 혹은 훌륭한 작품은 시대의 벽이라는 제약을 뛰어넘는다. 그 뛰어넘음이란 하나의 문학작품이 비록 시대적 조건은 달라졌을망정 당대의 모순과 고민을 새삼 성찰하는 데에 지혜의 방도를 제공할 때 가능한 일이다.

『난장이』가 출현했던, 그래서 심대한 반향을 보였던 사회적 조건은 지금은 많이 달라져 있다. 자본과 노동 사이에 있었던 가장 첨예하고 혹독한 대립의 날은 어찌 되었건 상대적으로 무디어졌다. 그러나 그렇다고 해서 문제는 다 해결되었는가? 정작 다시금 물어보건대 7, 80년대 그 수많은 사람들의 가슴에 못을 박던 죄악의 근본은 이제 우리 사회에서는 멸절되었는가? 그것은 새롭게 구성되는 사회적 필요들로서 새로운 외관상의 변화를 거칠 뿐이라는 생각은 과도한 것인가? 이런 전제에서 이루어지는 조세희 문학의 현재화는 어떤 경로를 밟아야 하는가? 조세희 문학을 다시 보는 밑바탕에는 이런 관심이 깔려 있다.

이는 조세희 문학에 대한 우리의 관심 혹은 관계 방식에 연관된 문제이다. 개인적 이야기가 허락된다면 나는 조세희 문학을 두 가지 기대를 품으면서 다시 본다. 그중 하나는 우리 문학의 미래에 관한 것이며, 다른 하나는 아직도 사라질 수 없는 사회적 이상에의 기대에 관한 것이다.

전자는 현실의 부박함에 문학마저 부박해지는, 그래서 그런지 진실로 '문학다운' 문학은 낮게낮게 포복상황에 빠져 있고 '작가다운' 작가는 점점 희소해지는 이즈음 문학 세태에, 글쓰기의 고통으로 책읽기의 고통을 보여주고 그것으로 사유하는 인간을 촉구하는 격조의 문학을 다시 한번 경험해보고 싶다는 것과, 그런 면모를 문학의 신생(新生)의 전거로 삼고 싶다는 기대이며, 후자는 '난장이의 시절' 이었던 7, 80년대 역사의 중심 사상과 실천에서 발원하던, 그러나 아직은 미완인 소망을 조세희 특유의 '부드러운 현실 파괴력과 서정적인 분노' 의 문학으로 다시금 실현하고 싶은 욕망의 표현이다.

2. 죄와 사랑이라는 것

70년대 정치사를 돌이켜보면 무엇보다도 개발독재라는 악몽이 떠오른다. 동시에 이 개발독재라는 간단한 언사 속에 무수한 삶들의 참혹한 고통과 간난의 역사가 서려 있음을 안다. 그 고통의 삶을 숙명처럼 지고 살았던 사람들은 아무래도 노동자, 도시빈민 등을 비롯한 기층민중들이었을 터이다. 전태일의 분신으로 그 연대의 업보를 드러낸 70년대의 사회성격은 그래서 아직까지도 암흑의 연대로 기억된다.

필자가 전태일이라는 인물에 얽힌 청계천 이야기, 그리고 그 인물의 역사적 의미의 사정권 내에 있는 70년대 기층민중 삶의 풍경을 부분적으로나마 접할 수 있게 된 것은 노동자들의 글을 통해서였다. 아직도 민중문학, 노동문학의 출발점 혹은 중시조(中始祖)로 간주되는 노동자들의 수기가 그것이었다. 당시 군사정권의 철권과 맞서던 『대화』라는 잡지에 연재되던 유동우나 석정남 등의 「어느 돌멩이의 외침」이나 「인간시장」 혹은 다른 수기에 보고되던 기층민중의 인간 이하의 삶은, 낡은 말로 전율과 충격 그 자체였다. 이와 더불어 70년대를 생각하면 떠오르는 일이 하나 더 있다. 그 유명한 동일방직 나체 데모 그리고 똥물세례사건이다. 연약하기 짝이 없던 나이 어린 여성 노동자들이 자신의 최소한의 생존 조건을 호소하기 위해 벌거벗은 몸으로 시위를 할 수밖에 없었던 그 절박함이나, 그러나 거기에 똥물을 갖다부어버리는 사용자의 행위는 양심을 생각할 줄 아는 사람들의 핏발 서린 분노를 자아내기에 전혀 모자람이 없었다. 아마 당시 많은 젊은이들이 자신의 실존적 고민을 사회적 고민으로 확장하는 데에 필요한 사회구조에 대한 분노와 의기의 형성에 예의 수기나 동일방직사건은 막대한 역할을 했었을 것이다.

그러나 베니어 칸막이로 상징되는 청계천 옷공장에서의 가혹한 노동조건이나 동일방직에서의 인권유린 등으로 요약되는 당시 기층민중의 혹독한 희생적 삶은 제대로 알려지지도 않았거니와, 아니 그런 문제에 대한 사회적 환기는 절대적으로 금제되고 억압받던 상황이었다. 사회적 문제, 그것도 중대하고도 절박한 문제가 발생했을 때 사회과정에서 수행되어야 할 일은 당연히 그 문제에 대한 공론적 확산과 토론일 것이다. 그러나 그것은 원론적 당위일 뿐 모든 독재국가에서 그렇듯이 그런 공론의 생성과 확산은 봉쇄되게 마련 아닌가. 하지만 그럴 때 문학의 역할은 빛난다. 거꾸로 말해 문학의 위상은 그런 시절일수록 제사장과 예언자의 역할로서의 제값을 해야 한다는 강력한 역사적 요청을 받는 것이다. 말하자면 잠수함의 토끼처럼 작가는 사회의 질식상태를 먼저 느끼고 그것의 살인성을 경고해야 한다는 것이다.

조세희의 『난장이』 연작은 바로 이런 역사적 조건에서, 문학은 그런 사회의 전위로 진출해야 한다는 역사 현실의 호출에 대한 응답이었다. 작가가 '난장이'로 변형시켜 세상에 '쏘아올렸던' 기층민중의 기막힌 삶의 풍경은 작품 출현 당시의 반응에서 잘 나타나는 것처럼, "안락한 일상 속에 잠자온 우리에게 가열한 충격"(김병익)이자, 동시에 "우리 문학에 새로운 비약을 마련"(염무웅)한 것이었다. 이후 조세희가 쏘아올린 그 '난장이'에서 출발하는 역사는 언제나 우리네 머리 위에 부유하고 있는 애드벌룬이 되었던바, 그것은 우리가 당대 현실을 생각하고 실천하고자 할 때는 항상 머리 위에서 그 현실을 되비춰주던 일정의 반사경으로 자리잡았다.

'난장이'의 공간에 대한 조세희의 섬뜩하고, 그러나 담담한 적출과 묘사는 당시, 문학의 화급한 사회적 임무에 부응하고 있던 주류에 비해 색다른 광경이 아닐 수 없었다. 신경림이나 김지하 혹은 황석영으로 대표되던 기층민중에 대한 문학적 발언의 주류와 그 색과 향이 다른 것이기 때문이었다. 말하자면 같은 표적을 겨냥하고 있어도 그것에 이르는 문학적 지도가 달랐던 것이다. 비유컨대 전자들의 것이 5만분의 1 지도라면 조세희의 것은 1만분의 1 지도라고 할 만하달까, 아무튼 그랬었다. 물론 그 축도의 차이가 작품의 질적 차이를 증거하는 것은 아니다. 그렇지만 섬세하고 작은 알갱이 같은 상상력과 서정의 환기를 통해 사회적 과제의 공론화(公論化)를 꾀해나가는 독특한 소설 건축과정은 이전에는 예상치 못하던 문학적 효과를 낳았던 셈이다.

『난장이』 연작의 시간적 배경은 알다시피 7, 80년대이다. 이 시기는 또한 잘 알다시피 남한 자본주의가 급속도로 발전하는 시기가 아닌가. 이 급속한 발전에는 당연히 자본주의의 태생적 모순이 압축되고, 또 그 압축은 급기야 단시간 안에 임계점에 도달하여, 그래서 폭발을 예비한다. 예의 압축은 '인간에 의한 인간의 착취'를 극악한 수준으로 끌어올린다. 즉 자본과 노동의 적대관계가 최고도에 이르러 계급 모순의 상태가 폭발 직전에 다다른다는 것이다. 『난장이』 연작은 이런 계급적대가 도시빈민의 삶과 어떤 악순환적인 관계를 맺고 있는가를 주시하면서 자본의 무한 폭식성을 해부하고 있다. 말하자면 자본과 노동의 적대가 어떤 식으로 인격화되는지, 그리고 그 인격적 표현이 만들어내는 모든 사악함과 범죄가 어떻게 비인간적인 면모들을 태연히 만들어내는지를 압축적으로 드러내고 있는 것이다. 여기서 우리는 계급 문제에서 발원하는 비인간적 상태에 대한 조세희의 고발을 본다. 그러나 조세희의 문학적 관심은 계급 문제와 그것이 자아내는 상황에 대한 고발의 차원 이상이라는 점을 간취하지 못하면 조세희 문학의 진경을 살펴보기에 어려움이 생긴다.

물론 『난장이』 연작은 어쩌면 해방 후 거의 최초로 '대공장' 노동자의 계급적 상태를 그려낸 소설일는지 모른다. 그래서 이 점은 당연히 우리 문학사에서 주목을 요하는 대목이기도 하다. 또한 『난장이』는 천민자본주의에 대한 준열한 고발이기도 하다. 이 또한 대단히 중요한 역사적 의미를 가지며, 사회적 파장을 불러일으키는 대목이다. 하지만 작가의 시선은 계급 문제가 발생하는 근원성 그리고 고발 이후의 과제에가 있다는 점을 파악해야 한다. 그것이 조세희 문학을 독해하는 데에 빠져서는 안 될 대목인 것이다. 여기서 바로 조세희 문학 전반을 관류하는 '죄와 사랑'이라는 대당(對當)이 나온다(이 '사랑'이라는 명제에 대해 그간 많은 평가가 있었다. 그것은 대개 사랑의 강조가 작가가 그려내는 현실의 엄혹함에 비해서는 추상적, 우회적, 동화적 차원이기에 현실적인 효율성에 문제가 있다는 지적이었다. 이에 대해서는 나중에 다시 간단히 이야기하겠다). 문학의 영원한 주제 가운데 하나인 죄와 사랑이라는 문제를 한국적 현실에서 출발시키는 것이 조세희 문학이라는 것이다 (이는 그의 작품 곳곳에 빈번히 등장하는 죄, 죄인, 악행, 가성, 참회, 아픔,

양심 등속의 언사를 통해서도 예측해볼 수 있다. 또한 조세희의 이런 면에서 도스토예프스키 작품을 좋아한다는 작가의 말을 유념하지 않더라도 우리는 도스토예프스키를 자연스레 떠올릴 수 있다).

주지하다시피 조세희는 지나치다 싶을 정도로 과작인 작가이다. 『난장이』를 쓴 이후에 중편 「시간 여행」, 미완성 장편 「하얀 저고리」, 그리고 글과 사진이 함께 묶여 있는 『침묵의 뿌리』를 냈을 정도이다. 다른 소품들은 대개 『난장이』의 연속선상에 있는 가지들이다. 그런데 이 작품들을 일관되게 관류하고 있는 것은 다름아니라 앞에서 말한 우리 시대 혹은 우리 역사의 죄와 깊은 죄의식이다. 이런 전제에서 그의 문학은 죄를 죄인 줄 모르고 살아가는 사람과 역사에 대한 외침이다. 불의에 사람들이 고개를 돌릴 때 광야의 돌들이 일어나 소리치게 하겠다던 예언자의 목소리를 그는 자신의 작품에 담아넣고 있는 것이다.

그의 작품에는 분명히 계급적대의 인격체들이 대립적으로 움직인다. 하지만 그렇다고 작품의 주제의식 모두가 계급담론과 계급실천의 범주로만 모아지는 것은 아니다. 그가 보기에 계급적대라는 구조만으로는 죄악의 실상을 설명할 수도 없고, 그러므로 그 죄에서 비롯되는 사회적 폭력과 억압에서의 해방을 기대할 수 없는 것이다. 자본주의사회의 구조적 모순을 죄의 근원으로 생각하기는 하지만, 그 탓으로만 돌리지 않는다. 그 구조의 선행적 모태에 깃들어 있는 죄를 생각하지 않고서는 우리 사회와 인간의 심리 저변에 미만해 있는 죄의 근본이 밝혀지지 않는다고 보는 것이다. 작가가 「하얀 저고리」 「시간 여행」을 쓰게 되는 것도 이 죄의 역사적 통시성을 밝히기 위해 선택한 작업이라 할 수 있다.

「시간 여행」이나 「하얀 저고리」가 타고 있는 문맥의 지점이 바로 여기인 것이다. 좀더 부언하면, 그 예의 문맥의 정향점 혹은 역사적 향도(向導)는 죄(의식)라는 불도장(火印)이다. 앞에서 언급한 것처럼 『난장이』는 가장 치열하고 혹독한 당대적 모순 현장에 대한 보고이다. 그러나 '그 1980년'을 거치면서 작가에게 분명해진 것은 70년대의 죄의 현장은 '70년대적' 문제에의 집중만으로 해결될 수 있는 성질이 아니라는 사실이다. 그가 보기에 그 죄는 적어도 우리 역사에 켜켜이 쌓여 있는 것이 70년대적 조건에서 응축된 것에 다름아닌 것이다. 그렇기에 그는 필연적으로, 『난장이』에서 드러내던 죄와 사랑의 영역은 더 넓은, 더 먼 역사의 앞뒤 지평으로 확장시키지 않으면 그 어떤 속죄나 혁신도, 또 좁혀서 자신의 주제의식을 구현할 작품도 가능하지 않다는 판단에 이르게 되는 것이다. 그러기에 그는 죄가 생성하고 거처하는 영역에 대한 추적을, 노동현장과 빈민의 삶(『난장이』)에서 현대사(「시간 여행」), 그리고 근대사(「하얀 저고리」)로 넓혀나가게 된다.

그런 맥락에서 그의 작품들은 우리 사회의 과거와 현재, 그리고 미래에 있을지 모르는 죄를 밝히는 시간이 되는 셈이며, 그 까닭에 그의 얼굴은 이면인(二面人)처럼, 한쪽은 과거로(「하얀 저고리」「시간 여행」), 다른 한쪽은 현재를 포함하는 미래 쪽으로(『난장이』「침묵의 뿌리」) 가 있는 것이 된다.

조세희가 보는 죄의 실상은 다양한 존재와 수준에 걸려 있다. 그 실상은 기실 어찌 보면 대단히 추상적인 영역일 수 있는 문제이지만, 그래도 그가 무엇을 죄로 보고 있는가는 작품 처처에 나타난다. 자본(가) 혹은 가진 자는 그의 작품에서 기본적으로 타락하고 죄 많은 존재로 치부된다. 이 점은 더 부언할 필요가 없다. 우리의 관심을 불러일으키는 것은 그외의 사회적 존재들에 대한 '죄 물음'이다.

"햄릿을 읽고 모차르트의 음악을 들으면서 눈물을 흘리는 (교육받은) 사람들이" 아무리 선량하다 할지라도 "이웃집에서 받고 있는 인간적 절망에 대해 눈물 짓는 능력은 마비당"(『난장이』)하는 것은 죄악이며, 고통에의 동참에서 안락한 일상으로의 복귀(「육교 위에서」) 역시 죄의 형태이다. 작가가 강조하는 죄의 구현처는 심지어 자신과 제 남편을 '난장이'로 생각하고, 윤호의 아버지인 진짜 '난장이'와 우연한 인연(연대?)을 가지는 신애에게까지 닿아 있다. 그것은 신애가 이후 중산층으로 변모하고, 그에 따른 신애 생각이 변화하는 것에 대응해서이다. '땅끝'에서 살다가 한강이 내려다보이는 아파트로 이사가는 신애가 '난장이'의 기억과 연루되는 과거와 단절하고 싶어하고, 또한 역사에 눈떠가는 영희에 대해 "모두 버려라. 책도 버리고, 노트도 버리고, 모든 유인물을 버리고, 무의미한 토론석상에서 긴 말만 하게 할, 경구들로 가득 찬, 그리고 무엇보다 너를 위험으로 몰고 갈, 그것들을 버릴 때 머릿속에 남아 있는 것들도 함께 버"(「시간 여행」)리라며 침묵을 요구하는 것이 신애의 죄가 되는 것이다. 이로써 『난장이』에서는 기층민중 혹은 소외받는 자와의 작은 연대성 속에 있던 존재가, 「시간 여행」에서는 소극적 수준에서나마 죄의 담지자가 되는 것이다.

작가가 『난장이』와 달리 「시간 여행」의 주인공으로 중산층을 내세운 이유는 아마도 이처럼 죄짓지 않던 조건에서 죄짓는 조건으로 변해가는 과정을 드러냄으로써 죄의 처소가 어떻게 변해가는지를 보여주고, 그리고 그를 통해 우리의 반성 지평과 방법을 더 넓혀보기 위해서가 아니었을까 싶다.

작가는 각 존재의 편차를 인정하면서도, 이처럼 각 대상의 사회적 위상에 견주어서 죄의 실상을 읍소하고 드러내는데, 그 드러냄은 위에서 언급한 것처럼 한국 근현대사로의 확장을 통해 그 근원을 사유한다.

지난 근대사에서 우리 역사의 죄는 어떤 것일까? 작가는 물론 그것을 일반화시키지는 않는다. 단지 조선이 "어느 나라 귀신보다도 한이 많"은 까닭은 "공부를 많이 해 아는 것이 많고 그래서 하룻밤에 한시를 백 편을 지을 수 있을 정도로 비범하며 또 그만큼 영악해 쓸어모은 재산이 많"으며 또한 "나라에 재난이 겹쳐서 조선 민중 전체가 굶주릴 때에도 결코 굶어본 적이 없는, 그리고 살가죽이 두꺼워 칼을 맞는 순간에도 아픔을 느끼지 못했을"[1] 고관대작과 탐관오리들의 죄 때문이다. 이는

1) 「하얀 저고리」, 『작가세계』 1990년 겨울호, 193쪽.

『난장이』 연작에서의 죄 물음 방식과 잇닿아 있는 점에서 새로운 측면은 아니다.

하지만 「시간 여행」에서의 그것은 사뭇 다르다. 죄 물음의 대상은 이제 가해자뿐만 아니라 피해자에까지 이르는 것이다. 몽고군의 화살촉과 일본 쓰시마 해적의 화살촉 그리고 동족끼리의 전쟁과 자유를 요구하는 제민족의 가슴팍을 향해 날린 총알 등등이 일 톤이나 박혀 있는 왕궁의 늙은 나무가 상징하는 "물구나무 선 역사" 앞에서 위기와 불행의 반복성에 놀라기만 하는 상황 그 자체와 그 상황에 무기력하게 대처하는 이른바 역사의 피해자 역시 죄의 담지자라고 보는 것이다. 작가의 이런 판단은 아래 인용문에서 그 근거를 얻어온다.

> 우리에게 운다는 것처럼 쉽고 자연스러운 일은 또 없다. 우리는 제일 쉬운 방법으로 비극에 대처했던 셈이다. 언제나 쉬운 방법을 택했다. 우리는 노력을 하지 않았다.[2)]

> 보라, 16세기 눈물과 20세기 눈물의 다른 점은 무엇인가? 몇 세기라는 시간상의 거리가 있는데도 눈물 모양이 같다. 무슨 정신의 빈곤이 이런 결과를 낳았을까? 이 시대 사람들은 눈물로 자신을 표현했다. 그러면서도 눈물로 왜 각성할 수는 없었을까? 무엇이 각성을 방해했던 것일까? 이해할 수 없다. 정말 이해할 수 없다.[3)]

> 집단 통곡이라는 것이 도대체 무엇을 말해주는 것이냐! 작을 때는 가족 단위, 마을 단위, 클 때는 도시 단위 또는 세대 단위, 더 클 때는 (……) 결코 무슨 일이 일어나도 고통받지 않을 일 내지 이 퍼센트를 제

2) 「시간 여행」, 『난장이가 쏘아올린 작은 공 외 — 한국소설문학대계 51』, 동아출판사, 453~454쪽.
3) 같은 글, 456쪽.

외한 대규모의 집단 통곡. 얘들아 아니? 우리 역사 속에서 수없이 마주 치게 되는 그것은 도대체 무엇이냐?[4)]

이처럼 자신들에게 고통의 질곡을 가져오는 비극 앞에서 취하는 행동은 원한과 통곡의 울음이지만 그것은 다만 세 사람의 목이 떨어지자 순식간에 조용해지는 울음일 뿐이다. 그러나 그 울음은 무기력하기 짝이 없는 것인바, 그것은 피해자인 자신에 대한, 나아가 미래의 역사에 대한 죄에 다름아닌 것이 된다.

그 무기력한 죄의 반응을 작가는 둥그런 눈물이라고 한다. 하지만 "둥그런 눈물로는 아무것도 이룩할 수 없기 때문"에, 지금 "우리에게 꼭 필요한 눈물"은 제 스스로에게 상처를 내고 아픔을 주는 눈물이다. 그것을 작가는 "×△□◇○☆" 같은 '날이 선' 눈물이라 한다. 그러나 그 눈물은 그냥 흘려지지 않는 눈물이다. 그러나 그 눈물이 가능할 때 그 눈물 흘림이 대속의 의식이 되어 "폐허 위에 새로운 무엇을 세울 수" 있게 하는 계기를 주는 것이다. 이 "모와 날을 지닌 눈물"을 신애도 흘렸다. 또한 신애 세대는 "눈물의 긴 세기를 통해 둥그런 눈물을 거부한 최초의 철부지"이기는 했다. 하지만 신애 세대는 단지 '최초'의 날과 모가 선 눈물을 흘렸을 뿐이라는 의미에서 멈춰버린 존재이기에, 새로운 모와 날이 선 각성의 눈물이 필요하게 되는 것이다.

작가의 죄에 대한 강조는 사랑의 강조로 옮아간다. 그럴 때 문제가 되는 것은 사랑의 실체다. 말하자면 그것이 어떻게 당대론적 의미와 해결책을 담고 있을 수 있는가 하는 문제이다. 따라서 우리는 조세희가 쏘아올린 사랑의 구현 경로에 대해 관심을 가질 수밖에 없다. 그러나 그 경로는 분명치도 않거니와 선명한 종착지를 보여주지도 않는다. 다만 사랑이라는 것은 죄의 대당관계로서 죄의 실체와 그것의 역사성을

4) 같은 글, 462~463쪽.

정확히 기억하고 각성할 때 제 모습을 조금씩 드러내는 것으로 나타난다. 이런 측면을 어떤 평자는 조세희의 낭만주의적 경향이라 재단하기도 한다. 그러면 그것은 정당한 평가인가? 물론 그런 면이 전혀 없다고는 할 수 없지만 주류는 그런 판단 밖에 서 있다. 사랑이라는 담론의 표상 자체에로만 구호화될 때는 그런 진단이 가능하겠지만 작가가 우리 시대의 죄를 고통스럽게 추궁하고 자인하면서 밝혀나가는 과정의 엄혹함을 생각하면 그 사랑의 실현에 대한 충분한 제안을 담고 있다고 할 수 있다. 그런 점에서 그것이 결코 낭만주의적 경향으로 치부될 수는 없는 것이다. 죄의 적출과 그것에 대한 인정은 얼마나 고통스러운 일인가? 그는 결코 무색 무취한 사랑을 기대하지는 않는다. 그 사랑은 날이 선 눈물이 우리 가슴에 깊은 상처를 내고, 그래서 그 상처에 딱지가 앉고 그 딱지가 떨어져 새살이 생긴 이후에야 가능한 현실과 인간의 모습을 비로소 지향한다는 점에서 오히려 그 사랑이라는 형상은 현실의 깊은 곳을 아프게 파고들어가는 수단이자 동시에 비판의 무기라 할 수 있는 것이다.

3. 틈에 대한 개입, 틈을 통한 현실에의 개입

작가는 많다. 그러다보니 내용과 형식의 꼴이 닮아 있는 작가들도 많다. 그것만으로 나무랄 일은 못 된다. 그 닮은꼴에도 미세한 차이가 있으며 또 닮음이라는 것이 작가의 부족함을 증거하는 일만은 아닌 까닭에서 그렇다. 하지만 그런 점은 인정하더라도 우리는 인간사가 만인만색으로 이루어지는 것처럼 가급적이면 작가의 세계도, 가령 자기 작품은 자기만의 영토와 문장(紋章)을 가진다는 발자크의 자신감 넘친 목소리마냥, 자신만의 독특한 지리와 문화를 가지고 있기를 기대한다. 문학에 대한 우리의 기대는 그런 다양한 영토의 굴곡 속에서 문학이 제공하는 새로운 혹은 다채로운 세계에의 경험을 만끽하는 데에서 오는 것이기에 그럴 터이다. 그러기에 그런 독특함에서 오는 한 작가의 고유한 심미성은 훌륭한 작가를 구분하는 유력한 준거가 된다고 하겠다.

그런 까닭에 우리는 특정 소설이 나올 때마다 그것의 심미적 장치와 효과의 독특함을 가려보려 애쓴다. 조세희의 『난장이』 연작이 나왔을 때 사람들이 가장 눈여겨보았던 것은, 묘사의 대상도 대상이지만, 아무래도 그 형식적 장치였다. 물론 내용의 효과와 무관하게 존재하는 양식이나 형식은 있을 수 없지만, 논의의 편의를 위해 형식적 측면만으로 좁혀서 거론하면 그것은 기존 한국의 문학적 전통의 양대 축을 이루고 있었던 모더니즘적 경향(사실 그것이 모더니티라는 근대 역사의 패러다임에 실제적 관계를 가지고 있던 것인가 하는 질문은 별개로 하더라도) 혹은 '의사(擬似) 모더니즘' 에도, 아니면 그 건너편에 서 있던 리얼리즘 경향에도 포섭될 수 있는 성질의 것이 아니었다.

그러기에 그 연작소설의 심미적 실험과 효과를 기왕의 이러저러한 문학적 방법에 조회해보는 것으로 평결을 내리려는 태도는 애초에 성립할 수 없었다. 대상이 다르면 분석 방법도 달라져야 하는 것이기에 그 소설들의 현실에 대한 심미적 효과를 생각해보는 것은 당연히 새로운 방법을 요구하는 사안이었다. 그것이 그간 얼마나 왕성하게 또는 정당하게 이루어졌나 하는 것은 이 글 밖의 과제이다. 아무튼 『난장이』 연작의 심미적 효과의 파장과 현실 개입력을 가려보는 방법은 여러 가지일 수도 있겠지만 아무래도 그 가운데 문체에 대한 집중은 자연스러운 귀결이었다. 필자 또한 조세희 문학의 심미성을 불러일으키는 요인 가운데 가장 두드러지는 것은 아무래도 문체 혹은 스타일이라고 생각하기에 그렇다. 그러면 여기서 우리는 또하나의 질문을 해볼 수 있다. 작가는 자신의 문학세계 혹은 주제의식을 나타내는 데에 그런 문체나 스타일이 가장 합당하다고 생각해서 계발해낸 것인가? 아니면 '망외의 효과' 인가? 하지만 여기서 작가의 대답을 꼭 들어보지 않아도 된다. 작가가 이런 스타일을 간취하는 데에서 오는 현실의 변형양식을 생각해 보는 것에서 우리의 질문조차 포괄하는, 더 넓은 의미의 회답을 얻어올 수도 있기 때문이다.

읽어보면 알 수 있다시피 조세희 작품의 대개는 짧은 문장의 연쇄이다. 간혹, 마침표가 한참 뒤에 찍히는 것도 있지만 그런 문장도 기실은 끊어읽을 수 있는 짧은 문장의 겹침이다. 이런 스타일은 우리에게 익숙한 기존 문학, 특히 소설적 서술의 건축 방식인 서사화 전통과 많이 어긋난다. 상황과 심리를 묘사하는 데에 있어 문장 사이의 거리가 멀어 수다한 틈과 성긴 구석이 많은 인상을 주기 때문이다. 하지만 이것이 오히려 문학에서의 소설적 건축의 목적을 더욱 충실하게 해준다는 점에서 중대한 주목을 요하는 것이다. 이 틈은 허술함이나 성김이 아니다. 문학 본연의 전략이란, 다른 측면도 물론 있지만, 텍스트를 통한 독자의 반성 혹은 성찰이라는 사유노동을 견인하는 데에 있는 것이 아닌가. 조세희 작품의 문체에 깃들어 있는 문장 사이의 비어 있음은 묘사대상인 현실의 비어 있음이 아니다. 실사세계에서 존재하는 현실이 문학의 영역으로 이전되어올 때는 당연히 모종의 변환과정을 거치게 되는 것인바, 그것을 우리는 문학적 시선 혹은 문학적 성찰을 통한 현실의 재구성이라 하는 것이다. 따라서 조세희 문장에서의 틈은 실사의 광경과 사연을 그대로 빌려오는 것이 아니라 의도적 비어 있음을 만듦으로써 그 현실상에 대한 독자 나름의 전유나 현실 재구축이라는 과제를 내준다. 요컨대 현실의 재구성이라는, 현실에 대한 적극적 성찰을 유도하는 문체인 것이다. 그런 점에서 문장 사이의 틈은 허술함의 표현이 아니라, 현실이나 그 현실을 재구성하는 문학에 대해서 독자가 다시금 재구성하게끔 이끌어 독자의 사고력에 탄력을 불어넣는 역할을 하는 것이다. 따라서 이 문체는 독자가 문학에 대해서 적극적으로 개입하는 것, 이를 통해 문학을 포함하는 현실 전반에 대해 개입하는 것을 유도하는 장치라고 할 만하다.

부언하면 그 틈 혹은 사이에 대한 독자의 적극적이고 긴장에 넘친 발 담금은 텍스트와의 긴장, 나아가 그것의 효과를 기초로 해서 2차로 진행되는 현실과의 긴장을 유발시킨다. 말하자면 수용자의 비판적 독서가 수행될 수 있는 공론의 장 혹은 공작 담론의 구성과정이 이루어지는 현장인 것이다.

한편 조세희의 문체는 어디서 많이 본 문체로 여겨지기도 하는데, 가만 보면 그것은 성서, 그중에서도 특히 신약의 문체와 많이 닮아 있다는 사실을 알 수 있다. 성서의 문체와 서술 방식은 두 가지 특징을 가진다. 하나는 수많은 곡절과 사건이 담겨 있는 사연들을 단 몇 줄의 문장으로 표현한다는 점이며, 다른 하나는 비유의 방식이다. 특히 예수의 비유는 그 해석을 둘러싼 간단없는 신학적 논쟁을 불러일으키는 것이다. 그렇게 보면 그런 짧은 문장에는 해석적 사고의 다양성 및 의미의 함축성이 상당히 두텁게 얽혀 있다는 것을 일러주는 셈이라 할 수 있다. 이때 우리가 성서를 읽는다 함은 그 짧은 문장, 그리고 문장 사이의 간격에 대한 적극적인 해석의 장에 개입하는 것이 된다.

가령 토마스 만이 성서의 몇 절을 가지고 『요셉과 그의 형제들』이라는 장편을 써낸 것은 그런 맥락에 서 있다. 소설가가 사회의 현상 사이사이에 깔려 있는 빈 구멍을 메우고 그 메움을 통해 현실의 총체성을 복원하는 데에 자신을 기탁하는 존재라면, 토마스 만의 소설은 성서의 현실 속에 존재하는 구멍 난 곳에 대한 해석과 메움이었다. 이는 소설가에게만 요구되는 것이 아닌 현실을 살아가는 누구에게나 요구되는 덕목이 아닐 수 없다. 앞에서 언급한 대로 조세희 작품의 문체양식은 현실에 대한 그런 자발적인 사고와 개입을 요구하는 효과를 수반하고 있다. 덧붙여, 성서의 문체는 가장 핵심적인 골격이며, 거기에 살을 붙이는 것이 인간의 역사이다. 살을 붙이는 행위는 현실에 대한 인식과 실천의 통합을 요구하는 과정이다. 때문에 그것은 역사를 만들어가는 과정이기도 하고 지식, 텍스트 혹은 이론을 만들어가는 과정이기도 하다.

이 지식, 텍스트 생산 등이 현실에 대한 입체적인 사고행위 없이 수행되는 법은 없다. 조세희의 문체는 의도적이건 그렇지 않건 간에 상관없이 그런 맥락에서의 텍스트 효과를 발휘하고 있다는 것이 우리 문학에서 찾아보기 힘든 사례라 하지 않을 수 없는 것이다.

4. 조세희 문학의 현재화

『난장이』 연작의 각 요소 중에서 중요하지만, 그러나 그리 중하게 종합적으로 분석되지 못한 것이 클라인 씨의 병과 뫼비우스의 띠를 통해 언급되는 위상학적 사고이다. 그러나 조세희의 문학적 사유의 면모나 그것의 현재화의 모색에 있어 이 위상학적 방법은 중요한 의미를 가진다. 작가의 의도에 적중하는 것인지는 모르겠으나 이 위상학적 사고는 조세희 문학의 현실 인식과 성찰에 핵심적인 축을 이루기 때문이다.

앞에서 이야기한, 죄와 사랑에 대한 작가의 사고와 추적이 이 위상학적 방법을 타고 있는 까닭이기도 하다. 위상학적 사고의 탄력성은 물론 현실 설명 패러다임의 발전과 무관하지 않다. 다음 경우를 보자. 가령 평론가 김병익은 클라인 씨의 병과 뫼비우스의 띠가 보여주는 통합적 실체 혹은 비전통적인 사고는 삼차원의 공간, 즉 우리 현실에서는 실현될 수 없는 것이기에 그것에 대한 조세희의 꿈은 원천적으로 비극을 가질 수밖에 없다고 한다.

그러나 그런 판단은 이제 다른 판단기제를 통해 재점검될 수 있다. 말하자면 김병익의 판단은 전통적인 고전 물리학, 서구 전통의 합리론 등에 입각해서 보면 합당한 말일 수 있지만 그런 세상 설명법이 근본적으로 의심받게 된 상황에서, 이를테면 세상의 구조 혹은 구성은 이미 위상적 지형으로 이루어져 있는 것이기에 마찬가지로 위상학적 사고와 그것을 통한 현실에의 개입 및 실천이 아니고서는 현실에의 재현이나 설명 혹은 실천이 난감해진다는 새로운 설명 앞에서는 정당한 판단일 수 없다. 그러기에 이런 설명법에 기댄다면 여기서 우리는 작가의 꿈이, 다만 꿈이 아닌 현실 생산력 혹은 현실 개입력을 가진다는 점을 확인할 수 있다. 이는 물론 문학에서의 메타포나 수사를 통한 '문학' 고유의 방법으로서의 개입이 아닌, 실제 측면에서의 개입이다. 따라서 조세희의 작품이 지난 시절 '문학적 방법'의 고유함으로 위상학적 사고와 그것의 현실 개입력을 환기시켰다면 이제 그것은 실제 현실에 대한 실제 구성이 되는 것이다. 바로 이 지점, 즉 현실을 설명하고 사고하는 문제지반의 이동 혹은 혁신이 조세희의 작품을 다른 관점으로 보게 만든다는 판단을 유인하는 셈이다. 이럴 때 『난장이』에서 설혹 클라인 씨의 병이나 뫼비우스의 띠가 이항대립적으로 분립해 있는 세계에 대한 작가의 통합적 기대의 비유물이었다 해도 이제 그것은 더이상 비유가 아니라 현실 그 자체에 대한 설명기제가 되는 동시에 새로운 문학 방법의 한 요소가 되는 것이다. 물론 여기서 달라진 학적 생성 조건이나 패러다임의 변화를 들어 조세희가 선구적 의식을 가졌다든가, 아니면 놀라운 미래적 예지를 가졌다는 등의 호들갑을 떨 필요는 없다. 다만 주시해야 할 것은 현실에 대한 피 말리는 사유와 문학에의 고통 그리고 기존 방법에 대한 불만에서 나오는 새로운 시험적 투신이, 작가에게 예기치 않은, 이를테면 현실에 대한 위상학적 방법의 효율성을 선사했을 것이라는 점이다.

이제 클라인 씨의 병과 뫼비우스의 띠를 두르고 있는 위상학적 사고에서 우리는 무엇을 생각할 수 있는가? 다른 건 몰라도, 적어도 자본과 노동의 현상적 적대에만 시선이 머무는 실체론적, 본질론적 고집에서 벗어나게 해줄는지 모른다. 혹은 그런 문제지반에서 이루어지던 『난장이』 해석의 평면적 성격을 넘어설 수 있게 해줄 것이며, 동시에 문학의 위치를 현실 지형의 위상 속에서 다시금 사고하게 해줄는지 모른다. 그렇다면 조세희 문학에 내장되어 있는 위상학적 문제의식은 현실에 대한 인식과 문학에 대한 인식 양 측면 모두에 새로운 사유지평을 열어주는 데에 중요한 조력을 한 문학적 이정표가 아니겠는가?

(『난장이가 쏘아올린 작은 공 외 — 한국소설문학대계 51』 해설, 1995)

개인적 꿈과 사회적 꿈의 봉합 방식
—김호창, 『꿈꾸는 자의 사랑법』

1

이즈음 대중적인 주목을 끌고 있는 문학 경향 중의 하나는 80년대적 삶의 방식에 대한 90년대적 반응이라 이를 만하다. 그 반응은 생산자의 위치나 감성 혹은 고유한 경험에 따라 다양하게 나타날 수밖에 없을 터이지만 우리의 관심을 끄는 것은 아무래도 80년대의 보편성과 그것에 마주하고 있는 작가의 90년대적 위치 사이에서의 긴장관계 혹은 충돌 현장에서 벌어지는 광경이 아닐까 싶다. 이것은 물론 관찰자의 위치에서 재미있는 구경이나 해본다는, 악의 어린 기대가 아니다. 오히려 그런 긴장과 충돌의 효과나 귀결이 혹여나 우리 시대에 맞춤한 가치의 일단을 생산할 수 있는 가능성을 내포하고 있지 않을까 하는 기대 때문이다. 또한 이 기대의 대상은 우리가 만들어가야 할 90년대적 가치의 생산요소 혹은 관계이기 때문이기도 하다. 이런 기대를 품게 하는 예의 문학 경향의 최근 대표작가는 누가 뭐래도 최영미와 공지영일 것이다. 그 앞으로는 김하기, 김형경 등을 들 수 있는데 이들의 작업 이후에도 많은 작가들이 그런 문학 경향에 자신의 작품을 합류시키고 있다.

이런 맥락에서 자연스럽게 나오는 질문은 이 작가들의 작품은 앞서 이야기한 우리의 기대치를 얼마만큼 충족시키고 있는가 하는 점일 것이다. 물론 거기에 대한 판단은 텍스트와 다양한 위치에 놓여 있는 수용자 고유의 수용 조건 사이에서 일어나는 일이기에 한 가지로 환원할 수 있는 것은 아니다. 그러나 그런 점은 인정한다 하더라도 적어도 내가 받은 인상은 많은 경우 그 기대의 충족 대신 씁쓸함이나 심지어 당혹감이 더 많았다는 사실을 숨길 수 없다. 가령 90년대적 조건에서 80년대의 성난 청춘과 그들의 포효 그리고 좌절 등을 돌아보는 소설에서 80년대가 90년대를 살아가는 인물들의 회고를 꾸며주는 단순한 혹은 무생물적인 배경 정도로만 축소되거나 아니면 감상적인 향수의 대상으로만 추락할 때 그렇다.

물론 문학에서 이루어지는 80년대의 호출과 거기에 대한 90년대적 반응은 아까 언급한 것처럼 생산자의 조건에 따라 다양한 갈래로 변주될 수 있다. 때로는 신경질적으로, 또 때로는 둔중한 태도로 이루어지는 것도 그 변주에 속한다. 그러나 그럼에도 불구하고 예의 반응의 대상인 80년대를 호출하고 다룰 때 나타나는 특정한 편향은 그냥 지나치기 힘들다. 그 편향의 내용 중 하나는, 방금 언급한 대목과 유사한 것으로서 그 자체의 무게와 실상을 지닌 역사 현실의 객관성을 호출과 묘사의 대상으로 삼는 것이 아니라, 그 역사 현실이 개인의 특수한 개별 체험의 대상으로 있을 때에만 의미를 획득하는 것으로 축소되면서 급기야 지극히 상대화되고 형해화된 모습으로 나타난다는 것이다. 여기서 개인의 고유한 체험과 별개로 존재하는 보편적 지평으로서의 80년대는 자기 독립성을 잃어버릴 수밖에 없다.

이런 편향이 작품에 구체적으로 나타나는 모양 또한 다양하다. '90년대적' 으로 변해야 한다는 강박에서 오는 과도한 단절의식, 적과 아(我)라는 선명한 80년대적 양분 구도 속에서 어느 한쪽으로도 투신하지 못하던 갈등심리에서 보상 혹은 80년대에 대한 '보복심리'로의 전위, '그 때가 좋았어' 하는 회고적, 수세적 방어의식, 과거의 신념과는 배치되는 식으로 변해버린 현재의 자리에서 '나도 한때는!' 식의 자기 위안을 위한 알리바이 마련 의식이나 나르시시즘 등이 작품의 인물들을 통해 투사되곤 한다. 또한 80년대의 아픔에 재한 과잉 엄살이나 과잉 제스처 혹은 "나는 정말 이렇게 많이 아프다"는 투의 꾸며지고 과장된 아픔의 호소는 정말 보기 딱한 노릇이다.

이런 양상이 창작에 반영될 때 실제로 드러나는 문제 중 하나는 전망이라는 명제에 대한 혼란스러움이나 자가당착이다. 단순화의 위험을 무릅쓰고 말한다면, 예의 편향적 태세에서 보면 전망이란 기호는 거덜난 낡은 깃발이자 균열된 기표이다. 해서 더이상 그것을 고민하지 않아도 된다는 심리 및 태도로 기울어진다. 말하자면 80년대에 문학에서 요구되었던 전망 제시는 작가의 다양한 세상 읽기와 판단의 폭을 현저하게 제한하는 '주문생산'이었기에 그것에 심한 알레르기 현상을 보인다는 것이다. 상기해보면 80년대 민족·민중문학의 숙제였던 전망 제시의 문제는 전망이라는 개념적 지위에 대해 지나치게 의미를 부여하거나 아니면 단순한 일원론적 해석을 유도함으로 말미암아 그것에 대한 과도한 집착이나 기계적 파악을 낳은 바 있다. 그래서 모든 작가들이 하나의 이념틀로 모여들어야 하는 병목현상을 야기한 바도 있음은 부인할 수 없는 사실이다. 예의 문학 경향의 편향은 그런 측면에 대한 반성 혹은 반발일 수 있다는 점에서 전혀 이해 못 할 바는 아니다. 그러나 그 반발이 전망이라는 명제에 대한 80년대적 해석 방식과 문제지반에서 벗어난 다른 지반에서의 문제의식이나 제기가 아니라 80년대적 해석틀과 동일한 형식과 규칙 속에서의 단순 반작용 혹은 양자택일식의 이해로 이루어지는 동전의 양면이라는 점은 지적되어야 한다. 그런 점은 발전적인 생산성을 전혀 보여주지 못한다. 오히려 퇴행적이기까지 하다. 그렇기에 전망이라는 명제 혹은 형상과 관계되는 80년대의 낡은 부분을 폐기하고자 하는 정서가 존재해도 그것은 불투명한 자의식의 투사물 수준일 뿐 그것에 대한 발본적 문학적 사유는 보여주지 못하고 있는 것이다.

여기서 길게 이야기할 수는 없지만 전망이라는 명제가 어떤 목적론적인 귀착점이나 모범해답식으로 이해된 점은 교정되어야 옳다. 만약 전망이라는 것이 현실의 물질적, 정신적 과정을 구성하는 요소들의 위치와 그것들의 관계망들이 펼쳐가는 일련의 과정 및 그 과정 속에 상호치환, 응축, 모순적으로 각축하는 각 요소들의 역사과정을 추적해나가는 가운데 발굴되는 사회적, 개인적 사유의 폭의 증진 계기라고 생각한다면 그것은 문학적 실천에서 더욱더 벼려나가야 하는 덕목이면 덕목이지 그 이하는 아니다. 말하자면 전망에 대한 인식 태도 및 문제설정의 전환의 교두보를 확장해나가는 것이 중요한 것이지 전망에 대한 모색 자체를 '두려워' 할 시기는 아니라는 말이다.

현실에 대한 앎의 욕망이나 태도 정립에 있어 올바른 '질문법'이 중요하다는 것은 80년대에 대한 호출 및 질문 작업에도 동일하게 적용된다. 근자에 왕성하게 일어나고 있는 예의 80년대에 대한 문학적 재질문의 많은 경우, 동의하기 힘든 부분이 많다는 것도 바로 역사에 대한 그리고 그 역사 현실에서 자신의 정체성을 생장, 번성시켰던 개인 및 양자의 관계에 대한 질문의 방법이 애당초 선로를 잘못 타고 있다는 이유 때문이다. 물론 김하기의 『항로 없는 비행』처럼 부분적으로는, 회고적이나 후일담적인 경향에서 벗어나 현재적 물음에 강한 의욕을 보이고 있는 작품도 눈에 띄지만 그런 작품은 거꾸로 아직까지 80년대의 환원론적 상상력이나 역사적 자장에서 충분히 자유롭지 못하다는 점에서 반대 편향을 보인다. 자신이 신념화했던 문제틀이 성공했던 시대에 대한 향수를 숨길 수야 없겠지만 그 향수가 작가의 뒷머리를 자꾸 잡아끄는 듯한 형국은 돌파해야 할 장애물이 아닐 수 없다.

80년대를 문학적으로 호출하여 반성 혹은 성찰해본다고 했을 때도 그 시대를 움직였던 인식적 패러다임 및 집단의식 그리고 어찌 되었건 거기에 결박되어 있던 개인 정체성의 불완전성이나 한계를, 말의 참된 의미에서 형상적으로 깊이 천착하는 것을 보기 어렵다는 생각은 단지 나의 과문함 탓일까? 이런 판단에 조금이라도 옳은 부분이 있다는 전제가 가능하다면, 80년대에 대한 공정한 재현 의지보다 그 시대를 어서 빨리 정리해야 한다는, 쫓기는 듯한 정리의식과 설익은 재출발의식은 다시금 '정리' 되고 교정되어야 할 대목인 듯싶다.

2

위에서 언급한 대로 80년대를 호출하고 거기에 새로운 질문의 겨냥점을 맞추고 있는 작품들 중에서 적지 않은 수가 온당치 못하게 굽어져 있다는 지적은 그것을 다시 반대편으로 구부리는 작업이 수반되어야 한다는 점을 이르는 말이 아닐 수 없다. 이런 시점에 우리 작단에 새롭게 등장한 신예작가 김호창의 『꿈꾸는 자의 사랑법』은 우리의 기대를 끌지 않을 수 없다. 말하자면 다시 구부리기 작업에서 그가 설정하는 아르키메데스의 꼭지점은 어디일까 하는 점이 무척 궁금한 대목이라는 것이다.

이 작품도 90년대적 조건에서 80년대를 다룬 다른 작품들처럼 80년대에 대한 90년대적 반응이자 90년대적 생존법의 모색이다. 이 소설은 일종의 성장소설의 모양새를 취하고 있다. 요컨대 꿈꾸는 청춘의 순례기라 할 만하다. 비록 청춘의 표상에 대한 우리의 통념인 진초록보다 잿빛이 많이 섞여 있지만 말이다. 그 잿빛은 80년대의 적자도 아닌 그렇다고 90년대의 적자는 더구나 아닌, 그 어느 쪽에도 몸을 내놓지 못하는 80년대의 마지막 학번인 89학번 상욱이 선배 학번과 후배 학번 사이에서 느끼는 갈등과 반목에서 유래한다. 그런 점에서 이 소설의 배경은 90년대의 대학 풍정이 되는 셈인데, 80년대의 지배적 패러다임을 구성하던 저항적, 계급적 이념과 실천의 핵심적 거점이 노동현장과 대학이었다는 점을 상기한다면 대학이라는 공간과 그 구성원들의 변화에서 오는 갈등과 긴장관계는 우리 사회 전체에 깃들어 있는 그것의 미니어처가 될 수도 있다는 점에서 주목을 요한다.

소설 내 상욱의 위치인 89학번은 유달리 묘하고 애매한 학번이다. 학생운동권에서 89학번을 일러 '마지막 변혁열차'를 탄 학번이라고 하는 농담 아닌 농담은 그 학번들 처지의 애매함을 상징적으로 드러내준다. 사실 언뜻 보면 변혁열차의 마지막 승객인 그들은 80년대의 시대적 정체성과 선배들의 생활양식에 강한 귀속감과 동질감을 느끼고 있다고 할 수 있다. 그것은 다음과 같은 상욱의 언사를 봐도 그렇다. "나에게까지는 '건대'는 기억이죠." "80년대의 마지막에 입학해서 90년대를 대학에서 보내고 있는 우리들에게는 아직까지 '광주'가 우리들의 기억으로 남아 있듯이" "그리고 우리 뒷세대부터는 그것은 기록이었습니다. 교과서에나 실릴 역사적 기록……"[1] 하지만 그렇다고 동질감이 투명한 것은 아니다. 자신들이 보낸 대학 사 년 동안 드라마틱하게 폭발한 세계사적인 모순과 격동이라는 역사 현실을 목도하면서 심상치 않은 동요의 심정을 느껴야 했던 것은 어쩔 수 없는 순리였다. 그들 앞에서 벌어지는 세계적 변화의 속도는 개인의 변화보다 훨씬 가속적이고 드센 것이다. 그렇지만 적어도 그들의 이념과 신념의 귀소성은 여전히 80년대적 형상에 기울어져 있는 것이다. 요컨대 그들은 선배들처럼 '불굴의 전투성'으로 무장되어 일체의 이념적 회의나 흔들림 없이 오직 "변혁의 한길로" 달려나가는 '강철전사'도 될 수 없고, "세상이 천만 번 바뀌어도 나는 나"라는 개인 중심의 이데올로기로 단단히 무장된 경쾌한 '신세대'는 더욱 될 수 없는, 단지 그 사이에 어정쩡하게 끼어 있는 신세인

1) 김호창, 『꿈꾸는 자의 사랑법』, 실천문학사, 69쪽. 이하 인용은 본문에 쪽수만 표시.

것이다. 여기서 얼마나 많은 갈등이 솟아오를 것인가 하는 점은 다른 말이 필요치 않을 터이다.

이처럼 89학번 청년들의 질서를 소설에서 대표하는 상욱의 초상화는 다음과 같이도 이야기될 수 있다. 상론한 것처럼 그의 갈등과 고통은 80년대 학번의 그것과 같으면서도 또 다르다. 예컨대 "우리에게는 '역사'가 부재했고, 우리를 정당화시켜줄 '이데올로기'도, 어딘가에 흠뻑 빠져드는 치열함도 없었다"는 작가 친구의 발문을 보면 그 맥락을 확인할 수 있다. 만약 역사나 이데올로기 등이 완전히 용도폐기된 것으로 확정판결되어, 그런 것들의 전면적 부재의 시대, 그래서 더이상 그것에 시달리지 않아도 되는 총체적 망각상태라면 오히려 마음은 편할는지 모른다. 그러나 아직 '80년대적' 역사와 이데올로기의 흔적은 여전히 그들의 정신과 존재에 짙은 불도장 자국으로 현존해 있고 '80년대적 삶의 방식'을 떠올리게 하는 주장들은 조각들로서나마 또 여전히 대학과 청춘의 도처에서 웅성거리기에 마냥 고개를 돌릴 수는 없는 것이다. 그렇다고 힘과 무게에 있어 80년대에 잘 쓰던 표현대로, 현실의 파열구를 만들어내기에는 그 파괴력이 못 미치는 것이기에 그들은 어쩔 수 없는 아포리아에 빠지는 것이다.

존재론적으로도, 윤리학적으로 그렇다. 80년대 학번에게 있어 "청춘은 아름다워라" 같은 표현은 너무 사치스러운 말이었을망정, 그러나 다른 의미에서 청춘은 아름다웠다고 할 수 있다. 모름지기 젊은이라면 이렇게 살아야 한다는, 필사의 각성으로 도저한 역사와 겨루면서 자신을 달구어야 한다는, 또 미흡하나마 그렇게 살아간다는 가슴 뻐근함도 있었다. 이처럼 상욱의 선배 학번들은 한갓지나마 그래도 역사의 중심에서서 역사를 창조해나간다는 위안 아닌 위안을 받았다면, 상욱의 세대들은 어디서 그런 위안을 얻을 수 있을지, 어디서 용기를 주유받을 수 있을지 몰라 외롭고 혼란스러운 상태에서 이데올로기의 공회를 찾아 헤매는 이데올로기의 대상(隊商)들로 이해될 법도 하다. 상욱이 자신들의 세대를 사생아라 치부하는 것도 그래서인지 모르겠다.

우리가 소설에서 상욱의 행로를 따라가고, 그것의 의미를 물어보는 것은 이와 같은 89학번 고유의 처지 및 그 사적인 맥락에 대한 안배를 수반하면서 이루어져야 한다. 말하자면 이 소설이 80년대의 '강철전사'와 90년대의 '신세대'가 대칭적으로 동거하는 대학 안에서 상욱이라는 '비대칭적' 인물의 순례와 모색을 통해 대학, 나아가서는 우리 사회의 변화의 주행성을 탐사하면서 80년대와 90년대의 가시적, 비가시적 상관성을 사유하고 있는 것이라면, 그것의 숙주가 되는 상욱의 고유한 존재론적 위치를 감안하지 않고서는 정당한 독해가 이루어지기 힘들다는 것이다.

예의 탐사의 마디를 이루어나가는 상욱의 유적은 아직 짧고 그것을 이루는 밑그림은 두텁지 못하지만 그 순례 초장에 등장하는 수많은 화두, 문제의식, 자아를 향한 질문 등의 다채로운 빛깔은 그의 유적이 상당한 폭과 깊이를 확보할 수 있을 것 같다는 예감이 들게 한다. 하지만 동시에 그가 자청하는 그 과정이 무척이나 고단한 행로일 것이라는 염려는 어쩔 수 없이 스며드는 바이다.

그 고단함은 "세상으로 나아가는 통로가 막혀버렸다"(21쪽), "이미 모든 출구는 닫혀버렸잖아요"(342쪽) 같은 독백에서 시작된다. 80년대와 달리 이념의 푯대도 깃발의 아우성도 없는 듯한 부박하고 남루한 현실과 혼란스러운 자의식 속에서, 또 몸과 마음을 신탁할 수 있는 약여한 이론적 패러다임도 부재한 상황 속에서 결국 그것을 만들어가야 한다는 부담, 고단함 그리고 당혹스러움 등이 여기서 피력되고 있는 것이다. 상욱 자신은 불행한 시대를 살고 있으며 선배들이 오히려 행복한 시대를 살았다고 자조하는 것도 이런 맥락에서이다.(69쪽) 그런 점에서 그를 비롯한 그의 동료들은, 비록 몸은 쫓길망정 사상의 본향에 도달하기 위한 신념으로 살아갈 수 있었던 선배 세대들과 달리 오늘도 정처 없이 걸어야 하는 '사상적 무숙자(無宿者)'라 할 만하다.

이런 정황에서 그에게 세상으로 나아가는 통로는 어떤 것일까? 항용 성장소설이 그렇듯이 여기서 그 통로 찾기, 길 찾기를 위한 지적, 육체적 여정이 시작되는 것이다. 이즈음 해서 상욱이 통로를 찾기 위해 먼저 택하는 방식은 지난 시대, 특히 80년대 청춘들의 가슴과 뇌리를 잡아두었던 여러 이념, 진리의 형상, 통념 등을 근본적으로 재질문해보면서 그것의 현실적 효용성을 자기 당대의 지형과 시대적 '무의식'에 조회해보는 것이다. 그것은 상욱과 친화적인 노마, 소리집 같은 '80년대적 인물'과의 교통을 통해서, 때로는 80년대적 형상에 진한 혐오를 내보이면서 변혁운동을 했던 사람들을 심지어 마조히스트로 매도하는 인물의 발언에까지 귀를 기울이면서 수행된다. 여기서 우리는 작가 그리고 그의 분신이라 할 만한 상욱의 사유의 탄력성과 질문의 엄정함을 읽을 수 있다. 가령 작중화자를 통해 80년대의 이데올로기적 행태를 거론하면서 이데올로기가 "반은 종교적일 수 있지"(49쪽)라고 지적하는 대목은 이데올로기 혹은 세계관의 속성에 그런 점이 없다고 할 수 없으며, 어찌 보면 '과학적 세계관'이라고 했던 것도 종교에서의 깊은 '신심'과 완전히 동떨어진 것이라고는 할 수 없거니와, 더구나 간난이 미만해 있는 시대일수록 이데올로기는 종교적인 속성과 더 가까워질 수 있다는 측면을 환기시키는 것을 접해보면 그런 생각이 더 든다. 물론 이런 인식이 새로운 것은 아니다. 하지만 대로에 내놓고 거론하기에는 왠지 꺼려지던 이런 대목을 에돌지 않고 곧바로 치고 들어오는 형세는 상욱 세대 고유의 고민에서 오는 것이기에 각성의 현실성에 값하는 것이다.

사이비 노동소설은 사이비 포스트모더니즘 소설과 다를 바 없다는 지적(60쪽)과 아울러 진정한 노동소설을 쓰기 위해서는 황석영, 이문열, 김원우 등의 소설가들의 미덕들을 받아들여 그것들을 윤기 나게 결합해야 한다는 발언 역시 같은 맥락인 셈이다. 이런 것은 그의 선배 세대들보다 한결 성숙한 자세를 보여주는 대목이 아니라 할 수 없다. 리얼리즘에 대해서도 마찬가지이다. 상욱이 고민하는 것은 '주어진' 리얼리즘에 대한 훈고학이 아니라 당대 사회에서 관건적 사안이 되는 것에 기초하여 재구성되는 리얼리즘인 것이다. 당대적 효과를 부단히 생산하는 것만이 리얼리즘이라는 그의 인식은 리얼리즘이라는 기존 표상에 대한 근원적 수준에서의 되먹임인바, 이는 종래의 관습적 신화나 권위에 얽매이지 않는다는 점에서 한 단계 고양된 사유의 경지와 그것의 가능성을 보여주는 것이다.

이외에도 상욱이 자신의 출구를 찾기 위해 취하는 방식은 여성 문제, 노동운동, 학생운동, 대학생의 라이프스타일 등등을 소재로 하여 다양하게 펼쳐진다. 이 방식의 핵심은 말한 대로 자신의 정체성의 거푸집이었던 80년대적 형상에 깃들어 있던 수많은 통념들을 재료로 삼아 그것을 새로운 방법으로 가공해보는 것이라 할 수 있다. 이것이 어떤 결과를 낳을지는 아직 명확치 않다. 하지만 이런 작업이, 이를테면 유토피아로의 가속에 더 신경을 쓸 수밖에 없었던 사정이 있었다 하더라도, 상황에 따라 분명히 필요했을 이념적 견제 및 제동장치의 장착 혹은 이상과 실제의 갈라진 틈을 메우는 일 등에 소홀했었던 오류를 적어도 똑같은 수준으로는 되풀이하지 않게 하는 데에 중요한 성찰의 장치가 될 수 있으리라는 기대는 해봄직하다.

3

소설은 현실에서 발생하고 작가가 느끼는 문제를 원재료로 하여 그것을 특정한 방식으로 가공한 형태이다. 따라서 거기에는 당연히 소설화라는 일련의 규칙이나 형식이 만족되어야 한다는 전제가 깔린다. 이 소설의 가장 큰 문제점을 굳이 지적한다면 예의 소설적 육화가 고르지 못하다는 점이다. 이런 점은 작품 전체의 형상화 수준이 고르지 못하고 상황에 따라 제법 큰 낙차가 나타난다는 것에서 알 수 있다. 작가가 느끼는 문제의식은 충분히 공감이 가는 사안이나 그것이 작중인물이나 상황의 관계 속에서 소설적으로 육화되지 못하고 있는 점이 드물지 않게 나타나는 것은 아무래도 관념의 과잉현상이 소설 전면에 그대로 노출되기 때문이라 할 수 있다. 주인공이라 할 수 있는 상욱의 감정의 기복이 심한 것도, 또 작품 후반부에 오면 전반부에 보이던 치열함의 자리를 자의식의 방백이나 맥락의 불투명함이 대신하는 것이라든가 혹은 결론을 현실의 혼란함을 핑계로 대단히 모호하게 처리하는 것 등도 마찬가지의 연유 때문이라 볼 수 있다. 아직 주제의식의 형상화를 밀고 나가는 뚝심이 부족해서일까? 이에 하나 더 덧붙이자면 사상의 주유, 실연, 구도의 여행, 회귀 등으로 짜여지는 구성은 성장소설의 전형적 문법이라 해도 지나치게 스테레오타입화되어 있어 오히려 신예의 신선한 문제의식을 갉아먹는 요인이 되고 있다는 점을 지적할 수 있겠다.

80년대와 90년대의 비동시대적 상호관계에 대한 탐색이라는 문제의식이 제대로 살기 위해서는 80년대적 문제설정에서 90년대적 조건을, 또 역으로 90년대적 문제설정에 80년대적 조건을 삼투시키고 충돌시켜야 할 터이다. 또 그 충돌 현장에서 일어나는 효과를 눈여겨보아야 할 터이다. 이를 위해 필요한 것은 양쪽에 대한 인식의 균형성이다. 하지만 김호창은 전자 쪽은 만만치 않게 파고들어가면서도 후자 쪽은 적지 않이 소홀히 하고 있다. 말하자면 80년대적 패러다임의 불완전성이나 오류를 집어나가려는 의지는 왕성하나 90년대 당대의 문제를 파고들어가는 점은 상대적으로 미약하다는 점을 마지막으로 지적하지 않을 수 없다. 80년대에 대한 깊은 성찰을 통해 90년대적 삶의 방식에 대한 새로운 이해를 꾀하고자 하는 그의 작업이 제대로 발효되고 현실화되기 위해서는 양 시대에 대한 균형 잡힌 사유가 필요함은 당연하다 하겠다. 아울러 그의 다변적인 고민과 갈등이 현실적 힘을 얻으려면 그것이 청춘의 한때에 누구나 해보는 것 정도의 관념적 치기의 소산이 아니라 현실의 두터움과 실제에 끊임없이 조회하고 충돌하는 것에서 나오는 결과물이어야 할 것이다.

하지만 이런 몇 가지 문제에도 불구하고 그의 감수성과 사유과정은 아직 싱그럽고 자유롭다. 어떤 문학적 규범이나 문학작품의 정전적 권위에도 묶여 있거나 주눅들지 않는다. 이는 특정한 사상에 대해서도 마찬가지이다. 거기다 가끔씩 내비치는 능청스러움은 그의 재기를 유감없이 보여주는 현장이다. 젊은 작가가 사유의 자유로움과 깊이 그리고 감수성의 싱그러움이나 능청스러운 화법 등을 동시에 챙기고 있기란 쉬운 일이 아니다. 문학동네의 시민권을 이제 발급받았기에 아직 적지 않은 구멍이 보이기는 하지만 그의 미덕이 더욱 완숙해질 때, 그때의 작품은 결코 녹록지 않은 경지를 보여줄 것이라는 기대는 나만 하는 것이 아니리라 생각한다.

(『실천문학』 1994년 겨울호)

『사랑의 조건』에 대한 옹호와 비판의 갈래

—안재성, 『사랑의 조건』

1. 『사랑의 조건』을 둘러싼 엇갈린 평가

여러 가지 찬사와 형용을 받으며 상재된 『파업』은 그 작품의 역사적 의미만큼이나 안재성이라는 신진 작가를 일시에 주목받는 중요 작가로 만들어놓기에 충분하였다. 필자도 그 작품을 읽어보고는 작품에 대한 모든 상찬에 동의하는 바는 아니었지만 여러 이유에서 그 작가에 많은 기대를 가지지 않을 수 없었다. 이런 의미에서 올 상반기에 출간된 그의 장편 『사랑의 조건』은 여러 사람이 그에게 거는 그 기대에 과연 부응할 수 있는가 하는 작가 역량의 가늠자일 수밖에 없었다.

필자의 게으른 소치로 이 작품을 미처 읽고 있지 못하던 중 여러 매체에 게재된 『사랑의 조건』에 대한 평문을 먼저 읽게 되었다. 작가와 거의 비슷한 연배들인 소장평론가들의 평가는 거의 유사한 문제제기점도 있었지만 글이 담고 있는 핵심적인 맥락은 크게 보아 세 유형 정도로 나뉘어짐을 일감(一感)으로 느낄 수 있었는데 그중에서도 필자의 눈길을 가장 강하게 끌었던 글은 김명환씨의 평문이었다.

김명환씨의 평문은 이렇게 시작된다.

"안재성의 『사랑의 조건』은 한마디로 실패작이다. 처녀작 『파업』의 영광과 찬사를 일거에 무너뜨리는 실망스러운 일이다."[1)]

여기서 필자에게 우선 들었던 생각은 안재성씨가 얼마나 엉망으로 썼길래 김명환씨가 이렇게 파산선고식의 언사를 서슴없이 쓰고 있는가 하는 것이었는데 이런 생각의 밑바닥에는 물론 작품이 당연히 태작이려니 하는 짐작이 깔려 있었기 때문이었다. 왜냐하면 그간 김명환씨가 보여주었던 평론활동 자세와 비평능력이 결코 허술한 것은 아니었기 때문이고, 따라서 이 작품에 대한 그의 혹평도 당연히 그러한 평가를 내리지 않을 수 없는 근거가 있으리라는 추측이 가능했기에 더욱 그러했다. 이런 혹평에 대한 호기심적 자극에 의해 필자는 서둘러 작품을 읽어보게 되었는데, 그러나 읽고 난 후의 생각은 김명환씨의 평가와 많이 다름을 알게 되었다. 아니 오히려 『사랑의 조건』은 『파업』에 못지않은 문제의식을 던져주고 있으며 아울러 만만찮은 소설적 감동도 주고 있다고 느꼈다.

그러면 왜 김명환씨의 평가와 필자의 생각은 이렇게 어긋나는가? 결국 양자 중 누구 하나의 평가는 객관적이지 못한 것이 아닌가(물론 양자의 평가 모두가 객관적인 엄정한 평가가 되지 못할 수도 있지만). 이런 자문 속에서 필자는 다시 다른 유형의 평론가들의 글을 재독하게 되었고 연후에 서로 다른 평가를 새삼 확인하게 되었다. 그런데 거기에는 단순히 선호도의 차이를 넘어 서로 다른 평가 지표를 가지고 있음을 추리해 볼 수 있었다(예컨대 현실주의 이해나 그것의 비평적 적용 방법 등). 이런 수순에 따르자면 당연히 각 평론가가 가지고 있는 평가 지표의 타당성 여부에 대한 검토가 정밀히 수행되어야 함이 마땅하리라. 그러나 유감스럽게도 각 평문은 짧은 지면이라는 제한 속에서 서술되어야 했기에

1) 김명환, 「'위기'를 극복할 참된 문학적 실천의 기대」, 『문예중앙』 1991년 여름호.

많은 부분이 추상 단계의 언급으로 이루어질 수밖에 없었다. 그런 까닭에 그 논리에 대한 논박은 자칫 필자의 추측에 많은 부분 기댈 수밖에 없다는 사정이 다분해지므로 이 글에서는 다만 구체적인 근거하에서 이루어지는 평가에 대해서만 필자의 몇 가지 다른 견해를 제시하여 그 비교를 돕고자 한다.

2. 인류에 대한 드넓은 사랑과 한 연인과의 '한 몸 되기'

기실 이 소설은 그간 매스컴의 저널리즘적 평가에 의해 일반 독자들에게 잘못 이해된 경향이 없지 않다. 그 평가는 대개 이제까지의 노동소설에 나타난 구도나 주제의식과는 달리 『사랑과 조건』에서는 인류 영원의 주제인 '사랑'이라는 '낡은' 그러나 유독 노동소설에서는 '새로운' 주제가 다루어졌다는 점을 높이 사며, 이로 인해 이제 노동소설도 자기 지평의 확산을 꾀했다는 것이다. 물론 이러한 평가는 기왕의 우리 노동소설이 보여온 관행적 창작 경향에 비추어볼 때 어느 정도 설득력을 가지고 있다고도 할 수 있다. 그리고 물론 이 소설이 '사랑'이라는 문제를 다루고 있음은 사실이다.

그러나 필자가 보기에 이러한 평가의 방향은 이 소설의 바른 독법을 제시해주는 지침이라고는 볼 수 없다고 생각한다. 그 이유는 그 평가가 부분적으로는 타당한 구석을 가지고 있기는 하지만 정작 이 소설에서 간취해야 할 중요한 핵심을 드러내주는 지적은 아니라는 판단 때문이다. 또 그러한 평가 방향은 세간에 노동소설의 새로운 형사와 대상으로 강변되는 이른바 '사랑'이라는 문제를 소재적인 관심으로만 돌려버리는 이른바 '소재주의적' 해석 방법과 다를 바 없기 때문에 더욱 그렇다. 이런 시각이 독자들의 작품 수용을 왜곡시킴은 당연하다. 그런 까닭에 필자는 상론한 식의 평가에는 찬성할 수 없다는 것이다.

그러면 제목도 '사랑의 조건'(강조는 필자)인 이 소설이 보여주고자 하는 것은 무엇이며 독자들은 이 소설을 어떻게 읽어야 할까?

작품은 아주 흥미로운 성격을 가진 주인공의 무모하고도 순진한 행위로부터 시작한다. 우리 현대사회 저류뿐만 아니라 그 시대를 살았던 모든 개인의 영혼과 가슴에 그 모양이 어떠하든지 간에 깊디깊은 낙인을 남겨놓은 광주민중항쟁은 우리의 주인공 '나'에게도 어김없이 '역사적' 인간으로 다시 태어나게끔—여기서 우리는 소설 속에서 몇 번이고 거듭되는 주인공의 중생(重生) 계기와 과정에 세심히 유의할 필요가 있다. 왜냐하면 이 중생 맥락이 작품의 주제의식을 설명하는 장치이며 '나'와 사랑의 운명 및 성격을 결정짓는 기제이기 때문이다—하는 원초적 동기로 등장한다.

'과학적' 현실 인식과는 애당초 거리가 먼, 그래서 아직까지는 소박한 인권 차원의 문제의식에서 맴돌던 '열혈청년' '나'는 그 끓어넘치는 정의감을 이기지 못하고 민중학살의 현장 광주로 내려가려 한다. 그러나 앞뒤 없는 그 생각은 당연히 현실화되지 못한다. 이러한 정황을 두고 1980년을 겪었던 세대는 얼음장 같던 당시 상황에서 의협심 하나만으로 학살의 현장 광주로 내려가려 하는 '나'를 일견 이해하기 힘들 수도 있다. 그러나 우리는 바로 이러한 주인공의 행적이나 특이한 성격, 이를테면 머리로 먼저 계산하기보다 행동으로 먼저 이어지는 면모를 이후 운동과정에서도 쉽게 발견할 수 있다. 이런 성격의 주인공은 기실 논리적인 취약성으로 인해 인물 성격 창조과정에서 잘 원용되지 않는 측면이다. 그러나 이 소설에서는 '나'의 이런 특징이 이후 자기 단련과정을 거치면서도 버려지지 않고, 아니 버려지기는커녕 그 열혈적 성정에다 논리적 안배까지 곁들여져 활동가의 한 유형적 성격으로 이어지기에 오히려 흥미 있는 역할을 하고 있다. '나'를 이런 식으로 선정한 작가의 구상이 잔재미라든가 혹은 섬세한 심리의 길항관계가 별로 없는 이 소설을 그래도 독자의 눈길을 계속 잡아두는 굵은 호흡의 지구력으로 작용하고 있는 까닭은 이런 사정 때문이리라. 하여간 그렇게 무모한 생각과 행위(그러나 그것을 꼭 무모하다고만 해야 할지!)로 인해 '나'는 합수부에 검거되어 짐승보다 더한 학대를 받게 된다. 많은 경우가 그러하지만 '나' 역시 이러한 과정 속에서 일어나는 '파괴되는 자존심'과 고통 속에서 이전에 가졌던 생각들의 철저한 무기력을 분명히 자각하게 된다. 그러나 역사가 요구하는 '역사적 인간'이 되기에는 바로 이런 아픔이 필연적으로 수반되지 않을 수 없었던 것이다. '나'는 결국 이렇게 '거듭' 새롭게 태어나는 인간이 되기 위해서 당대의 민중과 마찬가지로 일련의 통과제의가 필요했던 것이다. '나'의 이 최초의 거듭남 이후 계속되는 '나'의 여러 겹의 거듭남은 이 소설의 두 축 중 하나인 애정 문제에까지 번져나간다. 이것의 예를 진숙을 보는, 아니 여성 일반을 보는 '나'의 시각에서 비늘이 떨어져나가는 대목을 통해 우리는 확인하게 된다.

여하튼 운동권의 순진한 주변부였던 '나'는 그 1980년 봄을 시작으로 해서 이전과는 전혀 다른 인간으로 변해가는데 그 변화의 소설 속 마지막 고비가 바로 왠지 범속한 일상의 시각으로는 감 잡기 힘들 것 같은 전위조직 활동가로 그려진다. 전위조직 활동가란 대체 무엇인가? 그것은 아마 인간 실존의 전 존재가 대단히 높은 수준으로 혁신되어야만 가능한 존재일 것이다. 면도날 같은 긴장의 상존, 무미건조하고 고통스러운 나날, 숨막히는 비밀활동 등. 이 모든 것이 피 말리는 투쟁의 연속으로, 변혁의 대의를 위해서는 개인적인 것의 보류와 희생을 각오하지 않으면 안 되는 것이 전위조직활동의 조건이다. 물론 전위활동가는 이처럼 사람을 메마르게 하기 십상인 조건하에서도 남다른 수준의 인간적 품격과 미덕을 가지고 있지 않으면 안 되는 어려움을 수반하고 있는 위치이다. 그런데 우리의 주인공 '나'가 바로 그 자리에까지 온 것이다. 물론 전위활동가로 그려지는 '나'가 그 전위의 객관적 지위와 역할에 조응하는가라는 문제는 달리 검토해봐야 할 문제지만 1980년의 '나'와 비교해볼 때 그것은 대단한 변화가 아닐 수 없다. 이것은 또한 자연발생적이었던 광주항쟁으로 열린 80년대가 목적의식적인 현대 골리앗투쟁으로 변혁의 십 년 역사를 마감하는 것과 맞물려 있기에 시사하는 바가 무척 복합적이다.

진숙을 만나서 사랑하고 갈등과 화해를 일구어내는 것도 그렇다. 광주항쟁을 매개로 이루어지는 진숙과의 첫 만남 분위기도 예사롭지 않거니와 재회 및 화해의 길목마다 그것의 계기가 되는 징역살이나 골리앗투쟁의 의미도 그렇다. 양자는 철저히 역사적이고도 투쟁적인 현장에서 만나고 사랑하게 되는 것이다. 만약 '나'나 진숙의 변화, 발전이 없었다면 징역을 살 만한 행동도 없었을 것이며 전위조직 활동도 가능치 않았을 터이다. 그랬다면 둘의 첫 만남도 우연의 차원에서 끝났을 것이고, 물론 곡절 많은 그 사랑도 이루어질 수 없었을 것이다. 이런 맥락에서 보자면 결국 양자의 우연 같은 만남이나 재회도 크게 보아서는 (하도 많이 들어 지겹기까지 한) '역사적 필연'이라는 낯익은 말과 꽤 어울리는 듯하다. 물론 그 사랑의 잉태와 지킴이라는 개체적 현상이 역사적 사건과 '역사적 인간'이라는 확장, 종합된 현상과 제대로 어울리려면 훨씬 고양된 자기 내용을 필요로 하지만 말이다.

이처럼 '순진한 친구'에서 시작된 '나'의 운동 이력이 전위라는 고난의 길로 들어서기까지 점철되었던 80년대의 가파른 물길은 '나'를 이론과 실천을 겸비한 확고부동한 투사로 만들어놓는다. 그 '나'가 광주항쟁이야 두말할 것 없고 녹화사업, 구로동맹파업, NL-CA사상투쟁, 6월항쟁, 대통령선거, 현대골리앗투쟁 등 80년대 운동사를 가로지르는 주요 흐름의 여울목 곳곳에 간여하고 있는 것이다. 그런데 바로 그 숨가쁜 역정에 이른바 '사랑'이라는 것이 스며든다. 달리 말하자면 '나'의 영혼을 풍요롭게 할 수도, 혹은 갉아먹을 수도 있는 아직은 애매한 자태의 '사랑'이라는 작은 물줄기가 변혁적 삶이라는 큰 강줄기의 옆구리로 스며들어와 나중에는 그 차이를 무화시키고 더 큰 줄기로 혼융되어 흘러가는 것이다. 본시 인간에 대한 가없는 애정을 수원지로 한다는 점에서 그 크고 작은 두 줄기는 한 몸이었으나 한 짝이 지류로 나뉜 후부터는 각자의 꼴과 색감을 가지고 나름의 역사를 주장해왔다. 그러나 80년대를 살아가는 오늘 '나'에게 있어서는 인류에 대한 드넓은 사랑(변혁)과 한 여인에 대한 깊은 사랑이 비로소 다시 한 몸으로 만나게 되는 셈이다. 그러나 이 행복한 '한 몸 되기'가 가능하기 위해서는 얼마나 많은 신고와 간난이 따를 것인가. 원칙을 포기하지 않는 인고의 운동과정과 부단한 자기 혁신만이 이를 가능케 하는 동력일 터인데 바로 그 점을 계속 강조하는 작가의 의도를 우리는 작품에서 목도하게 된다.

3. 이율배반적 여성관의 극복과 새로운 인간관의 추구

제목이 시사하고 있듯이 이 소설은, 과연 인간의 당대적 자기 동일성의 한계 속에서 어떤 '조건'에 의해 '사랑'이라는 명제를 개인의 내밀한 부분으로서만이 아닌 '역사적' '사회적' 차원으로까지 승화시킬 수 있으며 아울러 그것의 완전함으로 접근해갈 수 있는 바른 계기는 무엇인가에 대한 질문이고 이에 대한 작가 나름의 해법이다.

이런 까닭에 우리는 남녀간의 사랑이라는, 아직 그 내용이 채워지지 않은 추상의 그릇이 어떤 조건이나 계기들로 채워져야만 올바른, 그래서 구체적인 자기 모습으로 나타날 수 있는가라는 전제적 질문들을 먼저 던져야 하며 그런 연후에 이 소설에서 보이는 그 수다한 계기나 조건들의 적실성을 타진해보아야 할 것이다. 물론 그 타진의 가늠자 하나는 당대적 현실이며 다른 하나는 아직까지는 우리 눈에 '가시적'으로 드러나지 않은 엄폐된(누구에 의해서든) 진리이다.

이런 전제에 따르자면 운동사적으로, 다른 십 년과는 질을 달리하는 80년대를 배경으로 한 이 소설을 읽을 때 우리는 다음과 같은 점을 유념해야 하지 않을까 한다. 우선 '새로운' 인간형으로 성장해가는(혹은 성장하려는 의지로 가득 찬) 주인공의 운동적 행로를 먼저 유의해서 보아야 하며 그런 연후 그 주축에 떼려야 뗄 수 없는 매개로 등장하는 두 남녀의 애정 사이에서 전개되는, 두 측면의 상호보족적이며 모순적인 변증법을 읽어내야 한다. 이것을 굳이 비유하자면 '본격적인' 변혁운동이라는 씨줄과 사랑이라는 날줄의 매듭에 대한 구별적이면서도 통일적인 관찰이라고 할 수 있을런지!

새삼 회고해보건대 80년대가 어떤 시대인가?

주지하다시피 민중에 대한 야만적 학살로 시작된 이 연대는 우선 민주/파쇼라는 명료한 단선구조 속에서 진행된 역사단계(물론 6, 70년대도 민주/군사파쇼라는 외형은 80년대의 그것과 다를 바 없다. 그러나 80년대의 대립 구도는 6, 70년대와는 달리 먼저 그 파쇼의 정치 형태가 벌거벗은 폭력이었고 다른 한편의 민주라는 범주는 명실 공히 민주라는 명제에 부응해야 하는 민중의 현실적, 물리적 역량의 급격한 신장단계였기에 그것의 정치경제학적인 범주에 별로 모자람 없는 내용이었다고 할 수 있다)였다고 간주해도 크게 틀리지 않을 것이다. 그러나 외관상의 대립구조가 명료하다뿐이지 이른바 '민주'라는 울타리 속에서 수다하게 얽혀 있는 갈래의 다발은 그저 수월한 인식을 허용치 않는다. 예컨대 70년대의 인권운동적 차원이나 소박한 '민주정부' 수립 차원이라면 이야기가 다르겠지만 80년대의 민주화운동, 즉 본격적인 '변혁운동'은 역사적으로 경험했다시피 그 성격을 달리하지 않는가. 80년대의 민중운동이 질적으로 급격한 약진을 이룩했다는 사실은 그만큼 그 속에 다양하고도 치열한 모순들이 상존해 있었다는 것을 반영해주는 셈인데 그 모순은 당연히 당대의 각 개인에게 삼투되지 않을 수 없었다. 그 개인들 중에서도 특히 변혁운동의 활동가로 삶의 방향타를 돌렸던 인간 군상들에게는 무엇보다도 그 모순의 과학적 타개책이 절실한 문제로 다가왔다.

당시 이러한 사정에 연동되어 과학적 사상 및 이론을 갈급해하며 그 시대의 변혁을 꿈꾸던 이들에게 '과학의 성수'로 자처하며 수많은 이론들이 등장했다. 오랜 세월 동안 이어져왔던 국제운동사의 수많은 변혁론들이 과학적 사상의 처녀지나 다를 바 없는 남한사회에서 자못 군웅할거식의 모습으로 이론적 쟁패를 수행했던 것이 그런 사정에 연유하고 있음은 이미 확인된 바이다. 모든 이론이 자기 이론 나름대로의 논리적 정합성으로 남한사회의 모순을 찾아내고 그 모순의 성격을 밝히며 이에 따라 그 모순의 타개 방향을 제출하게 되고 등등. 그러나 진리에는 임의성이 허용되지 않으며 논리의 정합성이 곧바로 이론의 현실적합성을 보장해주는 것이 아니듯이 그 수많은 이론들 중 우리 변혁운동 발전 경로마다의 나침반이 되고 미래적 전망을 보편타당하게 제시해주는 것은 오직 하나였다.

높은 추상인 과학은 오로지 그것의 현실적 구현체인 인간에 의해서만이 자신의 핍진함과 구체성을 당대 역사에서 마련하게 되지 않는가. 그러나 과학적 진리가 아닌, 의사 진리가 과학인 양 행세할 때 과학의 현실 매개이자 반영인 인간의 현실 인식은 당연히 일그러지게 될 것이고 마찬가지로 과학적 진리의 체득을 통해 모든 부자유로부터 해방되려 하는 인간의 본질적 동일성 회복과정도 일그러지게 마련이다. 어떻게 보면 우리 80년대는 바로 그 일그러짐과 그것에 대한 바로잡음이 모순적으로 교직되어 있던 역사라 해도 그리 어긋난 비유는 아닐 것이다.

예의 두 측면이 이론적으로 볼 때는 종속이론, 주변부자본주의, 생산양식접합이론, 식반론, 신식국독자론, 모순론, 주체사상, 마르크스레닌주의 등등으로 나타났었고 그것의 인격적 표현으로는 인민주의자, 자유주의자, 시민민주주의자, 혁명적민주주의자, 노동해방주의자, 사회주의자 등등으로 출현했던 바이다.

남한사회 모순의 복잡성만큼이나 이렇게 동시다발적으로 미만해 있던 각 경향 속에서 '나'와 같은 세대는 성장해왔고 또 각 개인이 '선택'했던 '과학적 진리'에 따라 자기 삶을 꾸며왔던 것이다. 따라서 자신이 선택했던 세계관이나 사상에 따라 자신의 모든 인식구조나 가치관 등을 결정하게 됨은 당연한 경로라 할 수 있다. 결국 이런 과정에 기초한 자신의 신념(그것의 진리표는 객관 차원이지만)이 일구어내는 여러 가지 관점들, 이를테면 조직관, 변혁관, 특히 인간관이나 애정관 등은 지고의 가치로 여겨졌는데, 어찌 보면 이는 아주 자연스러운 현상이었다. 그러나 잘못된 사상에 이끌린 행동 지침이나 혹은 과학적 사상이라 해도 그것의 편식 결과가 주는 폐해는 얼마나 비극적인가. 특히 그 오용된 사상에 의해 새롭게 꼴지워지는 애정관 문제만 해도 그렇다. 필자의 일천한 경험이나 식견에 비추어보더라도 잘못된 생각에 연유하는 왜곡된 애정관은 여러 가지 형태로 자신을 드러낸다. 예컨대 다른 부분은 그렇게 진보적일 수 없으면서도 애정 문제만큼은 고루한 봉건 잔재에서 한 치도 벗어나지 못해 기묘한 합성어인 '유교적 사회주의' 행색을 보여주는 것이나, 이전까지의 억압적 기제에 의해 길들여져온 자신의 애정관에 분노하여 그것의 역편향인 극좌적 애정관으로 반발하게 되는 모습인 자유주의적 연애관 등이 그렇다. 물론 이런 편향은 우리 변혁운동사가 가진 시행착오의 개인적 반영과 다를 바 없는 것이기에 개인적인 악덕으로만 돌릴 일은 못 된다. 그렇지만 해방사회를 지향하는 운동가적 인간에게 있어서 그 편향이 필연코 교정되어야 할 것이라면 우리는 당연히 그것의 바른 교정 방법의 모색에 인색해서는 안 되리라. 그러나 문제는 그 해결이 다만 애정 문제 자체에만 제한되지 않고 그러한 현상을 자아낸, 보이지 않는 뿌리까지 추적해야만 가능하다는 점이다. 따라서 당연히 그것의 교정 방법은 애정 문제 자체에 국한되는 대중요법이 아니라, 그 활동가가 가지고 있는 모든 관점 및 인식 근저에 대한 새로운 점검과 구태의 제거라는 방법이 되어야 할 것이다. 바로 이 점이 가능해질 때 애정 문제 자체도 비로소 행복한 해결을 보게 된다는 점은 자명한 사실이다.

이상과 같은 부단한 혁신만이 비로소 온전한 사랑의 조건이 되는 것이며, 바로 그것의 소설적 한 실례를 우리는 이 작품 속의 '나'를 통해 보게 된다. 예컨대 운동적인 면에서도 순진했던 '나'는 여성관 문제도 구래의 남루한 관점에서 벗어나지 못하고 있었다. 특히 처음 만난 진숙을 묘사하는 대목만 해도 그것의 한 예이다.

> 특히 우유로 빚어놓은 듯 해맑은 피부와 호수와 같이 맑은 눈, 끈적끈적한 윤기가 반짝이는 고혹적인 입술이 내 숨을 확 틀어막는 것 같았다. (……) 어떤 남자라도 포근하게 감싸줄 것 같이 부드럽고 푸근한 육감적인 분위기였다.[2)]

이처럼 '나'에게 다가오는 진숙의 자태는 대단히 통속적으로 조형적인 아름다움에만 치우쳐 그려지고 있음을 알 수 있다. 그러나 이후 '나'의 운동적 인간으로서의 성숙은 '나'의 미의식을 바꿔놓아 진숙을 형용하는 시각의 변화를 불러일으킨다. 그러한 점은 이를테면 조형미보다 진숙의 인간적인 미덕이나 활동가적 품성에 더욱더 애정과 아름다움을 느끼게 되는 '나'의 변모에서 확인된다.

그러나 그 변화도 아직 충분치 못하다. 이후 이론 학습이나 실천을 통해 활동가적 위치로서는 많은 성장을 하고 또 세미나 등의 좌석에서는 언제나 진보적인 여성관을 피력하던 '내'가 막상 본인의 애정 문제에 부딪히게 되어서는 아내의 과거 때문에 '현재'를 상실하게 된다. 이는 평소에 보여왔던 자신의 여성관과 이율배반되는 대목이 아니라 할 수 없다. 여기서 작가는 두 주인공에게 변화 중의 모순으로 다시 다가온 애정 문제를 단지 두 사람의 개인적 이해나 용서(?)에 의해 해결하려고 하지는 않는다. 지극히 실존적인 두 사람의 농밀한 애정 문제와 또다시 질곡으로 작용하는 '나'의 여성관마저도 양자의 철저한 운동적

---

2) 안재성, 『사랑의 조건』, 한길사, 15쪽. 이하 인용은 본문에 쪽수만 표시.

반성을 통해 화해시키려 하는 것이다. 즉 이것은 내용이 확대되고 복잡하게 된 모순에는 그 모순의 양질에 필적하는 운동적 성찰을 대립시킨다는 것에 다름아니다. 이렇게 볼 때 애정 문제의 모순마저도 결국 그것의 담지자가 새로운 인간으로 향하는 도정에서 끊임없이 약진하게 될 때만이 본원적인 지양이 가능해진다는 것이 이 소설의 전언 하나인 셈이다.

이상과 같은 점을 유념하면서 이 소설을 일별해보면, 그 내용은 대개 두 축을 통해서 전개되고 있다.

'사랑' 이라는 추상명제가 어떤 인간의 어떤 의식과 어떤 사회적 행위를 통해서만 인간의 본질적 실현에 자기 긍정의 구체적인 계기로 되는가라는 질문이 그 한 축이라면, 다른 한 축은 그래서 인간 발전의 계기적 원인이 되기도 하고 또 그 결과가 되기도 하는 애정의 변증법적 방법론이 우리 당대에 살아가는 구체적인 운동적 삶의 체현자에게는 어떤 수준으로 맞서 있으며 그것의 지양이 어떤 새롭고 발전된 내용을 예비하고 있는가라는 문제제기와 해답이다. 따라서 우리는 범속하거나 왜곡된 사랑으로 분식되어 있는 현실 앞에서 우리의 주인공은 그것을 어떻게 극복하여 참된 사랑의 당대적 규범을 이루어내는가라는 일련의 '과정' 과 그 '내용' 에 주목하게 마련이다.

그러나 상론한 바와 마찬가지로 여러 겹의 해석 가능성을 가지고 있는 애정 문제마저도 작가는 그것의 타당성 여부를 언제나 현단계 인류의 진보가 이룩한 '새로운' 인간형을 하나의 규범으로 해서, 거기에 당대적으로 새롭게 형성되어야 하는 인간형의 시각으로 되물어보고 있다. 이것은 남녀간의 사랑 역시 부단한 투쟁과 원칙의 항상적 재창조 속에서 객관적으로 투영되고 사회화되어야 한다는 것의 새삼스러운 강조이다. 이런 원리에 따라 만약 그렇게 되지 않는다면 갈등하는 주인공 '광주' 처럼, 은폐되어 있던 타성에 의해 훌륭하던 활동가마저도 순식간에 편벽고루하고 이기적인 인간으로 전락할 수 있다는 점을 작가는 이 소설에서 계속 부각시키고 있는 것이다. 이것은 아마 사랑의 시작이나 갈등 및 반전 등이 언제나 운동의 고빗길에서 등장하는 것도(광주항쟁/진숙과의 첫 만남, 구로동맹파업/재회, 골리앗투쟁/화해) 이러한 의도에 따른 안배이지 결코 우연적 소산이 아니라는 점은 능히 짐작해볼 수 있다.

4. 엇갈린 평가의 세 가지 유형

이제 『사랑의 조건』에 대한 각각의 평가를 살펴보자.

상론한 평가의 세 유형을 나누어보자면 다음과 같다.

그 하나는 김명환씨의 평가로서 이 평가의 요지는 작품의 소설적 반영이 현실주의적 파악을 제대로 하지 못하고 있으며 이에 따라 전반적으로 '르포'적 성격에서 크게 벗어나지 못하고 있다는 비판이다. 따라서 이러한 평가는 김씨가 선고하고 있듯이 '한마디로 실패작'이라는 수순으로 이어진다.

그 둘은 신승엽씨와 이병훈씨의 평가로서 양자는 우선 작품의 소재 확장과 그것의 성공 여부에 일단 긍정적으로 주목하면서 그 새로운 소재의 등장, 즉 '애정'이라는 민감한 문제가 우리 '문학운동적' 작품 속에서 어떻게 자리잡을 수 있나 하는 점에 비평적 감식안 하나를 겨누고 있다. 반면에 작품의 주요 약점으로서 "주인공의 주관적 해석이 지나치게 전편을 압도하고 있(……)음으로써 형상화의 객관성에 상당한 손상이 가해지고 있다"[3]는 점과 "작가의 과도한 주관 노출"로 인해 "많은 부분이 자의적인 사건 설정"[4]이라는 설득력 취약으로 이어지는 점을

3) 신승엽, 「현단계 노동소설의 경향과 발전 전망」, 『사상문예운동』 1991년 여름호.

4) 이병훈, 「노동장편소설의 최근 변모와 성과가 지니는 현대적 의미」, 『한길문학』 1991년 여름호.

지적하고 있다.

그 셋은 임규찬씨와 임홍배씨의 평가인데 양자가 새로운 소재와 그 소재를 통해 그려지는 애정의 운동적 굴곡에 많은 시선을 두고 있기는 하지만 정작 그것보다 더 유의해서 주목하고 있는 점은 '나'와 진숙의 애정관계를 포괄하면서 그려지고 있는 '새로운 인간형'의 서술에 대한 적실성 여부이다.[5)]

그러면 지금부터 하나의 토론거리가 될 수 있는 필자의 다른 생각을 서술해보도록 하자.

우선 김명환씨의 평가에 대해서이다.

앞에서 제시한 것처럼 김명환씨는 이 작품을 "한마디로 실패작"이라고 했다.

글이 워낙 짧은 지면 속에서 이루어지기에 많은 부분이 축약적이고 추상으로 끌어올린 표현으로 서술되어 있다. 물론 이는 짧은 지면의 조건 때문이지 김명환씨 탓은 아니다. 이런 조건을 고려해볼 때 우리는 그중에서 비교적 구체적인 근거를 제시하면서 비판한 대목을 하나의 토론거리로 삼아 이야기를 시작해볼 수밖에 없다.

그는 작품 전개가 "어찌 보면 운동권의 한 활동가의 궤적에 대한 르포에다가 적당히 소설적 외피를 입힌 듯"한 느낌을 주는 이유는 "단적인 예"로 주인공이 간여하고 있는 전위조직에 대한 소설적 형상화가 "심각한 허점"을 노정하고 있기 때문이라고 한다. 그런데 그 허점의 내용은 다름아니라 "그 조직이 한 지역의 노동운동이나 전체적 현실 안에서 어떤 역할을 하고 있으며 어느 정도의 세를 가지고 움직이고 있는지에 대한 설명은 태부족이고, 주로 주인공의 활동이나 생각에 관련된 측면에만 집중되어 있"기에 "작품을 읽는 독자는 그 '전위조직'이 과연 어떤 모습의 실체인지 감을 잡기가 무척 곤란하게 되어 있"는 점이라는

5) 임규찬, 「80년대가 낳은 삶과 사랑의 변증법」, 『사랑의 조건』 해설 ; 임홍배, 「현실주의 논쟁의 교훈과 노동소설의 진로」, 『창작과비평』 1991년 여름호.

것이다.

사실 이 작품에서 주인공의 주요 환경으로 등장하는 전위조직에 대한 묘사는 그다지 충분치 못하다. 이런 점에서 보자면 김명환씨의 비판이 일견 타당하다는 인상도 줄 법하다. 그러나 이 대목에 대해서 필자는 다른 생각을 갖고 있기에 문제다.

현실주의에 있어서 주인공의 환경에 대한 서술은 작품 성패의 한 지표로 여겨질 정도로 두말할 나위 없이 중요한 측면이다. 그러나 동일한 환경 서술이나 배경 묘사에 있어서도 현실주의와 자연주의의 그것은 변증법적 유물론과 소박실재론이 다른 만큼이나 다르다.

예컨대 자연주의가 택하는 환경 서술 방법은 알려진 바대로 단순모사적이다. 그것의 디테일은 지루할 정도로 지엽말단적인 것까지 신경쓰지만, 한편으로는 그렇기 때문에 그 표면의 형식과 여러 겹의 관련성을 가지는 현실적 본질 내용에 대해서는 놀라우리만치 무감하다. 이런 경향이 따라서 현실의 현상, 본질을 이루고 있는 환경과 인물 그리고 다른 서술 대상 사이의 다층적 관련성을 주의 깊게 묘사한다는 것은 애당초 기대 밖이고, 환경이면 환경, 인물이면 인물 등등의, 즉 그 자체에 제한되는 일자성(一者性) 범주에 머문다는 것은 당연하다. 이것은 이를테면 오직 자신의 '카메라 파인더' 속에 들어온 세계만을 전부인 양 묘사하게 된다는 말과 같은 셈이다.

그러나 현실주의의 모든 환경 서술은 간단히 말해 인물의 운명이나 성격에 철저히 결착되어 있다. 모든 환경은 주인공의 운명을 전형화시키는 기제로 작용하며 역으로 그 인물은 작가가 서술한 환경을 다시 새롭게 해석하게 해주는 역할을 하기도 한다. 즉 양 측면이 하나의 쌍으로서 상호변증법적 관계를 이루고 있으며 이 관계가 바로 다겹성으로 둘러싸여 있는 현실의 양 부면을 해명하는 발전진행형 계기들이다. 이럴 때만이 부분들의 모순, 지양관계로 구성되어 있는 현실의 총체성 구현이 가능해진다.

그런데 김명환씨가 지적한 전위조직 형상화 여부는 단지 전위조직 자체에 대한 묘사가 부실하다는 비판(이것을 곧 자연주의적 관점이라는 혐의로 가져갈 필요는 없지만, 그러나 김명환씨의 의도와는 다르게 우리는 그의 글에서 그런 경향의 끄트머리를 보게 된다)으로 오해될 소지가 있는 듯하다. 그러나 전위조직과 주인공의 관계에서 그 전위조직이 주인공의 성격 형성에 어떤 역할을 하느냐 하는 전제에서 환경 문제에 대한 검토가 있어야지 전위조직 자체에 시선의 일차성을 둘 필요는 없지 않은가 한다.

그런 점에서 보자면 이 소설 내의 전위조직 형상화는 당연히 소설 속 '나'의 성격 발전과정이라는 기본 맥락 위에서 적실성 여부가 검토되어야 한다. 즉 이 말은 전위조직이라는 당대 최고 운동 수준의 담지체와 한 조직원 사이에서, 그 조직에 대한 서술은 그 조직원이 정말 전위운동을 담보할 수 있는 수준의 활동가로 성장했는가라는 질문과 관점 속에서 이루어져야 한다는 것과 진배없는 말이다. 따라서 환경은 인물의 운명이나 발전과정을 설명해주는 기제(물론 전형적 상황이라는 것도 현실주의에서는 언제나 인물들의 운명과 결합되어야만 긍정성을 가진다)의 일환이라는 전제하에서 전위조직의 실체나 지위, 역할 여부가 검토되어야지 그 자체만의 범위에 대한 검토나 재현은 별 의미가 없을 듯하다. 이런 까닭에 전위조직에 관한 우리의 관심은 과연 '나'가 그 전위적 수준의 능력을 가진 운동가로 발전했는가 혹은 그 발전을 통해 전위수준의 인식, 실천능력을 획득한 한 인간이 자기 앞의 개인적인 애정에는 어떤 자세를 취하는가라는 등등의 궁금함에 가 있는 것이다. 또한 그 관심은 전위조직과 주인공의 관계를 통해 일차적으로는 '나'의 발전 전망을 예측해보는 데 유의미함이 있는 것이다. 이런 점에서 그 전위운동가의 객관적 수준과 그것이 '나'의 운명이나 사랑에 행사하는 영향력의 내용 여부에 전위조직이라는 환경 문제가 등장하는 것이지 전위조직이 전면적으로 묘사되지 않았다는 점이 문제라는 지적은 본말이 전도된 것이라 할 수 있다. 물론 총체성 구현이라는 입장에서 당대 운동 수준을 가늠할 수 있는 전위조직에 대한 형상화가 불충분하다고 지적할 수도 있겠으나 이것 역시 끊임없이 인물의 성격 창조와 관련시켜 판독해야 할 문제(김명환씨의 관점은 이런 측면이 아닌 것 같다)이지 환경 자체에 대한 양적 확산으로 해결된 문제는 아닌 것이다. 어떨 때는 필요에 따라 환경의 과감한 생략이 필요하기도 한 경우를 상기해보면 더욱 그렇다.

따라서 김명환씨의 지적은 다음과 같이 수정되는 것이 좋을 것 같다.

"전위조직 활동가를 묘사함에 있어서 그 활동가의 성격 형성에 주요한 매개가 되는 조직의 실제 면모가 유기적인 환경 구성으로 이루어졌어야 했으나 그것의 형상화가 미흡해 아쉽다."

이와 더불어 김명환씨는 광주와 진숙의 사랑이 "실소의 대상"이라고 지적하고 있는데 필자로서는 이 점 이해하기 어려운 대목이 아니라 할 수 없다. 물론 높은 현실주의의 경지에서 그려지는 사랑의 형상화에 비하자면 소설의 그것이 많이 처지기는 하지만 그렇다고 실소의 대상으로까지 전락한다고 여겨지지는 않는다. 설사 어떤 점에서는 "안이하고 피상적인 시각"으로 인해 온당하지 못한 대목이 있다 하더라도 80년대의 그 험난한 파고를 인내와 고투로 넘어서며 이루어내는 그들의 사랑이 어찌 '실소의 대상'으로만 여겨지겠는가. 좀더 구체적인 근거 속에서 김명환씨의 비판이 수행되었으면 거기에 대한 필자 나름의 검토가 가능했겠으나 상기한 바처럼 간단한 문맥 속에서 유도되는 구절이기에 다만 필자는 김명환씨의 생각에 납득이 가지 않는다는 견해를 밝힐 뿐이다.

짧은 평문을 근거로 해서 판단하기에는 지나친 생각인지 모르겠으나 김명환씨의 평가 방법을 보면, 큰 준거에서 보는 비평 기준과 당대 정세에 따라 운영의 묘를 가지고 접근해야 하는 비평 기준의 변별적 적용이 애써 무시되는 듯하다. 요컨대 훌륭한 비평 자세는 크게 거시적인 비평 준거에 작품 관찰의 기본 관점을 항상 착근시켜야 하지만 당대의 여러 역관계나 정세라는 현실 지표도 항상 유념하여 두 측면을 동시적으로 고려하는 작품 평가 자세로 이어져야 한다고 본다. 바로 이런 관점에 의해서만 작품의 장단점이 제대로 가려지는 것이고 그럴 때만이 그 평가의 내용은 작품을 보다 질 높은 현실주의라는 큰 그릇으로 견인할 수 있는 좌표능력을 갖추는 것이다(예컨대 『고요한 돈 강』에나 적용되는 평가 지표로 우리 작가들의 한계를 질책한다면 작품 생산에 무슨 소용이 있겠는가?). 아무튼 김명환씨의 그런 경향 여부는 절대 예단할 성질의 것은 아니지만 이번 평문에서는 그런 조짐이 보인다는 게 필자의 솔직한 생각이다.

한편 이병훈씨의 평문 중에서는 필자의 고개를 갸우뚱하게 만드는 다음과 같은 대목이 있다.

> 많은 부분에 작가의 자의적인 사건 설정과 주관적인 판단으로 인해 설득력이 떨어지고 있다. 특히 작품 말미에 아내 진숙의 과거사로 인한 남편 광주의 고민과 번뇌는 참으로 어처구니없는 장면들이다.[6]

정말 광주의 고민과 번뇌가 작가의 자의적인 판단에 의한 과도한 주관 노출 때문인 것이고 그 고민과 번뇌는 정말 어처구니없는 것인가? 이병훈씨의 진의는 참 이해하기 힘든 부분이다. 특히나 광주의 고민이나 번뇌가 너무 적었다는 것에 현실 반영의 문제의식을 느끼고 있는 필자로서는 이해부득한 대목이 아닐 수 없다. 혹시 이병훈씨는 이른바 '운동'을 하는, 그래서 여성관이나 애정관을 비롯해 모든 면에서 당대에 가장 진보적 '이어야 할' 활동가에게는 사랑하는 연인의 과거사 때문에 고민하는 일이 가당치 않다는 이야기인가. 아니면 있어서는 안 될

6) 이병훈, 같은 글, 95쪽.

일이라는 것인가. 앞의 경우라면 진보의 한 부분을 가지고 전체를 진보로 해석해버리는 '성급한 일반화의 오류'를 범하고 있는 셈이고 뒤 경우라면 정말 '주관'의 가치로 현실의 전 부면을 자기 가치화시키는 경우라고 할 수밖에 없다.

앞에서도 잠시 짚어보았지만 현재진행형의 운동가에게 잔존해 있는 여러 비진보적 요소들은 현실 생활의 수다한 계기들을 통해 그 운동가를 얼마든지 역사에서 퇴락했거나 타기되어야 할 가치에 놀아나게 할 수 있다. 예컨대 머리는 안 그런데 몸이 따라가지 않는다는 등의 의식과 감수성의 분열상태라든가 혹은 말은 맞는데 실제 그러기는 싫더라는 등의 논리와 실천의 비일치라든가. 애정 문제도 마찬가지이다. 우리는 현실세계에서 과학적 세계관이나, 인류사 이래로 가장 진보적 입장이라는 이른바 '노동자계급 당파성'의 관점을 주장하면서도 정작 애정관이나 여성 문제만은 그것의 취지와 철저히 위배되는 사례를 어렵지 않게 볼 수 있다.

우리는 애초에 모든 면에서 진보적이고 탁월한 관점으로 이루어진 광주('나')를 기대했던 것이 아니다. 오히려 아직 여러 한계로 인해 그런 고민을 가질 수밖에 없는 광주가 인간적으로 훨씬 그럴듯하게 느껴지고, 그렇지만 그 고뇌와 번민을 자신의 거듭남의 도정을 통해 극복하는 새로운 광주를 기대하는 것이다. 바로 그것이 우리의 감동을 자아내게 하는 요소가 아니겠는가.

5. 인물 형상화 문제와 사건 묘사의 논리적 허술점

이 소설은 이전의 노동소설과 구분되는 여러 가지의 특징과 미덕을 확보하고 있으나 여러 평론가의 지적대로 그 약점도 만만찮다. 여기서는 다만 다른 평문에서 지적되지 않은 그 약점의 몇 가지를 살펴보도록

하자.

우선 그중 하나가 인물이나 사건 묘사에 대한 논리적 설득력의 허술함이다. 예컨대 박인주와의 과학적 학습을 통한 '나'의 변모 와중에서 "나는 그렇게 사회주의자가 되었다"(104쪽)라는 대목은 기실 한 인간이 전혀 새로운 질의 인간으로 재탄생되는 국면인데 자신을 사회주의자라고 간주하게 되기까지의 존재적 이행과정이 단지 학습을 통한 것이기에 주관에의 침윤이라는 추상적 변모로 여겨진다. 그 변화과정에 내재해 있는 수다한 계기들에 대한 설득력 있는 구체적 형상화가 제대로 안배되어 있지 못한 관계로 그 국면의 심대함에 비해 실제 받는 느낌은 상당히 생경하며 피상적이다(시골에서 상경하여 시다, 미싱사 생활을 거쳐 운동에 뛰어들게 되고, 또한 자신의 자생적 운동 한계를 지옥훈련 등으로 극복하는 종국에는 자신을 노동해방주의자로 세우게 되는 『마침내 전선에 서다』의 주인공 김미영의 변모과정을 비교해보라). 따라서 감동과 팽팽한 긴장으로 읽혀야 할 대목이 선언적 언사로 대치된 결과 그 반향은 허전한 공명으로 떨어져버리는데, 이는 상황에 대한 소설적 논리연관성을 확보하지 못한 결과이다. 특히나 우리 노동소설에서 주인공이 사회주의자로(자타를 막론하고) 등장하는 것은 거의 처음인 듯한데(필자가 과문한 탓인지 모르겠으나) 그 '처음'의 사회주의자에 대한 성격형성이 너무 안일하게 처리되어 그 '처음'에 대한 기대를 아쉽게 하고 있다.

한편 '전위운동가' 광주가 골리앗투쟁을 지원, 지도하기 위해 울산에 내려가는 장면도 상당히 비전위적 설정이기에 현실의 인과성을 충실히 살리지 못한 대목이 되어버렸다. 광주를 울산에 안내하는 노동자와 광주와의 관계가 분명히 서술되지 않은 채(소설에서 나이 든 노동자는 서울에 왔다 울산에 내려가려던 중 '우연히' 광주를 안내하는 역할로 그려져 있다) 광주가 그 '우연히' 만난 나이 든 노동자에게 한창 진행중인 투쟁 현장 지도선을 댄다는 것은 조직운동의 일반원리상 있을 수 없는 이야기이다. 87년 노동자대투쟁 이후 여러 정파가 울산 지역에서 활발히 활동하며 여러 형태의 모임을 통해 공장과의 연결고리를 가지고 있던 운동 수준에 비추어보자면 그러한 전위활동의 면모는 아주 비현실적으로 그려져 있는 셈이다. 실제 현실과 어긋나는 이러한 비논리성은 현대 골리앗투쟁을 중요하게 부각시키려는 작가의 의도와 배치되는 결과를 빚어내기도 한다. 요컨대 당시 골리앗투쟁을 제대로 형상화하기 위해서는 노동자대중의 자발적인 투쟁양상과 더불어 당시 운동 수준에 적합한 전위의 위치로 광주가 그려져야만 그 투쟁의 성과 및 한계를 포괄하는 투쟁의 전모가 객관적으로 인식될 터인데, 작품에서의 광주의 행적은 전위적 행동에 어울리지 않는 모습으로 그려지고 있기에 골리앗투쟁의 총체상이 형상화되지 못하고 있다. 이러한 점은 예컨대 그 중요한 골리앗투쟁에 대처함에 있어 투쟁의 지침이 되고 정확한 선동, 그래서 전위의 책임과 권위가 수반되어야 할 '전위조직'의 유인물이 광주가 소속된 전위조직의 지도부에 의해 작성되는 것이 아니라 우연히 선이 닿은 현장노동자의 의견에 많이 좌우되어 작성된다는 있을 수 없고 있지도 않은 일, 그리고 또한 명색이 지도차 파견된 전위조직원인 광주의 지도 내용이나 투쟁중 행동원칙이 애매한 중구난방식의 비전위적 행동으로 이어지는 형태에 의해서도 확인되는 바이다.

한편 박인주의 죽음과 이상철에 대한 형상화는 어떤가?

박인주와 이상철은 '나'(화자)가 변혁운동에 투신하고 성장하기까지 많은 영향을 끼친 인물들이다. '나'의 변화에 중요한 계기적 인물들인 만큼 그들에 대한 훌륭한 묘파는 바로 '나'의 성격을 객관적으로 노출시킬 수 있는 좋은 기제로 활용될 수 있다.

그러나 양자의 운명이 자기 정체성을 분명히 한 가운데 유기적 객관성을 충분히 가지면서 등장하는 것이 아니라 '나'의 심리적 부침이나 상태를 설명해주기 위한 보완장치 같은 평면적 모습으로 등장하고 있어 긴장도를 떨어뜨리고 있다.

어떻게 보면 '나'보다 선진활동가인 박인주가 '나'의 정치사상적 수준이나 활동 내용의 원칙들을 객관적으로 투영해볼 수 있는 장치가 될 수 있었으나 그러한 박인주 역할이 제대로 그려지지 못한 점도 인물들의 성격을 유기적 안배에 따라 배치하는 능력의 미흡함에서 연유한다. 물론 당시 노선투쟁이나 '나'의 정치의식 수준을 드러내기 위해 박인주가 때때로 등장하고 있기는 하나, 그 등장 계기가 투쟁에 맞물려 '나'의 생각과 풍부한 투쟁의 원칙을 놓고 상호각축하는 대목으로 이루어지는 것이 아니라 상당히 애매한 계기를 통한 등장이기에 인물 성격 변화에 그리 유의미한 대목으로 읽히지 않는다. 아울러 양자가 주고받는 토론 내용이란 게 많은 부분 교과서적이어서 당시 실제 운동에 담겨 있던 한계나 성과 등의 풍부한 내용들이 애써 사상되어버리며 이로 인해 독자에게 그 풍부하고도 민감한 내용으로 얽혀 있는 운동사의 한 단면을 있는 그대로 전달해주고 있지도 못하다. 더욱이 두 사람은 이른바 선진활동가들로서 그들의 입에서 나오는 논쟁 내용이라면 당시 운동권 정세(각 조직의 변혁노선, 조직노선, 조직사상 등을 기초로 이루어지는 전략, 전술 방침 따위)를 생생히 재현해볼 수 있는 것이기에 그 아쉬움이 더하다.

독자의 이해를 난감하게 만드는 비논리성은 느닷없는 박인주의 죽음에서 더욱 두드러진다. 물론 작가는 실제로 고문 후유증에 견디지 못하고 투신자살한 어느 활동가의 죽음을 염두에 두고 이 대목을 그렸을 수도 있다. 즉 훌륭한 인간적 미덕을 가진 활동가로서, 그리고 인간다운 세상을 건설하기 위해 싸웠지만 누구의 주목도 받지 못한 채 비참하게 죽어간 박인주를 실제의 그 활동가와 비교시켜 파쇼체제의 야만성을 폭로하고자 한 의도가 있었을 수도 있다. 그러나 소설에서 확인되다시피 박인주의 죽음은 논리적 인과성에 대한 불명확 때문에 그 죽음의 역사적 의미나 작가의 의도를 소설 속에 충분히 용해시키지 못한 채 대단히 어색한 경우로 남게 되었다.

이상철의 경우는 좀 다르지만 아쉬운 인물 처리라는 측면에서는 우리의 비평 대상이다.

작년에 타계한 김병곤씨를 연상시키는 이상철은 70년대 운동권의 논리와 이해를 대변하는 인물로 나온다. 거기에다가 그는 80년대 운동권의 대표적 인물인 '나'의 운동적 삶에 절대적인 계기를 만들어준 사람이다. 그는 일에는 치밀하되 인간적으로는 소탈함과 후덕한 성품을 가진 인물이다. 그러나 운동적 삶의 세례를 70년대식으로 받은 그에게 80년대가 요구하는 운동 내용들은 자기 한계의 시험장처럼 된다. 그 위기에 봉착한 그는 잠시 운동 일선에서 이탈하게 되지만 결국 다시 돌아오고 만다. 이런 대목에서 우리는 비록 70년대의 운동적 존재가 과학적으로 무장된 삶이라고는 할 수 없지만 결코 운동적 대의에 대한 헌신만큼은 상실하지 않는다는 면모를 읽을 수 있기에 마음 흐뭇하지 않을 수 없다. 하여간 후대는 선대의 태반에서 최초의 성장을 꾀한다는 명제대로 이상철이 가지고 있는 70년대 운동권의 여러 가지 장점들이 여러 면에서 '나'에게로 이어짐을 관찰할 수 있다. 이런 점에서 볼 때 70년대 운동에서는 전위였지만 80년대 운동에서는 다양한 한계에 봉착하는 이상철 같은 인물은 우리 시대의 훌륭한 전형화 대상임이 분명하다. 그러나 그에 대한 묘사는 '나'와의 사적인 관계에 너무 치우쳐 있고 그 관계 내용도 그의 개인적 덕성을 통해서만 그려지기에 전형화는 제대로 이루어지지 못했다.

이번에는 여러 면에서 독자의 눈길을 끌고 있는 진숙에 대해서 한번 짚고 넘어가보자.

임규찬씨도 자신의 평문에서 진숙을 우리 소설사에서 보기 힘든 여성상이라 했거니와 필자도 진숙이라는 인물에 대해 아주 깊은 관심을 가지고 보았다. 어떻게 보면 '나'의 묘사만큼이나 진숙의 묘사는 중요할 수 있다. 그것은 '나'의 애정관을 탈바꿈시켜 고양된 애정을 가능케 하는 여성이라는 측면 이외에도, 진숙이 나의 변화를 촉진하는 계기적 인물이고 또한 이 시대의 대표적 여성활동가이기에 더욱 그러하다. 그런데 애정의 한 당사자인 진숙의 성격 발전구조에 대한 배려가 상대적으로 미흡함을 알 수 있다. 이에 따라 진숙은 '나'의 애정 실현의 대상적, 객체적 역할로 제한되어버려 진숙의 면모가 항상 '나'의 인식 수준에 갇히게 되는데, 이는 새로운 여성상의 성공적 묘사에 상당한 제한으로 작용한다. 물론 진숙은 '나'의 애정 실현 대상이고 또한 일인칭 시점이라는 것이 항상 '나'의 시각을 통해 사물과 인물이 그려지게 마련이지만, 그럴 경우라도 대상들이 '나'의 눈에 들어오는 다른 사물들과의 유기적 연관성을 통해 자신의 객관성을 드러내는 측면이 사상되어서는 안 된다. 예컨대 '나'와의 갈등을 통해 교차되는 진숙의 심리상태나 여성만이 가지고 있는 특징 혹은 '나'에 대한 실망으로 번민하는 섬세한 변화 징후 등은 결코 소설 속에서와 같은 '나'의 묘사 방법으로는 포착되지 않는 대목이다. 이를 드러내는 장치가 없다는 점이 진숙에 대한 미흡한 형상화의 한 원인이다.

마지막으로 필자가 이해하기 어려운 대목 중의 하나는 갈등의 해소과정과 결론 부분이다. 다른 평론가들도 이 부분에 대해서는 '낭만적 결말'이나 '안일한 처리' 등의 표현으로 지적해놓았지만 필자가 보기에도 거기에 동의 안 할 수가 없다. 갈등이 해소되는 대목만 해도 그렇다. 아내의 과거사로 인해 일어나는 광주의 갈등과 번민은 독자들을 상당히 수긍하게 만든다. 특히 이런 문제는 민감하기 짝이 없어서 당장의 분명한 해답도 없다. 오로지 그 갈등의 부침 와중에 설득력 있게 등장하는 계기에 의해서 극복할 수 있을 뿐이다. 사실 그런 일을 막상 당하고 난 최초의 충격과 그 충격 뒤에 오는 자신의 성찰과정 그리고 그 성찰의 타당성을 현실에 조회해보는 순서 등 그 일련의 과정은 그저 수월하거나 주관적인 각성에 의해 이루어지는 것이 아니다. 만약 그런 주관에 의해서 해결될 문제라면 그런 갈등은 발전을 '예비'하는 갈등이라고 할 수 없으며, 설혹 그렇게 된다 해도 그것은 오래가지 않아 다시 난관에 봉착하게 마련이다. 그렇다면 누구나 수긍이 가는 현실적 계기를 통해 그 갈등의 해소가 그려져야 옳다. 그러나 유감스럽게도 소설은 그렇지 못했기에 광주의 갈등 해결 모습은 소설 내의 갈등 부분이 주는 중량감에 훨씬 미치지 못한 형태로 되어버렸다.

또한 출산 문제도 마찬가지이다. 소설은 진숙의 임신으로 행복한 결론을 이끌어내지만 우리의 '행복'이 정말 그렇게 해서 찾아질까. 현실에서 여성활동가들이 진보적인 남성의 비진보적인 여성관, 그리고 출산, 육아 문제 등으로 겪는 활동상의 여러 고충을 진솔하게 피력해놓은 권인숙씨의 글과 이 대목을 비교해보라! 소설의 설득력 여부와 함께 우리에게 많은 성찰을 하게 할 것이다.[7] 애초에 진숙은 자신의 변혁활동과 출산 문제 사이에서 깊은 고민을 한다. 사실 우리 현실을 볼 때도 여성활동가들에게 있어서 출산, 육아 문제만큼이나 자신의 활동에 부담이 되는 것도 없다. 그런데 소설에서는 평균적 대중 수준도 아니고, 선진활동가로 설정되고 있는 진숙의 임신 문제가 너무 손쉽게 처리되고 있어, 진숙이 평소에 보여주는 의식이나 사고와 비교해볼 때 그것은 도저히 납득이 가지 않는 대목이다(물론 출산을 결심할 수도 있다. 그러나 문제는 앞의 화해 부분과 마찬가지로 소설의 전반부에서 보여진, 출산 문제에 대한 진숙의 단호한 태도와는 달리 그 결심과정이 난데없는 것이기에 상당히 비일관적이라는 말이다). 이런 처리 방식은 일종의 악수로서 소설의 결말이 줄거리 전체에서 보여지는, 건강하고 운동적인 사고에 철저한 진숙의 위상을 도리어 깎아먹는 결과로 작용하는 셈이다. 진숙과 광주 혹은 우리의 행복은 오히려 더 많은 눈물과 인내가 따라야만 빚어지는 잉태이고 '임신'이 아니겠는가.

이제껏 우리는 다른 평문에서 다루어지지 않은 소설의 부족한 점을 몇 가지 검토해보았다. 마지막으로 지엽적이기는 하지만 허술한 점 한두 가지를 더 검토해보면서 말을 마치자.

---

7) 권인숙, 「진보적 남성지식인의 비진보적 여성관」, 『사회평론』 1991년 6월호.

하나는 당대성에 대한 현실 반영의 문제인데 소설 속에서 언급되는 전위활동가의 토론 수준이 아주 낮다는 것이다. 사실 당시 전위의 정치 사상적 수준은 그때 발간된 비합법 문건만 보아도 알겠지만 소설 속의 토론 수준과는 상당한 차이를 보인다. 그런 점에서 이 대목은 당시 전위의 실제 수준이 반영되지 못한 부분이다. 아울러 실제 투쟁 사안이나 전술 방침 등을 놓고 전술 계획을 입안, 토론하는 모습이 당시 수준에 맞게 세밀히 형상화되었다면 새로운 인간형으로 성장하는 '나'의 발전 전망을 예감해볼 수 있었을 텐데 그런 점에까지 작가의 안배가 미치지 못해 아쉽다.

다른 하나는 현장에서 공개단체로 이전해 활동하는 광주에게 NL그룹인 박인주가 찾아와 "왜 현장을 버리고 단체로 간 거요?"(193쪽)라며 비판하는 대목이 나오는데, 이는 당시의 NL그룹 조직노선에 배치되는 이야기이다. 당시 NL의 조직노선의 한 방략인 '산개전'은 대중단체에서 활동하는 것에 대해 절대 비난하지 않았다. 물론 노동현장에 중심을 두고 있었지만 합법, 반합법 대중단체에서 활동하는 것도 역량이 모자라서 탈이지 그 자체가 문제될 것은 하등 없었다.

결국이 두 현상은 현실 반영이라는 기본적 문제에서 허점을 보인 것이라 할 수 있는데, 추측건대 이것은 작가의 체험에만 의존되어 나타난 현상이 아닐까 한다.

6. 고마움 하나와 안타까움 하나

이 작품을 읽고 나서 작가에게 느낀 고마움 하나와 안타까움 하나를 밝히며 이 글을 끝내자.

익히 알다시피 사회주의권의 붕괴는 전 세계 진보진영에게 미래 전망에 대한 혼란을 야기시키고 있다. 그에 따라 인간형의 문제도 더이상 변증법과 유물론이라는 인식 방법에 기초해서는 제대로 해명하지 못하는 것으로 강변되고 있다. 거기에다 그간 피눈물의 희생을 통해 인류가 성취해온 역사발전의 원칙들이, 그 옛날 헤겔이 그랬듯이 '죽은 개' 취급당하고 있는 현실이다. 그러나 차분히 생각해보건대 사회주의권의 변화가 과연 우리의 사고와 가치를 폄하할 수 있는 증거인가? 사고가 혁신되려면 당연히 현실의 변화가 선행되어야 한다. 그러나 우리 현실이 어떤 점에서 이른바 '개량' 되었단 말인가. 기층민중의 생활은 오히려 상대적으로 악화되었으며, 이에 따라 그들의 변혁 의지는 변함없으되 오직 시세에 따라 부유하는 집단들만이 경박스러운 교설로서 의식의 '코페르니쿠스적 전환' 을 설교하고 있을 따름이다. 물론 변화는 끊임없이 추구되어야 한다. 그러나 앞에서 언급했듯이 우리 현실에서 진리인 양 행세하는 의사 진리가 윤색한 그 변화의 함정에 빠지지 않기 위해서라도 우리는 각별한 '의식성' 을 더욱 강조하지 않을 수 없으며, 아울러 거기에 입각한 사고와 행위에 배전의 충실을 기하지 않으면 안 되리라고 생각한다.

작가가 후기에서 밝히고 있듯이 역사에 대한 거시적 안목과 역사발전에 대한 신뢰를 상실한 자는 얄팍한 단견에 따라 부유하게 마련이다. 또 현실에서 그런 자들의 목소리는 높아져가는 형편이다. 그러나 작가는 오늘 우리 현실에서 절대로 포기할 수 없는 삶의 가치를 애정이라는 매개를 빌려 우리에게 호소하고 있으며 인류의 대의를 위해 헌신하는 '새로운 인간형' 에 대한 긍정을 멈추지 않고 있는 것이다. 이모저모의 약점을 가지고 있는 이 소설에 작품 외적인 고마움을 가지고 있는 것은 바로 이 때문이다.

그러나 이 소설이 이렇게 중요한 주제를 다루고 있음에도 불구하고 그것의 소설적 설득력과 격조는 그리 만족할 만한 것은 못 된다. 그것은 한편으로 작가의 형상화 능력이 작품 전체에 고루 배어 있지 않기 때문이며 다른 하나는 여러 부분의 소설 내용들이 작가의 체험 수준을 뛰어넘고 있음에도 불구하고 그 간극을 메우려는 작가의 의식적 작업이 부족했기 때문이다. 결국 필자의 이런 불만은 작가에게 결핍되어 있는 부분이 채워져야만 해소될 터인데, 바로 그럴 때야만 '좋은 쌀임에도 불구하고 뜸 들이지 않은 채' 들고 나오는 시행착오가 극복되리라 본다.

작가의 분발을 기대한다.

(『한길문학』 1991년 가을호)

분단 현실과 그것의 소설적 극복 방법

—윤정모 외, 『민족소설선 2』

1

80년대가 이룩한 성과 중에 빼놓을 수 없는 것이 분단 현실에 대한 인식의 심화 및 과학화이다. 기실 70년대까지만 해도 우리의 분단 인식이란 무척 천박한 것이 아닐 수 없었다. 따라서 그 극복 방법에 대한 논의의 깊이가 분단 현실의 객관적 총체성을 확보한다는 것은 역불급이 아닐 수 없었다. 분단을 무슨 천형처럼 여기고, 반면에 그것의 해결은 다분히 주관적 인도주의나 심정적 원망에 기대버림으로 말미암아 정작 분단의 역사성에 대한 정확한 탐색과 해결의 구체성은 어느 것 하나 제대로 해명되지 않았다. 물론 이것은 분단 문제의 연구 영역만이 가지고 있던 한계가 아니라 당시의 전반적인 현실 인식 수준이 그러하기도 했다. 이에 따라 분단이 현실화되기까지의 역사적 기원인 30년대 항일투쟁의 각 입장과 1945~1948년기의 역사적 성격 및 그것의 세계사적 위치 그리고 이에 수반되어 나타나는 1945년 이후의 한국사회의 성격 등은 제대로 객관화되어 그것의 실체적 진실을 드러낼 수 없었으며 그 단절되고 거세된 사십 년의 역사는 급기야 이후 남한사회의 숭미·반공 이데올로기의 태반이자 독전관이 되어왔던 것이다.

그러나 80년대에 들어오면서 그 형편은 사뭇 달라지기 시작했다.

그것은 80년대의 사회변혁운동이 점차 역사인식의 지평을 넓혀나가면서 운동이라는 범주에 필연적 구성요건인 인식론적 그리고 정치, 경제학적 과학성을 강력하게 요청하였기 때문이다. 이에 따라 먼저 역사학에 있어서는 무엇보다도 분단의 실제적인 매개가 되었던 1945~1948년기에 대한 깊은 연구가 이루어졌으며, 아울러 30년대의 항일투쟁에 대한 객관적인 연구 및 평가도 이루어졌다. 한편 사회과학에 있어서의 정치경제학의 복원은 한국자본주의의 세계사적 성격을 분명하게 해명해주었으며 동시에 이에 기초한 사회구성체에 대한 계급적 분석 실행 및 변혁이론에 대한 과학적 인식틀의 심화는 변혁 대상과 변혁 주체의 정립에 절대적인 향도가 되었다.

이러한 역사, 사회과학 등의 전반적인 연구능력 향상은 곧 분단 현실의 천착으로 연속되었는데 그리하여 80년대에야 비로소 분단 현실에 대한 탐구도 세계사적 그리고 계급적 인식 방법에 기초하여 해명, 극복하려고 하는 움직임이 나타나기 시작했던 것이다. 사실 한국사회의 성격을 파악하는 데 가장 크게 느끼는 곤란은 분단이라는 특수한 현실이다. 이것은 다분히 일반적인 분석틀로써는 분명한 해명이 어려운 그야말로 체계 모순과 민족 모순, 그리고 계급 모순이 서로 난삽하기 이를 데 없이 얽혀서 상호침투되어 있는 실로 복잡다단한 것이 아니라 할 수 없다. 따라서 '분단' 현실을 해결한다는 것은 남한사회에 내재되어 있는 온갖 모순을 극복한다는 것과 동일한 내용인 셈이다.

분단 현실을 바라봄에 있어서 그것의 형성 원인과 그간의 과정이라는 역사성에 착근하지 않고서는 분단 현실에 대한 올바른 입장 정립은 한 걸음도 나아갈 수 없다. 이것은 너무나 당연한 지적이 아니라 할 수 없다. 하지만 이 명제가 유독 분단을 다룬 문학작품에 있어서는 유달리 새삼스러움으로 남아 있는 것은 어쩔 수 없는 우리 문학의 현주소이기도 하다.

문학이 역사의 기록이고 살아 있는 현실의 생생한 반영인 동시에 분단을 바라보고 있는 한 개인의 입장 표명행위라면 반영 주체인 작가가 그 역사를 어떻게 파악하고 있는가 하는 문제가 형상화에서 대단히 중요한 문제로 부상한다는 사실은 재론의 여지가 없다. 따라서 이 책의 각 작품들도 작가 자신이 분단 문제를 얼마나 육화하고 있으며 분단 극복 의지의 현실성은 어디만큼 가 있나 하는 것에 대한 일종의 리트머스 시험지일 수도 있다. 그런 의미에서 각각의 엄선된 작품들은 분단의 원인과 그것이 우리 생활에 어떻게 살아 움직이는가에 대한 문학적 현실 진단이자 또 그것이 얼마나 정당한가 하는 것의 반성 자료이기도 하다.

그간 우리 문학이 분단 문제를 어떻게 형상화하고 있었나 하는 것에 대한 물음에 가장 먼저 평자의 머리에 떠오르는 것은 잘 정돈된 일종의 도식이다.

가만히 생각해보면 '분단'을 다룬 문학 하면 으레 6·25의 민족적 비극을 다분히 소재적 관점에서만 접근하는 태도와(이것은 항상 작가의 경박한 역사의식과 무책임성을 동반하고 있다) 한편으로는 지배 이데올로기에 편승한 작가의 반공 이데올로기의 부단한 간섭과 그로 인한 역사의 왜곡행위이다(이점은 사실 지배 이데올로기에 대단히 충실한 '목적문학'이다). 이와 더불어 애매한 중간자적 입장을 강변하는 작품도 있으나 그것을 한 겹 더 깊이 들어가보면 그것의 주관적 의지와는 달리 그 객관성은 오히려 위 양자의 부정성을 동시에 포함하고 있을 뿐만 아니라 본질적으로는 후자를 능가하는 세련된 반공문학일 뿐이었다.

이러한 작품들을 분간하는 데 있어 그 유형화는 대단히 어려운 일이기는 하지만 아무튼 그것의 공통성을 몇 가지로 압축해보면 다음과 같다(물론 이 유형이 보편적인 정식화로서 모든 분단문학을 포괄한다고는 보기 어렵지만).

첫째, 작가가 역사를 진보의 입장에서 바라보지 않음으로 인해 항상 그 소재(이념, 전쟁 등)들을 역사적 객관성의 인과관계와는 무관한, 어느날 갑자기 지상을 휩쓸고 지나가는 일종의 재앙으로 치부해버리고 만다. 이에 따라 미래의 이상을 꿈꾸는 모든 이념, 그중에서도 특히 좌익사상은 인간의 행복을 송두리째 앗아가는 무슨 가공할 괴물로 매도되어버린다.

둘째, 현상과 본질의 내적 연관성을 파악하지 못함으로 인해 형상화의 거의 다반사가 현상의 묘사에만 그치고 만다. 이러한 결과는 당연히 현상을 빚어내는 원인에 대한 진단의 노력 부재나 무지에서 나오는 것이며 그것은 또한 어김없이 작가의 천박한 역사인식에서 기인한다.

셋째, 따라서 이상의 수순에 따라 분단 문제의 해결이 객관성과 과학성을 기초로 하기보다는 안이하게 관념적 화해와 모호한 인간성 회복 등으로 귀착되는 다분히 개인주의적 해결 방식을 취하고 만다.

이상의 셋은 결국 역사적, 사회적 현실에 대한 총체적 인식의 부재에 따른 필연적 결과인데 이것은 당연히 분단 모순의 해결에 대한 구체적 실천과정 대신 몽롱한 개인적 미망의 나락을 택하게 되는 것이다. 따라서 이러한 문학이 아무리 울대를 높이 세워 통일을 강변해본들 현실에 있어서의 그것은 통일 실천의 애매한 걸림돌이 되거나 아니면 분단체제의 강력한 첨병이 될 것임은 주지의 사실이다.

다행히 80년대 중후반에 들어오면서부터 창작되기 시작한 『태백산맥』 등의 작품은 레드 콤플렉스에서 기인하는 이전의 파행적 인식에서 벗어나 한국 현대사의 객관성을 온전하게 반영하려는 왕성한 문학적 노력이기에 여간 반가운 일이 아니라 할 수 없다.

결국 이 책에 실린 작품들은 위에서 언급한 기존의 불구적 '분단문학'과 얼마만큼의 거리를 유지하고 있나 하는 것이 기실 그 작품의 성과 여부를 결정짓는 하나의 준거가 되기도 하는데, 그 거리가 멀면 멀수록 더욱 좋은 작품이라는 것이 평자의 솔직한 생각이기도 하다.

2

윤정모의 「님」은 여러 가지 면에서 기존의 '분단문학' 과는 다른 점을 보여주는데 그 다름의 질적 변별점이 「님」의 탁월함이기도 하다.

먼저 「님」은 이제 거의 일상화되어 우리의 가시권에서 멀리 벗어나 있는 듯한 '분단 모순' 의 특수한 발현 형태를 통해 한 개인의 삶이 어떻게 가위눌리고 있나 하는 점을 보여주며, 정치권력에 대한 직접적인 묘사는 없지만 그것의 비도덕적 폭력성과 그로테스크한 물신성을 백주에 폭로하고 있다. 또한 「님」의 주제의식은 읽는 독자로 하여금 나 자신도 그러한 촘촘한 감시망에서 한 치도 못 벗어나고 있는 것이 아닌가 하는 두려움을 갖게 만들기도 하는데 그것은 연이어 그 눌림에서 벗어나려고 하는 큰 진폭의 저항력을 촉발시키기도 한다. 이러한 측면은 등장인물들이 정치권력의 탄압을 필연적으로 불러오는 변혁운동가이거나 혹은 '요주의 인물' 들이 아니라 우리 주위에서 쉽게 접할 수 있는 평범한 '보통 소시민적' 인간 군상이라는 사실에서 더욱더 독자들의 위기감을 유발시키고 있기 때문이 아닌가 싶다. 따라서 이러한 작품과 수용자 간의 상호작용은 결국 분단의 질곡에서 자유로운 것은 아무것도 없으며 '진국' '문교수' 등이 당하는 사건도 결국은 분단 현실의 필연성이 시의적절하게 현상되는 것임을 깨닫게 해주는 것이다. 이것은 물론 작가의 분명한 주제의식에 따른 인물 선정의 결과이겠지만 그 주제의식의 영역은 이제 작가의 의도를 뛰어넘어 독자에게 이 시대의 '역사적 주제의식' 으로 승화된다는 측면에서 이 작품의 훌륭함이 또한 돋보이는 것이다.

「님」이 성공할 수 있었던 또하나의 요인은 분단 이데올로기 문제를 다룸에 있어 그것에 대한 정면육박이나 돌파를 택하지 않고서도 직접적으로는 진국, 그리고 문교수와 그의 부인 및 아버지 또 멀리로는 래영 등의 일상적 생활 속에 이데올로기 문제를 자연스럽게 들여다앉힘으로써 분단 이데올로기에 대한 우리의 판단을 삶에 밀착된 생생함으로 끌어올리는 점에 있다. 따라서 이 작품을 따라가다보면 중산층의 안락함을 만끽하고자 하는 문교수 부인 역시 결국은 일상생활에 잠복되어 있는 분단 모순의 불행한 피해자임을 알게 해준다.

먼저 주인공으로 설정된 진국은 여러모로 흥미 있는 인물이다. 고교를 졸업하고 일본으로 유학을 간 그는 "공부와 사랑만으로도 자신에게는 늘 시간이 모자란다"는 평범한 유학생이다. 그에게는 조국의 현실에 대한 심각한 고민이나 깊은 인식도 없으며 역사의식 또한 대단히 범박하기만 하다. 그는 또 광주민중봉기의 실체적 진실을 인정하지 못하는 면까지 가지고 있다. 해서 그에게 조국의 정치권력에 대한 적대감은 상상 밖의 일이며 오직 충실한 유학 생활에 자기 실현의 목표를 두고 있는 형편이기도 하다. 이런 유형의 유학생이 조국을 잠시 방문하게 되면서부터 자신도 전혀 모르는 이유로 인해 정보기관의 추적을 당하게 되고 자신은 숨막히는 도피 생활을 하게 된다. 나중에 밝혀지지만 자신이 그렇게 쫓기는 이유는 조총련계 처녀를 사랑했다는 사실 때문인데 그것조차 정권의 시각으로 보아서는 간첩 혐의를 충분히 둘 수 있다는 사실을 그는 알지 못했던 것이다. 결국 분단 모순의 질곡은 '무색 이데올로그'인 평범한 유학생의 애정까지도 옭아매어버리는 것으로 나타난다.

한편 이 작품의 구성 및 인물 묘사에서 빼어난 장점의 하나는 탁월한 심리 묘사를 동반한 문교수 부인의 형상화에 있다. 작가는 문교수 부인으로 바뀐 서술자의 시각을 통해 분단 현실의 안착과 지배 이데올로기에 자신도 모르게 깊이 침윤되어 있으며 심지어 그것의 완강한 성채 역할까지도 하는 중산층 여성의 허위의식 즉 일종의 분단의식을 섬세하고도 정확하게 추적하고 있는데 이러한 묘사는 분단적 물신성의 심층

구조까지도 드러내주는 것이다. 대표적으로 인용되는 대목을 한번 살펴보자.

> 설거지와 집안 청소를 끝내면 한아름 안겨오는 달콤한 자유, 목욕을 하고 거실 유리창으로 일광욕을 하거나 음악에 맞추어 에어로빅을 하거나 건강이나 미용에 관한 책을 읽거나 경음악을 듣던 그 짧은 시간마저 이제는 누릴 수가 없었다. 청년이 차지하고 있는 건 결코 방 하나 정도가 아니었다. 그는 집 안 분위기를 억압했고, 구속했다. 그래, 그가 오기 전 집 안 공기는 오롯이 자신의 체온이었다. 스스로 꾸미고 보루를 쌓아올린 자신의 아성이었다. 그러나 이젠 아니었다.[1)]

문교수 부인에게 있어서 자신의 안락과 가정의 안정을 침해하는 것은 그것이 아무리 고귀한 그 무엇이더라도 오직 귀찮고 심지어는 적대적인 것이 되어버리기도 한다. 그래서 진국의 출현은 자신의 소시민적 안락을 침범한 귀찮은 눈엣가시이고 그것을 제거하기 위해서는 어떤 방법도 합리화시켜버리는 것이다. 이러한 예증은 분단 이데올로기의 촉수가 우리 생활 전반에 얼마나 깊숙이 들어와 있나 하는 것의 적나라한 폭로인데 동시에 이러한 서술은 지배 이데올로기에 자신도 모르게 포섭된 인간 군상들이 분단체제의 파수병으로 세포분열되어 얼마나 강력한 지배구조의 유기체로서 역할하느냐 하는 것의 역설적 반영인 것이다.

「님」은 분명히 기존의 '분단문학'의 한계를 한 단계 성큼 뛰어넘은 수작임에는 틀림없다. 그러나 작품의 평가에 있어 「님」이 '분단 극복'의 전망을 보여주고 있는 작품으로서의 경지에 이르기에는 다소간의 모자람을 느끼게 하는데 그것은 왜 그럴까? 그러면 먼저 여기서 우리는

1) 윤정모, 「님」, 『민족소설선 2』, 청사, 49~50쪽.

진국과 래영 사이의 애정에 주목해보자. 가령 진국의 회상을 통한 애정 묘사는 심각한 주제의식 사이에 간간이 끼어들어 전체 소설의 매끄러운 진행에 윤활제가 되기도 하고 한편으로는 젊은 청춘남녀의 애틋한 애정마저 짓밟아버리는 정치권력의 폭력성에 대한 분노를 자아내게 만들기도 한다. 작가는 아마 진국과 래영의 사랑을 남남북녀로 상징화시켜 그것을 분단 극복의 매개나 단초로 삼고 있는 듯하다(그 애정의 결과인 래영의 임신은 그것의 보다 진전된 구체화이다).

만약 그렇다면 둘 사이의 애정은 이 작품의 주제의식을 받쳐주는 아주 중요한 부분 동기로서 간주될 수 있는데 이것은 독자들로 하여금 그 애정의 내용이나 향방에서 분단 극복의 예감을 포착하게 만드는 주요 매개가 되는 것이다. 따라서 진국뿐만 아니라 래영에 대한 형상화는 아주 막중해지는 것이다. 그러나 이 작품을 읽고 나서 떠오르는 래영에 대한 기억은 그저 맑고 깨끗한 심성의 처녀 혹은 그녀의 알몸이다. 물론 작품의 전체 구조가 애정행각의 통속화를 어느 정도 벗어나게 해주고 있기는 하다. 하지만 여기서 그것보다 더 중요한 것은 단순한 통속화의 경계 정도가 아니라 진국과 래영 사이에서 일어나는 대화나 상호관계의 깊이에 대한 형상화인데 그것은 래영의 사상, 생각, 행동 등이 보다 진지하게 형상화됨으로 말미암아, 그래서 그 둘의 애정이 분단 모순의 비극을 피할 수는 없지만 과연 그 필연성을 회피하지 않고 오히려 감아안아들어가면서 그것을 동시에 분단 극복의 당당한 모습으로 전환시켜나갈 수 있는가 하는 것에 우리의 관심은 더욱 가 있기 때문이다. 따라서 래영에 대한 폭넓은 관찰이야말로 그 애정에 살아 있는 역사적 상징을 부여할 수 있다는 견해가 그리 틀린 판단은 아닌 셈이 된다. 그런 의미에서 볼 때 세계 최고의 반공국가인 남한에서 십팔 년 동안 완벽한 반공교육을 받아온 진국이 조총련계 처녀인 래영과 아무런 경계나 갈등 없이 순탄한 사랑에 빠져든다는 것은 작품의 현실성을 오히려 떨어뜨리고 있다고 볼 수 있다.

이와 함께 작품의 결론 부분에 이르게 되면 독자들은 만만찮은 혼란을 겪게 된다. 이를테면 진국의 일본으로의 탈출은 그 어둠과 숨막힐 것 같은 짓누름으로부터의 해방이라는 측면에서는 우선 시원하기는 하다. 그러나 그 시원함이 지난 잠시 후 우리는 그 탈출이 무엇을 위한 탈출인지 또 진국이 찾아가는 '님'은 분단 극복에 어떤 역사적 역할을 하는지 혹은 탈출 이후에는 어떻게 되는 것인지에 대한 전망이 불투명함으로 인해 허전함을 느끼게 된다. 그것은 탈출 이후의 전망이 상징적, 추상적 수준임에서 기인하는 예정된 행마인데 이는 '님'으로 상징되는 '래영' '진국과 래영의 관계' 그리고 두 청운이 지향하는 온전한 조국 등에 대한 매개 서술이 빈약한 것에 기초하기 때문이다.

아울러 그 전망에 대한 시비는 예컨대 전형 문제로도 설명될 수 있는데 이는 화자나 등장인물들의 계급적 성격이 어쩔 수 없이 부분적 전형의 대상이며 사건의 장소 역시 전형상황과는 거리가 있기 때문이다. 따라서 문교수 부인 등의 주변인물의 전형화는 대단히 탁월하게 형상화되어 있는 것에 반해 분단 극복의 중심전형으로 형상화되어야 할 주체세력의 형상화는 빠져 있음으로 말미암아 전망의 불투명함이나 허전함이 다가오는 것은 자연스러운 귀결인 셈이다. 물론 이것을 작가의 고의적 회피라거나 결정적 한계라는 식으로 판단하는 태도는 창작의 주체성과는 무관한 발상으로서 작가의 발전에 아무런 도움이 되지 않음은 자명하다.

3

이은식의 「땅거미」 역시 한 걸음 진전된 '분단 극복' 문학이 아니라 할 수 없다.

앞서 상술한 대로 기존 분단문학의 폐해 중의 하나가 당대 민중의 역사적 진출이나 사회적 격동의 사상적 기반을 무조건 피 흘림의 원인으로 죄악시하거나 아니면 오늘날에 남겨진 그 잔재나 상흔을 그저 소박한 온정주의로 해결해버리고 말아 현재의 삶의 구조를 기초지운 과거 역사의 객관성이 실종되어버리곤 했다면 「땅거미」는 거기에서 일정 정도 벗어나 있는 작품이다.

새삼스러운 다짐이기는 하지만 분단 문제를 다룬 작품이라면 어떤 방법으로든 간에 분단 극복의 지향 속에서 자기 몫을 담당해야 하며 또한 역사와 민족적 숙원이 작가에게 맡겨진 역사적 과제라 한다면 그 책무는 상당히 무거운 것이다.

따라서 그 책무에 충실히 응답하는 방법 중의 하나는 당대 역사의 객관적 진실을 전면에 드러내놓고 거기서 추상 같은 배움을 얻어내는 것과 한편으로는 그 속에서 알토란 같은 역사 진보의 전망을 뽑아올리는 것이리라. 이것의 성실함만이 분단문학에서 자주 묘사되는 개인 혹은 가족의 주변사마저도 실팍한 역사의 한 줄기로 치켜올릴 수 있는 방법인 것이다.

그런 의미에서 「땅거미」는 이 객관적 요구에 어느 정도 해답을 마련해놓고 있다. 「땅거미」는 6·25 때 대지주인 배주사의 서자인 배석만이 성장한 이후 고향을 방문하면서부터 이야기가 시작된다. 작품 무대는 정쟁의 와중에 휘말려들어가는 한 농촌 마을이며 중심 줄거리는 배주사 가문의 해체과정이다.

그러나 이 작품에서 정작 중요한 얼개는 대지주인 배주사와 소작농민 간의 대립 구도로 보는 것이 옳으리라 생각하는데 이는, 분단 문제에 대한 소설적 형상화는 일개 가족사를 중심으로 하는 서술보다 그 당대의 역사적 성격에 따른 계급 구도의 상황을 형상화의 중심에 놓고 다양한 관점을 이동시켜나가는 것이 합당하다는 생각 때문이다.

이런 전제에서 이은식의 역사적 안목은 정만수라는 매개를 통하여 당대의 사회성격 및 소유관계에서 비롯되는 첨예한 사회적 쟁점을 과감하게 드러내는데 그것의 적실성은 묘사 내용이 단지 작가의 주관적 의지나 선호에 의한 것이 아니라 작가 나름의 충실한 객관 현실의 반영물이라는 점에서 확인된다. 이는 계급 역관계의 전도와 민중의 민주주의적 개혁의 열망을 부각시키는 대목에서도 목도되는 바이다.

작가의 이러한 진전된 역사인식은 구석진 농촌 마을조차 역사의 가파른 비탈로부터 비켜가 있을 수 없는 것으로, 그 격동의 부대낌을 우연한 벼락 맞음이 아니라 새로운 사회의 건설을 위해서는 필연적으로 맞아들일 수밖에 없는 생산적 과정으로 파악하게 되는 것이다. 이에 따라 당연히 '화평 마을'도 또 그곳의 '무식한 농투성이'도 엄연하고 당당한 역사의 동력으로 부상하게 되는 것이다.

그런데 역사와 민중에 대한 작가의 정당한 인식에도 불구하고 이 작품의 전개 형식은 중심과 부분이 다분히 도립되어 있다. 즉 배주사 가문의 운명을 결정지은 것도 본질적으로는 생산관계의 혁명적 이행 및 상승하는 계급의 혁명적 진출이라는 역사의 근본적 변화 때문인데 이야기의 전개가 그 변화의 내용적 전형을 통해서 이루어지는 것이 아니라 변화의 수동적 반영자인 배주사 집안을 중심으로 하여 진행됨에 따라 현실 변화의 객관적 반영이나 그 변화 요소들 간의 계열화가 이루어지지 못하고 그것을 심리적 추적으로 대신하고 있는 것이다. 이는 따라서 역사발전의 추진세력에 대한 형상적 안배가 주변부적이고 중립적으로 처리됨으로 인해 작품 전반의 리얼리즘적 위치를 떨어뜨리고 마는 결과로 이어지는 것이다. 그 예로써 우리는 배주사 홍화상이나 가족과의 관계에서보다는 정만수, 승구 대 배주사, 나명호의 관계에서 훨씬 더 긴발하고 전형적인 리얼리즘적 요소를 발견할 수 있는데, 기실 작품 내에서는 그것이 반대로 처리되어 있음을 볼 수 있다.

그러나 이은식의 근작에서는 이러한 결점을 상당 부분 뛰어넘어 민중사 중심의 작품 생산이 재개되고 있음을 볼 수 있는데 이는 무척 고무적인 일이 아닐 수 없다.

4

이창동의 「친기」「소지」「끈」, 김향숙의 「그물 사이로」 그리고 임철우의 「아버지의 땅」은 그 소재상 여러모로 유사한 작품이다. 이들 작품은 대개가 가족관계의 스펙트럼을 통해 분단 문제를 조명하고 있는 점에서 공통점을 가진다. 「친기」는 과거에 좌익활동을 했지만 자기 인생을 실패한 삶으로 자처하는 아버지와 이복형제들의 현재적 생활이, 「소지」에서 역시 과거에 좌익이었던 아버지와 동복이부(同腹異父) 형제인 성호, 성국의 갈등관계가, 「끈」에서는 좌익활동가였던 아버지를 둔 아내와 우익 남편을 좌익에게 잃어야 했던 어머니와의 현재적 갈등관계가 그려져 있고, 임철우의 「아버지의 땅」은 좌익이었던 아버지를 저주하는 아들의 심사를 그리고 있으며 김향숙의 「그물 사이로」에서는 조총련계 아들과 그를 용납하지 못하는 가족과의 갈등이 그려져 있다.

먼저 이창동의 작품들은 분단 현실과 오늘날의 민중들이 살아가는 생활들과의 관계를 예의 날카로운 안목으로 주시하고 있는데 그가 파악하고 있는 분단 현실은 다름아닌 민중 생활의 질곡을 집행하는 실체로 그려져 있다. 그의 이러한 문제의식은 사십 년 전의 한국 현실이나 오늘의 삶이 가지고 있는 문제의 양상이 별반 다르지 않음과 아버지 세대와 아들 세대의 2대가 본질적으로 동궤의 문제를 나누어 가지고 있음을 정당하게 간파하고 있는 것이다. 그리하여 그는 오늘날 우리의 삶은 결국 사십여 년 전에 이미 예정된 결과이며 그것의 양상은 형태만 달리할 뿐 본질적으로는 달라진 게 아무것도 없다는 인식을 하고 있다. 따라서 그것의 현재적 양상의 의미를 천착하고 있는 작가는 경찰에 쫓기다 처형된 아버지와 역시 마찬가지로 경찰에 쫓기고 있는 운동권 아들을(「소지」), 그리고 좌익 아버지를 두었던 아내가 지금도 외삼촌 문제로 경찰에 연행되어가는 것(「끈」)과 선대의 유적 때문에 후대가 연좌제로 피해받아야 하는 것(「소지」) 등을 동일한 모티프로 간주하고 있는 것이다. 결국 이창동의 작품에 의하면 민중을 포위하는 '그 무엇'의 포위망은 사십 년 동안 달라진 것이 아무것도 없는 셈이 된다.

그러면 이제부터 우리는 작가가 싸안고 씨름하는 문제와 그것을 해결해보고자 채택하는 방법이 서로 합리적이며 객관적으로 조응하고 있는가 하는 대목에 주의를 기울여보자. 이는 만약 이 영역이 잘 구현되었다면 그것은 작품의 절대적 성공을 보장하기 때문에 그러하다. 그에 대해 서둘러 결론부터 이야기하자면 세 작품에서 나타나는 현실 모순의 해결 방식은 대단히 유사하다. 그런데 동기를 구현하는 시각은 항상 정당한 문제의식의 기초하에서 시작되는 데 비해 정작 그것의 종결은 동기의 내용이나 원인의 무게에는 한참 뒤처져 있는 일종의 추상적 휴머니즘이나 필연적 매개고리(여기서는 역사적 필연성을 이야기한다)가 부재한 무정부적 가치관의 확인이 되어버리고 만다.

예컨대 「친기」에서 받는 잔잔한 감동이나 인간적 훈훈함은 작가의 의도와는 달리 그리 오래가지 못하고 뭔가 실한 기운이 빠져버린 허재비처럼 느껴지게 되는데 이러한 '시한부 감동'을 받을 수밖에 없는 이유는 결국 소재와 주제의식 간의 모순 때문이다. 세 작품 모두에서 오늘의 삶을 규정했던 근본적 뿌리는 개인적 실존 의지를 뛰어넘는 총체적인 역사 범주이다. 따라서 과거와 현재의 연속적 맥락 속에서 오늘의 모순을 해결하기 위해서는 과거와 현재의 맥락을 움켜쥐고 있는 분단 현실의 구조적 내적 논리가 먼저 파악되고 거기서부터 객관적인 극복의 단초를 발견하는 노력을 기울여야 할 것이다. 그럼에도 불구하고 이 소설들은 그러한 과정은 뛰어넘어버린 채 성급한 인도주의에 유도되어 방법의 합리적 핵심보다는 어떻게 하면 비극의 주인공들을 어서 빨리 화해시킬까 하는 생각에 몰두하고 있는 것이다. 그러나 만약 현재와 과거, 선대와 후대, 그리고 혈육 사이의 화해가 작가의 의도 방식대로 이루어졌다고 하자. 그렇다면 아직 화해를 못 이루고 있는 또다른 분단의 고통 당사자들은 단지 개인들의 부덕함이나 노력의 부재 때문에 화해가 가능하지 않은 것인가? 그리고 여전히 분단 모순을 확대재생산하고 있는 파행적 사회구조들은 이제 그 화해 당사자들과 무연해지는가? 또 화해 당사자들의 그 화해는 진정 자아와 사회의 동일성이 구현된 '참된 화해' 인가? 결코 그렇지 않을 것이다. 분단 현실과 그 극복 방법에 대한 이상과 같은 작가의 탐색 경로, 즉 이창동이 채택하고 있는 방식의 기저를 살펴보면 그 시각에는 앞 세대의 좌익활동가나 역사변화의 용틀임들은 모두 잘못된 방법론에 입각해 있었으며 따라서 그것은 빨리 잊어버려야 할 불행했던 세대의 유제쯤으로 간주하는 어떤 준거가 있는 듯한데, 요컨대 문제는 그것이 과연 개인적 화해가 사회적 화해로 승화되어야 하는 민중 문제의 과제를 수행하는 데 합당한 해결 방법인가 하는 점이다. 그러나 그가 택하고 있는 화해행위의 상징인 제의(祭儀)를 통한 해원(解冤)의 구현에서 볼 수 있듯이 그것은 분단 극복에 대한 기여의 전망이 실종된 채 일종의 추상적 낙관으로 이어지는 수순을 밟을 뿐이라는 점에서 그의 방법론은 상당한 회의를 동반하는 것이다. 기실 전통 시대의 민중적 제의는 지향점 없는 풀어헤침이나 기복적 재수굿이 아니라 시로 민중적, 창조적 에네르기를 초체화시키는 과정이었다. 바로 이 점에서 이창동의 제의는 민중적 '제의' 의 건강한 사회적 집단성을 배울 일이다.

여성 특유의 섬세한 심리 추적과 특히 여성의 입장을 통해 분단 문제를 다룬 「그물 사이로」나 임철우의 「아버지의 땅」도 그 소재나 주제의식에 있어 이창동의 그것과 크게 다르지 않다.

가령 「아버지의 땅」에서 좌익이었던 아버지와 군복무중인 아들을 통해 2대에 걸친 이념적 반목과 대립의 전승을 그리고 있다는 점 등이 그 유사함이다.

오늘날 우리에게 목도되는 분단의 여러 현상들은 실로 다양하게 자기 모습을 나타내지만 「아버지의 땅」에서 묘사되는, 즉 사십 년간 땅 속에 묻혀 있던 좌익활동가의 유골(아버지의 상징일 수도 있다)과 그것을 발견하는 아들(그의 신분이 반공 이데올로기의 보루인 군인이라는 점과 '야전훈련'의 의미를 생각해보라)이라는 사건 설정은 묘한 여운을 내풍긴다.

특히 유골에 묶여 있는 PP선은 사십 년 전의 '땅 속'에서부터 사십 년이 흐른 '땅 위'의 모든 것까지 계속 묶어놓고 있는 '묶인 역사'의 섬뜩한 증거이기에 우리의 모골은 다만 송연해질 따름이다. 이에 따라 그 '묶임'은 사십 년간의 역사와 조국을 그리고 민중 현실의 모든 것을 포박하고 있는 질곡에 다름아닐 터인데 예컨대 좌익 아버지의 실체에 대한 객관적 판단도 없이 그저 아버지가 '증오스러운 사내'로만 여겨진다는 아들도 그 질곡에서 헤매는 '불행한 사내'이기에 우리는 한 번 더 분단 현실의 피할 수 없는 준열함을 확인하게 되는 바이다.

한편 임철우의 작품이 분단 현실을 다룸에 있어 소재적 측면으로만 경사된 접근 방식을 배제하고 분단 극복 문학의 미덕을 확보하기 위해서는 앞서 상술한 이창동 작품의 한계 내용에 면밀한 주의를 기울일 필요가 있으리라 본다.

5

상기해보면 지금까지 우리 소설사에서 분단 문제만큼 빈번하게 형상화된 소재도 없다고 생각한다. 그러나 그 양의 많고 적음과는 관계없이 이제껏 발군의 '분단 극복 문학' 하나 찾아보기 힘들었다는 현실은 무엇을 뜻하고 있는가?

우리가 여기서 다시금 확인하게 되는 것은, 정작 중요한 것은 소재의 차원이 아니라 작가의 탐구가 얼마나 분단 극복의 실천적 의지를 가지고 있나 하는 점과 아울러 그 의지의 소설적 형상화의 방법이 얼마나 객관적 총체성을 확보하고 있나 하는 것에 대한 관심이라는 사실이다. 이러한 명제가 실종될 때 가장 먼저 행세하고 나오는 것이 분단문학을 빙자한 분단체제와의 화해문학이었다는 사실은 그런 점에서 결코 우연이 아닌 셈이다.

필자가 지금까지 해설한 작품들은 다행히 그런 사이비 분단문학과는 거리가 멀다. 그러나 우리가 찾으려고 애썼던 위 작품들의 긍정성은 아직껏 상대적 측면에서의 건강함이지 결코 '분단 극복 문학'의 진국을 보여준 전범이라고 간주할 수 없는 형편이다. 따라서 이제부터 분단 문제를 다루려는 소설들은 그 이전보다 역사적으로 달라진 분단 현실의 외연과 내포를 선연히 취득하여 현실 속에서 살아 꿈틀대는 미래 전망의 합리적 핵심을 민중에게 선사하여야 하리라.

(『민족소설선 2』 해설, 1990)

소시민적 문학론의 탈락과 민족문학론의 분화

1. 새로운 문학운동의 시작

새 시대는 새 문학을 요구하게 마련이다. 적어도 이 명제는 타당하다. 그런 의미에서 80년대의 문학운동은 다른 부문운동과 마찬가지로 새로운 지평을 열어가는 과정 즉 전혀 새로운 질의 문학이념과 운동 방법을 전취해나가는 과정이었다. 80년대 후반 치열하게 전개된 문학 논쟁은 그것의 반영이었다. 이 논쟁은 분명히 우리 문학운동을 한 단계 발전시켜놓았으며 그 기초 위에서 우리는 더 높은 예술적, 정치적 질을 예비하고 있는 것이다.

80년대 문학운동은 70년대의 민족문학론이 닦아놓은 빛나는 성과의 기초 위에서 시작되었다. 80년대 초반의 '얼음왕국'에 의한 사회 전반의 위축현상은 문학운동에서도 예외가 아니었다. 그러나 그 어두운 모색기를 지나 1982년부터 문학운동은 본격적인 자기 실현을 전개해나간다. 이 과정 속에서 서서히 문학운동 방법의 제경향들이 드러나기 시작하는데 그것의 핵심은 민족문학론과 민중문학론으로 대별되는 문학이념의 정립 문제였다.

그러나 그것이 곧 이론적 쟁패로 가시화된 것은 아니었다. 상호간 조심스러운 이념 탐색 속에서 줄 것은 주고 받을 것은 받는 가운데 우선은 자기 입론의 얼개를 정교화시켜나갔다. 그러다가 1985년에 들어서면서부터 드디어 백가쟁명식의 무수한 민중문학론이 제출되는데 그러한 '준' 논쟁적 현상은 각 경향을 구분시켜주는 판별지였으며 후반의 본격적인 논쟁의 씨줄과 날줄을 준비하는 것이기도 했다. 따라서 이 글에서는 80년대 중반까지의 문학이념 논의들의 주요 논지와 (뚜렷한 쟁점 분석이 아닌) 경향의 차이를 개관해보는 정도에 그치게 된다(이론적 쟁패의 절정기인 80년대 후반의 논의들은 이 책의 「민족문학 논쟁 2」에서 다루어질 것이다).

아울러 논쟁사를 정리함에 있어서는 논쟁 이후의 전망에 대해 소략하나마 필자의 견해가 타진됨이 예의이기는 하겠으나, 이것 역시 전체 논쟁이 아닌 중반까지라는 구분점이 있고 그것의 전망은 딱히 피력할 필요 없이 이후 논쟁에 모두 인입되어 있으므로 여기서는 생략하기로 하겠다.

2. 문학이념의 분화배경

1) 70년대 문학운동에 관하여

70년대는 두 가지의 중요한 객관적 조건을 형성한다. 그 하나는 '민중'의 실질적 대두였다. 이는 파행적인 남한의 자본주의 발전과정이 생성해낸 필연이었는데 그 이전과 달리 민중은 모순 극복의 주체적 세력으로 등장하게 된다. 다른 하나는 '유신'으로 표현되는 군사테러독재의 노골화이다. 그러나 이 폭압적 상황은 역설적으로 민중의 정치적 단련과정에 다름아니게 된다.

이러한 조건 속에서 문학운동은 객관 현실의 변화에 조응해나가는데 그것의 핵심은 문학이념의 정립과 운동 방법론의 모색이었다. 그것의 외화 형태는 다음 몇 가지로 정리해볼 수 있다.

첫째는 본격적인 민중 '지향'의 문학 실천이었다. 그러나 그 실천 주체는 거의 전문 문인들로만 구성되어 있었다. 둘째는 민족적 과제에 적극적으로 부응, 그것을 수행할 수 있는 '민족문학론'의 정립을 통해 문학이념을 구체화시켜나간 점이었다. 셋째는 '자유실천문인협의회'로 대표되는 문학운동의 조직적 실천이었다. 이는 대단히 의미 있는 부분으로 변혁운동의 주도체로까지 격상된다.

이상과 같은 내용들은 별 큰 굴곡 없이 70년대 전반을 관통했었는데 이는 한국문학사에 있어서 빛나는 성과의 시기였다. 그러나 이러한 성과에도 불구하고 80년대에 들어오면서 70년대의 문학운동 방식은 결정적 한계에 봉착하고 마는데 그것의 주요 원인은 다음 절에서 언급되는 80년대 문학운동의 과제에 다름아니었다.

2) 80년대 문학운동의 과제

1980년 '광주민중항쟁'이 가져다준 충격과 교훈은 우리 전체의 삶 어느 부면에고 적용되지 않는 곳 없이 삼투되었다. 그 교훈은 다름아닌 대중적 기초가 결여된 주체 역량과 비과학적 변혁이론에 기반한 운동은 결국 실패할 수밖에 없다는 것이었다. 그러나 그것은 차라리 환난이었다기보다는 뼈아픈 각성제였고 우리 모두의 담금질이었다.

이처럼 강력한 군사테러독재의 살육으로부터 시작된 80년대는 신식민지 예속화에 의한 민중수탈이 심화-확대되는 과정이었으며 이에 따른 물적 기초의 변화는 남한 변혁운동의 질적인 변화를 강제하였다. 그 강제 내용을 도식화시켜보면 대중성에 기초한 운동 방향 및 경로의 확립과 과학적 사상에 입각한 지도력의 강화 및 조직의 건설이라는 주체 역량의 증대 등이었다.

70년대의 성과를 기초, 계승하고자 하는 문학운동에 있어서도 위의 내용은 당연히 요청되는 사안이었다. 그 요청 내용의 첫째는, 민중 '지향'에서 '민중성'으로의 이행이었다. 요컨대 이것은 프티부르주아 자유주의적 세계관에 기초한 소시민적 전망의 극복에 다름아니다. 둘째는 이제 더이상 전문 작가만의 문학운동이 아니라 광범한 민중의 문학적 진출을 예비해야 하며 아울러 협애한 의미에서의 '민중적 작가'가 아니라 변혁운동에 복무하는 '문예활동가'로서의 면모를 갖추어야 한다는 점이었다. 셋째는 고발, 감상 차원을 벗어나 과학적 전망의 알을 품는 보다 구체화된 리얼리즘의 확립이었다. 넷째는 변화된 토대에 대응하는 과학적 문학운동 방법(이념, 정책, 조직 등)의 실현이었다. 이것이 객관적 과제와 임무를 수행하는 기본적 얼개임은 당연하다.

이상과 같은 지적은 어찌 보면 별로 새삼스러울 게 없다. 그러나 이것이 또 새삼스럽기조차 한 것은 당대 문학운동의 현실을 반영하는 준거점이기도 해서이다. 아무튼 이러한 과제는 문학운동을 한다고 자처하는 개인이나 집단에게 있어서는 지엄한 선생님의 숙제와 같은 것이기도 하였고 이를 실현하고자 했던 노력의 경로와 방향이 80년대 문학운동을 관류하는 기본 성격이었다. 그 과정의 내용은 다음 절에서 시작되는 다양한 입장의 입론에서 확인된다.

3. 각 문학이념의 전개과정

1) 백낙청의 민족문학론과 그 변모

70년대 이후 줄곧 문학운동 이념의 지도적 역할을 행사해온 민족문학론은 간단히 말해 주체적 측면에서는 민중적 입장의 관철을, 객관적 측면에서는 분단 극복의 문학을 주장해왔다. 즉 이 이론의 성격은 민중적 입장에서의 분단 극복운동에 복무하는 문학으로 규정되어왔다. 1974년에 정립된 백낙청의 '민족문학론'은 당대의 문학운동을 한 단계 도약시켜놓았는데 이의 중요성은 아무리 강조해도 지나치지 않다.[1)]

백낙청이 기술하고 있는 민족문학론의 의의와 과제는 다음과 같다.

> 민족문학의 주체가 되는 민족이 우선 있어야 하고 동시에 그 민족으로서 가능한 온갖 문학활동 가운데서 특히, 그 민족의 주체적 생존과 인간적 발전이 요구하는 문학을 민족문학이라는 이름으로 구별시킬 필요가 현실적으로 존재해야 하는 것이다. 다시 말해서 그것은 민족의 구체적 생존과 그 대다수 구성원의 복지가 심각한 위협에 직면해 있다는 위기의식의 소산이며 이러한 민족적 위기에 임하는 올바른 자세가 바로 국민문학 자체의 건강한 발전을 결정적으로 좌우하게 되었다는 판단에 입각한 것이다.[2)]

> 오늘날의 민족적 위기에서 민중적인 문학이 수행해야 할 구실은 기존의 민중의식을 수동적으로 반영하고 전파하는 것만이 아니다. 반영 작업은 동시에 민족생존권의 수호와 반봉건적인 시민혁명의 완수라는, 객관적으로 민중에게 주어진 사명을 민중의 각성된 인식과 실천으로 이끌어가는 예술작품 특유의 능동성을 발휘해야 한다.[3)]

---

1) 이후 백낙청의 이론적 변모는 단지 민족문학론의 심화-확대과정이었지 그 기본 골격 자체에는 변화가 없다.

2) 백낙청, 「민족문학의 개념정립을 위해」, 『민족문학과 세계문학』, 창작과비평사, 1978, 125쪽.

3) 같은 책, 131쪽.

이로써 민족문학은 자기의 사명이 반식민지 반봉건 시민혁명의 문학적 과업이라는 점을 명확히 하면서 자기 객관성을 강조해나간다. 아울러 이 이론은 "상황이 변하는 경우 그것은 부정되거나 보다 차원 높은 개념 속에 흡수될 운명"[4]에 놓여 있다는 지극히 역사적이며 변증법적인 유연성을 잃지 않고 있다.

이후 민족문학론은 70년대 말까지 이론 전개의 핵심적 내용을 분단 극복이라는 민족적 과제에 초점을 맞추어나가는데, 이것은 곧 문학운동의 지향점을 민족통일로 수렴시켜나가는 과정이었고 그것은 또 일정하게 타당했다. 그러나 이 과정에서 백낙청은 "계층의 문제가 일단 좀 흐려지더라도 민족문제를 우선"[5]시켜야 한다는 비변증법적인 시각의 일단을 노출시키기도 하는데 이 대목에서 우리는 이러한 관점의 극복이 곧 민족문학론에 내재된 일정한 한계의 극복과 직결되리라 생각해 볼 수 있다.

아무튼 백낙청의 '분단 극복의 문학관'은 80년대에 들어와서도 수미일관하게 지속되는데 80년에 발표된 그의 「80년대 민족문학론의 전망」(원제 '민족문학론의 새로운 과제')은 70년대 말까지 천착해온 분단 극복운동으로서의 민족문학론을 더욱 심화, 강조해나가는 과정이었다. 이 글에서 그는 "민족문학에서 강조되는 분단의식은" 다름아니라 "효과적인 분단 극복운동으로 이어지는 의식"이며 아울러 이것이 효과적이기 위해서는 분단 극복의 문학이 "그 사상적 폭이나 예술적 세련에서도 당대 최고의 수준에" 올라 있어야 한다고 강조한다.[6] 이것은 예술적 질에 대한 판단 규준이 분단 문제에 밀착되어 있어야 한다는 의미에서 미학원리에까지 파급되는 중요한 문제인 것이다.

이어 그는 "민족문학론은 분단체제에 대한 이러한 인식에 충실함으

4) 같은 책, 125쪽.
5) 백낙청, 『인간해방의 논리를 찾아서』, 시인사, 1979, 231쪽.
6) 백낙청, 『민족문학과 세계문학 2』, 창작과비평사, 1985, 53쪽.

로써만 문학 자체의 발전에도 기여하며 분단의 극복에도 기여"할 수 있으며 또한 민중문학론, 리얼리즘 등의 "온갖 논의들도 민족문학론에서 말하는 체제화되고 체질화된 분단 현실을 속속들이 파헤치는 작업에 집중됨으로써 새로운 의미를 지니게 된다"고 거듭 강조하고 있다.[7] 즉 문학 방법의 모든 문제는 분단 극복이라는 지상명령에 집중되는 것이다. 이 주장은 분단 극복의식이야말로 "민족문학을 창조하고 민족통일을 달성하려는 우리의 싸움이 '최대의 보편성'을 지닌 사상적 과제"[8] 임을 확인시켜준다는 선언을 주저없이 내리게 한다. 여기서 우리가 새삼 확인해볼 수 있는 것은 분단 문제에 대한 그의 집요한 추적과 그것이 또한 그의 민족문학론에 있어 가장 핵심적 범주라는 사실이다.

그러나 이 글에서의 분단 문제가 좀더 과학적 이론틀에 입각하여 탐색되었더라면 훨씬 풍부한 내용을 생산해낼 수 있었지 않았나 하는 아쉬움을 느끼게 되는데 그것은 분단 극복의 주장이 당위적, 규범적 성격의 범주에서 크게 못 벗어나 있다는 이유 때문이기도 하다. 1984년과 1985년에 각각 발표된 백낙청의 「민족문학과 민중문학」과 「민중민족문학의 새 단계」는 무척 주목되는 글이다. 그것은 이 글이 발표된 시기가 가지는 문학운동의 단계적 의미에서도 그러하거니와 각 글들의 내용이 민족문학론에 대한 일련의 비판과 자기 검증기를 거쳐 새로운 모색기를 맞이하고 있다는 것의 반영물이기도 해서이다.

그러나 그의 이론에 대폭적인 변화가 있었다는 것은 아니다. 기본적 골격의 변화라기보다는 오히려 그 비판 내용들을 자기 이론으로 포함해가고자 하는 입장이었다. 물론 그것의 해석에 있어서 입장에 따른 차이는 있겠지만 백낙청의 이러한 자세가 전혀 올바르지 않은 것은 아니다. 그러나 그것이 모두 올바른 것도 아니라는 사실이 논쟁의 성격을 향도해주는 침로이기도 했다.

---

7) 같은 책, 54쪽.

8) 같은 책, 60쪽.

먼저 1984년에 발표된 「민족문학과 민중문학」을 살펴보자.

다시 말해서 70년대 민족문학론을 넘어설 새로운 민중문학론에 대한 요구가 지금 느껴지고 있는데 그것은 민족문학론 자체의 논리가 관철되는 과정의 일환으로서 대두된 것이지, 지금 시점에서 민족문학론을 포기하고 민중문학론을 해야 한다는 것은 아닙니다. (……) 최근의 활발한 민중문학 논의는 70년대 민족문학론의 심화과정이라고 저는 보고 있습니다.[9]

여기서 우리는 민족문학론에 대한 백낙청의 고수적 입장이 다소간 선언식의 경향성을 띠고는 있지만 아직까지 민중문학론의 문제제기가 자신의 이론적 입지를 전복시킬 만큼 대단한 것이 아니라는 생각이 전반에 깔려 있음을 강하게 느낄 수 있다.

다만 그 한계를 다음과 같이 진단하고 있는데 이 내용이 민족문학론의 결정적 한계인지(그래서 이 한계의 극복은 새로운 문학 방법을 요구하는 것인지), 부분적 한계인지가 분명치는 않지만 그것이 민족문학론이 다음 단계의 새로운 지평을 열어가는 데 있어 하나의 디딤돌이라는 의미에서는 대단히 중요한 내용이다.

민족문학론의 주된 한계를 지적한다면, 민족의 분단 문제, 또 이 분단을 극복하기 위한 민족운동과 민족문학운동을 이야기하면서도, 문학운동 주도세력으로서의 민중에 대한 과학적이고 구체적인 인식이 부족했고, 따라서 운동의 이론이나 조직 또는 작품 생산에 있어서 민중의 주도성이 제대로 반영되지 못했다는 점을……[10]

9) 백낙청, 「민족문학과 민중문학」, 『민족, 민중 그리고 문학』, 지양사, 1985, 38쪽.
10) 같은 글, 38~39쪽. 강조는 인용자.

결국 백낙청은 민족문학론이 주체 문제에 있어서는 추상적 해석에 머물렀으며 따라서 그것의 반영인 계급적 무고려가 개선되지 않는 한 새롭게 전개되는 80년대를 문학적으로 수용하기에는 대단히 어렵다는 점을 고백하게 되었고 서둘러 그 이론적 공백을 메워나가게 된다(그것이 이른바 소장파들의 비판 덕분인 것은 물론이다). 그러나 이러한 구멍 메우기 작업이 결코 민족문학론의 근본을 새삼 검토해야 한다는 의식으로까지는 이어지지 않는데 그것은 80년대 문학운동을 중간점검해보는 의미가 담긴 「민중·민족문학의 새 단계」에 확연히 나타나 있는 바이다. 그는 80년대 민중·민족운동이 겪은 패배가 일시적인 것이지 결코 "'새 살림'을 시작해야 할 만큼 우리의 민중·민족운동이 방향을 잘못 잡았던 것은 아니었다"라고 주장하며 이어 "80년대의 새로운 현실을 수용하기 위해 민족문학론의 기본 논리가 달라질 이유는 없다"고 단언한다.[11] 이는 대단히 중요한 발언이다.

문학이념이 객관 현실의 발전 속도 및 체적의 일정 형태의 반영물이라는 원론적 해석에 따르자면 70년대 사회성격에 기반한 민족문학론의 이념지향이 80년대에도 계속되어야 한다는 논리는 70년대와 80년대의 본질적 성격에 있어 변화가 없다는 이야기이다. 이런 측면에서 80년대의 패배는 전술적 패배이지 그 패배가 전략적 목표까지 수정해야('새 살림'의 뜻이 그러하다) 할 강력한 이유로 작용할 수 없다는 논리가 성립된다. 따라서 여기서 정치적 사건이나 문학적 사건들(예를 들어 민중의 문학적 자기 표현인 수기, 르포 유의 왕성한 생산, 그리고 박노해의 충격 등)은 현상적 조건의 변화이지 그 현상을 규정하는 본질적 변화의 문제는 아닌 것으로 간주된다. 물론 7, 80년대에 대한 해석에 있어서 여러 가지 논란이 있는 것은 사실이나 그렇다고 하더라도 백낙청의 위와 같은 현실 인식은 과감하기조차 한데 그 주장의 근거를 다음

11) 백낙청, 「민중·민족문학의 새 단계」, 『창작과비평』 57호, 1985, 8쪽.

과 같이 제시한다.

> 문학의 역사에서 (……) 특수성에 입각해야 함은 물론이다. 그러나 다른 한편, 전체 역사와의 연관을 위해서는 무엇보다도 정치사적 계기와 경제구조의 문제를 감안해야 될 터인데, 그럴 경우에도 '단계'의 개념을 비교적 넓게 잡는다면 80년대 중반의 우리가 어떤 문턱을 넘어섰다기보다는 그 앞에 와 있다는 가설이 유력하지 않은가 한다. 정치적인 계기로만 본다면 1980년 5월은 과연 획기적인 사건이었고 실제로 우리 사회에서 이를 새 시대의 개막으로 선포하는 목소리도 결코 만만치 않은 게 사실이다. 그런데 경제 면에서는 한 논자에 따르면 1973년 이래 오늘까지 "민간부문에서 독점의 완성과 산업구조의 재개편"이라는 동일한 단계가 지속되고 있으며 (……) 설혹 1980년의 충격적인 마이너스 성장에서 한국경제의 새로운 국면은 찾아본다 할지라도 그것이 어떤 구조적인 변화를 가져오지 않았음은 분명하다 하겠다.[12]

따라서 그는 문학에서의 우리 단계 인식이 우리 살림살이의 "다른 분야로부터 크게 벗어나 있지 않다"[13]고 보는 것이다. 이 주장은 노동자문학의 출현을 민중·민족문학의 새 단계로 보는 견해에 대한 반박의 근거가 되므로 주목할 필요가 있다. 그러나 물론 백낙청의 견해가 범박한 수준에서 맴도는 것은 아니나 그 견해 속에는 총체적 현실 인식이 결여된 자충수가 내재되어 있는 점 역시 숨길 수 없는 사실이다.

백낙청의 이러한 현실 인식은 70년대 정립된 민족문학론의 객관적 과제가 계속 유효함을 주장하게 되는[14] 전제가 되며 다른 한편으로는 당시에 활발히 부상하던 젊은 논자들의 민중문학론에 대해 그것이 다

12) 같은 글, 9쪽.

13) 같은 글, 10쪽.

14) 물론 부분적 수정-보완은 인정한다.

분히 운동적 당위성에 치우친 것이라 비판하고 나오게 되는 요인이 된다. 동시에 그는 당시의 노동자문학이 새로운 단계로까지 성장하기 위해서는 '계급이기주의'에서 벗어나 그것이 '민중·민족적 요구' 즉 분단 극복까지를 포괄하는 노력이 경주되어야 함을 강조하는데 이는 그의 수미일관된 논리로 볼 때 당연한 요구라 하겠다. 따라서 그에게 있어서는 박노해의 등장 역시 새 단계의 증거로 삼기에는 충분치 못한 것이었다.[15)]

이 글에서 백낙청은 민족문학의 참된 성취는 '각성된 노동자의 눈'이라는 척도에 의해 가능해진다는 대단히 발전적인 견해를 내놓게 되는데 이는 이전 민족문학론의 민중 이해로 볼 때 중요한 변화가 아닐 수 없다. 그러나 이 '각성된 노동자의 눈'이 문학운동 방법 전체를 포괄하는 토대로까지 나아가지 못하고 소수의 선진노동자로 치환시키는 또다른 '신원주의'에 빠져드는 경향을 드러내는데, 바른 의미에서의 이 '눈'이란 객관적 진리와 실천적 운동의 통일적 적용을 가능케 하는 과학적 사상의 당파적 입장이 아닐까 한다.

그러나 '각성된 노동자의 눈'이든 '민중 이해의 과학성 제고'든 그 어느 것도 민족문학론의 제일의적 과제인 분단 극복의 위상에 대해 다시금 재고해보게 만드는 요인으로는 되지 못했다. 이 점은 민중문학론(혹은 노동문학론)에 대한 다음과 같은 그의 비판에서 여실히 증명되는 바이다.

> 자주적인 평화통일을 위한 폭넓은 사회운동과 민족적 대단결은 민족문학론의 지향점이자 이 시대 민족운동의 기본 요건인데, 분단과 무연한 사회들에 근거한 민중해방·계급해방론들의 적용이 편협한 계급문학론을 재현시킬 염려가 없지 않았던 것이다.[16)]

---

15) 뒤에서 살펴보겠지만 젊은 민중문학론자들은 이 주장이 백낙청의 소시민성의 한계라고 강력히 비판하고 나온다.

기실 편협한 계급문학론을 경계하는 것은 '민중문학론' 역시 마찬가지이다. 그러나 그 '민중문학'을 이해하는 관건인 현실 인식이 백낙청과 젊은 민중문학론자들 사이에는 현격한 거리로 존재함을 다시금 확인하게 된다.

이상의 검토과정에서 우리는 백낙청으로 대표되는 '민족문학론'의 기본적 성격과 그 이념의 지향점에 대해서 살펴볼 수 있었다. 이 입론이 80년대 중반에 이르기까지 일정한 자기 변모 과정을 거치게 된 점은 주지의 사실인데 그것을 도식적이나마 시민의식 → 민중의식 → 분단극복의식의 발전과정으로 이해해도 큰 무리는 없을 듯하다. 이와 동시에 '민중문학론'에 의해 계속 제기된 문제가 곧 '민족문학론'의 약점이자 일정한 한계라고 간주해볼 수 있는데 그것을 마지막으로 지적해보면서 '민족문학론'에 대한 검토는 마무리짓자.

첫째, 분단 문제에 대한 과도한 치우침은 기본 모순과 분단의 관계를 총체적으로 인식하는 데 질곡으로 작용했다. 따라서 이것은 분단 극복 실체에 대한 인식의 미흡을 야기했다. 둘째, 민중에 대한 모색이 의식성의 측면과 물질적 측면과의 통일을 꾀하지 못하고 있었다. 셋째, 민주주의 문제에 대한 고려 즉 그것의 경로나 방법 및 내용 등에 관한 정책이 부재했다. 넷째, 민중 이해가 미분화적 실체의 인식에서 벗어나지 못함으로 인해 주체의 모색이 소시민적 전망에 머물고 있었다.

2) 이른바 '소장파'의 민중문학론

채광석으로 대표되는 이른바 '소장파'의 '민중문학론'은 그 당시 그들의 연배만큼이나 새롭게 힘찬 것이었다. 또한 그들이 제기한 문제의

16) 백낙청, 「민족문학의 민주성과 예술성」, 『민족교육의 반성』, 학민사, 1986, 35쪽. 강조는 인용자.

내용들은 현단계 문학운동의 각 논점에 고루 포진해 있어서 그 의미하는 바가 더욱 크다. 먼저 그들은 기왕의 민족문학론과 전문 작가들의 이념이나 창작 실천이 소시민적 세계관에 기초한다는 점에 심각한 문제의식을 느끼며 이의를 제기하기 시작했다. 그들이 보기에는 전문 작가들의 객관적 위상이 객관 현실을 제대로 반영하지 못하고 있는 것이었다. 그들은 그것의 요인을 전문 작가들의 비운동적 의식과 계급적 토대에서 찾았다.

그러면 이제 그들의 문제제기가 어떤 방향과 내용을 가지고 있는가에 대해 간단히 살펴보자.

그들은 우선 지식인 작가에 의한 민중적 요구의 대리 표현이 '민중의 문학 생산'[17]으로 전화되어야 한다고 주장했다. 이것은 당시 광범하게 일어났던 민중 직접창작의 대두와 그것의 대중적 성공에 힘입고 있었다. 이는 그간 민족문학론이 온전히 담보해내지 못했던 민중의 내적 계급구성의 문제와 노동자계급의 주도성 문제로 연결되는 것이기도 했다.

또한 그들은 민족문학의 주체 모색이 당시까지만 해도 그 의식성의 측면에서만 추구되었다는 사실에 착안하여 문학 생산의 물질적 담당자로서의 민중 문제, 즉 민중의 역사적 진출이 단지 객관적인 계급구성의 양적인 증대로 해석될 뿐만 아니라 실제적인 물리력 확보로 서서히 전화해가고 있다는 것에서 확인해볼 수 있다는 문제의식을 제출했다. 이것이 동시에 문학 양식, 문학 유통 및 매체의 문제와 긴밀히 연관된 것임은 당연한 사실이다.

그러나 이들이 민족문학론 자체를 부정하는 것은 아니었다. 다만 그것의 건설 경로에 대해서 이론(異論)을 갖고 있는 것이었기에 민족문학의 발전이라는 객관적 과제에는 논자들 공히 동의하는 바였다. 그 대표적 주자인 채광석의 민중문학론은 몇 가지 점에서 기왕의 문학 방법이

17) 물론 이는 지식인 작가의 창작행위를 전면 부정하는 것이 아니고 창작 실천의 민중성을 문제삼는 것이다.

해결하지 못한 문제에 대해 극복의 전망을 던져주고 있다는 점에서 각별하다. 그는 '민족문학은 민중에 기초한 민중문학에 의해 구체화' 된다고 원론적 지적을 하면서 민중의 이해를 다음과 같이 심화시킨다.

그 생활상 대외종속적이고 불균형한 분단의 사회구조와 외세의 가장 직접적이고 집약적인 피해자로서 그것에 대해 가장 대립적일 수밖에 없고 그런 만큼 가장 민족적인 존재라는 맥락에서 민중이야말로 민족해방의 주체가 되기 때문이다.[18)]

이러한 논리는 백낙청의 논리와 크게 다를 바 없지만 이 글에서 계속 강조되고 있는 논리는 '민중의 요구'라는 측면에서 보자면 백낙청의 민족문학론과 자신의 이론을 서서히 변별시키고 있다는 것을 감득할 수 있다. 이어 그는 전문 작가들의 질곡이 다음과 같은 원인에 의해 현상된다고 강조한다.

지식인에게는 두 가지 속성이 있다. 중간층으로서의 소시민성과 지식인으로서의 역사적, 사회적 책임 인식에 따른 민중지향성이 바로 그것이다. 그런데 억압적이고 파행적인 사회구조 속에서 민중지향성의 실천적 구체화는 곧 상대적으로 크게 주어진 계층 상승의 기회와 중간층으로서의 안정적 삶을 끊임없이 포기할 것을 요구함으로써 지식인에게 내재된 소시민성과 민중지향성 간의 모순을 심화시키게 마련이다. 여기서 문학생산의 고립분산적 개별성과 그 성과의 사적 수취체계는 (……) 지식인의 위축을 낳고 그 결과 민중지향성은 관념의 차원에서 왜소화되고 그 실천적 치열성은 둔화되어 소시민성이 더욱 지배적 형태로 드러나게 하는 기능을 한다.[19)]

18) 채광석, 「민족문학과 민중문학」, 『민족, 민중 그리고 문학』, 1985, 88쪽.
19) 같은 글, 100~101쪽.

사실 이 글 속에는 전문 작가의 소시민성의 원인뿐만 아니라 그 극복 방법까지 내장되어 있다. 그것의 구체화과정이 곧 채광석의 민중문학론이었다. 그에 의하면 위에서 말한 원인적 영향에 의해 전문 작가의 소시민성은 객관 현실의 발빠른 발전을 따라잡지 못하게 되는 요인이 되었고 그에 따라 현실과의 간극이 더욱 벌어진 전문 작가의 형편으로서는 미래전망의 드러냄이 불가능하게 되었다는 것이다. 해서 그는 이의 극복은 오직 소시민적 전망과 성격을 철저히 깨뜨리고, 새로운 세계관과 민중의식으로 무장된 '실천적 운동성'(전체성)과 '구체적 현장성'(개별성)을 통일시킴으로써만 가능하다고 주장한다. 물론 이는 개별적 작업 방식이 아닌 지극히 조직적 방식에 의해서이다.

한편 그는 전문 작가의 파탄이 가져온 문학적 공백지는 민중 자신의 문학적 표현에 의해 대치되었다고 지적한다. 이는 전문 작가들의 작품들이 모순의 내용, 모순의 현장 등을 제대로 드러내지 못하는 것에 반해 노동자계급은 자기의 생활 현장이 모순의 집중적 표현체이므로 객관 현실을 가장 생생하고 역동감 있게 형상화할 수 있다는 논리이다. 채광석의 이러한 주장은 박노해의 등장에 큰 힘을 입기도 했다. 이러한 일련의 서술과정을 거쳐 그는 드디어 이전의 민족문학론이 '소시민적 민족문학'에 다름아니며 당대의 문학이념은 '민중적 민족문학'으로 이행되어야 한다고 주장하기에 이른다.

이상의 과정에서 특히 두드러지는 점은, 민중문학운동은 '전체 운동과의 튼튼한 협업적' 관계를 통해 발전되어야 하며 이를 위해서는 문학운동가에게도 엄정한 민중적, 조직적 규율이 적용되어야 함을 지적한 것과 가장 실천적, 운동적인 문학적 상상력만이 문학적 감동을 생산해 낼 수 있다는 바를 강조한 점이다. 다른 젊은 '민중문학론'자들의 견해도 이와 유사한 문제의식과 체계 속에서 개진되는데 그것 역시 새로운 전망을 열어나가는 계기점들이었다.

현준만의 입장을 보자.

> 민중문학은 민중이 주체가 되는 문학이다. 민중문학의 완전한 실현은 지식인에 의한 민중지향적인 성장뿐만 아니라 민중이 스스로 문학 생산과 소비의 주체가 됨으로써 가능하다 (……) 노동문학은 그 문학적 의의에서 올바른 민중문학의 온전한 실현이자 해방문학이라는 차원에서 지양문학의 주도적 역할을 담당할 것이다.[20]

여기서 그는 민중해방의 실천적 무기로서 민중문학의 전위인 노동문학을 끄집어올린다(이러한 논리가 앞에서 언급한 백낙청의 계급문학경계론을 낳았다고 볼 수 있다). 아울러 그는 백낙청이 주장한, 새로운 민중문학론은 민족문학론의 관철과정이라는 입장을 정면으로 거부하고 나오는데 그것은 백낙청의 민족문학론이 당대의 변혁적 과제를 수행하기에는 많은 한계가 있다는 이유에서였다. 그러나 위의 인용문에서 밝힌 그의 문학론은 문학 범주를 설정하는 데 있어 주체의 측면만 강조하여 과학적 객관성의 이입이 부족하다는 혐의를 낳게 된다.[21]

이재현의 문학론도 크게 다르지 않다. 다만 그의 논리 중에 문학가는 문예활동가로 변모해야 한다는, 즉 이제부터의 문학운동 구도는 기왕의 작가와 독자의 관계가 아니라 운동가와 민중의 관계로 위상 이동해야 한다는 주장이 나오는데 이는 무척 신선한 문제제기였다.

이처럼 민중문학론의 약점에 대한 반성 위에서 출발한 민중문학론·노동문학론은 민중의 입장을 더욱 강조하여 '민중의 문학'을 제창하고 '노동자계급의 주도성'을 강조한 점에서 당시 문학운동을 한 단계 끌어올리는 역할을 하게 되었는데 이것은 대단히 역사적인 성과였다. 그러

20) 현준만, 「노동문학의 현재적 의미」, 『민중, 노동 그리고 문학』, 지양사, 1985, 199쪽.
21) 직접적 체험, 출신성분의 과도한 강조가 관념적 문학방법을 낳을 수 있다는 그의 염려가 객관성의 보장으로 직결되는 것은 아니다.

나 그에 못지않은 한계를 노출시키면서 그 쓰임새를 발휘하고 있었는데 후에 가장 많이 비판된 점은 노동자계급의 주도성은 주장하면서도 무당파적 입장을 탈피하지 못하며 또한 민중구성에서 제계급간의 차별성을 이념의 평균치로 무화시키고 있다는 대목들이었다.

3) 민중문학론에 대한 비판적 입장들

이들의 입장은 대체적으로 민중문학을 자기 고민의 중심에 놓고 사고한다기보다는 제삼자적 입장에서 관찰, 제언, 비판하는 편이었다. 따라서 이들의 주장에는 다소간 무책임한 경향이 눈에 뜨이기는 하나 그것 역시 우리 문학운동의 한 자양분이기도 한 소중한 자료이다.

김병익은 먼저 민중문학론이 배타성보다는 포괄성을 지녀야 하고 '민중에 의한 민중문학'에의 일방적 경사가 그 주체의 폭을 좁히고 있고 "그것은 보다 높은 가치에로 정진하려는 인간의 자연스러운 창조의욕을 부인하고 피라미드 형의 문화적 가치서열체계를 혼란시키는 것이며 그리하여 문학과 예술의 진정한 의미를 하락시키는 결과를 낳는다"[22] 고 강변한다. 여기서 '문학과 예술의 진정한 의미'가 김병익에게 있어서는 이미 규정되어 있는 규범적 본질이거나 선험적인 것이 된다. 다른 비판 내용들도 이러한 경향에서 크게 벗어나지 않는데 그러나 다음과 같은 주장은 경청해볼 만한 것이었다.

> 그것(민중문학—인용자)이 목표로 하고 있는 개혁을 통해 성취하려는 체제의 구체적 모형은 무엇이며 그것을 수행하는 방법은 어떤 것일까 하는 데 대한 미래 전망과 그 방법론이 실천적으로 제시되어야 한다.[23]

---

22) 김병익, 「민중문학론의 실천적 과제」, 『민중, 노동 그리고 문학』, 136쪽.
23) 같은 곳.

이러한 요구가 백낙청에 의해서는 간단히 취급당했지만 결코 간단치만은 않은 것은 이 문제제기의 내용이 곧 문학운동의 강령 문제이기 때문에 그러하다. 당시의 문학운동이 이 강령 내용의 정밀화에 그리 많은 힘을 쏟지 않았다는 점에서 이 주장은 상대적으로 요긴한 지적이 아니라 할 수 없다. 그러나 원칙이 그렇다 하더라도 정치·사상의 자유가 보장되어 있지 못한 상황에서 그것을 밝히라고 다그치기만 하는 것은 유아적 정치성의 발로이기도 하다.

성민엽은 「민중문학의 논리」에서 몇 가지 중요한 문제제기를 하고 있는데 그것이 평론에 대한 비평에 그치는 것이라 할지라도 민중문학운동의 확대, 강화에는 고마운 제언이었다. 그중의 하나는 백낙청의 시민의식과 시민혁명의 위상에 대한 날카로운 문제제기로서 이는 대단히 중요한 논점을 확보하고 있었다. 그러나 몇 가지 미덕에도 불구하고 민중문학론에 대한 비개방적(아이로니컬하게 그는 민중문학이 개방적이지 못하다고 타박한다) 태도는 자기 인식의 혼란을 초래하고 있었다. 그는 "민중문학이라는 개념은 주체적 실천에 의해 형성되어왔고 또 형성되어가고 있는 전략적, 상대적 개념이지 임의적으로 미리 주어지는 고정불변의 선험적, 절대적 개념이 아니다"[24]라고 하면서도 문학 일반에 관해서는 "오늘날 문학이라 하면 '상상력에 의한 창작'으로 '허구성을 그 본질적 속성'으로 한다"[25]고 규정하고 나서, 그러므로 수기는 문학이 아니라고 명백하게 말하고 있다. 여기서 드러나다시피 그는 문학의 본질적 속성을 '허구성'으로 강조하고 있는데 이는 앞에서 지적된 김병익의 입장과 하등 다를 바 없으며 자기 논리에 있어서도 일관성의 파탄을 자초하고 있는 것이다. 즉 그에게 있어서 민중문학과 '문학'은 서로 다른 그 무엇이 되어버린다.

24) 성민엽, 「민중문학의 논리」, 『민족, 민중 그리고 문학』, 107쪽.
25) 성민엽, 「80년대 민중문학의 지향」(『창작과비평 1987』, 창작과비평사, 1987, 190쪽)에서 재인용.

이상과 같이 민중문학에 대한 비판적 관점을 지는 논자들의 주장을 살펴보았는데 이것이 당시 문학운동의 성장에 한몫 거들었음은 사실이다. 그러나 이들의 비판은 항상 주변부에서 서성이는 입장에 불과했다는 점에서 대단히 유감스러운 것이었다. 결국 문제는 장기판에 앉아야지만 장기판의 형국이 절박한 자신의 문제로 다가오지 훈수만 두어서는 그것이 대세의 향배에 별무신통이란 점이다.

4. 몇 가지 논쟁점들

1) 민중 개념의 문제

민중 개념에 대한 과학성의 제고는 민족·민중문학론 양측에 있어서 공히 필수의 핵심적 사항이었다. 또한 이것은 단지 민중 이해의 차원에 그치는 것이 아니라 현실 인식과 변혁 경로에 있어 주체 모색에 깊이 연루되어 있다는 점에서도 그러했다. 민중 이해에 대한 이러한 필요성은 1983년 '사회과학자' 박현채에 의해 그 대강이 채워진다.

> 역사적으로 민중의 실체는 달라질 수밖에 없도록 되어 있다. 그리고 우리가 살고 있는 역사적 시대로 되는 근대 자본주의사회에 있어서 민중구성은 노동자계급을 기본구성으로 하면서 소생산자로서의 농민, 소상공업자와 도시빈민, 그리고 일부 진보적 지식인이 주요 구성으로 된다. (……) 곧 민중구성은 서로 관련지어진 순환계열상의 다른 범주로 되면서 하나로 된다는 것이다. (……) 민중은 하나로 존재하는 실체가 아니라 부단한 인식 차원의 제고가 민중구성의 보다 기본으로 되는 노동계급의 주도에 의해 주어질 때만이 하나의 실체로 되는 사회적 실체라고 말해진다는 것이다.[26)]

경제학자의 이같은 의견 개진은 민중 실재의 양적, 질적 성장과 호응되어 민중·민족론의 질적인 변화와 성장을 가져왔다. 아울러 민중문학은 이 논거점을 딛고 자신의 계급적 성격을 한층 구체화시켜나갔다.

2) 장르의 문제

1984년 김도연의 「장르 확산을 위하여」는 이모저모로 보아 대단히 획기적인 제안이었다. 그는 "장르가 한 시기 문학 정신의 반영이라면 그것은 사회 변동에 따라 수시로 변할 수 있는 전술 개념일 뿐 그 자체가 고정 불변인 것은 아니다. 어느 시기에나 그 시기의 요구에 알맞은 장르 변천이 있을 수 있고(있어야 하고) 거기에 따라 문학 개념은 거듭 수정될 소지를 안고 있다"[27]는 전제하에서 그 변화의 시기가 바로 당시라고 주장한다. 이는 민중 자신의 주체적 표현물인 수기, 르포 등의 활발한 생산과 이와는 상대적으로 소시민적 한계에 봉착한 전문 작가의 전망 부재에 따른 반영 형태인데 그것이 가지는 의미는 전문 작가들의 한계, 민중의식에 바탕을 둔 대중성의 요구, 운동으로서의 문학 등을 포괄하는 광범위한 것이었다. 이 이론은 당시의 상황으로 볼 때 대의적 명분은 충분한 것이었다. 그러나 그에 반해 이론적 허점도 곳곳에 포진해 있었는데 이에 대해 홍정선은 다음과 같이 비판해들어간다.

> 그러나 (르포와 수기가 — 인용자) 사실성, 기동성이 있기 때문에 이들 형식이 소설보다 우월하다거나 감동적이라는 이야기에는 수긍하기 어렵다. 소설의 허구성은 나름대로의 사실성을 지니고 있으며 르포, 수기와

26) 박현채, 「문학과 경제」, 『역사, 현실 그리고 문학』, 73쪽.
27) 김도연, 「장르 확산을 위하여」, 『민족, 민중 그리고 문학』, 239쪽.

는 다른 차원에서 생생하게 현장을 재현할 수 있다.[28)]

이 비판이 김도연의 논리 전체에 관류하는 일정한 정당성을 전복하기에는 어려움이 있지만 나름대로 경청해볼 만한 대목이다. 아울러 백낙청 역시 이에 대해 수기 역시 경험 있는 소설 독자의 안목으로 읽어볼 수 있다는 요지의 간접적 비판을 가해왔다. 김도연의 관점이나 이론구성이 객관 현실의 요청에 적극적으로 부응하고 있다는 측면에서 대단히 실천적, 운동적인 발상이었다. 그러나 장르 확산이나 매체 통합 등의 현실적 과제를 수행함에 있어 각 매체의 매질에 대한 보다 심원한 천착이 결여되어 있었다는 점은 그 이론이 혹시 실용주의적 관점에서 크게 못 벗어난 입장이 아니었나 하는 의혹을 떨쳐버릴 수가 없게 만들었다.

3) 형식의 문제

문학운동에 있어 형식의 중요성은 새삼 말할 나위조차 없다. 그러나 80년대 문학운동의 주요 약점 중의 하나가 이 형식 문제에 대한 취약성이 아니었나 사료된다. 그러나 전혀 언급이 없었다는 것은 아니다. 그 중 박노해의 시를 둘러싼 형식 논의는 여러 논자들에 의해 꽤 활발하게 오고갔었다.

그것의 시발은 김지하로부터다. 그는 박노해의 시 형식이 내용을 깎아먹고 들어간다고 판단하면서 또한 그 형식은 "소외된 노동자의 불안정한 생활을 의미 연관에 따라서 단편적으로 끊어가지고 축조하는 전개"를 가지고 있으며 그 "시적 전개를 따라가다보면 자칫 요즈음 노동운동에서 주장하는 슬로건 차원에 머물기"[29)] 쉽다고 지적한다. 결국 그 형식의 한계 때문에 박노해의 시가 슬로건 이상의 시적 결말에 이르지

---

28) 홍정선, 「노동문학의 정립을 위하여」, 『민중, 노동 그리고 문학』, 159쪽.
29) 『실천문학』 1985년 봄호, 37쪽.

못했다는 것인데 이를 역으로 해석해보면, 형식의 성공이 동반되었더라면 노동운동의 새 방향까지 제기할 수 있었다는 것으로 설명될 수 있다.

한편 백낙청과 최원식은 박노해의 시에 대해 "전통적인 형식이 거의 사용되지 않은 점"[30]에 주목하면서 그것이 박노해의 작품에 농촌에 대한 관심이 매우 희박하다는 사실과 긴밀히 호응된다고 주장한다. 동시에 그들은 이 형식의 성취 여부가 『노동의 새벽』의 한계를 뛰어넘을 수 있는 중요한 돌파구라고 지적한다. 이같은 지적이 박노해의 시가 간취해내지 못했던 부분에 대한 의미 있는 비판이기는 하지만 수긍되지 않는 부분이 꽤 있는 점 역시 사실이다. 그것은 우선 박노해 시에 있어서 형식의 온전한 구사가 왜 노동운동 발전의 동인인가에 대해 그다지 설득력 있는 논지 피력이 없으며, 농촌 정서나 전통 형식의 강조가 어떤 내용의 전망을 확보해주는지에 대한 구체적 해명(예컨대 문학적 총체성의 문제인지 계급동맹과의 직결 문제인지)이 없는 점에서 그러하다. 그러나 이러한 지적의 성과는 이후 박노해의 다른 시 즉 「소를 찌른다」에서의 소재 확대와 「씨받이 타령」의 형식 변화의 양상으로 반영되기도 했다.

4) 전문성의 문제

'전문성'에 대한 시비는 여느 다른 쟁점 못지않게 많은 논자들의 입씨름을 불러일으켰다. 이재현은 먼저 전문성을 문학 생산에 필요한 전문적 기량을 대중문학 독자의 수동성이나 문학적 민중 주체의 자생적 역량의 능동성에 대비시킨 문학 전문 집단의 성격이라 규정한다. 이 규정의 정당성 여부는 차치하더라도 당시 광범한 민중의 문학작품들에 대해 그것의 역사적 의의를 간과한 채 작품 자체의 '소인성'을 문제삼아 자신의 '기능적' 전문성에 허망한 권위만 부여하고 있던 전문 작가

30) 같은 책, 138쪽.

들의 태도는 분명히 잘못된 것이었다. 그런 맥락에서 위의 주장을 이해해야 되리라 본다.

그러나 이러한 '전문성'에 대한 비판적 태도가 곧바로 '전문인 무용론'으로 비약된 것은 아니었다.[31] 그것은 '전문성'의 행사나 그 요소에 관한 전면적 거부가 아니라 그 '전문성'의 생성과 쓰임새에 깊이 개입되어 있는 왜곡된 이데올로기에 비판의 화살이 겨누어져 있다는 것이다. 이는 '물신적 이데올로기'의 간섭이 파행적 전문성을 낳게 된다고 주장하는 백진기의 논리에서도 동일하게 지적되는 대목이다.[32]

백낙청도 전문성이 비판받고 있는 이유가 '전문성'이 '매판성'의 대명사로 쓰임직한 구석이 있기 때문이라고 지적하는데 이는 상기한 내용과 다른 것이 아니다. 이어 그는 '전문성'에 대한 한 단계 발전된 견해를 내놓게 되는데 그것은 즉 "집필자의 전문성은 (……) 문학 생산에 반드시 있게 마련인 민중과의 '의식적, 무의식적 협동'을 극대화하는 집필자의 기술"이라는 것이다. 따라서 이것의 극대화가 가장 우수한 민중문학 생산의 조건이라고 덧붙이고 있다(이는 백진기의 주장과 상호 유사하다). 이처럼 민족·민중문학론자들의 관점은 '전문성'에 대한 단순 삭제, 단순 비판이라기보다는 그것의 운동적 쓰임새에 더욱 신경쓰고 있는 것이다.

그러나 여기서 하나 지적하고자 하는 점은 다름아니라 '전문성'의 영역 문제이다. 예컨대 문학적으로 특화된 운동력으로 변혁운동에 복무

31) 가령 이재현의 다음과 같은 글은 그것을 증명해준다. "전문성의 이데올로기에 대한 비판은 그것이 반동적으로 곧바로 문학의 소인주의(素人主義)의 위험에 빠지는 것이 아니며 이제까지 축적된 전문적 기량의 포기를 뜻하는 것은 아니다."(이재현, 「민중문학운동의 과제」, 『민족, 민중 그리고 문학』, 274쪽)

32) 백진기는 다음과 같은 진술을 통해 전문성에 대한 비판의 영역을 확대시킨다. "전문성에 대한 논의가 보다 구체화되려면 비운동적인 문학주의와의 상호관련하에서 거론되어야 한다. 전문성에 대한 비판과 옹호가 말 그대로 문단 중심적 사고로부터 탈피하여 보다 운동성과 현장성을 강조하는 방향으로 진행된다면 전문성에 대한 발전적 인식이 가능해질 것이다."(백진기, 「문학과 계층의 목소리」, 『민족, 민중 그리고 문학』, 213~217쪽)

하는 '문예활동가'에게는 예술적 전문성 못지않게 정치적 전문성도 필수적으로 요구된다. 이 양자의 변증법적 관계만이 '전문성'의 본령을 보장해주는 것이다. 이때 양 전문성은 상호 긴박되기도 하고 상호 상승작용을 유발시키기도 하면서 그 전문성을 제대로 발휘해나가게 된다. 만약 예술적 전문성이 왜곡되어 있다면 정치적 전문성(물론 이 양자는 불균등한 수준을 보일 수 있다)의 개입을 통해 계급적 관점, 조직사상 등을 교정받을 수 있으며 이 교정이 곧 예술적 왜곡을 교정시켜주게 된다. 이와 반대 경우도 마찬가지이다. 이처럼 양 전문성의 결합만이 진정한 전문성을 보장해주며 결국 이것을 통해 변혁운동의 정치적 임무라는 보편성과 예술적 임무라는 특수성이 공히 관철될 수 있는 것이다.

이상으로 몇 가지 쟁점들을 정리해보았는데 물론 이것들이 문학운동 방법 자체의 결정적 향배를 결정하는 것은 아니다. 그러나 이 요소들은 이후 각 이론에 흡수되어가면서 넓어진 문학운동 방법론의 외연 덕에 각 성격을 분명히 할 수 있게 되었다.

(『80년대 사회운동논쟁』, 한길사, 1989)

반미문학의 전개과정과 과제

1. 머리말

80년대에 들어 몇 가지 특기할 만한 일들이 일어났지만 그중에서도 가장 주목할 것은 노동운동의 급속한 성장과 함께 '반미운동'이 본격적으로 그리고 광범위하게 전개되기 시작한 점이다. 해방 후 사십 년 가까이 '반미의 무풍지대' 혹은 '세계에서 반미운동이 일어나지 않은 유일한 국가'이며 미국과 '혈맹관계'였던 한국에서의 반미운동은 그 역사적 의의가 대단히 깊다. 노동운동, 학생운동 등 사회운동에서의 반제투쟁, 구체적으로 '반미자주화' 투쟁은 이제 일반화되었고 심지어 보수야당세력이나 소시민들조차 친미적 자세의 유보나 윤색 혹은 반미지향적인 입장을 가지지 않을 수 없게 되었으며 이러한 경향은 점점 대중적으로도 확산되어가고 있다. 물론 이런 흐름이 평지돌출 격의 현상은 아니다. 그것은 8·15 이후 한국 현대사회를 규정했던 근본구조와 그 조건에서 생성되는 사회적 갈등의 잠재된 내용이 필연적으로 외화되는 현상이다. 이와 더불어 광주·부산 미문화원 방화사건, 서울 미문화원 점거농성사건, 특히 '반전 반핵 양키 고홈' '양키의 용병교육 전방입소 결사반대' 를 외친 학생들의 분신자살 등의 충격적인 사건은 반미라는 금역을 뒤흔들어놓기에 충분했으며 이와 함께 미국과의 무역 마찰은 반미의식을 더욱 상승시켰다. 따라서 '반미=빨갱이' 라는 반공 이데올로기의 주술적 최면은 서서히 그 효용성을 잃어갔다. 이처럼 잠재되어 있던 민족 모순이 구체적으로 일상의 싸움거리로 드러나는 데는 꽤 오랜 시간이 걸렸지만 반미의 확산은 이제 민족 모순 극복의 올바른 방법을 요구하게 되었고 이것은 또한 현재 변혁운동론에 있어서 대단히 중요한 명제가 아닐 수 없다.

문학에 있어서 미국에 대한 인식은 주제의식으로든 소재적으로든 계속 다루어져왔다. 그러나 문예운동도 사회운동의 규정력에서 자유로울 수 없는 것이다. 그 결과 80년대 들어 민족 모순이 폭발적으로 발현되기 이전까지의 문학적 대응물은 대단히 협소하거나 '제한적' 일 수밖에 없었다. 이러한 양상이 반외세 혹은 반미문학으로서 활발한 자기 운동을 하기 시작한 것은 변혁운동의 발전과 그 맥을 같이하고 있으며, 아직까지 미국 문제와 관련된 문학적 대응물이 높은 수준은 아니나 그 전개양상으로 볼 때 성장속도는 대단히 빠를 것으로 보인다. 따라서 이 글에서는 8·15부터 지금까지의 미국 문제에 관한 작품들을 관찰하면서 올바른 반미문학의 지평을 찾아보려 한다.

2. 80년대 이전의 반미문학

80년 이전까지 산문문학에 있어서 미국을 제국주의라는 인식하에서 작품화한 것은 남정현의 「분지」 외에는 찾아보기 힘들다. 물론 미군정하의 문중의 피폐된 생활이나 기지촌 혹은 미군의 범죄상을 피해자적인 입장에서 우회적으로 다룬 작품은 더러 있다. 그러나 「분지」처럼 제국주의 문제를 정면돌파하려는 자세나 미국의 본질을 적극적으로 폭로하고자 했던 작품은 거의 없다. 이는 그간 반공 이데올로기의 전횡에 제한당했던 현실적 조건에 기인하기도 한다. 그러나 5, 60년대는 그랬다 치더라도 민족문학론이라는 문학이념이 활발히 천착되던 70년대에 있어서도 이러한 작품의 부진은 아쉬운 대목이 아닐 수 없다.

여기서는 우선 8·15부터 70년대까지의 대표할 만한 몇 작품을 살펴보도록 하자.

채만식의 「미스터 방」이나 「논 이야기」는 8·15 이후 변화된 사회에서의 민중적 삶을 예의 그 특유한 냉소적 필치로 그려내고 있다. 「미스터 방」의 주인공 방삼복은 신기료장사에서 영어를 좀 익힌 덕에 갑자기 출세하게 된다. 시대의 혼란이 만들어낸 희극적인 인물이다. 해방이 되어도 "우―랄질! 독립이 배부른가?" "이런 엠―병헐! 그놈에 경제곈 다 어디로 뒈졌어. 독립은 우라진다고 독립을 한담"이라는 발언은 그의 개인적 이해관계에는 독립이 아무런 상관이 없다는 생각이다. 이와 함께 지주 백주사의 친일에서 찬미로의 변화는 일제하 매국노들의 일반적 관행이었음을 나타내준다. 해방 직후 혼란된 상황에서의 친일잔재 세력의 변화나 기회주의자들의 양상은 제대로 그려냈다고 볼 수 있으나 아직까지 미국에 대한 인식은 입체적이지 못하고 심정적 경원감 정도에 머물러 있다.

해방이 되어도 피폐한 민중의 삶에는 직접적인 관계가 별반 없다는 것, 아니 단지 총독부에서 군정청으로, 왜놈에서 양놈으로 바뀌었을 뿐이라는 민중의 계급본능적 인식은 「논 이야기」나 「풍류 잡히는 마을」에서도 부분적으로 형상화되어 있다. "나라가 다 무어 비틀어진 거야?"라거나 "독립이 다시 돼야 해요"라는 말은 위의 인식 내용을 그대로 반영하는 것이다. 미군정이 "어디서 툭 튀어나"옴으로 말미암아 민중들은 새 나라에 대한 기대가 여지없이 파괴되고 오히려 절망감만 가중된다.

한반도에 애초 점령군으로 상륙한 미국은 군정으로 점령지를 관리하게 된다. 그것의 기구적 표현이 군정청이었다. 미군정은 미국의 독점자본의 이익을 관철시켜나가는데 그 성격은 다음과 같다.

첫째, 미군정은 남한에 사회주의체제에 대한 방파제를 쌓고자 했으며 그것을 성공적으로 수행하였다는 것이다. 둘째, 미군정은 스스로 귀속재산의 접수, 관리자가 됨으로써 최대의 자본가와 지주라는 성격을 갖게 되기도 하지만 결국은 이의 선택적 분배를 통해 분단의 경제적 기초를 마련한다. 분단경제체제하에서는 미국과 분업체계를 이루게 된다. 셋째, 미군정은 그 동맹세력으로서 국내의 지주, 자본가들을 선택했으며, 그것의 정치적 표현으로 이승만과 한민당을 중심으로 한 국가형성세력을 결집시켰다고 지적할 수 있다. 넷째, 이 과정에서 미군정은 국내에서 급격하게 성장한 민중의 정치력과 충돌할 수밖에 없게 되는데 그 과정에서 충돌의 구체적인 진행은 경찰, 관료, 군대라는 미군정의 국가기구에 의해 수행되었다는 것이다.[1)]

미군정의 성격이 이처럼 반동세력의 부양소 역할을 했다는 것은 민중세력의 탄압을 반대급부로 가질 수밖에 없다는 것이며 따라서 기층민중의 열망은 그 근저에서부터 거세되지 않을 수 없게 된다.

6·25가 휩쓸고 간 남한사회의 친미반공 이데올로기는 그 입지를 더욱 탄탄히 다져나갔다. 미국에 대한 어떤 비판적 언급도 용납되지 않았다. 그러나 50년대 후반 모순의 심화는 문학의 사회적 관심을 유발시키게 되는데, 미군기지 주변이나 미국의 군사적 논리를 묘파한 몇몇 작품이 나오게 된다. 송병수의 「쑈리·킴」, 전광용의 「해초도」 등이 그것인데 이것 역시 미국에 대한 항의의 수준 이상을 넘지 못하고 있다.

60년대는 군사독재하의 한국경제가 미국의 중심부자본주의에 수직적으로 편입되는 시기이며 군사독재정권은 자신의 정통성을 친미반공 이데올로기를 통해 보장받으려 하게 된다. 또한 남한은 미국의 아시아

1) 김광식, 「권력 재편기 미국의 역할」, 『실천문학』 1988년 여름호, 27~28쪽.

집단방어체제 전략의 일환으로 대소군사기지의 역할을 더욱 강화해나간다. 이때 「분지」의 출현은 그 필화사건만큼이나 반미문학의 통렬한 이정표이다.

거대한 미국 군사력을 상징하고 있는 미 엑스 사단과 향미산에서 혼자 대치하고 있는 '나' 홍만수는 홍길동의 십대손으로서 그러한 위기 앞에서도 전혀 미동하지 않는다. 독립군의 아내인 홍만수의 어머니는 해방이 되어 미군을 환영하러 거리에 나갔다가 일제 치하에서도 더럽히지 않은 몸을 미군들에게 참혹하게 강간당하고 화병으로 죽고 만다. 그의 여동생조차 미육군 상사 스피드의 첩으로 성적 학대에 시달리는데, 홍만수는 그러면 미국년의 몸은 어떤지(?) 알아보기 위해 스피드 상사 부인 비취를 강간하게 된다. 미국은 자기의 강력한 권위에 도전한 식민지 원주민 하나를 징벌하기 위해 핵무기, 장거리포 등 미국의 자존심을 총동원하게 된다.

이 작품의 양식적 특성이나 미학적 원리는 차치하고 그 당시 사회현실적 조건에서 미국의 본질을 어떻게 폭로했는가를 살펴보면, 미국의 비이성적 군사시위, 그리고 점령군 미군의 강간과 스피드 상사의 사디즘적 성격을 강조하여 미국의 비도덕적 본질을 묘파하고 있으며 홍만수의 복수행위를 통해 상대적으로 미국이 내세우는 자유와 평등이 얼마나 허구적인가를 폭로해내고 있다. 이것은 홍만수의 행위에 대해 미국이 합리적 대응을 하는 것이 아니라 즉물적인 폭력성을 보이는 것에서 나타난다.

「분지」는 당시 숨막히던 친미반공 이데올로기 아래서 반미문학의 한 전형을 제시하여 제국주의에 대한 한국문학의 역사의식 회복에 중요한 디딤돌이 되었다. 「분지」의 탁월함이나 그 역사적 의의는 높이 평가받아야 마땅하다. 그러나 다음과 같은 평가는 올바른 평가라 하기에는 곤란한 측면이 있다.

"(……) 이 점을 염두에 둘 때 향미산 절정에서 벌어지는, 스피드 상사 부인 비취에 대한 만수의 강간 장면은 거친 육체적 접촉을 통해 실현되는 절대적 자유와 평등의 유토피아를 실현하는 일종의 민중 축제라는 점을 깨닫게 된다. 여기서 만수는 미국에 대한 심리적 육체적 압박으로부터 해방되는 것이니, 이 장면은 양반마님들에 대한 성적인 욕설을 통해 양반을 기롱하는 탈춤의 말뚝이과장과 깊이 접맥된다. 말뚝이가 성적인 욕설을 통해 자신의 종속성에서 벗어나듯이 만수는 강간을 통해 주눅으로부터 해방되어 민중영웅 홍길동의 후손으로서의 자긍을 회복하는 것이다. (……) 남정현의 「분지」는 그 동안 공식문화의 압력 아래 잠복한 민중적 웃음의 미학의 추동력에 의거하여 외세의 발굽 아래 깊숙이 모독된 어머니 조국의 눈부신 부활을 선언했던 것이다."[2)]

그 당시 조건으로 봐서 작가의 의도는 충분히 찬사를 받아야 하나 그렇다고 그것이 작품의 일정한 결함을 구출해낼 수 있는 것은 아니다. 강간으로 어머니를 잃은 만수의 피해심리, 그리고 민족적 자긍심까지 일거에 회복해보려는 만수의 의지가 반사작용 식으로 또다른 강간을 통해 비정상적인 방법으로 치닫는 것은 민중이 자기 해방을 실현하는 민중 축제의 생산적 의의에 미치지 못하는 것이 되며 이것은 단지 단순 비판과 단순 파괴가 만들어낼 수 있는 무정부적 민중성의 나락에 빠질 우려가 있다. 또한 불순한 의도에 의해 왜곡된 의사(疑似) 말뚝이가 아니라 참 말뚝이의 역사적 전형은 자기의 종속성이나 그 압박의 사회적 성격을 단지 양반마님들에 대한 성적인 욕설로 해소해버리는 수음 같은 소모적 풍자가 아니라 생산적인 파괴를 보지하는 전망적 풍자나 공격을 통해 자기 해방을 쟁취하는 모습이다. 따라서 이러한 관점에서 볼 때 이 작품은 그 낭만성이나 내재적 한계로 인해 아쉽게도 전망의 부재

2) 최원식, 「민족문학과 반미문학」, 『창작과비평』 1988년 겨울호, 92쪽.

를 드러낸다. 물론 여기에는 「분지」의 역사적 선도성이나 그 의의에 대한 찬사가 전제로 깔려 있다. 여하튼 당시 서슬 퍼런 금단의 영역을 홀연히 깨고 문학자의 큰 이정표로 우뚝 선 「분지」는 다음 세대의 반미문학의 한 전형적 모범을 보여주었다.

이와 더불어 미군기지 주변을 무대로 해서 소설적 형상화를 시도한 작품은 50년대 이후 계속되었다. 이른바 '기지촌' 혹은 '양공주' 계열이라고 범칭되는데 「쇼리·킴」(송병수), 「조용한 강」(백인빈), 「황구의 비명」(천승세) 등의 작품이 이에 해당한다.

여기서는 제국주의에 의한 민족의식의 훼손이 '양공주'를 매개로 제시된다. 즉 미군의 횡포에 의해 우리 여인네의 육체가 손상당한다는 의식은 곧 민족의 정조, 순결성의 훼손을 상징한다.[3] 그러나 이것은 그런 현상의 기원적 본질을 밝혀내는 데는 결정적으로 취약하다. 분노의 점증이나 한계 상황에 대한 좌절은 단지 '우리는 이렇게 억울하게 당했다'라는 수준에서 머무르고 잠복되어 있는 문제의 원인은 제대로 보이지 않는다. 따라서 위 계열의 작품들은 "궁극적으로 여주인공으로 하여금 그곳(기지촌—인용자)에서 몸 파는 일을 할 수밖에 없도록 내몬 사회적 현실에 대한 고발 이상의 것이 되기는 어려우며, 한국인과 미국인의 특수한 만남의 역사적 배경에까지는 이르기 어렵다는 소재적 한계를 노출"[4]시킨다. 따라서 이 소재적 한계는 올바른 주제의식의 결여를 동반하게 된다.

1972년에 발표된 이문구의 「해벽」도 소재의 상이함은 조금 있으나 위의 범주적 자장에 크게 벗어나지 않는다. 박정권의 전시행정적인 간척사업에 밀려 사포곶이 폐항이 되어가지만 그 몰락의 이유에는 미군기지의 설치라는 또다른 큰 이유가 자리잡고 있음을 이 작품은 기술하고 있다. 미군기지가 들어서면서 충격적인 사건들이 발생한다. 즉 미군

---

3) 김윤태, 「분단 극복과 반외세문학」, 『실천문학』 1988년 여름호, 76쪽.

4) 황광수, 「민족적 열패감의 극복을 위하여」, 『한국과 미국』, 실천문학사, 1986, 244쪽.

들이 한국의 기혼녀를 강간하고, 이에 낫을 휘두르며 복수하려던 시아버지마저 타살하고 이 사건으로 남편은 정신착란으로 인해 실족사하게 된다.

몇 명의 미군 병사들이 일시적 성욕의 충족을 위해 한국 여자를 강간하게 됨으로 말미암아 생기는 한 가족 공동체의 철저한 파멸은 민족적인 적대적 의분을 불러일으킨다. 이어 발생하는 그로테스크한 변태적 장면—달러를 주고 데려온 한국 여자를 미군부대 경비견 수캐와 교미시키는 미군들, 이를 보며 미친 듯이 좋아하다 교미중인 한국 여자의 등에 수음으로 사정을 해버리는 미군들—은 이 사포곶 사람에게 미국이란 과연 무엇인가라는 문제의식을 제기한다. 그러나 주인공은 미군기지가 들어서게 된 근본적 이유에 대한 문제제기는 전혀 하고 있지 않으며 미군의 범죄를 단지 개인적인 분노의 차원에서 곰삭여버리는 한계에 머무르고 만다.

같은 해 발표된 신상웅의 「분노의 일기」는 미군에 배속된 한국군 초급장교 김대위의 시각을 통해 카투사와 미군들 즉 군사적 측면에서 한국과 미국의 관계를 다룸으로써 부분적으로나마 한미관계의 본질에 접근하고 있다. 김대위와 미국 장교 간의 알력과 미군 장교들의 발언은 표현의 진폭과 강도의 차이만 있을 뿐 그 핵심적 내용은 지금까지도 관통하고 있다고 볼 수 있다.

"그럼 ROTC였소, 당신은?"
"네, 그런데 그만 사 년 연장근무 서약서에 사인하고 말았지요."
"축하 보너스 타려고?"
"아니지요" 하고 클리브란드 중위가 말했다.
"베트남 전선으로 가려고 하지요."
"그래? 경험 삼아?"
"천만에. 돈 벌러 가는 거죠."

이것은 후에 월남전을 다룬 황석영의 『무기의 그늘』에 나오는 다음과 같은 발언과 전혀 다르지 않다.

저 피의 밭에 던진 달러, 가이사의 것, 그리고 무기의 그늘 아래서 번성한 핏빛 곰팡이꽃, 달러는 세계의 돈이며 지배의 도구이다. 달러, 그것은 제국주의 질서의 선도자이며 조직가로서의 아메리카의 신분증이다. 전 세계에 광범하게 펼쳐진 군대와 정치적 힘 보태기, 다국적 기업망의 그물로 거두어진 미국 자본의 기름진 영양 보태기, 다국적 은행의 번창 등의 결합 위에 핏빛 꽃은 피어난다.[5]

위 두 대목은 오늘날 미국 자본주의의 탐욕적 본질성을 명징하게 폭로해준다.

이와 더불어 「분노의 일기」 곳곳에 나타나 있는 한국인에 대한 미군의 민족적 모멸감은 "말하자면 저희(카투사 — 인용자)더러 슬레키보이(도둑놈)다, 김치 냄새가 난다"[6] "뭐라고? 너희(한국인 — 인용자)들의 중요한 특질이 뭔지 아나, 도둑질과 게으름이야"[7] 같은 대목에서 확연히 나타나고 급기야는 한국에 파견되는 미국 장병의 오리엔테이션을 맡은 장교와 하사관들의 발언은 그것이 단지 개인의 우발적 충동에 의해 내뱉어지는 것이 아니란 점이 확인된다.

"……귀관(미군 — 인용자)들은 아마도 그곳에서 휴전을 지킨다는 생각보다는 슬레키보이를 지킨다는 각오로 십삼 개월을 마치지 않으면 안 될 것입니다, 라고 그러고 나서 그들은(미국 장교 — 인용자) 표정을 바

5) 최원식, 같은 글, 78쪽에서 재인용.

6) 김상일 편, 「분노의 일기」, 『반미소설선』, 혼겨레, 1988, 236쪽.

7) 같은 글, 244쪽.

꾸어 명랑한 목소리로 외칩니다. 한 가지 희소식이 있습니다. 한국 여잔 굉장히 쌉니다. 일등병 월급이면 여러분들은 적어도 열 명의 미녀를 거느리고 한 달 동안 허니문을 즐기고도 남습니다. 한국 여자라면 한 사람의 예외도 없이 미제 물품과 영어 회화에 미쳐 있으니까요. 귀관이라면 다급하면 비누 한 알이나 영어 한마디로 모든 걸 해결할 수도 있습니다. 그러나 성병에 조심하십시오. 만일 그 점에 유의하지 않으면 여러분들 때문에 미국 대륙이 시궁창으로 변할지도 모릅니다."[8)]

고급장교 부캐넌 대령의 발언 "자네네(한국—인용자) 나라는 우리가 주둔해주는 사실 하나만으로도 감사해야 하지 않는가"나 "똑똑히 들어라, 대위. 너희 군사령관은 결코 미합중국 장교인 내 의견서를 묵살해버릴 입장에 있지 않다" 같은 것은 한국에 대한 작전 지휘권이 누구에게 있으며 미국 군부의 한국에 대한 일반적 생각이 어떠한가를 간접적으로나마 폭로하는 것이다. 즉 군사적 지배를 암시하고 있다고 볼 수 있다.

70년대까지의 미국 문제에 관한 소설들을 보면 폭압적인 친미반공 이데올로기 아래서 반미 문제를 형상화한다는 것이 무척 어렵다는 점을 보여주고 있다. 또 그 부분적 성과도 양공주 계열의 세태소설에 머물거나 방어적인 입장에서의 비판적 반미만을 다루고 있을 뿐이다.

3. 광주민중항쟁 이후의 반미문학

70년대까지 친미반공 이데올로기에 은폐되어왔던 미국의 본질은 1980년 '광주민중항쟁'을 통해서 적나라하게 드러나기 시작했다. 민주

8) 같은 글, 246~247쪽.

주의에 대한 요구에 대하여 오히려 군부의 학살과 공세로 대답받아야 했던 민중은 군부의 행위가 작전 지휘권을 갖고 있는 미국의 동의하에 이루어졌다는 사실을 확인하게 되며 미국의 객관적 실체에 대해 이전까지와는 전혀 다른 본격적인 의문과 인식을 하게 되었다. 이와 더불어 미국을 과학적으로 인식하기 위한 동시적 노력은 드디어 미국의 폭력성과 타락성을 객관적으로 확인해내기에 이르렀다. 후에 로스엔젤레스 타임스가 전한 위컴 한미 연합사령관의 다음과 같은 발언은 이미 미국의 본질을 인식한 것에 대한 확인 절차였다.

> …… 전두환 장군을 지지할 것이다. (……) 그는 어쨌든 지도자이다. 그를 선두에 세워놓은 후열에는 모든 계층의 사람들이 들쥐와도 같이 하나의 전형을 갖추어 모여들고 있다.

반미운동의 확산은 '광주민중항쟁' 시 미국의 역할이 각인되면서, 또한 그 미국이 전두환 파쇼정권과 어떠한 밀착관계에 있나를 객관적으로 파악하게 되면서 급속히 전개되어갔다. 광주 미문화원 방화사건(1980년 12월 9일)에 이은 부산 미문화원 방화사건(1982년 3월 18일)과 미문화원 점거농성(1985년 4월 23일)은 반미운동의 한 전형을 제시하면서 국민들의 반미의식에 불을 붙여갔으며 1982년 7월 6일자 뉴욕타임스 보도대로 미국의 행위는 "악의 보답만이 남아 있을 뿐"이었다.

1986년에 접어들면서 반미운동의 양상은 생존권투쟁과 곧바로 이어지면서 질적인 변화를 보이기 시작했다. 1983년 미국 소 도입으로 인한 소값 폭락으로 생존의 위협을 받던 농민들의 분노는 미국 농축산물 수입개방 반대투쟁에 이르러 수만 명의 물리적 시위에 돌입하게 된다. 이것은 곧 한미간 무역마찰로 이어지면서 전 국민적 반미 기운을 고양시키게 된다. 따라서 이러한 흐름은 제국주의 문제를 남한 변혁운동의 전면에 등장시키게 되며 제국주의는 곧 미국의 논리라는 등식에 따라 반제 문제가 주요 모순으로 자리잡게 된다.

우리 문학에 있어서도 80년대는 '광주민중항쟁'의 문학적 수용이라는 벅찬 과제를 떠안으면서 시작되었다. 기민한 순발력을 가진 시는 광주의 잔혹상을 고발하게 되고 또한 미국에 대한 입장을 '반미'로 치환시키면서 그 문제를 정면 돌파하려는 시도가 꾸준히 계속되어왔다. 그러나 산문문학에 있어서의 반미 문제는 80년대 후반에 들어오고서야 활발히 전개된다. 그 내용적 유형을 살펴보면 '광주민중항쟁' 시 미국의 역할을 다룬 「깃발」(홍희담), 「무등산」(김종인), 다국적기업을 통해 미국 자본의 논리를 폭로한 「새벽기차」(정도상), 「다시 성조기 앞에 서다」(김인숙), 「다시 그린 내 얼굴 하나」(유순하), 그외에 팀스피리트, 핵문제, 매춘과 외세 문제 등을 다룬 장편 「고삐」(윤정모), 「핵반응」(남정현), 「여기 식민의 땅에서」(정도상), 「그해 겨울 먼 길」(정도상), 「쑥고개」(박석수), 「빛」(윤정모) 등이 있다.

이와는 좀 다른 유형이지만 객관자적 입장에서 8·15 후 미국의 정체를 묘파한 김달수의 『태백산맥』도 그 의미하는 바가 크다.

여기서 필자가 특히 주목하고자 하는 작가는 김인숙 정도상 윤정모이다. 이것은 그들이 80년대 후반에 들어 활발한 작품활동을 했다는 외형적 현상뿐만 아니라, 그들이 다루고 있는 주제가 우리 문학운동에 있어서 중요한 시대적 전거이자 올바른 세계관에 자신의 창작 방법을 기반하고자 하는 작가의 운동적 자세가 돋보이고 있기 때문이다.[9] 또한 그들 작품에는 앞의 긍정성에도 불구하고 현재의 우리 문학운동이 뛰어넘어야 할 실천적 과제가 동시에 혼재되어 있다는 점도 그 이유 중의 하나이다(물론 김종인 등 여타 작가들의 성과가 여기서 제외되는 것은 아

---

9) 그러나 필자가 보기에 그들은 원론적으로 말해서 과학적 세계관을 견지하기 위해 노력하는 자세는 작품 경향에서 엿보이나 현재적 수준에서 엄밀히 따져볼 때 그들의 세계관은 수정되어야 할 부분이 많다. 특히 속류화된 민족주의적 경향은 올바른 궤도로 재조정되어야 할 부분이다.

니다).

우선 위에 예를 든 작품이 역사적 의의를 가질 수 있는 이유는 다음 몇 가지의 성과로 인해서이다.

첫째, 소재 선택의 진보성과 역사성이다. 똑같은 미국 문제를 소재로 다루더라도 이들은 이전과는 달리 미국에 대해 제국주의라는 분명한 인식하에서 그 본질을 공격적으로 폭로하고자 하는 적극적 자세를 견지하고 있다. 이는 이전의, 미국 문제를 세태적으로 다룬 작품과는 역사적 의미가 확연히 다르다. 작품마다 다루고 있는, 이를테면 군사훈련을 통한 미국의 군사적 논리나 다국적기업의 잔혹성, 농축산물 개방압력 등은 그 형상화의 질적 성과가 여하하든지 간에 우선 그 소재적 측면에서 진보성을 가지는 것은 분명하다.

둘째, 이로 말미암아 철벽 같던 '적색공포증'의 후견물이었던 친미반공 이데올로기를 격파할 수 있는 문화적 계기를 마련했으며 이는 곧 반미 이데올로기로의 전화를 가능하게 해준다는 의미에서 그 자체가 운동적 전망을 가진다.

셋째, 「분지」 같은, 과거의 반미문학의 한계였던 무계급적 경향에서 제국주의에 대한 시각을 노동자계급적 입장에서 접근하려는 노력이 엿보인다. 이는 현재 반제운동의 주체가 노동자계급이라는 객관적 실제를 제한적이나마 위의 작가들이 인지하고 있다는 사실의 반영이며 이와 함께 반제투쟁의 동력을 노동자계급에 두고자 하는 그들의 시각 역시 정당한 평가를 받아야 마땅하다.

그러나 이러한 부분적 성과는 어떻게 보면 우리 변혁운동의 수준으로서는 초보적 단계일 수 있다. 물론 그렇다고 문학운동 자체 내의 그러한 성과가 폄하될 수는 없으나 '부분적 성과'라는 말은 다른 말로 아직까지 전취해내어야 할 부분이 많다는 의미이기도 할 것이다. 따라서 그들의 작품이 일정한 진보성에도 불구하고 아직까지 비판적 리얼리즘의 자장에서 크게 벗어나고 있지 못하다는 점이나, 주제와 주제의식 간의 간극, 그리고 과학적 전망의 협소함 등은 과학적 세계관의 무장과 그에 기반한 올바른 창작 방법을 요구하게 된다. 여하튼 그 한계나 대안 등은 구체적으로 각 작품들을 살펴보면서 찾아보도록 하자.

우선 1988년 화제가 된 홍희담의 「깃발」은 여러모로 그 의미가 깊다. 먼저 이 작품은 '광주민주항쟁'을 다룬 이전 작품들의 우회적 서술 방법과는 달리 문제를 정면에서 본격적으로 돌파하려 하고 있다. 더불어서 항쟁을 노동자계급의 삶과 투쟁을 중심으로, 즉 항쟁 주체의 성격을 선명히 부각시킴으로써 항쟁의 역사적 연속성을 노동자계급적 입장에서 견지하려고 했던 점과 당시 미국의 역할을 폭로하려 했던 점은 중요한 문화적 성과이기도 하다. 동시에 항쟁의 피해의식에서 벗어나 민중의 역동성에 기반한 동지에 대한 뜨거운 신뢰, 혁명적 비극성을 투쟁하는 민중을 통해 혁명적 낙관주의와 민중적 영웅상들로 전화시킨 점은 향후 우리 문학의 현실주의 발전에 중요한 디딤돌이 되리라 본다.

이 작품 곳곳에서 발견되는 대목들, 즉 "개인은 개인을 열어, 마을은 마을을 열어, 거리는 거리를 열어, 금남로는 금남로를 열어, 최후의 결전장인 도청의 열림과 더불어 민주공동체를 이루어낸" "낯선 사람들이 아니었다. 도시 전체가 일체감을 느끼고 있었다. 모두가 하나였다. 모두가 보고 웃었다. 피어나는 기쁨에 손에 손을 잡았다" "어떤 사람들이 이 항쟁에 가담했고 투쟁했고 죽었는가를 꼭 기억해야 돼. 그러면 너희들은 알게 될 거야. 어떤 사람들이 역사를 만들어가는가를 (……) 그것은 곧 너희들의 힘이 될 거야" 등은 투쟁 이전의 민중과 투쟁 이후의 민중이 어떻게 달라졌는가를 보여주는 것이며 이는 곧 추상화된 민중이 투쟁하는 구체적 민중으로 이행됨으로 말미암아 확보할 수 있는, 쟁취된 낙관의 한 전형을 보여주고 다음 단계의 투쟁의 전망을 예비하고 있다.

그러나 이 작품은 위의 성과에도 불구하고 몇 가지 한계를 지닌다. 우선 미국이 광주에서 어떤 역할을 했던가에 대해서 작자는 노인을 등장시켜 간접적으로 서술하게 하는데 노인은 개인적 체험을 들어 미국은 믿을 존재가 아니라고 하는 정도의 진술만 하게 된다. 이는 미국의 본질을 폭로하는 데 있어 한 사람의 개인적 경험과 심정적 경원감에 의지함으로써(그것도 구체적이고 풍부하지 못한—노인 세대 정도라면 8·15 이후부터 현재까지 미국이 저지른 여러 만행들을 알 수 있는 풍성한 시대적 체험을 가졌을 것이다—제한적 인식이다) 오히려 미국의 침략자적 근성이 축소되어버리는 결과를 가져오게 했다. 이와는 달리 형자의 대미 인식은 현실감 나지 않을 정도로 심화되어 있어 그 사실성에 의심이 가게 한다. 이는 「여기, 식민의 땅에서」(정도상)의 학생운동권 출신의 봉수가 가졌던 순진한 대미 인식과 비교되는 점이다. 이런 점에서 본다면 「무등산」(김종인)에서 정교수가 겪는 의식 변화를 통해 군부와 미국이 공모관계라는 점을 밝혀주는 대목이 오히려 사실성을 확보하고 있다.

노동자계급의 주체성을 부각시키는 점에 있어서도 그 의의와 한계가 동시에 교착되어 있다. 즉 노동자계급의 주체성 강화가 타계급의 진보성과 역량을 지도, 수렴하여 대적전선을 강화시키는 방향으로 나아가지 못하고 지나친 노동자적 결벽증으로 인해 타계급을 배타적으로 파악함으로써 노동자계급의 우월성만 강조하는 잘못된 방향으로 흐르고 있다. 다시 한번 강조하거니와 노동자계급의 세계사적 사명은 동맹적 타계급을 배타적으로 무화시키는 것에 있는 것이 아니라 그들을 올바른 싸움의 전선에 결집시켜 해방된 세상으로 지도, 견인하는 점에 있는 것이다.

윤정모의 문학적 성장속도는 우리를 예의 주목하게 만든다. 중편 「빛」 역시 그의 현실 인식이 어떻게 심화되어가고 있나를 예증해주는 작품 중 하나이다.

작품 소재로 볼 때 그 내용은 팀스피리트 군사훈련을 중심으로 한미관계의 실체를 묘파하면서 담배, 수입소, 12·12, 반공 이데올로기 등을 동시에 다루고 있다. 사실 1976년부터 시작된 팀스피리트 한미 합동군사훈련은 반제적 입장에서 문예창작이 고민 삼아야 할 중요한 사안이다. 소련의 일방적 군축을 통한 세계적 평화 무드는 유독 한반도에 있어서는 별무성과다.

초기에 이 훈련을 주로 당시의 주한미군 철수에 대비하여 '한반도 유사시 한국에 증원 투입되는 미 예비병력을 신속히 공수하기 위한 작전'으로 목적했던 당국은 그 '방어적 성격'을 지금까지 계속 강변해오고 있다. 그런데 80년대에 들어서 상당히 변화된 훈련내용은 그 방어적 성격을 의심하게 만든다.

우선 1980년부터 작전기간은 70~90일간의 장기 작전훈련으로, 병력 규모는 1976년 5만 정도에서 1983년부터는 20만 규모로 확대돼 자본주의 진영 최대의 군사훈련이 되고 있다. 특히 참가장비 면에서 B-52 전략폭격기, 항공모함 미드웨이와 엔터프라이즈 그리고 미국의 핵전쟁 지휘통제기인 E-4B의 등장은 핵무기 사용을 전제로 하는 실전훈련이 아닌가 하는 강한 의혹을 자아내게 만든다. 급기야 북한 동해안과 지형이 비슷한 포항에서 이루어지는 항공모함 중심의 해병대 상륙작전과 소형 핵병기를 다루는 특수부대(이 부대는 주로 적의 정면과 후방의 심장부를 타격하는 특징을 갖고 있다)의 참여는 그런 의문을 더욱 사실로 굳히게 해준다. 이것은 미국의 세계 군사전략이 스윙작전에서 동시다발작전으로 바뀐 맥락과 무관하지 않다는 점을 보여준다.

이런 점에서 볼 때 「빛」은 문학의 사회적 대응력에 제대로 조응하고 있다고 생각된다. 아울러 팀스피리트 훈련을 소시민과 농촌 청년의 시각으로 번갈아 관찰함으로써 제국주의가 군사적 지배뿐만 아니라 농촌 몰락에 어떤 역할을 하는가에서 그 접합점을 찾아보려 하고, 이의 전개는 작품 구도로 볼 때 농축산물 수입에서 팀스피리트 훈련으로 이행된다. 또한 대미 인식에 있어서도 선희를 통한 소시민의 방관자적인 입장과 이만이의 계급적 이해로 매개된 구체적 적대감은 좋은 대조를 보인다.

그러나 작가의 제국주의에 관한 통찰력 부족으로 작품 전개에 무리가 따르고 미국 폭로 부분에도 비체계적 현상이 드러난다. 즉 팀스피리트 훈련이 앞서 서술한 것처럼 엄청난 규모의 전쟁 연습임에도 불구하고 형상화된 내용은 그것을 따라잡지 못하고 있으며 이것은 따라서 팀스피리트 훈련에 대한 국민의 불감증을 올바른 방향으로 향도하지 못한다(면밀히 생각하면 팀스피리트조차 표피적이다. 서울 중심부를 장악하고 있는 '내국인 출입금지구역' 인 미군 용산사령부와 지척의 국방부, 청와대를 상기해보라!). 또한 팀스피리트 훈련을 통해 미국의 정치적, 군사적 지배와 초과이윤 획득을 위한 경제적 지배 방식을 결합시켜 미국의 제국주의적 논리를 생생히 부각시키려 했던 의도는 그 구체적인 접합점을 찾지 못함으로써 방향감각을 상실하여 단지 여러 현상이 나열되는 수준에 머물러 애초 의도했던 중심 소재인 팀스피리트 훈련조차 구체성이 많이 떨어지는 결과를 낳았다. 이는 미국의 군사적, 경제적 침탈의 계급적 피해자인 이만이가 치열한 싸움을 통한 계급의식의 성장을 기반으로 반제투쟁에 나서는 총체적 전망을 예시하는 것이 아니라 농촌 청년의 넉넉한 '품성' 을 매개로 낙관적 기대를 유도하는 것에서도 두드러진다. 미군과 한국군과의 관계에서도 한국군이 단지 '용병' 임을 묘사, 폭로하고자 할 때 한 병사의 충동적 사고를 매개로 할 것이 아니라 좀더 세밀한 추적이 있었으면 좋았지 않나 하는 아쉬움이 더불어 남는다.

그의 다른 작품집 『고삐』는 우선 반미소설로서 장편이라는 점이 주목할 만하다. 작가는 작품 노트에서 "외세와 혈연과 여성관계를 과학적으로 해명해보고 싶었다"[10] 고 밝히고 있는데 이는 그의 개인사적 체험에 기인하는 것 같기도 하다.

1부 '고삐' 는 정인의 가족사와 남편 상우의 구속 문제를 이야기하고 있고, 2부 '뒷길, 그 안개벌판' 은 정인의 성장 행로를, 3부 '고삐를 끊고 당당히' 는 G.I.의 부인이 된 동생 해인과의 만남을 통해 각자의 대

---

10) 윤정모, 『고삐』, 풀빛, 349쪽.

미 인식을 비교, 대립시키면서 미국의 실체적 면모를 파들어가고 있다. 2부가 주로 정인의 개인적 체험을 다루었다면 이 땅에서의 미국의 의미를 폭로, 분석하고 있는 것은 1부와 3부이다. 이 작품은 다른 작품과 달리 장편이라는 공간적 장점을 살려 미국의 의미를 비교적 총체적으로 다루려는 노력이 엿보인다. 먼저 정인의 가족 문제를 다루면서 미국이라는 존재가 우리 사회와 그 성원 개개인의 구체적 삶에 얼마나 밀착되어 있고 그 삶을 어떻게 비인간적으로 유린하고 있는가를 작가는 섬세하게 추적해들어간다. 이는 특히 이 작가 특유의 농축된 심리 묘사로 정인의 의식 변화를 다루고 있는 대목에서 두드러지게 나타난다.

미군부대의 스트립걸이었고 미군 장교에게서 받은 화대 25불 앞에서 인간적 모멸감을 느껴야 했던 언니와 미군기지 주변에서 몸을 팔면서 그 몸품에 청춘을 담보로 잡혀야 했던 동생의 만남이 이 땅 최후의 비극을 한목에 맛보는 것 같은 심정이라면 정인의 남편이 제국주의와 투쟁하는 모습과 피해자 정인이 드디어 그 질곡에서 벗어나 반미의식을 통해 새로운 삶의 계기를 획득하는 대목은 반제투쟁의 긍정적 전망을 느끼게 해준다.

1부와 3부는 똑같이 미국이 한반도를 점령한 제국주의로 묘사되고 있는데 그 서술양식은 서로 상이하다. 1부에서는 국가보안법으로 구속된 남편 상우의 최후진술을 통해 미국의 한반도 군사정책, 세계전략, 경제적 침탈, 상업퇴폐문화를 폭로하면서 결국 통일을 끝까지 저해하는 반동적 철옹성은 다름아닌 미국이라고 주장하고 있다. 진술 마지막에 그는 "양키법을 몰아내고 민족법을 찾으시오. 민족해방법으로 죄인을 심판하십시오!"[11]라고 소리친다. 결국 법률적 표현이라는 것이 지배계급과 지배 이데올로기의 상부적 강제장치라고 할 때, 미국 즉 제국주의의 논리는 피식민지에 대해 강제적 법률장치로 초과이윤의 착취와

11) 같은 책, 107쪽.

전횡을 구사하고 있다고 할 것이다. 그러나 미국을 다루는 데 있어 소설의 내재적 형상화가 아닌 최후진술이라는 양식을 빌려 전개시킨 점은 구조적 아쉬움을 남긴다. 이런 점에 있어서 정인과 혜인의 시점을 번갈아가면서 각자의 대미 인식을 양극의, 전혀 다른 시각에서 천천히 그러나 긴박감 있게 그려내고 있는 3부는 독자로 하여금 피아(彼我)를 분명히 구분하게 해주는 문학적 강점을 보유하고 있다.

이 작품이 가지고 있는 몇 가지 덕목은 그 유의미를 계속 가속시켜야 겠지만 이와 더불어 몇 가지 지적해야 할 부분이 있다. 책 말미에 작가가 밝히고 있듯이 자전적 경향 때문이겠지만, 작가의 감정이 제대로 조절되지 못하고 감정 노출의 진폭이 큼으로 말미암아 반미의 형상화가 무르익지 않은 채 전면에 무계획적으로 튀어나오곤 한다. 또하나 정인이 해석하는 고삐의 실체가 실제보다 축소된 경향으로 보이는 것은 작품의 주인공이 정인이라는 무게와 걸맞지 않다. 이와 더불어 정인의 아버지를 묘사하는 데 있어 상실을 회복으로 전화시키는 "아, 그래 오래도록 참으로 오래도록 혈연이라고 속아왔던 해인, 죄의식으로 연연해왔던 해인이가 마침내 뿌리를 거두어 그니의 가슴을 떠나고 있었다. 그리고 그 자리에 무엇인가가 햇살처럼 스며온다. 최초로, 깊숙이 파고드는 순수한 그리움, 아, 아버지!"[12] 같은 대목은 아버지가 좌익이었기 때문에 경원했던 정인의 입장에서 볼 때, 막연한 그리움의 혈연적 대체물이 아니라는 것이 필연적 근거를 가진 형상으로 전화되는 매개의 확보로 이어졌으면 좋았지 않나 생각된다. 그런 의미에서 우리는 필자에게 우리 모두를 가위눌리게 하는 '고삐'에 대한 보다 중층적인 형상물을 요구하는 것이다. 한편 '민가협' 어머니들의 투쟁과정이 힘차게 그려진 것은 무척 고무적인 일이다.

60년대 이후 한국의 종속적 자본주의 발전과 그 속에서의 예속독점

12) 같은 책, 346~347쪽.

자본의 고도축적은 한편으로 다국적기업의 초과이윤 획득과 동시적으로 진행되는데 이는 필연적으로 노자간의 갈등을 잉태하게 마련이고 특히 외국인 투자기업에서의 갈등 양상은 또다른 함의를 가지게 마련이다.

「다시 성조기 앞에 서다」(김인숙), 「새벽기차」(정도상), 「내가 그린 내 얼굴 하나」(유순하)는 한미합작회사를 소재로 한 것으로 정도의 차이는 있을지라도 모순구조의 복합성을 그려내고 있는 면에서는 동일하다.

「다시 성조기 앞에 서다」는 현재 노동운동의 현상적 전형을 모두 다루고 있다. 노조쟁취, 위장폐업, 구사대 폭력, 반공 이데올로기 동원 등. 또한 노동운동을 반미 반파쇼 반독점의 전면에 배치시켜 그 포괄성을 확보하려는 점과 그 매개 고리를 추적하려는 작가의 의도는 결과야 여하하든지 간에 평가할 만하다.

어렵게 쟁취된 싸움의 결과물일수록 그 주체에게는 투쟁 이전과 다른 역동성을 배가시킨다. "문을 닫는다구! 웃기지 말라 그래요! 누구 맘대로 문을 닫아!" "개만도 못한 자식들, 그러나 결코 너희들 뜻대로 되지는 않을 것이다. 결코!"[13] 라고 강하게 내뱉는 영순의 말 속에는 이미 투쟁을 통해 단련된 노동자의 강인함이 서려 있다. 이는 무엇보다도 운동의 구체적 전망 확보의 계기를 제공해주는 것이다. 노동자계급의 혁명적 전형성은 무엇인가? 그것이 노예적 속성에서 투쟁의 필연성을 깨닫고 당대 투쟁의 전범을 쟁취하여 그 경로에 이어지는 계급적 각성과 정치적 전망을 확보하는 것이라면 이 작품에서 삶과 투쟁이 혼연일치되어 있는 영순과 조합장 한경애는 그 단초를 예감하게 해준다. 특히 한경애의 취조 장면은 변화된 계급의식의 반영이기도 한 것이다. 이와 더불어 국가권력장치인 경찰이 외국인 투자기업에 대해 발빠른 친절함을 보이는 것은 한경애와는 상대적으로 반민족성을 유감없이 드러내주

13) 김인숙, 『다시 성조기 앞에 서다』, 풀빛, 254~255쪽.

는 대목이라 할 수 있다.

미국인 자본가가 "그렇다면 내가 직접 채찍을 들어야겠소?" 하고 반발하는 이면에는 한국 노동자에 대한 전자본제적 봉건적 인식이 저변에 깔려 있다는 면과 매판적 대리인의 부각이 함께 존재해 있다.

이 작품은 유사한 소재를 다룬 몇 안 되는 다른 작품보다 상대적으로 성공한 작품이라 평가할 수 있는 측면이 있는데 동시에 그 소재적 측면의 성과와 더불어 만만치 않은 한계를 노출한다.

우선 노동자계급과 제국주의의 모순관계를 직접적이고 선명하게 제시하려는 성급한 욕구가 오히려 부분적인 도식성으로 흐르고 그래서 영순이나 한경애를 통한 전형화가 그 단초적 가능성에도 불구하고 전형의 폭을 좁게 만들었다. 이는 미국인 사장과 미국 자본의 침탈이 개별적인 것이 아니라 전형의 차원에까지 이르게 해야 한다는 전제하에서다. 그러나 작품에서 미국인 사장은 상투적 마당극에서 흔히 보아왔었던 유아적 인식에 반영된 모습과 크게 다르지 않다. 그런 의미에서 다음과 같은 지적은 경청해볼 필요가 있다.

> 다른 나라에서 연간 '20억대'의 순익을 올릴 만한 규모의 투자를 할 정도의 미국인이라면, 김인숙이 그린 것보다는 훨씬 똑똑하여, 어떤 위기에 당면하여 그럴듯한 품위를 지켜내면서도 효과적인 대응책을 강구해나갈 수 있는 능력 정도는 가지고 있다고 믿어야 한다. 그들이 우리의 '적'이라 하여, 그들을 수수깡 허수아비로 만들어서 깔보고 싶어해서는 그들은 언제나 우리에게 '두려운 적'의 존재로 남아 있을 수박에 없다.[14)]

만약 미국인이 정말 똑똑한 사람이라면 한국 정부와의 관계를 무척 정밀한 정확성으로 성립시켜놓고 수익을 챙길 것이다. 이때 작가는 그

14) 유순하, 「'노동소설', 무엇이 문제인가」, 『세계의 문학』 1988년 겨울호, 144쪽.

것이 어떤 엄호물 속에서 생존 가능하며 그것의 내밀한 관계는 어떤 논리 위에서 가능한가를 포착해야 한다. 즉 미국인 "사장은 지네 나라로 가라"[15]나 '미국 자본은 나쁘다'는 수준에서 더듬이를 움직일 것이 아니라 미국인 사장 리처드라는 구체적 인물이 미국 독점자본의 어떤 내용을 대변하고 있는가를 고감도 레이더로 잡아내야 할 임무를 요청받는다. 이것은 제국주의의 보편적 원리와 개별적 사례의 변증법적 통찰만이 그 전형성을 보장해준다는 것에 다름아니다. 또한 반미의식이란 노동자계급의 당파성을 관철시켜나가는 과정 속의 한 요소라는 점이 고려되지 못하고 오히려 그 관계가 역전되어버린 감이 없지 않다. 이는 자칫 속화된 민족주의로 부각될 위험성이 높다. 따라서 이런 경향은 사회 이해에 있어서 그 발전의 합법칙성에 대한 안목을 제시하지 못하게 된다.

그외에도 상문의 개인사가 지나치게 장황해짐에 따라 작품의 유기적 구성도를 떨어뜨린 점과 긴장의 맥을 끊어놓은 점은 이전 김인숙의 창작 역량으로 보아, 무리한 의욕이 주제의식을 따라잡지 못한 때문이 아닌가 싶다. 사무직 노동자와의 연관관계에 있어서도 과정이 생략되어버려 연대의 구체인이 드러나지 않아 현실적 생동감이 많이 떨어진다. 「함께 걷는 길」에서 보여준 김인숙의 주제의식과 구성력의 탄탄함이 이 작품에서 발전적으로 이행되지 못한 것은 아쉬운 점이 아닐 수 없다.

이 작품과는 달리 정도상의 「새벽기차」는 시대적 선도성의 성과는 있으나 형상화에 있어서는 많은 한계를 내보인다. 작품 전개의 도식성으로 말미암아 각 사건 간의 유기적 결합이 이루어지지 않고 병렬적 나열관계로만 제한돼 오히려 개별 부분의 의미도 훼손된다. 미국 자본을 묘파하는 데 있어서도 미국인을 단지 도덕적 타락의 대상으로만 인식하게 한다. 물론 이 소설의 사례가 된 이리 후로아패션의 사장이 여성 노

15) 김인숙, 같은 책, 318쪽.

동자를 성적으로 희롱했던 사실이 있기는 하지만 이 부분이 지나치게 강조됨으로 인해 외국인 투자기업의 특수한 사례나 미국 자본의 전면적 이해를 위한 전형 확보가 실패로 돌아가게 된다.

농민 아버지와 노동자 딸을 등장시켜 노농동맹의 현실성을 모색해보려 했던 의도도 그 매개를 가족으로 잡음으로 인해 무척 안이하게 처리되었다. 노농동맹은 단지 일회적인 계급이해의 공통분모에서 건설되는 것이 아니라 노동자계급 당파성의 기초 아래 투쟁의 연속성 속에서 획득된다는 원론적인 이해도 작가는 경시하고 있는 듯하다. 이와 함께 주인공 순덕이 윤간당하면서 끝나는 부분은 독자의 의분을 불러일으키기에 앞서 전망의 부재라는 미로에 봉착하게 만든다. 이런 면은 그의 다른 소설 「그해 겨울 먼 길」(이 소설도 8·15 직후 한국인 부녀자가 미군들에게 윤간당한 사건을 사례로 두고 있는 것 같다) 말미에서 느꼈던 당혹감과 궤를 같이한다. 이는 강간 같은 폭력의 고발은 곤란하다는 것이 아니고 그것이 제국주의에 대한 올바른 인식하에서 그 구성 요건을 제대로 갖출 때만 요소적 생명력을 발휘한다는 사실이다. 더불어 정도상에게는 다른 작품에서 보인 그의 작가적 기량, 즉 힘찬 문장력을 더욱 발전시키기 위해 과학적 세계관에 대한 천착이 동시에 이루어져야 한다고 본다.

위 작품 경향과는 좀 다르나 외국인 투자기업에 근무하는 한국인 중견간부의 시각으로 그린 「내가 그린 내 얼굴 하나」(유순하)는 계급적 전망에 있어 불투명함을 내재하고 있음에도 불구하고 미국인의 민족적 우월감에서 기인한 한국인 사원의 민족적 갈등이나 미국의 자본 지배를 통한 경제적 침탈을 담담하게 묘사하고 있다. 이런 맥락에서 제국주의 논리의 또다른 피해자인 중간계급의 객관적 위치를 드러내고 있다.

4. 맺음말

근래에 활발하게 생산된 반미문학은 우리 문학운동의 전망 속에서 발전적 가능성을 충분히 담보하고 있다고 판단된다.

그러나 무릇 모든 운동이 그렇지만 자기 재생산은 그 계기가 어떤 내용과 방향이냐에 따라 미래적 전망을 달리하게 된다. 반미문학에서도 확연히 드러나는 것은 그 성과에 못지않게 많은 숙제를 안고 있다는 점이다. 이 문제가 미처 해결되지 못했기 때문에 현재 반미문학들이 소재적 충동에서 과감히 빠져나오지 못하는 것이며 이런 점에서 앞에서 예로 든 작품들은 다음 몇 가지의 왜곡된 경향성을 지니게 된다.

첫째, 노동자계급 당파성의 부재로 노동자와 노동운동을 작중에 동원함에도 불구하고 선전의 내용이 민족주의적인 수준에 머무르게 된다.

둘째, 우리 사회 기본 모순의 입장에서 문제를 보지 못함으로 인해 노동자계급의 입장에 선 올바른 전형화가 이루어지지 못하여 전형의 폭이 좁고 의사민족주의적인 편향으로 경도되어 있다.

셋째, 반미자주화를 전략적 전망 속에서 추적해들어가지 못함으로써 단계론적 이해에 빠져드는 자충수를 두고 있다.

이제 반미문학의 올바른 행보를 위해서는 다음과 같은 시각의 정립이 필요하지 않을까 한다.

신식민지국가독점자본주의 단계의 남한사회는 기본 모순의 필연적 심화로 말미암아 노동자계급이 대규모적이고도 급속하게 성장하였다. 이제 변혁운동에 있어 노동자계급의 주도성은 논리적 당위의 차원을 뛰어넘어 현실적 정치세력으로 자리잡게 되었다. 이에 따라 지금까지 추상으로서 외쳐지던 노동자계급 당파성이 객관적 실재로 대두하고 있는 것이다. 이런 맥락에서 반미문학도 위의 기본 입장하에서 수행되어야 한다고 본다. 즉 노동 문제를 민족 문제의 부분집합적 성격으로 볼 것이 아니라 역으로 민족 문제를 중심고리 주위에 포진시키는 배치 도구를 가져야 한다. 제국주의를 폭로하고 반제투쟁을 수행함에 있어서도 주체와 방향이 기본동력인 노동자계급적 관점을 떠날 수 없다. 따라서 반미문학의 형상화 작업에서 노동자계급을 동원하는 소부르주아적 시각은 당연히 제거되어야 한다. 이는 곧 반제투쟁도 노동자계급 해방운동의 한 요소라는 노동자계급 현실주의 입장에 설 때만이 가능하며 따라서 이런 관점을 견지할 때만이 제국주의에 대한 전면적 이해도 가능해진다.

끝으로 과학적 세계관의 무장만이 올바른 창작 방법을 보장하고 그 창작 방법론이 곧 반미문학을 풍요롭게 해주는 관건일 것이며 그것은 따라서 우리 문학운동의 진군에 가장 풍부한 원기소가 될 것임을 믿는다.

(『실천문학』 1989년 봄호)

제4부

만약에 다시 문제가 그런 식으로 반복된다면 멀티미디어 혹은 새로운 생산공정으로 생산된 문화예술 텍스트에 심미적 참여를 꾀하는 사람들은 문학이 보기에 비루한 키치 중독자, 키치 향수자에 지나지 않게 된다. 따라서 그들은 여전히 계몽 이전의 존재, 그러므로 문학이라는 해독제를 열심히 받아먹어야 치유가 되는 존재로 대접받게 되는 것이다. 극단적인 경우 창작과 수용에 새로운 방식과 관계를 적극 천착하고 있는 음악이나 시각매체 쪽의 예술행위, 개념, 제도 등을 키치적인 것이라 낙인찍는 사태가 오지 말란 법도 없는 터이다.

농담의 위장막 뒤에 숨은 것

—은희경, 『마이너리그』

문인들을 거의 만나지 않는 이즈음과는 달리 몇 년 전에는 그래도 가끔 이런저런 자리에 끼어 술추렴을 했던 듯하다. 그때 은희경씨는 새로운 기대주로 문단에 강력 추입하던 작가였고 나는 그 이전이나 그때나 말류 평론가였다. 곧 '메이저급' 작가가 될 것임이 예상되는 소설가와 말석 보존을 일로 삼는 평론가의 동석은 물론 예상되다시피 '문학적 담론'으로 차고 넘칠 그런 자리는 아니었다. 그의 작품 자체보다 작품에 동원되는 6, 70년대 풍속 정보에 대한 잡담을 교통호 삼아 이야기가 오갔다. 그와 나이가 비슷하니 경험했던 풍속의 요목들과 기억 속의 그림들도 얼추 아귀가 겹쳐졌다. 이후 몇 번인가 자리를 같이할 때마다 그런 이야기가 반복되었다. 반공드라마 〈실화극장〉에서 인기 연속극 〈새엄마〉가 어떠했으며, 〈쇼쇼쇼〉라는 당대 최고의 쇼프로그램을 쥐고 놀던 김추자의 감창 소리 같은 콧노래가 어떠했고, 싸구려 황색잡지의 흥미를 더해주던 '고민남' '고민녀'의 사연이나, '외로운 밤 사연을 같이 나누실 분'을 찾는 펜팔란에 대한 각자의 회고와 '문화적 분석' 등이 보태졌다. 물론 팝송의 각종 '올드 넘버'를 비롯해 혼분식정책, 고등학교의 교련대회에 대한 기억담 등도 가세했다. 그런 가운데 그에 대한 이미지는 이런 언어로 모양이 잡혔다. 유쾌, 농담을 즐기는 유연함 그리고 견고.

6, 70년대 '한국적 근대 경험'의 조각들은 그의 첫 장편 『새의 선물』에서 적절하게 모자이크되었다. 그후 상재된 그의 작품 전반에서 또한 예의 이미지는 어렵지 않게 발견할 수 있었다. 한데 실제 작품의 저변에는 일상의 자리에서 만나는 그의 이미지가 아닌 '작가 은희경'의 목소리와 태도가 따로 있었다. 그의 글쓰기 전략일 수도 있고 혹은 세계에 대한 그만의 해석과 태도의 소산일 수도 있는 그것은 내게, 뾰족한 펜싱검을 쥔 날씬한 여검객으로 요약된다. 그를 '가차없는 시선'의 소유자라 불렀던 논평도 있거니와, 그의 작품에서 언제나 감지할 수 있는 것은 비정하리만치 냉엄한 그리고 냉소적인 시선이었다. 겉으로는 농담기와 유연한 '풋워크'를 보이지만 그의 시선이 끝까지 좇아가서 찍어누르는 것은 시종 급소였다. 허위의식, 주관적인 정당화, 관성화된 감성이나 통념 등등, 거기에 은근히 합류해 살아가는 편안함에의 들척지근한 욕망, 그러므로 그것의 정체에 대해서는 애써 모른 척하는 일상의 모순, 분열적인 감정, 태도, 사고 등을 그의 예리한 검끝은 꾹 찔렀다. 깊이 찌르지는 않았다. 찌른 곳이 급소라는 사실을 자명하게 보여주는 정도로 그치면서 다만 급소 위에 핏방울이 돋아나게만 했다. 그의 검이 한번 돌아간 곳에 여기저기 돋아난 핏방울들. 그 핏방울들이 이어져서 만들어내는 문양은 허위의식의 지도 같은 것이었다. 우리가 그 지도에 대한 독법을 어느 정도 익힐 무렵이 되면 우리는 우리 자신의 허위의식이 바로 그 지도의 전사(傳寫)라는 사실 앞에서 소스라치곤 했다.

그런 여검객의 새로운 소설 한 편이 내게 날아왔고, 그리고 붙임글을 써야 한다는 사실을 알게 되었을 때 나는 그가 또 이 소설을 통해 백주에 전시하고 모멸의 손가락으로 가리키고자 하는 것이 무엇인지 궁금하지 않을 수 없었다. 한데 이상하다. 그가 붙임글을 쓸 인사로 나를

'지목' 한 것은, 이 소설 역시 70년대의 풍속을 배경으로 거느리고 있는 것으로 보아, 그와의 예의 잡담 경력을 감안한 것이겠거니 추측은 된다. 그러나 '마이너 인생' 이 모인 '마이너리그' 라는 제목의 작품을, 다름아닌 '마이너 평론가' 인 나에게 넘긴 것은 무슨 까닭인가? '깊은 뜻' 이 있는지, 아무려나 긴장할 만한 일이 아니겠는가.

소설 텍스트 표면에는 농담의 기운이 흔들거리고 웃음의 서사장치 또한 이곳저곳을 돌아다닌다. 소설의 걸음은 경보에 가깝고 경쾌하기까지 하다. 그러다 소설은 이따금 표나지 않게 웃음 유발장치의 이면을 보여준다. 그런데 그렇게 들여다보이는 것은, 끔찍한 세상이다. 아무에게나 끔찍한 것은 아니다. '비주류' 에게 그렇다는 말이다. 그래서인지 소설이 소설로만 읽히지 않는다. 소설을 읽는 즐거움에 앞서 그 끔찍함으로 인한 울렁증이 올라온다. 우리 사회에서 '마이너' 라는 표지를 걸머진 존재는 평생 이마에 도(盜)자를 찍어넣고 살아가야 하는 '방외의 인간' 처럼 그 '마이너' 라는 글자를 낙인으로 받고 살아가야 하는 강요된 운명, 그 이외의 존재가 아니다. 한번 마이너가 되면 영원한 마이너인 것이 우리 사회의 게임의 법칙 아닌가. 가끔 예외가 등장하기도 하지만 그 예외는 언제나 '메이저 독식구조' 의 알리바이로 기능할 뿐이라는 점에서 고려할 사항이 아니다.

그런 점에서 형준의 짐작은 짐작 이상이거니와, 나아가 진실이다. 그가 "세상에는 하찮은 인연이 끝까지 따라다니며 알게 모르게 그 사람의 인생을 잠식해들어가는 경우가 많다"고 짐작하는 것은 기실 마이너 인생의 본능적 통찰이자 적확한 진실이다. 실로 '우연찮게' 얽힌 형준 승주 두환 조국 4인은 학창 시절부터, 말하자면 '마이너' 라는 열외의 표본집단이라 할 만하다. 그런데 문제는 그 '마이너' 의 표본성이 학창 시절로 그치지 않고 그들의 전 운명을 거머쥐고 있다는 점이다. '패자부활전' 은 없다는 우리 현실의 철의 법칙을 생각하면 당연한 결과이다.

한때, 공부보다 '감수성 고양 및 자기 적성 탐색'(?)에 육신을 맡기는 일은 정말 우연찮은 일이다. 하지만 그 우연찮은 투신이 가져다주는 결과는 참혹하다. 일생을 규율과 명령에 역류 없이 양육되어온 친구들의 수하로 살아가야 하는 결과를 부여한다. 그 근거 없는 차별의 질서를 참아내야 한다. 4인방과 김부식의 관계는 그런 문맥을 전달한다.

근자 소설과 관련될 만한 사사로운 경험이 있었다. 고등학교를 졸업한 지 이십여 년이 넘어 처음으로 동창회라는 모임에 가게 되었다. 이제 중년이 된 동창생들의 얼굴을 보는 일은 물론 즐거운 일이었다. '추억은 인생행로의 한 토막'이라는 예전 흑백사진 하단에 박힌 글귀처럼 오래 전 친구들과의 만남은 기쁨과 관대로움이 미만하던 시간이었다. 그러다 반별로 인사 및 자기 소개를 하는 시간이 되었다. 1반부터. 그때나 지금이나 매한가지겠지만, 우리 때도 이른바 서울대반, 연고대반과 기타대반 그리고 직업반(말하자면 열외집단)으로 반이 편성되어 있었다. 그 노골적인 서열의 강조가 욕지기나는 역겨움이었지만, 그러나 놀랍게도 그 서열의 질서화는 한국에서 살던 '어른'들의 빛나는 통찰력의 산물이었다. 서울대·연고대반 출신들의 현직은 대개 의사, 교수, 대기업 간부 등등, 기타대반은 중소기업 혹은 소규모 사업(정확하게 말하면 조그만 가게), 그리고 직업반 출신들은 '환경미화'를 비롯해 소설의 두환이처럼 오로지 육신 하나로 버티는 인생이라는 중간결산표가 인사 시간을 통해 공람되었다. 그리고 그 중간결산이 아마 인생의 최종결산으로 이어지리라는 예감은 예감으로 그치지 않을 법하다. 철이 조금씩 들 무렵 어릴 적 공부하지 않은 바, 후회하면서 열심히 그것도 지나치게 열심히 애를 썼지만, 우등반 이외의 친구들이 확인한 것은 결코 만회되지 않는 우리 사회의 불가역적 서열불변 법칙이었다. 메이저는 메이저로, 마이너는 마이너로 갈지어니.

다시 말하자면 이 소설은 심각하지 않다. 4인방의 행각은 실소를 자아내기도 하거니와, 때문에 마이너 인생으로 사는 것이 그에 마땅한 세상의 배려라는 생각을 불러오기도 한다. 그래서 문면으로만 봐서는 사회적 문제와 별 연관이 없는 서사로 읽힐 수도 있으며 동시에 심각한 읽기의 자세가 비약으로 여겨질 수도 있다. 하지만 그들의 생이 자꾸 우리 현실의 문제상황와 얽히는 것으로 보인다는, 자못 심각한 상상력의 발동은 맥락 없는 비약이 아니다. 계급 문제보다 오히려 학벌 문제가 더 문제적으로까지 여겨지는 우리 현실을 상기할 때 김부식과 달리 끈 떨어진 연으로 살 수밖에 없는 4인방의 인생행로는 단지 그들을 웃음의 대상으로 놓아두지 않는다.

그러므로 이 소설을 읽는 독자는 조심해야 한다. 작가에 의해 짐짓 풍자의 대상으로 조형되고 있는 4인방을, 서술의 목소리에 속아 독자 역시 풍자의 마음으로 바라보아서는 곤란해진다는 것이다. 소설에서 승주는 승주대로 형준은 형준대로 또 두환은 두환대로 각자는 다른 세 친구를 항상 자기보다 아랫길로 여긴다. 그들은 모종의 인물을 자기보다 윗길의 인사로 대접하는 세상의 처사에는 적절히 분노하지만, 자기는 적어도 4인방에서 다른 세 친구보다는 차별적인 인정과 대우를 받아야 한다는 신념으로 일관한다. 말하자면 다른 세 친구는 각자에게 풍자 대상인 것이다. 소설의 문면을 무심히 따라가면 4인방은 어느덧 우리에게 풍자의 대상이 되기 쉽다. 그런 풍자적 수용기제의 가동에 전제되는 것은 그 4인방보다 소설을 읽는 우리가 윗길이라는 자긍심과 안도감이며, 해서 우리의 삶은 4인방과는 다른 대접을 받아도 문제될 것 없다는, 그러나 무근한 통념이다. 이 통념의 핵심은 서열화에 대한 내면화이다. 우리가 타자보다 차별받는 것은 용납할 수 없지만, 동시에 4인방 같은 인사들처럼 여겨지는 것도 용납할 수 없다는, 요컨대 그들과는 다른 대우를 받아야 한다는 이유가 어디서 나오는가. 그런 태도는 결국, 독자로서의 우리가 만약 마이너라면 4인방을 우리보다 더 못한 하급 마이너로 삼아야 위안된다는, 그래서 같은 마이너라고 해도 우리는 4인방 같은 인사들보다는 상위의 마이너로 인정받아야 한다는, 실로 조롱거리가 될 만한 허위의식의 다른 모습이다. 소설을 풍자의 마음으로 읽는 독자에게 작가는 이렇듯이 검끝을 가차없이 겨누고 있는 셈이다. 그럴 경우 이 소설은 독자에게 전언의 임무를 띤 사자라기보다 독자의 읽기 태도에 대한 비판적 검열의 분신인지도 모르겠다.

일찍이 이문구 선생이 형상을 입혀놓은 '기타등등 여러분'의 계보인 4인방의 행로는 그러므로 풍자적 사건의 계열이 아니라 우리 사회의 슬픈 급소가 되어 가동중이다. 그러니 이 소설의 외양을 덮고 있는 농담의 위장막에 가서 안기는 일보다 한심스러운 일은 없을 터이다. 그런 실험을 하고 있는 작가 은희경은, 한데 메이저인가 마이너인가?

(『마이너리그』 해설, 2001)

문학과 키치

1. 글머리에

그것은 흥미로운 발견이었다. 나는 90년대 젊은 작가들의 소설들을 탐조하고 있던 중이었고 그 와중 제법 오래된, 그러니까 삼십여 년이 다 된 글 한 대목을 우연찮게 보게 된다.

마이애미 대학에서 철학을 공부하는 찰스는 바흐의 골드버그 변주곡에서 밥 딜런의 유행가까지, 누가 뭐라든 기타를 뜯고 있었다. 옷을 벗은 채 다섯 시간이나 춤을 즐기는 맥도널드, 마리화나를 피우며 몽상에 잠겨 있는 두 쌍의 남녀들 (……) 나까지 합쳐 열다섯이 혹은 이야기하면 혹은 춤을, 노래를, 애무를 하며 보내는 하룻밤, 내가 선입관으로 가진 난잡성은 볼 수가 없었다. (……) 옆에 앉아 있던 히피 하나가 간단히 옷을 벗고 앞에 나섰다. 앙상한 갈비뼈에 음모만 뚜렷했다. (……) 그 벌거벗은 친구에게 관심의 눈길을 보내고 있는 사람은 나 혼자뿐이 아닌가. "나는 인간이다." 갑자기 그 친구가 큰 소리로 외쳤다. "너는 인간의 알

잡이다. 하수인이다"라고 찰스가 갑자기 소리쳤다. 나는 나도 모르게 "우리는 모두 하수인이다! 반역자다!"라고 소리치고 말았다.[1]

스스로를 반역자라 소리친 이, 그는 바로, 지금은 이순을 넘긴 황동규 시인이었다. 점잖은 그도 한때는 그렇게 반역의 피가 끓었나보다. 그가 이렇게 보고하는 장면은 격동하던 60년대 파노라마 중의 한 풍경이다. 그 60년대가 젊은 작가들의 작품들에 일련의 모티프로 작용하고 있는 대목을 보면서 왜 그들의 눈은 저리 아득한, 그것도 서양의 60년대를 응시하고 있는지가, 요컨대 궁금한 차에 '반역아'의 소리침을 본 것이다. 그러던 중 다시 이런 진술과 조우한다.

> The Velvet Underground라는 밴드명은 60년대 중반 (……) 꽃과 마약, 반전(反戰)과 스트리킹, 평화와 로큰롤, 사랑, 광란의 그룹섹스가 세계 혹은 미국 구원의 모토였던 당시 히피 문화의, 전위에 섰던 로큰롤 밴드였다고 (……) 이를테면 마약, 섹스, 로큰롤이란 3대 유토피아 원칙을 구현한 전설적인 밴드였다고 강조했다.[2]

백민석은 긍적적이든 부정적든, 하여간 어떤 의도로 위의 진술을 하든지 간에, 60년대를 이런 식으로 요약하고 있는 것이다.[3] 60년대의 '신화'를 풍문과 전언(대개는 대중문화의 형식으로)으로밖에 접할 수 없

1) 황동규, 『여성동아』 1968년 1월호. 김병익, 『지성과 반지성』(민음사, 1974, 223~224쪽)에서 재인용.

2) 백민석, 『내가 사랑한 캔디』, 김영사, 77~78쪽.

3) '60년대'는 그의 『16믿거나말거나박물지』에서도 변주된다. '60년대적 반란'의 상징인 우드스톡 페스티벌이 장편 속의 '음악인 협동조합' 연작에서 패러디되는 것이다. 그런 만큼 인용문의 기저에 흐르는 함의는 백민석 소설에 상당한 모티프로 작용하고 있다. 60년대적 맥락의 모티프화는 장정일, 김운하의 『언더그라운더』, 윤경수의 『포포의 세계』 등을 비롯해 젊은 작가들의 작품에서 빈번히 이루어진다.

는 28세의 백민석과 지금은 이순 그러나 그때는 30세 가량이었고 그 60년대의 이단적 풍경 한복판을 체험한 황동규 시인은 60년대를 소통의 선으로 이렇게 만나고 있었다.

모두가 하수인이고 반역자라는 황동규 시인의 소리침, 그 말을 나는 이렇게 받아들인다. "우리는 지금까지 지배문화의 온존과 재생산의 하수인이었다. 그러니 이제 우리는 그것에 반역해야 한다." 시인의 그 반역에의 욕망이 어떻게 실현되었는지는 알 수 없다. 그러나 한 가지 확인할 수 있는 사실은 그 지배문화에 대한 반역과 탈주 욕망이 백민석을 비롯한, 90년대의 이른바 '신세대' 작가들에게 복귀, 재생되고 있다는 점이다. 이런 경험은 저 '60년대'가 90년대의 새로운 소설 경향을 살펴보는 데에 어떤 단서나 암시를 줄지 모르겠다는 생각을 궁굴리게 했다. 거기다 근자에 참가한 문학 포럼[4]의 주제 또한 공교롭게 '60년대'의 문화예술 지형에서 중요한 화두로 등장한 것이어서 그 60년대를 비교점 삼아 젊은 작가들의 작품 경향 그리고 문학과 대중문화 및 키치의 접속 문제들을 살펴보는 것도 쓸데없는 일만은 아닐 것 같았다. 젊은 작가 작품들의 특징적 경향, '60년대', 키치 문제 등이 물론 한 층위에서 모두 단단히 엮이기는 힘들다. 이 글 역시 그것의 연결을 매끄럽게 마름질할 능력을 가지고 있지는 못하다. 그래도 성기게나마 그것들을 한번 '접속' 시켜보려는 것이 이 글의 소박한 의도인 셈이다.[5]

---

4) '2000년을 여는 젊은 작가 포럼' 중 '문학과 대중문화의 접속'.

5) 그날 제한된 시간 때문에, 그리고 사회자라는 위치 때문에 해당 주제에 대해 제대로 이야기하기가 힘들었다. 그날 발제와 토론과정에 대한 나름의 생각도 이 글을 쓰게 된 동기가 된다. 이 글에서 인용되는 발제자들의 진술은 심포지엄 발제문와 토론 내용에 근거, 한정된다. 발제문은 단행본으로 묶여서 나올 예정이었던 까닭에 당일, 발제자들의 생각이 모두 진술되지 못했을 수도 있다. 발제자들의 보충 견해에 추가된다면 그것에 대한 논의는 다른 글에서 다시 토론해볼 수 있겠다.

2. '60' 년대와 새로운 인간형

60년대에 발생했던 서구의 정치적, 문화적 변혁 국면은 새삼스러운 말이지만 현대사에서 근대 자본주의적 윤리와 정언명법에 대한 미학의 반란이며, 이성에 대한 육체의 반역, 금욕 규범에 대한 쾌락 규범이라는 불도장을 깊이 찍은 시대로 회자된다.[6] 예의 60년대적 상황의 외양적 특징은 알다시피 정치·경제 층위의 중심성 약화와 반면 문화 층위의 상대적 상한가로 요약된다. 그런데 그 문화 층위의 상한가는 한편으로 근대의 제일 원리이던 노동의 정치학에 반역하는 불온한 신민들이 행복과 쾌락의 정치학에로 질주하고자 하는 욕망에 철각을 달아주는 요인이 되기도 했고 다른 한편으로는, 거꾸로 그 불온한 반역성에 의해 이루어진 결과이기도 했다. 익히 알려진 에피소드이지만 미국과 유럽 도처를 노도로 뒤엎던 청년학생들의 청바지 뒷주머니에 『에로스와 문명』 같은 마르쿠제의 저작들이 꽂혀 있었던 것, 달리 말해 '쾌락의 정치학' 의 코란을 쓴 그가 이른바 '뉴 제너레이션' 의 사상적 교부로 경배되었던 일은 바로 그런 사정에 연루된다. 노동의 정치학이 요구하는 노동의 인간형은 즉 호모 에코노미쿠스(생산하는 인간)이다. 그에 비해 행복의 정치학이 낳는 쾌락의 인간형은 호모 루덴스(놀이하는 인간)이다. 이 놀이하는 인간이라는 기표는 꾸미는 인간, 유희하는 인간, 쾌락하는 인간, 나아가 모든 것에서 자유로운 인간 등등의 의미사슬을 포괄한다. 우리는 아마 이런 자질들을 모두 포함하는 인간형을, 나중에 언급하겠지만, 이를테면 심미적 혹은 미학적 인간형이라 할 수 있을 듯하다. 당시 젊은 세대들은 바로 그런 인간형을 동경했고 그것을 이상적 주체 형

6) 월러스틴은 그 시대를 이렇게 말한다. "이제껏 세계혁명은 단 둘뿐이었다. 하나는 1848년에 그리고 또하나는 1968년에 일어났다. 둘 다 역사적인 실패로 끝났다. 둘 다 세계를 바꾸어놓았다. 둘 다 사전 계획이 없었고 따라서 근본적인 의미에서 자발적이었다는 사실이, 방금 말한 두 가지 즉 실패했다는 사실과 세계를 바꾸어놓았다는 사실 모두를 설명해준다." (『반체체운동』, 창작과비평사, 1996, 116쪽. 강조는 인용자)

태로 여겼던 것이다.

하지만 그런 주체 형태가 동경과 의지만으로 가능한 것은 아니었다. 그것의 현실적 성립을 위해서는 몇 가지 요건이 필수적으로 수반되어야 했다. '더 큰 자유'에의 열망 같은 '일반적 정서'도 불가결한 것이었지만 열망 주체를 미학적 인간으로 만들기 위한 미학적 요소와 상황이 부재해서는 안 되는 것이었다. 그것은 아버지의 문화를 대체할 새로운 문화예술적 개념과 물질적 토대 혹은 문화예술 생산품의 대중화였다. 60년대는 마침 그런 길을 열고 있던 중이었다. 대중문화 생산물 혹은 키치의 급격한 확산, 그로 인한 문화예술 지형의 동요 및 재조정 그리고 새로운 개념의 필요성 등속이 그것이었음은 주지의 사실이다.[7] 젊은 세대가 스스로를 미학적 인간형으로 재형태화시키는 데에 필요한 '병참'이 충분히 준비되었던 셈이다.

미학적 인간형은 새로운 인간 모델이었으며 그 모델을 자임하고 나선 집단이 곧 심미성을 영혼의 본향으로 삼으려던 새로운 세대들이었다. 그들이 아버지의 문화를 살해하기 위한 출정에 나서기 전만 하더라도 그들은 주류문화에 삶의 전면을 훈육, 관리, 통제당하는 대상일 따름이었다. '68혁명'의 특징 가운데 하나는 당시 사회적 종속집단(미성년, 여성, 소수 인종)의 봉기성이 지배적 지위를 가진 집단(성인, 남성, 다수 인종)의 감시와 처벌 장치를 집중타격한 이후 양 집단 사이의 역학관계가 변화되면서 지배지위집단의 권력이 위축되어갔던 점이다.[8] 그

7) 일상의 심미화 문제가 중대한 주제로 떠오르기 시작하는 것도 그런 상황적 맥락에 직결된다. 또한 대중문화가 바르트의 서사론을 예증하는 처소가 되는 것을 비롯해 보드리야르의 시뮬라크라론, 상품미학 비판의 제출, 영국의 현대문화연구소(CCCS)의 활동 등이 모두 직·간접적으로 대중문화의 급증을 포함하는 60년대의 새로운 문화과정에 대한 대응 양상들이다.

8) 이후 지배지위집단은 신세대들의 문제의식을 대폭 수용하면서 제도, 국가장치, 공식 이데올로기 등을 수선한다. 그와 함께 보다 확대된 문화산업이 저항집단들의 심미적 욕망을 소비차원으로 탈색시키는 능력을 발휘하게 되면서 그 반란이 부분적으로 다시 지배질서 속에 재포섭되어갔음은 기지의 사실이다.

때 그 세대들이 아버지의 문화 대신 제출했던 대안은 윤리적 질서의 공동체가 아니라 그 윤리를 넘어선 윤리로 조형되는 심미적 공동체였다. 그러하니 새로운 세대는 미학적 인간형의 전위가 아니 될 수 없었다. 이런 흐름 속에서 우리가 주목할 만한 대목은 새로운 인간형의 문화적 지반인 대중문화 생산물과 키치 등속이 당시의 문화예술과정에서 중대한 '아젠다'로 성립한 것과 그 성립이 문화예술적 지형의 변동을 야기한 점이다.

3. 심미적 주체성을 찾아

뭉크 화집과 글 쓸 타자기 하나를 위해 자기 몸뚱어리를 유기해버리는 존재. 그런, 화집과 타자기로 표상되는 심미성의 인력이 자기 몸에 대한 의식의 장악력보다 더 강한 장정일의 '아담' 같은 유형의 인물은 우리 문학에서 드문드문 나타나기는 했지만 아무래도 쉽게 보기는 힘든 존재였다. 하지만 그런 유형의 인물들은 장정일 이후의 작가들 작품에서 수시로 그리고 대거 출몰한다. 그 인물들은 직접 예술에 관련되어 있든 아니면 그것을 동경하는 자이든 여하튼 심미적인 것에 밀착되어 있는 존재들이다. 일순 자본주의적 인간형으로는 적당하지 않은 인물들로 보이게 마련이다. 그들 외형은 김영하에게는 조각하는 자(「손」), 사진작가(「나는 아름답다」), 영매자(「베를 가르다」), 백민석에게는 키치와 대중문화를 먹고사는 '아이', 이응준에게서는 작가(「달의 뒤편으로 가는 자전거 여행」), 만화가(「이제 나무 묘지로 간다」), 김운하에게는 소설가 지망생이며 '스트리트 페이퍼' 편집자(『언더그라운더』), 박성원에게는 "호모 아나키스트"이자 '낭비주의자'(「사라세니아」), 박청호에게는 '마녀'(「폴란드産 마녀」) 등으로 형태화된다.[9]

이들에게서 산란되는 공통 감각과 분위기를 귀납해내면 앞에서 말한 쾌락적 인간이라 불릴 만한 요소들을 모두 안고 있으며 그것은 대개 미학적 요소에 에너지원을 둔다. 그들의 소위 '라이프스타일'이나 사고, 취향 역시 그것에 연동된다. 그들은 소파에 앉아 감자튀김을 먹으면서 TV 보는 것으로나 빈둥대는 게으른 존재들(couch potato)이고 또한 "가까운 은행조차 가기 귀찮아"[10] 하는 존재들이다. 하지만 자신에 대해 그리고 생활의 연출에 대해서는 지극히 주체적이기도 하다. 그 때문인지 그런 위치에서 그들을 보면 주체의 소멸이나 허무 등으로 그들을 진단하는 시각과는 달리 오히려 주체의 강화에 연연해하는 존재로 보일 수도 있다. 스스로를 '게으를 수 있는 권리'를 가진 자로 자평하고 있는 이들에게 근대 자본주의적 윤리와 그에 입각한 성실과 근면은 단지 그들을 일상적으로 파먹는 '에이리언'으로 여겨질 뿐이다.[11] 이 게으름으로 표상되는 함의와 생의 방식은 심지어 성에 대해서도 다르지 않게 적용된다. 백민석 김영하 박청호 소설에서 보이는 것처럼 성은 자극과 적극적 유대의 목표를 위한 성실한 의무가 아니라 지루하고 게으르고 권태로운 그 무엇으로 처방되어도 무방한 것이 된다(그러나 한편으로 그들은 성을 새롭게 성형되어야 할 것으로 보기에 그 성형이 시작되는 형국에 이르면 게으름은 부지런함으로 바뀐다). 그런 점에서 그들은 『유토피아』에서 일 주일에 여섯 시간만 일하자고 선동한 토머스 모어보다 더 과격한 게으름 경배자들인 셈이다.

이런 인간형은 요컨대 생산의 확대와 잉여가치의 축적을 위해 '지금'

9) 비교하자면, 같은 젊은 작가군 중에서 배수아 소설의 인물들은 좀 다르다. 예컨대 그들은 오피스 걸(「장화 속 다리에 대한 나쁜 꿈」), 은행원(『랩소디 인 블루』), 변호사(「건전한 부르주아의 도시」), 여점원(「여점원 아나디아의 짧고 고독한 생애」) 등으로, 밖으로 보기에는 어쨌든 자본주의사회의 일상 질서의 선을 타고 있는 인물형들인 것이다.

10) 김영하, 「전태일과 쇼걸」, 『호출』, 문학동네.

11) "없으면 어떡하나, 모자라면 어떡하나 (……) 그 따위 불안감이야말로 이기적이다. 이기적일뿐더러 그런 불안감 때문에 야기된 '근면성' '절약성' 따위의 포장된 단어는 위선이다."(박성원, 『이상(李箱) 이상(異常) 이상(理想)』, 문학과지성사, 245쪽)

의 욕망이 통제되어야 하는, 다시 말해 즉각적 욕구만족의 지연(deferment of immediate gratification)을 사회적 윤리강령으로 삼는 체제에서는 도저히 살아갈 수 없는 방외의 존재일 수밖에 없다. 이는 스스로 인식하든 안 하든 그들의 위치가 근대적 기율의 정반대편이라는 점을 일러준다. 금욕주의와 축적형 노동관을 거부하는, 다시 말해 쾌락의 연기를 거부하는 그런 유의 인간형은 앞에서 말한 바처럼 서구의 60년대 상황에서 이미 대량으로 출몰한 바 있다. 근대의 개막 이후 거의 최초로 그리고 '대량'으로 쏟아져나온 것이다. 그들의 양태는 대개 두 가지 유형으로 대별된다. 한쪽이 행동주의자들이라 불렸던 SDS와 신좌파 계열이었다면 다른 한쪽은 은둔주의자로 호명되는 히피 유형이었다. 후자의 저항 전략과 방식은 상징체계의 생산을 통한 자아의 전환과 강화였다. 지배적 상징체계를 자신들이 생산하는 상징체계로 파괴하고 넘어가기가 그들의 전략이었다. 그런 까닭에 그들의 옷차림, 말투, 생활양식, 스타일 전반 등은 자신들의 집단적 정체성과 감수성을 담고 있는 동시에 그것이 곧 특정한 의미화 실천이 된다고 간주되었던 바이다. 그들에게 그것은 정치적 투쟁으로 환원될 수 없는 문화정치적 저항이었다. 상징체계의 생산은 심미적인 요소로 이루어지는 것이 일반이다. 그들은 심미성 요소를 많은 경우 대중문화나 키치적인 것에서 구했는데 상론한 것과 같이 그것은 대량적인 문화예술생산이 이루어졌던 60년대였기에 가능했다. 욕망의 실현 혹은 미적 쾌락을 위해 자본주의적 질서를 거부하는 그들의 움직임을 새로운 기술문명의 합리적 발전을 부정하는 '신 러다이트' 운동이자 반동이라 불렀던 당시 보수세력들의 비난은 그래서 제 태도에 비추어 당연하기까지 하다.[12)]

그러나 그 게으른 존재들도 때로는 부지런을 떤다. 쾌락의 처소이자 미학의 실현장인 몸과 성에 대해서이다.[13)] 그러나 그것은 종래의 몸과

12) 한완상, 『현대사회와 청년문화』, 1974, 80쪽.

13) 김영하의 「전태일과 쇼걸」에서 '그'는 한편으로는 무료함에 떠는 인간이지만 다른 한

성을 그냥 사용하는 것으로서는 이루어지지 않는다고 본다. 말하자면 온전한 쾌락과 미를 위해 거기에 가장 적절한 몸과 성으로 부지런히 바꾸고자 한다. 그들에게 주어진 "몸은 바꾸어야 하는,"[14] 다시 말해 '탈구' 의 대상이다. 성애의 자세 바꾸기도 같은 맥락이다. 외견상 그들의 성은 교감이 아니다. 정념에 복속된 단순 육체의 교환일 뿐이다. 그들의 섹스는 강렬한 정념의 발생에서 동기를 얻는 것이 아니라 공포로부터의 이탈, 혹은 그것의 지우기 과정으로 동기화된다고도 한다.[15] 하지만 동시에 그들에게 성은 표백되어가는 성이다. 성은 교감 혹은 위안 등을 풍성히 하는 과정이 아니라, 하나하나 지워나가는 과정으로 수용된다. 성에 대한 우리의 통념과 기대, 혹은 기존의 성담론에 의해 본래의 의미가 지워지고 오로지 기만적 인간주의로 부풀려진 흔적을 하나하나 지워나가고 표백해나가는 과정인 것이다. 그 지움이 끝날 때, 그것이 무엇인지는 아직 모르지만, 하여간 다시 천연의 쾌감을 움직이는 그 어떤 것이 그때부터 채워질 것이라 보는 것이다.

'80년대적' 눈으로 보면 그들은 분명 정치적 과소인간이며, 문화적 과잉인간이다. 아니 종래의 전통적인 시각으로 보아도 마찬가지일 터이다. 하지만 새로운 쾌락형 인간들은 이렇게 이야기할 듯싶다. 이를테면 80년대의 문제는 바로 쾌락의 연기를 강요한 것, 그로 인한 '나' 의 유실에서 비롯되었다고. 따라서 '나' 의 자기 됨이 가능할 때, 그들 식으로 이야기하면 '나' 의 심미성의 실현과정이 곧 '더 큰 자유' 를 위한 싸

편으로는 '질레트 이중날 면도기' 로 말끔히 면도를 하고 '올드스파이스 로션' 을 상쾌히 바른 후 '빨간 베네통' 손목시계에 '트루젠' 을 걸쳐입는 등의 맵시를 부리는 인간이기도 하다. 이런 형상은 '80년대적' 인물을 형태화한 다음과 비교된다. "그 당시 남자들의 가을 패션은 대개가 국방색 일색이었다 목은 때에 절어 있고 바지엔 막걸리 자국이 번져 있는, 말하자면 그것은 투사들의 복장이었던 것 같다."(박청호, 「Telephone」, 『단 한 편의 연애소설』, 문학과지성사, 53쪽)

14) 김영하, 「손」, 같은 책.

15) 이에 대해서는 김미현, 「섹스와의 섹스, 슬픈 누드」(『문학동네』 1998년 봄호), 이성욱, 「갈등 혹은 이단의 상상력들」(『문학동네』 1997년 봄호) 참조.

움인 동시에 지배의 거대한 덩어리에 미세한 그러나 수많은 균열의 금을 내는 것이라고. 어쨌든 그 '나' 라는 것에 혐의가 없는 바는 아니지만 그럼에도 그 정당성 여부를 떠나 새로운 주체성 강화의 한 형태임이 분명한 것은 사실이다.

심미적 주체성의 강화를 도모하는 그들이 자신을 이전과 다른 인간형으로 성형 혹은 재형태화하기 위해서는 언제나 외부의 조력자가 필요하다. 물론 심미적 상관물이다. 그 상관물 역시 상기한 60년대의 맥락과 유사하게 상당 부분 대중문화 혹은 키치적인 것에 연루된다. 그 키치적인 것이 심미적 인간으로의 성형을 기다리는 자에게 '코디네이터' 로 자리하는 것이다. 그래서 그들에게 키치 혹은 대중문화는 곧 예의 인간형의 문화적 몽골반점이며 동시에 의장과 스타일이 된다. 이런 제반과정이 가능했던 것은 주지하다시피 결국 90년대의 특징인 문화과정의 급속한 확장 그리고 대중적 토대의 상대적 정착으로 인해서이다.[16] 그런 키치로 철갑을 두른 키치 소년 백민석은 키치를 또한 무기로 삼아 지배질서 한복판으로 싸움의 길을 떠나곤 했다. 키치소년의 전투상보를 간략히 살펴보자.

---

16) 미학적 인간형이야 김승옥의 소설을 비롯해 한국문학사 곳곳에서 부단히 출몰했다. 하지만 90년대에 들어와 대량 출몰하게 되는 것은 결국 일상의 심미적 영역의 확장, 정치적 긴장의 완화, 문화예술 생산과 수용의 대중화 등이라는 기본 토대가 현실적으로 가능했기에 일어난 사태이다. 90년대와 그 이전의 차이 다시 말해 대량 출몰과 소량 출몰의 차이는 거기서 오는 셈이다. 사회적 반향의 차이도 동일한 요인이 작용한 결과라고 볼 수 있다. 70년대 초의 우리 '청년문화' 가 단기간의 해프닝으로 끝나고 만 것에 비해 청년문화의 90년대 판본인 이른바 '신세대문화' 가 지속적인 사회적 반향과 고유한 문화적 틀을 유지할 수 있는 것도 예의 문화의 물질적, 대중적 토대라는 기본 조건의 유무와 깊은 연관을 가진다.

4. 키치 소년의 '낙서'

주지하다시피 키치에 대한 종래의 일반적 설명은 예술적 아우라를 절도하는 위조품, 싸구려, 조야함, 유사, 사이비 등의 함의에 기초하고 있었다. 90년대 문학에서 키치의 문학화를 적절하게 예시한 유하에 대해 김현 선생이 '키치 중독자이자 키치 반성자'라 부른 대목은 이런 설명틀에 근거한 것이었다. 유하에게 키치는 자신의 문화적 정체성을 구성하는 원소 같은 것이고 비루함을 화려한 외장으로 가린 우리 사회의 싸구려 성질을 야유하고 풍자하는 알레고리의 운반책이다. 동시에 기성 사회에 대한 자신의 공격적 상상력을 북돋우는 조력자이다. 키치가 또한 수용주체가 욕망하는 특정 정서를 곧바로 배달해주는 존재라 한다면, 유하에게 키치는 위반의 감수성, 혹은 열렬한 위반의 욕망을 채워주는 공급자이다. 해서 그는 키치를 먹음으로써 비로소 금기의 위반자가 되고 위선적 윤리를 치고 들어가는 '인파이터'가 된다. 키치 소년 백민석의 소설 외장을 이루는 것 역시 위의 설명법에 맞춤한 키치들이다. "플레이보이誌나 허슬러誌" "George Michael이 좋아하는 엘튼 존의 선글라스 하나 (……) George Michael이 좋아하는 마이애미 별장의 여러 전경 사진들"[17] 또는 '로맨스 비디오테이프와 할리퀸 문고' 등이 그런 것이다.[18]

키치는 의사 예술적 기만성으로 존립하지만 한편으로는 부정과 해체의 수단으로 작용하기도 한다. 키치를 통한 패러디, 야유, 풍자, 공격,

---

17) 백민석, 『내가 사랑한 캔디』, 김영사, 21쪽.

18) 특정한 맥락과 상황이 키치로 범주화되기도 한다. 고흐 작품 같은 순수예술의 걸작이 기만적인 현시를 위해, 졸부의 거실에 도열한 브리태니커 백과사전처럼 '진열'될 때가 그러하다. 그 수용 맥락이 키치적 정황인 것이다. 진지하지 않은 문화예술 생산물이 진지한 척하는 것도 일종의 키치적인 것으로 간주된다. 그러고 보면 진정성도 진지함도 다 벗어던지고 노골적인 시장 논리로 먹고살자고 작정한 이즈음 특정 문학 경향이, 외양으로 여전히 진지한 척하는 것만큼 키치적인 것도 없을 법하다.

도발 등이 그것이다. 스스로 '가미가제'가 되어 전통적인 '참된 문학'의 한복판에서 산화하려 한 장정일의 경우가 대표적인 예라 할 수 있다.[19] 유하도 그러하거니와 백민석에 오면 키치는 가장 유력한 방법론이 된다. 최대의 공격성과 혐오, 야유 등의 방법으로. 『16믿거나말거나 박물지』가 그러하다. 다른 측면은 제쳐놓는다 치고 우선 '박물지'라는 이름에 주목해보자. 그리고 박물지를 박물학과 박물관이라는 체계 및 제도와 대면시켜보자. 박물학은 근대의 계몽적 프로젝트의 전형적 산물이다. 박물학은 도식적으로 말해 특정한 '에피스테메'로 대상을 분류, 선별, 연결, 배제하는 체계이다. 고쳐 말하면 크게는 선택과 배열의 규칙에 의해, 어떤 지식은 죽은 지식, 쓸모 없는 지식이 되어 여전히 주술과 야만의 성격 속에 머물러 있는 것으로 자기의 자리를 배당받으며 어떤 지식은 자연의 빛이 투과하는 유용한 지식의 자리로 배치된다. 정상적 지식/비정상적 지식, 유용한 지식/잡된 지식, 경건한 지식/비속한 혹은 통속한 지식을 구분 배치하여 지식 사이의 서열을 응고시키는 일종의 권력체계가 된다. 물론 어느 쪽에 동조 합류해야 근대인의 자격증을 획득할 수 있는지는 재론의 여지가 없다.

정체성의 확정과 그것의 위치 배당의 규칙은 박물관 형식에도 크게 다르지 않게 적용된다. 박물학이 곧 박물관을 만들어내는 것은 아니지만 그 패러다임의 구성원리와 운영체계는 유사하다는 것이다. 박물관은 제약과 통제의 공간이다. 금지와 권장의 이유와 체계가 뚜렷하다.

---

19) 진리의 신탁자로 추앙받는 문학작가로서의 지위를 포기하고 대신 포르노 작가임을 선포하는 것과 더불어 자신의 작품을 종합잡지로 보아달라는 그의 위악에 대해 물론 영악한 현실은 그를 순교자로 만들어주지 않았다. 단지 비속한 풍속사범으로 그의 자리를 배당한다. 그의 진지한 위악을 음란한 위악으로 형질변경시켜버린 것이다. 은유의 세계에서 안전한 포르노 생산자가 되기를 자처하던 그는 현실에서 정말 포르노 작가로 인정되어 버렸다. 문학을 잡범의 감방에 넣어 잡범 예술과 뒤섞어버리려 했던 그가 오히려 잡범방에 갇혀버리는 역설, 이는 문학을 여전히 고귀한 것으로 보는 우리 사회의 완강한 일반 정서가 장정일에 가한 초동진압인 셈이다.

이 체계는 물론 특정한 이념과 태도에 규정된다. 금지는 '만지지 마시오'로 강요된다. 전시된 물건은 예술품 혹은 진품이기 때문이다. 멀리서 바라보아야만 하는 것이다. 그 바라보는 거리 사이에 존재하는 간극은 정전을 정전이게끔 해주는, 예술의 신비함을 고양시키는, 그래서 아우라를 자연스레 관객에게 주입하는 '공간장치'가 된다. 그 공간적 '트릭'으로 권위, 위엄, 전통의 심리적 형상을 관객에게 안수하고 관객은 그것을 진지함과 고결함으로 대해야 한다는, 특정 자세에의 암묵적 요구를 경건하게 수락한다. 박물관 건축물 자체도 마찬가지이다. 박물관으로 거대한 궁전이 많이 전용되는 것도 그 때문이다.[20)]

하지만 백민석에게 박물관과 박물학의 규칙, 존재근거, 그 속의 물건들에 특정 가치와 생명을 부여하는 방식과 효과 등, 그 모든 것은 전면 부정되고 해체의 적의만 촉발한다(해서 그는 일견 러시아의 구성주의자 혹은 프롤레트쿨트주의자들의 태도와 닮아 있다). 그가 보기에 박물관은 거대한 통조림 깡통이다. 그리고 그 속에 영원한 생명을 살아가고 있는 고귀한 문화예술품들은 오로지 방부제 가득한, 그래서 외양으로는 부패하지 않았지만 그 속은 나날이 부패해가는 내용물들이다. 그는 권위와 엄숙함의 장식으로 외장된 박물관을 군대 막사 같은 '바라크'('음악인 협동조합'의 공간은 다름아닌 '바라크'이다)로 바꿔버린다. 바라크는 우리에게 단지 비루한 문화를 연상시키는 가설무대 같은 곳, 전쟁·군수물자 그리고 그것이 연상시키는 하루벌이의 그악스러움이 흔적으로 남아 있는 그 무엇일 뿐이다. 그때 백민석은 박물관 깡통과 양철 바라크의 차이가 어디서 나오는 것인지 묻는다.

그 연장선 위에서 박물학은 박물지로 대체된다. 백민석에게 학(學)은 이른바 오성행위가 목표하는 어떤 집합적 통일체로서의 체계이며 그것으로 정통의 권위를 보장받는 양지의 담론이다. 그에 반해 지(誌)

20) 이에 대해서는 강내희, 『공간, 육체, 권력』(문화과학사, 1997, 77~91쪽) 참조.

는 야담, 주변 잡기, 스캔들 등이 우글거리는 가판대 담론의 거처이다. 체계는 개념과 담론의 위계성을 확정하고 그것을 질서로 만드는 것이다. 백민석은 한갓 "은둔금수(隱遁禽獸)"인 "나무개" "완다라는 이름의" 괴수 같은 것에 대한 진술이 전부인 싸구려 담론으로서의 지(誌)적 상상력을 예의 지식에 대한 서열화 규칙에 싸움 붙인다. 그를 통해 백민석은 지식과 개념은 자연의 빛으로 명석판명함을 인준받는 투명한 지식이 아니라, 믿어도 좋고 안 믿어도 좋은 그런 것이라고 선동한다(장정일의 종합잡지 같은 것!).

'믿거나말거나' 식으로 전시되는 백민석이 건축한 박물관, 즉 '바라크'에서 연출되는 이벤트는 어떤가. 질서를 요구하는 박물관체계, 단정한 배열을 제시하는 박물관, 그 모든 것을 뒤헝클어놓는다. 난교, 분뇨퍼포먼스, 섹스 라이브 쇼 등이 전시되고 진열된다. 혼란과, 비루함과, 속악성이 무더기로 도열해 있는 백민석의 진열 방식은 아우라를 위한 질서, 서열화 방식에 의한 질서의 윤리, 아무튼 그 질서로 표상되는 것을 조롱하고 회칠해놓은, 마치 부잣집 담을 총천연색으로 물들여놓는 악동의 낙서 같은 것이다. 그는 따라서 혼란의 이름으로 질서를 공격한다. 그러나 그것은 질서를 넘어서는 질서이다. 백민석의 규칙에 따른 질서인 셈이다. 백민석 자신이 큐레이터이기 때문이다. 백민석 큐레이터의 기획 전시 대상인 현실세계는 그에게 영락없는 "UFO"(미확인 물체)이며 "삶은 하나의 불가사의한 괴물처럼 보인다".[21] 그래서 그는 스스로 확인될 내용, 즉 세계의 실체성을 기획하고 부여한다. 스스로 내용과 의미의 생산자가 되어 그것을 창조하고 구성하는 셈이다. 그렇게 구성되는 현실세계의 뼈대는 "플라스틱"이고 살과 피는 "젤라틴"이며 피부는 "셀룰로이드"이다. 완벽한 키치의 세계이다. 그러니 그가 창조한 세계가 인공 자연으로서의 세계라는 말이 당연히 나올 법하다. 하지

21) 백민석, 「음악인 협동조합 1」, 『16믿거나말거나박물지』, 문학과지성사, 177쪽.

만 그가 창조자가 될 수 있는 까닭은 바로 조작 가능한 인공성 때문이기에 그것은 그에게 삶의 긍정이 된다.[22] 키치는 자신이 창조자로서의 위치에 있을 수 있게 해주는 토대가 된다. 미확인 물체("U…F…O…")의 형식으로 존립하는 현실,[23] 따라서 불확실한 이 세계는 그가 창조하는 '믿거나말거나박물지' 식의 내용을 얻거나 아니면 'UFO'가 "United Fruit'n Vegetable Outlets"라는 기상천외의 구체성을 획득한다.

백민석은 이렇게 질서, 집중, 관조, 정리, 응집 등으로 조형되는 박물학에 대해 영상세대이자 키치세대답게 착란, 분열, 산란, 분산 등으로 조형되는 박물지 방식으로 재구성하고 있다. 이를 통해 그는 삶에 대한, 체계에 대한, 규범에 대한, 예술에 대한, 문화에 대한 우리의 태도가 마치 강요된 아우라 앞에서 머리를 조아리는 식이고 그래서 그런 형국이, 나아가 세상 전체가 바로 키치라고 폭로하고 싶어한다. 그는 그런 세상을 부수고 그것의 피부를 찢고 나가고 싶어하는 욕망에 안절부절못하는 "용가리패의 행동대원"(그는 "왼팔에서는미사일도발사되는" 그리고 "용가리가새겨진세무잠바를입고다니는" "기계몸"이다[24])에 다

---

22) 긍정이 일관된 성격으로 흘러다니지는 않는다. 인공성에 대한 환멸이 그 위에 중첩되어 있다. 현실은 인공적 조작성의 반대물로 "그린맨(Greenman)"(「Green Green Grass of Home」)을 광고하지만 그 역시 조작성의 산물이기에 작가에게는 오히려 더 역겨운 것이 된다. 인간의 육체 역시 성형 가능한(plastic) '오브제'에 지나지 않는, 인공적 조작의 대상이 된다. 그렇기에 인간의 몸 역시 키치의 목록에 등재될 수 있는 것처럼 묘사되지만 그 묘사 밑에는 음울한 환멸의 정서가 가로지르고 있다. 「믿거나말거나박물지식 달걀 다이어트」는 바로 그에 대한 보고서이다.

23) '완다'나 '나무개'는 소설에서 현실적 존재로 등장하지만 그것의 정체는 역시 확인되지 않은 "미확인 물체"이다. 「완다라는 이름의 물고기」에서의 "완다라는 이름의 물고기가 사는, 산다는 그 어떤 곳"이라는 진술이 그 점을 일러준다. "사는"이라는 언사는 확실한 존재에 대한 투명한 정보이고 지식이다. 그에 반해 "산다는"이라는 언사와 "그 어떤 곳"이라는 언사는 확인되지 않은, 즉 불확실하고 불투명한 정보, 풍문이다. 이렇게 확실과 불확실이 양가적으로 섞여 있는 정보와 지식은 투명성의 세계에서 유용한 것이 아니다. 그러므로 '사는'의 투명성은 '산다는'이라는 불투명성에 의해 원천적으로 그 효용이 기각되거나 무효 처리된다. 그 결과는 곧 불확실한 세계이다.

24) 백민석, 「음악인 협동조합 2」, 같은 책, 212쪽.

름아닌 것이다.

5. 키치는 키치가 아니다

대중문화 생산물 또는 키치적인 것의 급증과 일반화는 이제 일종의 대기권 같은 경험 대상이다. 이 체험에서 확인할 수 있는 것은 그런 급증이 전통예술과 날카로운 갈등 요인으로 작용하고 있다는 점이며 또 그런 국면이 양자의 관계에 대한 사회적 재문맥화를 요청하는 증거로 제출되고 있다는 점이다. 문화예술 지형을 전통예술과 대중문화 및 키치의 서열(hierarchy)관계로 설명하기가 더이상 곤란해진 현실이라는 말이다. 그 곤란함은 한편으로 문화예술의 생산과 수용 방식 전반은 급속한 변화를 타고 있는데 그에 반해 기존의 문화예술 제도 및 개념은 큰 변화가 없다는 양상에서 연원한다. 양 측면 사이에 간극이 발생하고, 나아가 그 간극이 점점 더 벌어지고 있는 형국이라는 말이다. 앞에서 언급한 '문학과 대중문화의 접속'이라는 주제의 토론은 바로 그런 간극을 메워보려는, 다시 말해 일련의 문화예술적 변화에 대한 적극적 대응인 셈이다. 이날 토론에서 주제 발표자들인 유하 이광호 신수정 김영하의 견해는 대체로 유사했다. 이를테면 고급문화예술의 적자인 문학과 대중문화 혹은 그것의 특정 형태인 키치의 접속이 이미 현실이 되어버렸으며, 때문에 문학의 신축적이고 기민한 현실 대응이 강하게 요구된다는 것이었다. 나 또한 그들과 같은 생각이었다. 기실 발표자였던 유하, 김영하 그리고 그날 토론의 대상이었던 백민석, 장정일의 작품만이 아니라 새로운 젊은 작가들의 작품에서 실행되는 '접속 횟수'의 대량성은 이제 새로울 것이 없는, 그저 범박한 일 정도이다. 대중문화나 키치(적인 것)와 문학의 상관성에 대한 그날의 논의는 발표자들의 열린 태도로 말미암아 성찰의 상당한 탄성을 얻을 수 있었다. 하지만 그럼에도 좀더 섬세히 짚어볼 대목이 있을 것 같았다. 더불어 사고의 구도를 문학과 대중문화 혹은 키치의 접속 이전에 그것을 포함하는, 그래서 더 확장된, 이를테면 대중문화·키치와 예술 전반의 접속 상황과 지형을 두루 관찰해보는 것이 한편으로는 주제 토론의 심화와 활성화에 더 많은 기여를 할 수 있고 문학, 예술 전반, 대중문화, 키치 등의 각각의 실제에 대해서도 더 현실 적합적인 이해를 얻을 수 있을 듯싶었다. 또 그럴 경우 젊은 작가들의 키치의 방법화에 대해 풍부한 논의의 시사점을 얻을 수 있으리라 보았다.

그들의 키치 방법론의 경우 키치는 그들에게도 역시 속악스러운 것, 싸구려, 모조의 존재 등으로 이해되어 그런 성격의 키치로 예술을 포함한, 아무튼 고상한 것, 진지한 것, 엄숙한 것의 위장성을 패러디, 풍자, 공격하게 되는 구도를 취한다. 그렇기에 그들 작가들에게서 키치는 종래의 키치 개념에 충실할 때에만 방법론의 생명과 가치를 획득한다. 여기서 우선 두 가지 문제가 발생할 수 있다. 하나는 이즈음 키치의 현실적 성격과 위상의 포괄성을 적절하게 파지하고 있는가 하는 점이다. 다른 하나는 키치를 여전히 기존의 개념 안에 가두어놓을 경우 그것으로 전통적인 문화예술 지형과 제도, 관습 등을 아무리 급진적으로 비판한다 해도 그것은 종래의 구도, 이를테면 문학을 포함한 전통적 문화예술과 키치를 위계적으로 파악하는 질서 안에서의 비판일 뿐이고 그래서 그 질서 안의 순환에 그치기 쉽지 않겠는가 하는 점이다. 말하자면 자기의 무기로 스스로를 옭아매는 역설에 빠질 수 있다는 말이다. 이런 측면은 위에서 이야기한 심포지엄에서도 발견되는 대목이라고 보았다. 요약하면 키치의 현실은 종래 키치 개념 울타리 밖으로 흘러넘치고 있는데 그것을 담는 개념은 기존의 것이 아닌가, 그렇다면 그 설명틀로써 키치의 현실을 제대로 담기 힘든 것이 아닌가 하는 물음이 생겼고 그에 대한 해명이 수행될 때 키치 현실에 대한 적절한 설명이 가능하지 않을까 싶었다.

시각매체의 에움길을 타면서 살펴보자. 기술복제에 이은 전자복제 시대의 개막은 복합미디어화되는 뉴미디어를 불러왔고 그것은 한편으로 문화예술 생산, 수용과정을 획기적으로 변화시켰다. 소위 테크노 아트 혹은 테크노 문화 같은 것도 그로 인해 가능해졌다. 그런 공정으로 생산되는 문화예술 텍스트는 분명 종래의 수공업적 예술품, 다시 말해 순예술의 형태를 띠고 있는 것은 아니지만 싸구려 키치라는 함의와는 또다르게 대중들에게 강력한 심미적 대상으로 자리를 굳혀가고 있다.[25] 이러한 일련의 변화는 예술품의 희소가치를 급격히 약화시키고 그에 연동되어 전통적 순예술과 예술가의 특권적 지위 역시 약화되었다. 이런 매체환경의 변화 속에서 한편으로는 순예술의 순수성을 더욱 강화, 고수하고자 하는 입장이 나타나기도 하지만 다른 한편으로는 대중문화 혹은 키치의 생산 방법을 자신의 순예술에 적극 접속하는 일(키치를 형상화의 단순한 소재로 삼는 것이 아니라)이 활성화된다. 이러한 일련의 변화된 흐름은 예술개념, 제도 등의 장에서 새로운 갈등과 역관계를 낳게 되며 그 장 속에서 순예술과 새로운 문화예술 텍스트 및 그 생산 방식은 이전처럼 수직적 서열관계가 아니라 평면 위에서 서로 경쟁하는, 상대적 관계로 전환되어간다. 벤야민의 말대로 생산력의 자연스러운 이용이라는 관점이 적극 채택되는 것이다.[26] 그런 과정은 그래픽, 이미

---

25) 현대의 복합미디어 공정으로 생산되는 문화예술 텍스트는, 그것의 생산방식의 성격상 키치적인 것으로 간주할 수도 있겠지만 그것에 더이상 싸구려, 복제 등의 혐의를 무조건 두기 어렵게 된다. 그런 공정으로 생산된 이미지, 사운드, 텍스트들은 그 자체로 하나의 훌륭한 심미적 텍스트가 된다. 캠프(camp)는 이와 다소 다른 역사적 맥락을 지니지만 그 역시 이전에 키치로 폄하되던 '물건'에서 심미적 가치를 찾았다는 점에서 어떤 공유점을 갖는다 하겠다.

26) 이미지의 생산과정에서 수공업적 성격을 작가의 특권적 위치를 보장해주는 보루로 삼던 기존 작가들이 현대에 들어 복합미디어가 그것을 대신하자 그에 대한 대응으로 개념미술, 설치미술 쪽으로 위치이동을 한다. 그러나 그런 이동은 더이상 전통 회화를 통한 이미지 생산자로서의 자기 정체성을 스스로 전복시키는 일과 진배없는 것이 되어버렸다. 수공업적 성격이 소거된, 즉 전자미디어로 생산된 텍스트는 재래의 관점으로 보면 영락없는 키치일 터이다. 이에 대해서는 심광현, 「전자복제 시대와 이미지의 문화정치」(『문화과학』

지 등의 생산을 감당하고 있는 시각예술 쪽에서 가장 현저한데, 아무튼 새로운 변동의 양상은 시각적인 것과 시각예술에 대한 개념 사이의 거대한 간극을 만들어냈고 따라서 그런 간극은 시각문화예술과정 전반의 재문맥화, 재개념화를 요청하는 현실 요인으로 작용하게 되었다. 그 결과 예술의 개념과 제도가 하나의 실체가 아니라 서로 경쟁하는 여러 세력관계들의 변동하는 장이라는 관점이 대두하게 된 것이다. 그 경우 전통적 예술도 단지 그 장에서 경쟁하는 하나의 세력일 뿐이지 다른 세력이나 요소들을 평결, 인정, 배제하는 준거는 아니게 된다. 따라서 모조적, 의사적 문화예술생산품으로 간주되던 키치(적인 것)들도 당연히, 예술에게 우리도 예술임을 인정해달라는 탄원의 주체로서가 아니라 대등한 경쟁의 주체로서 제 자리를 배당받게 되는 것이다.[27)]

문학에서의 키치 논의도 이런 문맥을 고려해야 할 것이다. 예의 심포지엄에서 한 발표자는 문학의 특권의식에 강력한 경고를 발했다. 특권성에의 집착이 문학의 탄성을 짓누르는 요인이 될 수 있다고 보았던 것 같다. 정당한 견해이다. 하지만 그와 동시에, 이를테면 키치의 문학화는 허용되어도 문학의 키치화는 수락될 수 없다는 진술에는, 그 진의와는 달리 오히려 문학의 심화와 탄성을 불투명하게 할 문제점이 내포되어 있을 소지 또한 있다고 본다. 그런 소지는 특히 문학 스스로 반성적 신축성의 긴장을 풀어버리게 될 때 즉각 고답적 문학관, 비현실적 키치관으로의 회귀를 촉진하는 요인으로 작용할 수 있는 것 같다. 말하자면 키치의 문학화에 대한 수락과 문학의 키치화에 대한 불용이라는 관점은 위에서 살펴본 것처럼 키치가 현실적으로는 기존 개념의 설명 방식에 벗어나 그 성격과 위상이 달라졌음에도 불구하고 그 키치를 여전히 부동의 문학관으로 재포섭하는, 요컨대 키치를 또다시 문학과의 종별적 서열관계 안으로 포섭되는 존재로만 보거나, 문학적 방법과 제시를

1996년 봄호), 17~21쪽 참조.

27) 심광현, 같은 글.

위한 단순한 소재 혹은 실용적 활용의 대상으로만 보는 시각과 크게 다르지 않게 된다는 것이다. 그럴 경우 근대문학의 한계적 문제상황에서의 탈출구를 키치의 탈모더니티적 성격과의 접속을 통해 모색해보려했던 등의의 의도는 상당히 곤혹스러운 형국에 봉착할 수밖에 없다. 그런 관점은 외부의 객체를 소재적인 그 무엇으로 보고 그것을 동일화하는 메커니즘과 크게 다르지 않은데, 그것은 발견 → 정복 → 개발 → 영유라는, 요컨대 통합과 동질화(미개발에서 개발로, 야만에서 문명으로의 빛을 하사하는) 논리인 모더니티의 근본 메커니즘을 또다시 반복한다는 점에서 자기 모순에 빠질 수 있기에 그렇다.

만약에 다시 문제가 그런 식으로 반복된다면 멀티미디어 혹은 새로운 생산공정으로 생산된 문화예술 텍스트에 심미적 참여를 꾀하는 사람들은 문학이 보기에 비루한 키치 중독자, 키치 향수자에 지나지 않게 된다. 따라서 그들은 여전히 계몽 이전의 존재, 그러므로 문학이라는 해독제를 열심히 받아먹어야 치유가 되는 존재로 대접받게 되는 것이다. 극단적인 경우 창작과 수용에 새로운 방식과 관계를 적극 천착하고 있는 음악이나 시각매체 쪽의 예술행위, 개념, 제도 등을 키치적인 것이라 낙인찍는 사태가 오지 말란 법도 없는 터이다.

키치를 패러디, 야유, 공격 등의 매개물로 삼든 아니면 작품 조직의 기초 재료로 삼든, 그 어떤 경우를 택하든지 간에 만약 작가들 역시 키치를 종래의 개념으로 파악된 성질만을 자신의 방법에 차용하는 것에 머무른다면, 그것은 문학의 심화, 확장보다는 오히려 고답화에 더 기여하는, 그래서 전혀 원치 않는 상황이 될 수도 있다. 우려는 그래서 생기는 것이다.

어쨌든 계속 변화되는 문화예술 환경은 문학으로 하여금 문학과 대중문화 혹은 키치를 비롯한 여타 매체 사이의 경계 위에서 아슬아슬한 외줄타기를 더욱더 강요할 것이다. 그 곡예가 위험하다 해서, 그래서 그것을 거부한다 해도 문학이 돌아갈 수 있는 안전지대는 이제 더이상 없다. 아니 스스로 안전지대를 지워나가는 것이 문학의 신생을 보장하는 일일는지 모른다. 젊은 작가들의 키치적 방법은, 말한 것처럼 여전히 해결해야 할 문제를 남겨놓고 있다. 하지만 그들의 새로운 모색이 새로운 문화예술환경 속에서 문학이 어떤 식의 대응을 하고, 자기 자리를 어떻게 마련할 수 있는가 하는, 신생에의 한 예시임은 자명하다.

(『문학과사회』 1998년 겨울호)

오래 지속될 미래, 단절되지 않는 '광주'의 꿈

—광주민중항쟁의 문학적 형상화에 대하여

1980년 5월 16일부터 5월 27일까지 일어난 광주에서의 민중항쟁은 비록 열흘간의 사건이었지만 그 시간적 길이는 80년대 전체의 압축이었고 그 의미는 80년대 질풍노도의 반란적 에너지가 자신의 존재증명을 위해 언제나 회귀하던 언덕으로 자리했다. 80년대, 전두환 군사정권과 싸우고자 했던 사람들에게는 적어도 그랬다. 얼음왕국과 불기둥이 서로 한 치도 물러설 수 없는 면도날 같은 긴장 위에서 맞겨룸으로 일관하던 그 80년대, 학살자의 압제에 반란과 전복을 꿈꾸던 사람들에게 그 반란에의 맹약과 서원은 언제나 '광주'라는 두 글자 앞에서 이루어졌다. 광주민중항쟁 열흘간 광주 시민들이 보여주었던 눈물겨운 인간의 우애와 공동체의 형상은, 말하자면 그들이 꿈꾸는 이상적 사회의 현실적 투사물이었다. 그때 '광주'라는 두 글자는 퍼덕퍼덕 살아 뛰는 저항적 생명력의 결정이었다는 것을 부인할 사람은 없을 터이다. 그리고 이십여 년이 흐른 지금, 그러나 광주는 이제 어느덧 '기념'의 자리로 물러나고 있다. 아니 그런 자리로 옮겨져야 한다는 무언의 압력을 받는 느낌이기조차 하다. 용서와 화해의 언표는 난무하지만 정작 그 지시하는 내용은 텅 비어 있는 채, 그냥 껍데기만의 '신화'로 남으라는 강요를 받고 있는 것 같다는 말이다.

새삼스러운 이야기지만 광주민중항쟁은 70년대와 그 이후를 갈라놓는 날카로운 분기점이었다. 부르주아 민주주의와 막연한 자유주의에의 열망으로 요약되는 70년대까지의 반정부운동은 희대의 야만적 학살에 의해 좌절한다. 요컨대 자기 재생산을 위해서는 얼마든지 야만의 극단을 선택할 수 있는 지배와 권력의 벌거벗은 속성을 가장 직접적인 방식으로 확인한 것이다. 반미를 기저로 삼는 반제국주의, 좌파 이데올로기의 대중적 확산 그리고 사회주의적 지향을 통한 구체적인 변혁사상과 조직화로 설명되는 80년대의 대세는 바로 70년대적 열망의 멸절과정인 '광주'의 산물이자 동시에 '광주 이후'의 이정표였던 셈이다. '광주'는, 따라서 80년대를 살아가는 사람들에게 대략 두 갈래의 함의로 작용하고 있었다. 하나가 깊은 도덕적 죄의식 및 부채감의 환유물이라면 다른 하나는 현실정치 및 권력행위의 본질에 대한 인식 확대의 결정적인 준거였다. 80년대 문학의 한 주류라 할 수 있는 민족·민중문학이 당대의 핵심적 기획으로 간주하던 이른바 '변혁에의 복무'라는 명제 역시 예의 준거를 기반으로 삼았던 것은 어쩌면 당연한 바였다. 또한 시각을 달리하여 이른바 자유주의 문학을 살펴보더라도 그 역시 광주라는 화두에서 마냥 자유로울 수는 없었다.

그러나 광주 문제에 대한 문학적 형상화라는, 일견 시대적 요청과 당위로 받아들여질 법한 맥락의 정당성 여부와는 별개로 그런 요청에 당대의 문학이 얼마나 충실히 회답하고 있었는가를 다시금 점검해보면 유감스럽게 많은 공백이 있음을 확인하게 된다. 물론 '광주'에 대한 문학적 형상화가 광주민중항쟁을 직접적인 소재로 취해야 이루어지는 것은 아닐 것이다. 광주민중항쟁의 함의가 80년대 이후 남한사회의 바람직한 진전에 모두 관련된다면 80년대 내내 전개되었던 전 국민의 민주화 의지와 좀더 나은 사회에 대한 열망도 그리고 80년대 중반부터 폭발적으로 확장된 노동자계급을 비롯한 기층민중의 대중적 세력화도 광주민중항쟁의 직간접적인 산물일 터이다. 그렇기에 이 산물의 맥락이 여러 소설 작업에 중대한 성찰의 계기로 작용하고 반영되었다면, 넓게 보아 그것 역시 광주민중항쟁의 문학적 문맥화로 받아들여질 수도 있을 법하다. 하지만 문제를 그런 식으로 해석한다 하더라도 그것은 말 그대로 넓은 의미의 성긴 망으로 걷어올릴 때 그러한 것이다. 사안을 엄정하게 가려본다면 결국 광주 문제에 대한 그간의 문학적 형상화가 부실하다는 사실을 인정할 수밖에 없게 된다. 특히나 '광주'를 80년대 문학의 발원처로 여기던 민족·민중문학에서조차 그렇다는 사실은 유다른 소회를 자아내게도 한다.

양과 질 공히 만족스럽지 못한 까닭을 찾아볼 경우, 우리는 먼저 광주민중항쟁 이후 항쟁의 의미, 개념 등이 80년대 변혁운동의 특정 범주 및 관점에 의해 재구성되는 과정을 주목해야 한다. 상술했다시피 80년대 변혁운동은 광주민중항쟁의 뼈저린 경험을 통해 운동의 내용과 방법이 이전과 달라야 한다는 점을 자각한다. 마르크스주의에 기초하는 급진적 해방 프로젝트가 그것인 바는 주지하는 대로이다. 계급투쟁 중심성을 핵심으로 하는 마르크스주의는 당연히 광주민중항쟁을 계급투쟁론의 문맥에서 재해석하고자 했다. 광주항쟁 경험을 향후 계급투쟁의 교두보이자 이념적 거점으로 삼고자 하는 태도는 그런 재해석에 있어 자연스러운 과정이었을 것이다. 이는 어찌 보면 당연한 소치일 수도 있다. 우리 경우만이 아니라 마르크스주의적 변혁론의 지평에서는 '파리코뮌'을 비롯한 세계 역사상의 모든 항쟁들이 예의 계급투쟁론적 재구성의 과정을 거친다는 점에서 그렇다.

하지만 특정 시각을 통한 과거의 현재화라는, 바꿔 말해 재구성이라는 범주의 개념적 지위가 정당한가 하는 점과는 별개로 그 재구성 작업이 재구성 대상의 진실을 얼마나 충분히 포착하고 있는가 하는 점은 언제나 근본적인 질문이 된다. 광주민중항쟁에 대한 재구성 관점과 방법이 '광주의 진실'을 제대로 반영하고 있는가 하는 점은 그런 의미에서 아무리 강조해도 지나치지 않은 질문이다. 과거형으로서의 항쟁 체험을 현재화시키고자 하는 재구성 노력 자체는 실상 항쟁의 연속성을 성취한다는 점에서 소중한 일이기도 하다. 하지만 문제는 재구성과정 속에서 과거 사실이 굴절되거나 실용적 목적에 의한 가감 등이 발생할 때 일어난다. 또한 고의성은 없다 하더라도 태도와 방법의 오류 때문에 발생하는 문제도 마찬가지이다. 정리하자면 80년대의 계급투쟁 담론이 꾀한 급진적 해방 프로젝트와 광주민중항쟁의 의미론적 절합을 위한 재구성 논리는 광주민중항쟁이 당대의 담론적, 실천적 전략 생산을 위한 일종의 생산 질료가 되어야 한다는 생각에서 출발했다. 그러나 그런 재구성과정이 예의 생산 질료가 내포하고 있는 그것만의 고유한 진실과 논리, 즉 광주민중항쟁의 '독자적'인 진실을 전면적으로 파악하는 가운데 이루어진 것이 아니라는 점에서 일단의 문제를 낳았다. 정치적, 계급론적 선택과 배제의 불가피한 논리를 밟게 되면서 '광주'의 의미의 깊이와 넓이가 상대적으로 축소되거나 사상되는 측면이 상당했던 것이다. 말하자면 계급투쟁 담론의 중심성으로 '광주'를 호출하고 또 그 범역으로만 환원하고자 하는 태도와 방법으로 인해 그 범역 밖의 것은 부차적인 혹은 부분적 변수로 방치해버렸다는 것이다. 물론 광주민중항쟁에 계급투쟁의 성격이 삼투되어 있지 않은 것은 아니다. 하지만 그것만으로는 항쟁의 전면적 성격과 개별적 진실을 포괄할 수는 없는 노릇이었다. 이런 경향은 급기야 '광주'의 위상을 해석의 대상으로만 국한하는 역기능을 낳기도 했다.

광주민중항쟁은 이처럼 계급투쟁, 혹은 거대담론 중심성의 향도 아래 의미의 '과잉결정'을 겪게 되었다. 중복되는 말이지만 예의 해방 프로젝트가 광주민중항쟁의 세례 속에서 출발했다는 점에서 '광주'에 대해 계급투쟁론적 해석을 수행하는 일은 그것대로 의의가 있기도 하고 또 불가피한 과정이라고 볼 수도 있다. 하지만 그렇다고 하더라도 그 출발점에 대한 보다 복합적이고 심층적인 진실 규명에의 충분한 노력이 수반되지 않는 가운데 전개되는 해방 전략이라면, 그것은 많은 경우 '광주'를 특정 담론에 의한 당위전제로 고정시켜버리기 십상이다. 그럴 경우 만약 역사 현실의 변화에 따라 계급투쟁 중심성이 약화되거나 기각되는 형국에 이르면 당위전제는 어느덧 부당전제로 전환되어버린다. 여기서 문제가 되는 것은 이 당위전제와 부당전제 사이의 동요와 균열이 결국 광주민중항쟁의 역사적 진실을 밝히는 일에 있어서도 균열을 일으킨다는 점이다.

광주항쟁의 고유성에 대한 소설화가 부실하다는 점, 특히나 민족·민중문학의 작업이 그렇다는 점은 앞에서 이야기한 맥락과 무관하지 않다. 광주항쟁에 대한 문학 자체로서의 문제의식과 총체적 서사화가 진득이 사고되기도 전에 계급론적 관점에 의한 '광주의 해석' 경향을 쉽게 받아들인 점이 그런 부실함의 원인으로 작용했다고 볼 수 있다는 것이다. 그러다보니 눈앞에 벌어지는 일에 대한 형상화와 일단 과거의 일로 간주되는 '광주'의 형상화 사이에 일련의 우선순위를 매기게 되고 설혹 '광주'를 문학화한다 해도 광주를 계기적으로 호명하는 일에 익숙해져간 것이다. 광주민중항쟁을 소위 '각성된 노동자의 눈' 혹은 노동자계급 당파성의 관점으로 재구성해보고자 한 홍희담의 「깃발」이나 「이제금 저 달이」 같은 작품은 그런 점에서 다중적인 평가의 대상이 된다 하겠다. 이 작품이 광주 관련 문학의 새로운 지평 확장인 동시에 소중한 수확인 것만은 어김없는 사실이지만 이 작품을 둘러싼 논쟁이 거개 노동자계급 당파성의 충실성 여부만을 중요 논점으로 삼았다는 점에서도 그렇거니와 작품을 볼 때도 앞에서 언급한 계급론적 환원주의의 혐의에서 아주 자유롭지는 못한 점에서도 그렇다.

정리하자면 80년대 중반까지의 광주 관련 작품들은 일종의 부채의식이나 죄의식이 창작 동기로 작용했던 반면 80년대 후반부터의 작품은 대개 '광주'를 노동자계급 당파성 혹은 민중적 현실주의라는 해석체계로 재구성하고자 하는 과정과 긴밀히 연관된다. 계급론적 시각에 의한 광주의 재구성, 재의미화는 계급론적 해석체계 밖에 존재하는 '광주'를 방치하는 우를 범한다. 광주에서 일어난 일의 실제가 충분히 밝혀지기 전에 수행된 재구성으로서의 광주의 특정한 '개념화' 작업은 상황 변화에 따라 새로운 재개념화과정으로 나아간다. 그런 개념화, 재개념화과정 속에서 '광주'의 추상 수준은 더욱 상승되고 그 실제는 더욱 응축되었다. 상승은 땅에서 일어난 사건의 구체성과 역방향을 타기 쉽다. 다시 말해 땅에서의 일이 충분히 파악되기 전에 추상의 공간으로 '증류'되기 십상이다. 광주 관련 소설을 비롯한 모든 소설은 자신의 존재를 구체성의 확보를 통해 증명하게 마련이다. 광주에 대한 전면적인 서사가 그간 제대로 성취되지 못한 것은 결국 '광주 소설'들이 구체보다는 추상 쪽으로 기울어졌기 때문이라고 할 수 있는 것이다.

광주 관련 소설이 만족스럽지 않은 이유는 다른 맥락을 통해서도 추정 가능하다. 군말이지만 예술은 상상력의 후예이다. 서사문학 역시 마찬가지이다. 상상력의 서사적 조형은 자신이 취하는 소재나 대상에 대한 일정한 거리 확보를 통해 움직이기 시작한다. 우리는 이를 비판적 거리 혹은 방법적 성찰의 간격이라 말한다. 이 거리는 소설쓰기의 밑받침이 되는 객관성을 탑재하는 데에 필수적인 요건이 된다. 소설에서 대상에 대해 객관성과 성찰의 거리를 확보한다 함은 한편으로 대상과의 지나친 정서적 밀착을 경계하는 일이기도 하다. 상상력이라는 것 역시 자의적인 정서의 분비물이 아니라, 이를테면 감성적 판단과 오성적 판단의 종합이라 한다면, 이 상상력의 가동 역시 예의 객관성과 따로 떨어져 노는 것이 아님은 당연할 터이다. 그런 점에서 특정한 역사적 사건에 대한 서사를 만날 때 우리는 대개 두 가지 기대 지평을 가지게 된다. 하나가 그 역사적 사건의 실체적 진실(이 진실이라는 언사가 때로는 모호함의 곤란을 야기하기도 하지만, 우리가 마냥 상대주의에 빠지지 않는 바에야 그것의 사실적, 의미론적 진실을 규정하지 못할 바는 아니다)의 복원이라면 다른 하나는 미학적 완성도이다. 이는 물론 역사 현실에 대한 재현과 환기에 있어 서사적 글쓰기만이 내장하고 있는 독자적 기능과 효과에 대한 오랜 믿음으로 인해서이다.

광주민중항쟁에 대한 그간의 소설화에 대해서도 마찬가지로 우리는 그런 기대 지평을 갖는다. 하지만 그 기대는, 뒤에서 이야기할 『봄날』이 나오기 전까지 유보될 수밖에 없었다. 어떤 실용적 목적에 의해 씌어진 것도 아니고 또한 작가 초년생들도 아닌, 서사의 역량이 상당한 작가들의 작품들을 대했을 때 그렇다는 것은 사실 의문거리이다. 우리는 그 까닭을 예의 미학적 거리의 부재에서 찾아볼 수 있다. 이 거리의 부재는 작가가 마주하고 있는 묘사 대상의 사실성 자체에 내재해 있는 어떤 에너지의 엄청남이 작가를 덮어버리거나 압도하기 때문에 일어나는 현상이라 추정해볼 수 있는 것이다. 예의 에너지는 가공할 야만, 유례없는 비극성, 그로 인한 충격의 강도 등으로 구성된다고 하겠다. 그런 까닭에 묘사 대상을 가로지르고 있는 비극성의 엄청난 에너지는 작가에게 충격의 극대치로 이항되고, 작가와 묘사 대상의 관계에 있어 작가가 자신을 강타하는 그 대상의 충격적 속성을 넘어서지 못할 경우가 얼마든지 일어날 수 있다(죄책감, 부채의식 등도 그 충격의 사후 효과이다). 광주의 참혹은 작가에게 말문을 막히게 하는 경악 그 자체였다. 말문이 막히는 일은 언어적 재현 이전에 지극히 직접적인 정서의 감응상태를 야기한다.[1)]

1) 이런 맥락은 다음과 같은 증언자들의 심정을 통해서도 추정해볼 수 있다. "공수부대가 출동한 직후부터 (……) 벌어진 일들은 그 광경을 본 사람들이 머릿속에 준비하고 있던 어떤 언어로도 표현할 수 없었고 목격하지 않은 사람들에게 전달해줄 수도 없었다. (……) 그 광경을 목격한 사람들은 자기 눈을 의심하지 않을 수 없었고 그 광경을 일일이 묘사해 전해주면 대부분의 사람들은, 광주시민이나 타 지역 사람들이나 사실로 믿지 않았다." 당시 뉴욕타임스는 현지 기자로부터 '필설로 이루 말할 수 없는 상황'이라는 보고를 받고 당혹스러울 뿐이었다. 아울러 당시 광주에 있던 동아일보 기자의 전언도 유사하다. "광주항쟁을 취재하면서 내 자신이 기자로서 갖추어야 할 표현력의 부족을 얼마나 한탄했는지 모른다. 글이나 말로써 도저히 전달할 수 없는 상황이 있다는 사실도 그때 뼈저리

서사에 있어서의 미학적 거리의 확보는 묘사 대상으로부터 정서적으로 상대적인 자유가 전제될 때 가능하다. 그러나 묘사 대상이어야 할 특정 사건의 충격성이 작가의 경악이나 혼절 같은 정서 형태를 야기할 경우 그것은 묘사 대상과 정서적으로 너무 밀착되어버리는 셈이 된다. 그때 서사의 조형을 위한 미학적 거리 및 객관성의 획득은 상당한 곤란을 겪게 된다. 객관성의 산출 요건인 대상에 대한 냉정한 관찰자로 존재하기 어려운 경우 묘사 대상에 대한 문학언어로서의 의미화과정이 상당히 곤란할 것이라는 점은 그다지 어렵지 않게 예상된다. 장편 『봄날』의 집필을 끝낸 임철우가 "이건 아무래도 내 작품이 아닌 것 같다. 쓰는 내내 보이지 않는 어떤 것들에 구속당해 있었다. 자유는 없었다. 십 년 동안, 자신이 파괴되는 느낌이었다. 어쩌면 나는 그저 대리인에 지나지 않았는지 모르겠다. 그 열흘 동안, 억울하게 죽음을 당한 수많은 사람들의 (……) 남들한테는 소설이지만 나에게는 아직도 현실이다. 수없이 더듬고 주물러야 하는 현실"[2]이었다고 토로하는 대목도 심층적으로는 그런 문맥으로 읽힌다.

광주민중항쟁은 그 이후, 이념과 정치적 태도 여하에 상관없이 적어도 육체적, 정신적 자유와 인간의 구원을 간구하는 작가들이라면 누구도 비켜갈 수 없는 화두였을 것이다. 80년대 중반에는 임철우의 「직선과 독가스」「불임기」 등을 비롯해 여타 작가들의 광주 관련 중단편들이 나오기 시작했다. 80년대 중반은 한편으로는 군사정권에 대한 저항의 강도가 점차 고양되던 시기였지만 그럼에도 광주 문제에 대한 여하한

게 체험했다. (……) 기자로서는 이같은 행위를 적절히 표현할 단어를 찾을 수 없었다. 만행, 폭거, 무차별 공격 등의 단어는 너무 밋밋해 도저히 성에 차지 않았다." 한편 뉴욕타임스의 특파원은 공수부대원의 진압행위를 "인간을 도륙하는 행위"라 표현하기도 한다.(한국기자협회, 무등일보, 시민연대모임 엮음, 『5·18 특파원 리포트』, 풀빛, 1997. 한국사회학회, 『세계화시대의 인권운동과 사회운동 — 광주민주화운동의 재조명』(나남출판, 1998), 198쪽에서 재인용.

2) 조경란, 「십 년 동안의 고독」, 『문학동네』 1998년 봄호, 25쪽.

언급이나 담론은 여전히 재갈 물려 있던 일종의 교착기라 할 수 있다. 따라서 광주를 소설 형식으로 온전히 복구한다는 것이 마냥 쉬운 일은 아니었다. 광주를 다룬 초기 소설들이 그 제재나 형상화에 있어 우화적 방법이나 부분적 묘사로 에둘러갈 수밖에 없었던 까닭도 그런 상황에 연루된다 하겠다. 이후 80년대 후반에 이르면 파시즘의 부분적 무력화에 힘입어 광주 관련 소설 작업이 상대적으로 활발해진다.

광주에 대한 소설화는 먼저 폭로와 고발의 형태를 취한다. 모든 언로가 차단당한 상태에서는 소설이 광주항쟁에 대한 증언과 실록을 대신해야 한다는 의무감이 그런 태도를 낳았다고 하겠다. 그 고발의 밑바닥에는 모두 깊은 죄의식이 관류하고 있었다. 이웃과 형제 그리고 동료가 악마의 야만과 광기에 의해 철저히 파괴되고 죽어가는데도 자신은 아무것도 안 했거나 할 수 없었다는 무기력에의 회오, 이유야 어떻든 결과적으로 광주학살에 조력한 것일지도 모른다는 깊은 죄의식 등이 그때 발표된 작품들의 표면에 공공연히 드러난다. 그런 점에서 그 작품들은 작가의 글쓰기라기보다는 어쩌면 동시대를 살아가는 한 사람으로서 행할 수 있는 죄갚음의 형식들이었는지도 모를 일이다.

한편 작품에 따라 희생자 혹은 피해자 시점 중심으로 구성된 작품 또는 내부자와 외부자의 시점을 구분하여 '5월 광주'를 묘사하는 등 그 형식은 다양하게 변주되었다. 아울러 몇 작품은 광주민중항쟁의 통시적 확장을 꾀하기도 했다. 그런 작품은 항쟁이 단순히 일회적이고 우발적인 사건이 아니라 한국 현대사를 횡단하고 있는 분단 모순의 연장선 위에서 중층결정된 것이라는 문제의식을 내보인다. 문순태의 「일어서는 땅」 같은 작품이 그런 유형이라 하겠다. 여기서 작가는 여순반란사건과 광주민중항쟁에서 각각 아버지와 아들을 잃어버리는 화자를 등장시켜 분단으로 인한 비극의 양상에 광주의 비극을 포개놓는다. 단편에서 그런 커다란 사건들의 통합적 효과가 제대로 나타날 수는 없지만, 그럼에도 비극의 대물림이라는 밑그림은 일정한 설득력을 지닌다. 거기다 광주의 환난 속에서 스스로 작은 십자가형을 선택하는 화자의 아들 '토마스' (영세명)를 구두닦이라는 기층민중으로 설정하여 광주민중항쟁의 계급적 성격의 일단까지 포괄하려는 시도마저 내비치고 있다. 이런 대목을 대하다보면 작은 틀에다 지나치게 큰 이야기를 담으려 한다는 과욕을 지적하고자 하는 생각보다 제한된 조건 속에서나마 광주의 진실을 모두 이야기하고자 하는 작가의 어떤 소명론적 강박 같은 것을 느끼게 된다. 광주항쟁에서 아들을 잃은 여인과 그 여인에게 연루되어 있는 분단 문제를 드러내는 한승원의 「당신들의 몬도가네」도 유사한 형태의 소설이라 할 수 있다.

견실한 감명을 주는 박호재의 「다시 그 거리에 서면」 같은 작품은 광주항쟁 열흘간을 광주 안에서 보낸 한 가족의 눈으로 조망하고 있다는 점에서 내부자 시점의 소설이라 할 수 있다. 이 소설에서 그려지는 광주의 비극성 역시 참담스러움의 실감으로 다가오지만 동시에 '형석' 으로 대변되는 살아남은 자의 고통이 광주 이후 얼마나 더 욕된 고통으로 남을까 하는 점을 자연스레 환기시키거니와 그런 점은 독자들의 안타까움을 더욱 자아낸다. 윤정모의 「밤길」 역시 살아남은 자의 시선을 빌린 소설이다(김신부와 요섭은 광주의 참상을 서울에 알리기 위해 도청 함락 이전 광주를 빠져나온다). 이 소설에서 무엇보다 당시 독자들의 마음을 아득하게 만들었던 대목은, 광주의 아비규환을 빠져나온 김신부와 요섭이 당도한 다른 지역의 광경이다. 이를테면 그 지역은 "신명을 내는지 들까부는지 알 수 없는 여가수의 노래가 전파상의 확성기를 깍깍 울려대고", 지나는 행인은 "모두가 너무나 태평한 모습"에 젖어 있다. 야만의 광폭함 앞에서 절망적으로 죽어가는 광주와 별로 멀지도 않은 지역의 일상이 그리도 "태평한 모습"으로 흘러가는 것은 광주의 고립성이나 절박함과 너무나 비교되어 광주의 현실을 실로 비극적으로 부각시키거니와 그런 까닭에 독자들로 하여금 자신도 혹시 바로 그때 그런 일상을 보내고 있지는 않았는가 하는 자책감을 불러일으키기도 한다.[3)]

이런 광경은 당시 광주 밖의 사람과 광주 안의 사람들이 얼마나 다른 현실을 겪어야 했는지, 그렇기에 그것은 얼마나 더 기막힌 일인가 하는 점을 환기시키면서 광주의 비극성을 더욱 고조시킨다. 약간은 다른 맥락이지만 광주 소식을 부분적으로 전해들은 사람들이 생필품을 사재기하는 모습(이영옥, 「남으로 가는 헬리콥터」) 역시 비극성의 가중 효과를 낳는다. 한편 형은 진압군으로 동생은 시위대로 나오고, 그러다 형에 의해 동생이 살해되는 이야기를 그린 정도상의 「십오방 이야기」는 광주항쟁의 표면적 가해자인 공수부대원을 등장시킨다는 점에서 인상적이었다. 이는 한편으로 광주항쟁의 전모를 그리기 위해서는 전방위적 시각이 동원되어야 한다는 요구에 대한 부응이라 할 수 있다.

고발과 분노의 토로 그리고 죄의식에서 출발하는 작품들은 민주화운동이 더욱 상승되어가는 새로운 국면 속에서 일정한 변화를 요구받게 된다. 국면의 변화는 광주민중항쟁에 대한 간접적인 혹은 부분적인 묘사를 넘어 항쟁의 전모와 진실이 총체적으로 재현되어야 한다는 요구를 하게 된다. 아울러 광주민중항쟁에 대한 인식의 전환을 요청하는 마르크스주의적 계급문학론의 부각은 광주에 대한 간접적 묘사가 오히려 광주 문제에 대한 인식의 교란과 균열이라는 역기능으로 작용한다는 생각을 낳는다. 그런 과정에서 출현한 작품이 홍희담의 「깃발」과 「이제 금 저 달이」다.

「깃발」은 계급운동이 한창 고조되던 시기에 발표되었다는 점과 계급론이 우리 사회의 주요 담론으로 부상하는 맥락 그리고 노동자계급을 항쟁의 중심으로 삼고자 하는 작가의 의도 등이 상호 맞물려 상당한 주목과 논쟁을 유발한다. 그 논쟁은 대개 「깃발」의 사실성과 노동자계급 당파성의 관철 여부에 관해서였다. 요약하자면 '형자' 나 여타 노동자에 대한 묘사는 1988년경에나 출현할 법한 노동자형을 시간 이동시켜

3) 광주를 빠져나왔다는 점 때문에 깊은 죄책감과 자괴심에 시달리는 김신부와 요섭 같은 인물 유형은 나중에 언급할 임철우의 『봄날』에서 좀더 깊게 변주된다.

1980년에 대입시켜놓은 것이기에 현실성이 없다는 지적에서부터 그들이 계급이론적 차원에서 요구되는 교과서 유의 노동자형으로 묘사되어 있기에 리얼리티가 훼손된다는 지적에 이르기까지 대개 노동자계급 당파성의 관철 여부를 놓고 벌어진 논쟁이었다. 앞에서 이야기한 것처럼 「깃발」에 관련된 논의 역시 계급론적 재구성 방식만을 준거로 삼다보니 일종의 계급환원론으로 기울어지고 마는 결과를 초래하기도 했다.[4]

현존 사회주의가 도괴하고, 90년대라는 경쾌한 시대가 도래하자 소설은 거의 '광주'에서 철수한다. 그러나 그 공백의 시간 속에서 우리는 역설적으로 '광주의 진실'에 가장 가까운 장편과 조우한다. 임철우의 『봄날』이 그것이다. 우리는 『봄날』을 만나고서야 비로소 '5월 광주'의 핵심으로 들어갈 수 있게 되었다. 그 동안 "흉흉한 풍문"과 곡해의 바다 위에 외로이 떠 있던 "절해의 고도"에 발을 내딛을 수 있게 된 것이다. 그 고도에 상륙하는 순간 우리는, 광주민중항쟁 이후 이십여 년에 가까운 시간의 격절감도 채 느낄 새 없이 곧바로 혈흔이 낭자하고 야만이 범람하는 현장 한복판에 낙하된다. 그간 중단편을 통해, 기록물을 통해 혹은 논문을 통해 단지 광주민중항쟁의 앞면, 곁면 또는 밑면 등만을 분산적으로 보아온 우리들은 순식간에 항쟁의 입체공간 속으로 이항되는 것이다. 『봄날』은 그 재앙의 현장 한복판으로 우리를 호출하여 광주의 열홀을 보게 하는 것이 아니라 겪게 만든다.

이 작품은 광주에 관련된 작가 자신의 작품들만이 아니라 그 동안 나온 광주민중항쟁 관련 문학 전체를 그러모은 통합물이다. 비유하자면 80년대 광주 관련 중단편들의 지류가 『봄날』이라는 큰 강으로 이제 합류하게 된 것이다. 알다시피 임철우만큼 광주 문제에 줄기차게 매달려온 작가도 없다. 많은 작가들이 광주 문제에서 일찌감치 철수한 이후에도 그의 일관된 문학적 서원은 오로지 '광주에서부터!'였다. 그런데 일

---

4) 노동자계급의 전형 격인 형자와 지식인의 전형 격인 윤강일의 관계를 대립적 구도로 읽어내는 것도 유사한 문제의식에서 연원한다.

견 보고문학으로 읽혀질 법한 이 소설을 광주 관련 소설의 통합물로 본다는 것에 대해 이의를 제기할 수도 있다. 동일한 소재나 대상에 대한 글쓰기의 경우 사실에 대한 보고나 실록 작성으로서의 글쓰기가 먼저 있고 나서 미학적 효과물로서의 문학작품이 뒤를 잇는다는 식의 무슨 법칙이 따로 있는 것은 아니지만 대개 그런 순서를 밟아오는 것 또한 상례인 점에서 보면 그런 이의가 가능할 법도 하다. 임철우 자신의 글쓰기도 어찌 보면 순서가 거꾸로 되어 있는 것처럼 보인다. 임철우에게 있어서나 문단 전체에 있어서나 광주 문제에 관한 거의 최초의 작품이자, 그러나 상당히 우의적인 방법을 차용했던 「직선과 독가스」「불임기」「사산하는 여름」 등은 오히려 『봄날』 이후에나 나올 법한 소설들이기에 그렇다. 알레고리적 방편을 사실주의 방법이나 미학적 장치의 한계를 넘어서고자 하는 문제의식에서 출발하는 것이라 보는 문학적 통념이나 상식에 충실한 경우라면 그렇게 생각할 수도 있다. 그러나 어떤 예술 특유의 문법이나 효과를 통한 광주의 서사화는 임철우에게 상당히 저어되는 문제이다. 아직은 광주 문제에 대한 서사화의 조건이 마땅찮다는 판단 때문에도 그렇거니와 무엇보다 지금 중요한 것은, 또 광주의 서사화를 위해서라도 선행되어야 할 일은 광주의 진실이 온전히 밝혀지는 것이라는 신념 때문에도 그렇다. 작가의 각종 인터뷰, 『봄날』의 서문을 비롯한 여러 대목들에서 그런 점은 상세히 설명된다.

작가 스스로 밝히고 있듯이 광주민중항쟁에 대한 그의 글쓰기는 살아남은 자의 슬픔과 고통, 그로부터 간단없이 솟아나는 죄의식, 증언을 통한 죄갚음 의식으로 묶인다. 더구나 그의 죄의식과 자책감의 속내는 광주에 대한 여타 사람들의 그것과 또한 다르다. 그 다름은 그의 육성에서 이렇게 확인된다.

> 나는 아주 개인적으로 5월항쟁에 대한 부채도 있어요. 대학생이었으면서, 친구와 선후배들이 거기 있었는데도, 나는 막상 중요한 시기에 아

무것도 못 했어요. 그 죄의식, 부채의식이 지금까지 나를 붙잡고 있었고, 나를 지탱해줬지요.[5)]

계엄군의 최후의 진압작전이 개시되기 직전인 26일 밤 열시 반경, P(작가의 친구—인용자)에게서 세번째 전화를 받았다 (……) "어쩌면 마지막이 될지도 몰라서, 너한테 목소리나마 전하려고 전화했다. 나, 별로 후회하지 않는다. 요 며칠 동안, 난생 처음으로 사는 것처럼 열심히 살았던 것 같은 생각이 들어. 그뿐이야……"[6)]

P는 작가의 친밀한 벗이다. 이 묘사는 그에게 닥쳐온 광주의 시험을 재현해놓은 것이다. 『봄날』에서도 동일하게 묘사되는 위 대목은 작가에게 평생에 걸친 죄의식의 깊디깊은 불도장을 새겨놓는다. 베드로는 새벽이 오기까지 그리스도를 세 번 부인하고 살아남는다. 그러고는 가슴을 치고 땅을 치며 통곡한다. 자신의 배반과 배덕에 대하여. 베드로는 이후 그리스도와 마찬가지로 십자가에 매달린다. 임철우의 분신일지 모르는 『봄날』의 '명기'는 벗의 죽음이 다가오던 순간 세 번 고개를 돌린다. 그후 임철우에게 문학을 통한 광주의 증언은 자신의 배반과 비겁함에 대한 죄갚음인 동시에 보속의 도정이었던 것이다.[7)]

이런 맥락이 작가와 광주항쟁 사이의 특별한 관계에서 빚어지는 양상이라면 광주에 대한 그의 집착은 또다른 이유로도 설명된다. 아래와 같은 말은 광주에 대한 우리의 여전한 곡해와 무감각을 불러깨우는 언급인바, 바로 그런 점이 그가 『봄날』을 완성시키지 않을 수 없던 객관적

5) 월간 『말』 권두 인터뷰, 16쪽.

6) 자전소설 「낙서, 길에 대하여」, 『문학동네』 1998년 봄호, 65쪽.

7) 그런 보속과정의 하나인 광주에 대한 우의적 글쓰기는 파시즘적 억압이 계속되는 조건 속에서 최소한의 대안적 출로였다. 광주에 관한 한 문학방법의 선택 여지가 봉쇄되어 있던 당시의 국면을 기억하면 그런 알레고리로의 우회는 주어진 조건 속에서 작가가 택할 수 있는 최선의 방법이었을는지 모른다는 말이다.

까닭이기도 하다.

"광주항쟁에 대한 논문이나 정리된 기록은 나와 있어요. 그러나 그 기록에는 사실만 나와 있을 뿐 그때의 분위기나 사람들의 심정, 그 고통, 슬픔 같은 것들은 고스란히 빠져 있어요. (……) 그 비극의 깊이를 몰라요. 진보적 지식인도 말입니다."[8)]

무엇보다 그것이 이렇듯 쉽사리 잊혀지고 정략적으로 정리되어가는 현실에 대해서. 그리고 광주시민들에겐 여전히 피눈물 솟구치는 '현실'이 타인들에게는 이미 정리되어진 한낱 '과거' 일 뿐이어야 하는 이 비정한 세태에 대해서 말이다.[9)]

광주에 대한 추상적 이해, 성급한 망각, 정략적 이용 등도 그렇지만, 임철우가 보기에 광주 밖 사람들은 광주를 알기는 하지만 광주의 비극은 알지 못하고, 비극을 알기는 하지만 비극의 깊이는 알지 못하기에 결국 이렇게 말하는 것이다.

"쯧, 기대했던 것보다는 별것도 아닌걸."[10)]

망월동 묘역에 처음 가본 사람들, 어찌 생각하면 우리 모두를 은유하는 '관광객' 들의 위와 같은 말은 광주항쟁 열흘간 총칼에 죽어간 사람들 그리고 지금까지 숨막히는 죄의식으로 살아가는 사람들의 참담함과 자연스레 오버랩된다. 관광객의 말은 다소 비약시켜 해석하자면 관광객으로 은유되는 외부인의 눈에는 혹여 광주민중항쟁이 일종의 역사적

8) 월간 『말』 권두 인터뷰, 18~19쪽.

9) 자전소설 「낙서, 길에 대하여」, 같은 책, 60~61쪽.

10) 「관광객들」, 『달빛 밟기』, 문학과지성사, 116쪽.

스펙터클로만 존재하는 것이 아닌가 하는 의문을 불러일으킨다. 스펙터클은 그 규모가 크면 클수록 볼 만하다고 생각하는 법, 그래서 만약 외부인들에게 광주가 이제는 하나의 스펙터클로 자리잡았다면 그들이 도대체 광주항쟁에서 기대하는 것은 무엇인가 하는 근원적인 회의를 갖게 된다. 어쨌든 광주민중항쟁은 여전히 곡해와 편견의 자리 안에 가로놓여 있다는 것이 작가의 생각인 셈이다. 그의 『봄날』은 결국 광주에 대한 지속적인 곡해와 편견을 바로잡고자 하는 열망과 동시에 광주에 대한 부채를 일부분이나 갚아나가는 제의 성격의 결합으로 생산된 것이다. 이 작품이 보고문학에 근사하게 된 까닭도, 광주민중항쟁의 사실을 '정확히' 증언, 재현하고자 하는 견결한 의지도 모두 거기에 근원을 둔다 하겠다.

증언과 정확한 기록에의 강렬한 집착은 재현이라기보다는 재연에 가깝게 만들고 그 재연은 한편으로 일종의 염결성이 전환된 형태이다.[11] 그가 이 작품에서 문학적 상상력을 상당 부분 유보하게 되는 이유도 결국 광주의 진실과 깊이를 '사실 그대로' 재현해야 한다는 강한 염결성 때문이라는 말이다. 그 염결성의 순도는, 가령 소설에서 도청 함락 시간이 묘사의 편의상 실제의 도청 함락 시간과 다소 달라지자 그것을 각주 처리하여 그 실제 시간을 정확히 밝혀놓은 대목에 이르면 실로 극대화된다.[12] 물론 이 작품이 자칫 건조해지기 쉬운 증언과 기록적 글쓰기만으로 축성되어 있는 것은 아니다. 집필 와중에 몇 번이나 울음을 컥컥 삼켜야 했다는 작가의 심정이 충분히 공감되고도 남게 인물과 사건의 그물 속에 서정적, 서사적 효과는 간단없이 방출된다. 특히 도청 함락 직전 결단과 인간적 고뇌가 교차하는 시민군들의 행동과 내면에 대한 묘사는 어떤 소설보다 더 진한 감동을 불러일으키고 있는 바이다.

---

11) 작가는 그것을 스스로 편집증에 가까운 것이라 한다. 자전소설 「낙서, 길에 대하여」, 같은 책, 60쪽.

12) 『봄날』 5권, 379쪽.

광주민중항쟁은 광주시민 대 군사파시즘 및 미국의 제3세계 고강도 정책 사이의 모순과 길항의 폭발이다. 물론 광주시민이라는 집합에 재야 및 학생을 포함하는 지식인과 기층민중의 구분이 존재하는 것은 사실이다. 항쟁 이후 '5월 광주'에 대한 변혁론적 관점에서의 해석이 이 양자 사이의 계급론적 구분에 기반하고 있었다는 점은 앞에서 언급한 바 있다. 하지만 그런 차이에 대한 해석 이전에 먼저 파악되어야 할 문제는 광주항쟁 열흘간의 구체적 면모이다. 이 면모의 구축을 위해 작가는 그간 나왔던 각종 증언과 자신의 체험을 순차적 시간 배열로 사건화한다. 그리고 그 사건의 성격에 가장 적절한 인물들을 사건의 전달자로 배치한다. 이 인물은 허구성이 가미된 인물과 실제 인물의 병존으로 혼재되어 있는데 허구적 인물의 경우 한편으로는 광주민중항쟁을 바라보는 작가의 통시론적인 관점[13]이 반영되기도 한다. 그에 비해 실제 인물에 대한 묘사는 통상 소설 전개의 필수적 요건이라 하는 성격의 발전 측면이 부재한 형편인데 이는 사실에 대한 충실한 재현이라는 원칙이 허구의 개입을 최대한으로 막고 있기 때문일 터이다.

다중시점 형식이 이미 광주 문제에 대한 입체적인 묘사 의지를 반영하는 것이기도 하지만 그 입체성은 몇몇 개성으로 유형화되는 인물의 묘사를 통해 공고화된다. 이 입체성이 빛나는 것은 광주항쟁에 관련된 어떤 사람이건, 요컨대 온건파든 강경파든, 어떤 계급, 계층이든 혹은 광주에서 벌어지고 있는 일에 대해 어떤 생각을 소유하고 있는 사람이건 그 나름의 진실을 가지고 있다는 작가의 균형 잡힌 사고로 인해서이다. "작은 불꽃들 하나"하나의 존재가 "수백 수천 수만의 불기둥이 되고 마침내 거대한 불의 강"이라는 놀라운 공동체를 이룬다는 생각도 작은 불꽃 하나의 의미가 소홀히 취급되어서는 수만의 불기둥은 있을 수

13) 광주 문제를 분단 문제의 대물림으로 보는 시각이 그것인데 이는 한씨 가족사를 통해 드러나기도 한다. 한편 공수부대원이나 지휘관급 인물들의 발언이나 통념도 철저한 반공 이데올로기에서 출발한다는 점에서 이와 관련된다 하겠다.

없다는 예의 균형 잡힌 사유의 발로이다. 그런 사유가 가능하기에 재야 및 학생을 포함하는 지식인, 온건파, 강경파, 성직자, 기층민중 등의 서로 다른 체험과 관점 등이 서로 차이짐에도 그 모든 것을 해방공동체의 소중한 골격들로 평가하게 되는 것이다.

실제도 그랬지만 소설에서도 윤상현은 그 유형 중 가장 도드라지는 인물이다. 마지막까지 도청을 사수하다 계엄군의 총에 맞아 죽는 드라마틱한 측면에서부터 지식인의 성격과 노동자계급의 정서 등이 두루 통합되어 있는 인물이라는 점에서도 그렇다. 하지만 윤상현을 주목하는 까닭은 그의 영웅적 면모가 주는 매혹 때문이 아니다. 그의 관점과 행동이 바로 광주의 본질과 진실의 복합적인 측면을 아주 적절하게, 동시에 절절하게 보여주기 때문이다. 이를테면 윤상현에 관련된 다음과 같은 묘사들은 무참한 비극성과 해방공동체의 환희라는 광주항쟁의 양극단적인 측면과 그것이 혼성되어 완성되는 광주항쟁의 중층적 면모를 곡진하게 보여준다.[14)]

1) 난 민중의 혼을, 폭발력을 믿고 싶네. 아니, 확실히 믿네. 자네도 지난 며칠 동안의 그 놀라운 싸움을 보지 않았나? 누구도 예상하지 못했던 엄청난 일이 우리들 속에서 일어난 거야. 그것만으로 우린 이미 절반쯤 승리한 것인지도 몰라.[15)]

2) 저희들에겐 아직도 찾아야 할 그 무엇인가가 남아 있는 것 같습니다. 지난 며칠 동안 저희들은 참으로 많은 죽음들과 고귀한 희생들을 보아왔습니다. 그리고 지금껏 저희들이 살아온 모든 시간들을 다 합쳐도

14) 본격소설의 관점으로 보면 윤상현이 작가의 메가폰 역할을 한다고 비판할 수도 있다. 그러나 『봄날』의 특수한 성격을 감안한다면 그런 비판은 그다지 실효성이 있을 것 같지는 않다. 오히려 윤상현을 광주의 메가폰으로 보는 게 나을 듯싶다.

15) 『봄날』 5권, 139쪽.

얻지 못할 소중한 교훈들을, 그 이름 없는 수많은 사람들을 통해 저희는 배웠습니다. 죽음보다 더 소중한 그 어떤 것이 세상에 있다는 사실을 말입니다 (……) 저희들이 여기 남으려고 하는 것은 바로 그래서인지도 모릅니다. 이 자리를 텅 비워둔 채로 , 그냥 아무런 흔적조차 없이 저희들은 이곳을 고스란히 내줄 수는 없습니다. 그것만이 저 수많은 고귀한 희생들을 헛되지 않게 할 수 있는 것이라 믿기 때문입니다. (……) 어르신들 너무 걱정하지 마십시오. 어차피 이 싸움을 마무리할 누군가가 필요합니다. 어느 누군가가 지금 이 자리를 지켜야 한다면, (……) 그렇다면 기꺼이 저희들이 남겠습니다. 다만 그것뿐입니다.[16)]

3) 결국 이렇게 끝나고 마는 것인가. 그 어디서고 끝내 구원의 손길 하나 내밀어주지 않은 채로, 이렇게 우리들은 죽어가야 한다는 말인가. 이 도시만 끝내 버림받고 마는 것인가. (……) 서울이여! 부산, 대전, 인천, 대구여! 당신들이 달려와주기를 우리는 기다렸다. (……) 맨주먹만으로 수백 수천의 총구를 향해 미친 듯 달려나가면서도, 참혹하게 죽어간 자식의 시신을 껴안고 가슴이 찢어지도록 몸부림치고 통곡하면서도, 그래도, 그래도 그 기다림이 있었기에 우리는 절망하지 않을 수 있었다. (……) 아아, 지금 당신들은 도대체 무얼 하고 있는가. 왜 이 도시를 잊어버렸는가. 우리는 이렇게 죽어가고 있는데, 지금 당신들의 잠자리는 평안한가. 당신들이 꾸는 꿈은 아름다운가. 그대들과 우리들은 이 순간 얼마나 아득하게 멀리 떨어져 있는 것인가.[17)]

4) 윤상현은 말없이 광장을 내려다보았다. 먹물 같은 어둠이 무겁게 가라앉아 있을 뿐 광장은 텅 비어 있었다. 그러나 윤상현은 저 열흘 동안의 뜨거운 싸움을 또렷하게 기억하고 있었다. 한덩어리로 격렬하게 끓어

---

16) 같은 책, 363~364쪽.

17) 같은 책, 398~399쪽.

넘치며 밀물처럼 저 광장으로 쏟아져나오던 수만 수십만의 사람들을. 그들의 노도와 같은 함성을, 저마다 가슴속에 간직한, 한겨울 보리싹마냥 작고도 지순한 인간애의 불꽃, 자유와 정의와 생명을 향한 그리움의 불꽃들을. 그리고 그 작은 불꽃들 하나가 모여 수백 수천 수만의 불기둥이 되고, 마침내 거대한 불의 강을 이루며 뜨겁게 굽이쳐 흘러가는, 그 찬란한 인간의 신화를. 그리움과 희망의 신화를.[18]

민중의 혼 운운하는 1)에서부터 나머지 인용문 전체를 앞뒤 맥락 없이 잘라서 보면 이른바 민중성에 대한 교과서적이고 도식적인 설명의 반복으로 읽힐 수도 있고 또 윤상원의 주관적 열망이 반영된 것으로 비칠 법도 하다. 그러나 『봄날』 전체에 한 땀 한 땀 꾹꾹 박혀 있는 '5월 광주'의 유례없는 야만성과 그에 극한적으로 비교되는 광주 민중의 놀라운 인간애의 흐름을 곰곰이 되새겨보면 그것이 도식성의 반영이기는 커녕 얼마나 핍진한 현실의 반영인가를 알게 된다. 그 반영을 경유하지 않고서는 광주민중항쟁에 깃들어 있는 가치와 의미의 보편성에 다다를 수 없는 것이다.

윤상현의 독백과, 인용문 4)와 같은 그에 대한 묘사 등은 결국 광주민중항쟁의 핵심을 이루고 있다. 한편으로는 짧은 기간 동안이지만 광주시민들이 자신의 희생과 헌신을 뭇 사람들에게 열어젖혀 보여주었던 해방 공동체의 역사적 실현이 그것이다. 그것은 인간에의 가없는 신뢰와 기쁨이다. 다른 하나는 인용문 3)에서 드러나는 것처럼 형제와 이웃이 죽어가는데도 누구 하나 그들의 팔을 잡아주지 않던 비극의 절정이 그것이다. 그것은 인간에 대한 맹렬한 절망이다. 광주는 이렇듯 상반되는 두 기둥이 그래도 서로를 의지하며 서 있던 아름다운 세상이었다.

어쨌든 싸움은 끝난다. 도청을 사수하던 사람들은 사살당하거나 체포

---

18) 같은 책, 401쪽.

당하고 수많은 광주 사람들은 그날 새벽 깊은 자괴감에 몸을 떨었다. 하지만 도청을 사수하던 사람들은 자신들이 사수하고자 했던 것이 도청이 아니라는 것을 잘 알고 있었다. 싸움은 일단 패배할 것이고 도청은 함락될 것이라는 점을 누구보다 잘 알고 있었던 것이다. 그럼에도 그들이 도청을 사수하고자 했던 까닭은 그 도청의 사수가 결국에는 '5월 광주'의 사수로 승화될 것이라는 점을 깨닫고 있었기 때문이다. 아니 알았다기보다 그렇게 간곡한 기대를 했다고 보는 것이 더 온당할 터이다. 자신들은 비록 죽어가지만 그 죽음이 만약 하나의 가치를 지닐 수 있다면 훗날이나마 '5월 광주'의 귀한 가치가 전해지고 사람들이 그것을 소중히 받아들여주기를 기대했을 것이다. 그들의 기대와 희망이 옳았다는 것은 이제 누구도 부인하지 못한다. 『봄날』은 바로 그 기대와 희망을 저버릴 수 없는 작가가 스스로 진혼의 만신이 되어 풀어낸 우리 시대의 비극적 역설이다. 비극이 가장 찬란한 희망으로 자태를 바꾼다는 점에서.

'5월 광주'의 서사화가 가야 할 길은 아직 멀다. 『봄날』은 작가 스스로 '광주문학'의 노둣돌이기를 바란다. 『봄날』 이후의 광주 관련 소설은 이제 두 가지 과제를 감당해야 한다. 『봄날』이 광주 '안'의 총체적 구현이라면 그 이후 작품은 광주 안을 밖과 만나게 해서, 정히 안팎의 총체적 지평에 도달해야 하는 과제를 안는다는 뜻에서 그렇다. 동시에 점점 희미해져가고 도적질당하고 있는 광주민중항쟁의 엄중한 함의를, 말의 참된 뜻을 통해 언제나 당대화시켜야 하는 이중의 과제를 떠안게 된다는 점에서도 그렇다. 그런 일은 『봄날』보다 더욱 어려울 수 있다. 하지만 그것이 이루어지지 못한다면 『봄날』에 무슨 의미가 남겠는가? 임철우가 만들어놓은 노둣돌을 밟고서 더 높고, 더 구체적이고 더 복잡한 총체성의 광활한 지평에 올라서는 일이 가능할 때 비로소 '5월 광주'의 서사는 제 모습을 펼칠 수 있을 것이다. 그때 광주는 오래 지속될 미래의 단절되지 않는 꿈으로 계속 남을 수 있을 것이다. 도청 함락 전야, 꺼칠한 시민군들이 마지막 담배를 나누면서 바라보았던 어두운 창공의 별빛은 바로 그런 꿈의 결정(結晶)이 아니었을까?

(『문학포럼』 준비호, 1998년 5월)

내면, 타자의 복원과 타자의 배제

열광적인 혁명에 이어서 언제나 전통의 일상적인 과정이 되풀이되며,
그리고 이때에는 그 신념의 주인공들이 물러나고
특히 그 신념 자체가 포기되거나 더욱 비참하게 현학자들과 정치 기술자들의
상투적인 미사여구가 되어버리는 사실을 잊어서는 안 된다.
— 막스 베버

1. 되구부리기의 효과?

90년대 한국 지식계의 맹렬한 지적 허기를 채워주고 있는 막강한 이론적 군웅들이 할거하던 60년대 프랑스에서 한 마르크스주의자는 일단의 프로젝트를 감행한다. 그것은 막대 되구부리기였다. 마르크스의 이론이 실존적, 인간적 마르크스주의로 심하게 기울어져 있고 거기에 스탈린적 편향이 그 구부림의 각도에 힘을 더하고 있을 때 그는 '인식론적 단절'과 불확정적 유물론의 '문제설정(problématique)'을 아르키메데스의 입지점으로 삼아 저쪽으로 구부러진 막대를 반대편으로 되구부리는 일을 한 것이다. 알다시피 이는 알튀세의 작업이었다. 그것을 통한 그의 이론적 기여 및 소위 '알튀세적 단계'의 맥락을 여기서 낱낱이 고할 계제는 물론 못 된다. 단지 두 가지 정도를 이야기해보고 싶은 것이다. 하나는 그 구부리기가 단지 한 작용에 대한 반동으로서의 반작용이었을까? 달리 말하면 단지, 동일 평면 위에서 저쪽으로 끌려가는 것을 반대편으로 끌어당김으로써 위치만 변경시키는 작업에 그쳤을까

하는 점이다. 물론 그것이 아니었다는 사실은 사후에 평가된다. 아예 문제의 지반을 통째로 전환시켜 새로운 영역의 모색, 이를테면 프로이트-마르크스주의의 지평을 본격적으로 모색했다는 것이 그 평가의 내용이다. 다른 하나는 한쪽으로 심하게 구부러져 있는 쇠막대를 제대로 펴기 위해서는 상당한 무리를 감수하는 힘이 필요했을 터인데, 그 무리한 힘이 초래할 문제점은 과연 어떤 것이었을까 하는 점이다. 사후 우리는 '정신 현실'을 자기 과학의 대상으로 삼는 프로이트적 문제설정과 '역사 현실'을 자기 과학의 대상으로 삼는 마르크스적 문제설정의 동맹 혹은 통약의 가능성을 회의하면서 그에 대한 대안으로 스피노자-마르크스주의 등이 제출되는 것에서 예의 문제점의 형편을 목격한다.[1)]

반성과 백화난만의 시대로 회자되는 90년대 끝자락에 이르러 우리 소설의 지형을 가늠해볼 때 나는 그런 구부리기 작업을 문득 떠올린다. 그 작업은 상기도 진행중이다. 평론가들은 그것의 의미와 맥락을 다음과 같이 설명했다.

> 이성주의와 역사주의의 과잉은 비이성적인 것과 비역사적인 것의 결핍을 낳았던 까닭에 새로운 연대는 결핍되었던 것에 대한 욕망을 통해 창조의 에네르기를 찾았기 때문이다.[2)]

> 80년대적 상황의 한복판에서 문학은 역사나 정치, 경제, 사회와 같은 거시적인 문제의 틀에 매달려 있었고, 그 속에서 개인의 내밀한 존재성은 그 집단화된 논리의 틈새에 자신의 비좁은 거처를 마련할 수 없었다. (……) 90년대는 (……) 개인의 내밀한 실존적 욕망이, (……) 자신의 감추어진 삶의 이야기를 띄워보내기 시작한다.[3)]

---

1) 이 점에 대해서는 윤소영, 『알튀세의 현재성』(공감, 1996) 참조.
2) 김종욱, 「별빛만이 빛나는 세기말의 문학 풍경」, 『새로운』 1997년 봄호, 282쪽.
3) 박혜경, 「사인화된 세계 속에서 여성의 자기 정체성 찾기」, 『문학동네』 1995년 가을호,

위와 유사한 문제의식에 입각한 미학적 방법에의 갈라치기도 있었다.

> 우리가 리얼리즘의 규율로부터 좀더 자유로워지기 위해 신경숙이라는 신화가 필요했고 윤대녕적인 감수성이 요긴했던 것은 부인할 수 없다. 이들의 작품은 리얼리즘 문법에 지나치게 억눌려 있던 우리 소설 공간의 어떤 틈을 비집고 나온 것이다.[4]

이런 문제의식들은 "과학적인 논리와 합리로 삶을 이야기하는 데에 늘 모자"[5]란다는 신경숙의 소회나 "7, 80년대에 정치, 사회적 억압의 삶을 살아오면서 내적 삶의 질서가 흐트러졌다"[6]는 윤대녕의 발언에서 뒷심을 얻는다.

박씨의 경우, 정치 경제 사회 등을 거시적 범역으로, 개인성을 미시의 범역으로 보는 대당(對當) 설정이 전통적 사회과학의 패러다임에 기대어 있는 점에서 어떤 안이함을 드러내고, 그래서 그런 발언은 수사 이상으로 좀더 정밀히 논구되어야 한다는 점을 요청받지만, 그렇다 하더라도 이 진단이 시대적 흐름을 표현하는 데에 있어서 크게 벗어난 것은 아니라 하겠다. 또한 이씨의 경우, 80년대의 리얼리즘을 뜨거운 감자나 덧손가락으로 본 것인지, 그래서 이제는 리얼리즘 문법을 아예 기각해야 한다는 것인지 아니면 신경숙과 윤대녕의 존재가 단지 리얼리즘이 규율과 억눌림에서 벗어나기 위한, 말 그대로 그런 차원의 요긴한 필요성에 그친다고 보는지가 애매하기는 하다. 아니면 그들의 신화와

23쪽.

4) 이광호, 「소설이 몸을 바꿀 때」, 『포에티카』 1977년 봄호, 134쪽.

5) 김윤식, 「신경숙론(2)—不在를 견디는 독특한 문체」, 『작가와의 대화』, 문학동네, 1996, 285쪽.

6) 김윤식, 「윤대녕론—시원을 찾아 거슬러올라가는 생리적 상상력」, 같은 책, 294쪽.

감수성이 리얼리즘의 공과 및 최인훈 김승옥 오정희 등의 성취를 용광시켜 아주 새로운 소설의 길을 예시하는 좌표가 되었다는 것인지가 애매하기는 해도 이 역시 미학적 변이의 면모를 이야기하는 데에 전혀 틀린 진단은 아니라 하겠다.

90년대에 들어 이런 진단에 조응되는 문학 경향들이 일대 난만을 방불했다는 점은 이제 공지의 사실이다. 작가 주체로 치면, 초기에는 치기나 한때의 백일몽으로 폄하되기도 했지만 젊음 특유의 패기로 어느덧 90년대 문학의 한 기둥으로 자리한 이른바 '신세대' 작가들도 있을 것이고, 다른 쪽에는 여성 고유의 정체성에의 사회적 질문을 강력하게 방출시키면서 상업적 패권을 동시에 거머쥔 일군의 여성 작가들이 있는 셈이다. 주제의식이나 소재의 측면에서도 이전에 보지 못하던, 이를테면 욕망, 섹슈얼리티, 테크놀로지, 대중문화, 육체 등등이 중요한 테마로 등재되기도 했다. 그러나 뭐니뭐니 해도 90년대 문학의 뚜렷한 경향을 꼽자면 내면에 대한 성찰 또는 내성(內省 혹은 內性)에 대한 집중이라 하겠다. 이는 나아가 90년대 문학의 주류이자 핵심 코드가 되었다. 90년대 문학이 윤대녕과 신경숙 같은 발군의 심미적 개성을 만났다는 것은 한켠으로는 이러한 경향이 거둔 수확이며 다른 한켠으로 두 작가는 그런 경향이 대세화되었기에 그 개성의 빛남이 가능했던 것이다. 까닭에, 두 작가는 단지 개별 작가로서만이 아니라 그들의 작품 경향과 유사한 수많은 내면소설을 훌쩍 대표하는 상징이 되었으며, 동시에 그런 유형의 소설들을 하나의 대세로 끌어모으는 자석이 되어버렸다. 해서 두 작가에 대한 논의와 비평적 평가를 한다 함은 단지 두 작가의 문제에 한정되는 것이 아니라, 불가피하게 90년대 문학 전반의 성격에 대한 논의로 확대되어버리는 셈이 된다. 두 작가를 경유하지 않고서는 90년대의 수많은 내성소설들을 언급하는 일이 곤란해지고 거꾸로 두 작가에 대한 논의가 90년대 문학의 주류를 이야기하는 셈이 되는 그런 까닭으로 인해서이다.

이 대목에 이르면 우리는 조금씩 구체적이 될 필요가 있다. 90년대 문학의 주류가 80년대 문학의 미필적 억압에 대한 일종의 되구부리기 작업의 필요성에서 출발했고 그것의 구체적인 지향과 결과가 개인 영역의 고유한 진실 탐구를 통해 자아의 새로운 발견을 꾀하는 것이었다면, 나아가 그 '새로운 자아'라는 것이 단지 독아(獨我) 수준에 머물지 않고 역사 대 개인이라는 구태한 이항대립적 대당의 담론을 해체하는 임무를 수반하면서 양 영역의 새로운 접합 가능성을 꿈꾸고자 하는 것이었다면 지금 시점에서 그것의 대차대조표를 일람해볼 필요는 충분하다고 하겠다.

예의 새로운 모색에 대한 조심스러운 방법론을 우리는 저 80년대의 뜨거운 격동과 담론이 휴지기를 앞두고 있던, 지금으로부터 십 년 전, 비리얼리즘 문학 진영의 한 발언에서 경청할 수 있다.

> 뜨거운 정치상황이 계속되고 있다. 과거의 온갖 정치적 폭력, 경제적 비리, 사회적 억압, 그리고 그것들이 뒤범벅되어 만들어놓은 거대한 폭압적 현실이 4·19 이후 처음으로 전 민족적 차원에서 문제삼아지고 전면적인 개편을 요구받고 있다. 이 과거의 혁신은 실상, 80년대의 한 정부에 대해서뿐만이 아니라, 근대 이후 한국의 역사적 전개과정 일체에 대한 재검토와 수정의 수준으로 올라서야 하며, 또한 그것을 우리 자신의 내재적 문제로 정직하게 받아들여 세계와 자아의 동시적 쇄신을 꾀하는 방향으로 넓혀져야 한다.[7)]

인용문의 취지는, 간단히 말해 역사 국면의 새로운 전개는 세계와 자아의 관계를 새롭게 보아야 비로소 가능하다는 것일 성싶다. 이를 이 글의 주제와 관련시켜 해석하자면 세계, 즉 객관 현실에 엄존하는 문제

7) 「권두언」, 『문학과사회』 1988년 겨울호.

와 흐름에 포함관계로 존재하기는 하되 동시에 포함관계라는 추상적 도식만으로는 온전히 포괄, 해명되지 않는 개인성의 고유한 성질을 논구, 정립할 필요가 있다는 말이 아닐까 싶다. 진부한 교과서식 표현을 따르자면 이는 결국 양 영역의 새로운 관계 모색이 불가피하기는 하지만 세계와 자아는 상호의존적이라는 유서 깊은 인식을 아예 기각하자는 것은 아닐 게다. 위에서 말한 것처럼 자아와 객관 현실의 새로운 접합양식을 꾀하자는 진언일 것이다.

이 조심스러운 진언이 있은 후 십 년, 우리는 소설문학에서 그런 모색이 얼마나 활성화되었나 하는 질문을 던지게 된다. 아울러 이 질문을 이른바 내면소설에 대면조회시키고 싶어진다. 하지만 이 질문 앞에서 나는 어떤 곤혹스러움을 피하지 못한다. 개인성의 새로운 발견 및 구성이라는 슬로건을 내건 내면에 대한 몰입이 일종의 시대적 망탈리테(mentalité)가 되다시피 하고 있는 반면 그에 관한 내면소설 속에서 현실세계는 홀연 증류되어 있기에 그렇다. 다시 말해 현실에서 해결이 유예되거나 새롭게 당도한 갈등, 적대, 모순의 문제들은 엄연한 현실 구성물이 되어 여전히 머구리 끓듯 어지럽게 활약하는데 내면소설에서 그것은 거개 휘발되어 적요하기만 하다는 것이다. 객관적 현실은 황망히 퇴각해버리고 개체적 개인만이 덩그러니 서 있는 정경이다. 윤대녕의 표현을 빌리면 소설 속 "부레만 커지고 공중에 붕붕 떠서 헛발질만 계속" 해대는 양상이 아닐 수 없다.

좀더 부연하자면 내면을 구상하는 많은 작품에서 90년대의 경험적 사실은 묘사되지 않는다. 현실의 무효성이 설혹 사실이라 하더라도 그것은 소설적 탐색 이후에 평결되어야 함에도 불구하고 소설은 떠도는 풍문을 알리바이로 삼아 현실 탐색과 재현의 임무를 기각하거나 아예 그 풍문을 기정 사실화한다. 그리고 그 실없는 현실을 인물의 무력한 배경(setting)으로 차용한다. 그렇기에 그 배경이 되는 현실은 질문도 회의의 대상도 아닌 잉여의 위치로 전락한다. 개인의 감각, 감성, 내밀한 체험 등에 대해서는 간단없이 질문하고 수사(修辭)하면서도 그것의 기반에 대해서는 의아하리만치 고요한 것이다.

가령 일상 문제도 그렇다. 일상은 언제나 개인을 압박하고 하품 나는 단순반복성을 강요하는 악당으로 저주받는다. 그에 대한 반응으로 작중인물은 그 일상에서의 탈주를 꿈꾸지만 그 일상이 왜 저주받아야 하는지는 까닭 없이 방기된다. 그 일상이 현실에서 작용하는 형태와 에너지 등, 다시 말해 '일상성'은 도무지 이야기되지 않는 것이다. 일상경험적 현실을 스케치하는 정도로 일상에 반란하는 인물의 내면을 정당히 그려내는 일이 어떻게 가능한지 요령부득이나 대개의 내면소설들은 아무튼 그렇다. 아니 그렇다 하자고 한다.

우리 소설을 새롭게 배열하고 있는 내면에 대한 몰입이 무엇의 산물이고 어떤 효과를 산출하고 있는지는 더 꼼꼼히 따져보아야 할 사안이지만 다음과 같은 이국에서의 진단을 우선 참조해보자.

> 1960년대부터 계속되었던 급진적인 정치운동이 좌절되고, 그 결과 (……) '내면'으로 향하는 것을 통해 모든 공동 환상으로부터 '자립'하는 일이 가능한 것처럼 생각되고 있었다.[8)]

> 프로이트식으로 말하자면, 정치소설이나 자유민권운동 쪽을 향하던 리비도가 그 대상을 잃어버리고 내부를 향했을 때 '내면'이나 '풍경'이 출현한 것이라고 해도 좋다.[9)]

인용문의 논지가 이즈음 우리 소설문학의 현주소를 설명해주는 바도 충분히 있지만 정작 우리의 기대는 다른 측면에 향해 있었다. 요약하면 내면소설의 상종가가 소설의 초점이 단지 정치적 현실에서 내면으로

8) 가라타니 고진, 『일본 근대문학의 기원』, 박유하 옮김, 민음사, 1997, 8쪽.
9) 프레드릭 제임슨, 「다른 근대를 거울 삼아」, 같은 책, 275쪽.

단순이동함으로서 발생한 산물이 아니라 개인과 역사의 관계를 다시 묻고, 그럼으로써 개인의 함의와 위상을 재사고하는 데 내실 있는 90년대적 기획이기를 바랐던 것이 기대의 핵심이었다. 소설이 거듭 자기 반영의 수준에서 개인 영역 혹은 미시 영토로 축소되고 있음에도 불구하고, 또한 그런 소설이 새로움의 이름을 달고 소설문학의 중심으로 진입하기 시작할 때도 예의 기대에의 기다림으로 인해 비판적 발언은 애써 삼갔던 것이 90년대 비평의 흐름이었을 터이다.

그러나 칠팔 년이 지난 소설 현실은 그런 기대를 낙망으로 바꾸어버렸다. 나의 과민반응일는지 몰라도 문제는 새로운 방식으로 악화되어 갔다. 그리해서 내면소설의 형태로 지속된 지난 몇 년간의 주류 문학에서 두터운 현실은 점점 퇴각하는 반면 빈곤한 현실과 공허한 이미지로서의 균열된 심리적 파편이 그 자리를 대체하는 것이다. 애초 계급환원주의의 한계와 문제점을 밑자락에 깔면서 탈중심화의 방법론으로 주창되었던 내면 탐구가 오히려 구(舊) 중심화의 후예로서 신(新) 중심화를 다져나가고 있는 실정인 것이다. 비유컨대 80년대에서는 역사의 개인의 관계가 주부와 술부의 관계로 형태지어졌다면 90년대는 그 관계가 도립되거나 심한 경우에는 주부로서의 개인만 왕왕거릴 뿐 개인을 꾸며주는 술부는 존재조차 하지 않는 것이다. 결국 내면 탐구는 '세계와 자아의 동시적 쇄신' 이라는 타당한 문제의식은 잃어버린 채, 80년대의 주된 경향과 90년대의 그것이 단지 자리만 바꿔버린, 마치 데칼코마니(轉寫)의 양상으로 귀착된 것이라는 말이다.

2. 자의식, 동일화 욕망, 내면

내면, 내성 혹은 내면화라는 것이 일견 자아에 대한 성찰의 측면을 가지고 있다는 점에서 그것은 일견 고무되어야 할 사안임이 자명하다.

그래서 우리 소설에 그런 경향이 도포되어 있다면 그것은 또한 자아에 대한 총력적인 성찰의 단계로 봐줄 법도 하다. 하지만 그런 기대에도 불구하고 현실은 왜 다른 결과로 귀결되는지가 우리의 궁금함이다. 유사한 이야기지만 기실 내면에의 침잠으로도 해석되는 내성이라는 것은 인식 대상에 대한 비판적 간격의 필요성에 의한 것이라는 점에서 분명 요긴한 태도이다. 근대성의 한계에 갇혀 있기는 해도, 방법론적 회의라는 일견 극단적 방법으로 대상과 코기토를 준별해냈던 데카르트에게서 우리는 그 전형을 본다.

내면이란 우선 자아의 발견과 연동적인 관계에 놓여 있는 범역이다. 헤겔이 『정신현상학』에서 주인/노예 변증법을 통해 인간을 욕망하는 주체로 해석했을 때 그 인간은 자의식(Selbst-Bewußtsein)의 담지체이다. 그 자의식을 통해 자아가 발견된다는 것이다. 말하자면 인간은 자의식에 대한 욕망, 바꿔 말해 자신이 자의식의 존재라는 사실을 인정받아야만 비로소 인간화가 이루어지는 셈이다. 이른바 인간의 욕망은 '타자의 욕망을 욕망하는 욕망'이라는 명제가 그것을 요약하는 바이다. 결국 자아는 자의식을 통해 존재론의 몸피를 얻게 되며, 같은 논리로 그것은 타자가 존재하지 않는 한 가능치 않다는 점을 확약받게 된다.

그런데 데카르트에게도 그렇거니와 헤겔에게서도 그 자의식은 타자 혹은 대상에의 재전유 방식을 통한 동일화 원리를 자생의 터로 잡는다는 것은 주지의 사실이다. 그로부터 외부 대상은 자의식이라는 블랙홀로 모두 끌려들어가는 운명에 처할 수밖에 없는 것이다. 자의식을 통해 타자를 빨아들이는 자아는 그것을 담을 그릇이 필요하게 된다. 여기서 자의식은 그 타자를 담을 그릇 하나를 발명하게 되는데 그것이 곧 내면이라는 추상의 공간이다. 하지만 이때 확연한 것은 비록 동일화 원리에 포섭되어 있기는 하지만 내면이라는 것이 타자의 존재가 부재하고서는 성립 불가능하다는 점이다. 자아에 대한 방법론적 회의로 주체가 발견되고 그것이 일련의 근대적 산물이었다면 내면 역시 결국 근대의 발명품으로 볼 수 있는 것이다. 절대지로의 상승을 꿈꾸던 헤겔, 별을 보고 갈 길을 찾아간다는 루카치 등은 바로 그 내면의 확장자들이 아니겠는가. 그렇기에 내면은 자연물로서 존재하던 것을 새로이 발견한 것이 아니라 욕망하는 주체가 특정 국면에서 발명해낸 역사적 산물로 이해되는 것이다.

내면화가 운명적으로 동일화 원리에 생명선을 대고 있다는 측면에서 보자면 그것은 타자에 의존할 수밖에 없지만 동시에 그 타자성을 자기화, 즉 내면화과정을 통해 억압하거나 왜곡할 가능성은 상존하는 법이다. 그것을 동질화의 논리라 할 수 있을 것인데 바타유가 마르크스의 '노동의 인간학' 역시 동질화 욕망의 일단이라고 비판한 사실도 거기서 타자에의 억압성을 엿보았기 때문일 터이다.

'대화주의' 이전의 모든 사고 유형을 일련의 모놀로그로 평가절하하는 바흐친에 의하면 특히 동일화의 원 안에서 순환하는 헤겔의 『정신현상학』이나 루카치의 『소설의 이론』에서 논급되는 '의식의 총체성' 등은 모두 '독백주의'의 완전한 형태로 평결된다. 이 독백주의는 타자에 대한 의식의 부정인데 이는 곧 자의식의 권능을 이르는 것에 다름아니며 그것은 아울러 계몽의 이름으로 자신의 영광을 드높이는 일이다. 바흐친은 헤겔의 독백주의를 비판하기 위해 마르크스가 『경제-철학 수고』에서 행한 헤겔의 『정신현상학』에 대한 비판을 원용하기도 한다. 마르크스가 보기에 헤겔의 절대 정신의 자기 전개는 곧 '자기 자신의 출생지로 귀환하는 사유' '순수하고 끊임없는 자기 안의 원환운동' '자기의식과 의식의 동일성, 절대지, 더이상 바깥을 향하지 않고 오직 자기 자신 안에서만 진행되는 추상적 사유의 운동' 일 뿐인데 바흐친은 바로 그런 점이 독백주의의 핵심이라고 보는 것이다.[10)]

---

10) 그런 까닭에 독백주의는 헤겔적인 주체이론과 강한 상동성을 띤다. 주체를 사회적 관계의 산물로 보는 마르크스, 주체를 문법의 환상으로 보는 니체의 관점, 나아가 바흐친의 대화주의, 알튀세의 이데올로기론, 라캉의 언어학적 모델, 푸코의 담론이론, 들뢰즈의 배

독백주의의 문제점은 '의식 안의 또다른 나(Nicht-Ich)'를 인정하는 의식의 복수성을 기각하는 동시에 타자를 독자적 '진실'을 가진 존재로 인정하지 않는다는 데에 있다.[11] 독백주의에 대한 강력한 비판자인 '대화주의자' 바흐친에 의하면 나-타자의 관계는 상호관계이다. 그러나 이 관계는 이차원적인 관계가 아니다. 이 관계는 단순한 회전이나 순환의 구조를 갖고 있는 것이 아니라 제삼자가 개입하여 사건을 만들어내는 창조적 전환의 구조를 가지고 있는 것이다. 내가 타자가 되고 타자가 내가 되는 것, 타자의 입장에서 보면 내가 타자가 되고 나의 입장에서 보면 타자가 내가 되는 것은 나-타자의 관계를 회전이나 순환의 구조로 파악하는 것이라 한다. 그러나 나-타자의 관계를 창조적인 전환의 구조로 이해하게 되면 나는 타자가 되는 것이 아니라 타자의 타자가 되는 것이다. 이 타자의 타자가 제삼자이다. 타자의 '타자'는 대화에 직접 참여하지 않지만 대화에 참여한 나와 타자의 관계에서 나와 나와 타자의 대화를 반성하는 존재인 것이다.[12] 헤겔의 동일화 원리도 물론 타자의 존재를 상정하기는 한다. 그러나 그 타자는 종국적으로 '나'의 자의식을 위해 희생되어야 하는 존재라는 점에서 바흐친의 타자와 다르다. 한편 현상학은 타자의 관계를 고려한다는 의식의 지향성을 전제한다는 측면에서 언뜻 타자에 대한 정당한 관점을 보유한 듯하지만 그 타자는 기실 의식의 외부에 존재하는 절대적이고 독립적인 타자가 아니라 의식의 연장 혹은 의식 내에서 체험된 대상에 불과하기에 후설의 인식론은 '자아학(egology)'에 불과하다는 것이 데리다의 비판인 것이다.[13]

치(agencement), 데리다의 흔적들(trace)이나 차연의 관점은 모두 이 독백주의에 대한 근원적 비판인 셈이다.

11) 내면 탐구라는 것이 일견 또다른 자아에 대한 탐험으로 간주될 수도 있지만 이 역시 재전유를 통한 동일화의 원환운동으로 또다른 자아를 용해시켜버리는 과정을 밟는다. 그것이 내면소설에서는 타자의 부정으로 드러난다.

12) 이득재, 『바흐친과 타자』, 고려대학교 노어노문학과 박사학위논문, 1996, 11~31쪽.

여기서 우리는 근대적 인간학의 발명품인 내면에 불가피하게 내포되어 있는 이중성을 상상해볼 수 있다. 이를테면 내면은 타자의 존재성을 자신의 존립 조건으로 삼아 타자와의 관계를 지향하지만 다른 한편으로는 그 타자를 배제하거나 일방적으로 포섭하는 독백주의로 귀착된다. 우리는 이 논리를 연장하여 내면소설의 맥락에 관련시켜볼 수도 있다. 나아가 내면과 독백주의와 내면소설의 상호연관성을 내면소설의 한 성취를 보여주고 있는 윤대녕 소설과도 조회시켜볼 수 있다. 그런데 이 문제를 가지고 윤대녕의 소설로 넘어가면 사안이 좀 복잡해진다. 뒤에 말하겠지만 그의 소설은 그런 내면의 논리와 한편으로는 겹치지만 다른 한편으로는 엇나가 있기 때문이다.

3. 타자의 부재, 현실의 부재

윤대녕 소설에서 내면의 환기는 항용 비현실, 환상, 신비성 등으로 언급되는 시공간을 동반하면서 이루어진다. 그 까닭을 우리는 몇 가지로 유추해볼 수 있다. 첫째, 현실의 대부분인 일상이 "투구게처럼 갑갑하게 느껴지고" 그래서 그 일상의 하찮음에 대한 환멸이 목젖까지 올라왔기 때문이다. 둘째, 근저의 이유는 불투명하지만, 하여간 세상에 대한 일종의 배반의 감정으로 인해서이다. "하나의 뜨거운 얽힘, 말하자면 옹이 같은 맺힘 (……) 가슴에 맺힌 시퍼런 멍"[14]은 그런 감정의 소산이다. 배반의 감정은 자아의 욕망이 현실 논리와 교통되지 못하거나 거부당할 때도 일어난다. 그 감정은, 해서 스스로 현실 논리를 거부하는, 그러면서 현실 너머를 꿈꾸거나 찾아나서는 동인이 되기도 한다.

---

13) 김형효, 『데리다의 해체철학』, 민음사, 1993, 377~378쪽. 바흐친은 같은 맥락에서 후설에게 인식론적 반성이 없다고 비판한다.
14) 윤대녕, 「신라의 푸른 길」, 『남쪽 계단을 보라』, 세계사, 33쪽.

셋째, 앞과 유사한 문맥인데, 현실의 지배적 논리, 합리, 이성 따위로는 다 덮이지 않는 행동이나 사태를 대면했을 때이다. 불붙는 화염나무를 비롯한 각종 환상적 이미지의 현전이나 「피아노와 백합의 사막」「말발굽 소리를 듣는다」 등의 '나'가 자신의 행동과 생각을 타자에게 설명하지 못하는 사태 혹은 자신 역시 그에 대해 이해부득에 빠지는 때에 그러하다. 넷째, 이유 없음이다. 그 이유는 누구도 모르는 것이다. 아니면 일종의 통각 또는 돈오의 경지에 도달한 사태를 기존의 확정된 기호적 의미체계로는 설명하기 곤란해서이다.

그의 소설에서 '낯선 장소' '예외적인 시간' '다른 세계' '시원' 등으로 표현되는 비현실은 결국 '이쪽 세계' 혹은 현실에 대한 연관성 및 태도 여부를 추측해볼 수 있는 근거가 된다. 이는 '타자학(heterology)'의 문제설정을 제출한 바타유의 언급, 예컨대 "동질성 및 그 존재 조건에 대한 연구는 반드시 이질성에 대한 본질적인 연구가 된다"[15]는 논리가 역으로도 성립하기에 그렇다. 앞당겨 말하면 그의 작품에서 '저쪽 세계'의 현전은 '저쪽'을 통해 '이쪽'을 재사고하고 그 연접성을 탐색하는 동시에 '저쪽'을 체험하는 또다른 나를 사색하게끔 하는, 요컨대 자기 동일성의 확장적 복원과 통한다고 볼 수도 있다. 그렇기에, 말하자면 그의 내면에 대한 귀 기울임은 자기 인식에 대한 맹렬한 욕망과 마찬가지인 것이다.[16] 때문에 현실의 타자인 비현실, 자아의 타자인 '또

---

15) Bataille, The Phychological Structure of Fascism, *Visions of Excess*, p. 140.

16) '회유'의 이미지를 과잉해석해 윤대녕의 소설을 일종의 유목학(Nomadology)적 혹은 자아-분쟁적으로 보는 것은 온당치 않다. 단순한 수사라면 몰라도 만약 유목을 윤대녕 소설세계의 키워드 가운데 하나로 확정하는 일이라면 더욱 그렇다. 윤대녕의 소설에는 유목 혹은 비정주의 욕망이 흘러다니는 것이 아니라 거꾸로 '종국적인 정주'의 욕망이 가로지른다. 은어의 회귀 이미지나 영원 회귀성 등에서도 그렇거니와 뿌리내리지 못하는 삶들이 자신의 결핍을 지하 카페(「은어낚시통신」)에서 보충하고자 하는 것도 그 카페를 동일성에 대한 공간적 은유로 배치한 것이라는 점에서 그렇다. 더구나 "먼 존재의 시원"이나 "내가 원래 있어야만 하는 장소"(「은어낚시통신」) 등을 갈망하는 대목에서는 그런 면모가 한층 더 분명해진다. 그렇기에 윤대녕의 소설은 통념과 달리 자기 정체성의 완성을

다른 자아' 그리고 타인의 존재는 윤대녕 소설의 내면적 경향에 있어 필수불가결한 범주가 된다.

하지만 그 타자의 범주가 필수적이 되는 순간 그것은 또한 유실되어 버린다. 말하자면 자기 동일성의 확장적 복원이라는 의도에도 불구하고 그 복원과정에 동력이 되어야 할 타자의 존재는 부지불식간 배제된다는 것이다. 그 양상은 그의 소설 거개에서 돌출한다. 작중화자인 '나'는 대개 일상과 불화 상태에 빠져 있다. 넓혀 말하면 그 일상이 포함되는 현실과 그렇다는 것이다. 일상에의 소원과 환멸은 일상에 욕망할 게 없다는 태도에서 연원한다. 하지만 소설에서 일상은 정언판단으로 전제될 뿐이지 제 모습을 내보이지 않는다. 다만 그것은 비일상의 영역, 가령 부재하는 세계, 비현실, 저쪽 세계 등의 묘사를 위해 비교되거나 아니면 그것의 후광을 더욱 밝혀주는 조명 역할만 할 뿐이다. 비일상의 타자인 일상이 제대로 대접받지 못한다는 것이다. 일상이 소설에서 제대로 대접받는 것은 바로 그것의 '독자적 진실'이 묘사되는 일일 터인데, 그러나 그것은 괄호 속으로 감금되어버린다.[17)]

윤대녕 소설의 타자학에 있어서 예의 과정이 배제의 형태라면 다른 한편으로는 타자에의 무관심 혹은 원천적 통약 불가의 대상으로 평결되는 방식을 띠기도 한다. 이는 다음과 같이 나타난다.

하나의 사랑과 하나의 슬픔을 가지고, 서로 알몸이 되어 부둥켜안고

희구한 근대적 인간학의 완성점을 겨냥하고 있다고 보는 것이 옳다. 만약 비평가들의 말대로 신경숙의 소설세계가 '존재론적 비극성' '사랑의 근원적인 우수' '글쓰기의 순결한 기원' '근본적인 고독, 근본적인 기억' 등의 형상으로 요약된다면 그의 소설 역시 윤대녕 소설과 서로 통한다고 할 수 있다. 한편 윤대녕 소설에 대한 기존의 비평방식 대신에 동양철학적 패러다임을 원용하고 있는 색다른 평문으로는 이재복, 「동양적 존재의 숲 — 윤대녕론」(『소설과사상』 1996년 겨울호)이 있다. 다소 기본적 도식에 끌려다니는 약점을 노출하고 있기는 하나 이 글의 논지와는 다른 시각을 보여주고 있다.

17) 타자학과 일상의 연관성은 은희경과 신경숙의 소설에서도 막중한 문제로 등장한다. 이에 대해서는 다음 호에서 설명할 것이다.

뭐라고 속삭이는 순간에도 우리를 다르게 구분짓는 것들이 너무나도 많다. 그뿐인가. 우리는 제각기 다른 세계에 속해 있는 낯익은 타인들인 것이다.[18]

마주 보고 있지만 너와 나 사이에는 굉장한 거리가 놓여 있어. 사람이란 서로에 대해서 늘 그런 존재들인 거야.[19]

이처럼 윤대녕의 내면적 경향 소설에서 타자는 배제와 무관심 또는 통약 불가의 대상으로 배정되고, 그런 까닭에 모나드적인 세계가 두드러지지만 물론 '나'가 유대하면서 당도하고 싶어하는 인간형이나 세계는 있다. 「은어낚시통신」의 지하부락이나 그곳의 부락민들, 「不歸」의 누이, 「말발굽 소리를 듣는다」의 화염나무, 「은어」의 은하, 『옛날 영화를 보러 갔다』에서 고치로 변하는 유진, 「국화 옆에서」의 화교 처녀 자경, 「소는 여관으로 들어온다 가끔」의 옛 애인 금영 등이 그들이다. 하지만 그들과 그들의 거처는 일상적 현실인 생활세계에 속해 있는 것이 아니다. '저쪽 세계'의 환유물일 뿐이다. 그에 비해 일상 인물을 대표하는 아내는 항상 그 '시원' '낯선 세계'의 필연성을 더욱 공고히 해주는 보철물(prosthesis)로 배치될 뿐이다.[20] 마치 김승옥의 젊은 작품을 보고 있는 듯한 그의 유려한 활유법은 사물에 생동감을 더해주고, 정경묘사를 통한 심리의 환유는 그의 빛나는 감수성이 토해내는 오롯한 응

18) 윤대녕, 「不歸」, 『은어낚시통신』, 문학동네, 109쪽.

19) 윤대녕, 『옛날 영화를 보러 갔다』, 중앙일보사, 201쪽.

20) 소설에서 '나'는 시공간적 조건에 따라 생성, 변화하는 인물, 세계와의 피드백이 필요한 인물이 아니다. 그것이 필요치 않은 일종의 자기 완결형으로 존재한다. 후기산업사회에서 자아의 정체성에 막강한 규정 요인이 되는 직업이 소설 전개에 그다지 유력한 작용을 하지 못하는 것도 그 때문이다. 또한 다른 인물, 사건들이 그 피드백의 조건으로 존재하는 것이 아니라 '나'의 '원관념' '원감각' '초자아'를 확인시켜주는 기제로 작용하는 것도 유사한 보철물의 맥락이다.

결인데, 사물 하나하나가 모인 총체적 물상이 그 생기를 잃어버린 채 추상으로 상승해버리거나, 예의 심리가 더이상 나아가지 않는, 다시 말해 세상 속으로 들어가지 않는 점 등은 결국 윤대녕 소설 고유의 타자론에서 유래한다 하겠다.

요약적으로 결론 삼자면 윤대녕 소설에서의 내면적 경향은 타자에 대한 복잡한 관계 양상을 전제 조건으로 한다. 그의 소설이 지향하는 동일화 욕망의 지반에서는 타자가 자아의 재전유를 위해 필히 존재해야 하는 반면 그의 소설에서 바흐친이나 바타유적 관점에서의 '타자학' (레비나스의 경우 '우정') 같은 것은 아예 무관심한 것으로 치부되어버린다. 해서 그의 소설에서 현실보다는 비현실이, 차안보다는 피안이, 현재보다는 시원이 귀결의 거처로 정리되는 것은 그의 소설 어디에도 타자가 들어설 자리가 없다는 조건에서 연원한다.[21]

4. 다시 현실 속으로

일종의 뇌구부리기 작업의 일환이었던 내면소설의 90년대적 형태는 애초 특정 역사적 국면의 요청에 지나치게 강박되었던, 그러니까 한 예로 계급적 정체성으로만 소급하고자 했던 개인의 또다른 '독자적 진실'을 구체적으로 복원하자는 희망에서 출발했을 것이다. 그 희망은 한편으로 타자의 온전한 묘사라는 방법론을 동반하고자 했을 터이다. 또한 그것은 역사와 사회에 대한 추상적인 공식으로부터 삶의 구체적인 현

21) 「그를 만나는 깊은 봄날 저녁」과 「눈과 화살」 같은 작품은 타자에 대한 관심과 정치적, 사회적 의식이 등장하는 몇 안 되는 작품이다. 그러나 이 작품들은 다른 작품에 비해 그 솜씨가 많이 떨어진다. 「배암이 물린 자국」 「가족 사진첩」 또는 『옛날 영화를 보러 갔다』 등에서는 타자의 복구 기미가 한결 성숙한 이미지로 나타나기는 하나 아직은 관망의 형편에 놓여 있다.

실로 돌아가 다양한 개체적 삶, 현실의 내밀하고도 다성적인 면모를 탐색하고픈 동기에서 비롯되었다고 볼 수도 있을 것이다.

하지만 유감스럽게 내면소설은, 위에서 살펴본 것처럼 그런 희망과는 오히려 반대의 길로 가고 있는 중인 것 같다. 개체성의 다양함으로 판 짜이는 화이부동의 세계는 없고 내면이라는 단성적 형상으로 모여들어 병목현상만을 유발하며, 개인을 이야기하기는 하되 그 개인의 구체적 현실은 묽어지고 내면이라는 새로운 도식으로 개인이 추상화되고 있는 중인 것이다. 개인이 구체적 삶의 담지체로 온전히 그려진다 하더라도 그 개인이 정히 투명하게 개인의 것인가라는 고색창연한 질문이 여전할 수 있음에, 하물며 계급환원주의를 혁신하겠다는 의지에도 불구하고 결과로는 타자절연주의에 빠져 있는 개인적 내면에의 소설화가 그런 질문을 면할 수는 없는 것이다.[22]

이제 독백주의, 절연주의로 미만해 있는 내면소설은 스스로를 되구부리는 것을 일로 삼아야 한다. 진짜 구체적인 현실로 돌아와야 한다는 말이다.[23] 그때 우리가 주력해야 할 것은 내면소설이 몸소 보여주었던 예의 데칼코마니적인 방법이 아니라 역사 현실과 개인의 관계를 새로운 방법으로 파악하는 것이다. 그것은 80년대적 문제의식의 반복으로 되는 것도 아니거니와 내면소설로도 또한 되지 않는다. 주목해야 할 것은 역사 현실과 개인의 대당 자체라기보다는 양자의 연속적, 비연속적 인식론, 존재론의 가능성이다. 호의적으로 보면 내면소설도 바로 이런 점에 관심을 가졌을지 모른다. 그렇기에 90년대의 되구부리기 작업은

22) 김우창, 「주체성에 대하여」, 『한국문학평론』 1997년 봄호, 46~47쪽.

23) 신경숙 역시 내면소설의 90년대적 정경을 보여준다. 하지만 그의 『외딴방』이 고백의 외재적 형식인 사소설의 형태를 띠고 있다 하더라도, 말의 참된 의미에서 내면소설의 한 고비를 넘기고 있는 까닭은 개체적 자아가 고향, 아버지, 가족이라는 개인의 공간을 포함하는, 이를테면 확장된 공간으로서의 현실의 바다로 자신을 풀어놓기 때문이다. 비록 그것이 아직은 관찰자의 시점에 머물고 있다 하더라도 현실의 구체를 대면하고자 하는 진실함은 내면과 현실이 어떻게 만날 수 있는가를 예시해준다.

결국 세계의 구성과 세계에 대한 주체의 관계, 주체 형태와 주체화과정 전반에 대한 검토를 요한다. 현실이 그것을 야기하기 때문이다. 이 과정의 복합성을 문제삼는 것이 결국 되구부리기 작업의 선결 조건이다.[24)]

이 복합성을 문제삼기 위해서는 무엇보다 우선 여전히 엄존하는 현실 문제, 예컨대 계급 문제나 민족 문제 등을 비롯해 새롭게 대두하는 갈등과 적대의 양상에 일단의 가늠자를 맞추려는 태도와 상상력이 유지되어야 한다. 내면에 대한 성찰, 즉 내성 소설이 현실에서 힘의 동력과 지형에 스스로를 접속시키고자 하는 고뇌를 생략한다면 그것을 제대로 감당할 리는 없다. 그 고뇌는 지금의 내면적 소설 경향을 다시 현실 속으로 밀어넣는 일로부터 시작해야 할 것 같다.[25)]

(『세계의문학』 1997년 가을호)

24) 새로운 문화 환경과 관련된 세계와 주체의 관계에 대해서는 심광현, 「'테크노 문화'의 '이중구속'」(『문화과학』 8호) 참조.

25) 이 글은 원래 내면소설을 포함하여 근년 소설의 지형도 전반을 검토해보려는 의도에서 시작되었다. 이 글에서 언급한 신경숙, 윤대녕뿐만 아니라 성석제 등 주요 삼십대 작가들을 비롯한 신세대 작가들의 새로운 경향의 현실적 도달점을 비판적으로 조망해보고자 했던 것이다. 그 비판의 관점이 가능할 시점이 이제는 어느 정도 무르익었다고 보았기 때문이다. 그러나 개인 사정과 지면의 문제로, 남은 부분은 부득이 다음 호로 넘길 수밖에 없게 되었다.

갈등 혹은 이단의 상상력들
—심상대, 김영하, 백민석 소설을 중심으로

> 그러나 내게 가장 충격적이었던 것은 스피노자의 육체에 대한 이론이었다.
> 사실상 우리가 제대로 알고 있지 못하는 많은 능력을 갖고 있는 육체,
> 사상이란 이 육체의 지적 기능(lemens)일 뿐인 이 육체를 스피노자는
> 하나의 가능성(potentia)으로, 하나의 도약(힘, fortitudo)인 동시에
> 세계의 출구(고결한 자질, generositas)로, 무상의 선물로 생각했다.
> 나는 훗날 거기서 반대감정의 대립이론뿐만 아니라
> 프로이트의 리비도가 놀라울 정도로 예견되고 있음을 알게 되었다.
> —루이 알튀세

1. 복귀와 균열

여기 심상대, 김영하, 백민석 세 작가의 소설들이 있다. 이 소설들을 읽으면서 받는 일감은 흔한 말로 억압된 것의 회귀 혹은 봉쇄된 것의 균열, 바로 그것이다. 그 회귀와 균열이 만들어내는 효과의 실체가 무엇인지는 아직 잘 모른다. 실체가 없을는지도 모른다. 한편으로 억압은 억압하는 것과 억압당하는 것이, 봉쇄는 봉쇄하는 것과 봉쇄당하는 것이 있어야 존립 가능한 개념이다. 그러나 그런 억압과 봉쇄에 대한 이미지를 가동시킨다 하더라도 우리는 또 한번 어려움에 봉착한다. 그것의 작용 방식은? 재생산 방법은? 임계점은? 현실적 힘의 강도는? 연이어지는 무수한 질문에 대해 우리는 아직 별다른 해답을 가지고 있지 못하다. 게다가 예의 소설들에 '반투명' 하게 스며들어 있는 반억압과 탈봉쇄의 형상은 우리에게 익숙한 것, 이를테면 정치적, 경제적인 것에 대한 '정통적' 역사철학의 층위 안에서 보여지고 활동하던 것이 아니다. 적어도 우리에게는 아직 대단히 낯선, 그러나 무척 익숙하다고 생

각하는, 하지만 바로 그런 생각이 큰 오인이었음을 명료히 일깨워주는 것들, 이를테면 섹슈얼티리, 욕망, 육체, 정념, 에로티시즘, 죽음, 가상현실 등등과 연루되어 있는 것들이다. 물론 현실에서 행사되는 그것들의 힘의 양과 배정받는 위치가 다르고 어떤 것은 인식론의 대상으로 인가되기도 하지만 또 어떤 것은 그렇지 못하는 등, 구체적 편차를 가지고 있다. 그렇지만 한편으로는 가족적 유사성 속에서 친연관계에 놓여 있는, 그래서 문학을 비롯해 철학이나 이론의 정통을 거스르는, 요컨대 하나의 이단점을 형성한다는 측면에서는 상동성을 지닌다.

상기컨대 한국 근대문학의 전통에서 이런 이단의 형상들이 시민권을 제대로 발급받은 적은 없다. 서구의 근대문학도 그랬지만 문학은 곧 인문주의, 바꿔 말해 인간학이었다. 창공의 빛나는 별을 좌표 삼아 길을 가는 영혼의 도정은 언제나 인간학의 완성점으로 향하는 과정이었으며 그 별을 보는 눈은 다름아닌 명석판명하고 투명한 '의식'이었다. 이 의식으로서의 주체를 궁극의 경지에 올려놓는 일이 문학이 자임한 일이며 근대문학의 최종 목표였던 것이다. 우리의 경우도 다를 바 없어 근대문학의 모험과 여행은 근대적 인간학, 즉 의식적 주체와 그 주체의 합리적 규범 위에 축조되는 근대사회의 공고한 건설로 가는 길이었다.

이르건대 지나온 길은 훤히 보인다. 더구나 언덕 위에 서면 다른 길도 있었다는 사실을 다 알 수 있다. 근래 들어 이 근대문학의 도정을 뒤돌아보면 전통 혹은 주류의 대로에 강박되어 그 길과는 다르지만 분명 밟아야 했던 길을 의식적, 무의식적으로 건너뛰거나 지워버렸다는 사실을 알게 되었다. 물론 그 길이 사후론적으로만 제기되었던 것은 아니다. 서구의 경우만 하더라도 감각의 관점에서 근대적 인간학의 철학적 독전관인 칸트의 '의식적 주체'의 한계를 비판하고 나선 독일 낭만주의, 보편자로 환원되지 않는 개인의 고유성에의 옹호 및 허구론을 통해 헤겔에 대적하고 나선 청년헤겔학파인 슈티르너 또는 포이어바흐, 통설과는 달리 철저한 합리성적 계산으로 사도-마조히즘 체계를 초석하고 그것을 통해 지배적 성담론과 실천을 찢어발긴 사드 그리고 다다이즘이나 데카당스 및 각종 아방가르드적 경향 등의 비의식적, 비부르주아적, 비규범적인 각종 실험은 동시대에 이미 주류와 다른 길을 헤쳐나가고자 했다. 뿐만 아니라 육체 문법의 고유한 잠재력을 철학의 대상으로 부활시킨 스피노자에서부터 니체, 하이데거, 프로이트 및 '자아'(의식적 주체) 이탈이 곧 인간 확장이라는 논리를 통해 에로티시즘의 존재론을 강구한 바타유, 욕망의 실현을 통한 '행복의 정치학'을 제출한 마르쿠제 그리고 최근 한국 지식인의 이론적 병참이 되다시피 한 프랑스 이론 계보에 이르기까지 이단과 갈등 과학의 발견은 정통이 지배하는 시대에 동시적으로 지속되어왔던 바이다.

그런 점과 더불어 근년에 이루어지고 있는 수다한 문학담론이 예의 생략된 길들의 복원을 주장하고 나서는 바에야 근대적 문학 및 주체가 걸어온 길에 대한 나의 지적이 새삼스러울 것은 전혀 없다. 까닭에 나까지 군말을 하나 더 보태는 일이 무슨 소용이 있을까마는 그래도 사족 하나를 단다면 이렇다. 우리 근대문학의 인간학이 좀더 상향조정된 인간과학을 자임하기 위해서는 중요한 인간학적 요소들이 누락된 채 마름질된 주류적 인간학의 봉합선을 다시 뜯어서 그 누락 요소들을 새로이 탑재시켜, 그러기 때문에 이전의 봉합 논리와는 분명 질적으로 상당히 다를 마름질과 봉합을 수행해야 하지 않을까 하는.

의식과 무의식, 의식과 정념, 이성과 욕망, 합리와 비합리 등등 전통적인 대당(對當)에 대한 재구성의 요구가 이제는 어느 정도 합의의 기운을 얻고 있다 하더라도 추상성이라는 이론의 불가피한 운명을 감안하면 과연 그 재구성을 위한 선행 작업, 이를테면 이성과 정념의 치수는 어떻게 새롭게 잴 것이며 또한 그 마름질을 위한 마름자, 바꿔 말해 구체적 준거는 어디서 어떻게 마련할 것인가라는 숙제는 여전히 남는다. 바로 여기서 소설문학은 실타래의 끝을 제공한다. 어느 것 하나 말끔하게 정리되지 않은 채, 어빡자빡하고 심한 불균형이 계속되는 현실 속에서 활동하고 있는 그 대당관계의 구체적인 모양과 에너지 그리고 갈등의 지형을 어떨 때는 직정적으로 또 어떤 때는 우회적으로 포착하고 있는 소설은, 그래서 우리에게 마름자의 구체적인 모양을 조금이라도 예감케 해주는 단서가 되는 것이다.

그런 단서 확보를 위한 시도는 90년대 들어 이른바 신세대문학이라는 형태를 통해 문학사에 진입한 바 있다. 이전 세대와는 육체와 감각의 형성과정이 다르고 그래서 감각 및 육체의 '습속', 육체적 사고가 곧바로 정신적 사고와 상당한 수준으로 연접되어 있는 세대들의 문학적 발언과 진입은 정신과 육체가 이원론적으로 관리되던 문학 영역 및 세대에게는 분명 별경일 수밖에 없었다. 가령 좁혀서 성 문제만 하더라도 그것에 대한 새로운 문학 주체들의 태도는 성에 대한 지배적 기능, 개념, 실천 및 통제, 다시 말해 성에 대한 지배블록의 독점화에 대한 근본적 반발에 다름아니었기에 갈등은 불가피한 것이었다. 하지만 신세대의 새로운 주장은 아직 역부족이었다. 그 새로운 형질의 문학이 등장하게 된 혹은 등장시킬 수밖에 없는 현실의 불가피한 조건 변화를 감안한다 하더라도, 성 범역에 대한 지배전략의 다양성이나 물질적 독점 수준에 비해 그들의 전략은 현실적으로나 문학적으로나 한참이나 처지는 것이었다.

문학적 주체와 문제의식은 새로운데 문학적 전략은 성공치 못하고 단지 '별미' 이상을 넘어서지 못하고 있는 현실의 답답함 속에 일전 장정일이 보인 '퍼포먼스'의 맥락이 놓인다. 『아담이 눈뜰 때』에서부터 『너희가 재즈를 믿느냐』에 이르기까지, 정통적 인간학 및 성담론에 대한 그의 야유와 뒤집기의 시도는 하나의 방외적, 그렇기 때문에 이단적인 성격을 띠는 문학적 돌발임에는 틀림없었다. 그러나 『내게 거짓말을 해봐』는 예의 신세대문학의 문학적 전략의 무능력을 그대로 답습하고 있을 뿐이기에 현실적 효과를 거두어들이기에는 자격미달이었다.

위선적 현실에 대한 장정일 고유의 '가미가제' 식 방법론의 고충을 십

분 감안한다 하더라도 그가 택한 방법의 적실성 여부, 말하자면 포르노를 빌려 포르노적 현실(보면서 보지 마라 하는 것 또는 보지 마라 하면서 보는 것)을 친다는 '이이제이'는 애당초 잘못 택한 문학적 전략이었다. 포르노 수사학과 문학적 수사학은 다르다. 도식적으로 말해 포르노 수사학이 과잉현실(현실보다 오래! 현실보다 크게! 현실보다 굵게! 현실보다 길게!)에의 강요를 통해 비포르노적 육체나 성의 사고를 억압하는 장치라면 문학적 수사학은 포르노적으로 과잉결정되어 있는 현실(성, 육체, 욕망, 여성, 문화 등등)의 이데올로기적 거품을 걷어내는 장치이기 때문이다. 문학전략이 포르노와 연대할 경우가 있다면 그것은 다름아니라 바로 그런 거품제거장치를 통해 성이, 욕망이, 육체가 심지어 포르노적 이미지가 자신의 힘으로 현실 속의 자신을 어김없이 사고할 수 있도록 원조하는 데에 있다. 그런 사고의 활성화는 포르노그래피를 문자로 복사한다고 해서 이루어지는 것이 아니다. 『내게 거짓말을 해봐』식의 복사는 단지 문학적 미성년이 하는 야유일 뿐이다. 그런 점에서 이 소설은 포르노의 급진성에 힘입어 급진적인 파장을 일으켰을지는 모르나 문학적 효과와 그로 인한 현실적 효과 차원에서는 급진과는 상관이 없는 것이다.

그러나 다른 한편 성 문제에 관한 우리 사회의 특수한 위치를 생각해보면 신세대나 장정일 유의 새로운 문학이 감행한 '무전략적 박치기'가 아무런 노획물을 획득하지 못한 것은 아니다. 제기된 문제의 급진성과 그것의 현실 효과가 서로 멀리 떨어져 있는 것이기는 하지만 아주 무연한 것은 아니라는 점에서 그렇다. 무연한 것이 아닌 점은 예의 우리 사회의 특수한 성격에서 연원한다.

가령 성적 욕망을 통해 이야기해보자. 리비도든 성적 욕망이든 아무튼 그것이 거처하는 무의식 혹은 이드(그 무엇, id)는 언어로 번역되지 못한다. 언어는 의식 영역의 조직물인바 무의식적 욕망이 언어로 번역, 재현될 때 그것은 의식의 억압이라는 체로 걸러진 것이다. 체 밑으로 떨어진 욕망은 여전히 언어화되지 못하는, 즉 말하지 못하는 또는 말하지 않는 그 무엇이다. 이것은 무의식 혹은 욕망에 대한 일반론이다. 그러나 이 일반론과 그것이 사회적, 경험적으로 존재하는 방식 및 효과에 대한 관심은 문학 영역에서든 이론 영역에서든 아니면 나아가 역사 현실에서든 우리 근대사의 경우 대개 억제되거나 회피되어왔다. 이것이 첫번째 특수한 성격이다.

두번째 성격은 예의 억제, 회피에 더해 의식의 억압이라는 체를 통해 겨우 걸러진 성 혹은 욕망에 관한 문제의식이나 담론 또한 강력한 억압하에 눌려 있었다는 점이다. 우리 사회의 전통적인 성/욕망에 대한 관리 방식은 지극히 '파쇼적'이라, 무의식적 욕망 그 자체가 창궐하는 것도 아니고 단지 그것이 아주 순화된 차원, 즉 의식으로 '걸러져서' 나온 욕망/성에의 문제의식이나 담론조차 사회적으로 말해지는 것을 금지해왔다. 요컨대 경찰국가 식의 검열장치나 물리적 폭력으로 철저히 봉쇄해왔던 것이다. 그렇기에 정확히 말하자면 우리 사회에서 욕망이나 성에 관한 지배담론과 거기에 대응하는 비판담론의 공개적 대립 구도는 애당초 존재해본 적이 없는 것이다. 이렇듯 우리 사회에 있어 무의식, (성적) 욕망에 대한 억압과 거세 위협은 가위 곱절에 세 곱절이 보태지는 형국이었다.

전략이나 방법론에 문제가 있었다 하더라도, 90년대의 소위 신세대 문학이 철학이나 문화론 같은 여타의 이론적 실천 그리고 대중들의 다양한 문화적 실천의 증가세에 힘입어 섹슈얼리티나 욕망 같은 '갈등적 주제' 들을 수면 위로 부상시키는 데에 최소한의 기능을 하게 되는 데에는 이처럼 그 주제들에 대한 우리 사회의 특이한 대응 태도, 요컨대 중세적 폭력성을 중심으로 구성되어 있는 지형의 반사 효과에 힘입은 바 크다. 이 측면이 곧 성이나 욕망 문제를 둘러싼 새로운 정세 형성의 요인이 되었음은 당연하다. 이런 정세가, 아직 상당히 미흡하나마 이즈음 성적 욕망에 대한 지배와 저항의 대립 구도를 공식화시키고 견인하는 데에 활력을 더해주었음 또한 분명한 사실이다.

심상대, 김영하, 백민석의 소설 읽기는 그런 정세 혹은 대립 구도 속에서 이 소설들이 자리하는 위치를 살펴보는 일에 연결된다. 90년대 초기의 새로운 문학들이 제기하고 나온 갈등적 주제들이 이제 한편으로는 주요한 이론적, 실천적 초점으로 모아지고 그에 따라 섹슈얼리티나 욕망 등에 대한 통찰이나 지식생산 등이 다양한 층위에서 이루어지고는 있지만 그와 별도로 문학적 맥락에서는 종전의 새로운 문학들의 풋냄새를 얼마나 지워냈는가 하는 점과 동시에 문제제기 능력의 문학적 성취는 어디만큼 와 있나 하는 점 역시 관심의 대목이 아닐 수 없기에 그렇다.

물론 세 작가의 소설들은 다르다. 그렇기에 하나의 주제를 비평추로 삼아 그 소설들을 재보는 것은 썩 바람직한 일은 아니다. 하지만 주제 범주는 아니더라도 위에서 이야기한 것처럼 이 소설들에 내포되어 있는 갈등 혹은 이단의 영역(욕망, 육체, 정념, 성 등)이라는 다소 확대된 범역을 하나의 추로 삼아 그것을 소설의 제재나 풍정에 연결시켜보는 일은 가능할 법하다. 한국 근대문학의 정통적 성격, 요컨대 근대적 인문주의, 서정성, 규범성 등에 반하는 이단적 성격은 나중에 할 이야기지만 각 소설들에 있어 분명한 특징을 이루고 있기 때문이다. 이단은 정통에 거스르는 힘이다. 그렇기에 이단은 정통과의 대립이라는 구도를 가진다. 하지만 정통은 지배적인 것이기에 단일한 보편성을 가지는 반면 이단은 여러 형태로 존재한다. 때문에 이단(적 문학)에의 탐구는 정통과 이단의 관계 및 대립이라는 형국 외에 이단끼리의 관계라는 또 다른 형국에 대한 탐구를 요구하는 이중성을 띠게 된다. 세 작가의 소설들에 녹아 있는 이단성들의 관계에 대해서는 아마도 독자들이 추적해보는 것도 좋을 듯싶다.

2. 거스르는, 무관심한, 찌르는 소설?

1) 소요하는 성, 만보하는 육체

심상대의 「딸기」와 「나팔꽃」에서 성(-욕, -기, -애, -교)은 소설 밖으로 흘러넘친다.[1] 시각적 이미지로든 음성적 감각으로든 아무튼 흘러넘친다. 그래서 소설을 읽는 과정은 그런 흘러넘침이 하나의 유사(流砂)로 화해 우리를 어느새 그 유사 속에 갇혀버리게 하는 과정이 된다. 무릇 갇혀 있음은 어떤 갑갑함일 터인데 이 소설은 그런 갑갑함을 주지 않는다. 오히려 우리로 하여금 그 속에 더 오래 있고 싶어하는 욕구를 불러일으킨다.[2] 왜 그 속에 더 있고 싶어질까? 소재로부터 까닭이 오기 때문이 아니다. 작가가 의뭉스럽게 제시하고 있는, 성 혹은 욕망에의 색다른 배려나 접근법에서 오는 것이다. 또한 그것을 통해 성과 육체를 '현대적' 방식으로 조직하고 유통시키는 지배적 형태에 대해 '비현대적'으로 버티고자 하는 오기 같은 근기에서 온다.

자본주의의 변화는 육체나 성에 대한 관리, 양생, 유통 방식을 당연히 바꾸어놓는다. 이를테면 생산 패러다임에 포섭되는 노동하는 주체로서의 도구적, 기계적 육체, 거기에 조응하는 성 지식의 생산과 성적 실천의 규율 및 훈육 형태를, 소비 패러다임에 포섭되는 '연출하는 육체', 자아 도취되는 육체로 바꾸어내는, 그리하여서 거기에 조응하는 쾌락 문화를 일반화시키는 과정이 그 변화의 핵심이다. 육체 및 성의 자본주

1) 우선 겉면만 보더라도 「나팔꽃」의 경우 성욕, 성교, 성기, 성애를 비롯해 그것과 아주 밀착된 직유적, 은유적 언사가 40여 번은 족히 출현한다. 한편 다른 경우이지만 김영하의 「호출」을 읽을 때 문장 속에 호출기의 다른 표현인 '삐삐'라는 기호가 반복적으로 계속 쓰여지는데 나는 어느 순간 그 문장에서 호출기 소리가 실제 삐삐삐 하면서 나는 듯한 착각에 빠진 적이 있다. 문자기호의 반복을 통한 색다른 환기력을 보는 듯했다.

2) 여성은 어찌 느낄지 알 도리가 없다. 그래서 여기서 '우리'는 남성의 자리일 수밖에 없을 것이다.

의적 '현대화' 담론이 여기서 산출됨은 당연할 터이다. 부언하자면 성적 욕망의 개방, 쾌락 기술 및 모델들의 계발, 그것을 받쳐주는 이데올로기의 생산[3] 등은 바로 육체 및 성의 현대화 또는 탈근대화를 구성하는 항목들이다. 이런 전기자본주의적 육체(생산하는 육체)와 후기자본주의적 육체(소비하는 육체)가 상호 새로운 비율 조정 속에서 현대의 육체(적 이미지)와 성(이미지)을 형성하고 있는 것이다.

기실 초기 신세대문학에서 제기되던 성, 욕망, 육체 고유의 문법 등에 대한 현대화 경주도 정확히 이런 구도 위에서만 유동하고 있었다. 그래서 그것은 패착으로 귀결될 수밖에 없었다. 생산적 육체의 양생을 위한 금욕적, 억제적, 기율적 육체/성에의 반발이 실로 다른 층위나 지평으로 이동해간 것이 아니라 다만 형식만 다르다 뿐이지 종국적으로는 자본주의적(상품적) 육체/성을 재생산하는 계기로서의 소비하는 육체로 기울어졌기에 그렇다. 생산적 육체나 소비적 육체나 결국은 자본주의 메커니즘이라는 동일 평면 안에 놓여 있는 동류의 것이라는 사실을 간과했던 것이다.

그러면 심상대의 소설에서는 어떤가? 그의 소설에서 성의 담지체이자 발현처로서의 육체는 아주 별다른 육체이다. 우선 느려터져 있다. 이 느려터진 육체는 생산과 재생산을 위해 노동과정 속에 시간적, 공간적으로 촘촘히 조직되는 육체의 표상(가령 테일러 시스템이나 어셈블리 생산라인에서의 육체관)과 거리가 멀다. 마치 벤야민이 근대 자본주의의 속도전에 대한 대항자로 느려빠진 거북을 앞세우고 그 속도의 공간적 재현물인 도시를 미음완보하는 만보객(漫步客)을 내세웠던 풍경을 연상시킨다. 그의 육체는 그래서 흡사 만보하는 혹은 소요하는 육체로

---

3) '젊음' 이데올로기가 대표적이다. 이 이데올로기에 의하면 세상의 모든 사람들은 청춘이 되어야 하고 그 이데올로기의 율법에 충실히 따르는 한 육체의, 성의 노화는 영원히 유예된다. 물론 그 율법은 아무나 지킬 수 있는 것이 아니다. 소비능력이 있어야만 준수할 수 있다.

드러난다. 그런가 하면 소비를 통한 연출과 볼거리로서의 육체 표상과도 거리가 멀다. 다시 말해 지배적 기제 안에 양식되는 육체 표상과는 많이 다른 것이다. 그렇기에 소설 속의 육체는 노동하는 육체가 필연적으로 지불해야 하는 고통의 장소가 아니다. 또한 소비하는 육체 역시 아니기에 자아 연출을 위한 소비에의 강박지점도 아니다. 해서 소설에서의 육체는 성적 쾌락의 주체이기는 하되 지배적 방식으로 양식, 연출되는 육체가 아니거니와 쾌락의 방식과 감수성에 있어서도 지배적인 표상과 멀리 있다. 때문에 소설적 자아의 쾌락에 대한 기술과 태도가 엄연히 다른 것이다.[4] 그래서 굳이 비유하자면 소설 내에서 육체/성이 스스로를 드러내는 방식 혹은 그에 대한 화자의 태도는 반근대, 반현대적인 것에 가깝다. 이처럼 이 소설들에서의 육체/성은 생산이든 소비든 지배구조의 메커니즘에 포섭되지 않은 채로 유지되는 탓에 신세대 문학의 그것과는 상당히 다른 형태로 제시된다. 가정컨대 이 소설에서의 육체적, 성적 표상을 삶의 생존 방식 영역으로 확대해 옮겨놓는다면 후기자본주의가 요구하는 생활세계 내의 라이프스타일과는 아주 이질적인, 그런 만큼 이 역시 지배적 배치구조 밖에 서 있는 것으로 이해될 수 있는 것이다.

일견 여성편력기로 읽혀질 법한 이 소설들은 여성과의 조우 혹은 편력을 통해 참된 '자아'를 찾아간다는, 이를테면 송기원의 『여자에 관한 명상』 유와도 다르다. 송기원의 소설에서도 성은 하나의 중요한 모티프이지만 그것은 다만 모티프이다. 자아의 고양된 동일성(발전된, 성숙한 의식적 주체) 확보와 그 경지에 이르기까지의 궤적을 확인하는 과정에 그 모티프의 자리가 주어지는 것이다. 거기서 그 모티프는 바로 의식의

4) 물론 소설 전면에 묘사되지 않아 그 뒷면에 가려져 있는 화자의 일상적 육체에 노동하는 육체와 소비하는 육체의 성격이 전혀 없는 것은 아니다. 그러나 그런 각기 다른 육체 성격의 혼재는 불가피한 것이다. 우리가 주목하는 것은 그 배열 속에서 가장 도드라지는 영역으로서의 만보적 육체 성격인 것이다.

동일성을 보조해주는 주변장치이자 성숙된 자아에 의해 재해석되는 해석 대상일 뿐이다.

하지만 심상대의 소설은 그게 아니다. 의식의 도움 없이 성/육체가 스스로 말하게끔 한다. 이런 측면은 가령 과거의 여성을 현재로 호명할 때 드러난다. 그 여성은 언어로 번역된 의식적 표현물로 호명되지 않는다. 애림이나 정은 등 여성들의 이름(언어적 재현)이 제시되기는 하지만 그 여성의 실존은 의식 속의 기억이 아니라 '나'의 육체/성에 기억되어 있는 색깔, 맛, 소리 등등으로 재현된다. 말하자면 그 여성이라는 타자는 언어로서가 아니라 육체에 대한 기억이자 육체의 기억으로 호출되는 것이다.[5)]

이런 것은 푸코 식으로 말한다면 자기 배려의 기술에서 나오는 자기보존과 자기식 쾌락활용이라 할 만하다. 결국 심상대 소설의 육체/성은 육체, 욕망, 성 해방 등에 대한 지배의 제도화 및 재착취구조에 편제, 배치되지 않는 자가 활성의 고유함으로 존재하는 것이다. 그것은 "육체의 각 부분들로 하여금 그 기능을 수행하도록 촉진하는 것이 선이다"[6)] 라는 명제를 새삼 상기케 한다. 물론 이 소설 내 여성의 위치는 어떻게 바라보아야 하는가라는 만만찮은 문제가 동시에 도사리고 있지만 그것은 별도의 논의를 필요로 한다.

2) 허무한, 그러나 생산적인 조로

백민석의 『내가 사랑한 캔디』는 성장소설이다. 그런데 성장과정을 묘파한 것을 두고 성장소설이라 하는 것은 싱거운 동어반복 아닌가. 그

---

5) 그런 점에서 「딸기」에서 과거를 불러내는 한 대목, 예컨대 음모('불꽃털')와 석학들의 고담준론을 같은 상 위에 올려놓으며 그 가치의 서열을 통념과는 반대로 위치시키는 것은 위악적이지만 아주 흥미로운 주제의 환유방식이다.

6) 스피노자, 『에티카』, 강영계 옮김, 서광사, 1990, 280쪽.

러나 이 소설은 성장소설이되 동시에 성장소설이 아닌 점에서 성장소설이라는 표현의 울림을 지닌다. 기존에 보아오던 성장소설과는 사뭇 남다른 점이 그런 이중적인 언사를 가능케 하는 것이다. 청소년기에서 성년으로 진입하는 연대기의 측면에서 보면 분명 성장의 과정을 깔고 있지만 성장이라 말하기에 소설의 인물들이 접촉하고 판단하는 세계는 그 성장을 불가능하게 만든다. 성장은 미성숙에서 성숙으로의 이월과정이다. 하지만 이 소설에서 그 이월의 맥락은 상당히 불투명하다. 까닭은 인물들의 조로(早老)에서 온다. 자연연령은 청소년이지만 정신적, 감성적으로는 조로한 존재들인 까닭에 그들에게 성장이 약속하는 새로운 지평은 허구로 간주된다.

여느 성장소설에서처럼 이 소설에도 성장소설의 기본 항목들, 가령 사랑, 성, 모험, 저항, 상실감 등은 빠짐없이 등재되어 있다. 그러나 그것들이 성장을 위한 자양분 역할을 하지는 못한다. 소설 인물들에게 현실은 출산력이 없기 때문이다. 다시 말해 잉태의 능력이 없는 현실이라는 것이다. 그들에게 현실은 모험도 로망도 가능치 않는 황막한 세계이다. 예로부터 모험은 일종의 출산을 예비하는 수태과정이었다. 보물섬을 찾아가는 모험을 치르면 보물을 출산할 수 있었고 거대한 해양을 몸으로 맞서면 거기에는 모비딕을 출산할 수 있었다. 비록 우왕좌왕해도 지적 모험 역시 한 여정이 끝나면 거기에는 정신적 성숙이라는 출산물이 예비되어 있는 법이었다. '나' 나 '캔디' 의 선배 세대들의 연대인 80년대에도 그랬다. 자아의 전 존재를 던져야 하는, 그런 만큼 여러 간난을 감수해야 하는 시절이었지만 거기에는 무엇인가 탄생할 것이라는 출산에의 벅찬 희망이 뒷배를 받쳐주었다. 이른바 사랑이라는 것도 마찬가지. 어떤 과정이든 그 사랑 후에는 종족보존이든 심리적 만족감이든 그도 아니면 자아 성장의 거름으로서든 아무튼 모종의 응결물이 기다리고 있는 것이 현실에서의 사랑 법칙이다. 소설에서 섹스가 애증의 매개 역할 또는 미지의 영역에 대한 탐구의 메타포 역할을 하기는커녕

하다못해 최소한의 커뮤니케이션 코드도 되지 못한 채 오직 나른한 자기 관음(나르시시즘의 또다른 형식)의 도구로 방치되어 있는 형편은 그 불임의 정황을 날카롭게 증거할 뿐이다.

스물 안팎의 그들에게 현실은 너저분하고 늘어진 산문적 세계 그 이상이 아니다. 어떤 긴장이나 압축 혹은 파격도 없다. 현실이 청춘의 통과제의를 요구해도 차림표에 있어서는(성, 사랑, 모험, 좌절, 치기 등등) 선배 세대와 다를 바 없지만, 그 내용과 그것이 자아의 현실에서 차지하는 파괴력이나 영향력 등은 전혀 다른 것이다. 이 조로의 청춘들은 스스로를 단지 "불쌍하"고 "별 의미 없는 유머, 하나의 난센스, 쓸데없는 우스갯소리"의 존재로, 그래서 단지 거대한 체계 속에 하나의 넌센스, 우스갯소리로 혹은 그것도 아니면 잉여물의 존재로만 치부하고 있다. 그들은 그들이 "서 있을 위치를 확실히" 배정받을 뿐이고 그 밖을 넘어가지 못한다. 어디서도 그 배치의 칸 위로 넘어가는 데에 필요한 힘을 제공해주지 않기에 그렇다. 주어지는 것 이외에 다른 것을 전유하지 못하는 것, 그것이 곧 임포텐츠임을 확인하는 순간 이들에게 제시되는 길은 두 가지, 자살이냐 허무냐이다.

이 자살과 허무의 명제는 오늘의 초점인 갈등적 주제, 예컨대 섹슈얼리티나 욕망의 문제로 이어진다. 소설에서 가장 눈에 도드라지게 밟히는 대목은 소설 도입부이다. 이 도입부는 그 짧은 양에도 불구하고 소설 전체의 아우라, 주제, 분위기, 소설적 현실 이해법 등을 농축하고 있다. 여기서 '나'와 그녀는 포르노그래피를 보고 있다. 그러나 그 포르노그래피 역시 '나'와 그녀의 '에로티시즘'의 발발 현장을 보고 있다. 또한 '나'는 '나'와 그녀의 행위를 본다. 여기서는 포르노적 형식으로 에로티시즘 내용이, 또 거꾸로 에로티시즘적 형식으로 포르노적 내용이 재현된다. 남근적 쾌락도, 하드코어적인 과잉현실도 없다. 그렇기에 묘사에 있어 포르노그래피와 에로티시즘의 구분은 없다. 말하자면 양자는 자명히 구분된다는 세간의 통념들에 아무런 제약을 받지 않고 있는 셈이다. 이 구분 두지 않기는 포르노에 대한 무수한 평결들과 규정들에 대해 전혀 신경쓰지 않는 결과이다.

이런 무신경의 맥락은 자아의 적극적인 선택이 아니다. 필름 속의 포르노그래피는 이미지이다. '나'와 그녀의 성행위는 실제이다. 그 이미지와 실제의 구분 요령은 현실에서 주어진다. 하지만 우울하게도 '나' 그리고 '나'와 관계된 인물들은 그 구분법을 현실에서 공급받지 못했다. 아울러 교육받지도 못했거니와 거기서 더 나아가 "빌어먹을" 현실은 그 구분의 가치나 효용성에의 믿음을 "난센스"로 밀어붙이는 것이다.[7] 구분해보았자 바뀌는 것은 하나도 없다는 것이다.

들뢰즈의 말을 빌리면 욕망은 생산이다. 하지만 이들에게 생산은 없다. 생산을 위한 가치의 정립이나 효용성의 법칙이 자리할 곳이 없기 때문이다. 그렇기에 욕망 역시 부재하다. 그 자리를 허무가 대체한다. 그러나 이 지점이 백민석 소설에 웅크리고 있는 욕망의 전략처이다. 허무는 모든 가치에 대한 부정이다. 욕망, 사랑, 섹슈얼리티 등등에 대해서도 마찬가지이다. 그 부정은 동시에 이런 항목에 대한 지배적/저항적 규정에 대해서도 마찬가지로 행해진다. 그것은 규정과 가치의 진공을 낳는다. 이 진공상태의 지대는 바로 그런 상태로 인해 우리로 하여금 새로운 의미생산과 방법을 요구할 수 있는 근거로 작용한다. 그런 까닭에 그 허무는 아주 강도 높은 욕망이자 생산의 거점으로 전환될 수도 있는 것이다.[8] 이런 점은 가령 심상대 소설이 육체의 기억을 전경화

---

7) 역사적 현실은 암호이고 존재는 돌연변이의 번식물이며 중심은 얼굴 없는 사체라는 평결은 구분의 효용성을 무효화시킨다.

8) 동성애 대목도 비슷한 맥락으로 간주된다. 소설 해설자 강상희의 지적대로 동성애를 등장시키는 다른 소설들이 기존 윤리의 철조망을 통과하기 위해 낮은 포복을 감내하고 또는 자기 검열이나 눈치보기를 피하지 못하는 반면 이 소설은 그런 것에 대해 전혀 신경쓰지 않는다. 현대의 성 해방 담론이나 성적 차이의 윤리에 있어 이성애나 동성애에의 해석은 대단히 민감한 과제이거니와 좀더 큰 의미를 부여하면 근대 이후의 새로운 정치적 프로젝트 역할을 하기도 하지만 이 소설에서 동성애는 그 어느 것에도 연연해하지 않는, 말 그대로 즉물적인 것으로 현시되고 있다.

시켜 육체/성/욕망에 대해 적극적인 발언을 꾀하고 그것으로 지배적 방식에 비켜설 수 있는 방법을 수행한다면 백민석 소설은 짐짓 그것에 대한 무관심의 방법으로 새로운 환기통을 열어놓고 있는 것이다.

3) 자기애의 이면

김영하의 소설이 머금고 있는 스펙터클의 폭은 아주 넓다. 죽음 문제에서부터 현대문명의 심각한 질병인 나르시시즘, 현실보다 더 현실적인 하이퍼리얼리티, 소통이 가로막히고 그래서 의미의 교환이 위협당하는 시대의 풍경 등에 이르기까지 이 신예작가는 현대의 일상을 아주 다각적으로 파고들고 있다.

그런 주제의 부챗살 중에 이 글의 위치에서 의당 관심을 가질 수밖에 없는 대목은 죽음, 나르시시즘, 커뮤니케이션의 문제 등속이며 또한 그것들의 상호관계이다. 그중 나르시시즘을 생각해보자.[9] 자본주의 문명의 특징이 전 신민의 나르키소스화라는 것은 익히 알려진 사실이다. 그 수많은 나르키소스는 상품미학이 제공한 연출법을 사숙하면서 '연출하는 자아'로 재탄생한다. 그렇게 재탄생된 나르키소스들은 현실과 타자와의 모든 관계에 있어 그것의 인과성을 모두 자아의 관할하에 두는 특징을 가진다. 사물의 움직임과 현상의 원인/결과 또는 시작과 끝이 모두 자아 안에서 이루어지는 나르시시즘은 관념론의 극치임에도 불구하고 미학적 효과에 힘입어 자본주의적 인간형의 절대적인 생존 방식이 되어가고 있는 중이다. 여기서 타자는 오직 자아의 확인을 위해 존재하는 것이기에 거기에 그 어떤 반성적 사유가 가동될 리는 만무하다. 김영하의 소설에 이런 점들이 박혀 있는 것은 금방 눈에 띈다. 「거울에 대

---

9) 김영하 소설의 전체적인 면에 대해서는 남진우의 「나르시시즘/죽음/급진적 허무주의」(『문학동네』 1996년 겨울호)와 류보선의 「죽음, 그 아름답고도 불길한 유혹」(『나는 나를 파괴할 권리가 있다』 인터뷰)을 참조.

한 명상」의 '나'가 전형적인 인물이다.

하지만 여기서 정작 관심이 가는 대목은 자아 도취적인 측면과는 다르게 존재하는 나르시시즘이다. 그 다른 존재 방식은 『나는 나를 파괴할 권리가 있다』에서의 미미와 유디트, 「나는 아름답다」에서의 '나', 「손」의 '나'에게서 나타난다. 먼저 유디트와 미미에게 나르시시즘은 현실이 더이상 삶의 의미를 보호해주지 못하는 형편에서 불가피하게 파고드는 피안이다. 또한 현실과 타자와의 교신 및 유대가 힘든 상황이 만들어내는 존재의 또다른 영역이다. 나르시시즘은 자신에 대한 지극한 사랑이다. 미미와 유디트는 그 자기애의 완성을 죽음으로 이루고자 한다. 때문에 이들에게 죽음은 나르시시즘의 종국적 형식인 것이다. 생에의 궁극적 충동이 타나토스임은 미미와 유디트에게서 증거된다. 이런 나르시시즘은 기이하게도, 죽음의 제의를 통해 젊음 이데올로기로 영생불사론을 남발하는, 그래서 삶의 불가역적 시간을 박제화하고, 그런 만큼 죽음 역시 박제화하는, 또 이 이중적 박제화로 인해 자아가 이중적으로 미혹당하는 현실에 전복 욕망의 이빨을 갖다대는 풍정을 연상시킨다.

피그말리온 신화가 등장하는 「나는 아름답다」에서의 '나', 「손」에서의 '나' 역시 형식은 다르지만 나르시시즘의 역설적인 효과를 환기시킨다는 점에서 미미와 유디트의 경우와 유사하다. 나르키소스에게 나르시시즘의 매개가 연못이었다면 피그말리온에게는 조각품이며 '나'에게는 사진 이미지와 손 이미지이다. 나르시시즘은 반성되지 않는 자기 만족의 기제이지만 동시에 자아 확인의 기제이기도 하다. 그 기제가 사진 이미지로, 손 이미지로 변환되는 것은 결국 아내로 대변되는 대문자 타자가 자아 확인의 기제가 되지 못하며, 시선의 교환 역시 그 기제가 되지 못하기 때문이다.

특히 「손」에서의 손 이미지는 함축적이다. 손 이미지에의 집착은 시선에 기반한 커뮤니케이션에의 불신에서 오기도 하는데 여기서 우리는 시선의 특권적 위치를 떠올리게 된다. 근대 이후 시선 혹은 시각은 '보는 것이 곧 아는 것' 이라는 담론 효과의 상승에 힘입어 다른 감각보다 특권적 위치에 있었다. 보는 것은 육체 또는 감각의 작용이지만 그것은 그 자연적 속성보다 훨씬 높은 위치, 즉 앎 자체로 간주되었던 것이다. 그 시각적 특권을 포기하고 손의 감각을 타자에 대한 이해 및 유대의 매체 혹은 기제로 선택하게 되는 것은 곧 비시각적, 비의식적 기제를 택해 자아를 확인하는 일에 다름아니며 동시에 보는 것에의 통념적 믿음을 거부하는 일이 된다. 그러기에 예의 인물들의 나르시시즘은 불행인 동시에 출구라는 모순적인, 그런 만큼 충돌의 힘을 가지는 기제로 복층화되는 것이다. 나르시시즘, 죽음, 새로운 매체로서의 손(육체) 그리고 그것들의 상호관계에 대한 작가의 조형과 탐구는 이전에 쉽게 볼 수 없던 새로운 발견으로서 문학이 감당해야 될 문제에 대한 진중한 질문법임에 분명하다.

3. 맺으며

심상대, 백민석, 김영하 소설들에서 머리를 내밀고 있는 갈등적 주제들, 즉 무의식, 정념, 욕망, 육체, 섹슈얼리티 등등이 하나의 현실적, 이데올로기적 쟁투의 장이 되고 있고 그로 인해 그것의 지위가 이전과 상당히 달라지고 있음은 주지의 사실이다. 현대자본주의는 발 빠르게 그것을 자신의 새로운 질서에 적합한 형태로 연출, 관리, 생산해내고 있다. 새로운 문화 환경은 분명 대중으로 하여금 그것에 관한 현상과 담론에의 접촉 기회를 더 많이 제공하고 있고, 그로 인해 욕망이나 성 문제에 대한 대중들의 스타일 혹은 감수성은 나날이 변화의 물꼬를 트고 있다. 따라서 육체, 정념 등의 잠재력은 대중의 일상에서 계속 확인되어가고 있는 터이다. 그러나 현대자본주의는 그런 잠재력 중 극히 일부분만을 극대화, 극미화시킨다. 그 잠재력이 가진 이단성을 문화산업적 포장술로 순치시키고 소비를 통해서만이 보장되는 쾌락으로 성/육체에 대한 보존과 활용을 유도하는 것이 그것이다. 육체, 성, 욕망 등에 대한 이러한 자본주의의 재영유, 재착취 시도가 상당한 성공을 거두고 있음은 부인하기 어렵다. 요컨대 그런 영역들을 새로운 산업화의 방식으로 종속시키고 있다는 것이다. 이는 우리의 현실만 돌아보아도 금방 확인되는 사실이다.

그럴 때 문제는 성, 욕망, 육체, 무의식 등의 기능과 역할에 대한 반지배적 관점에서의 사고와 실천이다. 물론 이것이 수월할 수는 없다. 모두에서 언급한 것처럼 프로이트-마르크스주의를 비롯해 수다한 대안적 실험들이 있어왔지만 아직 명료한 해답을 못 찾고 있는 것이 그 작업의 어려움을 반증한다. 하지만 그럼에도 불구하고 의식의 한계로서의 육체, 성 등에 대한 이론적, 실천적 탐구가 유예될 수는 없다. 더구나 근대적 주체 범주의 핵심이었던 의식, 이성 영역의 한계가 분명히 드러나고 있는 현재 상황은 그 작업의 긴요함을 더욱 부각시킨다. 어떤 문제가 이론적으로 일반화되기 힘들 때 문학은 언제나 자신만의 고유한 방법으로 그 접근로를 찾아내고 접근 대상의 구체적 모양과 성격을 건져올리곤 했다. 문학이 해결사인 것은 아니다. 하지만 오늘 우리의 문학이 그런 일을 맡지 못하는 한 문학다움의 위엄은 상당 부분 너덜거릴 수밖에 없을 것이다. 바꿔 말하자면 우리 문학은 오늘날 현실의 급소가 되고 있는 예의 갈등적 주제를 날카롭게 찔러 비명 소리가 울리게 만들어야 한다는 것이다.

마지막으로 부연할 것은 육체나 무의식, 정념에의 강조가 곧 의식, 이성 등에 대한 무시로 이어지는 것은 아니라는 점이다. 무의식의 강조는 의식 중심론에의 반대를 통해 의식과 무의식의 토픽 및 그것의 상호 지위를 정당하게 대우해야 한다는 이야기이며 정념 및 육체에의 강조는 그것을 혼돈과 정신에의 종속물로만 간주하던 종래의 이데올로기를 넘어서서 그것의 기능을 새롭게 전환시켜야 한다는 이야기인 것이다. 세 작가의 소설에서 그런 징후가 보이는 것이 이 글을 가능케 했던 조건이었다.

(『문학동네』 1997년 봄호)

키보드 문학 세대에 관한 불편한 스케치 또는 단상

1. 사례 1

일전에 평론가 염무웅 선생이 집필하고 있는 계간평을 읽으면서 재미있다면 재미있다고 볼 수 있는 사실을 하나 발견했다. 지난 연대(年代)에 우세하던 종의 문학과는 사뭇 다른 풍정을 조형하고 있는 윤대녕이나, 사회나 역사 같은 대주제의 범역보다 미세의 세계나 내밀한 심리묘사에 더 탁월한 솜씨를 보여준다는 평가를 받고 있는 신경숙같이, 이즈음 가장 촉망받는 신진 작가들의 작품에 대해서 염선생은 가급적이면 칭찬을 아끼는 편이라는 점을 은연중에 느낄 수 있었다. 그에 반해 이문구 선생 신작에 대해서는 대단한 상찬을 보내고 있는 것이었다. 물론 젊은 작가들에 대한 칭찬의 인색은 그들 작품의 완성도가 노련한 평론가의 준열하고도 섬세한 비평안을 충분히 만족시키지 못하는 것에서 기인하는 것일 수 있다. 또 평론가와 작가의 세계관 혹은 문학에의 태도 및 기호의 다름이 작용한 결과일 수도 있다. 아무튼 이는 수월하게 몇 마디로 논할 수 있는 성질의 것이 아니고 상당히 진중한 논의의 대상이기에 여기서 더이상 언급할 여유는 없다. 한데 내가 여기서 흥미를 느낀 것은 염선생의 그런 평가 경향은 어쩌면 문학의 보편적 논리 이전의 것, 이를테면 정서적 피붙이에게서 느끼는 자연스러운 살가움과 그렇지 못한 것에 대한 반응일지도 모르겠다는 생각 때문이었다. 다시 말해 그것은 혹시 일종의 세대 문제가 연루된 맥락이 아닌가 하는 점이었다.

주지하다시피 세대의 차이는 시공간의 경험 방식과 거기서 출발하는 생활양식의 형태 그리고 그것과 맺는 정서적 관계의 차이를 보이게 마련이다. 그래서 그 차이는 또한 현실세계에 대한 문학적 상징화 혹은 코드화의 방식을 다르게 만드는 요인으로 작용하기도 한다. 그렇다고 세대의 차이가 어떤 결정적인 지표가 된다는 말은 아니지만 그래도 동류의 시대경험과 정서적 체험이 사람들의 미학 및 문학적 정서반응에 중요한 매개변수가 됨은 배제할 수 없는 사실일 것이다. 염선생과 비슷한 연배인 김치수 선생이 이른바 신세대문학을 거론하면서 다른 작품들에 대해서는 우려와 비판의 눈길을 보내면서도 신경숙이나 한강 같은 작가들의 작품에 대해서는 신세대문학의 가능성으로 읽고 있는 것도, 신경숙과 한강의 작품세계가 다른 신세대 작품들에 비해 전통적인 소설문법을 따르고 있다는 것과 그래서 그것이 적어도 김선생의 '문학적 습관'에 엇나감 없이 순하게 스며들어서 그런 것이 아닌가 싶었다. 염선생의 경우와 비슷한 맥락이 아닐까?

이야기 하나 더해서, 역시 염무웅 선생이 작년 『창작과비평』 좌담에서 장정일 소설에서의 성 묘사나 섹슈얼리티에 관한 관심의 방향에 대해 '문학적 비판 이상'의 예민한 반응을 보였던 것도 이와 무관하지 않을 성싶다. 여기서 주목되는 것은 섹슈얼리티 문제에 대한 양자의 입지나 이해 중 어느 것이 더 정당하냐 하는 것이 아니라 이 문제를 사이에 놓고 서 있는 양자의 엄청난 거리감이다. 장정일은 우리 사회에서 성 문제가 이중적으로 초코드화되는 것을 하나의 폭력으로 보는 반면 염선생은 그런 문제를 공격하는 장정일의 태도나 문학적 방식을 도착적인 것으로, 그래서 폭력적인 것으로 간주하는 듯하는 것에서 그런 거리감이 확인된다.

동일한 문제를 놓고 발생하는 이 거리감은 이론적 혹은 인식론의 차원에서만 규명될 수 있는 소지의 것은 아니다. 거기에는 그것만으로는 도달할 수 없는, 이를테면 문화적 체험의 몽고반의 차이 같은 것이 도사리고 있기 때문이다. 여기서 우리는 하나의 소박한 질문을 떠올릴 수 있다. 예의 맥락을 전제로 할 때, 미학적 진리 혹은 문학적 진리라는 것이 통용될 수 있는 임계점이 어디까지이며 그 임계점 너머에 있는(만약에 있다면) 문학적 영토에 대해서는 어떤 식의 문학적 비평이 가능할까 하는 점이다. 이러한 질문은 문학 안에서 발생하는 세대적 분할이라는 것이 변수 차원을 넘어 마치 고정 상수의 위치를 점하고 있는 듯해서이다. 적어도 상상력이 표준적이지 않다는 것은 당연하다. 작가의 조건에 따라 그 상상력의 진앙 및 표현과정이 다름은 이론의 여지가 없다. 일군의 페미니스트들이 글쓰기의 남성성과 여성성에 관해 강한 논쟁의 장을 부각시킨 것도 그 때문이다. 그런데 상상력과 글쓰기 그리고 성차이의 관계에 견주어 그 성차이라는 조건에 세대라는 것을 집어넣어보면 어떤 결과가 나올까?

이는 먼저 이즈막 전개되었던 신세대문학 논의가 어쩌면 부분적 논거나 이해에서 출발한 것이거나, 그래서 길을 잘못 든 것이거나 아니면 진리의 선점권을 유지하려는 측과 아예 그 진리의 현실 효과를 인정하지 않으려는 측과의, 애당초 성립되지 않는 싸움이 아니었을까 하는 의문과 연관된다. 다른 한편으로는 요즈음의 세대 문제는 일반사에서 언제나 항존했던 세대 갈등으로서의 표현이 아니라 훨씬 거대한 문제와 맞물려 일어나는 중층적인 과정의 한 효과가 아닐까 해서이다. 좀더 자세히 말하면 이즈음 우리 사회의 중요한 화두가 되고 있는 세대 문제는 역사적으로 반복되어온 세대 갈등의 재반복이 아니라 이른바 세계사의 한 순환이 마감하고 새로운 순환이 시작되었다는 진단에서 감지되는 것처럼 세계사의 거대한 변화가 세대라는 형태를 선수(船首)로 해서 나타나는 고유한 문제의 표현이 아닌가 하는 점이다.

삼십대를 포함하는 넓은 의미의 기성세대가 의지해온 인식론적, 존재론적, 나아가 윤리학적 근대성의 안정적 지반이 동요사태에 빠지거나 혹은 부분적으로 시효 마감에 처하게 되고 동시에 그 동요나 시효 마감의 효과가 새롭게 등장하는 세대의 정체성 형성과정의 현실적 근거가 되고 있다는 추론은 이런 문맥에서 연원한다. 그럴 때 새로운 세대의 문화적 정체성이나 더욱 구체적으로는 육체성이 현실과 맺는 관계방식이 기성세대의 그것과는 상당히 다른 방식으로 주어지고 있다는 판단이 가능해지는 것이다. 이런 측면은 적어도 새로운 세대의 글쓰기에 포괄되는 재현, 진리, 상상력 등등의 범주가 기성세대의 그것과는 처음부터 규칙을 달리하는 것으로 구성된다는 예측을 가능하게 해주는 지표들이다. 이럴 때 근대성의 담론 안에서 구성되고 개진되던 문학적 진리 혹은 미학적 정당성이라는 준거로 새로운 세대의 글쓰기를 평가하고 비판하는 것은 마치 야구 규칙으로 축구를 설명하고 비판하는 듯한, 참으로 난감한 문제를 발생시키는 것이다. 이전과는 전혀 다른 세대 문제, 이는 세대의 한계가 세계의 한계가 아닐까 하는 난데없는 농담을 떠올리게 만든다.

오십대의 평론가가, 문학의 한 출발점이라 할 수 있는 작가의 고유한 체험, 이를테면 새로운 세대들에게 있어서 창조성의 기반이자 이미지 생산의 요처인 대중문화, 그중에서도 록이나 재즈, 컬트 영화, 테크노뮤직, 복합적인 스펙터클 등에 예민하게 감응하는 그들의 육체와 감성의 체험을 어떻게 이해해야 하는가? 극단적으로 말해 이해 가능한 것일까? 만약 이해가 제대로 되지 않는다면 예의 대중문화 혹은 새로운 문화 환경을 질료로 삼는 그들의 글쓰기에 대한 평가는 어떤 준거로 해야 하나? 일반적인 준거로 비평할 수밖에 없는가? 만약 그렇다면 그들 작품의 미학적 근거인 대중문화의 고유한 무늬나 호흡 등은 어떻게 되는 것인가? 문학 방외의 것으로 치부되어야 하는가? 이런 질문은 단지 경험주의적 문제틀의 소산인가? 요즘 들어 무시로 드는 자문이다.

2. 사례 2

얼마 전 컴퓨터 통신 대화방에서 우연찮게 이른바 신세대와 채팅을 하게 되었다. 그날의 이야깃거리는 짐 모리슨이었다. 나와 채팅을 하던 친구는 여학생이었는데 자신은 짐 모리슨이 너무 좋아 자기 아이디조차 짐 모리슨의 여자친구 이름으로 했다는 것이다. 사실 나는 요즘 대책 없이 괜히 냄새나 피우면서 록이나 재즈에 열중하는 친구들을 보면 왠지 마뜩찮아지던 형편이었다.

그렇지만 주제가 흥미 있어 이야기를 계속하게 되었다. 나는 그 친구에게 짐 모리슨을 좋아한다는데 그 가수의 노래에 담겨 있는 메시지, 가령 오이디푸스 콤플렉스의 삼각형이 만들어내는 자본주의적 지배성에 대한 파괴욕망이나 인간 육체성의 무한한 가능성에 대한 선동을 알고 듣느냐? 그는 노래를 하지만 그 노래의 메시지를 건설하기 위한 선행 작업, 즉 현실 인식 작업은 수많은 독서를 통해 이루어낸 것을 아느냐? 록을 좋아한다는데 록이 당시 미국 청년들의 영혼을 사로잡은 것이 단지 음악적 요인으로서만이 아니라 인권운동, 스튜던트 파워, 반전운동, 반문명운동, 급진적 페미니즘 운동 등 당대 미국의 수많은 저항운동의 역사적 급류와 상승작용하면서 나타난 현상이라는 것을 아느냐? 제니스 조플린의 몬터레이 페스티벌이나 우드스톡 페스티벌의 코뮌적 정치성을 어떻게 생각하느냐? 등등의 질문을 퍼부었다. 록을 좋아하는 사람들 모두가 그런 것은 아니겠지만 유감스럽게도 그 친구는 잘 모른다는 것이었다.

그러면 왜 그렇게 짐 모리슨이나 록이 좋다고 그러느냐는 질문에 그 친구는 그런 맥락은 잘 몰라도 록이나 짐 모리슨의 음악에서 폭발할 듯한 자유에의 갈망과 몸의 팽창을 느낀다고 했다. 자신에게 있어 그런 것을 느끼게 하는 것이 중요한 것이지 대상이 지니는 역사적 맥락이 중요한 것은 아니라는 것이다. 그가 느끼는 자유 혹은 팽창의 내용이 무엇인지는 잘 모른다. 하지만 만약 짐 모리슨이나 록에서 그런 자유나 해방의 육감을 얻었다면 그것은 아마 대상의 역사적 실체에서 오는 것이라기보다는 이미지에서 오는 것이라 보는 것이 옳을 법했다. 그녀 그리고 그녀와 유사한 세대들에게 있어 중요한 것은 대상에 대한 의미 실천을 통해 자신들의 상징과 문장(紋章)을 만드는 것이지 그 대상 고유의 역사적 과정이나 객관적 위상은 그다지 중요한 고려 사항이 아닌 것이었다.

3. 대중문화와 키보드 세대 작가의 미학

키보드 세대라는 말은 어쨌든 대단히 편의적인 표현이다. 그러나 편의적이기는 해도 이 표현은 새로운 세대 고유의 정체성 형태를 규정하는 데에 강한 함의성을 띤다. 키보드는 노동수단, 글쓰기 수단, 커뮤니케이션의 방법, 문화 수용 및 소비의 방법 등이 신매체의 띠에 포괄되고 그 띠가 새로운 주체 형태를 길러내는 데에 중요한 배경 및 장치가 되고 있는 현대성의 성질을 응축적으로 상징하는 것이란 점에서 그렇다. 키보드 세대와 다른 세대 사이에는 바로 이 상징이 횡단하고 있으며 그것이 곧 세대간의 변별성을 가르는 데에 있어 중심적인 좌표가 된다는 점에서 키보드가 특정 세대의 특징을 설명하는 데에 맞춤한 표상이라는 점이 설득력 있게 들리는 것이다. 이는 가령 키보드를 통한 사이버스페이스의 경험과 그런 경험을 하지 못한 세대에게 있어 공간 개념이나 공간 체험 방식이 얼마나 다르며 그 다름은 또 상상력의 차이를 어떻게 내보이고 있는가 하는 점을 상기해보는 데에서도 확인된다 하겠다.

이렇듯 예의 키보드 세대들로 표상되는 새로운 세대들이 키보드로 집약되는 신매체가 만들어내는 문화 생산물에 침례를 받게 마련인 것은 당연하다. 그런데 새로운 이야기는 아니지만 키보드의 침례와는 또 다르게 대중문화가 그들의 정체성을 형성하는 데에 강력한 요인이 되고 있다는 점은 누누이 지적되어왔다. 이 양 측면이 새로운 세대의 문화적 태반 역할을 한다는 것은 쉽게 확인될 수 있는 대목인데 근자에 보이는 주요 경향은 키보드와 대중문화의 연관성이 거의 공생적으로 긴밀해진 것이며, 그런 점에서 키보드는 대중문화의 생산수단이자 동시에 운용의 장이 되고 있는 측면이다.

이제 대중문화는 그들의 문화적 정체성을 기르는 데에 요람처럼 자리잡고 있으며 동시에 대중문화는 그들에게 사유와 창조 그리고 상징성의 수원지이자 자극제로 위치하고 있는 것이다. 그러므로 대중문화는 그들의 미학과 감수성의 거푸집이라는 말도 성립하는 것이다. 이처럼 새로운 세대들에게 있어 자기 표현과 동일성 확인의 교두보가 되고 있는 대중문화는 한편으로 그들의 표상체계로 재구축된다.

사정이 이럴 때 그들은 현실과의 대면을 많은 경우 대중문화라는 표상체계 안에서의 코드화 그리고 탈코드화의 과정이라는 우회로를 통해 수행하게 된다. 이는 현실에 대한 판단이 대중문화에 대한 조회 후에 이루어지는 경우를 말하는 것이다. 똑같은 맥락이 아니지만 성민엽씨가 송경아의 소설이 "삶에서 출발하는 것이 아니라 언어, 관념, 프로그램, 혹은 문학이론이 먼저 있고 거기에 맞춰 삶이 재구축된"[1] 것으로 보는 것도 넓게 보면 동궤의 것이기도 하다. 소위 신세대소설에서 각종 대중문화적 요소가 끊임없이 배음으로 깔리는 것도 그것이 곧 그들 사

1) 성민엽, 「세 개의 젊은 소설적 개성과 신세대소설」, 『문학과사회』 1995년 여름호.

유의 출발지인 현실의 라이프스타일을 구성하는 요소이기 때문이다. 기성세대가 그것을 아무리 키치와 같은 것이라 해도 그들에게 그것은 삶의 조건이자, 심지어 숭배의 대상이기도 한 것이다. 그들이 대중문화의 틀 속에서 정초한 미학과 감수성으로 현실을 새롭게 이미지화하고 그 이미지를 의미화하는 것도 결국은 그 대중문화가 자기 정체성의 태반이기에 그런 것이다. 이때 그 의미화에 사회 전체 구성원의 합의된 소통문법과 규율이 개연되어 있는 경우는 드물다. 이 점이 특히 그들의 형상을 전 세대와 급격하게 갈라놓은 분기점이다.

이들은 대중문화에 대한 상징화(영토화) 나아가 도상화(재영토화)를 통해 공식문화로서의 상징질서에서 엇나가고, 동시에 그 공식화된 상징질서에 대응하는 그들만의 상징질서를 만들어낸다. 물론 그것은 하위문화 또는 비공식 담론체계 안에서 유통, 소비된다. 그들이 시니피앙과 시니피에 관계의 안정성에 끊임없이 시비를 걸고 그것을 해체하고자 하는 열망을 보여주는 것은 상징질서에 대해 자신들의 영토를 구축하려는 욕망의 소산이며, 자신들의 문장(紋章)으로 상징화 혹은 문신행위를 끊임없이 수행하는 것은 기성 상징질서와의 길항이 강력하다는 것의 반영인 셈이다.

한편 이들 세대가 현실에 개입하는 양상을 보면 명제나 논리보다는 스타일의 방식이 우세하다. 그것으로 현실의 균열 혹은 파열을 꿈꾸는 것이다. 알다시피 스타일은 대개 실질 혹은 실체 이전의 것이다. 그런 점에서 어찌 보면 그런 방식은 또다른 유형의 낭만주의의 현전이라 생각할 수도 있다. 그런데 이런 스타일 방식은 결국 대중문화와의 관련성 속에서 생성된 것이라 할 수 있다.

예의 문신행위는 앞에서 이야기한 것처럼 대개 대중문화의 의미화를 통해 일어난다. 한데, 대중문화의 성격을 과도하게 일반화시킬 수는 없지만 그럼에도 대중문화는 상품미학적 성격을 강한 도구로 지님은 부정될 수 없다. 상품미학의 본질은 사용가치와 실현가치 사이의 엄청난 간격이다. 말하자면 상품에 대한 미학적 장치를 통해 소비자에게 약속하는 가치와 실제 사용했을 때 현실적으로 나타나는 가치는 전혀 다르다는 것이다. 그럼에도 이 엄청난 간격이라는 일종의 사기를 사기 아닌 것으로 여기게끔 그 간격을 메워주는 것이 바로 스타일이다. 요컨대 재현 대상과 재현된 것의 심한 모순관계를 가상적으로 해결해주는 것이 바로 스타일의 작용인 셈이다. 이런 맥락에서 새로운 세대가 얻어오는 것은 재현에 대한 스타일의 우위인 것이다. 그들에게 스타일은 현실에 대한 영토화의 매력적인 방식이기에 그렇다. 말하자면 재현보다는 자기식대로의 의미 실천이 이들에게 중요하다는 것이다. 그런 점에서 이들에게 재현 대상과 재현하는 과정에 대한 전통적인 이해, 즉 수미일관성이나 엄밀한 인과성 등등은 별 고려의 대상이 아니게 된다. 환상, 애니메이션, 몽환 등이 얽혀 있는, 그래서 전통적인 소설읽기의 방식으로는 난감함을 느끼기 십상인 백민석의 『헤이, 우리 소풍 간다』나 『내가 사랑한 캔디』 같은 경우도 이런 맥락에서 바라보아야 할 것이다. 요컨대 이 소설들에서 나타나는 고통과 아픔, 허망함의 의미 연관도 현실에서 곧바로 길어올린 것이 아니라 대중문화적인 의미화과정을 거친 연후의 것이라는 점이다.

이때 가능한 질문은 스타일로서 꿈꾸기를 계속하게 되는 힘은 어디서 나오는가 하는 점이다. 그것은 이들 세대 고유한 체험이 창조성으로 이행되고자 할 때 공식문화는 마치 서자 취급하는 것처럼 그들의 문화적 형상을 부정한다는 것, 또 공식문화는 대개 그들에게 억압의 성격을 가지는 반면 대중문화는 공식문화에 대한 상징적 해체의 성격을 가지는 동시에 그들의 상상력과 창조성에 개방되어 있다는 측면에서 온다고 볼 수 있다. 도식화하면 공식문화는 현실원칙을 강조하는 반면 대중문화는 쾌락원칙에 문을 열어놓았으며, 그런 개방성이 이 세대들의 비공식문화적 상상력을 확장시키는 요인이 된다는 것이다.

물론 위에서 이야기한 문맥에서의 스타일은 내용의 표현으로서의 스타일이라기보다는 이데올로기 효과로서의 스타일의 측면에 더 가깝다. 그렇지만 내용의 표현으로서의 스타일 성격 역시 새로운 세대들의 글쓰기에 관류한다. 그러나 스타일로서의 글쓰기를 인정한다 하더라도 그것에 대한 평결은 여전히 남는 문제이다. 여기서 우리가 질문해볼 수 있는 것은 그 스타일이 과연 이전의 것과 다른 사용처와 현실 개입력을 가진 스타일인가, 그래서 그것이 새로운 효과를 획득하는 것인가 하는 점이다.

만약에 여기서 그들의 스타일이 새로운 현실 개입력으로서의 스타일이 아니라 혹여 기존 스타일의 개별 요소들을 단지 다른 방식으로 배열, 배합해놓아 일회적 낯설음만 도드라지게 만드는 것이라면, 그들의 스타일은 자신들이 꿈꾸는 영토에 스스로 배반하게 되는 역설에 처하게 된다. 이는 오이디푸스 콤플렉스에 대한 반란이나 탈주에의 의지가 마치 오이디푸스처럼, 또다시 자신의 눈을 찔러야 하는 비극으로 귀결되는 형국인 것이다. 따라서 그런 꿈꾸기의 현실적 결과는 당연히 공식문화의 재귀동사가 되는 거세된 불임의 꿈꾸기일 뿐이다.

충분한 결론은 아니지만 스타일로서의 그들의 미학적 관점이 인공현실 혹은 가상현실 안에서는 자유롭게 발언하고 유영하지만 그 밖으로 일단 나서서 엄혹한 현실 앞에 서면 미아나 혹은 '소공자' 밖에 되지 못하는 것을 볼 때 예의 스타일은 아직 그들 꿈꾸기의 무기로서 충분한 현실 파장력을 가지고 있지는 못한 것 같다.

4. 섹슈얼리티, 육체, 욕망

키보드 세대라 칭할 수 있는 이들 작가들의 작품들에 한 가지로 집중되어 꼭지점을 이루는 것이 있다. 그것은 좁게는 섹슈얼리티, 넓게는 욕망의 문제설정이다. 이 문제에 대한 이들 작품의 묘사나 접근은 집요할 정도다. 이는 양적으로만이 아니다. 그 묘사에 들이는 작가의 공력이 대단하다는 느낌을 받을 정도이다. 이른바 역사나 사회 같은 대주제에 대해서는 거의 무관심하다고 비판받는 이들이 이 문제에 보이는 열광적인 관심은 어쩌면 이들 작품들을 해명하는 데에 키워드가 될 성싶다.

일반적으로 보면 섹슈얼리티에 대한 이들의 집착은 생산과 욕망, 혹은 이성과 감성, 정신과 육체라는 완강한 분할구조를 구성해놓고 양자택일 아니면 적어도 후자는 전자에 의해 조절되어야 한다는 성담론 또는 욕망의 전통적 입지에 대한 직정적 반응이자 육체성의 반발 결과이다. 말하자면 '도구적 이성'에 의한 경건주의와 엄숙주의에 대해 느끼는 억압에 육체의 직접성이 수행하는 반란이라 하겠다.

가령 박성원의 단편「라이히 보고서」에서 보여지는 '나'의 위축과 자기 검열, 동시에 그 거꾸로의 경우인 대책 없는 자기 방기는 라이히의 논리를 빌리면 욕망(사회적, 개인적 차원을 아우르는)의 봉쇄나 고착 결과로 나타나는 신경증이다. 라이히에게 있어 성 혹은 욕망은 분출되어야 하는 것이다. 그것이 가로막히거나 억압당할 때 개인과 사회의 문제가 발생한다. 그 문제가 가장 폭력적인 형태로 또는 자해의 형태로 화하는 것이 집단적 정신질환으로 진행된 파시즘인 것이다. 이 신경증이 우승제의『열려라, 방』에서는 혁명과 섹스의 등가화로 나타난다. '나'에게 있어 성은 전통적 의미에서의 혁명과 환원 불가능한 영역임에도 불구하고 혁명의 권력적 성격에 의해 환원 가능한 것으로 강요되고, 이로 인해 거시정치의 패러다임만으로는 그 입지점을 해명하기 어려운, 미시정치의 영역이 억압받는다는 인식이 드러나는 것이다.

이런 문제에 대해 우승제가 택하는 방책은 혁명과 성의 서열관계를 흩뜨려버리는 식이다. 그것을 통해 혁명과 성은 높낮이의 비교 대상이 아니라 자체만의 고유 영역을 가지는 것으로 간주되게끔 일종의 탕평책을 기획하는 것이다. 감창 소리와 혁명에의 선서가 분절화되어 서로 섞이면서 그 자체로는 의미가 해체되어버리지만 그와 동시에 새로운 음가를 만들어내는 형국은 그런 기획이 위악적으로 표현된 결과이다.

이런 것들은 지배적인 성담론이 자신을 호출하는 것에 대한 새로운 세대들의 불응 또는 부여되는 성적 규칙에 대한 위반의 성격을 지닌다. 이들은 이에서 더 나아가 위반의 쾌락만이 아니라 새롭고도 반란적인 성담론의 구축을 위한 프로그램을 모색한다. 그 반란의 전략은 크게 보아 두 가지 유형으로 나타난다. 하나는 위악을 통한 비틂이다. 성을 만화나 포르노그래피와 같이 묘사하는 것이다. 우승제나 백민석 같은 경우가 그렇다. 다른 하나는 성행위에 감정이입의 상태를 철저히 배제함으로써 그것을 마치 단순한 관절운동같이 취급하는 사물화의 방식으로 묘사하는 것이다. 송경아나 최희영의 경우가 그렇다. 둘 다 말하자면 기의의 스밈을 철저히 탈락시키는 기표의 배열로서만 성을 묘사하고 있는 것이다. 이러한 양식이 스스로의 기획 의도를 주장하지 않아도 그것의 효과는 다음과 같은 반응에 적절히 나타나고 있다. "(이들 작품에서) 성은 사랑의 표현이 아니라 동물적인 욕망의 배출구로 간주되며 그래서 이들의 관계에는 이들의 부모가 지켜오고 또 그들에게 요구하는 윤리감이나 책임감이 배제되고 있다. 그들은 기존의 가치체계에 도무지 개의하지 않음으로써 도덕적 배반을 의식 없이 수행하고 있는 것이다. 성에 대한 관념이 그렇기 때문이지만 이 성교접에 대한 묘사가 에로티시즘이 아니라 동물적 행위로서의 섹스로만 그러니까 사물화된 관계로만 이루어지고 있을 뿐"[2]이다.

김병익 선생의 이런 진단은 전통적인 성담론의 범역에서 보자면 지극히 정당하다. 하지만 그 진단의 출발점이나 문제의식의 지반이 애당초 위에서 거론된 작가 세대들의 그것과는 전혀 다른 입지점에서 이루어지고 있다는 점에서 곤혹스러움이 발생하는 것이다. 그렇기에 김선생의 충정은 이들 세대에게는 반향 없는 외침이 되기 십상인 것이다.

2) 김병익, 「신세대와 새로운 삶의 양식, 그리고 문학」, 『문학과사회』 1995년 여름호.

이렇듯 키보드 세대들은 전통적인 성담론과의 날 선 긴장 속에서 새로운 성담론을 기획하고 현실화의 프로그램을 작성하고 있다. 하지만 그런 의도에도 불구하고 그 기획은 아직 전통적 성담론에 대한 반동일시(counter-identification)의 수준이지 역동일시(dis-identification)로까지는 확장되지 못하고 있는 것으로 보인다. 중요한 것은 역동일시이다. 이 역동일시는 자신들의 기획이 욕망에 대한 자본주의의 관리, 양생, 보호, 선택 회로 밖을 향해 더욱 발본적으로 뛰쳐나가 '성정치'의 영역까지를 개척할 때에만 가능할 것이다.

성 문제에 대한 이들의 태도나 발언 형태는 성담론에 관한 한 이중적으로 자신들을 억압하는 기존 성적 표상체계에서의 탈주이자, 성 혹은 욕망을 생산으로 구현할 수 있는 새로운 인간학에의 기대를 내포한다. 어쩌면 우리는 새로운 세대의 그런 태도나 발언에서 성담론에 관한 우리의 모순성이나 거기서 오는 곤욕을 해결해주는 효과를 기대하고 있는지 모른다. 우리가 그들의 작품과 기획에 굳이 깊은 관심을 가지는 것도 그런 맥락의 한 자락이 걸쳐져 있기 때문임을 굳이 숨길 까닭은 없다.

(『문학동네』 1995년 겨울호)

---

* 이 글은 다음 소설들을 비평대상으로 삼았다.
김우정, 『작고 가벼운 우울』
김별아, 『내 마음의 포르노그래피』
백민석, 『헤이, 우리 소풍 간다』 『내가 사랑한 캔디』
박성원, 「라이히 보고서」
송경아, 『성교가 두 인간의 관계에 미치는 영향에 대한 문학적 고찰 중 사례연구 부분인용』 「바리—길 위에서」
우승제, 『열려라, 방』
이태직, 「창문 없는 방」
박태균, 「백열등」
최희영, 「블루」

예각에서 원융으로의 더딘 선회

—김영현, 『그리고 아무 말도 하지 않았다』

오, 나의 봄은
이렇게 가도 되는 것일까.
— 고정희의 시 「프라하의 봄 1」을 인용한
김영현의 「해남 가는 길」 중에서

1

작가는 불만의 주체이다. 대중 역시 불만의 주체이다. 그러나 작가는 그중에서도 특히나 문제적 주체이다. 이는 루카치가 근대소설의 한 요소로 이름한 문제적 개인과 같은 맥락이다. 작가가 불만의 문제적 주체라는 말은, 항상 하는 말로 누구보다 현실의 문제와 모순을 더 먼저, 더 멀리, 더 깊이 느끼고 체현할 수 있어야 작가로서의 가치를 부여받는다는 의미에서 그렇다. 소설 쓰는 행위가 현실에 대한 비평이라면, 따라서 작가는 누구보다도 더 먼저, 더 정확히 현실에서 발생하는 문제에 대해 강한 불만을 느껴야 하며, 아울러 그것을 지적하고 비평하는 자가 아니면 안 된다. 이런 점에서 한 작가의 소설세계의 고유한 풍정과 조우하고, 동시에 그 의미를 나름대로 해석해본다는 것은 그 작가가 현실에 대해서 가지는 불만의 대상, 영역, 성격 등을 따져나가는 일과 다른 일이 아닐 터이다.

나중에 좀더 자세히 언급하겠지만, 먼저 김영현이 『깊은 강은 멀리 흐른다』 및 『겨울 바다』에서 출발한 현실에 대한 불만의 대상은 군사정권, 파쇼, 살인, 범죄, 인간에 의한 인간의 착취 등이 표상하는 것들이다. 당시 현실에서 그런 불만을 해결하는 방법으로 우세했던 것은 작가 자신의 "가슴을 울렁거리게 했던" 말들인 "변혁" 혹은 "혁명"이었으며, 작가 역시 자신의 문학을 기꺼이 그 변혁의 도정에 '복무'시키고자 했다. 여기까지는 별로 복잡할 것 없다. 그러나 김영현이 가지는 불만 즉 문제로 느끼는 것은 여기에서 그치는 것이 아니라는 점, 이를테면 위의 것들이, 임의적 표현으로, 작가 외계의 것이라면, 작가는 자기 내부의 생김새 혹은 정체성에 대해서도 마찬가지로 강한 불만을 품고 있다는 점에서 문제의 복잡성이 발생한다. 물론 이 문제에 대해서도 작가는 지적하고 비평하며 요구한다.

여기서 내부의 생김새에 대한 불만이란 모순적 주체 혹은 자아라는 문제에 대해서인데, 작가의 불만은 세 가지로 나뉘어 표현된다. 하나는 당대의 변혁적 정세는 '도덕'과 '윤리' 그리고 사상이 변혁적으로 '통일'된 '투명한 주체'를 요구하지만 기실 이 주체는 분열과 모순의 현장이 되는 반투명체일 수밖에 없다는 점, 따라서 이를 현실로 인정하고 그런 현실 인식의 기반 위에서 예의 분열과 모순의 폐해를 줄여나가는 방법을 찾는 것이 변혁의 출발점일 것인데, 이에 대한 세심한 고려를 결여한 채 인간을 통일적이고도 투명한 존재관에 입각해 해석하고 요구하는 태도에 대한 불만이다. 하지만 다른 하나는, 역설적이게도 그런 투명한 존재로 화하지 못하는 작가 자신에 대한 불만이다. 여기서 하나의 모순이 발생한다. 즉 자신이 비판하고 불만족스러워하는 영역에 자신의 몸을 기탁하고 싶어하는 점이다. 그러기에 세번째 불만은 자기 내부의 이러한 모순을 대상으로 삼는다. 1990년 이전까지의 김영현 작품에서 구현된 현실에 대한 불만의 대상, 내용, 성격 등은 대개 이런 불균등한 면모를 자원으로 삼고 있다고 할 만하다. 그를 민족·민중문학의 주류로 보는 시각이나, 아니면 그의 작품을 놓고 벌어졌던 '논쟁' 당사자의 또다른 해석도 이런 측면에 기인하는 것이라 할 수 있다.

90년대에 들어와 작가의 불만은 세상이 달라진 만큼 당연히 달라진다. 80년대의 불만이 자명한 타락과 선명한 적에서 오는 것이라면 이제 90년대엔 그것들이 더이상 자명하지 않게 된 것이다. 타락은 여전하되 그것은 점차 세련되고 깊은 은닉의 공간에서 거처하는바, 작가가 현실에 대해 가지는 불만은 타락을 안락으로 보이게끔 유도하는 이 은닉의 장치 때문이다. 그러나 80년대처럼 현실에 대한 직접적인 발언은 그리 많지 않다. 오히려 더 많은 것은 그 은닉의 본질과 효과를 모르는 것도 아니건만, 그래서 아직까지 버릴 수 없는 희망은 여전해야 하건만, 마음과 달리 몸은 자꾸만 일상의 세속적 번다함과 대세에 밀려가 어정쩡하게 잡종교배되는 현실을 인정하는 세태이며, 그로 인해 예의 희망의 가능성을 '스스로' 은닉시키고자 하는, 사람들의, 그리고 나아가 자신의 피해의식이다. 작가는 불만의 주체라는 명제를 통하여 김영현 문학의 풍정을 살펴보면 이런 정도로 요약될 수 있을 것이다.

2

김영현 문학의 진행과정을 살펴봄에 있어 재미있는 사실은, '소설가' 김영현의 소설 행로와 변화의 단서는 그가 낸 두 권의 시집에 이미 함축적으로 예고되어 있다는 것이다. 요컨대 그의 소설 풍경이 대개는 시집에 먼저 스케치되어 있고, 따라서 그가 소설을 쓰는 일은 그 스케치 위에 디테일한 색이나 광선의 효과 등을 집어넣는 일이라 할 수 있다. 말하자면 시집에서 자신의 문학적 감수성과 현실 인식의 산물을 응결시키고 그것을 이후 산문으로 풀어헤치는 모양이다. 물론 그는 소설로 먼저 등단했지만 그의 80년대 소설 경향의 전반은 시집 『겨울 바다』에서 나타나는 청춘기의 간난과 신산스러움, 그러나 그 엄혹한 현실과의 대결의식 등이 소설적으로 반영, 투과하는 과정인 점에서 『겨울 바다』는 그의 소설의 원형이 되는 셈이다.

또한 그의 두번째 시집 『남해 엽서』의 전언은 이전과 달라지는 그의 작가적 풍모에 대한 예고이다. 그의 소설세계는 90년대, 특히 1993년경부터 전과 달라지는 경향을 보이기 시작하는데, 『남해 엽서』는 그런 맥락 위에서 자신의 지난 문학의 정리이자 문제의식의 지평이 이동한 후의 재출발이라는 이중의 의미를 담고 있다. 이는 『남해 엽서』의 지배적인 정조가 피곤함, 침잠, 내성(內省), 새로운 방법에 기반한 현실 인식 등으로 이루어지는 측면에서 간취해볼 수 있다. 그런 점에서 『남해 엽서』는 그의 달라지는 문학세계의 원형적 정경이 되리라는 예측을 가능케 하는 것이다.

이처럼 시집 『겨울 바다』와 『남해 엽서』가 김영현 문학세계의 출발점들과 일차적 맺음의 마디를 나타내주는 것이라면 그의 소설은 대개 두 단계로 나누어진다고 하겠다. 물론 동일 작가의 문학세계가 서로 무연하게, 기계적으로 단절될 수 있는 것은 아니지만, 연속과 불연속이라는 구별되는 맥락이 있다는 점 또한 부인할 수 없는 사실이다. 그런 점에서 그의 문학세계를 살펴보는 데 하나의 편의적인 구분법을 동원하자면, 80년대의 김영현과 90년대의 김영현이라는 구분법이다. 그 사이에 장편 『풋사랑』이 끼어 있다고 할 수 있다.

80년대 후반에 집중된 그의 소설쓰기와 사회활동은 주지하다시피 권력의 야만적 폭력과 억압성에 대한 대결의식의 반영이다. 그 대결의식은 한편으로는 자신의 인간됨을 지키기 위한 현실에서의 버팅김, 다른 한편으로는, 당시에는 누구나 그랬듯이 권력에 대해 품은 독기의 발로이다. 하지만 그러한 작가의 현실 인식과 태도가 소설로 가공될 때에는 언제나 하나의 주요 형상을 매개로 삼는다. 김영현 문학에서 그것은 '청춘' 이라는 형상이다. 그에게 있어 청춘은 아무리 얼음왕국 같은 조건에서도 변혁에의 열정을 뜨겁게 달굴 수 있는 요소가 되는 것이다.

그것이 색감으로는 푸른빛의 이미지로 표현된다. 소설집 『해남 가는 길』의 자서(自序) 제목을 '내 추억의 푸른 길'로, 또 진행중인 장편 제목을 '우리 청춘의 푸른 옷'으로 삼고 있는 것은 그 사연을 일러주는 대목이다. 이 푸름의 이미지는 「등꽃」에서도 가로질러간다.

이런 면모는 리얼리즘 작가로 간주되는 그의 작품에 낭만주의적 경향을 불러일으키는 요인이 된다. 이에 대해서는 『해남 가는 길』의 해설에서 김철이 지적한 바 있다. 그러나 사실 예술가로 나선 사람 가운데 낭만주의적 풍모가 없는 사람이 몇이나 되겠는가? 그런 점에서 그것이 유다른 면이 되는 것은 아닐 것이다. 하지만 김영현 작품이 주목받는 것은 그런 낭만주의적 경향을 리얼리즘적 삶의 자세와 현실 인식 방법 속에 적절하게 용해시켜 긍정의 효과를 자아내게 하는 데에 있다.

꼭 이것 때문만은 아니겠으나, 김영현의 소설에 대한 논란이 분분한 것이나 김영현 문학은 어떤 단일한 해석 범주나 요소로 환원되지 않는 독특한 맥락을 지니고 있다는 저간의 진단도 이런 점이 부분적으로 반영된 결과일 것이다. 이런 측면은 그의 문학세계가 간단치 않다는, 상당히 복합적인 성격으로 구성되어 있다는 점을 이르는 말인데, 그러나 현실의 실제가 복합적일 수밖에 없다는 점을 생각한다면 그 복합적인 성격을 살리지 못하는 것이 문제이지, 현실에 대한 비평이자 재현인 문학이 복합적인 것은 당연하다는 점에서 하등 문제될 것이 없다 하겠다. 어쨌든 80년대의 김영현 문학은, 전체는 부분의 합보다 클 수 있다는 의미에서, 낭만주의적 경향, 의식의 흐름 같은 요소 등을 내포하고 있으면서도 그것을 리얼리즘적으로 통합하고 있었거니와, 그것은 당시 민족문학의 대개가 그랬던 것처럼 전망과 거기에 이르는 방법에의 자신감을 강력히 피력하고 있었다.

하지만 90년대 들어 본격화된 세계사의 변화와 거기에 맞물린 국내 정세의 변동은 그의 작품에 곧바로 반영되어 대략 세 갈래의 경향으로 갈라지는 데에 되먹임 작용을 하고 있다. 하나는 80년대 꿈에 대한 확신을 재환기하며 그것을 포기할 수 없다는 다짐이며, 둘은 어쩔 수 없는 당황스러움이고, 셋은 달라진 현실 조건을 조심스럽게 사유하는 일이다. 첫번째는 그의 첫 장편 『풋사랑』으로 드러나고, 두번째는 「해남 가는 길」, 세번째는 「집시 아저씨」「내 마음의 서부」 등에서 구현된다. 그러나 『풋사랑』이 진보의 희망이 심하게 위협받던 정세의 가파름 속에서 그런 정세나 국면에 버텨내기 위한 의식의 산물이었다는 점은 이해할 만하지만, 그 강박감에 지나치게 매몰되어 목적의식이 과잉 노출된 것 등은 작품에 대한 실망으로 이어졌다.

『풋사랑』이 '80년대적 김영현'과의 연속성을 일러주는 형상이라면 1991년에 발표된 「해남 가는 길」은 '90년대적 김영현'의 면모를 예감케 하는 표지이다. 「해남 가는 길」에서 내보이는 작가의 자의식은 글쓰기의 어려움으로 전이된다. 이는 달라진 현실 앞에서의 당혹스러움 혹은 세상 읽기의 어려움이자 동시에 그 현실에 새로운 형태로서 자신을 압박하고 있다는 의식의 소산이다. 여기서 작가는 80년대식의 현실과의 불화가 90년대식의 그것으로 변형되는 것을 서서히 예감한다. 그 예감이 불가역적인 현실로 확인되는 것은 진태의 이혼 소식에서이고(「등꽃」), 그 확인 후의 당황, 그리고 그에 대한 이해와 해결의 모색 등은 「내 마음의 서부」「집시 아저씨」「등꽃」「그리고 아무 말도 하지 않았다」 등에서 사유된다.

작가, 그리고 그와 이념적, 정서적 연대선에 같이 서 있던 사람들이 달라진 현실 앞에서 느끼는 당혹감과 그 변화가 자신의 변화를 요구하는 사실 앞에서의 반응의 양상은 「등꽃」에 가장 분명하게 드러나고 있다. 진태의 이혼 소식을 들은 '나'와 친구들은 그 이혼 자체보다도 진태의 결혼이 내포하고 있는 자신들의 시대적 상징이 붕괴한다는 사실에 더욱 놀라고 안타까워하는 것이다. 요컨대 진태의 결혼이야말로 그들의 헌신과 열정 및 순결, 그래서 신산스러웠지만 그래도 80년대의 "그 모든 것"을 "아름다운 이야기"로 확실하게 추억케 해주고 결정(結晶)

시켜주는 오롯한 상징이었기 때문이다. 이는 그들이 진태의 이혼을 말리는 것이 진태를 염려하는 마음에서이기는 하지만 동시에 "우리 모두를 위하여"도 이혼이 있어서는 안 된다는 마음에서 나오는 염려라는 점에서 확연해진다.

그 상징의 유실 위기 앞에서 나타나는 것은 즉자적인 반발 정서와 새로운 다짐이라는 양 갈래이다. 전자는 청춘기에 대한 기억의 증폭으로 치환된다. "첫봄의 그 눈부심"이고 "감동 많았고 순수"했으며 "그래서 보랏빛 등꽃처럼 환했던 시절" 등으로 기억하고 싶어하는 청춘은 따라서 예의 위기를 인정하기 싫은 의식의 반작용이라 할 수 있다. 그러나 다소 과잉 채색되는 듯한, 지난 '변혁적 청춘'에 대한 이런 회억은 거꾸로 말해 현재의 곤란함을 증거하는 요소로 확인된다.

이 곤란함에 대한 사유와 달라진 조건을 전제로 하는, 이전과 다른 출구의 모색은 앞에서 언급한 것처럼 「내 마음의 서부」「집시 아저씨」「등꽃」「그리고 아무 말도 하지 않았다」 등에서 드러난다. 하지만 작가가 제안하거나 조심스레 내놓은 출구의 모양에는 여러 낙차가 지는 것을 볼 수 있어, 예의 모색의 어려움을 반증하고 있다. 가령 「등꽃」에서 나타나는 새로운 출발의 근거는 여전히 지난 80년대의 청춘기의 비망 위에 서 있다는 점에서 그것의 현실적 효율성에 의문을 불러일으킨다. 작품의 종결부가 "그때, 나의 가슴속에 문득, 눈물이 아롱진 시야 가득히, 보랏빛 환환 등꽃이, 떠오르는 것이었다. 포도송이처럼 주렁주렁 매달린 채 부드러운 바람에 흔들거리는…… 보랏빛 등꽃이!" 식의 방백을 스스로에게 다짐하듯이 마디마디 끊어읽는 대목은 청춘기에 발열하던 열정의 원칙을 다시금 재호출하여 그것으로 새로운 약진이나 희망의 전조를 나타내 보이려 하지만 그것은 그다지 설득력을 가지고 있지 못하다는 점에서 그렇다. 이런 회고적인 수준에 비해 「해남 가는 길」에서의 출구 모색에 대한 사고는 그래도 미래지향적이고 윗길이다. 불꽃과 풀꽃의 비교를 통해 얻은, 분노만으로는 소망의 성취가 이루어질 수 없다는 인식, 따라서 분노의 불꽃에 구체적 현실의 '뿌리'를 달아야 한다는 인식은 보다 구체적인 경험의 소산이기에 그렇다. 그러나 다시 「내 마음의 서부」나 「차력사」에 이르면 모색의 애매함이 두드러진다. 이런 낙차와 혼란스러움은 1992, 93년에 들어와 이전과는 달리 세계사적인 변화가 작가에게 구체적인 실감으로 다가온다는 것과 아울러 그 구체성에 대한 태도 결정이 얼마나 어려운가 하는 면을 일러주는 대목이다.

여하튼 청춘의 열정에 대한 재환기(「등꽃」), 불꽃뿌리(「해남 가는 길」), 새로운 축조 방식에 기초한 공동체(「내 마음의 서부」) 등의 다양한 모색을 꾀해보는 곳까지는 왔으나, 구체적 방법론 앞에서 작가는 다시 혼돈스러워하며 머뭇거린다. 이 면모의 일단은 최근작 「그리고 아무 말도 하지 않았다」와 두번째 시집 『남해 엽서』에서 노출된다. 그러나 여기서 또한 확인되는 것은 혼돈과 지체의 휘감김을 기반으로 해서, 더디지만 새로운 경지로 진입하고자 애쓰는 과정이다.

먼저 『남해 엽서』에서 두드러지는 것은 완연한 피곤함이다. 물론 여기서도 새 세상에의 동경이 사라진 것은 아니며 또 피곤함 자체가 작품의 거푸집이라는 것은 아니다. 하지만 그런 정조가 작품 전반의 밑동에 흐르고 있음은 부인할 수 없을 성싶다. 한편 「그리고 아무 말도 하지 않았다」에서 보이는 것은 팽팽한 예각 대신 원융(圓融)에의 기대라 할 만하다. 이 작품들에서 공통적으로 울려나오는 것은 울대 높이는 함성이나 절규가 아니라 목젖 부근까지만 올라와서 새삼 다스려지는 목소리이다. 그 목소리는 타자에 대한 주장이 아니라 자신을 향한 되물음이며 그 되물음은 이전의 문학적 삶과는 그 두께와 질감이 다른 중생(重生) 혹은 신생(新生)의 꿈으로 접근하는 길에 다름아님을 알려준다.[1] 앞서 말한, 당대 역사 앞에서 작가가 마련하고 있는 방책은, 단순화시켜 말

1) 졸고, 「80년대 문학의 '뜨거운 상징', 그 물굽이에서」, 『문학동네 소식』 5호.

한다면 이렇듯이 예각에서 원융으로, 타자에서 자아로의 선회로 내용화되는 것이라 할 수 있다. 그렇다면 이런 점을 김영현 작가의식의 물길이 한번 휘돌아가는 정경으로 볼 수 있지는 않을까?

김영현 문학은 지난 십수 년을 숨가쁘게 달려왔다. 이제 그는 피곤함을 느낀다. 그의 문학적 흐름도 이제 한번 휘돌아가는 중이다. 하지만 그런 중에서도 그가 전하는 문학적 메시지는 그 피곤함이 단지 주저앉음의 예비 동작이 아니라 현실에의 새로운 성찰과 비판의 돋을판이 될 수 있다는 기대를, 또 물길의 휘돎도 새로운 영역으로의 지류를 만들어 낼 수 있다는 기대를 가지게 한다. 그것은 원융적인 형상을 안고 가려는 그의 글쓰기가 결코 인간적 삶에 대한 동경과 따뜻한 살림살이에 대한 옹호의 고삐를 늦추고 있지 않기 때문이다. 마냥 푸르렀을 뿐 아니라, 그에 못지않은 고통과 연단의 '80년대적' 청춘을 거쳐 이제 불혹에 접어든 그에게 어떤 문학적 신세계가 펼쳐질지 우리 모두의 관심사가 아닐 수 없다.

(『그리고 아무 말도 하지 않았다』 해설, 1995)

소설문학의 균형을 기대하며

—오정희, 「옛우물」, 김영현, 「그리고 아무 말도 하지 않았다」, 이문열, 「아우와의 만남」

1. 장편의 양산과 중단편의 부진

어느 틈엔가 소설 하면 바로 장편을 연상하는 도식이 생긴 듯하다. 요 근래 거의 맹폭에 가까운 장편소설의 대량생산이 돋우어낸 분위기 탓일 게다. 장편의 양상은 한편으로 이야기할 사연이나 사회적 주제가 많아졌다는 것의 반영이라는 식으로 받아들일 수도 있다. 이야기할 게 많아졌다는 것은 또 한편으로 그만큼 우리 사회의 구조나 모양이 단선적이 아닌 다선적으로, 단평면적이 아닌 입체적으로 전개되고 있다는 사정의 반영일 수도 있다. 이는 새로운 모순이, 혹은 이미 있어왔지만 현실 조건의 변화에 따라 새삼스레 융기하는 다양한 모순이 중첩적인 모습으로 드러나고 있으며 거기서 발생하는 갈등의 수많은 모양과 색깔이 무척 역동적인 가변성을 띠고 있다는 것을 보여주는 징표일 수 있다. 가령 여성소설 혹은 페미니즘 소설의 분발에서 그것 중의 한 예를 얻어올 수 있지 않을까?

그러나 사회 성격이 복잡해지고 그만큼 이야기할 게 많아진다는 것이 장편소설 양산의 적실성을 보장해주는 지표는 아니라는 데에서 문제가 발생한다. 그것은 앞에 예로 든 소위 페미니즘 장편소설이 상대적으로 많이 생산되고 있으면서도 적지 않은 수가 '자칭' 일 뿐, 자칭에 타칭이 보태지는, 장편으로서의 엄정한 수준을 확보하고 있는 페미니즘 소설이 희소하다는 사실 등에서 확인할 수 있다. 물론 수준의 높낮이야 어찌 되었든, 그 동안 우리 사회에서 성 모순이나 여성 문제가 단단히 봉쇄되어왔던 사정을 감안할 때 페미니즘 장편소설의 왕성한 발언이 포지하고 있는 쟁점 만들기' 기능과 정세 형성의 전술은 나름대로 역사적 진실과 정당성을 담고 있다고 할 수 있다. 하지만 그렇다고 그것이 작품의 높낮이를 구분하는 문학 고유의 판단기제에까지 무한히 간섭할 수 있는 것은 못 된다. 말하자면 페미니즘 문학도 문학이기에 페미니즘이라는 관심 사안의 정당성은 인정한다 하더라도 그것이 이른바 작품의 완성도라는 평결 준거에서 무상히 벗어날 수는 없기 때문이다.

종래에는 다루어지지 않던 사회적, 개인적 차원에서의 문제나 주제의식 혹은 이전과는 질적으로 다른 문제의식에서 출발하는 장편소설이라 하더라도 마찬가지이다. 세상에 새롭게 나타나는 것, 그리고 현실을 새롭게 보는 태도에는 언제나 많은 이야깃거리가 줄줄이 끌려나오게 마련이지만, 그 많은 이야깃거리가 곧바로 '장편' 과 '소설' 이라는 두 범역의 적실성을 보장해주는 지표가 아니란 점은 앞서 언급한 바와 같다. 그런 점에서, 이야기할 것이 많다는 소재적 유인이 곧장 장편소설에 대드는 주요 동기로 작용할 때 야기되는 폐단은 어렵지 않게 예상되고 또한 확인되고 있다. 근자 수많은 장편소설들이 서로 앞머리를 차지하기 위해 몰려나오지만 '장편소설다운' 장편 보기가 그렇게 어려운 것은 이런 맥락과 무관하지 않다. 여기에다 소설에 대한 '애모의 정' 이 장편 편애로만 기울어지는 듯한 요즘 문학동네 인심과 이른바 '상업적 고려' 라는 고려 아닌 고려가 포개지면 그 사정은 더해진다.

근래 문예잡지 관련자들의 아우성처럼 근사한 중단편이 보기 힘들다는 점도 예의 논리의 연장선 위에 있다. 한편으로는 장편으로! 장편으로! 하는 편벽된 집중력이 중단편에 대한 애정과 연단의 노고를 엷게 하는 조건이 되는 것이며, 다른 한편으로는 되든 안 되든 작가들이 장편에 요구되는 상상력과 건축술에만 눈길을 기울이다보니 결과적으로 중단편에 요구되는 제련법이 제대로 여물 사이가 없게 된다는 말이다.

그리하여 다소 비약하자면, 장편 우선론은 장편소설 그 자체도 실하게 만들지 못하게 하는 요인이 될 뿐더러, 동시에 중단편의 가뭄이라는 '망외'의 역효과를 낳는 요인도 되고 있는 것이다. 물론 중단편이라는 것이 무조건적으로 생존을 보장받아야 할 예술 범주일 수는 없지만 그래도 소설문학 범역의 구성 부분인 중단편이 제대로 서지 못할 때는 장편 역시 제대로 서지 못할 것임은 당연히 예상되는 바이다. 장편과 중단편이 자꾸 공생(共生) 쪽으로가 아닌 공사(共死) 쪽으로 가고 있는 것은 아닌가 하는 심각한 우려는, 그래서 절로 나는 것이다. 장편의 '이상적(異常的)' 양산은 그 외관이 주는 왕성한 작품 생산의 이미지와는 정반대로, 본질에 있어서는 이즈막 계속 거론되고 있는 소위 '문학의 위기'라는 형상의 또다른 형식일 수도 있겠다 싶은 생각은, 그래서 또 마냥 억지가 아닐 법하다. 요 몇 달 사이에 이른바 '본격문학'으로서의 장편소설이 다량으로 회생하고 있다는 저간의 진단은 별도의 틀로 논의되어야 할 사안이지, 그런 단발적 형세가 앞의 논리, 이를테면 장편소설의 양산이 장편소설의 위엄을 소실케 한다는 역설 및 중단편소설 영양실조의 요인으로 작용한다는 판단을 충분히 무마시키는 대목이 될 수는 없다.

이처럼 제대로 된 중단편이 보이지 않는다는 염려가 팽배해지고 있는 시점에 보란 듯이 나타난, 지난 계절 각종 문예지의 중단편은 우리의 갈급함을 적셔주기에 아주 요긴한 강우량이 아니었나 싶다. 오정희 이문열 김원우 김영현 이남희 김한수 김석희 심상대 허수경 김재찬 한강 등등 중량감 있는 중견 작가들의 이름과 돋을볕 같은 신진들이 적당하게 섞여 있는 모습은 오랜만에 보는 중단편의 풍경이었던 셈이다. 오랜만에 보는 얼굴은, 반가움 때문에라도 평상시보다 더 자세히 들여다보게 마련이다. 지난 계절의 중단편의 속내와 문맥은 어떻게 이루어져 있는지 몇몇 작품을 통해 따라가보자.

2. 우리 시대의 여성성 — 오정희의 「옛우물」

이 소설의 거죽은 이러하다. '나'는 오늘로써 45회째 생일을 맞고 있다. 세상에 나온 지 45년이 지난 지금 '나'는 작은 지방 도시에서, 만성적인 편두통과 임신중의 변비로 인한 치질에 시달리는, 그저 그렇고 그런 중년의 주부이다. 그의 "삶의 풍속은 (……) 빈약한 상상력에 기대어 부박하다". 세상이 요구하는 충실한 관습, 질서, 그리고 습관에 따라 자기에게 주어진 역할에 맞게 모나지 않게 적당히 살아가는 법도 잘 알지만, 반면에 그렇게 살지 않을 수 있는 법도 잘 안다. 그러나 그는 습관에 따라 순하게 살아가는 길, 그밖에는 발을 디디지 않는다. 그렇다고 내연하는 바가 없는 것은 아니다. 하지만 그에게 세상과 세월과 남편 등, 그 환경은 그저 견디는 대상일 따름이다. 남편이 자기를 견디듯이.

이른바 가장 표본적인 사십대 주부 인생이 이 소설의 거죽을 이룬다. 그저 이 거죽을 그려낸 것이라면 그것을 유독 소설로 칠 필요는 없을 것이다. 문학이 만약 '문제적'인 것의 표면을 헤치고 균열의 폭을 더 확대시키는 데에서 자기 동일성의 근거를 얻어오는 것이라면 앞에서 언급된 평범한 사십대 주부 인생인 '나'라는 존재의 외관, 그 껍질 밑에서 껍질 밖과 부단히 갈등하고 충돌하는 내연의 형태와 논리를 따라잡을 수 있어야 하기 때문이다. 오정희 특유의 소설 건축술에 힘입은 이 「옛우물」은 바로 그런 논리를 충실히 만족시키고 있기에 소설로서 손색이 없는 것이다. 이런 것은 논리적으로야 쉽게 이야기되지만 실제 창작에 있어서는 현실의 복합성을 분석적으로 가려보는 안목이나 그것에 대한 묘사력이 여간 고도의 것이 아니면 수행하기 쉽지 않은 난제인데 이 소설은 그것을 시범적으로 보여주고 있다는 말이다. '나' 의 안과 밖이 서로 보이게 혹은 보이지 않게 길항하는 모양을 고루고루, 그리고 투명하게 적출해 내보이는 솜씨 때문에, 그래서 이 소설은 하나의 시범이라 부를 만하다는 것이다.

이 소설에서 나타나는 '나' 의 안과 밖의 길항은 존재의 증명법을 사고케 하는 요소가 된다. 말하자면 천래적으로 주어지고 성장의 경험 속에서 부여되는 자기 동일성의 이러저러한 가능성이, 왜곡되고 억압받는 여성성으로 인해 주부의 일상 속에서 하나하나 사그라지는 '나' 의 밖과, 강한 주장은 않되 그렇다고 그 일상의 적층에 수긍하는 것은 아닌 '나' 의 심부에 웅크리고 있는 그 무엇이 서로 병치 혹은 상치되면서 '나' 라는 존재의 현재성을 증명하고 검산하게 만드는 것이다.

일상의 적층 속의 또하나의 단층인 '나' 에게 가장 체제외적 존재 방식을 부여하는 것은 '그' 이다. 그러나 그는 죽는다. 일상 아닌 그래서 일상적 존재가 아닌 다른 존재로 만들어주던 외부와의 교통호마저 무너진 것이다. 이런 상황과 관련해 가장 인상적 대목은 '나' 와는 특별한 관계로 존재하는, 그래서 지극히 개인적인 관계의 일인 그의 죽음을 신문부고라는 전혀 개인적이지 않은 방법으로 알게 되는 장면이다. '나' 를 일상의 '나' 가 아닌 다른 '나', 즉 천연의 인성과 여성성을 확인케 해주던 '그' 의 죽음조차 급기야 '나' 가 어찌해볼 수 없는 방법으로 자기를 대한다는 대목은 가슴 서늘한 장면이 아닐 수 없다.

'그' 의 죽음은, 육신은 있지만 동시에 '나' 는 부재한다는 사실을 기습적으로 일깨워준다. 그것은 '그' 의 죽음을 알고 나서도 우선 '나' 를 장악하고 있는 것은 일상의 '반복성' 이라는 사실에서 드러난다. 혹자는 큰 충격의 반작용이 사소한 일에 대한 몰입을 불러오는 것이라 주장할는지 모르지만, 그것을 수용한다 하더라도 그 몰입조차 일상의 반복이라는 엄한 틀이 있기에 가능하다는 점은 부인할 수 없다. 여기서 그 일상과 '나'의 부재가 어떤 인과관계를 맺고 있나 하는 점이 나타나는 것이다.

"그가 죽고 내 안의 무엇인가가 죽었다"고 할 때 그 무엇은 아마 자신의 부재를 벗어날 수 있게 해주던 계기의 소실과 연관되어 있는 것은 아닐까? 이 부재 사실은 거울 속의 '나'의 모습이 보이지 않는다는 것, 보이더라도 조각으로 균열된 얼굴의 확인으로 서술되는데 그것은 '나'의 정체성 확인의 마지막 요인이 파열된 것의 다른 상징이 아니었을까?

소설의 맥락 가운데를 흘러가는 균열, 파열이라는 기호의 이미지, 그리고 사십대 주부 인생이 어쩔 수 없이 받아들이는 열패감 등이 얽혀 자아내는 형상이 45세 이후의 삶에는 어떻게 발효될까 하는 점은, 굳이 이 소설과 상관 안 하더라도 그 세대 여성들의 삶에 조금이라도 주목해 본다면 당연히 떠오르는 질문이다. 작가는 '옛우물'로 돌아가는 것과 '돌발적이고 불합리한 욕구에서 오는 희열'이라는 두 가지 암시를 던지는 것으로 우회적 회답을 하고 있다. 그러나 이 우회는 전략이 아니고 자신이 올바르게 제기한 문제의 폭을 사회적, 보편적 수준으로 더이상 펼치지 못하는 오정희의 한계에서 오는 필연이라는 점은 확인하고 넘어가야 할 것이다.

3. 묵언(默言)의 사연—김영현의 「그리고 아무 말도 하지 않았다」

작년 김영현이 『풋사랑』을 내놓았을 때 많은 독자들은 일련의 안타까움을 표시한 바 있다. 작가의 강점은 별로 살아나지 못하고, 거꾸로 제대로 뜸 들여지지 않은 묘사와 소설의 목적의식이 문학적 질감으로 세공되지 않은 채로 전면에 노출되던 것 등이 그런 안타까움의 원인이었을 것이다. 하지만 「그리고 아무 말도 하지 않았다」에서는 그런 면들이 한결 수그러들어 있다. 서두르는 기색도 보이지 않는다. 이건 아마 형상화의 대상과 주제의식의 차이 그리고 작가의 태도 변화에서 오는 것일는지 모르겠다. 『풋사랑』에서 보이던 과잉의식이 진보의 희망이 심하게 위협받던 근래의 상황에서 그런 정세나 국면에 밀리지 않고 버텨내기 위한 강박감의 산물이었다면, 이 소설에서의 형상화 대상이나 주제의식은 『풋사랑』의 주제의식처럼 각이 서 있다기보다는 원융의 이미지에 보다 더 근사하다는 점에서 그 변화의 설명이 가능하다. 또 『풋사랑』에서 보이던 과잉의식은 파랑이 심하던 역사적 정세의 산물이었다면 이 소설은 그런 정세의 가파름에서는 어느 정도 자유롭다는 측면에서 그런 변화를 설명할 수도 있다. 가파른 정세의 조건에 예민한 문학창작에는 당연히 가쁜 호흡의 간섭현상이 일어나게 마련이다. 그래서 『풋사랑』의 취약점은 그런 간섭현상의 결과이기도 하다는 설명이 가능하다. 하지만 이 소설에는 역사 현실의 변화와 굴곡을 긴 호흡으로 전망하고자 하는 내면적 선회와 거기서 우러나오는 작가의 변화 양상이 조심스럽게 내비쳐지고 있다.

이는 어떻게 내비쳐지고 있는가? 그것은 작가가 이 혼란스러운 현실과의 대면과 문제의 타개책을 어떻게 구상하고 있는가 하는, 일종의 방법론을 짚어보는 것으로 설명될 수 있다. 재섭은 "혁명이 없어졌다는 것은 참을 수 있다. 하지만 온 존재를 걸 수 있는 절대적인 가치가 사라졌다는 것은 참을 수 없다"라면서 급기야 자살을 하고 마는 정민의 운명을 목도한다. 여기서 재섭은 정민의 죽음에 직면하여 "아 나는 무엇에다 나의 온 존재를 걸어왔는가. 아니, 그런 게 있기라도 했던가"라는 방백과 자책을 해대지만, 좀더 그 장면에 깊숙이 들어가보면 그것은 상황 종결의 선언이 아니라 단지 또다른 출발의 신호라는 점을 알 수 있다. 그런 방백의 뒷면에는 새로운 모색의 근기가 도사리고 있음을 예감할 수 있기 때문이다. 이 예감은 주관적인 기대가 아니다. 그것은 재섭이 우선은 절대적인 가치 추구의 대상이 유실된 것처럼 이야기하지만 실상 그것은 유실이 아니라 절대적인 가치 추구 대상이 역사적 조건에 따라 위치이동했고, 따라서 목표 대상의 위치이동에 조응하는 방법과 자세의 적실성을 '원융적' 으로 탐색해야 한다는 의미가 제섭의 작업 공정에 깃들어 있기 때문이다.

그 의미의 핵심이자 작품의 핵심은 벽화에 묘사된 젊은 예수의 형상에서 드러난다. 그 젊은 예수는 "처절한 외로움과 장차 닥쳐올 수많은 고난에 대한 두려움과도 당당히 맞서 싸우는 열정으로 불타고 있지만 (……) 전체적으로는 자기 운명에 대한 의문을 떨쳐버리지 못한 (……) 쓸쓸함과 슬픔"이 깊은 모습으로 그려져 있다. 재섭이 그린 젊은 예수의 이런 형상을 통해 작가가 우리에게 타전해오는 것은 인간 존재에 대한 입체적 이해이다. 요컨대 외로움과 열정과 쓸쓸함과 슬픔이 한 존재 속에 서로를 가로지르고 있다는 사실을 인식적으로나 실천적으로나 육화시키지 않으면 인간과 사회에 대한 모든 이해 방식의 존립이 불가능하다는 것이다. 물론 인간이 얼마나 모순적 존재인가에 대한 온전한 이해 없이는 어떠한 진보도 가능치 않다는 전언은 작가의 이전 작품에서도 계속 있어왔고 또 그런 점은 일견 상식의 수준에 속한다고 할는지 모른다. 그러나 이 소설과 이전 소설에서의 그것은 정세의 조건이 이전과 엄청난 낙차를 보이고 있는 만큼이나 차이진다. 그런 이해가 훨씬 더 근원적으로 이루어지지 않고서는 안 된다는 점이 그 차이의 요점인 것이다. 결국 그 차이의 근본을 말하기 위해 지금 필요한 것은 광야에서의 고난기도를 마치고 나오는 젊은 예수의 묵언(默言)이라는 점을 이 소설은 보여주고 있는 것이다.

4. 통일에 대한 질문들 — 이문열의 「아우와의 만남」

이 소설에서 이문열은 특이한 그리고 담담한 방식으로 통일의 문제 혹은 '동포'의 문제를 거론하고 있다. 그 특이함과 담담함이란 유별난 민족의식, 아니면 요란한 통일의식으로가 아니라 지극히 개인적 원망(願望)과 이해의 반경 안에 통일이라는 표상 혹은 문제를 사고하고 개입시키는 데에서 주어진다. 흔히 보다시피 대의에 쫓기는 자세로 덩어리만 큰 통일의식으로 통일 문제를 문학적으로 형상화할 때 가장 쉽게 노출되는 약점은 현실의 지반과 밀착되지 못한, 비실감적 목소리가 전면에 노출되고 형상화에 성긴 구석이 많아진다는 점이다. 반면 개인의 선명한 이해득실의 관점과 일목요연한 생각 및 행동에 통일 문제가 절합될 때는 문제의식의 폭은 넓지 못하더라도 구체성의 획득에 강점을 가질 수가 있다. 이 소설은 후자의 경향에 가깝다고 할 수 있다.

무슨 업을 하든 노련한 자는 다수가 수행하는 방식에 되도록이면 비켜서서 그 지배적 경향과는 다른 방식을 취택하려 한다. 같은 선상에서, 노련한 소설가는 동일한 문제 대상이라 하더라도 지배적인 담론 방식이나 형상화 방식을 되도록이면 피한다. 오히려 그 지배적이라는 언사 속에 묻혀 있는 다른 핵심 영역으로 굴착해들어가려는 욕망에 충실하려 한다.

이 소설에서 이문열은 그런 노련한 소설가의 포즈를 취하고 있다. 통일이나 민족 같은 문제를 문학적으로 다룬다 할 때 다루는 형식이 '문학적'이라 하더라도 통일 혹은 민족이라는 표상이 주는 왠지 모를 중압감, 그 중압감이 만들어내는 대의에의 무비판적 수긍에서 멀리 떨어져 있기란 말처럼 쉽지 않다. 통일 문제를 다룬 소설 중에 실감 영상과는 거리가 먼, 창백한 대의의 증거만을 위한, 그래서 엄혹한 현실의 구체성이 현격히 떨어지는 소설들이 계속 나오는 것도 그 때문이다.

그러나 이 소설을 조직하는 이문열은 그런 중압감을 개의치 않는다. 가령 이것은 스스로를 '역사적 허무주의자'로 간주하는 '나'에게 있어 통일은 단지 핏줄 찾기 또는 핏줄 잇기 작업이나 문중 혹은 가문의 복원이라는 과제에 어쩔 수 없이 끼어드는 문제로 설정하는 대목을 보면 여실해진다. 말하자면 '나'에게 통일과 핏줄 잇기의 가치나 중량을 굳이 비교하라면 단연코 후자 쪽으로 기울어진다는 것이다. 더욱이 아버지의 병사를 확인한 다음 그에게 통일이라는 문제는 이전보다 더욱더 멀리 있는 문제가 되는 것이다.

하지만 문제는 통일이 미구에 닥칠 일이라면 이런 '나'와 같은 부류의 사람도 그 과정의 주체 혹은 중심적 인물로 등장할 수 있는 개연성이 얼마든지 있다는 사실이다. 그런 점에서 이 소설이 통일 문제를 직접적으로 다루지는 않는다 하더라도 어쩔 수 없이 통일 문제를 사고하게 만들고, 소설에서 나오는 것처럼 다양할 뿐만 아니라 나아가 적대적인 이해와 삶의 방식을 가진 사람들이 통일과정에서 각축을 벌이는 것이 현실이라 할 때 그 과정을 지극히 실사구시의 안목으로 바라보지 않고서는 안 될 문제라는 것을 일러주고 있는 것이다.

통일 문제를 두고 이 소설에 등장하는 인물들의 견해 사이에 엄존하는 그 간격만 해도 통일 문제의 지난함을 충분히 일깨워주고 있다. 예컨대 '나'와 "통일꾼"과 "장사꾼"이 내세우는 통일에 대한 견해는, 편향적이기는 해도 그런대로 번듯한 논리를 갖추고 있기도 하다. 그 논리는 개인 제각각의 이해관계에 기반하여 벼려진 것이기에 쉽게 무시되지도 않는다. 여기다 수십 년간 다른 체제에서 살아온 북쪽 동포를 유념하면 그 지난함은 더해지는 바이다. 이 소설을 통해 우리가 스스로에게 던져볼 수 있는 질문은 이처럼 제법 조리를 갖춘 제각각의 통일 논리를 어떻게 하면 하나의 탄착점으로 모아갈 수 있는가 하는 점이다. 비유컨대, 통일의 과정이 하나의 교향악을 만들어가는 과정이라면 하나하나의 소리를 기죽이지 않으면서 동시에 서로의 소리를 상생의 경지로 통합해나가는 능력이 요구될 터인데, 그것을 위한 경로는 어떻게 되어야 하는지를 이 소설은 생각케 해준다.

요컨대 북쪽과의 만남이 집요한 핏줄기 의식, 가문 이데올로기의 작용으로 북쪽과의 재통합이 가족의 재통합 이상으로는 생각을 허용하지 않는, 이를테면 개인사나 가족사를 내포하고 있는 전체사에 대해서는 별다른 관심이 없는 듯하고, 거기다 역사적 허무주의라는 완고함으로 통일 문제를 대하는 '나' 라는 인물, 현실의 메커니즘에 익숙한 사람들에게는 허황된 통일 이상주의자로 여겨지기 쉬운 "통일꾼", 개인적 이익 추구에 닳을 대로 닳아 있고 집요한 자본주의의 상혼에 물들어 있는 "장사꾼" 등은 우리 사회에 엄존하고 있는 인물이자 세력들이고 그들이 내놓는 통일론이라는 것이 개인의 이익에서 한 치도 벗어나지 않는다는 점을 이 소설에서 확인하게 되면 감상적 혹은 순박한 통일주의로는 그 어떤 현실적 발언권을 얻을 수 없다는 점이 자명해지는 것이다.

이처럼 이 소설의 미덕은 통일 문제에 대해 조금의 이상주의도 허락하지 않는, 따라서 현실의 엄정한 조건을 상기케 한다는 점에서도 주어진다. 한편으로 통일이라는, 자칫 공론화(空論化)의 길로 빠지기 쉬운 큰 덩어리의 문제를 구체적이고 실질적인 개인의 내밀한 사연 및 곡절과 서로 긴장적으로 대치시키면서 통일 문제의 복잡성을 포착하고 환기시키는 점도 빠지지 않는 미덕이다. 특히 '나' 와 동생의 만남에서 일어나는 감정의 미묘한 밀고 당김을 솜씨 있게 그려내는 장면은 통일의 과정이 그런 한 존재의 미세한 감정의 결까지 포괄하지 않으면 안 되는 과정이라는 점을 실감나게 일러준다는 점에서 주목을 요한다.

그러나 이런 미덕의 인정에도 불구하고 이 소설의 전반에 관류되고 있는 온전한 통일에 대한 회의론적 정조는 수긍할 수 없다. 이런 정조는 통일 문제에 대한 균형 잡힌 시각을 강조하는 작가의 관점과는 상반된 결과를 낳게 하는 요인이자 현저한 약점이 되고 있다. 가령 대안에 대한 진지한 사고는 외면한 채 남북한 작가 교류나 회합을 양비론적으로 냉소만 보내는 대목 등에서 그런 점을 읽을 수 있다. 또한 감상적 통일론으로는 현실적인 능력을 발휘할 수 없다는 것을 강조하기 위한 장치로 작품 내에서 통일을 가장 강력히 주장하는 인물을 치기 어리고 국수주의적인 "통일꾼"으로 희화화하는 대목 등도 그런 것의 하나이다.

작가는 이런 장치의 효과로 그런 유의 "통일꾼"이 우리 사회의 통일운동가와 별반 다르지 않다는 데에 겨냥점을 두고 있는데, 정작 소설 내의 "통일꾼"의 발언이 마냥 국수주의적이라고 할 수 없는 것에서나, 동시에 현실에서 통일운동에 매진하고 있는 인사들의 행동이 다른 취약점은 있을지 모르나 치기나 국수주의적 편향과는 거리가 멀다는 사실을 상기하면 작가의 냉소적인 시각의 무책임함을 지적하지 않을 수 없다. 물론 작가는 "통일꾼" 혹은 그런 유의 사람들의 행동과 생각을 치기로 모는 자신의 시각이 불편부당하다는 사실을 강조하기 위하여, 그런 치기의 한편에는 순수한 감동도 있음을 역설하지만 현실에서 그 감동은 치기의 희화성에 묻히게 마련이기에 그런 강조는 단지 알리바이를 위한 발언일 뿐이게 되는 것이다.

결국 만만찮은 미덕의 확보에도 불구하고, 또 우리네 사회적 삶에 있어 중심적 과제로 되어 있는 통일 문제를 신중히 다루고 있음에도 불구하고 이 소설에서 현실의 중심부를 치고 들어가는 소설적 힘을 느낄 수 없는 까닭은, 결정적으로 이문열이 통일이라는 문제로 표상되고 묶여지는 것에 너무 지나친 노회함으로 대처하고 있기 때문이라는 점을 지적하지 않을 수 없다.

(『실천문학』 1994년 가을호)

80년대에 대한 '소박한' 독해법

—김형경, 『새들은 제 이름을 부르며 운다』

1

어떤 소설가는 "아아, 80년대여 어찌 눈물 어린 열정 없이 그대를 바라보겠는가!"라는 헌사를 80년대에 바치고 있다. 모든 전사(前史)가 그렇겠지만 특히나 80년대는 오늘을 사는 우리에게 말 그대로 눈물과 피땀이라는 기억의 불도장을 깊이 찍어놓은 연대이기에 그 소설가의 회억은 많은 이들의 수긍을 불러일으킬 법하다. 그 깊은 불도장은 누구에게는 상처로 누구에게는 불퇴전의 표상 등으로 치환되기도 하지만, 어쨌든 그 80년대의 속살을 이루고 있는 수다한 곡절과 사연은 두고두고 이야기해야 할 대목들이 아닐 수 없다.

광장에 드러나지 않는 개인의 상처를 발굴하고 그것을 위무하는 한편 역사의 진실을 증거하는 것이 문학의 중요한 몫이라면 80년대라는 대상을 놓고 소설적 발언들이 서서히 증가하는 것은 그런 점에서 당연하다 할 수 있다. 이제 이전보다 냉정한 거리를 두고 그 80년대를 바라볼 수 있는 시점이 되었기 때문이기도 할 터이고, 따라서 그 연대를 소설적으로 조형해내기에 필요한 뜸 들이기가 이제는 어느 정도 적당해졌기 때문이기도 할 터이다. 물론 소설문학을 포함하여 이러저러한 방식으로 80년대를 다룬다 할 때 그것이 단지 과거에 대한 정확한 기록을 하자는 것에만 그칠 수 없음은 당연한 노릇이다. 더 중요하게 생각해야 할 것은 앞으로 나아갈 바를 모색하는 데 있어 긴히 필요한 지혜가 현대사에 핵심적인 마디를 이루고 있는 80년대의 의미를 어떻게 해석하고 동시에 여하히 현재적으로 '전환' 시키느냐 하는 문제의식에서 나오고 말고 하는 것이라는 자세의 견지일 터이다.

문학이 80년대를 다룬다 할 때 유념해야 할 점은 바로 이런 측면일 것이다. 이런 연유 때문인지는 몰라도 이즈음 90년대의 달라진 조건이 만들어내는 곤란함에 직면하여 그것을 타개할 방책 중의 하나로 현재의 사회적, 개인적 존재 형태에 다대한 영향을 끼친 80년대를 되돌아보고 거기서 향후 진취의 계기를 기대하는 작품 경향이 많아지고 있다. 그것은 그것 나름대로 현재의 위치를 성찰해보고 지향점을 조망해보는 데 있어 하나의 나침반 역할을 하기도 하겠고 또 그런 방법을 차용한 작품 중 몇몇은 녹록잖은 경지를 보여주고 있기도 한 것은 사실이다. 그러나 그런 방법의 선택이 90년대의 복잡한, 그래서 그것에 정면으로 육박하지 못하는 처지에서 나오는 궁여지책의 편법 혹은 80년대를 단지 회고의 대상으로 여기는 문제지반에서 출발하는 것처럼 보이는 경향도 상대적으로 만만찮다. 80년대 초중반에 송기숙 선생은 많은 작가들이 광주항쟁을 문학적으로 형상화하고 있기는 하지만 그것이 광주항쟁의 역사적 의미나 전모에 버금가는 수준으로 이루어지기보다는 다만 무등산의 흙을 한 삽 한 삽 떠가는 꼴처럼 되어가고 있다고 장탄식한 바 있다. 이런 촌철살인은 80년대를 대상으로 한 이즈음 문학적 형상화에도 하나의 교훈이 되는 이야기라 하겠다.

근자에 나온 장편소설들 중 김영현의 『풋사랑』, 김하기의 『항로 없는 비행』, 김형경의 『새들은 제 이름을 부르며 운다』 등은 바로 그 80년대를 각기 제 나름의 독해법과 색깔로 형상화하고 있다(김하기의 소설은 80년대를 직접적인 시간 배경으로 삼고 있지는 않지만 각 인물들의 운동적 삶의 형태가 80년의 연장선 위에서 조형되고 있기에 80년대적 표상은 여전히 중요한 위치를 점하고 있다). 각 소설에서 형상화되고 판단되고 있는 80년대 역사와 그 불덩이 속을 살았던 인물들은 각각 다른 운명의 행로를 걷고 있지만 예의 소설들은 적어도 우리가 현재의 시점에서 80년대를 어떻게 바라보아야 하는가에 대한 몇 가지 전형적인 매뉴얼을 제공해주고 있으며 한편으로는 상투성을 어느 만큼 넘어서고 있기에 우리의 주목을 끄는 소설들이 되겠다. 이 글은 그중에서 80년대를 다룸에 있어 민족·민중문학 진영의 일정한 경향과 다르면서도 한편으로는 닮아 있는, 그래서 독특한 소설 정경을 보여주고 있는 김형경의 작품을 살펴볼 것이다.

2

80년대는 분명한 시대였다, 선과 악의 구분이. 그때 변혁이라는 역사의 마디는 선의 편에, 아니 적어도 악의 편이 아닌 쪽에 서는 사람들을 자연스레 같은 편으로 여기게끔 했다. 일종의 종별적 연대의식이나 동류의식이 거치적거리는 일 없이 순하게 작동해서일 터이다. 때문에 사람들에 대한 나눔 역시 마찬가지로 분명히 갈라칠 수 있을 듯했다. 아니 갈라쳤다고 해야 옳을 성싶다. 섬세함보다는 두터움을 요구하던 시대의 소산이었을지도 모를 일이다. 훗날 이런 경향에 대해 이런저런 사람들이, 역사의 특수한 국면의 특수한 성격과 거기서 규정되는 인간의 특수한 형태로서의 존재 방식, 그 두 함수가 만나 제곱화되는 현장의 복잡성과 중층성을 세밀히 보지 못했던, 둔감한 인식과 감성의 귀결이라 타박도 하지만, 그것은 그것대로 경청할 만한 지적이라 하더라도 그

때 80년대의 예의 나눔법은 어쩌면 겪지 않을 수 없었던 역사의 필연적 수순 또는 한계였다고 할 만한 구석도 많다. 그러나 크게 두 가지로 구분했던 이 나눔법에서 주어지는 '우리 편' 이라는 표상은 당대에서는 하나의 정세적 효과로서 자기 역할을 제대로 했을는지 몰라도 그 격동의 연대가 지난 후, 비판적 거리를 가지고 80년대를 역사화시켜보는 정리 의식(儀式)에서는 대단히 복잡한 문제를 낳는 요인이 되었다. 앞의 단순하고 편리한 '우리 편' 의식으로는 지금 필요한, 80년대 되돌아보기나 그 편 안에 놓여 있던 사람들의 실존적 문제의 결에 대한 세세한 판단을 우도할계 식으로 헤쳐놓을 우려가 있고 따라서 별 도움이 안 되기 때문이다.

그러나 이제 80년대가 과거가 되어버린 이즈음 그 '우리 편' 에 속해 있던 사람들은 지금의 자기 자리에서 어떤 연유에서 출발하든 나름의 방식으로 자기 개인사의 과거이기도 한 그 80년대를 해석, 설명하려 들고 있다. 말하자면 제가끔의 존재 조건으로 80년대라는 화두를 수용, 해석하며 그 속을 가로질러왔던 수천 수만 형태의 사람들은 이제 또 제가끔의 현재 조건으로 그 80년대를 해석 혹은 설명하고 있다는 말이다. 그럴 때 생각해보아야 할 문제는 나름의 진실함으로 80년대를 이고 왔던 사람들이 행하는 80년대 설명이 모두 역사적 진실을 필요충분하게 담고 있는가 하는 점이다. 이런 의문은 개인의 진실과 역사의 진실이 한켠으로는 포개져 있지만 다른 한켠으로는 개인의 진실의 충만함이 곧장 역사적 진실로 이어지는 것이 아니라는 측면이 존재하기 때문에 발생한다. 예컨대 역사의 진실을 객관적으로 규명하는 안목을 뒷배로 삼지 못하는 한, 개인의 진실에 대한 재현과 탐구는 독존론적인 파행이 되기 십상인 것이다. 거꾸로의 경우도 마찬가지이다.

따라서 이때 대두하는 것은 어떻게 하면 역사의 진실과 개인의 진실 양 측면 그 어느 것도 훼손하지 않은 채 그 양 측면의 상관성과 진실을 정확하게 설명해낼 수 있는가 하는 점이다. 많은 사람들이 버겁게 지고 왔던 그 80년대, 그래서 그 누구도 그 80년대가 자신만의 피 흘림의 역사였다고 독점권을 주장하지 못하기에 80년대에 대한 그 누구의 발언도 쉽게 무시되어서는 안 될 노릇이다. 하지만 문제는 그 각양각색의 발언 혹은 각인각론을 진지하게 청취할 수는 있되 그 모두가 옳다고는 할 수 없다는 데에 있다. 그런 까닭에 우리에게 주어지는 과제는 앞에서 말한 것처럼, 80년대를 대상으로 한 수많은 형태의 발언들 중 과연 어떤 것이 개인과 역사 사이의 상관성과 그것의 진면모를 진실되게 표현하고 있는가를 가려보는 것이다. 이는 한편으로 또다른 중대한 문제를 포함하고 있기도 하다. 그것은 요컨대 현재의 시점에서 80년대 역사의 구조와 그 의미를 해석하고 나아가 그것을 현재적 의미로 전화시키는 과정이 필연적으로 하나의 이데올로기 효과의 발생 가능성을 내포하고 있기 때문이다. 그런 점에서 이즈음 다양하게 이루어지는 80년대를 둘러싼 설명법, 특히나 예술적 설명은 알게 모르게 여러 이데올로기의 접전 형태라는 해석도 가능하게 되는 것이다. 80년대라는 대상을 어떤 문제설정을 통해 설명하고 묘사하는가 하는 것, 그것은 따라서 작가의 통념이나 이데올로기를 가늠해보는 데에 중요한 지수가 되기도 하는 것이다.

김형경의 『새들은 제 이름을 부르며 운다』의 등장인물인 민화 형조 운형 시형 은혜 다섯 사람 역시, 결의와 실천의 수준이야 여하했든지 간에 80년대 변혁운동을 치고 올라갔던 민중이라는 '대주체'의 세목들이다. 그들은 나름의 방식으로 변혁의 시대를 아파했고 가열하게 살았으며, 격동의 용틀임이 잦아들자 더러는 죽고 더러는 절망하고 더러는 세상에서 눈을 돌리게 되었다. 그들 역시 중간이든 주변이든, 하여튼 80년대를 가로질러온 청춘들이기에 80년대를 놓고 한마디씩을 한다. 그 발언은 현재 자신의 변화를 설명하는 근거들이다. 이들의 변화에 허무, 자조 등등의 이름을 갖다붙일 수도 있다. 그러나 사실이 그렇다 하더라도 그런 이름은 나중에 붙여도 된다. 먼저 우리의 관심을 끄는 것은 그 인물들의 의식 행로와 거기에 깃들어 있는 내연과 진동의 모양새이다.

작가는 그 내연과 진동의 풍경을 착잡하고도 냉정하게 그려낸다. 그 묘사를 따라가다보면 우리는 새삼스러운 인식에 다다르게 된다. 우리는 이제까지 주로 변혁이라는 특급열차의 외관적 크기와 빠르기 그리고 그 종착역의 지명에만 관심을 기울여온 경향이 없지 않았나? 그 기차를 타고 있는 구체적 승객들의 표정과 마음을 찬찬히 읽을 줄 아는 미더움은 놓치고 있지는 않았나? 하는. 사실 이 소설의 외면적 구성법은 낯익은 것이 아닐 수 없다. 그럼에도 불구하고 이 소설이 그런 낯익은 소설들이 자주 내보이는 상투성과 다르게 읽히는 것은 바로 앞에서 말한 바처럼, 새롭지는 않지만 그래도 새삼스러운 인식의 지평을 넓혀주는, 개인에 대한 묘사의 깊이와 탄력성 때문이다.

예의 상투성을 상당 정도 넘어선 측면은 한편으로 작가의 문장력과 문체에서 많은 힘을 얻어온 것의 결과이기도 하다. 사실 그의 문장과 문체는 요즘 젊은 작가들의 그것에 비하자면 많이 앞서 있다. 가령 그냥 지나칠 수도 있는 물상이나 풍경을 대할 때도 그것을 꼼꼼하게 받아들여 그것에 대한 묘사를 인물의 심리상태로 이월시키고는 하는데, 그런 대목 등은 많은 글쓰기 훈련이 있었음을 알게 해준다. 그런 섬세한 묘사는 읽는 이에게 여러 울림을 환기시켜주면서 독자의 생각을 잡아채, 인물과 사건의 속살 속으로 파고들어가게 하고 그것들의 의미를 자꾸자꾸 저작하게 만든다. 이와 같이 탄탄하다고 느껴지는 작가의 언어 교직술은 한편으로 지나친 단계까지 치달아 작품이 낭만주의적 경향의 간섭을 받게 만드는 요인이 되기도 하지만 중요하게는 인물들을 입체적 이해할 수 있게 하는 유력한 요인이 되는 바이다.

이처럼 사소한 표정이나 몸동작, 주위의 정경, 마음의 흐름, 대화 사이에 숨어 있는 행간의 뜻 그리고 개인 고유의 감수성과 그것에 마주 서 있는 커다란 보편적 상황 논리 사이의 갈등의 유속(流速) 등을 집어내고 그것을 밀도 높은 미장센으로 구성하는 작가의 섬세한 배려와 재능은 오랜만에 색다른 소설읽기의 기회를 선사한다. 특히 개인 심리의 디테일이 움직이는 물결을 집요하고도 능란하게 묘사하는 수완은 묘사의 주밀함이나 치열함 혹은 탄력성에 집착하는 작가의 일관된 각고 탓으로 보이기에 상찬이 마땅한 대목이다. 하지만 이런 미덕이 소설 전체의 논리, 이를테면 인물과 그 인물의 현재성을 꾸며주는 상황 양 측면 전체에 고루 녹아 있는 것은 아니라는 점에서 이 소설의 취약점은 드러나기 시작한다. 어찌 보면 그 취약점은 결정적인 약점일 수도 있다.

등장인물들의 현재의 모습과 의식의 흐름을 감싸고 있는 것은 80년대라는 표상이다. 그런 점에서 등장인물의 현재 모습은 그 80년대라는 큰 물줄기의 지류들이라 할 수 있다. 인물 각자가 자신을 진단할 때든 다른 친구들을 판단할 때든, 그것은 모두 80년대에 대한 회상이나 나름의 규정에서 출발하고 있다. 이는 등장인물들 자신들이 어떤 방식으로든 80년대에서 자유롭지 못하다는 판단에서 주어지며(80년대의 적자인 민화의 죽음에서 그 누구도 자유로울 수 없을 것이라는 생각은 민화의 죽음을 80년대의 죽음으로 치환시키게 만든다), 따라서 그들의 작중 성격은 80년대라는 역사 덩어리의 속내평을 거치지 않으면 해명될 도리가 없게 된다. 그렇기에 각 등장인물들의 의식이나 심리의 치열함을 살려내기 위한 치밀한 묘사와 안배는 그들 심리 및 의식과 그것의 발원처였던 역사적 배경 사이의 긴장적 진행과정 및 관계에 대한 치열한 안배 없이는 성공적으로 수행되기 힘들다. 따라서 양 측면 사이의 과정적 관계에 대한 천착의 수반이 당연히 요구된다 하겠다. 이 80년대라는 '역사적인 것'에 대한 핍진한 안배 없이는 개인의 진실 한복판으로 파고들어가고자 하는 작가의 주제의식이 애초에 원천봉쇄될 소지를 안고 있기에 더욱 그렇다. 요컨대 인물들의 의식과 행동에 객관적 진실이 담겨지기 위해서는 바로 이 부분이 필요한바, 유감스럽게도 이 소설에는 이것이 결정적으로 취약한 것이다.

정리하자면 이렇다. 상기했다시피, 80년에 대한 각인각론처럼 이 소설의 인물들도 자신의 운명과 유적을 80년대와 연관시켜 생각하고 그것에 대해 나름의 발언을 한다. 그럴 때 그 발언의 옳고 그름을 따지는 것도 한편으로는 중요하지만 소설에서 우선 문제되는 것은 그런 발언이 현실감을 획득하고 있는가의 여부이다. 그 획득이 가능할 때에만 각자의 발언이 소설적 생생함을 얻을 수 있으리라는 것은 두말할 필요가 없다. 따라서 예의 현실감이 충족되려면 80년대 역사의 보편 범주에 연결되어 있는 역사적인 것, 즉 역사적 존재들인 각 인물들의 발언과 행위가 역사화라는 과정을 밟아야 하며, 이를 위해서는 당연히 자신들을 호출했던 80년대의 당대적 상황과 논리가 각 인물 성격의 거푸집이 되어야 한다는 것이다.

일견 이 소설 역시 8, 90년대 격동의 세월을 살았던 개인, 그리고 그들의 진실과 좌절을 각 인물들의 개인적 체험을 통해 '역사화' 시키려는 것으로 읽힌다. 그러나 그 역사화가 말의 참된 의미를 갖기 위한 타당한 근거와 설득력을 함축하고 있으려면 무엇보다도 앞에서 지적한 바처럼, 개인사적 체험과 보편사적 체험의 변증법적 긴장과 통합이 여실해야 한다. 양자는 서로를 전제로 해서만 고유의 독자성을 확보할 수 있기 때문이다. 한 측면만의 강조가 결과하는 도식성과 현실적 무력함은 누누이 보아왔다. 소설에서 이 양자의 적실한 절합을 이루기 위해 요구되는 것은 양자 사이의 역사적인 매개, 계기, 갈등, 대립 그리고 그것들로 이루어지는 내외면적 정세의 박진감 있는 연출 등이 아닐 수 없다. 그런 점에서 개인의 진실이라는 문제를 역사라는 객관적 지평에서 진정하게 드러내 보이려 하는 이 소설에 절실한 것은 그 개인의 진실이 뿜어내는 열정과 혹은 실패과정의 역사화적 건축이 아닐 수 없다.

말하자면 인물들의 의식이나 심리를 그릴 때 발휘되었던 묘사의 치밀함이 그 인물들의 거푸집을 묘사할 때도 마찬가지의 치밀함을 지니고 있어야 옳았을 터이다. 그러나 이 소설에서는 그 역사화가 이루어지기 위해서 필요한 특정 역사 정세의 에너지 그리고 그것의 분출 및 발현 과정이라는 진행 경향에 대한 밀도 있는 성찰이 생략되어 있다. 그것은 오직 개인의 내면적 영토에서만 확인되고 평결되고 소진된다. 따라서 애초의 소설 의도인 개인의 농밀하고도 복잡한 실존의 진실 드러내기가 역사 현실에서의 긴장된 힘을 얻어오지 못하기에 그 진실 드러내기는 창백한 모양을 띠게 되고 나아가 주제의식은 뿌리에서부터 흔들리게 되는 것이다.

몇 가지 사례로 이를 설명할 수 있다.

소설에서 판단되는 80년대의 의미를 보자. 등장인물들에게 "정신과적 질환"을 안겨주기까지 한 80년대, 각 인물들이 이십대를 마감하면서 그들이 헤쳐온 그 시대를 정리하는 방식과 최종 평결을 근거로 해서 보면 그 연대는 일단 실패의 시간이다. 그 실패를 작가는 인물들의 실패한 삶을 지표로 삼아서 설명한다. 곡해의 위험을 무릅쓰고 단순화시키면 개인들의 실패는 곧 80년대의 실패로 이전된다. 이는 문제 있는 등식이 아닐 수 없다. 양 측면의 역사적 결과에 대한 평결은 서로 다른 판단 지표와 방법을 필요로 한다. 서로 근본적인 범주가 다르기 때문이다. 그러나 이 소설에서는 인물들의 자의식, 즉 자신의 삶과 열정이 실패했다는 자가진단이 80년대를 실패로 보는 시각으로 전이되고 있는 것이다. 그런 판단은 각 인물들의 행로와 긴밀히 맞물려 있으면서도 동시에 또다른 독자성을 가지고 있는 역사 현실의 객관성을 존중하면서 그것대로의 고유한 논리를 형상화하는 과정의 종국점에서 내려져야 옳을 것이다. 그것이 수행되지 못하는 수준에서의 예의 판단은 리얼리티도 설득력도 없게 마련이다. 이런 점이 제대로 살아나지 못하다보니 등장인물들이 그토록 치열한 80년대와 청춘을 보냈다지만 근본에 있어서는 한 경지 높은 국면을 차고 오는 것은 없고 처음 시작했던 그 자리로 다시 되돌아오고 마는 형국으로 귀결되는 것이다.

민화에 대한 형상화 중 많은 부분도 예의 문제점의 연장선 위에서 이루어지고 있다. 소설에서 변혁운동에 투신한 민화의 모습은 알게 모르게 지사적 형태로 그려지고 있다. 여기서 변혁운동은 민화라는 개별적 존재의 지사적 순연함 혹은 순수함을 확인시켜주는 거울 역할에 머문다. 예컨대 이는 민화의 죽음을 "얼굴에 오물을 끼얹는 세상으로부터 자신을 지키기 위해 아예 얼굴을 없애버린"[1] 것이 아닐까 하고 추측하는 형조의 생각에서 하나의 증거를 얻고 있다. 따라서 앞의 시각은 말했다시피 변혁운동이라는 역사적 범주를 그것대로 객관화시키지 못하고 단지 개인의 순수함이나 치열함을 돋보이게 하는 데 필요한 하나의 도구적 기제나 배경으로 축소시키는 근원이 된다. 한쪽으로 편벽되게 기울어진 이런 구도는 의도와 달리 민화 개인의 순수함조차 현실감을 얻지 못하게 만들게 마련이다. 오히려 예의 순수함과 치열함이라는, 민화라는 개인의 진실을 본디 모습으로 살려내기 위해서라도 변혁운동이라는 역사적 과정과 그 속에 살았던 개인 사이의 관계에 대한 균형 잡힌 구도 설정은 필수적이라 하겠다.

하지만 이 소설에서는 이런 균형감각이 결락되어 계속 흔들리고 있음을 보게 된다. 이 불균형은 한편으로 몇몇 인물들의 형상화가 소설의 논리, 즉 소설의 배경이 되는 역사적 상황의 변화 추이에 따라 이루어지는 것이 아니라 소설 논리 외적인 간섭, 즉 작가가 인물들을 소설외적으로 조정하는 경향에서 형성되고 있다. 가령 소설에서 형조와 민화는 실패한 인물로 그려져 있다. 또 각 인물들은 80년대에 대해 끊임없는 강박감에 시달린다. 그런데 그 강박감의 원인인, 인물들의 80년대적 생존 방식이나 궤적이 구체적으로 형상화되어 있지는 않다. 그 강박감과 인물들 성격 사이의 상관성의 리얼리티를 위해서는 먼저 80년대 그리고 각 인물들이 그 연대를 어떻게 대면하고 있었는지에 대한 작가의 사심 없는 추적과 탐색이 있어야 할 터이다. 그러나 유감스럽게도 80년

---

1) 김형경, 『새들은 제 이름을 부르며 운다』 1권, 민예원, 165쪽.

대는 이미 소설 밖에서 작가의 이데올로기로 판단, 전제되어 있다. 따라서 앞의 문제는 그런 전제에서 인물들이 조정되기에 생기는 것이다.

이런 문제는 여러 곳에서 중복된다. 80년대에 대한 젊은 청춘들의 열정이 다 타버린 것을 쓸쓸하게 그리고 있는 장면에서도 그 소진과정에 대한 묘사는 부재한 채 소진되었다는 결과적 상황만 계속 중언부언 강조하고 있는 대목 등이 그렇다. 그 인물들이 자신의 젊음을 기탁했던 그 열정의 대상에 대한 형상화가 너무 소홀하다보니 결국 남는 것은 그 열정의 소진이라는 것이 도대체 무엇이었는지, 그 열정이라는 것의 정체는 본질적으로 무엇인지 하는 근본적인 의문이다. 민화의 좌절, 거기서 오는 허허로움 등에 대한 묘사도 마찬가지이다. 민화의 그런 상실감과 좌절은 충분히 이해되지만, 그것은 소설 밖에서이다. 소설 안에서는 그런 현상의 발생 원인이나 계기, 혹은 매개 등이 소설의 완결적 논리 속에서 핍진하게 주어지는 것이 아니기에 이해를 구하기에 힘든 형편이다. 소설에서 각 인물들의 이십대를 근본적으로 규정한 것이 80년대의 변혁운동 혹은 진보의 기운으로 설정되어 있기는 하지만, 반면 그것과 각 인물 성격 사이의 상관성 및 이전과 다르게 변화된 인물들의 현상황을 묘사할 때 그 80년대의 역동성은 인물들의 대화나 회고를 통해서만 평면적으로 나타났다 사라진다. 이는 결국 80년대의 변혁운동이나 그 연대의 역사적 의미를 단지 소품적 배경으로 처리하는 방식에서 오는 예정된 귀착점이 아니라 할 수 없다.

그러다보니 각 인물들의 간난 깊었던 80년대의 삶은 이십대면 누구나 겪어야 할 통과의례과정 혹은 청춘기 정도로 축소되어버리는 것이다. 그렇게 되면 그들이 수행했던 변혁운동은 피비린내 나는 엄혹한 역사의 한 덩어리가 아니라 그들 청춘이 한 번쯤 아파하면서 지나가는 의례적인 과정으로 축소된다. 따라서 그 80년대라는 특정한 역사적 국면의 특수한 성격은 무화되어버리고 등장인물들이 그토록 싸안고 고민했던 80년대적 표징도 소실되어버린다. 나아가 주인공들의 이십대 역시

'80년대적' 이십대가 아니라 지난 시절 수많은 사람들이 지나간 이십대와 마찬가지의 내용으로 일반화되어버리는 것이다. 결국 이 소설이 드러내는 이런 문제점을 짚어가다보면, 소설적 형상화는 결과가 아니라 상황과 인물의 통일적 '과정'이라는 명제가 새삼 떠오르지 않을 수 없게 된다.

3

이 소설이 타전해오는 메시지와 형상 결과 그리고 작가의 가치관 혹은 세계관 사이의 관계를 궁굴리다보면 작가의 두 갈래 시선을 발견하게 된다. 그것의 하나는 작가가 등장인물에게 보내는 따스한 시선이며, 다른 하나는 그 인물들이 몸을 실었던 변혁이라는 물결에 대한 차가운 시선이다.

후자의 차가운 시선은, 변혁운동의 이데올로기 세례를 받고 그 세례가 제시한 길을 따라가다 이제는 다른 길로 접어드는 형조를 다음과 같이 설명한다. "이데올로기 같은 것 없이도 사람들은 제 속에서 나오는 스스로의 믿음과 질서에 따라 참 싱싱하게도 살아가고 있구나."[2] 이데올로기는 무의식과 같은 것이라서 인간은 필경 이데올로기적 존재일 수밖에 없다는 말은 논외로 하더라도, 이십대 초의 치기 어린 양자택일주의를 각성하고 이상과 이데올로기 그리고 삶의 잔가지들의 통일을 위해 십여 년을 치열하게 살아온 과정의 종국점이 결국 '삶이냐 이데올로기냐' 라는, 처음의 잘못된 양분적 구도의 재확인으로 마감되는 것은 한편으로는 이데올로기와 삶 사이의 구도 및 상관성에 대한 잘못된 인식의 결과이기도 하겠지만 본질적으로는 예의 차가운 시선을 만들어내

2) 『새들은 제 이름을 부르며 운다』 2권, 19쪽.

는 작가의 세계관 혹은 이데올로기 효과라는 점을 확인할 필요가 있다. 앞에서 언급한 이 작품의 문제점들은 바로 이 차가운 시선으로 요약되는, 이를테면 작가의 입장으로 보아서는 "제 속에서 나오는" 자연스러운 이데올로기의 산물이기에 그토록 씁쓸하고 '순진한' 결론으로 우리를 끌고 가는 것이다.

(『민족예술』 1994년 봄호)

통일을 끌고 가는 '난장이' 들의 여정
—채영주, 『시간 속의 도적』

1

이 소설의 이미지는 한결같지가 않다. 즉 여러 결로 교직되어 있다는 말이다. 한결같지 않음은 어찌 보면 하나의 약점으로 여겨질 수도 있다. 항용 제재와 주제의식 및 구조 등의 통일성이 소설 건축의 완결미라는 미덕으로 간주되고 있거니와 또 그런 미덕을 상찬할 때 쓰이는 언사가 '한결같다' 이기 때문이다. 그런 점에서 보자면 이 소설은 이 한결의 '원칙' 에 얼마간은 미치지 못하는 것으로 보일 법도 하다. 그러나 나는 이 소설을 읽으며 오히려 그런 여러 결이 주는 다양한 맛을 음미할 수 있어 좋았다. 이런 것을 오미자에서 여러 맛을 느끼는 것과 비교해 볼 수 있을는지 모르겠는데, 어쨌든 이 소설이 오미자차의 여러 맛만큼이나 꽤나 여러 가지 읽는 맛을 전해주고 있음은 분명하다.

이를 달리 말하면, 예컨대 하나의 완결된 공간 내에서 이 구석에는 이젤 페인팅이 저 구석에는 컴퓨터 그래픽이 또다른 구석에는 흉상 조각품이 서로 성깃성깃하게 자리하고 있는 듯한 인상을 전해주는 것이 또 이 소설의 풍경이라고 말할 수 있을 성싶다. 그런데 각각이 자기 자리만 주장한다거나 서로를 밀쳐내는 것이 아니라, 위태위태하지만 그래도 나름대로 분할 교차된 조화의 형세를 이루고 있다는 점이 묘한 울림을 발신하고 있다. 다른 한편으로 그것은 가령 피카레스크 소설의 한 대목 같은 것이나, 또 민족문학의 본격 테마를 묘사하는 듯한 대목 같은 것, 게다가 SF 소설의 흔적 등등의 이질적이다시피 한 것들이 다채롭게 한데 얽혀서 웅성거리는 모양을 만들어내기도 하는데, 그런 만큼 이 소설에 대한 열독(熱讀)은 한 소설에서 여러 맛을 감득해볼 수 있는 경험을 제공한다. 우스개 말로 이런 형국을 소위 '블렌딩' 이라 할 수 있을까. '블렌딩' 의 정수가 여러 성질의 것이 한데 섞여 하나의 새로운 성질이나 맛을 내는 데 있다면 과연 이 소설의 블렌딩 수준은 어느 만큼이나 될까 하는 것도 꽤나 흥미로운 관심거리가 아닐 수 없다.

이와 유사한 모습을 다른 예술 장르에서 찾아보자면, 예컨대 연행예술에서의 집체극이라는 형식을 떠올릴 수 있다. 집체극은 해당 메시지의 극대화를 위해 여러 장르나 매체가 가진 제가끔의 독특한 성질을 하나의 통일적 성질로 재구성한 것을 이르는 말이다. 그런 시도의 성공적 관건은 각 매체의 매질이 따로 노는 것을 억제하는 동시에 각 매질의 특수성과 보편성의 준거를 얼마만큼의 밀도로 결합하여 얼마만큼의 통일적 매질을 확보하느냐에 달려 있다. 물론 이것이 수월한 일이 아닌 만큼 아직은 실험 단계이다. 하지만 그런 시도는 예술에 대한 우리의 고답적 표상을 뒤흔들어놓는 효과를 발휘하기에 매혹적이지 않을 수 없다. 다시 말해 형상적 완성도 여부는 일단 논외로 하더라도, 그런 시도는 요컨대 하나의 새로운 예술적 경험을 제공함으로써 우리 감성틀에 안정적으로 각인되어 있는 기존 예술 장르의 편제성, 즉 이미 제도화되어 있는 기존 예술 장르의 보수성을 교란시킬 수 있는 프로젝트가 될 수 있다. 동시에 그것은 지극히 당대적 문제지반에서 기인한다는 점에서 전래 예술 장르의 대체나 전환의 필요성에 대해 또다른 성찰의 시각을 공급할 수도 있는 작업이다.

물론 이 소설에서 여러 형색이 동거하는 양상이 장르의 형식이나 기법상의 그것은 아니지만 그래도 리얼리즘이나 모더니즘 혹은 다른 무엇의 한 이름으로 규정할 수 없는 내용적 혼합이기에 이전에 우리가 하나의 준거로 어떤 소설을 규정하던 버릇을 허용치 않는 것은 마찬가지다. 즉 기존의 고정된 준거로 이 소설을 살펴본다는 것은 여간 까다로운 일이 아닐 수 없다는 말이 된다.

이처럼 한 소설이 자아내는 바가 여러 갈래일 경우 그것에 대한 비평적 분석이 같은 값이면 총체적 수준으로 이루어지면 질수록 좋지만, 반면 평자의 평소 관심에 따라 그 갈래 중 하나를 취택, 그것을 분석의 방편으로 삼아보는 것도 하나의 길이라 생각한다. 나는 그중 북한 및 통일 문제를 아우르는 민족 문제를 이 소설에 대한 탐색등으로 택해보았다. 이는 달리 말해 북한 및 통일 문제라는 테마를 중심으로 이 소설을 읽어본다는 뜻도 될 터이고, 또 겉으로는 화려한 듯하지만 속으로는 깊이 곪아 있는 우리 사회의 여러 문제들을 북한 및 통일이라는 볼록렌즈를 통해 수렴, 산포시키고 있는 작가의 주제의식이 과연 당대의 민족 문제의 수준을 얼마나 육화시키고 있나 하는 점을 눈여겨본다는 뜻도 될 터이다.

이 소설을 북한 및 통일 문제를 길눈으로 해서 살펴보려 하는 것은 몇 가지 이유와 흥미로운 호기심 때문인데, 솔직히 말해 그 흥미와 호기심 중의 하나는 채영주라는 작가가 가지고 있던 '평소의 소설 성향'에서 발원한다. 다소 도식적으로 말해보자. 알다시피 지난 80년대 내내 북한, 통일, 민족 등등의 이름으로 포괄되는 주제의 형상화는 이른바 민족·민중문학 진영이 도맡다시피 했다 해도 그리 실언이 아니라 생각한다. 민족·민중문학 진영이 수행했던 그런 주제에 대한 활발한 형상화가 지난 사십여 년간, 개인이라는 내부적 공간에서든 반공독재체제라는 외부적 영역에서든 일종의 검열장치를 통해 부단히 억제되고 금제되어왔던 하나의 문학적 대상을 다시금 제자리에 갖다놓는 역할을 했음은 자명하다. 그런 역할의 결과가 결국 당시 문학 지형 내에서 북한 및 통일 문제에 대한 문학적 모색을 하나의 독자적인 영역으로 부각시키게 되었고 이것이 지난 80년대 민족·민중문학의 선도성을 돋보이게 했던 요인 중 하나였던 점은 주지의 사실이다. 따라서 그런 작업이 '정세적' 적실성에 부합했다는 사실만큼은 당연히 인정받아야 할 대목이다. 하지만 그 성과는 온전함으로만 남아 있는가. 지나온 길을 뒤돌아보면 어느 길로 왔어야 옳았던가가 다 보이는 법이지만, 문제는 현시점에서 그 문제를 되돌아볼 때 본의 아닌 아쉬움이 많이 발견된다는 사실이다.

가령 민족 문제의 문학적 개입이라는 것이 다양한 문제의식과 통로를 통해 접근해볼 수 있는 대상임에도 불구하고 스스로 그 경계를 고정화시키지 않았는가 하는 점도 그중 하나이다. 통일, 민족 등등에 관한 주제의 스펙트럼을 당대적 조건하에서 극한까지 밀고 나가보거나, 그런 문제에 대한 대중들의 실제적 문제의식이 어디까지 이르러 있나 하는 것 등등을 현실주의적이고도 다차원적인 방도로 충분히 검색해보지 않은 것은 그 고정화의 경도를 높이는 요인이었다. 이를테면 만인만색의 수많은 대중적 의견을 '투명'하게 청취해보는 기획을 확보하지 못했다고나 할까. 그렇지만 지금 와서 그런 문제를 어느 한쪽의 책임이나 실책으로 돌리는 것은 부질없는 짓이다. 중요한 것은 이제부터라도 그 80년대의 공백을 현재적 조건에 기반하는 문체지반에 채워넣는 일이다. 그런데 그 공백을 메우는 일에 이 소설이 하나의 목소리를 보태고 있는 것이다.

채영주라는 소설가의 성격이나 소설의 형태를 이르는 말이 여러 가지일 수 있지만 적어도 상기한 80년대 민족·민중문학의 반열에 포섭되는 작가가 아님은 분명하다. 오히려 그런 문학 경향에 일정한 비판적 태도와 거리를 유지하고 있던 작가였던 셈이다. 그런 작가가 통일 문제에 대해 지극히 진지한 물음을 던져오고 있는 것이다. 물론 민족이나 통일이라는 문제에 대한 문학적 개입이나 비판이 민족·민중문학 진영의 전유물로 간주되어서는 절대 안 되거니와 어느 한쪽의 독점이나 특허권을 행사하는 마당으로 될 수도 없다. 그런 것은 무척 경계해야 마땅하다. 그러나 그렇다 하더라도 지난 역사적 경험을 상기해볼 때 민족·민중문학 외의 문학 경향이 지난 시기 예의 문제에 대해 얼마나 고민하고 타개의 노력을 경주해나갔던가를 다시 되물어본다면? 다시 말해 문학의 당대적 과제와 진실에 얼마만큼의 수준으로 투신하고 충실했는가를 조회해본다면? 여러 곡절이야 있겠지만 자신 있게 나서지 못할 부분이 더 많지 않을까. 하지만 그것도 과거지사로 쳐야 한다. 이제 우리에게는 채영주라는 작가가 시도하고 있는 통일 문제에 대한 문학적 개입이 함의하고 있는 바를 눈여겨보아야 할 책무가 있다. 채영주와 통일 문제의 형상화라는 짝이 굳이 도드라져 보이는 이유는 앞에서 이야기한 사정에서 기인하는 바도 있지만, 기실 우리의 주된 관심은 민족·민중문학의 80년대적 외연에 포함되지 않는 이 작가의 시각과 문학 방법이 북한 및 통일 문제에 대해서는 얼마만큼의 읽을 매력과 성취도를 보여줄 것인가 하는 데에 가게 된다.

한편 다른 사정도 이 소설에 대한 주목을 불러일으키는 요인이 되고 있다. 상기컨대 80년대가 변혁의 시대였고 또 그 변혁의 당위성과 보편성에 대해 그 누구도 대놓고 반대하지 못했었던 것은 부인 못 할 사실이었다. 그런 만큼 많은 사람들의 가슴속은 '고지가 바로 저긴데' 라는 정서로 가득했었고, 또 그런 만큼 곧 얼마 안 가 변혁의 마침표가 찍힐 수 있으리라 기대했던 바 컸었다. 그런 기대를 현실화시키려 했던 수많은 노력 속에 문학의 자리가 만만치 않았던 것은 주지의 사실일 터이다. 변혁과 문학은 운명적인 동반자관계로 간주되었고, 하여 그 관계를 역사적으로 충족시키기 위해서, 문학은 변혁이라는 개활지를 진보적 지형으로 건축해나갈 수 있는 일종의 설계사 노릇을 해야 했으며 또 때로는 그 일을 수시로 독려하는 독전관 역할을 기꺼이 감당해야 했다. 그 설계 도면이나 조감도의 등고선에서 우리 눈에 두드러지게 솟은 부분은 이른바 민족문제로 집중되는 분단·통일 나아가 더 본질적으로는 제국주의 문제였다. 다시 말해 변혁 과제의 문학적 형상화 중에서 민족문제 혹은 제국주의 문제는 언제나 필수적으로 다루어야 했던 대상이었던 셈이다. 변혁의 파고나 기운의 높이만큼이나 예의 문제에 대한 형상적 천착은 왕성했었고 그에 맞먹는 성과를 가져오기도 했다.

하지만 누구 말마따나 '좋았던 시절은 가고' 황량한 삭풍이 부는 지금, 그 누구도 민족, 통일 혹은 북한 문제에 대해 '80년대적 해답' 같은 것을 제출하지는 못하고 있다. 어떻게 보면 그 '해답'을 제출하지 못하는 것이 90년대적 의미의 변혁적 관점에서는 오히려 다행한 일일 수 있지만, 그렇다고 하더라도 그 해답의 문학적 모색이 현저하게 가라앉아 있는 듯한 이즈막 형국은 그냥 보고 있기 쉬운 일이 아닌 것이다. 물론 달라진 조건이나 지형에 제대로 조응할 수 있는 문제설정의 굴착 와중이라는 사정이 있을 수 있고 또 내실 있는 작품을 맞이하기 위해서는 어느 정도의 시간을 기다릴 줄 아는 지혜도 수반되어야 하지만, 그럼에도 불구하고 독자들은 그 와중이라 하더라도 맛보기 정도는 누리고 싶어하게 마련이다.

이와 같이 분단이나 통일 문제에 대한 문학화가 전에 비해 눈에 띌 만큼 줄어든 시점에서, 그리고 무엇보다도 그런 문제에 대해 활발한 발언을 행하던 일군의 작가들이 침잠과 모색의 계절에 들어간 것 같은 저간의 사정에서 북한 및 통일 등에 대해 이 소설이 수행하고 있는 문학적 문제제기는 요컨대 그것의 시의성이나 다양한 접근통로의 길 뚫음이라는 대목에서 나름의 몫을 해내고 있는 측면이 다분히 있는 것이다. 그것이 바로 앞에서 말한 주목에 값하는 요인이라 할 수 있다. 때때로 멀쩡한 낭만주의자로 불려지는 채영주라는 작가가 북한 및 통일이라는 거대한 문제에 대해서는 어떤 모양의 발언을 보여줄 것인가 하는, 조금은 '짓궂은' 기대와 함께.

2

요즈음 북한 문제에 대한 언급은 곧 통일이라는 명제로 통한다. 동구권 도괴라는 세계 정세의 변화는 북한의 몰락이 얼마 남지 않았다는 기대를 그럴듯하게 보장해주는 사실들로 간주되기도 한다. 특히나 자본주의 서독의 승리로 귀착된 독일의 통일은 많은 사람들에게 우리도 유사한 통일과정을 겪을 수밖에 없다는 '확신' 을 심어주는 지표로 작용하고 있다. 한반도의 통합은 세계사적 흐름으로 보아 거역할 수 없는 필연이며 그 통합은 늦어도 금세기 안에 이룩될 수 있다는 '문민정부' 의 통일원 장관의 발언은 그런 확신을 더욱 단단하게 해주고 있는 실정이다.

이런 정황은 지난 몇십 년 동안 통일 문제를 둘러싼 정세의 기본 구도가 급격하게 바뀌었다는 사실을 일러주는 대목이다. 앞에서 말한 세계사적 변화와 더불어 국내적으로는 남한과 북한의 정치, 경제적 역학관계가 역전되어 과거와는 완전히 다른 통일 정세 구도가 전개되고 있는 것이다. 그러다보니 통일 문제에 관해서 과거에는 수세적이고 방어적이던 남한 지배집단의 관행이 이제는 공세적, 팽창적 행태로 바뀌어가고 있는 사실 역시 새삼스러운 일이 아니게 되었다.

통일 정세의 변화 속에서 일반 국민은 물론, 이른바 부르주아라 이름할 수 있는 남한의 지배집단 역시 통일의 열기에 휩싸이고, 게다가 누구보다도 먼저 통일의 프리미엄을 선점하려는 의욕에 가득 차 있는 듯하다. 또 지배세력 내에서도 통일 문제의 방략을 둘러싸고 강온 대립이 발생하고 있는 모양인데, 그것은 가령 『월간조선』이나 조선일보의 어떤 편집위원이 한완상 통일원 장관의 북한관을 "충격적"이라 고발하는 것에서나, 그를 "감상적 통일지상주의자" 로 모는 것 등에서 목도할 수 있다. 그런데 통일 문제를 특집으로 다룬 『통일한국』 7월호에 게재된 한완상의 글에서는 오히려 그가 앞의 "감상적 통일지상주의"를 비판하고 있으니 가히 역설이 아닐 수 없다.

그러나 이와 같이 지배집단이나 보수세력들 사이의 강온 대립이 있다 하더라도 통일을 시도하는 과정에서 그들의 역할 분담과 상호협력 및 경쟁은 '대승적(!)' 인 차원에서 이루어지고 있는 것처럼 보인다. 이 '대승적' 차원이란 무엇인가? 그것이 자본주의적 흡수통합이 아닐까 하는 의심은 종내 떨쳐버리기 힘들다. 정부 당국에서는 남북한의 공존공영을 통일정책의 기조로 전시하고 있지만 남한의 대자본들이 어디 가만히 있겠는가. 만약 그런 방식으로 통일이 추진되고, 또 '불행하게도' 통일이 이루어진다면 그것은 정말 심각한 일이 아닐 수 없다. 이럴 때 우리는 그 동안 신앙고백처럼 되뇌어왔던 '모든 통일은 선이다' 라는 명제를 진지하게 다시 생각하고, 나아가 회의하게 된다. 제발 오해 없기를 바란다. 나는 요즘 이런 판국이라면 꽤 얼마 동안은 제발 통일이 안 되었으면 하는 생각을 왕왕 한다. 지금 형세에서 만약 통일이 된다면 당당 백두산 밑에 수십 개의 골프장이 생길 것은 뻔하고, 뿐인가 그 좋은 금강산은 조악한 콘도미니엄과 케이블카로 도배되어 날로 황폐화될 것이며, 게다가 장기라고는 '전투적' 인 것밖에 없는 순박한 북한 인민들이 남한 사람들의 이악스러움에 오염되는 것은 삽시간일 텐데…… 유감스럽게도 그런 그림이 자꾸 눈앞에 어른거리기 때문이다. 휴전선 부근에서 땅 사재기에 바쁜 복부인들의 모습은 그런 불길한 생각을 한층 더 부추긴다.

그렇다고 그런 '대승적' 통일정책을 견제하고 막을 수 있는 조건이 충분한 것은 아직 아니다. 통일의 당사자들인 남북한 민중이나 인민들이 통일운동에 민주적으로 참여하고 그 참여가 통일정책의 주요한 방안으로 채택될 수 있는 제도적 민주화의 수준이 턱없이 낮기 때문이다. 그렇다면 우리는 어떤 특정한 모양의 통일은 공존은커녕 남북한 모두를 공멸시키는 길일 수도 있다는 의심을 품어보아야 할 것이다. 또 그것의 현실적 가능성을 부단히 견제하는 노력을 수행하는 일은 실로 중요한 일이 아닐 수 없다.

하지만 최악의 통일을 저지할 수 있는 현실적 역량이 부족한 형편에서 그런 견제가 수월한 일은 아니다. 그렇다고 또 마냥 손 놓고 있을 수만은 없는 노릇이다. 현재의 조건에서나마 그런 불행한 통일 방식을 부단히 견제할 방책을 찾아보고 그것을 통일에 대한 천착의 기반으로 발전시켜야 마땅할 터이다. 그런데 지난 역사의 경험에서 우리는 현실의 가시적 전망이 희미하여 그것이 상식적 안목에 들어오지 않을 때 문학과 예술이 그 안목 너머와 이상을 보여줌으로써 현실적 상황에 대한 반성과 전망의 모색을 추동시키는 것을 수없이 보아왔다.

통일 문제에 관한 한 문학의 그런 역할을 이 소설이 보여주고 있는 바이다. 이 소설을 통해 우리는 최악의 통일 시나리오가 어떤 결과를 가져오는가를 가상적이나마 예측의 손길로 더듬어볼 수 있다. 그러나 가령 "남한의 이기주의와 무성의"[1]가 북한을 "괄시받는 땅, 낙후된 땅, 일부 동족의 이기적인 성장을 위하여 모든 것을 희생당해야 하는 땅"(126쪽)으로 만들거나 "남한 경제의 이득과 성장에만 집중되어 (……) 북한을 생산성 향상에 필요한 일회용품쯤으로"(125쪽) 여기는 남한의 탐욕을 지적하는 대목에 이르면, 그것은 자본이라는 이윤 동기와 민족애라는 도덕 동기가 조우했을 때 현실적으로는 어떤 양상으로 귀결되기 십상인가를 경고하는, 보통 유념해야 할 문제가 아니기에 이미 가상적 예측의 차원을 넘어선다. 그와 비슷한 양상을 우리는 통일독일의 현주소에서 보고 있지 않은가. 그럴 때 북한은 내륙 식민지와 다를 바 없는 것이 될 뿐이다. 북한에 대한 남한의 흡수통합의 야망이나 남한 자본의 폭식성이 밀어붙이게 될지도 모르는 그 식민지화의 기도는 소설

1) 채영주, 『시간 속의 도적』, 열음사, 126쪽. 이하 인용은 본문에 쪽수만 표시.

속에서는 벌써 현실화되어버린다. 그 소설적 현실은 급기야 소설 밖에 있는 우리들에게 "북한 땅이 (……) 처절하고 회복 불가능한 불모의 땅으로 변해"(238쪽)간다는 사실과 북한에 "엉성하게 만든 핵발전소에는 늘 방사능 유출과 관계된 소문이 나돌았고 경제협력이 시작된 지 불과 몇 년 만에 강이란 강은 모조리 폐수가 되어버렸으며 북한 주민들의 가슴은 남한 사람들의 냉대와 비웃음과 발길질로 멍이 들어가고"(같은 곳) 있다는 전언을 침통하게 타전해오고 있는 것이다. 이런 전언이야말로 말의 진정한 의미에서 '감상적 통일지상주의'를 배격해야 하는 역사적 요구를 설득력 있게 일러주는 것이 아닐 수 없다.

작가는 불구적 통일과정을 끊임없이 경계하고 있다. 나아가 그 불구적 통일이 가져올 민족과 인성의 파멸을 더욱 걱정하고 있다. 그러나 그는 걱정에 그치지 않는다. 그런 염려를 해결해보기 위해 일종의 '결사대'를 소설세계 안에 파견한다. 그 결사대는 다름아닌 "빨간 난장이"들이다. 그 "난장이"들이 "시시하고 짜임새 없는 연극 (……) 무대 위로 뛰어올라가 광대들의 탈을 뺏아 쓰고 대신 춤을 추"(28쪽)는 것이다. 작가의 작의(作意)가 돋보이는 것은 이 결사대 파견에 있다. 문제 앞에서 탄식만 하는 것이 아니라 문제 해결의 적극적 의지를 보이는 것이며, 그 해결 의지의 현실화 방도가 꽤나 실감 있는 객관성으로 구성되고 있기 때문이다. 그 객관성은 '난장이'라는 존재의 정체성에서 비롯된다.

3

이 소설에 등장하는 각 인물들이 나름대로의 성격을 가지고 있는 것은 물론이지만 그 인물들의 성격을 가로지르는 보편적 성격은 작가의 유비적 표현대로 '난장이'이다. '난장이'가 일차적으로 표상하는 바는 왜소함일 것이다. 현실의 권력관계, 그것의 미시적 차원에서든 거시적 차원에서든 난장이는 그 권력의 행사와는 일단 인연이 없는 것으로 간주되기 때문이다. 어떤 형식이나 내용의 영역에서든 권력과 무연함, 그것은 곧 만인에 대한 만인의 투쟁이라는 현실사회의 철의 규칙 속에서 왜소함이나 나약함으로 통한다. 그래서 난장이라는 말이 현실에서는 거개가 피지배세력 중에서도 가장 밑바닥에 분산되어 있는 집단이나 개인의 무력함이나 비속함을 이르는 것으로도 쓰인다. 하지만 그것이 문학의 세계 안에 일단 들어오면 여러 가지 모양으로 변주되어 달리 쓰이곤 한다. 현실의 그것을 있는 그대로 반영하는 측면도 있지만 더 많게는 역설로, 아이러니로 또 때로는 아포리즘이라는 반성의 거울로 은유되고 환유되어 쓰이는 것이다. 예컨대 어떤 개인이나 집단이 특정 시기, 특정 사회에서 당대의 지배적 통념이나 인습으로 꾸며지는 일반적 의미의 지배 이데올로기에 마음과 정신을 내놓지 않을 때, 그 내놓지 않음이 역사의 전후 맥락에서는 설혹 보편타당함을 가지고 있다 하더라도 현실의 물리적 지배력에 비해 턱없이 모자란 반발력을 가지고 있고 따라서 그 '지배적인 것'을 따르지 않고서는 계속 무력한 존재로 남아 있을 수밖에 없는 경우, 그 개인이나 집단은 현실의 권력 및 역학관계 내에서는 어쩔 수 없이 '난장이'가 되는 것이다. 그러나 그 '난장이'는 역설적으로 '난장이'로 남아 있음으로써 사회관계의 맹성이나 중생(重生)을 준열히 촉구할 수 있는 존재로 되기도 한다. 이럴 때 '난장이'가 힘없다 함은 현상학적 차원에서나 가능한 발언이지 사회와 역사의 구성적 차원에서는 옳은 지적이랄 수 없다. 만약 문학이 사회나 역사의 현상을 눈에 보이는 그대로 판박이하는 것이 아니라 그 밑바닥까지 파헤쳐들어가 그것의 전개나 발전에 대해 간단없이 비판적 감독관 노릇을 하는 것이라면, 앞에서 말한 그런 '난장이'의 정체성을 문학적으로 정당화시키는 일, 이를테면 현상의 저변에서 매 시기 그 현상의 반성이나 변화 및 전복의 한 계기를 이루고 있는 '난장이'라는 존재의 반성적, 역설적 정체성을 부단히 주장하고 거기에 역사적 형상과 생명을 불어넣는 일은 중요한 문학행위가 된다. 아니 그런 것이 문학의 옳은 존재 이유일는지 모른다. 그때 문학 안에서 '난장이'는 현실적 권력관계나 지배관계의 규율에 반역하고 그것을 해체, 재구성하는 존재가 되며, 나아가서는 문학 밖의 실제 현실에서 이루어지는 가시적, 비가시적 권력관계나 힘의 행사에 대해 근본적으로 의심하고 비판하는 존재로 화하는 것이다. 문학적 현실이 실제 현실을 반영하면서도 동시에 그것과 다른 것은 이런 이유 때문인 셈이다.

'난장이'를 아주 낮은 곳의 사람이라 부르기도 하지만 때때로 그 낮은 곳의 사람들이 한데 모여 각자의 어깨 위로 다른 난장이를 올리고 또 그 위에 다른 난장이를 올리고 또 올리고 하여 그 켜켜이 올라가는 길이 다른 힘있는 자들이 오르지 못하던, 아니 숙명적으로 결코 오를 수 없는 높이를 지향하고 실현하는 것을 우리는 문학을 비롯한 현실 역사의 이모저모에서 계속 보아왔던 바이다. 우리는 그런 형상에 대한 뚜렷한 문학적 경험을 조세희의 『난장이가 쏘아올린 작은 공』에서 한 바 있다. 전에 읽었던 기억을 더듬어보건대, 『난장이가 쏘아올린 작은 공』에서 주변으로 밀리고 밀려 더 밀릴 데조차 없는 '난장이'들의 슬픔은 슬프다 못해 마치 뒤통수를 때리는 기습처럼, 예리하고 투명한 아픔으로 와 박혔고, 무기력과 고통이 생활의 전부이다시피 한 그들의 생존은 나를 심각한 죄책감으로 몰고 갔었던 것 같다. 이런 느낌은 비단 나만의 것이 아니었던 듯싶다. 그렇지만 동시에 그 소설에 그려져 있는 '난장이'들의 수많은 간난과 내몰림이 왠지 모르게 슬금슬금 부풀어오르는 어떤 힘으로 느껴지기도 했는데, 그것은 나만의 경험일까. '난장이'의 역사, 그것이 거역과 반란의 역사라면 거기에는 분명 약동과 분출을 기다리는 잠재적 역동성이 내포되어 있게 마련일 것이다. 내가 『난장이가 쏘아올린 작은 공』에서 느낀 것이나 조세희 그리고 채영주를 비롯한 많은 작가들이 '난장이'의 역사와 모습을 그린 것은 아마도 혹은 필경 예의 역동성을 생래적으로든 아니면 스스로 인식하지 못하는 차원에서든, 하여간 감득하고 있었기 때문은 아니었을까. 그 '난장이' 들이 한데 모여 현실 역사의 도정에 거인의 발자국을 남긴 것을 우리는 불과 얼마 전에, 또 지금도 경험하고 확인하고 있는바, 그런 사실은 예의 감득의 신빙성을 더욱 확신시키는 대목이 아닐 수 없다.

이 소설에 등장하는 '난장이' 들은 어떤가? "다방 주방장, 공사판 데모도, 음식점 웨이터, 목욕탕 입구 구두닦이"(65쪽), 다방 DJ 등등의 직업에서 알 수 있듯이 그들은 이 시대의 '전형적' 인 '난장이' 들이다. 고만고만한 규모의 생각과 희망 그리고 나날의 자잘한 희로애락 등이 그들 살림살이의 전부이다. 뒷골목 인생들이 그러하듯이 포르노 테이프 하나에 대한 위악스러운 흥미에서 옹이진 기쁨을 기대하기도 하고, 작은 아파트 하나 마련하는 것에 필생의 소원을 걸기도 하는 존재가 그들이다. 따라서 그들에게 어떤 권세나 잘난 지식이 있을 리 없다. 속칭 '힘도 빽도 없는 따라지 인생' 들인 것이다. 권세 있는 자들의 눈으로 보면 그들은 과소인간일 수 있고 잉여인간일 수도 있는 존재들이다. 이런 사람들을 이른바 '프롤레타리아트' 라 하지 않던가. 로마제국 시대의 말인 '프롤레타리아트' 의 어원을 좇아 역사를 거슬러올라가보면 우리는 그 말의 원의가 '불알 두 쪽만 달랑 가진 사람' 이라는, 즉 노예가 될 수밖에 없는 사람이라는 사실을 만난다. 달리 말해 가진 거라고는 자기 지체밖에 없는 사람들이 바로 프롤레타리아트인 것이다. 배운 거 없고 가진 거 없고 그러다보니 능력 없는 인물들, 노장윤 이승범 만태 등이 그런 프롤레타리아트들이다. 그런데 의아스럽게도 지체밖에 없는 그 인물들이 민족과 인류의 운명을 책임지는 존재로 '급전직상' 하는 것이다. 여기다 프롤레타리아트는 역사의 창조자라는 당위론을 갖다붙이고 싶지도 않거니와 그런 시도는 이 작품의 독해에 별무소용이다. 우리가 판독해내야 하는 것은 그런 당위를 넘어, 설혹 우화나 가상의 형식을 빌려서라도 역사와 '난장이' 의 대당(對當)을 합체시키고 싶어하는 작가의 의지와 정치적 무의식이며 나아가 그런 대당이 시공적 조건에 따라 어떤 형태의 대칭적, 비대칭적 관계로 구성되는가 하는 위상적 구조이다. 그런데 여기서 만약 '난장이'와 민족 혹은 역사 사이의 대당과 통일이라는 문제설정이 이루어지지 않았다면 아마 이 소설은 한편으로는 이제껏 흔하게 보아온 민중약전이나 뒷골목 소설과 다를 바 없는 결과로 이어졌을 것이며 다른 한편으로는 앞에서 살펴본 불구적 통일과정 앞에서 무력한 걱정만 늘어놓는 심약한 지식인의 객담과 다를 바 없는 것으로 되었을지도 모른다.

그러나 '난장이'들이 꾀하는 "나비의 날갯짓" 같은 행동이나 시궁창 내 나는 뒷골목의 사연들이 그런 우려를 거뜬히 넘어설 수 있을 뿐만이 아니라 오히려 역사 대륙의 당당한 소유주로 등록되는 것은 무엇보다도 앞에서 언급한 대당과 통일의 구조를 통해 역사와 민족 문제에 대한 진실한 반성을 촉구하고자 하는 작가의 역사의식에서 연원한다. 하지만 이 역사의식은 둔중하지 않다. 오히려 경쾌한 상상력으로 디스플레이되어 있다. 그러기에 그 역사의식이 우리의 기억 속에서 시간의 더께를 뒤집어쓴 채 자꾸만 더 깊은 밑바닥으로 가라앉고 있는 광주항쟁이나 그것의 재현인 불구적 통일과정에 산재된 문제를 환기시키고 아울러 그 의미의 현재화를 강조하는 요인으로 작동하면서도 '난장이 결사대'들의 활극이라는 우회로를 통해 한 호흡 굼뜨게 우리 앞에 다가오기에 흥미로운 독서를 유발시킬 수 있는 것이다. 그러나 그 흥미 유발은 곧 모종의 반성적 사고를 요구하는 것으로 전이된다. 그 사고의 내용이 어떠해야 하는지를 서술하는 것은 사족이다.

4

이 소설의 전모를 충분히 관찰해보기 위해서는 형식이나 방법 문제 등등까지를 모두 수렴하는 작업이 필요하겠으나 모두에서 이야기한 것처럼 통일 및 민족 문제라는 탐색등으로 이 소설을 살펴보는 데 그쳤다. 그런 제한된 탐색임에도 불구하고 이 소설의 약점이 잡히지 않는 바는 아니다. '난장이' 와 민족 문제 사이의 연관성을 '허구 중의 허구' 인 미래가상소설 형식으로 꾸미다보니 시도 동기나 매개 등의 현실적 긴장도가 떨어지는 것 등, 그런 것을 그중 하나로 들 수 있겠다. 하지만 그럼에도 불구하고 이 소설에서 타전되는 전언이 불편하지만 우리가 지금 당장 감당해야 할 화급한 문제를 제기하고 있기에 그런 약점은 어느 정도 정상참작될 수도 있다 하겠다.

『시간 속의 도적』은 우리를 괴롭힌다. 광주나 북한 문제들을 대할 때 당위적인 책임감을 느끼면서도 그 당위를 넘어서지 못하고 어서 누군가가 해결해주었으면 하는 기대로, 그래서 조금은 편안해지고 싶어하는 우리들의 심리를 들쑤셔놓고 불편하게 만든다. 현실의 이곳저곳을 끊임없이 들쑤셔놓아 그것의 안정성을 뒤흔들어놓는 일이 문학이 사회에서 행할 몫이라면 이 소설은 그래서 제값은 하고 있는 셈이다.

(『문예중앙』 1993년 가을호)

좌초한 오디세이아의 모험

—이문열, 『오디세이아 서울』

1

호메로스의 『오디세이』를 여러 식으로 읽을 수 있지만 모험담이나 표류담으로 읽는 것도 독해 방식 중의 하나이다. 그런데 알다시피 모험이란 것은 안정적이고 질서 잡힌 세계가 아니라 무질서와 혼돈이 혼효하는, 그런 만큼 수많은 위험과 예측되지 않는 곤경으로 가득 찬 세계를 대상으로 이루어진다 하겠다. 얼핏 볼 때 어느 한 구석 성한 곳이 없는 한국사회를 '항해' 하고 '탐험' 한다는 것은, 그런 점에서 가장 적당한 모험 형태일는지 모르겠다. 우리는 일종의 모험일지 형태를 띤 이문열의 『오디세이아 서울』을 통해 한국사회라는 정글, 이를테면 작가의 강조대로 '비상식' 이 상식으로, '역리' 가 순리로, 게다가 '비합리' 가 가장 합리적인 처세로 통하는 풍경들을 목도할 수 있다.

소설에서 그 모험의 주인공은 이채롭게도 몽블랑이라는 외제 볼펜이다. 화자를 '외제' 볼펜으로 삼은 이유는 "한국사회에 익숙하지 않은 이방인의 낯선 시각과 가치관을 통해 우리들끼리는 익숙해 있지만, 어딘가 왜곡된 삶의 구조를 들추어내기 위해서"였다고 한다. 주인공의 이채로운 형상이나, 그 주인공의 낯선 시각을 통해 우리 사회를 조감해보겠다는 예의 작심은 흥미를 끌 만하다. 어쩌면 작가의 말대로 어떤 꼴의 타락이나 왜곡도 너무나 일상화되어 있고 그로 인한 환부는 깊이 곪아 있을 뿐만 아니라, 충격 체감의 법칙 때문인지 여간한 일이 아니고서는 별 자극이나 공분을 느끼지 못하는 것이 우리의 '익숙한' 시각일는지 모르기 때문이다. 동시에 그런 외인의 시각은, 그 타당성 여부야 우선 논외로 하더라도 그 낯섦 하나만으로도 신선하며, 어쩌면 더 나아가 우리에게 우리 사회를 보는 새로운 안목과 각성의 자극제가 되어 그 동안 눈에 보이지 않던 것을 직시할 수 있게 해주는 지혜를 제공해줄는지도 모르는 일이다. 그런 기대는 우리 사회의 외관과 속내를 우리의 통념과 상식과는 다른 잣대로 들여다본다는 것이 우리가 미처 깨닫지 못하던 심각한 문제를 재삼 성찰해보는 데 하나의 길라잡이가 될 수도 있기에 가능하다.

이런 우리의 기대를 한몸에 안고 주인공 몽블랑은 한국사회의 압축지인 수도 서울을 탐험한다. 그 탐험을 통해 서울 살림살이의 이모저모, 이 구석 저 구석을 보고 듣는다. 그 과정에서 몽블랑의 눈에 비친 서울의 현황도는 아수라장이다. 몽블랑의 눈으로는 도시 이해 못 할 일만 일어난다. 그래도 어찌 된 일인지 한국사람들은 그 요령부득의 일들을 잘도 이해하고 생활한다. 그래서 몽블랑에게는 그런 이해가 또 이해부득인 것이다.

몽블랑이 우리에게 타전해오는 메시지는 이해부득한 대상의 목록들인데 거기에는 우리 사회의 모든 악습과 병폐들, 달리 말해 급소들이 기록되어 있다. 졸부들의 망나니 같은 사치와 과소비, '정신적인 것'을 말살하는 극한적인 '물욕', 욕망과 쾌락으로 지새우는 '술과 장미의 나날들', 부동산이나 증권 같은 재테크, 환경파괴, 싸구려 예술가, 원시적인 지역감정, 합리적 판단이 결여된 정치의식 등등 하나같이 우리가 누누이 보아온 문제적 사실들이다. 그 악덕들은 너무도 많아 타전의 병목

현상을 일으킬 정도이다.

일견 이런 소재적 질료들이라면 무척 흥미롭고 박진감 넘치는 소설을 그려낼 수 있을 듯싶다. 물론 그 소재의 무게나 번다함에 눌려 소재주의적 작품에 그치지 않을까 염려도 되지만, 그 소재를 연급하는 이가 이문열이라는 사실에 이르면 일단은 안심되는 바도 있다. 적어도 그는 요즈막 우리 문단의 일급 소설가이기 때문이다. 물론 태작이 없지는 않지만, 대체적으로 그의 창작 행로가 보여주었던 미덕, 이를테면 부박한 현실을 그릴 때도 그것의 안과 밖을 고루 뒤져보고자 애쓰는 복합적인 문제의식, 기존의 관행이나 통념과는 전혀 다른 문제틀로 역사와 사회에 접근해보는 태도 등을 상기하면 예의 소재들을 믿음직스럽게 조형하리라는 기대가 가능하다.

하지만 이런 기대는 얼마 안 가 당황스러움으로 바뀐다. 이 소설을 읽고 나서 오는 첫 느낌은, 좀 과장하건대 이게 정말 이문열 소설인가 하는 의구심이다. 소설적 세계를 조직하는 데 있어 빼어난 그의 기량이 이 작품에서는 거의 실종되어 있다시피 하기 때문이다. 여기서부터 나는 곤혹스러움에 빠진다. 명색이 서평이면 작품의 미덕이 깃들어 있는 여사여사한 곳을 독자들에게 안내해주어야 할 터인데 그게 도시 난망스럽기 짝이 없는 일이기 때문이다.

결국 내가 취할 수 있는 방법은 비판적 안내밖에 없을 성싶다. 그래도 그런 방식이 나름의 의의는 있겠다 싶은데, 그것은 항용 어떤 훌륭한 것이 세상의 귀감이 되기는 하지만, 때로는 그 반대의 것도 '반면교사' 역할을 톡톡히 할 수 있다는 생각 때문이다.

2

주인공의 성격을 보자. 주인공 몽블랑은 서구, 그중에서도 독일이 원산지이다. 이방인의 낯선 시각을 통해 우리 사회를 들여다보려는 의도로 '외제' 볼펜을 주인공으로 간택했다면 그 주인공의 시각은 낯섦의 특정한 형태를 띠고 있어야 할 것이다. 그 다른 시각을 구성하는 것은 서구적 상식과 가치관일 터이고 더 좁게 보자면 독일의 그것이 될 터이다. 말하자면 독일적 시각으로 우리 사회를 조망, 판단해본다는 말이다. 독일이 표상하는 바는 수다하겠지만 합리적인 사고 방식이 무척 발달한 나라답게 어떤 평결이라도 쉽게 내리지 않고, 지나치다 싶을 정도로 꼬장꼬장하고 깐깐한 논증과정 연후에야 하나의 판단에 도달하는 사회와 국민이라는 것이 그중의 하나이리라. 즉 어떤 대상에 대한 판단은 주밀한 논증과정을 거칠 때에만 인준된다는 말이다. 따라서 우리 사회의 여러 현상들을 타박하는 몽블랑의 시각도 마땅히 독일적 경향을 내장하고 있어야 할 터이다. 다시 말해 그 경향은, 이를테면 치밀한 논증과 얼음장같이 냉엄한 합리적 사고에 기초해서 판단을 내리는 그런 것이어야 한다. 그런데 작품의 몽블랑은 실제 그렇지 않다. 한두 가지 대상과 논증으로 전체를 일반화하거나, 표면과 심층의 작동 메커니즘 관계를 제대로 사고하지 못하는 등의 초보적인 오류를 범하고 있기 때문이다. 예단적 사고의 위험을 전형적으로 보여주고 있다. 그런 예단은 몇 가지 심의 지표로 이루어지는데, 여기서 흥미로운 대목은 그 지표가 결코 낯선 것이 아니라는 사실이다. 오히려 우리에게 퍽이나 익숙한 그 무엇이다.

이렇게 보면 몽블랑의 시각이 낯선 이방인의 것이 아니라는 판단도 가능하다. 주인공의 성격에 적실성이 떨어지는 이런 현상이 왜 일어날까. 소설을 읽는 동안 작가가 이문열이라는 사실을 계속 떠올려보면 그 답은 어렵지 않게 나온다. 앞에서 말한 대로 몽블랑의 시각과 판단 지표 및 어조가 전혀 낯설지 않은 것은 다름아니라 이문열의 세계관 혹은 사회·역사인식이 거기 그대로 배어 있기 때문이다. 이런 사실은 소설이든 잡문이든 이문열의 글을 읽어본 독자라면 쉽게 감지할 수 있다.

그런 점에서, 낯선 시각의 주인공 몽블랑은 외관과 이름만 낯설 뿐이지 그 속은 무척 낯익은 '이문열적' 몽블랑이다.

주인공의 성격과 행로를 건축함에 있어 왜 이런 실패가 일어나는 것일까. 그것은 가령 물 건너온 지 얼마 되지 않아 정보가 지극히 제한되어 있을 것임이 분명한 몽블랑이, 그런 상황에 걸맞지 않게 한국 사정에 대해서 너무 뜨르르 꿰고 있다는 사실과도 연관된다. 이건 리얼리티나 핍진성의 결여이다. 이런 실패의 요인은 간단하다. 작가가 끊임없이 그리고 철저하게 주인공의 행로에 간섭하고 있기 때문이며, 이로 인해 소설이라는 독립된 공간에서 살아가는 주인공의 특수한 성격이 완전히 실종되기 때문이다. 즉 '소설적 논리'가 무색해졌다는 말이다. 그런데 작가는 노회하게도 그런 약점을 스스로 알고 있다. 그래서 그런지 소설의 맥락과는 무관하게, 또 난데없이 리얼리티라는 것이 본시 애매한 범주이기 때문에 자신의 그런 '비리얼리티'가 문제시될 것 없다는 식의 '이론적' 알리바이를 내세운다. 이 소설에서 이문열이라는 작가의 평소 기량 중 장기가 제대로 발휘되는 것은 이런 노회함 정도이다.

그렇다면 이제는 소설적 쓸모가 별로 없는 몽블랑을 경유할 것 없이 이 '책'에서 발산되는 이문열의 '직접적' 주장과 발언을 살펴봐야겠다.

이 책에서 이문열은 크게 두 영역에서 일어나는 여러 사건들을 놓고 신랄하게, 때로는 시니컬하게 비판한다. 한켠은 이른바 졸부 혹은 스스로를 중산층이라고 자위하는 집단들이고, 다른 한켠은 도시빈민과 변혁운동권이다. 졸부나 자칭 중산층에 대한 비난은 "정신적인 것의 결여"로 모아진다. 이런 지적에 타당한 구석이 없는 것은 아니다. 하지만 그가 강조하는 인문주의적 교양의 속내평을 이루는 '정신적인 것' 혹은 '합리성'의 모양새 역시 그다지 합리적인 것 같지는 않다. 가령 두 권이나 되는 분량에도 불구하고 그 인문주의적 교양이라는 담론의 공간적, 역사적 특수성이나, 그런 범주가 지배관계의 재생산에는 어떤 방도와 효과로 기여하는가 하는 근본적 되물음은 없는 형편이다. 합리론의 핵심은 회의론이라는 사실을 새삼 상기해볼 필요가 있다. 합리의 강조 속에서 공공연히 부상하는 '비합리적' 인 사고는 무수히 눈에 띈다. 특히 마르크스주의 혹은 변혁운동을 서술하는 부분에서는 이런 경향이 가장 불거진다. 예컨대 종태라는 인물의 마르크스주의 이념과 그 누나의 종말론적 휴거에 대한 믿음을 등가(等價)로 놓아 양자를 '맹신, 미신, 광신' 과 다를 바 없는 것으로 치부하는 대목에 이르면 균형 잡힌 합리적 시각은 고사하고 감정적 수준에서만 마르크스주의에 대한 적의를 노골적으로 드러낸다.

도시빈민 아이들의 불량한 성정과 그악스러운 모습을 대할 때도 마찬가지 태도로 일관한다. 그런 모습이 왜 나타나는가에 대한 구체적 질문이나 접근은 없다. 그런 리얼리즘적 질문은 이미 준비되어 있는 판단준거, 즉 이문열의 완고한 보수성이나 윤리적 엄숙주의에 의해 봉쇄되어 있다. 뿐만 아니라 빈민운동이나 이른바 민주민중운동에 어떤 식으로든 관여했던 사람들의 행위를 '정신적 사치' 로 몰아세우는 식의 왜곡을 극한까지 밀고 나가는 대목에 이르면 " '합리' 는 간데없고 벌거숭이 데마고기만 남아" 있다.

책에서 제시되는 그 많은 한국적 병리현상을 바라봄에 있어 저자의 태도는 철저히 양비론적이다. 그런데 소설의 어조와 뉘앙스를 좀더 자세히 관찰해보면 감득되는 것이 있다. 양비론이 어느 구석에 가서는 은근히 한쪽을 편들고 있다는 사실이다. 지역감정과 대통령선거 및 이른바 '기관장대책회의' 를 서술하는 대목에 이르면 은근짜도 벗어던지고 '솔직함' 으로 변신한다. 스스로의 모순에 자박당하는 이런 모양은 다음과 같은 대목에서 절정을 이룬다.

저자는 도하 언론들이 공공기관의 좌장들이 대선 문제를 놓고 모인, "대수롭지 않은" 일을 두고 여당 "후보에게 우호적인 언론조차도 '기관장회의' 또는 '기관장대책회의' 란 폭로측의 명칭을 그대로 받아 써"[1] 그 모임이 무슨 관권선거와 관련된 듯이 보도하는 것에 대해 불쾌감을 감추지 못한다. 나아가 "장교 몇이 모여 아침을 먹으며 어떤 후보를 돕기 위한 사적인 논의를 했다고 해서 '군부회의' 라 할 수 있는가. 교사 몇 명이 모여 그같은 논의를 했다고 해서 그게 바로 '교사대책회의' 라 할 수 있는가"(2권, 588~589쪽)라고 분노 어린 항의를 보낸다. 이전까지는 시니컬한 어조 일색이던 것이 여기에 이르면 갑자기 흥분한다. 헌법국가에서 어찌 도청 같은 비도덕적인 일이 일어날 수 있는가, 한층 엄히 다스려야 될 도청 문제는 등한시한 채 기관장회의에만 초점을 맞추는 언론의 보도 태도는 본말이 전도된 것이 아닌가 하는 식으로 언론을 나무라면서 도청에 대한 엄격한 수사와 언론의 맹성을 촉구하고 있는 것이다.

흐름이 이쯤에 이르면 어찌해볼 도리가 없다. 견강부회를 해서라도 양비론에서 한쪽에 대한 노골적 지지로 바뀔 수밖에 없는 사정을 상상해볼 수밖에. 이보다 우리에게 중요한 것은 작가 자신이 그토록 강조하던 상식이나 합리와는 정면으로 배치되는 이런 자승자박 혹은 모순을 통해 이 책의 비일관성과 하자를 확인하고 넘어가는 일이다.

그런데 여기서 재미있는 것은 역설적이게도 이와 같은 대목이 주인공 몽블랑의 성격을 가장 '탁월하게' 묘사한 부분이라는 사실이다. 관권선거나 부정선거 등으로 점철된 한국의 선거 풍토를 잘 모르는 이방인이라면 위와 같은 생각과 주장을 내세울 수도 있을 성싶기 때문이다.

각 인물들의 성격이 실제 현실에서의 위치와 제대로 조응되지 않으면서 발생하는 실감의 결여와 생경함 그리고 소설의 서사적 형상화가 제대로 이루어지지 않은 것도 이 소설의 주요한 흠결이다. 예컨대 도시빈민들이 나누는 대화나 일종의 '정세 분석' 이 너무 논리적이고 식자층이나 전문가의 그것처럼 지나치게 매끄럽다거나 하는 측면이 전자의 경우 중 하나라면, '소설적 대상' 을 소설적으로 묘사, 분석하는 것이 아

---

1) 이문열, 『오디세이아 서울』 2권, 민음사, 588쪽. 이하 인용은 본문에 권수와 쪽수만 표시.

니라 무슨 리포트나 칼럼 혹은 신문의 기사 분석란 같은 양식으로 대부분 채우고 있는 측면이 후자이다. 전자의 경우는 앞에서 지적한 바대로 인물들이 소설 속의 상황적 논리에 따라 움직이지 않고 작가가 소설적 매개 없이 무시로 개입하여 그 인물들을 소설 외적으로 조정하는 것의 귀결이다. 다시 말해 소설의 논리에 따라 사건과 인물이 생성되고 흘러가는 것이 아니라 작가의 머리가 모든 인물의 머리를 대체하는 형국으로 된다는 말이다. 이럴 때 등장인물들이 소설적으로 생생하게 살아 있는 인물이 되지 못함은 물론이다.

후자의 경우는 사실 의외이다. 평소 이문열의 작품이 주는 소설적 울림은 그만의 고유함, 이를테면 문체의 유장함이나 유려함, 읽을 때 배어오는 밀착감 등에서 발원하는 것인데 어찌 된 일인지 여기서는 그 미덕이 아예 자취를 감추고 있다. 그가 가진 형상화 능력과는 달리 사회에 대한 불만과 유감을, 형상화에 대한 안배 없이 무슨 객담하듯이 쓰고 있기 때문이다. 이런 이유로 이 소설은 소설 특유의 서술 방식이나 메시지를 통해 우리의 사고를 자극하는 것이 아니라 신문에 다 나온, 그래서 누구나 알고 있는 정보를 신문 담론의 분석, 서술 수준 그대로 반복하는 것으로 되어버린다. 소설을 뜸 들이는 일보다 어떤 지극히 실용적인 목적이 앞장섰기 때문에 이런 결과가 나오지 않았는가 하는 의심을 품게 만드는 것이다.

책 앞에 붙인 '작가의 말'에서 이문열은 이 소설이 마치 자신의 "문학적 야심의 참담한 시신"(1권, 5쪽)처럼 보인다고 고백하고 있다. 애초 출판을 포기하려 한 작정이 인정에 끌려 번복되었다는데, 고집을 세워 한 번 더 묵혀서 필요한 가감을 거쳐 내놓았더라면 더 좋았을 뻔했다는 생각이다. 그러지 않은 것이 안타깝다.

(『창작과비평』 1993년 여름호)

시인과 압구정동의 비상구

—박상우, 『시인 마태오』, 이순원, 『압구정동엔 비상구가 없다』

1

박상우의 『시인 마태오』에서 주인공 마태오는 두 가지 모습을 띠고 우리에게 나타난다. 하나는 자신의 정신적 동일성의 존재근거이자 구현양태인 시인으로, 다른 하나는 생활인의 기본적 생계 수단이기는 하지만 그렇다고 꼭 그런 것만도 아닌 이를테면 자신의 시적 작업에 이모저모의 관련성이 있는 일간지 기자로 나타난다. 그런데 이러한 마태오의 두 가지 생존양식은 기본적으로 말 혹은 언어를 가지고 자신의 정체성을 보장받는다는 점에서 공통점을 가진다.

기자는 기본적으로 사물을 그 어떤 왜곡이나 분식 없이 이른바 객관적 정황 그대로를 독자에게 전달해야 한다. 그러기 위해서는 무엇보다도 그 객관성을 보장할 수 있는 언어의 자유로운 사용이 전제될 때에만 어떤 사태의 진실이 제대로 구현된다 할 것이다. 다시 말해 기사의 진실은 사건을 전달하는 말의 진실 여부에 따라 가늠된다고 하겠는데 그런 의미에서 말 혹은 언어의 자유로운 사용이 어떤 경로를 통해서든,

만약 제한당하고 억압받을 때 기사의 진실은 어느 구석에서도 피어날 수 없으며 따라서 기자 본연의 모습도 심히 굴절되게 마련일 것이다(80년대 얼음왕국하에서 저항언론의 상징적 매체 제호가 '말' 이었던 점을 상기해보라).

한편 시인은 안팎의 그 어떤 방해 없이, 언어적 기호라는 원재료를 자유롭게 선택, 가공할 수 있을 때에만 마찬가지로 자신의 상상력과 생각을 자유롭게 교직해낼 수 있을 터이다. 또 그럴 때에만 그 교직이 만들어내는 의미는 살아 있는 것이 되어 세상 사람들의 소망이나 비통함을 얼러주며 또 때로는 속인들의 세상 잡사 하나하나의 의미를 새삼스레 깨닫게 해주는 지혜를 내놓을 수 있는 것이 아닌가. 다시 말해서 여기서도 말이나 언어 그리고 그것이 상징하는 바의 의미구성이 자유롭게 행사될 때에만 예술의 진실은 살아날 수 있고 시는 그 진실을 품어올 수 있는 것이 아니가. 그런 점에서 시인의 노래가 그 어떤 억압에 의해, 가령 어떤 억압구조가 제한적으로 허용하는 낱말밭에서 채집할 수 있는 말로써만 시를 쓸 수 있다면 시인의 운명은 참으로 절망적이지 않을 수 없으리라(나치즘 치하에서 외국으로 망명했던 독일 작가들의 저항 잡지 제호가 '말(Das Wort)' 이었던 사실을 마찬가지로 상기해보라).

주인공 마태오의 운명은 넓게 보면 이 말의 역사적 위치에 따라 부침의 굴곡을 겪는 존재이다. 그것은 마태오가 절망하는 이유도, 신산의 시간을 보내는 사정도, 세상과의 불화 원인도, 그리하여 결국에는 새로운 전환의 매듭을 기약하는 것도 모두다가 본질적으로 말을 둘러싸고 벌어지는 형국의 산물이기 때문이다.

마태오에게 있어서 말은 예술이라는 이름과 다를 바 없는 것이며 동시에 사람다움의 규준을 잡아주는 덕목이기도 한 셈이다. 그런 점에서 말 혹은 언어는 마태오 인생의 좌표이기도 하고 예술적 삶의 독전관이기도 하다. 그것은 아울러 마태오의 정신적 본향이며 자신의 삶을 받치고 있는 "네 기둥(四柱)" 모두를 통어하는 것이기도 하다. 그런 만큼 언어로써 이루어지는 시는 마태오의 삶에 있어 수다한 간난으로 이루어진 순수한 초발심이며 심지어 경건한 신앙의 대상이기조차 한 것이다. 그러나 순정한, 아니 순진하기 짝이 없는 마태오의 시적 태도는 유신정권이라는 폭력적 구조 앞에서 여지없이 짓밟힌다. 선배 기자 장경석이 폭력정권에 의해 인간으로서 감당하기 어려운 수모와 고초를 겪고서도 그런 억울한 사정을 아무에게도 이야기할 수 없어, 속으로만 속으로만 무기력해지는 개인의 한계를 보여주듯이 마태오의 시 역시 거대한 폭력 앞에서는 무기력하게 피체당할 도리밖에 없게 된다. 하여 이 지점에서 마태오의 시는 새삼스레 당대성과 짝을 이루어 시 혹은 예술과 정치의 도반과 같은 운명에 직면하게 되며 따라서 그런 사정에 의해 마태오 역시 자신의 시 작업에 대한 의미와 가능성을 다시금 깊숙이 반추해보는 것이다. 어디 시뿐인가? 살아 있는 말, 움직이는 말의 처소이어야 할 언론 역시 똑같은 경우에 처해 있음을 태오는 확인하게 된다.

계엄의 시대, 긴급조치의 시대, 그리고 엄혹하기 짝이 없는 '유신적 야만'의 시대에서 과연 시는 가능한가? 달리 표현하면 인간의 천부적 권리와 그 권리에 의해 보증되는 표현의 자유가 정치적 폭력에 제압당하고 가위눌릴 때 예술은 가능한가? 혹은 그런 상황에서 이미 선악의 존재론적 의미를 알아버린 '지식인의 자의식적 삶'은 가능한가라는 고뇌에 찬 질문에 태오는 마주 선다. 해서 어떤 식으로든 태오는 그 질문에 응답을 해야만 나름의 생존 근거를 마련할 수 있게 되는 사정에 처하게 된다.

태오의 자문자답은 시 창작이나 기자활동 등 예컨대 지식노동의 가능성은 멸절되었다는 것으로 이어진다. 즉 예술이든 기사든 아니면 그 어떤 지식인의 사회적 행위든 그것이 폭력적 체제에 의해 감시당하고 억압당하는 한 어떤 것도 가능하지 않다는 결론에 이른다. 이 각성은 태오의 인생에 있어 하나의 중요한 계기를 이룬다. 이를테면 시 혹은 예술에 대한 이전 태오의 여러 생각이나, 또 그런 만큼 태오의 예술적, 정신적 표정을 구성하고 있던 요소요소들이 깡그리 부정, 해체당하기 때문이다. 그리하여 이 해체와 부정은 새로운 삶을 예비한다. 예의 각성은 아울러 태오 자신의 의식의 산물은 더이상 가치를 발하지 못한다는 생각을 수반한다. 이제 태오의 생각은 다른 방식의 삶, 요컨대 사회가 개인의 자유를 보장해주지 못할 때 스스로 자유의 방식과 내용을 만들 수 있는 삶은 여하한 것인가에 초점이 맞추어진다. 이런 삶의 방편을 구하는 태오에게 있어 급기야 이전의 삶의 벗어버려야 할 구각이 되는 것이고 따라서 다른 삶의 지평으로 전위되어가기 위해서 거쳐야 할 통과제의를 스스로 만들고 그것을 감당하게 되는데 그것은 흡사 싯다르타가 출가 전에 세속의 모든 인연을 끊어버리는 것을 연상시킨다. 그러나 그가 새로운 삶의 방편을 찾기 위한 자기 다짐의 징표로 삼는 이전 마태와의 단절, 이를테면 언론사의 사직이나 절필 그리고 이혼 등은 뒤에 가면 드러나지만 결국 거듭나기 위한 자기 연단의 중생(重生)과정에 다름아닌 것이다.

이런 중생과정을 통해 마태오는 다시금 시와 자기 삶에 대한 근원적인 성찰과 새로운 질문법을 곰삭이게 된다. 그리하여 이 중생과정을 가로지르는 부단한 고뇌와 고통스러운 열정의 되감기를 통해서야 태오는 비로소 자기 시의 온전한 호흡을 억압하던 폭력과 야만의 구조를 더이상 즉자적인 혐오의 대상으로서가 아니라 하나의 방법론적인 성찰을 가능케 하는 거울 같은 텍스트로 인식할 수 있게 되는 것이다. 말하자면 태오의 정신이 새롭게 벼려짐으로 인해 자기를 둘러싸고 있던 외계에 대해 이전과는 다른 일종의 반성적 거리(그 내용의 적실성이 여하하든지 간에)를 유지할 수 있게 된다는 말이다.

이런 문맥에서 마태오가 새롭게 전환되는 과정의 정리 수순인 소설 말미의 7일간의 유적과 아침이라는 메타포는 퍽이나 의미심장한 대목이다. 그것은 성서의 창조 기간이 7일인 것처럼 그의 새로운 자아 창조 역시 7일이라는 상징적 일수를 거치는 것이나 그 창조의 에네르기로 새로운 "아침"을 열어젖힌다는 이미지 등등이 마치 긴 고난의 갱도(그런 의미에서 탄광촌인 흑사리는 마태오가 반드시 거쳐가야 할 어두운 갱도일는지도 모르겠다)를 지나 다시금 열린 세상으로 마태오가 파송되는 듯한 느낌이기에 그렇다. 따라서 그 파송은 태오에게 무작정한 행위가 아니다. 그에게 있어 그것은 "모르면서도 가야 하고 또 알면서도 가야 한다"는 역사적 도정 곧 길 떠남의 의미와 아울러 "삶과 시는 별개의 것이 아니라"는 귀한 깨달음과 지혜의 소식 하나를 얻고 떠나는 길이기에 더욱 성숙해진 태오의 행로인 것이다. 하지만 그 성숙이 현실적인 정합성을 확보한 성숙인지는 아직 뭐라고 이야기하기 어렵다. 그건 다만 남은 문제일 뿐이다.

이제까지의 논리에 따르자면 이 소설의 풍경은 아주 낯익은 것일 수 있다. 알다시피 이 소설은 아주 고전적인 주제의식을 보여주고 있기 때문이다. 예술과 정치의 갈등과 긴장, 기존 질서에 영합하지 못하는 예술가의 고통스러운 행로 등등의 문학적 형상화가 그것이다. 그러나 고전적이라는 말은 소설의 성취 여부에 따라 전혀 다른 두 가지 결과를 만들어내는 것이기에 결코 예사로운 명제가 아니다. 그것은 한편으로 완성의 품도가 떨어질 때는 고전적 주제의식이나 소재의 선택 자체가 작가의 무능력이나 안이함을 증거해주는 것이기에 그렇고 다른 한편으로 일정한 성취를 획득했을 때는 오히려 새로울 것 없는 문제의식을 새로운 당대성으로 구성하여 또다른 고전을 만들어냈다는 의미에서 작가 능력의 자랑을 보증해주는 것이기에 그렇다. 이 작품이 과연 어느 쪽인가는 쉽사리 판단하기 힘들다.

그러나 이런 위험 부담이 많은, 그런 만큼 아직 젊은 작가로서는 버겁기까지 한 형상화 대상을 성실히 끌고 가는 작가의 감투는 평가받아 마땅하다. 그의 성실성은 예컨대 마태오 걸음걸이 하나하나를 지나치리만큼 섬세하고 조심스럽게 묘사하는 대목에서도 보여지는데 그 조심스러움은 읽는 이로 하여금 한시의 긴장도 늦추게 하지 않는다. 그 집중과 탐구의 집요함 때문에 독자가 약간의 느슨함을 갖는 것이 오히려 죄스러울 정도이다. 작가의 이런 집요함은 쉽지 않다. 오직 현실과의 문학적 대결 정신이 깊고 투철할 때만이 가능한 것이다. 바로 이점이 이 소설의 미덕 하나가 아닐까 한다.

이제까지 우리는 되도록이면 객관적인 어조로 작품의 주제의식이 어떻게 구성되어 있는지를 살펴보았다. 그러나 이 글이 명색이 서평인지라 작품에 드러나 있는 흠집이나 몇 가지 결함을 짚고 넘어가지 않을 수 없다.

먼저 문장의 문제이다. 사실 작가의 문장은 이즈음 젊은 작가들의 그것과 비교해볼 때 상대적으로 튼실한 문장임에 틀림없다. 이 소설 역시 단단한, 또 한편으로는 유려한 문장으로 이루어져 있기에 독자로 하여금 읽는 맛을 배가시키기도 한다. 하지만 때로는 내용의 조형보다 문장 자체에만 집착한 인상을 주는 그것의 역기능은 가령 수사의 과잉으로 인해 수사가 특정한 문제나 의식 혹은 정황의 의미를 모아내는 노릇을 하지 못하고 오히려 문제의 인식을 방해하는 장애 요인으로까지 작용하는 것으로 나타나는 것이다.

이런 측면과 아울러 아내 은숙에 대한 성격 묘사가 일관되지 못한 점 역시 눈에 거슬리는 대목이다. 이를테면 작품 앞부분에서 묘사된 아내와 이혼 후 태오를 대하는 흑사리에서의 아내의 의식이나 여러 수준이 많은 차이를 보이는 것이 그것이다. 물론 이 소설에서 아내의 역할이 그다지 중요한 것은 아니지만 이런 사소한 결함이 작품 전체의 신뢰도를 깎아먹는다면 곤란한 일이다.

마지막으로 탄광 파업에 관련된 문제이다. 소설의 논리를 따르자면 탄광 파업은 분명히 마태오 삶의 전환에 있어 중요한 역할을 하는 것 같기도 한데 기실 자세히 들여다보면 그것이 모호한 채로 처리되어 있음을 부인하기 어렵다(소설에서 탄광 파업 부분은 '절정'이라는 소제목의 내용이다). 작가의 의도는 탄광 파업을 아마 정치 혹은 역사(사회)에 대한 시의 위치와 역할을 가늠해보기 위한 유비적 장치로 끌어들인 것 같은데 그런 의도가 제대로 살아났다고는 보기 어렵다. 이 탄광 파업 문제는 한편 태오의 관념적 인식(여기서는 유아론적인 대중관), 그러나 결국은 작가 인식의 관념론적 편향 한 자락을 드러내주는 대목이다. 그것은 예컨대 탄광의 파업(대중의 집단적 행동)은 결국 "난행과 추행 그리고 파괴"만을 남겼다고 보는 태오의 시각, 즉 작가의 시각에서 확인되는데, 그것이 온당한 시각이라 볼 수는 없다. 간단하게 말해 인류 역사에서 최초로 자유와 평등이라는 심히 소중한 근대적 가치를 가져온 프랑스혁명과 바스티유 파괴가 부랑자 대중들의 '난행과 파괴(!)'라는 피에 전 손에 의해 수행되었다는 역사적 사실 하나를 재삼 상기해보는 선에서도 그 부적절함이 인증되리라 본다.

그러나 가만 생각해보면 평자가 이런저런 몇 가지 이유로 까탈을 부렸다 하더라도 사실 '국적 불명의 혼혈아'들이 작가인 양 행세하는 이즈막에 그의 진지한 산문 정신은 돋보이지 않을 수 없다. 이 점이 바로 이 작품의 힘이다.

2

압구정은 우리 시대에 있어 하나의 신화다. 그 신화의 속내는 소비욕망, 성적 욕망, 무슨무슨 욕망 등 주체할 길 없는 모든 배설 욕망의 분출로 구성되어 있다. 말하자면 압구정은 총체적 욕망의 생산 시스템이자 그 거처이기도 한 셈이다.

『압구정동엔 비상구가 없다』의 작가는 이 욕망 하나하나가 생성 배경과 사연을 아무런 감정이입 없이 적출해서 우리에게 제시한다. 그래서 이 소설은 그런 적출물의 전시장으로 치환될 수도 있다. 우리는 그 적출물의 실체를 보고는 그저 놀라기도 하고 아니면 원망(願望) 비슷한 경탄을 보내기도 하고 그도 저도 아니면 그것이 뿜어내는 악취에 코를 싸맬 수도 있으리라. 그런 반응은 사실 각 개인이 처한 조건과 정서에서 나오는 반영이기에 어떤 것이 옳다고 이야기할 수 있는 성질의 것은 못 된다. 하지만 적어도 우리는 그 적출물이 우리 사회 혹은 남한 자본주의의 특수한 생장의 곡절에서 배태되고 키워진 일종의 병리현상 결과임은 크게 부인하지 못할 것이다.

그런데 이상의 논리 수순을 따르자면 압구정은 배설 욕망이라는 표현과 등가적인 것이 된다. 결국 모두에서 이야기한 것의 반복이다. 다만 그 사이에 남한 자본주의의 '특수한' 성격이 개연되어 있다는 것이 우리가, 그리고 소설이 가지고 있는 근본적 관심의 대상이다. 그러면 그 '특수함'의 내용은 대체 무엇일까? 여기서 그것에 대한 경제학적 논의를 할 여유는 없다. 다만 우리 식대로 이야기한다면 그것은 압구정동이 표상하는 모든 혐오성의 태반이자 바로 그렇기에 어딘지 모르게 뒤틀려 있는 형태의 것이다. 또 문제는 그것이 모든 자본주의 체제가 운명적으로 떠안고 다닐 수밖에 없는 혐오의 보편성적 내용과는 질을 달리하는 것이기에 다시금 압구정동이 문제가 되는 것이다. 그래도 문제는 남는다.

그것은 압구정동의 표상이 뿜어내는 모든 것을 문제시하고 천박한 것으로 평결한다 하더라도 현실에서의 그것은 특정 구조를 다시금 재생산하는 소프트웨어이기 때문이다. 그 특정 구조와 재생산은 다름아니라 욕망구조의 재생산이다. 하여 그 재상산은 거품과 같은, 그래서 실제로는 채워지지 않는 대중의 가수요적 욕망의 기대치 위에 군림하는 것으로 귀결되고 만다. 천만원대의 밍크코트, 장난감을 사면서 백만원권 수표를 내미는 초등학생, 몇십만원 대의 속옷을 '거리낌' 없이 사는 여대생, 이태리제 대리석으로 지은 욕조, 정결한 분위기의 카페, 로바다야키, 퍼스트 카는 벤츠 세컨드 카는 스쿠프…… 아무리 그것을 졸부의 천박한 자기 현시욕이라 비난한다 하더라도 가슴 한구석에 그런 소비의 향수 쪽으로 고개를 드는, 약간은 가려진 욕망이 결국 없다고는 할 수 없기 때문이다. 그것은 압구정이 창조해내는 소비와 배설의 욕망에서 우리 모두가 자유로울 수 없다는 말로 이어진다. 보드리야르 식 표현으로 말한다면 모두가 '압구정동적 욕망'의 시뮬레이션 속에서 나날의 삶을 보낸다고나 할까.

사정이 이즈음에 이르면 압구정동은 더이상 한 지역의 고유지명이기를 멈춘다. 작가는 소설에서 그것을 "이 땅 자본계급의 상징적 대명사"로 쓰고 있지만 압구정동은 이제 우리 시대의 공간을 부유하는 하나의 기호가 되었다고 할 수도 있다(물론 여기서의 기호는 실제와 분리된 기호가 아니라 당연히 심층에 긴박되어 있는 기호이다). 압구정동이 천민자본주의의 사생아이든 또 압구정동식 생활양식이 "욕망의 통조림"에 다름 아니든 간에 아무튼 그것이 이제 기호가 되었다면 그 기호는 특정 이미지를 분사해댈 것이다. 연후 그 이미지는 사람들의 통념과 욕망의 형식 속에 자신의 서식지를 마련하게 되고 그와 함께 압구정동 스타일을 각인시켜놓게 될 터이다. 그것이 요컨대 압구정동이라는 기호의 대중화, 즉 압구정동 이미지 혹은 스타일의 대중화로 발전하게 될 것임은 당연하다 하겠다.

그런 면에서 보자면 유하의 표현대로 "욕망의 평등"과 이미지 향수의 '평등'은 이루어지는 셈이다. 그런데 그 스타일의 유지는 끝간 데 모를 소비의 욕망을 자기 동학으로 하는 것이기에 바로 이 지점에서 압구정동은 대중화되기를 중지하고 자신만의 폐쇄회로로 다시 되돌아간다. 왜냐하면 이미지의 향수 기회는 평등하다 하더라도 소비의 능력은 결코 평등할 수 없기 때문이다. 결국 현실의 실제 생활과 유리될 수밖에 없는 압구정동 이미지는 소비 혹은 욕망의 가수요만 잔뜩 부풀려놓아 대중의 좌절감만 확인시켜주는 허방인 것이다. 만약 압구정동의 외연을 좀 넓히자면 그 이미지는 바로 '남한식' 자본주의의 파행 이미지와 다를 바 없을 터이다. 그 파행을 작가는 "좋게 이야기하면 이 땅 신흥 자본 상류층의 집단 대명사요 넘치는 부의 상징"이며 "체면 가릴 것 없이 기분대로 부르면 이 땅 졸부들의 끝없는 욕망과 타락의 전시장, 아니 똥통같이 왜곡된 한국 자본주의가 미덕(?)처럼 내세우는 환락의 별칭적 대명사"라고 통고하고 있다. 따라서 작가가 이 소설에서 다루고자 하는 것은 예의 파행과 욕망과 타락과 구린내 나는 똥 등속으로 채워진 '남한식' 자본주의인 것이다.

이런 점에서 그는 압구정동으로 별칭되는 이 땅 자본주의 타락의 꼭지점에는 '비상구'가 없다고 음울하게 선언하고 있는 것이 아닐까 한다. 그러나 그 선언은 결코 결정적인 것이 아니다. 소설에서 부패한 자본주의하의 동일한 피해자이기는 하지만 허영기로 범벅이 되어 있는 까만 가죽치마나 여대생이 교살당하는 것과는 달리 시골집의 생활비와 아버지의 약값을 대기 위해 전무의 성적 노리개가 되어 돈을 받을 수밖에 없었던 태양전자 출신의 여자아이가 살아남는 플롯은 미약하나마 어떤 가능성을 예시하고 있기 때문이다. 또 그 미약한 가능성을 애써 키우기 위해 작가는 소설적 테러라는 방식으로 우리에게 경고를 해대는 것이다.

사실 고백을 하자면 나는 이 작품의 예술적 성취도를 따지기가 머뭇거려진다. 또 다른 평론가가 말했듯이 전통적인 현실주의적 관점에서 볼 때 많은 흠결이 있다는 것을 굳이 따지고 싶지도 않다. 물론 작가가 우리 모두에게 보내는 전언이 훌륭한 구성으로 이루어졌다면 비단에 꽃을 놓는 일이 되겠지만 말이다. 하지만 압구정동이라는 소재 자체가 가지고 있는 문제성의 무게에 비추어볼 때 작가가 취하고 있는 형식이 소설의 사회적 기능에 크게 벗어난 것도 아니라고 생각하고 싶다. 다만 작가가 이 작품에서 견지하고 있는 문제의식이 계속 이어지길 기대할 뿐이다. 그때는 자본주의의 부패에 대해 진정한 비판의 무기가 될 수 없는 불투명한 테러의 방식 대신에 좀더 실감나는 대안의 방식을 취할 것과 아울러 실제 압구정동식 삶과 그것의 사회적 '효과'를 재생산해내는 밑바닥에 대한 근원적인 예술적 천착이 이루어졌으면 하는 마음이다.

(『문예중앙』 1992년 가을호)

얼음벽, 그것을 파괴하는 불덩이의 사회적 변증
—고원정, 『빙벽』

1

고원정의 소설이 재미있다는 세간의 이야기는 허튼 소리가 아니다. 나는 그의 소설 『빙벽』을 잡아든 순간 대책 없이 그 재미에 빠져들었다. 낡은 표현으로, 책에서 눈을 뗄 수가 없었으니 그 재미가 가히 일품이 아니라 할 수 없다. 무게가 녹록잖은 주제의식을 함유하고 있으면서도 그런 재미를 교직해내는 것은 요즘 소설에서 보기 드문 일이 아닐 수 없는데 그것은 여하튼 『빙벽』이 보는 이의 눈과 마음을 순식간에 앗아가 버리는 마력과 같은 그 무엇을 가지고 있기 때문일 터이다. 그것은 창작 방법에서 나오는 것일까, 아니면 이야기 대상 자체가 가지고 있는 흥미로움 때문일까, 그도 저도 아니면 고원정만이 가지고 있는 창작상의 '노하우' 때문일까. 과연 그 재미의 실타래를 계속 풀어내는 것의 실체는 무엇일까? 그런데 그 재미의 요인이 한편으로는 고원정 소설의 약점을 만들어낸다는 점에서 일견 색다른 흥미를 주기도 한다. 아무튼 그것은 이 소설의 딜레마라는 정도에서 일단 말을 돌리자.

이 소설의 전면에 드러나 있는 개인과 사회 혹은 집단 사이에서 항상적으로 일어나는 반목, 갈등 그리고 대립에서 빚어지는 여러 형국들은 문학을 비롯한 예술의 역사가 출발한 이래 끊임없이 다루어진 대상이다. 그것은 아마 예의 대상이 인간사에 있어 보편적일 뿐만 아니라 동시에 민감하기 짝이 없는 문제이며 그런 만큼 해결 곤란한 문제이기 때문일 터이다. 사실 이런 문제가 어찌 예술만의 문제일까. 이즈음 사회주의라는 역사의 거대한 실험과 순환이 매듭지어지는 바에서 볼 수 있다시피 역사 그 자체의 일의적 주제가 바로 이 개인과 사회 사이의 문제가 아니던가. 넓게 말해 이 소설의 주제의식은 바로 이런 문제를 품고 있고, 그것에 마주하고 있다. 이런 주제의식과 소설의 제재는 서로를 밀고 당기면서, 범박하게 말해 한켠으로는 어떤 알리바이 혹은 이데올로기/신화를 사용해서라도 개인을 억압하고야 마는 집단의 생리를 발가벗기고 다른 한켠으로는 그것을 '온몸'으로 거부하는 인간 본래의 자유 의지를 좌표 하나로 하여 그 양자의 필연적인 싸움을 기록하고자 하는 것이다. 그 싸움은 박진감과 면도날 같은 긴장으로 구성된다. 신화는 여기서 특정 이데올로기의 '동의'와 '설득'의 기재(器材)가 된다. 그러나 이런 말도 사실 다소간의 추상성에서 벗어날 수 없다. 더 구체적으로 이야기하자면 이 소설은 특정인이나 집단이 혹은 '통념'이 자신의 이익을 보존, 재생산하기 위해 눈 하나 깜짝하지 않고 저지르는 부도덕한 행위, 더 직설적으로 말해 공공연함으로 사기 치는 것을 폭로하고 한편으로 그 사기에 외롭게 맞서 싸우는 상처 난 영혼을 통해 개인의 자유가 얼마나 중요하고 포괄적인 문제인가를 도저하게 보여주고 있는 것이다.

이 소설은 우리 시대의 많은 신화가 기실 그 크기에 차이가 있을 뿐이지 본 모양새에 있어서는 허위의식과 등가 차원의 이데올로기일 뿐이라는 사실을 그리고 있다. 가령 이 소설에 등장하는 장석천 신화부터 그러하다. 그것은 탄생 동기부터가 인간의 치솟는 이기심과 욕망 덩어리의 용틀임을 밑자리로 하여 얼룩져 있고 또 그것은 군사문화의 프로파간다에 훌륭히 복무한다는 점에 그 본질의 야바위성이 드러난다. 어찌 그것뿐인가. 박정희와 전두환 노태우를 정점으로 하는 육사신화, 그리고 군대는 사회와 다르다는 신화, 그래서 이유야 어떻든 '까라면 까야 한다'는 신화 등등이 그런 것들이 아니겠는가. 형태야 여하하든 이른바 신화라는 것은 일종의 허위와 사술(邪術)을 자기 토대로 하고 있으며 그 토대는 자기 보존의 욕망 때문에 산술급수적인 혹은 기하급수적인 새로운 거짓과 허구를 '재생산'해야 하는 생식 논리를 가지고 있는 셈인데, 『빙벽』은 이를 적나라하게 보여주고 있다.

작가는 이 소설을 통해 소위 신화라는 것은 전체주의적 가치관에서 발원하는 억압의 얼굴이 자신의 본질을 은폐하기 위하여 채택하는 연출 소도구라는 점과 그 신화에 대한 인간들의 맹신, 미신, 광신은 전체주의 재생산의 생산도구와 다를 바 없다는 전언을 타전해온다. 그런 문제의식에서 작가는 전체주의의 반대짝인 개인의 문제를 돋보이게 하기 위해서 가히 집단적 억압의 최고 표현체이자 전체주의적 사고의 모범적 실현 케이스인, 그래서 개인의 요구와 자율성은 그 싸가지부터 묵살되는(그래서 어떻게 보면 오히려 그 배경 때문에 작가의 문제의식이 손상받을 수 있는) 군대라는 조직을 동원한다. 알다시피 군대라는 곳은 대를 위해 소를 희생한다는 집단 선호의 논리, 그것의 운용 메커니즘인 상명하복의 원칙, 명령과 집행만이 있을 뿐이지 문제제기 혹은 명령에 대한 이견의 제출 등은 있을 수 없는 공간이 아니던가. 달리 말해 군대는 집단의 이익과 전체주의적 세계관이 가장 효율적으로 실천되고 있는 공간인 셈인데 군대를 갔다 오든 안 갔다 오든 그것을 우리는 안다. 동시에 그 군대의 형상은 우리 사회의 모양과 다를 바 없다는 것도 몸으로 느낀다. 군대 이야기가 나왔으니 몇 마디 더 하고 넘어가자. 군대에서 즐겨 사용되는 속설 중에 "군따이와 요려이무이다(군대는 요령이다)"라는 것과 "까라면 가야 한다"는 것 등이 있다. 전자는 "군대는 줄이다"라는 속설과도 맥락을 같이한다. 이런 언사들은 정말 역설적이고 희화적인 동시에 비극적인 진실들이 아닐 수 없다. 가령 어느 집단보다 개인의 희생과 봉공 정신이 더욱 요구되고 또 그것을 제일의 덕목으로 치는 군대에서 '줄을 잘 서는 요령'에 대한 믿음은 한편으로는 개인의 이기심이 가장 적나라하게 드러나는 대목이라는 점에서 군대의 논리와 정면으로 충돌하는 지점이고 다른 한편으로는 바로 그런 점이 군대가 요구하는 것이 개인에게는 얼마나 비현실적이고 억압적으로 작용하고 있나 하는 것을 적시해주는 대목이라는 점에서 그 의미는 복합적이고 유별나다. 각 개인에게 전혀 납득되지 않는 논리와 요구, 그러나 그것을 납득하지 못하더라도 거부할 경우 자신에게 가해질 집단적, '합법적' 폭력의 공포 때문에 그것을 받아들여야 한다는 점 그것이 비극이다. 이것이 단지 군대와 개인 사이의 사연이나 논리에만이 아니라 전체주의적(국가, 가치, 규범) 형상과 개인 사이의 관계에도 연장된다는 점에서 또한 비극적이다. 이 납득되지 않는다는 사실을 억압의 주체도 인지하고 있음은 분명하다. 자신들의 대부분이 바로 당사자이자 증거자이기 때문이다. 그러나 개인이 납득하지 못하는 것을 조금이라도 순치시키고 설득하는 것이 군대를 비롯한 전체주의적 집단의 이익 보존에 필수불가결한 것이기에 한쪽에는 신화라는 이데올로기를 통한 설득이 자리하고 있고 다른 한쪽에는 공포감을 유발시키는 무력의 시위가 있다. "까라면 까야 한다"는 것이 바로 무력에 의해 응징당할지도 모른다는 공포감에서 유래하는 것이다. 만약 어떤 명령을 받았을 때 그것이 '이성적'으로 판단하여 잘못된 것이고 따라서 거기에 문제를 제기하는 것이 허용된다면 그것은 전체주의적이라 불리지 않을 것이며 따라서 '까라'고 했을 때 '안 깔' 수도 있다. 그러나 그런 것이 항명으로 여겨지는 것이 우리 군대의 현실이기에 거기에서 우리는 바로 전체주의적 세계관의 억압성을 목도하는 터이다. "까라면 까야 한다." 이 섬뜩한 논리. 이것은 우리가 그토록 혐오해마지않는 군사문화의 논리이다. 우리가 군사문화의 논리를 혐오하는 것은 그것이 군대라는 한 집단만의 논리이기 때문만은 아니다. 그것은 다름아니라 보편타당함의 준거를 통해 형성되는 그 어떤 합리적이고 이성적인 사고와 행동도 원천적으로 봉쇄해왔던 3, 5, 6공화국의 작동체계와 세계관이 "까라면 까야 한다"는 명령집행체계의 군사문화로 구성되어왔기 때문이다. 3공화국 유신체제의 '하면 된다' 라는 신화도 알고 보면 "까라면 까야 한다"라는 이 논리를 숙주로 하여 '하달' 된 것이다. 이 무서운 논리가 광주의 양민을 군사작전 대상으로 삼아 학살했던 장본인이며 박도기 중사의 정신착란을 일으킨 근본적 원인이며 동시에 철기가 장석천 사건의 진상을 아무리 밝혀도 일언지하에 묵살하고 끝내는 철기를 죽음으로 몰고 갔던 것의 배경이다.

이런 군대의 논리는 한편으로 군대는 사회와 다르다는 통념에서 유래한다. 물론 군대와 사회 일반의 운영체계는 다를 수밖에 없다. 하지만 문제는 그런 상식의 확인이 아니다. 여기서 양자의 다름을 제시하는 예의 통념 혹은 논리의 목적은 사회 일반의 상식과 합리성에 포괄되지만 동시에 상대적 작동원리를 가지고 있다는 군대조직의 특수성에 대한 강조가 아니다. 오히려 사회 일반의 합리적 덕목과 이성적 준거를 단번에 무시할 수 있는 곳이 군대조직이라는 전제에서 싹튼다. 달리 말해 군대는 사회 일반의 어떤 기준도 간섭할 수 없는 공간이라는 것이다. 따라서 그곳은 바로 이성적이고 합리적인 판단과 진실이 가까이 갈 수 없는 '접근금지구역'이며 '접근시 발포지역'이다. 그런 점에서 요컨대 합리와 이성이 근대인을 근대인이게끔 확인해주는 지표라면 군대는, 이를테면 근대 시민사회에서 일종의 '솟대'이자 성역이 아닐 수 없다. 우리에게 있어서는 전근대적 체험공간이며 전체적으로 보아서는 근대인이 전근대의 땅으로 회귀되는 곳이다. 그러나 정작 중요한 문제는 우리 현실에서 그런 비합리와 비이성의 거처가 군대만이 아니라 예의 군사문화로 표상되는 우리 사회 전체라는 데에 있다. 즉 우리 사회의 본질이 전체주의적 사회이며 따라서 "까라면 까야 하"는 사회라는 말이다. 이런 사회에서 진실과 개인의 자유는 오늘도 숨막혀 하고 있는 것이다. 마치 잠수함의 토끼처럼.

이처럼 이 소설은 군사문화로 통칭되는 이런 전체주의적 논리에 대한 적대감과 그 적대감의 현상적 과녁이 되는 군대를 배경으로 하여 개인의 자유라는, 인간 삶의 근본적인 문제를 우리 앞에 내던진다. 개인(성)의 혹은 개인의 자유 문제는, 가령 인간 사회 최고의 발전단계에서는 개인의 자유가 전체의 그것과 다른 것이 아니며 또 그런 연장선상에서 필연과 자유의 통일된 왕국이 가능하다는 담론에서 강조하는 바처럼 지선의 가치이며 아울러 역사의 필연적 도달점이라지만 그것은 아직 '기대측정치'다. 또 그것을 인정한다 하더라도 그 이전의 역사구성의 지축이 다름아니라 언제나 개인과 사회/집단 사이에서 벌어지는 각급의 팽팽한 긴장과 반목 및 인정투쟁의 나날의 대립이라는 차원에서 보면 역시 이 소설이 우리에게 던지는 전언은 극히 당대적일 뿐만 아니라 심대하기 짝이 없는 문제이다.

세간의 혹자는 이 소설이 알레고리 방법으로 형상화되어 있다고도 한다. 이를테면 군대라는 비유 설정을 통해 우리의 사회와 문화 그리고 개인을 지배하고 있는 집단이기주의 논리를 폭로하고 성찰의 계기를 준다는 것이다. 하지만 군사문화, 즉 군부식 사고 방식과 규율 및 행동양태가 우리의 정치상황과 나아가 사적 생활 곳곳과 도처를 지배하고 있는 현실을 상기해볼 때 이는 결코 알레고리라 할 수 없으며 오히려 직설적이고 직정적이라고 하는 편이 온당하리라 본다.

2

소설의 주인공 철기는 여러모로 유별난 존재이다. 하지만 그 유별남

이 선천적인 것이 아니고 기존 질서와 집단의 규범들, 하지만 실은 질서와 규범이라는 형식적 외피를 쓰고 있는 어른들의 욕망의 무질서 때문에 만들어진 것이라는 점에서 별다르다. 하여튼 우리는 세상에 대한 반감으로 똘똘 뭉쳐 있는 오기투성이이자 신화에는 불문곡직 무조건 도전하는 철기를 만난다. 이 만남을 통해 또한 우리는 작가가 세상을 어떻게 내다보고 있나 하는 점과 개인의 절대적 존중이라는 문제를 주장해나가는 작가의 소설적 전략 및 도정과 조우하는 바이다. 철기가 세상을 증오하는 것은 자신의 성장체험을 통해, 이 세상은 허위의식과 기만이 날것으로 돌아다녀도 아무런 제재도 받지 않고 오히려 그런 것이 이야기로는 신화로 치장되고 사람으로는 영웅으로 칭송된다고 간주하기 때문이며, 신화를 거꾸러뜨리려는 욕구 역시 자신의 체험을 통해, 그 신화는 필시 사람의 자유를 억압하고 타인의 눈물과 등을 밟고서야 제자리를 차지하는 것이라 믿기 때문에 생겨난다.

그런 철기는 먼저 자신의 인생 행로에 허무와 냉소라는 불도장을 찍은 박태환의 신화를 저주하고, 그것을 철저히 부순 연후에 장석천의 신화와 맞대면한다. 그리고 그것 역시 의심하고 거부한다. 어떤 종류를 막론하고 신화의 탄생에나 그것이 지나치리만치 회자되는 것에는 필시 구린 구석이 있게 마련이며, 그 구린 구석을 은폐하기 위해서라도 신화는 각 개인들의 존재적 가치를 호도하는 동시에 제한한다고 확신하기 때문이다. 하지만 나중에 알게 되다시피 철기가 거부하는 장석천의 신화는 더 거대한 그 무엇의 가장 전면에 현시되는 대리물이자 홍보물일 뿐이다. 그것 뒤에는 그 신화의 상식(常食)을 통해 자기 정체성을 정당화시키며 존립해가는 군대라는 집단이 있고 그 군대 뒤에는 군대라는 억압기구를 통해 자기 재생산의 안착과 확장을 꾀하는 국가 혹은 지배구조가 도사리고 있는 것이다. 그러니까 철기의 대면한 장석천 신화라는 것은 알고 보면 몇 겹으로 눌려 있는 한 합체물이 단지 자신을 돋보이게 만드는 액세서리일 뿐이다. 어디 그뿐인가. 그것은 또한 횡적으로는 또다른 장치에 의해 자기 논리, 즉 신화의 정당성을 지원받고 있는 형편이다. 반공도덕과 국민윤리를 통해 국방의무의 신성함과 멸사봉공의 '미덕'을 가르치는 학교라는 교육장치가 그중 하나이리라.

말의 바깥 모양새 그대로만 따지면야 국방의 의무 그 자체는 별 나무랄 수 없는 문제이기도 하다. 그 국방의 이익이 누구에게 귀속되느냐의 질문을 일단 배제한다면 말이다. 그러나 그것은 폭력적인 형식논리일 뿐 그 국방의 의무라는 표상을 꾸며내고 있는 한 사회의 실제 조건하에서의 이데올로기와 우리 현대사를 유린했던 군부의 행태를 상기해볼 때, 그것은 국민 각각의 '동의'를 통해 참된 의미를 얻는 것이 아니라 가히 강제적으로 집행되는 주문(呪問)과 진배없다고 할 수 있다. 초등학교 때 단체관람을 한 영화 하나가 생각난다. 그 영화는 육사 출신의 강재구 소령이 장석천처럼 수류탄을 몸으로 덮쳐 부하의 목숨을 구한 사건을 영화화한 것이다. 강재구의 아들로 분한 김정훈이 아버지의 동상 앞에 도열한 사관생도들의 가운데를 걸어나오는 끝 장면을 보며 펑펑 울었던 듯싶다. 그러면서 어린 마음에도 "나도 어른이 되면 저렇게 나라를 위해서 목숨을 바쳐야지" 하는 결기를 다졌다. 어린 마음에 그 나라의 실제 정체가 어떤 것인지야 알 도리가 없었겠지만 당시 지배세력의 입장으로 보아서는 나라를 위해 목숨을 '초개'와 같이 버릴 줄 알아야 한다는 요지를 나에게 성공적으로 교육시킨 셈이 된다. 그러다보니 한편으로 군가 중에 "전우여 조국 위해 이 목숨 바친다면 사나이 한 목숨 무엇이 두려우랴"라는 대목도 생각난다. 여기서 왜 목숨을 바쳐야 하는지의 질문은 원천봉쇄되어 있다. 조국을 위해 목숨을 바치는 행위의 결과가 무엇인지도 질문불가이다. 단지 군인이라면 그래야 한다는 것이다. 또 그래야 한다는 논리는 누구에 의해 제시된 것인지도 질문불가이다. 말의 논리적, 사회적 의미는 거세된 채 다만 요구로 나타날 뿐이다. 남을 위해 자기 목숨을 버린다는 것은 여전히 의로운 일이라 생각한다. 그러나 그 일이 거짓과 음모의 이데올로기 도구로 쓰일 때 그것은 음험한 주문이 아닐 수 없다. "나는 공산당이 싫어요"라는 말을 하고 '공비'에게 살해당했다는 이승복 어린이의 '전설'만 해도 그렇다. 이십여 년이 지난 뒤에야 그 사건의 많은 부분이 해당 사건을 처음 보도한 조선일보 기자의 '창작'에 의해 심히 왜곡되었다는 사실이 밝혀졌다. 5공화국 초기에는 '이승복 어린이 추모' 사업이 더없이 확대되어왔다. 그때에만 해도 그 사건의 진상에 의문을 제기한다는 것은 가당치도 않은 일이었다. 이 역시 지배세력 이익 수호와 재생산의 이데올로기에 이용당해왔던 셈이라는 점에서 위와 마찬가지의 경우가 아닐 수 없다. 달리 말해 그 사건들이 지배 이데올로기의 한 부분이 되는 순간 그 사건의 진실은 훼손되고 단지 창백한 신화나 전설로 진급하는 것이다. 이런 경우들을 생각해볼 때 우리는 이 사회에서 신화로 통용되는 것들의 기능과 역할이 실제로는 어떤 것인지를 가늠해보는, 새삼스러운 사회학적 상상력의 필요를 절감치 않을 수 없다.

철기는 개인의 영혼을 끊임없이 현혹하고 결과적으로 왜곡하는 그런 주문과 싸워나간다. 아울러 그 주문을 생산하고 그것을 먹고 사는 실체와 대결한다. 그리고 종국에는 자살이라는 형식으로 최후의 저항을 맞는다. 비록 철기의 싸움 동기나 방법에 문제가 많다 하더라도 그것은 다른 차원의 논의 대상이고, 그 오기 서린 싸움의 여정이 예의 사회학적 상상력을 벼리게 만드는 데 충분할 정도의 노릇을 한다는 점에서 무척이나 소중한 것만은 분명하리라 본다.

이런 점에서 아홉 권이라는 소설의 엄청난 양이 부조해내는 많은 사연 중에서 서막이 철기가 그토록 증오하는 박태환의 사람됨에 고개를 숙이게 만드는 인터뷰 기사로 채색되는 것은 하나의 징조가 아닐 수 없다. 그러나 실은 역설의 역사에 대한 날 서린 독설이다. 나중에 알게 되지만 가령 전설과 허구가 어떻게 한 몸이 될 수 있는가를 알려주는 상징적 대목이라는 점에서 그렇다. 인터뷰 기사만으로 판단한다면 박태환이라는 인물은 가히 절개와 지조의 표상이요 사심 없는 지공의 경지에 다다른 인물인 것처럼 보이기도 하다. 그러나 그런 판단은 상식과 통념으로서이다. 그런 신화의 뒤안길과 곡절을 알고 나면 그것은 참으로 가증스러운 가면일 뿐이거니와 그것을 알고 난 우리는 분노에 앞서 허망함이 먼저 달려옴을 느낀다. 분노보다 허망한 심정이 더 깊은 까닭은 박태환 같은 인물의 전설 혹은 신화를 너무 순진하게 또 철저히 믿어온 우리 자신이 팔불출 같아 보이는 자괴심 때문일 터이다. 사실 훼절과 변개가 사뭇 자연스러웠던 우리 역사를 상기해볼 때 우리가 그 전설에 대해 가지는 경외심과 기대 그것은, 좀더 솔직히 파고들어가보면 초라한 자신의 역사에 대한 자기 위안에서 오는 것일 수도 있다. 즉 그것은 우리 스스로가 자신에게 요구하고, 어떤 사실에 대해 그 사실 이상으로 덧붙이고 그래서 남루하나마 자랑거리 하나라도 가지고 싶은 원망에서 비롯되는 것일 수도 있다. 허망함은 바로 절박한 원망 하나 채워주지 못하는 우리 현실의 부박함에서 오는 것이리라.

이 소설은 결국 박태환이나 장석천 신화를 정점으로 해서 한쪽에서는 그것을 부정하고 파괴하려는 철기 같은 인물, 그 반대편에는 그런 신화를 이용하여 자신의 이기와 욕망을 채우려는 박태환이나 대대장 및 사단장 같은 인물, 그리고 그 중간에는 신화의 수용과 인정에 이중적인 태도를 보이는 지섭이나 장원섭 병장 같은 인물들이 서로 교차되거나 흩어져 예의 신화와 마주 서 있는 표정과 수용의 정경을 그리고 있다.

그렇지만 아무래도 주인공 철기의 사고와 행동을 통해 소설의 주제와 문제의식이 가장 직접적으로 드러나기 때문에 우리는 당연히 철기의 운명에 주된 관심을 보일 수밖에 없다. 소설의 짜임새는 시종일관 철기와 전체주의적 이데올로기 혹은 신화 사이의 대립과 싸움으로 이어져 있기 때문이다. 한데 재미있는 것은, 어찌 보면 철기는 자신의 삶 전면에 나타나는 신화에 대해서 먼저 간단없이 싸움과 시비를 거는 형국이고 신화 혹은 신화 건설의 주체들은 철기의 시비를, 처음에는 회피하다 종국에는 자신의 보존을 위해 어쩔 수 없이 철기의 싸움을 받아들이는 것으로 짜이는 구도이다. 그러면서 우리는 철기의 싸움을 통해, 또 역으로는 기껍지 않더라도 그 싸움에 응할 수밖에 없는 전체주의 혹은 억압적 신화의 움직임을 통해 그것의 생리와 본질, 즉 그런 것의 토대는 가증스러운 사기에서 출발했으며 허구의 허구를 통해 유지되어간다는 사실을 목도하게 된다. 싸우는 목적과 방법 혹은 전략이 여하하든지 간에 바로 이런 측면이 철기라는 인물의 공적이자 소중함이며, 그런 점에서 보자면 철기는 개인의 자유와 진실의 보루를 지키고자 하는 진짜 야전 '소대장' 인 셈이다.

앞에서 말했다시피 철기는 이른바 신화나 영웅의 현전에 대해서는 동물적일 정도로 적대와 반감의 본능을 번득인다. 그것은 알다시피 박태환에 대한 증오와 분노에서 유래한다. 그 증오와 분노는 박태환과 박태환이 즐기는 박태환 자신의 신화가 어머니를 살해했다는 것 하나와 동시에 어머니의 죽음을 연유로 해서 자신의 이후 삶이 파괴될 수밖에 없었다는 생각 둘 때문에 생긴 것이다. 어머니의 죽음은 현상적으로는 어머니의 부정(不貞)으로 인한 것이지만 그 부정은 박태환의 허위의식이 강제한 것이고 따라서 어머니의 자살 역시 박태환이 강제한 것이라고 철기는 확신한다. 철기의 정신적, 육체적 삶의 태반은 물론이려니와 바로 어머니의 죽음이 철기 인생 행로를 결정했던 좌표였다는 점에서 수시로 떠오르는 어머니의 부정에 대한 기억은 철기로 하여금 견딜 수 없게 만든다. 또 어머니의 부정은 자신의 삶 출발부터 부정하는 사건이라고 생각한다. 철기의 이런 사고는 자기 존재의 본향이자 동산인 어머니가 더럽혀진 것은 자신이 곧 더럽혀진 것이라는 결론을 유도해내는 반면에 어머니와 자신을 더럽힌 것은 박태환으로 대변되는 기성의 가치와 제도적 질서라는 것으로 확장된다. 그런 까닭에 그것에 대한 철기의 분노와 복수가 먼저 구체적 인물인 박태환에 겨누어진다. 그러므로 자연히 어머니의 죽음을 통해 이 세상의 가치와 질서가 얼마나 잔인하며 무의미한가를 깨달았으며 그리하여 너무 일찍 세상을 알아버린 자신에게 있어 어떠한 가치 구현을 위한 노력이나 희망은 아무런 의미도 없어졌다는 철기의 자조는 한편으로는 이해되는 반면 다른 한편으로는 안타깝기만 하다.

철기의 성격은 바로 이와 같은 기원을 가진다. 좀더 부연하자면 박태환의 인터뷰 기사를 읽고 나서 "뭘, 분수니 지조니…… 자식들을 둘이나 죽여놓고서…… 우리도 죽일려구?"[1]라는 냉소에 찬 철기의 발언도 박태환과 그 박태환으로 대변되는 기성의 우상적 가치에 대한 분노의 표현이며 그 분노는, 하여 자신의 꼴을 더러운 악마로 단정하고 그 모습으로 세상에서 옳은 것으로 인정받는, 그러나 실은 더럽기는 매한가지인 기성의 가치를 거꾸러뜨리겠다는 결심의 과정으로 연이어진다. 따라서 "난 내가 더러운 피를 받은 악마라는 걸 알았어요. 그 더러운 악마의 피로, 고매하신 박태환 선생과 싸워보겠어요. 옳고 바른 것이 꼭 더럽고 그른 것을 이기란 법이 있나요? 난 악마로서 하나님과도 같은 박태환 선생을 이겨보겠어요. 이 세상이 선의의 세상이 아니라 악의의 세상, 악마의 세상이라는 것을 증명해 보여주겠다구요!"(2권, 70쪽) 혹은 "내 속엔 악마가 있어"(3권, 107쪽)라는 철기의 생각도 예의 과정에서 형성된 성격이라 하겠다. 이런 성격이 다소간 자기 연민의 과도함에서 나오는 것이라 볼 수도 있고 또 한편으로는 이런 모습이 역설적으로 철기의 한계를 보여주는 것이라고 느낄 수도 있겠지만, 하여튼 "무언가를 깨뜨리고 싶은 욕구"(4권, 137쪽)를 강하게 느끼는 철기의 전투적 성격은 일종의 생득적 본능처럼 각질화되어나간다. 이런 것은 한켠 철기의 행동 방식과 그것의 항상적 동인으로 작용하는데 가령 "어머니를 죽인 것은 자신과 박태환"(4권, 155쪽)이라고 자학하는 철기의 자의식이 바로 예의 사고와 행동 방식의 뿌리가 되는 바이다. 박태환의 잔인한 아집과 허위의식이 자신의 정상적 모습을 뒤틀어놓았다고 스스로에게

1) 고원정, 『빙벽』 1권, 현암사, 174쪽. 이하 인용은 본문에 권수와 쪽수만 표시.

확신시키고 있는 철기에게 있어 박태환이나 박태환의 신화를 지탱시켜 주는 세상의 우상숭배 논리를 파괴하는 것은 어머니의 죽음에 대한 복수이자 자신을 왜곡시킨 것에 대한 복수가 되는 셈이다. 그 복수는 "기성의 모든 제도와 가치"에 대해 냉소를 보내며 동시에 그것에 대한 "회의와 절망과 분노와 불복종"으로 집행되며 그 방법은 철저히 '혼자서' 수행하는 싸움으로 이루어진다. 나중에 언급하겠지만 철기의 개인주의적 성향과 한계, 그리고 무정향적 반항의식의 심리가 여기서 출발하는 것이다.

따라서 이를테면 기성세대의 질서와 가치 규범 때문에 회복될 수 없는 깊은 상처를 입었다고 생각하는 철기에게 자신의 유일한 생존 이유나 논리는 오직 자기 개인의 취향에 대한 충실함뿐이며 세상사에 대한 판단의 기준은 오직 자신일 뿐이라는 가치관이 전면화되는 것은 당연하다 하겠다. 가령 "가장 철저하게 집단적 가치만을 요구하는 조직 속에서, 가장 철저하게 나 개인을 주장해 보이기 위해서"(1권, 44쪽) 장교를 택한 것이나 "그것만으로 멋지고 좋지 않은가. 무언가에 도전한다는 것, 무언가에 부딪친다는 것, 안됐지만 거기서 깨지고 좌절하는 편이 더 멋있"(3권, 98쪽)다고 보는 철기의 생각은 일견 개인주의적이고 무정향적이고 무목적적인 싸움의식이라고 시비 걸 수도 있지만 앞의 맥락을 전제하고서 볼 때는 이해 안 되는 바도 아니다. 이런 철기가 집단주의의 가장 전형적 현현체인 군대의 규범과 가치를 전면적으로 부정하는 것이나 장석천의 신화에 냉소를 보낸다는 것은 당연한 귀결일 터이다. 물론 우리는 철기가 싸우는 상대의 사회적 의미나 막중함에 비해 철기의 방법이 퍽이나 문제가 많고, 그런 까닭에 곧 한계에 봉착하리라는 사실을 예측할 수도 있다. 하지만 그런 비판은 나중 문제다. 그보다 선행되어야 할 것은 철기가 홀로 수행하는 싸움의 여정과 기록을 통해 군대든 사회 일반이든, 이 세상에 차고 넘치는 부도덕함과 그것을 우상과 신화의 생산을 통해 정당화시키며, 그것으로 사기를 치며, 또 그런 작태를 기초로 자기 욕망의 극성을 꾀하는 인간 군상의 행태를 구체적이고도 정밀하게 이해할 수 있다는 점과 반면에 그런 문제의식을 통해 우리 마음 깊숙한 곳에 웅크리고 있는 우상숭배의 본능과 부조리한 욕망 실현의 심리를 본격적으로 성찰하게 한다는 점이 철기라는 인물과 이 소설의 중대함이라는 사실을 깨닫는 일이다.

3

부언하지만 철기의 아픔과 상처는 십분 이해할 수 있다. 또 동기야 어떻든 철기가 행하는 외롭고 험난한 싸움의 여정 자체가 심히 진중한 사회적 과제와 맞물려 있고 거기에 대한 깊은 반성을 촉발한다는 점 역시 인정할 수 있다. 하지만 우리는 이제 이 지점에서 철기 혹은 작가의 문제의식과 방법에 대해 좀더 냉정하고 객관적인 시각으로 바라볼 필요가 있다. 그 까닭은 철기가 싸우는 대상이 철기 혼자만이 싸워야 하는 대상이 아니며, 그것은 전 사회적 차원으로 확장되는, 다시 말해 인간 본래의 자유와 진리 구현을 바라는 모든 사람이 싸워야 하는 현실적이고도 구체적인 대상이기 때문이다. 그런 점에서 철기의 싸움의식이나 방법에 대한 되물음이나 문제제기는 바로 철기가 원하던 궁극적 경지에 한 발 더 가까이 갈 수 있는 지혜를 모색하는 노력이 된다.

앞에서 말했다시피 철기가 생각하기에, 박태환을 거꾸러뜨리는 것은 자신의 본향인 어머니와 자신의 삶을 출발부터 능욕하고 뒤틀리게 만든 세상의 우상 논리와 가치, 질서, 그리고 통념적 상식을 이기는 것으로 된다. 그런 고로 기원적으로 볼 때 어머니의 부정과 죽음은 세상에 대한 철기의 허무와 불복종 그리고 이기고야 말겠다는 악착같은 대결근성과 오기의 동인이자 에네르기의 원천인 셈이다. 우리는 여기서 먼저 그 동인의 강퍅함과, 그래서 결코 온전하지 못한 철기 운명의 그늘과 불안한 표정을 확인한다. 그 에네르기는 세상살이에 대한 거듭된 성찰을 통해 축적된 슬기에서 비롯되는 것이 아니라 흡사 마약이나 미약의 복용을 통해 발휘되는 괴력으로까지 여겨진다. 더불어 그 싸움은 자신의 육골 마지막까지 쥐어짜내는 그 어떤 섬뜩한 악다구니로 이루어져 있는 것처럼 보인다. 그것은 하여 결과적으로 싸움의 이김이 상생의 경지로 이어지는 것이 아니라 동반 몰락을 재촉하는 형상으로 비쳐지는 터이다(결국 상대는 여전한 채 철기 혼자 몰락하지만).

우리는 싸움의 조건이 크게 차이가 나는, 예컨대 조그만 사람이 몸체가 아주 큰 사람과 회피할 수 없는 싸움을 할 때 힘 차이야 어쩔 수 없이 나지만 그 작은 사람이 악다구니로 싸우는 심정을 안다. 막다른 골목에서 밀려오는 이판사판의 정서를 헤아릴 수 있다. 철기가 세상과 싸울 때 임하는 자세와 정서가 그렇다. 좋게 말하면 모든 것을 투신하는 배수진의 모양이지만, 기실 미약한 한 개인이 자신의 오기와 악다구니로만, 저 음험하고 막강거대한 대상과 벌이는 싸움의 형국이기에 그것은 아무래도 예정된 비극을 보는 느낌이 아니라 할 수 없다. 가령 "철기는 늘 무엇엔가 대항하고 대개는 승리하는 듯했지만, 미우의 눈에는 항상 그것이 결정적인 패배를 향해 다가서는 듯한 모습으로만 보였"(1권, 105쪽)던 것도 바로 이런 맥락에서 연원하는 판단이리라. 왜 결정적인 패배일까. 철기의 투지와 대개의 승리에도 불구하고 철기를 결정적으로 패배시키는 실체는 무엇일까. 그 결정적 패배의 요인 중 하나는 아마 자기 만족적이고 자기 해원적인 시각에 갇혀 싸움 대상의 실제와 본질을 온전히 인식, 분석하지 못한 채 싸우기 때문이 아닐까.

여기서 우리는 철기의 지극히 개인주의적인 태도를 문제삼는 동시에 철기의 방법이 좀더 확장되었으면 좋았을걸 하는 아쉬움을 갖는다. 그런 한계는 상식적으로 보아 요컨대 철기가 자기가 적대시하는 것의 논리적, 역사적 차원에 대한 이해가 객관적으로 확대되지 못하고 다만 개인의 체험과 동기로만 해석되고 치환되기 때문인 까닭이다. 어쩌면 철기 개인의 체험이 너무나 비극적이고, 그로 인한 분노가 또 너무 깊어 현실의 객관적 성격이 잘 보이지 않을 수도 있지만 말이다.

우리가 현실의 역사에서 개인적 목적에서든, 사회적 목적에서든 어떤 싸움을 할 때 먼저는 싸움 대상의 온전한 꼴을 분석해보고 이후 거기에 합당한 방법을 찾으려 할 것이다. 따라서 예컨대 어떤 싸움의 대상이 만약 약하면 약할수록 그 싸움은 용이하다. 이런 논리는 한편으로 싸움은 수단이지 목적이 아니라는 점을 알려주는 대목이기도 하다. 그러나 자신의 싸움 대상이 "가능하면 더 압도적으로, 더 견고하게 버티고 있어"(1권, 47쪽)달라는 철기의 주문은 그 싸움을 즐길 뿐이지, 싸움의 합목적성이나 보편타당함에는 별 주의를 기울이고 있지 않음을 알려준다. 이는 엄밀히 말해 철기의 싸움 대상이 결코 개인적 차원의 대상이 아닌, 훨씬 사회적이고 역사적인 것인데도 불구하고 철기의 싸움은 싸움 그 자체가 목적이 될 뿐이지 그것의 의지와 목적은 개인적 해원 차원에서 그다지 떨어져 있지 않다는 점을 알려준다.

이런 철기의 태도를 우리는 앞에서는 무정향적이고 무목적인 싸움의식이라고 불렀다. 소설을 두루 살피다보면 알 수 있다시피 이런 태도가 자신의 싸움 대상인 객관물의 얼개와 본질을 보다 더 정확히 이해하고 그에 맞는 싸움의 방략을 찾는 데 장애를 가져오는 요인이 되며, 종내에는 그 대상을 넘어서지 못한 채 오히려 그것에 의해 좌절당하는 것의 원인이자 결과가 된다. 철기가 실로 제대로 된 싸움을 모색하고 그 싸움 대상을 넘어서기 위해서는 현상적으로 눈에 보이는 박태환이나 장석천의 신화보다 그것을 가능케 하는, 보다 심층적인 작동원리를 찾아보아야 했을 터이다. 그것은 요컨대, 박태환과 장석천의 날조된 신화가 만들어내는 객관적, 중층적 효과는 무엇이며 그 효과의 접수처는 과연 어디인가에 눈이 갈 때 가능하다. 그런 심원한 천착의 과정만이 애초 철기가 목적했던 바를 실현시켜줄 수 있으리라는 점은 자명하다. 이런 것이 가능하려면 좀 딱딱하게 말해 신화나 우상의 논리는 전체주의 혹은 파시즘의 작동기제 중 하나이며 이러한 이데올로기의 생산은 지배 체제가 인간의 육체와 정신을 통제하고 관리하는 방식 중의 하나라는 점, 군대라는 국가억압장치 역시 그런 이데올로기와 무력을 통한 지배의 가동처이며 생산지라는 점, 그것은 전 국가적 차원에서 집행된다는 점, 그런 과정의 최종 목적은 결국 거대한 지배재생산이라는 점, 그런 지배의 피해는 형식과 외관만 다를 뿐이지 피지배계층 전부에 해당된다는 점, 그리하여 그것과의 대거리는 혼자로서가 아니라 전체적인 수준과 방법으로 이루어져야 한다는 점 등등을 인식할 수 있어야 한다. 그러나 철기는 이를 애써 외면한다. 그 외면은 철기의 개인주의 혹은 유아적인 가치관에서 기원한다. 아니 예의 논리는 우리의 요구일 뿐이지 철기의 상황이나 한계로 보아서는 가능치 않을 수도 있다. 그러나 그것이 외면이든 한계든 다음과 같은 대목 즉 유신독재에 항거하는 동료들이 시위 동참을 권유하는 것에 대해 철기가 "너희들은 모른다 (……) 세상의 끝을 봐버린 자의 마음을. 너희들이 싸우려고 모이는 그 자체가 결국 너희들이 싸우려는 상대와 동일한 것임을. 그런 싸움이란 철저하게 혼자일 때만 의미가 있다는 것을. 나는 내가 혼자일 때만 싸운다. 정의이건 불의이건 덩어리 속으로는 들어가지 않는다. 덩어리는 덩어리인 자체로 이미 악이니까"(6권, 183~184쪽)라는 식으로 회답하는 것은 온전한 대응이 아님은 분명하다. 게다가 성장과정의 특수함을 전제한다 하더라도 자신의 체험을 절대화시켜 모든 논리를 그것에 종속시키려는 것이나, 복합적이고 보편적인 판단을 요하는 문제 역시 자신의 체험적 주관에 종속시켜 지극히 단순하게 처리하는 것은 단순한 일반화의 오류를 범하고 있다는 문제를 뛰어넘어, 일견 자신이 그렇게 혐오했던 박태환의 개인주의적 독선과 닮은꼴이 되어간다는 우려를 자아내기에, 무척 심각한 문제가 아닐 수 없다. 이런 것이 바로 철기의 개인주의적 성격과 그것의 한계를 밝혀주는 근거인 셈이다.

이런 점에서 볼 때 철기의 싸움 방법은 온당하다고 할 수 없다. 박태환이나 장석천의 신화를 넘어서려는 철기의 노력은 그것 자체를 넘어뜨리는 것으로 종결되지 않는다. 그런 신화는 앞에서 말했다시피 궁극적 본질을 둘러싸고 있는 하나의 형식이자 장식물일 뿐이다. 즉 싸움의 진짜 상대가 아닌 것이다. 보안대에서 고문을 당하면서야 자신의 적이 "대대장이나 사단장, 혹은 보안대장 따위가 아니라 보다 거대하고 엄청난 그 무엇이라는 것을"(7권, 69쪽) 알게 되지 않는가. 박태환이나 장석천의 신화를 넘어뜨렸다고 만족해하는 것은 지나친 자족이다. 그런 경우 개인의 한풀이와 크게 다를 바 없다. 행여 예의 형식이 없어진다 해서 그런 것을 만들어내는 '생산관계'가 없어지는 것은 아니다. 새롭고 다른 형식을 또다시 만들어낼 뿐이다. 그러면 그 진짜 상대와 맞설 수 있는 진짜 상대는 누구인가. 결코 철기 개인이 될 수 없음은 분명하다. 그 상대는 결국 알든 모르든 예의 신화의 생산으로 인해 나날의 억압과 피해를 당하고 있는 피억압 당사자 전체의 모아진 힘만이 될 수밖에 없다. 철기가 외롭게 저항할 수밖에 없는 곡절을 납득하고 또 성원을 보내지만 우리는 철기의 개인주의적 싸움의 논리 및 방법에 안타까움과 회의를 가지지 않을 도리가 없는 것이다.

4

『빙벽』의 이야기 직조 방식은 좀 특이하다. 그것은 전통적 의미의 서술양식과 좀 다른 맛을 낸다. 그런데 『빙벽』이 주는 재미 중 많은 부분은 이 특이한 직조 방식에서 발원한다. 가령 이 소설에는 여느 장편소설과 달리 단숨에 읽히는 측면이 있는데 그것은 박진감과 속도감이 만들어내는 효과이다. 이 효과는 예컨대 사건에 사건이 꼬리를 무는 빠른 장면 전환과 묘사의 과감한 압축 및 생략 등의 결과이다. 게다가 묘사보다 대화가 많은 것도 속도감을 더해주는 요인이 된다. 또한 전체 소설이 백몇십 장으로 구성되어 있지만 각 장마다 일련의 도입, 고조, 마무리 과정으로 이루어져 있어 소위 신문 연재소설이나 주간, 일일 드라마의 스타일을 연상시키는데, 그런 것이 또 재미의 원인이 되기도 한다. 이런 경향은 아마 작가가 〈조선왕조 오백년〉의 극작가 신봉승씨와 같이 일하면서 체득한 글쓰기 방식이 소설에 반영된 것의 결과가 아닌가도 싶다.

한편 이 소설은 이채롭게 추리소설 형태를 띠고 있기도 하다. 하나의 의문과 그 해결의 단서 혹은 실마리가 던져지고, 한 매듭 풀어나가고, 그 위에 또다른 의문과 사건이 등장하고, 철기라는 '해결사'가 사건과 의문을 하나하나 풀어나가고 등등이 바로 전형적인 추리소설의 형태이기 때문이다. 이 추리소설 형태가 『빙벽』의 재미를 만들어내는 데 단단히 한몫함은 당연하다.

이런 직조 방식이 독자들을 빨아들이는 흡인력은 대단하다. 하지만 그런 방식이 오히려 소설의 약점이 될 소지를 안고 있다는 것에 유념해야 한다. 그것은 가령 『빙벽』의 형상화 대상이 깊고도 큰 문제임에도 불구하고 그것을 너무 빠른 템포와 사건 중심으로 이끌어가기에, 오히려 그런 요소들이 예의 문제에 대한 되씹음, 되울림 혹은 되물음의 계기를 미처 제공하지 못하는 요인으로 작용하기 때문이다. 그런 점에서는 지나치게 빠른 템포의 진행이 형상적 반성의 장애로 역할하는 것이다. 그 장애가 극대화될 때 사건의 추이와 갈등의 흥미만이 도드라질 뿐이다. 이런 방식은 또한 어떤 사건과 그 사건을 배출해내는 객관적 얼개 사이의 연관성을 깊이 있게 드러내고 문제의 핵심을 적출해내는 데에 적잖은 한계를 드러낼 수도 있는데, 유감스럽게도 이런 측면이 『빙벽』에 고스란히 이전되어 있다. 그러나 그럼에도 불구하고 매체 환경의 변화 속에서 '문학의 위기'가 회자되는 이즈막에, 이를테면 '읽힐 수 있는' 소설의 한 가능성을 예시한다는 점에서 『빙벽』의 이야기 방식은 톡톡히 주목받을 가치가 있다.

이런 문제와 더불어 또하나 생각해볼 대목이 있다. 소설을 따라가다 보면 우리는 거대한 부조리 앞에서 그것 외롭게 홀로 대적하는 철기를 자신도 모르게 성원하고 철기가 자기 앞에 나타나는 문제 하나하나를 풀어나가는 것에서 통쾌함마저 느끼게 된다. 이런 심사는 어디에 기인하는 것일까. 이는 이 소설의 아이러니에서 시작된다. 이 소설은 어떤 의도에 의해서든 간에 영웅이 만들어지고 그것에 의해 개인의 선택권이 억압당하는 현상을 거부하는, 즉 현실의 영웅 생산 논리를 철저히 혐오하는 주제의식을 일구어낸다. 하지만 정작 소설의 줄거리는 알게 모르게 영웅적 논리와 영웅 생산 시스템으로 이루어져 있다. 여기서 철기는 거대하고 막강한 상대에 맞서 혼자 싸우는 고독한 개인이 된다. 이런 구도는 영웅 픽션의 기본적 구도이다. 이런 구도는 어디서 많이 본 적이 있는 낯익은 구도이다. 거대한 조직과 그 조직의 냉혈한 논리, 누구도 도와주지 않고 동료마저 그 조직에 포섭되어 있고, 그리고 거기에 홀로 맞서 싸우는 강인한, 그러나 허무의 냄새를 짙게 풍기는 한 개인 등등. 이런 구도는 개인의 능력을 극대화시키는 효과를 발휘하면서 극적인 영웅을 만들어낸다. '영웅은 고독하다!' 철기 역시 고독한 해결사이다. 철기는 우리가 아는 현대의 영웅들과 닮아 있다. 현대의 여러 픽션에서 영웅은 여러 형태로 등장한다. 악당들과 혼자 싸우는 〈하이눈〉의 보안관 게리 쿠퍼, 〈더티 하리〉의 형사 클린트 이스트우드, 〈리셀웨폰〉의 허무주의자 멜 깁슨 등등. 철기는 이런 인물들과 닮은꼴이다. 이런 닮은꼴은 알고 보면 철기의 철저한 개인주의적 행태의 발현 양상에 다름아니다.

작가의 노력에 의해 과도한 영웅 연출은 절제되어 있지만 철기의 성격을 꾸미는 의지력, 체력, 지력, 추리력, 타협할 줄 모르는 돌진성, 거기다 적당한 페이소스 등은 한편으로 현대인들이 대망하는, 그래서 영웅 픽션에서 등장하는 영웅적 인물의 필수적인 요건들인데, 이런 것들이 도드라지지는 않되 적당한 선에서 철기에게 안배되어 있다. 독자들이 철기가 문제를 풀어가고 싸우는 것에 저도 모르게 원군이 되는 것도 예의 요소가 적절하게 작동한 영웅 픽션의 한 효과이다.

신화는 영웅적 사건과 줄거리 그리고 영웅적 인물을 기초로 건축된다. 영웅 논리가 신화의 기본 요소라는 말이다. 이럴 때 문제는, 철기의 적에 의해 철기가 또하나의 신화 당사자로 치부되는데 있는 것이 아니라 소설 전개의 전체 과정에서 나타나는 철기의 종횡무진함이나 해결사적인 혹은 영웅적인 성격이 독자들에게 또하나의 신화로 자리할 수 있다는 데 있다. 개인의 자유와 진실을 억압하는 영웅 생산의 논리, 전체주의적 신화, 허위의식에 대한 혐오와 파괴의 정당성을 전하는 이 소설의 주제의식이 저도 모르게 그 신화와 맞서 싸우는 당사자를 또하나의 영웅으로 탄생시킨다는 것은 하나의 아이러니이다. 그것은 또한 철기가 유신독재에 항거하는 시위대에게, 한 집단 논리의 폐해를 척결하기 위한 싸움이 집단으로 이루어질 때는 그 역시 상대의 모양이나 논리와 다를 바 없다고 냉소하던 대목을 상기해볼 때, 철기가 영웅적 논리에 의해 신화화되는 것 역시 철기 자신이 그토록 혐오해마지않던 대상의 형상과 동일한 결과로 이어지는 것이기에 또다른 아이러니를 만들어내며, 이는 철기를 통해 사출되는 소설의 메시지에 정면으로 배치되는 것일 수도 있다.

생각지 않던 이런 현상의 돌출은 여러 요인의 작용 결과이지만 그 결과의 조정 중심은 기실 철기의 극한적인 '개인주의적' 성격이다. 이 개인주의적 성격을 기초로 한 소설 전략의 적실성에 대해서는 앞에서 언급한 터이지만, 한편으로 이것은 길고 긴, 그래서 그런 만큼 사연과 곡절도 많은 이 소설의 결론이 무척 간단하고 안이하게 맺어지는 것에도 부정적 역할을 하기에 다시 또 문제적이다. 이유야 어떠하든지 간에 이런 안이한 결론은 이전까지 이끌어온 소설 전체의 성과를 파먹는 노릇을 한다. 예의 결론은 한편으로 철기의 성격으로 보아 자살하는 것이 결코 납득될 만한 일이 아니다라는 점과 오히려 새로운 도전과 싸움을 꾀하는 것이 소설 전체의 흐름으로 볼 때 적절하지 않을까 하는, 일종의 소설의 논리적 측면에서 문제적이며 다른 한편으로는 결국 이런 식의 결론이면 개인이 아무리 발버둥쳐도 전체주의적 조직, 집단의 논리나 이기 앞에서는 무기력하거나 급기야 파괴될 수밖에 없다는 것이 숨은 전언으로 되기에, 따라서 그것은 전체주의적 논리에 퍽이나 탁월한 철기 '개인'의 능력과 자의식으로 맞서 싸우게 만들면서 '개인적' 싸움의 방략을 도드라지게 뽑어냈던 소설의 애당초 전략이나 문제의식과도 모순된다는 점에서 문제적이다. 물론 개인적 항거의 종말이 비극으로 마무리됨으로 인해 전체주의적 억압과 개인 사이의 문제에 대한 새삼스러운 각성이 이끌어질 수도 있다. 하지만 그보다는 한 개인 혹은 영웅의 비극적 결말의 장엄미가 우세한 것으로 되기에 예의 각성의 계기가 오히려 상당 부분 희석되는데, 이는 소설의 전개로 보아 필연적인 것이기에 막을 수 없는 바이다. 이 소설이 끝내 우리에게 만만찮은 아쉬움을 남기는 것은 이런 측면에도 기인한다. 또한 이와 달리 이 소설에 깃들어 있는 진중하고 문제적인 주제에다 누구보다 탁월한 작가의 이야기 솜씨 등이 포개졌으면 재미 이상의 깊은 소설적 성찰을 전달해주는 그 무엇이 가능했을 텐데, 그럼에도 불구하고 여전히 읽기의 재미가 앞선다는 것에서도 많은 아쉬움이 생긴다. 글의 모두에서 고원정의 장점이 약점이 될 수도 있다는 이야기를 한 적이 있다. 이 아쉬움은 바로 예의 장점이 약점으로 역전된 것의 결과이기도 하며 동시에 그 약점이 장점의 뻗어나감을 가로막은 것의 결과이기도 한 셈이다.

5

이제껏 군대를 그린 소설들은 많이 있었다. 그 소설들의 대부분은 대개가 군대가 가장 강팍한 형태의 집단이라는 설정하에 그것이 개인의 가치와 개인성을 어떻게 비틀고 짓밟는가 하는 것에 주로 시선이 가 있었다. 그것 자체만으로는 정당한 문제의식의 소산이기에 별 문제삼을 바가 못 된다. 하지만 그런 유형의 소설들은 전제와 결론이 동일한, 다시 말해 새로운 문제의식이나 소설적 관찰의 새로운 돌파구를 여는 데 한계를 계속 보여주었다. 그 요인은 아마 형상화 대상의 외관 이상인, 속으로 깊이 파고들어가는 소설적 힘과 투시력이 모자랐기 때문이 아니었나 싶다. 그러나 이 소설은 다르다. 외형적으로는 예의 군대소설과 유사하지만 동시에 결정적인 차이점을 가진다. 그 차이점은 이를테면 그 군대라는 강퍅한 가치집단이 어떤 생성 논리를 가지며 동시에 어떻게 작동되는가라는, 보다 구조적인 문제에까지 작가의 끈질긴 시선이 닿아 있는 것에서 찾아진다. 그 끈질긴 시선은 그런 군대의 논리는 단지 강제로만이 아니라 인간의 가상적 욕망에 자기 거처를 두고 일종의 '동의'의 자장력을 함축하고 있다는 것과 뭇 사람들은 거기에 길들여지고 있다는 인식을 작가에게 제공하여, 작가는 그것의 작동 기재 중 하나인, 이를테면 집단적 규범을 정당화시키는 이데올로기(신화, 전설, 영웅 등)의 진면모를 잡아내고 있는 것이다. 뿐만 아니라 그런 것이 어떻게 인간의 가슴과 뇌리를 파고들어, 인간의 권력지향의 욕망과 이기의 욕망 등을 어떻게 고무시키고 육성하고 있는가를 적나라하게 보여주고 있는 점이 또한 예의 차이점의 하나이다. 물론 『빙벽』이 군대 이야기로만 전개되는 것은 아니나 많은 부분이 그렇기에 이런 판단이 가능하리라 본다.

우리는 위에서 어느 소설에나 다 있게 마련인 몇 가지 약점이나 허술한 부분을 책잡은 바 있다. 하지만 그럼에도 불구하고 이 『빙벽』이라는 장편에서 울려나오는 문제의식과 책 읽는 재미를 배가시키는 독특한 창작 수법은 우리 현대문학의 지평에 새로운 개활지를 만들어내는 데 단단히 한몫하고 있다. 그것은 분명하다. 이 점을 인정하지 않는 평가는 온당치 못하다. 그런 점에서 결국 남는 문제는 이 소설의 성과 뒤란에 남아 있는 예의 문제적인 요인들을 성과의 울타리 안으로 용해시키는 일이다. 그러기 위해서는 좀더 역사적인 안목을 구비할 수 있는 방법을 차근차근 벼리며, 모색해야 하지 않을까 싶다.

(『오늘의 소설』 1992년 하반기)

제5부

문학은 픽이나 보잘것없는 남루하고도 작은 것을 이야기하기도 한다. 언저리 인생들이 나날이 겪어야 하는 고단한 일상의 조각들을 나지막한 목소리로 자분자분 들려주는 것이 그런 것이기도 할 터이다. 하지만 문학이 애써 품으려 하는 그 작음은 결코 세속의 기준치나 강팍한 세상 인심으로 판단하게 되는 작음이 아니다. 개인의 진실 밑바닥까지 내려가지 못하고 또 그것을 아우르지 못하는 집단의 진실이 구두선이 되기 십상이며, 일상 속에 배어 있는 작은 것의 진실을 제대로 챙기지 못한 채 이루어지는 큰 것의 진실에 대한 집착이 얼마나 무너지기 쉬운 모래성인가를 우리는 역사 현실에서 목도해왔다.

신생을 위한 시
—김지하론

1

시인에게 자신의 시보다 이름 석 자의 강렬성이 더 앞선다는 사실은 한편으로 보아 불운일 수도 있다. 독자에게도 그 강렬성은 선입견의 다른 이름으로 작용할 수 있는 일이기에 그의 시읽기에 그리 좋은 요소로 기능하지만은 않는다. 까닭에 그런 측면은 시인에게나 독자에게나 상호문학적 소통에 있어 어떤 어려움을 초래할 수도 있다. 한국 현대사의 정치적 굴곡과 김지하의 이름을 관계지을 때, 그래서 그 관계의 문맥에서 김지하의 시를 읽을 때 그런 유의 어려움은 상시로 존재한다. 정치적 억압이 가혹하면 할수록 김지하의 시 혹은 그의 도저한 저항 정신에 대한 독자들의 동일화는 더 강해지기 쉽지만, 바로 그런 점이 오히려 그의 시에 대한 비판적 거리를 메워버리는 요인이 될 소지가 많기 때문이다. 하지만 90년대 이후에 나온 후기 시를 대할 때 독자들은 그러한 어려움에서 다소나마 벗어날 수 있게 되었다.

특별한 단절의 기미가 역력하지도 않은데 한 사람의 시 작업에 대해 전기니 후기니 하는 구분을 해보려는 요량이 공소한 일로 비칠 수도 있지만 그렇다고 6, 70년대에 씌어진 시와 80년대 그리고 90년대 씌어진 그의 시 사이에 도드라진 변별점이 없는 것은 아니다. 그의 시작에 있어 출사표 격이기도 하고 아직도 그 절실성의 울림이 깊은 「황톳길」은 김지하 초기 시의 특징을 고스란히 담고 있거니와 이후 『애린』이 나오기 전까지의 시작의 향방을 강렬히 암시하는 시편이기도 하다. 가령 '황토' '해만 타는 곳' '뜨거운 해' '칼날' '불' 등의 시어에 점착되어 있는 이미지가 이후 다른 시에서 "황불"(「황불」), "유황의 푸른 불길"(「땅끝」), "파팍한 서울길"(「서울길」), "미쳐 뎀뛰는 식칼" "육신을 아예 사뤄버리는 불꽃"(「먹칠」), "꽃내에 미쳐/거치른 황토의 가슴팍"(「사월의 피」), "타는 가슴속"(「타는 목마름으로」), "칼날 선 황토에 눈멀었네"(「남쪽」), "어두운 시대의 비수를/등에 꽂은"(「1974년 1월」) 등의 시어 등으로 시종 변주, 반복되는 측면만 상기해보더라도 그렇다. 때문에 「황톳길」은 그의 시작 전체를 가로지르는, 현실에 대한 시인의 태도 전반과 상상력의 어떤 지표 같은 것으로 여겨도 큰 무리가 없다고 할 수 있다.

고통스러운 외부 환경과 절규, 스스로에 대한 맹약, 결단 등이 서로 마주 보고 서 있는 듯한 이 시는 양쪽 사이의 팽팽한 마주 보기로 인해 비장감이 증류된 듯한 긴장을 유발하고 있는데 그 긴장의 에너지는 어딘가를 강하게 지향하는 에너지로 모아진다(그의 시 전편에서 유독 '간다'라는 동사가 아주 많이 등장하는 것도 그의 이런 강한 지향성을 엿보게 한다). 물론 6, 70년대 그가 겪은 정치적 환란과 그것에 대한 시인의 저항적 투혼을 증거로 삼아 그 지향점이 무엇인지를 쉽게 대답할 수도 있을 터이다. 하지만 그 대답이 정치적 환원주의에 근거하는 것이라면 그런 대답은 형식주의적 사고 그 이상이 아니다. 『애린』 이후의 시에 오면 더욱 두드러지는바, 그 지향점은 특정한 정치체제도 아니며, 해방세상이라는 상투적인 관념도 아니며 그렇다고 개인의 구원이 약속되는 모종의 피안도 아니기에 그렇다. 「황톳길」에서 절절히 '간다'를 외치던 그가 80년대 중반에 도착한 곳은 『애린』의 세계이다. 말하자면 정치적 지향성과 크게 상관이 없는 것으로 간주될 법한 고독한 '애린'의 지평인 것이다. 동시에 『애린』을 노둣돌 삼아 그의 시력에서 후기라 할 만한 90년대에 도달한 곳은 다음과 같은 세계이다.

내가 가끔
꿈에 보는 집이 하나 있는데

세 칸짜리 초가집
빈 초가집

댓돌에 피 고이고 부엌엔
식칼 떨어진

그 집에
내가 사는 꿈이 하나 있는데

뒤꼍에 우엉은
키 넘게 자라고 거기
거적에 싸인 시체가 하나

아득한 곳에서 천둥 소리 울려오는
잿빛 꿈속의 내 집

옛 고부군에 있었다는
고즈넉한

그 집.

아침 길 기다란 그림자에서
바람 많던 날들의 노랫소리가 들려오고
길 옆 벽돌담엔
죽어간 이들의 얼굴이 어린다

내 이마는 기억의 집
회한과 원한 가득한 진흙창
연꽃 한 송이 일찍 피어
이마를 가르며 붉게 벌어진다

어젯밤 어느 문으로 들어왔을까
미친 버드나무가 천정에 목매었는데
산조 한 자락 들려오고
바람이 우수수 일어나고

대낮에도 식은땀 흘리며
감옥 꿈 꾸며 미소 짓는 주름살 몇 가닥.

고름 질질 흐르는
썩어가는 도시의 살에 맑게 비치는
옛 마을의 희미한 실핏줄
핏줄을 찾아
벗이여 살 속으로
다리를 놓자
무쇠솥 다리

집을 짓자
세 발 달린 집
거름 흐르는
썩어가는 도시의 살 속에
묻혔던 우레가 솟아 터져오르듯
물과 불이 서로 싸우는 다리
혁명이다
무쇠솥 다리
세 발 달린 집 쇄신이다
부활이다
옛 마을의 희미한 실핏줄
핏줄을 찾아 벗이여
다리를 놓자 살 속으로
큰 산이 쿵쿵 울릴 때까지
다리를 놓아
무쇠솥 다리
집을 짓자
세 발 달린 집.

—「逆旅」 전문

이 시에서 적어도 12연까지의 묘사를 「황톳길」에 비교해볼 경우 두 시의 정조에 있어 그 열도의 차이는 있으나 다른 한편으로 화자의 개인적 체험 및 역사적 체험의 사연이 거의 유사한 형태로 포개져 있음을 알 수 있다. 이런 점은 「逆旅」가 시인의 시적 여정의 출발점인 「황톳길」로 다시 돌아온 세계임을 추측하게 한다(물론 「황톳길」에서의 날 선 결기가 이 시에서는 "내 이마는 기억의 집/회한과 원한 가득한 진흙창/연꽃 한 송이 일찍 피어/이마를 가르며 붉게 벌어진다"는 양상으로 변화하지만).

더욱이 표현 방식을 유념하면서 「逆旅」와 「황톳길」에서 드러나는 화자의 성정을 비교해볼 경우 「황톳길」은 직정적인 반면 「逆旅」는 에두름의 태도를 취하고 있음을 알 수 있는데 이런 측면은 「逆旅」가 오히려 그가 시를 본격적으로 쓰기 시작할 무렵의 시론, 즉 시에 대한 그의 본시 생각에 더 가깝다고도 할 수 있을 지경이기에 그렇다. 같은 비애의 표현이라도 그것이 아주 다른 양상으로 드러나는 맥락을 그 나이 29세 때 씌어진 다음의 시론에서 적시하고 있는데, 이는 「황톳길」과 「逆旅」의 비교에도 적용해볼 만한 대목이다.

> 가없는 비애의 스며드는 듯한 맑은 표현이 캄캄하고 점착질적이며 잔혹하고 피비린내 나는 비명과 신음과 절망과 짐승의 충혈된 눈들로 가득 찬 지옥의 소리보다 훨씬 더 커다란 호소력을 가지고 있다. 그것은 마치 살육이 끝난 바로 뒤의 침묵한 마을의 여름날 정오, 젊은 병사의 시체 곁에 흔들거리는 한 송이의 작은 들꽃의 묘사가, 막상 그 죽음의 아우성과 유혈의 표현보다도 그 현실 비극성을 더 훌륭히 압축하는 것과 같다.
>
> —「풍자냐 자살이냐」

「逆旅」가 과연 "스며드는 듯한 맑은 표현"으로 이루어진 시인가 하는 점과는 별도로, 12연까지는 「황톳길」에 비해 상당히 절제되어 있어 침잠과 압축의 정경을 보여주고 있고 그 절제의 심정을 표현하는 과정도 간접적이다. 하지만 특정한 역사적 사건을 부재의 방식으로 환유함으로써 시적 긴장의 밀도는 오히려 더 고양시켜놓는 소득을 얻고 있다. 물론 12연에서 25행으로 된 마지막 연 사이의 이행은 비약감이 심한 편이어서 그런 긴장이 상대적으로 약화되는 것은 사실이다. 그러나 가쁜 호흡으로 이어지는 마지막 행을 동시에 그의 초기 시의 흔적으로 본다면, 요컨대 「逆旅」에는 시에 대한 그의 초기 생각과 초기의 실제 창작 경향이 동시에 깃들어 있다는 점에서 앞에서 말한 것처럼 「황톳길」의 세계로 다시 돌아간 느낌을 강하게 준다는 것이다.

2

「오적」이나 「비어」는 김지하 시의 특징과 지향점 가운데 한 대목을 단적으로 나타낸다. 민요를 비롯한 전통예술의 세계관과 형식을 차용한 그 특유의 '담시'는 형식도 형식이지만 특히나 그 활력에 있어 김지하의 다른 시, 예컨대 비애를 체험의 절실함에 기초하여 노래하고 있는 서정적 시편들과 아주 다른 면모를 보여준다. 시인은 자신의 시론에서(「풍자냐 자살이냐」) 그 활력을 수탈과 압제의 오랜 누적 속에서 산출된 민중적 감수성의 정제인 동시에 그 압제를 파괴하려는 운동의 동력원이라 해석한 바 있다. 한데 그 활력은 가끔 노골적인 폭력의 양태를 띠고 나오기도 한다. 「허기」 같은 것이 대표적인 경우라 할 수 있다("어허 시장타 풀 뜯어 먹고/(……)/풀뿌리도 씹고 흙도 개꽃도/시뻘건 독버섯까지 모조리 모조리 씹고 나도 어허/(……)/몇백 마리 몇천 마리/질긴 놈으로만 그저 어허 지근지근/되야지고길 씹고 싶다 살진 놈으로 한꺼번에/소금에 질러/콱/(……)/오래 굶어 환장한 이 거대한 빈 창자를 끌고/서울로 가자구 가소 줏어먹어보자구 닥치는 대로/닥치는 대로 우라질 것 이봐 어서 가자구/생선 뼉다귀도 콩나물 대가리/개들이 먹다 버린 암소갈비도 복쟁이도/집도 거리도 자동차도 모조리 모조리 우라질 것/암수컷 가릴 것 없이 살진 놈으로만 콰콱콱/사람고기도 씹어보자구/어허 몹시 시장타/돈마저도/콱"). 한껏 비약과 과장을 늘어놓았지만, 그 까닭에 외관의 폭력적 언사에 비해 실제 느끼는 폭력성은 그리 폭력적으로 다가오지는 않는 측면이 있기는 하지만, 그럼에도 "콱"이라는 의태어와 "사람고기도 씹어보자구"라는 시어 등이 적절히 예증하듯이 이 시가 어떤 폭력적 이미지를 강하게 발출하는 것은 사실이다. 이런 과장, 비약 등은 그가 주장하는 이른바 "시적 폭력의 형태"를 구현하기 위해서는 불가결하다. "현실의 폭력이 시인의 비애로, 시인의 비애가 다시 예술적 폭력으로 전화한다 (……) 응결된 비애가 예술적 폭력으로 폭발하는 과정에서 시인은 마땅히 저항의 형식, 즉 폭력의 표현 방법과 폭력을 가할 방향을 결정해야 한다."(「풍자냐 자살이냐」) 말하자면 「허기」 같은 시에는 폭력을 가할 방향과 대상이 「오적」처럼 분명히 드러나지는 않지만 "거대한 빈 창자"가 비유하는 것처럼, 다시 말해 화자로 대변되는 집단 혹은 개인의 간난과 굶주림을 강요한 세력이나 구조를 향한 방향성은 분명히 제시되고 있다. 그의 시론을 참조한다면 격한 비애도 어쨌든 억압을 깨뜨리고자 하는 저항적 활력이 떠밀어올리는, 즉 활력의 내면화이지만 그럼에도 이 활력이 가장 역동적이며 예각적일 때는 시의 폭력적 양태를 그려낼 때라 할 수 있다. 팔다리가 잘려나가고 목숨도 앗긴, 그러나 그런 속에서도 여전히 세상의 압제에 자신을 몸뚱어리를 부딪히는 「비어」의 '안도(安道)' 같은 인물에서 그런 양태가 가장 적절히 구현된다 하겠다.

이 저항적 활력이 김지하 시의 근육질 같은 것이기도 하지만, 그렇기에 거기서 정치적 저항의 치열성과 박력을 읽을 수도 있지만, 그런 활력은 한편 다른 목적을 위해서도 활용되고 드러난다. 예컨대 민중약전의 형식을 빌려 시인이 만난, 소위 민중적 인물들을 그려낼 때는 그 활력이 폭력이 아니라 너스레, 능청, 연민, 공감의 정서로 형태화되는 것이다. 「민족의 비극이지」 같은 시에서 등장하는, 시인이 형이라 부르는 한 인물의 이력("한때 국군이었고/그뒤 그는 포로가 되어 인민군 병사가 되었고/그뒤 탈출하여 유엔군에 편입되었고/그뒤 또다시 붙잡혀 중공군 병사가 된 사람이다")은 그 자체가 바로 민중약전의 전형이라 할 수 있거니와 그 인물 앞에 서 있는 시인의 목소리에는 어김없이 연민, 공감, 너스레 등이 한목에 섞여 있는 것이다. 「민족의 비극이지」가 민중약전, 다시 말해 정치적 격변 속에 휘말려들어갈 수밖에 없었던 힘없는 민중의 개인적 이력을 이야기하는 형태를 띠고 있다면, 「여름 감방에서」에서는 민중이라는 특정 집단에 속해 있는 인물들의 속성 중 하나, 이를테면 밉지 않은 과장, 남에게 뻐기고자 하는 속성을 이야기한다. 물론 이 시에서 "따통꾼 安씨" 역시 파란 많은 이력의 소유자이다. 하지만 이 시가 돋우어올리고자 하는 것은 그런 이력보다는 그것을 "安씨" 스스로가 이야기하는 형태와 정서이다. "험상궂게 악을 쓰며 침을 뱉는" 모습과 "헤헤헤" 하고 웃는 모습은 아주 대조적이다. 남에게 겁을 주기 위해 위악스러운 과장의 포즈를 취하는 것과 예의 웃음소리에서 암시되는 어떤 부박함이 서로 상반되기까지 하지만 그런 이중성이 또한 민중적 성격의 일단임을 시인은 부인하지 않는다. 오히려 시인은 꿈속에서 "安씨"의 이력을 떠올리면서 그런 식의 민중적 성격과 연대하고 싶어함을 가감 없이 드러낸다. 그외에도 「최선생」「화평이」「악발골」「똥 퍼」「카농 서형」「덕수칼국수형님」「도둑아우님의 철학」「바람형님」「축복」 등이 예의 민중약전의 형식에 들어간다 할 수 있을 터인데, 이 시들도 해학적 어조와 정서적 유대의 끈이 예외 없이 가로지르고 있다.

그런데 민중약전의 형식이야 김지하 시의 성정과 경향을 추측건대 자연스러운 것이라 하더라도 위의 시 가운데 「최선생」「화평이」 이외의 시들이 모두 시집 『애린』에 함께 실려 있는 점은 흥미로운 사실이다. 그것이 흥미로울 수 있는 까닭은 1986년에 간행된 『애린』이 다름아니라 시인에게 있어 6, 70년대와는 또다른 유형의 정신적 고통이 미만해 있던 시절의 시편이라는 점 때문이다. 외양으로 지난 시절의 그 어떤 활력의 기미도 보이지 않고 시종 고절과 적막의 이미지가 강하게 스며들어 있는 이 시집은 따라서 민중성에 기초한 활력의 약동을 보여주기 힘들 것이라는 생각을 하게 만든다. 그의 시론에 기대면 개인의 비애와 활력의 외적 표현인 시적 폭력의 사이는 그리 멀지 않다. 그의 말대로 그것은 일련의 인과성으로 통해 있기도 하다. 사실 『애린』을 에워싸고 있는 분위기에만 주목할 경우 그 사이가 현격해졌다는 점을 느낄 수도 있다. 그럼에도 불구하고 침잠과 고절감이 승한 시점에도 예의 민중적 활력의 흔적이 녹록잖게 드러난다는 점은 『애린』이 외양과는 달리 전기 시의 연속성이 여전하다는 측면을 일러준다 하겠다. 다만 그 활력이 왕성해지는 것이 자신과 현실 모순의 대립을 이야기할 때가 아니라 소위 민중약전형의 인물들에 대한 묘사가 이루어질 때라는 것이 초기 시편들과 다를 뿐이다.

3

사람의 에너지나 기가 보통 때와는 반대 방향으로 움직이는 것을 역기(逆氣)라 한다. 『애린』에는 이 역기의 형상과 분위기가 미만해 있다. 『애린』에 비교하면 이전까지 그의 시는 정치적 이념을 대단히 선명히 제시하는 편이었다. 그 선명성에 기초해 자신이 움켜잡은 이념과 실천의 극한까지 밀고 나가고자 했던 것이 그의 시적 편력을 구성했다. 스스로를 "외줄 위"(「어름」)나 "땅끝"(「땅끝」) 위에 세워놓을 수밖에 없는 것도 그런 극한에의 충동 때문이며, 그런 존재의 조건 위에서 시인은 "흡뜨는 거역의 눈동자에 핏발로"(「녹두꽃」) 살아가면서 "돌아라 낮도 밤도 없이/돌아라 돌아/미칠 듯 미친 듯이 돌아라"(「타작」)라고 자신을 내몰아왔던 것이다. 일단의 극한, 그가 고행이라 이름한 그 극한에 와서 그는 아연 자신이 왔던 길을 거꾸로 내달린다. 그 내달음이 당도한 곳이 침잠과 내성의 목소리로 가득 찬 『애린』인 것이다.

시인은 "온종일 난초"를 친다. "허리는 굽고 다리는 펼 수 없고/눈은 차차 침침해지는데/온종일 난초 또 난초"(「그 소, 애린 22」)만 친다. 육신의 쇠잔함이 역력해 보이는 묘사이다. 하지만 화자의 그런 운신은 육신의 쇠잔 때문이 아니다. "앞뜰로 갔다 뒤뜰로 갔다/옆으로 갔다 또 옆 그 옆 그 옆옆옆/갔다 왔다 갔다 왔다"(「그 소, 애린 21) 하는 움직임에서 혹은 "새벽 다섯시에 깨어 오똑 앉아/늘 소주를" 마시는 상태에서 엿보이는 것처럼 그것은 어떤 심리적인 허기와 공동감 때문이다. 그 허기가 마침내 내뱉는 말은 "외롭다"(「그 소, 애린 4」)이다("외롭다/이 말 한마디/하기도 퍽은 어렵더라만/이제는 하마/크게/허공에 하마/외롭다"). 외롭다라는 말의 내뱉음이 과연 하나의 시가 될 수 있는가. 일견 그것은 시도 아니고 문학도 아니다. 몸이 아파서 그것을 직설적으로 아프다고 말하는 것이 문학을 하는 일과는 상관없기에 그렇다. 그러나 이 아프다라는 고백이 오랫동안 궁굴리고 멈칫거리던 심리의 반영이라는 점을 유념하는 동시에 이 언사를 그의 개인사적 전력에 연결시켜볼 때 이는 그의 시적 편력에 있어 큰 의미를 지닌 하나의 마디로 맺어진다. 그렇게 맺어진 마디를 통해 시인은 일신의 경지를 꿈꾸는 것이다.

외로움이야 이전 시에서도 충분히 드러나던 정서의 형태이다. 하지만 그때의 외로움은 외로움이 아니었다. 그것은 약진의 계기였다. 말하자면 외로움은 그 자체의 자질로 존재했던 것이 아니라 다른 것과의 연관 속에서만 자신의 자리와 자질을 배당받았던 것이다. 예컨대 "비참을 에누리 없이/비참대로 바라보자 했었지/그게 언제였던가/그땐 행복했을 때/바라보아도 그리 험하지는 않았을 때/바라볼수록 마음 깊은 곳/자만심 꿈틀거려/눈빛 빛날 때"(「그 소, 애린 17」) 같은 진술에서 그런 양상이 목도되는데 여기서 비참이나 외로움은 오히려 자아 실현이나 긍정의 도약대가 된다. 그러나 「그 소, 애린 4」에서의 '외롭다'는 토로는 다른 어떤 목적이나 고양을 위한 계기적 감정이 아닌 그것 자체의 독자적인 정서로 자리한다.

오롯한 외로움의 자리, 바로 그 자리에 자신이 서 있음을 시인은 더 이상 부인하지 않는다. 외롭다라는 말이, 어찌 보면 일상적이라 할 수 있는 그 말이 그에게는 왜 그리 하기 힘들었던가를 여기서 예단할 필요는 없다. 여기서 중요한 것은 이전에 나타나지 않던 순수한 외로움의 정서가 시인의 내밀한 구석구석까지 지배하고 있다는 점이다. 그것이 주목되는 까닭은『애린』 전편의 기저음에 해당되는 '외로움'의 정서와 형상이 다름아니라 시인 제 스스로 불러들인 것이라는 점 때문이다. 달리 말하면 외부로 향하던 이전의 격한 지향성을 내부로 돌리면서 외부와는 단절을 꾀하는 자발적인 유폐의 소산이 외로움이라는 것이다. 이런 점은 "괴롭힐 것 그저/제 몸 하나밖에 없으니/칼부림할 것 달랑/제 마음 하나밖에 남김 없으니"(「그 소, 애린 5」) 같은 대목으로도 나타난다. 한데 7행의 짧은 이 시에서 유독 눈길이 가는 곳은 "칼부림" 운운하는 6, 7행이다. 이 행은 지향의 방향이 외부에서 내부로 바뀌었다 하더라도 그 강렬도와 치열성은 외부로 향하던 그것과 크게 달라지지 않았다는 점을 환기시키기에 그렇다. 자발적인 유폐를 기존의 삶에 대한 시인의 반성적 성찰("이봐/내겐 꽃시절이 없었어/꽃 없이 바로 열매 맺는 게/그게 무화과 아닌가"—「무화과」)의 방편으로 읽을 수도 있을 터이고 혹은 자기 부정의 표현으로 그도 아니면 병고 특유의 정서적 분비물로 읽을 수도 있을 것이다. 그러나 그것이 성찰이든 부정이든 병고의 산물이든지 간에, 예컨대 수순(隨順)에도 단(斷)이 있어야 한다는 명제를 즐겨 되뇌던 시인의 말을 상기할 경우 그것이 독한 단의 마음에서 시작된 유폐임은 분명한 듯하다.

이 유폐와 반성은 맵디맵다. '심우'는 이루어지지 않고 '애린'은 곁에 오지 않는다. 매운 유폐의 시기는 꽤 오랫동안 지속된다.『애린』 이후에 몇 년 동안 씌어진 시편들은『애린』에서의 고적함이 오히려 더 깊어짐을 알 수 있게 한다. 단(斷)의 과정이 너무 긴 것이다. 하지만 그 긴 과정이 여전해도 "옛 삶은 끝이 나고/새 삶은 시작되지 않았다"(「속 2」)고 자괴한다. 옛 삶을 끝내려는 단이 시작되었지만 새 삶은 아직 오지 않는다. 시인은 일종의 전이지대에 어정쩡하게 서 있는 것이다. 새 삶이 오지 않는 것, 그것은 시인에게 사뭇 괴로운 일이며 더구나 그 까닭이 자신이 결연히 잘라내려고 모진 애를 쓰는 옛것에 대한 집착 때문인 한에야("이리 괴로운 건 옛일 때문이다/옛일에의 집착"—「속 1」) 그

괴로움은 가중될 수밖에 없다. 이 와중에 시인은 일종의 대인(對人)기피를 보인다. 물론 대인기피증을 특정한 사람 혹은 사람 일반에 대한 기피라는 식으로, 다시 말해 축자적 해석으로 이해할 필요는 없다. 벗들로 표상되는 존재들은 결국 옛것 모두를 담는 기표이다. 해서 시인은 이렇게 거부한다. "벗들/병든 나를 찾지 마라/나를 찾지 마라/펄펄 내리는 눈 속에 갇힌/(……)/따뜻한 춘삼월에 만나자 벗들/(……)/나를 찾지 마라/병든 나를 찾지 마라/펄펄 내리는 눈 속에 갇힌."(「편지」) 단이 하나의 새로운 마디로 맺힐 무렵이 바로 따뜻한 춘삼월이려니와, 하지만 시인은 지금 "눈 속에 갇힌" 존재일 뿐이니 그 춘삼월이 아득하기만 하다. 이 진퇴양난의 곤혹과 적막함 앞에서 시인이 부르는 노래는 이처럼 애절하다.

북풍은 가슴을 꿰뚫고
이마 위에 눈 쌓인 시루봉이 차다

삶은 명치 끝에
노을만큼 타다 사위어가는데

온몸 저려오는 소리 있어
살아라
살아라
울부짖는다

한 치 틈도 없는 벼랑에 서서
살자 살자고
누군가 부르짖는다

거리에 나서도
아는 사람 없는 빈 오후에.

—「벼랑」 전문

심우를 하기는커녕 도저한 자기 부정과 자해의 칼부림 혹은 수탈체제에 겨누던 격렬한 저항의 화살 끝을 오히려 자기 자신에게 겨누는 일로 시종하는 상황, 그 상황을 견디기 힘든 시인은 또다시 새로운 운동을 한다. 「바램 1」("내/다시금 칼을 뽑을 땐/칼날이여/연꽃이 되라//죽을 싸움 싸우다 죽어/피투성이 피투성이일지라도/손에 쥔 것은 칼이 아닌/연꽃이 되라/연꽃이 되라")은 그 운동의 귀결에 대한 강한 암시이다. 김지하 시의 전편을 가로지르고 있던 칼날의 이미지가 드디어 연꽃의 이미지로 전환되고 옛날의 '나'와 지금의 '나'가 서서히 화해의 징후 앞에 서게 된다(스스로에게 칼날을 겨누는 영혼이 연꽃이든 무엇이든, 화해에 이르지 못한다면 남는 것은 죽음뿐이다). 직정 혹은 직선에서 원융으로의 느린 선회를 그려내고 있는 것이다. 그 선회 속에서 시인은 자기 부정 이후의 신생을 갈급해한다. 옛것에 대한 집착이 가라앉기 시작한다. 그리고 지금의 나 아닌 '다른 나'를 열망하는 강도는 더욱 강화되는 것이다. 「예전엔」은 그 열망의 표현이다("예전엔 풍성했던/온갖 생각들 자취 없고//빈자리에/메마른 나무 그림자 하나//새야/와 앉으렴//앉아/새 노래를 불러주렴//겨울이 깊을수록/파릇파릇한 보리싹이//노래 매화의 노래/그리고 새빨간/동백의 노래//내 안에 다시 태어나는/나 아닌 나의 노래"). 신생을 이미지화하는 방법이나 시어 선택에 있어 평이함과 다소간의 상투성이 있음은 사실이다. 하지만 이 시에서 신생의 응결물로 제시되는 매화, 새빨간 동백 등은 그 색깔의 시각성으로 인해 신생의 이미지를 충만케 하는 데에 유감이 없다(「一山詩帖 5」에서는 신생 이미지가 하얀 뼈로 응결된다. 여기서 지난날의 살은 모두 떠나고, 그래서 뼈만 남지만 그 뼈는 새로운 살을 위한 긍정적 계기가 된다).

4

시집 『중심의 괴로움』은 『황토』에서 출발하고 『애린』을 경유하여 어렵게 당도한 세계이다. 여기서는 신생의 기미가 완연해진다. 시인은 "대낮에도 식은땀 흘리며/감옥 꿈"을 꾸는 가위눌림에 한편으로는 여전히 시달리지만 다른 한편으로는 "미소 짓는 주름살 몇 가닥"(「逆旅」)을 지을 줄 아는 경지에 이른다. 이런 맥락은 "푸른 새순 돋는가/온몸 쑤시고"(「새봄 7」), "어둠 속에 싹트는/새 천지의 시작"(「하루의 끝」) 등의 진술에서도 여실해진다. 「줄탁」 역시 마찬가지이다. "저녁 몸 속에/새파란 별이 뜬다/회음부에 뜬다/가슴 복판에 배꼽에/뇌 속에서도 뜬다"라는 진술은 신생이 고양되는 순간을 자의식이 충분히 느낀다는 것인데, 이는 제목이 의미하는 대로 내·외부가 상호 조력하여 새로운 기회를 만들어내는 일에 시인의 감각이 한껏 예민해져 있다는 점을 예시한다.

시인은 새로운 생, 고양 등을 위해 중요한 변화를 꾀한다. 「틈」이 그 중의 하나이다. "갇힌 삶에도/봄 오는 것은/빈 틈 때문"이라는 혹은 "새 일은 늘/틈에서 벌어진다"(「틈」)는 사실을 새롭게 발견하게 되고 그 발견을 통해 사람 역시 틈으로 존재해야 함을 절감한다. 그 연장선 위에서 시인은 자신을 옥죄던 옛것, 즉 한갓 중심에의 집착을 "비우리라"(「중심의 괴로움」) 하고 서원하는 것이다. 「그날」은 그런 변화가 새롭게 눈을 틔운 존재론이다. 여기서 시인은 그리움이 대상 또는 지향점을 자기 자신으로 잡게 된다. "그날은/없다//(……)//살아 / 넘치는 지금 여기/끝없는 그날이 있다//그리움도/그러매/나를 향하라"(「그날」)에서 무엇보다 선명히 드러나는 것은 목적론적인 세계관의 폐기이다. 이를테면 내일을 위해 오늘을 희생, 삭제하는 혹은 목적의 이념에 의해 지금의 모든 것을 소급해서 해석, 평결하는 사고 방식을 폐기하는 것이며 동시에 그런 세계관 속에서 애면글면 살아왔던 자신의 익숙한 행태를 소거하는 것이다. 비유컨대 향벽설위(向壁設位)에서 향아설위(向我設位)로의 일대 전환이라 할 수 있다.

향아설위의 명제는 알다시피 인내천을 강조했던 해월의 핵심 사상이며 김지하가 그것에 자기 세계관의 명운을 새로 걸었음 또한 주지의 사실이다. 시집 『중심의 괴로움』이 바로 그런 새로운 세계관의 투명물임은 어렵지 않게 포착된다. 하지만 이 시집은 시 자체를 위한 조탁과정을 섬세히 거친 텍스트라기보다 특정 사상의 시적 번역 같은 느낌을 강하게 준다. 그래서인지 시 자체는 상당히 이완되어 있으며 특히나 교술의 흔적을 많이 남기고 있다. 요컨대 전기 시에서 보이던 도저한 긴장감이 이 시집에 이르면 현저히 약화되는 것이다. 물론 그런 긴장의 이완은 시인의 현재 자리로 보아 일견 이해될 법도 하다. 대립의 구도가 달라졌기에 이전의 구도에서 방출되던 긴장이 그대로 유지되기는 힘들기 때문이다. 말하자면 『황토』 즈음의 긴장은 수탈, 억압체제에 대한 저항과 대립의 구도에서 나온 것이라면 『애린』 이후, 특히 근년의 시작에서의 긴장은 이전의 '나'와 거기서 벗어나려는 '나' 사이의 대립 구도에서 나온 것이기에 그렇다. 전자는 한쪽이 소멸되어야 그 긴장이 사라지는 관계 구도이다. 시인은 절대 패배할 수 없다는 신념에 사로잡혀 있었고, 때문에 그 신념에 의해 초래되는 투혼은 면도날 같은 긴장을 조성하는 데에 충분한 요인이 되었다. 반면 후자의 긴장은 그렇지 않다. '나' 속의 대립이기에 그것은 한쪽의 소멸에 의해서가 아니라 화해를 통해 대안을 마련한다. 『중심의 괴로움』은 그런 유형의 대안 모색이 도달한 곳인 셈이니 초기 시의 긴장이 보이지 않은 것은 어쩌면 당연하다고 볼 수도 있다.

하지만 그런 점을 이해한다 하더라도 이 시집이 문제적인 것은 사상의 '과도한 부양'에 의해 시들이 많은 경우 추상의 수준으로 올라가버리고 그럼으로 인해 시어가 구체적인 의장을 획득하지 못하는 대목이 즐비해 있는 점이다. 가령 무궁, 우주, 천지, 삼라만상 등 구체적인 이미지로 포획되기 힘든 시어가 남발되며, 때문에 그것이 공소함을 면치 못하는 국면으로 떨어지는 양상이 한 예라 할 수 있다. 작가든 시인이든 과도하게 높이 올라가면, 특히 추상적인 사상이나 이론에 의해 그렇게 떠밀려올라가게 되면 세목의 구체에 대한 촉감이 떨어진다. 그 세목이 현실의 진실의 일부를 이루는 것임을 생각할 때 그에 대한 촉감이 둔해진다는 사실은 여간 문제적이지 않을 수 없는 것이다.

(발표지 미상, 1998)

세기말, 백무산과 유하에게서 얻은 생각

—백무산, 『인간의 시간』, 유하, 『세운상가 키드의 사랑』

세기말은 대개 눈으로 확인되기보다 풍문으로 제 모습을 얻는다. 세기말을 두려워하는 것은 그 풍문의 위력 때문이다. 무릇 현실보다 상상의 너비가 더해진 풍문이 한층 더 현실적인 것으로 간주되기 십상이기에 그러하다. 하지만 적어도 한국사회에서의 세기말은 눈에 너무도 선연히 잡히는 듯하다. 이십여 년 안팎에 들고나는 일과 현상들은, 풍문은커녕 우리의 일상과 이념 그리고 역사의 세기말적 형상을 지나칠 정도로 분명히 눈에 잡히게 한다.

세기말은 대체로 지배의 관점에서 보는 혼란, 질서 붕괴, 이를테면 존속해오던 사회구조의 균열이나 흔들림에의 담론이었다. 그런 만큼 저항 혹은 피지배의 관점에서 본다면 그것은 새로운 생산과 창조의 시간이라는 역전의 구도가 내포되어 있는 바였다. 그런 점에서 요컨대 세기말 담론은 항용 지배 쪽의 자가진단이자 처치요구 신호였던 셈이다.

그러나 한국의 세기말은 전해오던 형상과는 영판 다른 구도와 성질을 내보이는 것 같다. 혼란과 액(厄)이 지배 쪽이든 저항 쪽이든 공평히 돌아가고 있기 때문이다. 노동해방, 제국주의, 계급 모순 등이 표상하는 용기점과 화염불 그리고 직선적 돌진의 그 이미지가 80년대에서 90년대 초입까지 남한 전역을 빠짐없이 을러댔던 점은 우리 모두의 역사적 경험으로 안다. 그때 지배 영역에게 세상은 먹장구름, 그것이었을 터이다. 지배의 질서와 그것을 밑받침하던 이념의 푯대가 뿌리에서부터 흔들리는 듯했을 것인데, 왜 안 그랬겠는가. 그렇기에 지배의 위치에서는 유례없는 혼란이었을 것이다. 하지만 동시에 저항의 위치에서는 이를 데 없는 호기였던 셈. 그리고 사회주의권이 도괴되었다. 이번에는 혼란과 기회의 수혜가 역으로 작용했던 것이고 저항의 에너지는 일순 소진의 가속도를 타고 역진하는 듯했다. "하늘엔 검은 너울"이 뒤덮이고, 노동자 시인 백무산은 그 밑에 서 있었다. 지난 시기, 약 십오년간의 우리의 세기말 풍정은 이렇듯 커다란 두 적대 영역의 길항에 끼어 있는 위기와 기회가 역전, 재역전의 반복을 거듭하는 것으로 그려진다. 그 거듭되는 다다름의 막바지에 일종의 핵심 총정리로서 총자본의 노동법 날치기와 그에 대한 총노동의 저항이 자리하는바, 이 세기말의 풍정은 그래서 우리 눈에 그 각과, 보폭과, 질감을 너무도 선명히 보여주는 것이다.

이렇듯 우리의 세기말은 대체로 근대성의 연속이며, 그 지형은 눈이 부시도록 철저히 가시적이다. 하지만 그것만이 아닌 것이 우리가 주목해야 했던 대목이다. 그 가시성 뒤란에 혹은 옆자리에 무언가 새로운 실물과 기운이 안개 퍼지듯 세상을 적셔간 것이다. 이른바 '문화의 왕국'이 그것이다. 문화의 왕국이 창업되는 것은 물론 우리만의 독특한 상황이 아니다. 그것은 소위 '글로벌리제이션' 한 수준과 양에서 이루어지고 있는, 어찌 보면 비가역적인 방향으로 세계사의 화살표를 잡은 것처럼 보이기도 한다.

그러나 경제의 논리, 다시 말해 지배의 논리가 아니라 저항의 관점에서 문화 층위를 주목하고 강조하게 된 것은 8, 90년대의 성취와 모순을 업는 동시에 가동시키자는 의도에서였지 문화 층위로 지난 역사의 경험을 대체하자는 것이 아니었다. 그렇지만 현실은 언제나 문제제기자의 의지와 상관없이 제 논리와 모습을 스스로 만들어가게 마련인지 그것은 상당 부분 오인과 파행의 형태로 제멋대로 산지사방 퍼져나갔다. 문화로서의 상징질서(무의식)의 강조와 복권 제청이 마치 이성이나 의식의 폄하를 주장하는 것처럼 이해되고 문자매체(문학)와 (시각적) 이미지에의 새로운 독해 요청이 또한 난데없이 문학의 효력 상실과 이미지의 패권 확립을 선언하는 것으로 받아들여졌던 세태는 그것의 증표 중 하나였다. (이미지의) 패권주의는 당연히 (문화적) 제국주의의 태반이다.

당연하지만 이미지도 현실의 일부이다. 이미지가 지니는 매혹과 그것의 현실성을 우리가 제대로 독해하고 이해한다면 현실에 대한 우리의 가시성의 능력은 더욱 촉진될 것임에 분명하다. 하지만 만물이 그렇듯이, 이미지는 그 특유의 비가시성으로 인해 현실과 역사를 어김없는 그것으로 보는 데에 일종의 굴절 혹은 훼절 효과를 생산해내는 이중성을 가진다. 만약 예의 문화의 왕국이 비가시성의 왕국이 될 때는 바로 후자가 극성할 때이다.

세기말이 비가시성의 왕국으로 행정조정된다면? 우울하게도 그런 징후는 곳곳에서 머리를 내민다. 강조컨대 이미지는 현실의 일부이지 전부는 아니지만, 그러나 점점 더 문화적 기호와 암호로 도배되어가고 있는 현실은 이미지의 일부적 성격을 전부로 착각하게 만들고, 그 착각이 곧 경제적 잉여가치를 낳는 산란장으로 전환되어가고 있는 중이다. 한때 변방이었던 대중문화가 중원의 핵심으로 변태(變態)해가고 있는 문화 정세는 그런 현상의 진전 속도에 액셀러레이터를 밟는 격이다.

예컨대 이즈음 광고, 드라마, 대중음악 등의 대중문화가 숨가쁘게 전도하고 있는 '역사 바로 세우기'를 보자. 이른바 복고 경향이 그렇다. 맥락이 여하하든지 과거에의 영광과 안온함의 표상만으로 곧추세워져 대중문화 방식으로 복원되는 지난 6, 70년대 혹은 80년대 초의 풍경은 모두 이미지로 번역되어 우리 앞에 연출된다. 그러나 그 역사는 이미지로만, 분위기로만 연출되기에 손에 잡히지 않는다. 다시 말해 역사 현실의 구체적 맥락, 즉 가시성은 거의 배제되어 있는 것이다. 프레드릭 제임슨의 말대로 역사를 이야기하되 역사는 실종되는 순간이다. 나만 과잉되게 기억하고 있는지는 모르지만, 그 지난 삼십여 년간의 역사가 만들어낸 피와 눈물과 간난의 사연이 이미지로 번역되기에는 지금 대중들의 영(靈)과 육(肉)에 아직 너무도 선명히 각인되어 있다. 말하자면 그 역사는 손에 너무 쉽게 잡히는 바로 어제이자 오늘의 일인 현재진행형인 것이다. 그 역사를 손에 잡는 순간 손가락 사이에는 거리가 있다. 그 거리가 존재하는 까닭은 바로 역사 현실의 두께가 손에 잡히기 때문이다. 하지만 이미지는 그렇지 않다. 손에 잡아도 손가락 사이에는 아무것도 없다. 손가락과 손가락이 비벼질 따름이다. 역사를 보았으되 보지 못하는, 바꿔 말하면 가시적인 것의 비가시적 결과로서의 이 역설 효과, 그것이 복고 경향의 핵심이다.

이 비가시성으로 퍼져나가는 현실 효과는 자아의 시점(時點) 혹은 위치의 오해 및 망각으로 이어진다. 문화의 왕국을 이미지 왕국으로 오인하고 동시에 그것이 마치 탈근대 왕국의 헌법을 기초하는 것으로 이해하는 것, 서사, 문자매체, 의식, 역사 등을 근대의 핵심으로 보고 그것의 붕괴 혹은 해체 그리고 그와의 연관성에서 좁혀서 말하건대 이미지의 새롭고도 활발한 역할을 탈근대의 지표로 보는 것 등이 예의 효과의 한 단면이다. 나는 대중문화 그리고 이미지의 혐오자가 아니다. 오히려 옹호자에 가깝다. 하지만 그 대중문화의 현실 효과는 특정 의지와 상관없이 예의 현상처럼 기능할 수도 있거니와 그것에 대한 온전한 이해 없이는 대중문화에 대한 긍정적 전유 역시 가능치 않다는 점은 분명하다.

다시 돌아와 말하자면 우리의 세기말 현실은, 그것에 대한 담론이나 개념적 추상화와 상관없이 혼돈은커녕 눈에 너무 잘 잡히는 형국이기에 오히려 세기말답지 않기도 하다. 노동법 날치기는 세기말에 대한 온갖 담론적, 이론적 진단과 각축을 일거에 가시적으로 집중, 정리시키는, 요컨대 21세기를 목전에 두었다는 우리의 현실이 얼마나 20세기적인가를 단 '십 분'(날치기하는 데에 걸린 시간) 만에 정리한 '쾌거'인 것이다. 그래서 이 대목은 자본과 노동의 적대 및 갈등으로 요약되는 근대 자본주의 성격을 오롯이 드러낸다.

하지만 날치기 방법론에서 보여지듯 그것은 동시에 근대가 덜 여문, 이를테면 경제 외적 성격이 강하게 깃들어 있는 전근대의 모습을 수반하고 있기도 하다. 그 옆에 이미지로든 무엇으로든 탈근대적 표상이 대중들의 일상적 삶, 곧 문화적 용재로 구성되는 그 일상적 삶의 상상력에 부분적으로 간여하고 있다. 너무 잘 보이는 그러나 한편으로는 잘 보이지 않는 이 모순된 중첩이 우리 사회의 흥미로운 세기말 풍경 중 또한 측면인 것이다. 그런 점에서 우리의 세기말은 근대의 시간을 중심으로 전근대의 시간과 탈근대의 시간이 양편으로 걸쳐 있는 비동시대성의 혼거인 셈이다. 그렇다면 이것은 응당 시간대의 혼란이고 세기말의 의연한 반복이라 할 만하다. 그런 점에서 앞에서 언급한, 예컨대 우리의 세기말은 지난 세기의 그것과 모양을 달리한다는 말은 부분 수정되어야 할지 모르겠다.

이 시간대의 중첩과 혼란은, 그런 만큼 현실에 대한 문학적 접근과 성찰을 혼란스럽게 하는 요인으로 작용하기도 하겠는데, 그것은 당연한 소치일 터이다. 그런 형국에서 이즈막 나타나는 여러 문학적 대응 중 다음 두 가지 양상은 주목을 요한다. 하나는 주제의식, 방법론 등에 있어 탈근대적 형상 이전의 것에 대한 단절이다. 아마 '신세대문학'으로 별칭되는 문학 경향에서 그런 대목이 단속적으로 드러나고 있다고 보아도 될 것이다. 다른 하나는 그 시간대의 중첩과 혼란을 감당하지 못하고 또다른 시간대로 탈출 혹은 은거하는 것이다. 그 다른 시간대는 다름아닌 '나'만의 시간대이다. 이런 대목은 내면에의 복귀와 문학의 사인화(私人化) 경향으로 나타난다. 소설에서 보자면 그것은 사소설 경향의 독점화로 특징지어지는데 특히 이 경향은 근년 우리 문학의 심각한 문제점으로 지적된다(근년 여성 작가들의 작품들에서 나타나는 주된 경향과 신세대문학이 이에 연루된다).

내면에의 복귀로 특징 잡히는 사인화문학은 다른 말로 해 자기 고유의 시간, 고유의 내면을 독립적으로 설정해 그곳으로 침잠함을 이른다. 기실 내면에의 탐구는 문제가 아니다. 오히려 내면의 진술 혹은 형상화는 문학의 자랑거리가 아닐 수 없기에 그렇다. 여기서 문제는 그 내면이 외면에 대한 의식적, 무의식적 배타성에 바탕하고 있다는 점이다. 하지만 자기 고유의 체험, 자기만의 이력으로 이해될 법한, 그래서 자기 고유의 시간대의 응결물로 간주될 법한 그 내면의 풍경은 결코 자신의 고유함의 결과가 아니다. 그것은 역사에서 이루어지는 정치적 시간, 경제적 시간 그리고 예술적 시간, 넓게는 전근대, 근대, 탈근대적 시간대가 서로 가로지르고 중첩되면서 만들어냈던 객관적 시간대와 자아의 시간대가 결절되는 지점인 것이다. 그 결절점은 그래서 내면적 시간대와 외면적 시간대가 불가피하게 상호연결고리의 형태로 연속되는 복합적 지대에 다름아니다. 내면적 시간대와 외면적 시간대는 물론 상호모순, 긴장관계에 놓인다. 역사적 조건에 따라 어느 한쪽이 다른 한쪽을 억압할 수도 있고 또 그 결과로 일방이 과잉결정된 문학적 진술로 나타날 수도 있다. 그러나 그것이 억압이든 과잉결정이든, 중요한 것은 상호 긴장관계의 끈을 놓을 수 없다는 것이며 만약 문학의 손아귀에서 그것이 빠져나가는 순간 문학의 존립 이유가 궁극적인 차원으로까지 의심스러워진다는 것이다.

결국 문제는 사소설 혹은 사인화 문학의 형식이라기보다(물론 할리우드 영화 형식 자체가 하나의 이데올로기라는 점을 참조해본다면 사소설 문학 형식과 이데올로기 효과의 상관성을 추적해볼 여지는 다분히 존재한다. 그것은 다른 장에서의 깊은 논의를 필요로 한다), 그 경향이 부단히 자기암시하고 있는 외면적 시간대와의 단절이다. 관계의 단절, 고리의 탈락, 그것은 결국 서로간에 있어 자신의 울림을 되받아 들을 수 있게끔 해주는 공명통을 부수고, 자신의 위치를 비추어주는 거울을 깨버린 채 오직 안으로만, 안으로만 자신의 근거를 찾아들어가는 일이다. 하지만 자기의 시간대에서 외면적인, 즉 역사의 시간대를 빼버리는 문맥에 그 어떤 객관적인 현실의 근거가 있을 리는 만무한 일. 현실적 근거 부재, 그렇다면 해결책은 한 가지이다. 그 외면적 시간대를 이미지로 소급하여 자신의 시간대에 배치하는 방법이다.

그러나 그 이미지에 그 어떤 현실에의 성찰이나 통찰력이 있을 리는 없다. 위에서 언급한바, 살아 있는 역사에서 그 살아 있는 생생함은 제거한 채 단지 역사에의 이미지 효과의 반복으로 복고 미학의 근거를 제작하는 일과 닮아 있을 뿐이다(이른바 대개의 후일담문학도 이 혐의에서 자유롭지 못하다). 이 현실 근거의 부재는 예의 신세대문학에서도 의연히 관류한다(여성 작가 소설들은 약간 다른 맥락을 지닌다). 대중문화 기호를 문학적 수사로 대신하는 일이다. 무수한 키치적 요소들의 반복과 변주, 그것에 대한 개인적 소비 경험으로 작품의 앞머리를 드러내는 경향들은 이미 그 키치와 역사(키치의 역사이든 보편사이든)의 관계에 대해 얼굴 돌린 것의 소산일 뿐이다(물론 그것을 특정한 개인의 탓으로만 돌리기에 힘든 점도 있다. 가령 요즘 새로운 세대들에게 있어 도시에 대한 체험은 현실적 도시보다 도시 이미지에서 더 강력한 근거를 얻는다는 현대의 도시문화 환경과 그들의 관계를 생각해보면 그렇다). 대중문화, 키치 그 자체가 문제인 것은 아니다. 문제는 대중문화를 대중문화로, 키치를 키치로 있게 하는 외면적 시간대의 객관 성격을 이해하지 못하는, 아니 이해하지 않으려는 기이하고도 완강한 자의식, 즉 자기 시간대에의 나르시시즘적 탐닉이다. 그런 측면에서 예의 두 가지 문학 경향 모두 우리의 세기말적 시간대의 결과이자 동시에 그 혼돈으로부터의 무작정 탈출 혹은 외면의 산물이라 한다면 과도한 언사인가.

정작 중요한 것은 그 이후이다. 이 이후에 대한 궁금함 앞에 백무산의 세번째 시집 『인간의 시간』과 유하의 네번째 시집 『세운상가 키드의 사랑』이 부끄러운 듯이 다가왔다. 무엇보다 백무산은 전근대의 시간을 비판하고 근대의 시간을 반추하면서 탈근대의 시간을 통찰한다. 그리고 그 시간대들이 빚어낸 역사의 사건과 자아의 사실을 공시적, 통시적으로 엮어낸다. 이른바 문맥화를 통해 서로를 통풍시키면서 그 삼자간의 상호대질을 꾀하는 것이다. 유하 역시, 추억과 성찰 그리고 '생산적' 욕망이라는 형상의 연쇄로 백무산의 과정과 맥락을 동일하게 밟는다. 양자가 바라보는 곳은 일견 다를지라도 울림이 유사한 까닭은 혹은 '노동전사' 로서의 시인과 '키치 중독자' 로서의 시인 단연 별경으로 칠 법한 어떤 친화성을 느끼게 해주는 까닭은 그로 해서만이 아니다. 아마도 신세대문학이나 사소설과 달리 자신들이 찾아들어갈, 곧 성찰의 대상이 되는 자신의 생생한 '현실적 근거' 가 그들의 이른바 시적 치열성을 떠받쳐주고 있기 때문이다.

대중문화 또는 키치를 소재주의의 도구가 아니라 비판과 풍자의 형태로 다잡으면서 하나의 방법으로 모색해내가는 과정이나 계급의 연대에서 그것을 포함한 자연과의 연대로, 그 연대의 대상을 확장해나가는 과정을 통해 자아에의 발본적 비판을 쓸쓸하게 수행하는, 그러나 우리의 가슴을 뻐근하게 만드는 두 시인의 시집은 세기말 이후 우리 문학의 선현(先現)으로 보고 싶어하는 생각을 불러일으킨다. 블로흐는 파시즘적 혼란의 연대에 살면서 하나의 돛대를 보고 싶어했다. 수평선에 가려 배는 보이지 않을지라도 돛대로 조그맣게 먼저 보이는 게 있다면 그것이 희망이라 했고 돛대가 먼저 보인다는 뜻에서 선현(Vorschein)이라 했다. 나날이 부박해져가는 우리 문학의 현실에서 두 시인의 시집이 만약 선현이라 할 수 있다면 세기말이라는 수평선 너머 있는 그 돛대의 확장체가 어떤 문학의 모습으로 드러날까는 정히 기대되는 바 아닌가.

(『현대시사상』 1997년 봄호)

'뿌리 의식' 으로서의 시학
—윤중호, 『금강에서』

1

문학은 때때로 무척이나 큰 것을 굵은 목소리로 이야기하기도 한다. 역사나 혹은 변혁 등이 그 상대일 때 그럴 것이다. 또 문학은 퍽이나 보잘것없는 남루하고도 작은 것을 이야기하기도 한다. 언저리 인생들이 나날이 겪어야 하는 고단한 일상의 조각들을 나지막한 목소리로 자분자분 들려주는 것이 그런 것이기도 할 터이다. 하지만 문학이 애써 품으려 하는 그 작음은 결코 세속의 기준치나 강퍅한 세상 인심으로 판단하게 되는 작음이 아니다. 개인의 진실 밑바닥까지 내려가지 못하고 또 그것을 아우르지 못하는 집단의 진실이 구두선이 되기 십상이며, 일상 속에 배어 있는 작은 것의 진실을 제대로 챙기지 못한 채 이루어지는 큰 것의 진실에 대한 집착이 얼마나 무너지기 쉬운 모래성인가를 우리는 역사 현실에서 목도해왔다. 이 시집 대개의 시들은 어찌 보면 그 작음, 즉 일상의 자잘한 이야깃거리나 사연들을 역시 작은 목소리로 우리에게 들려주고 있다. 그러나 시집 전체를 일관되게 관류하는, 그 작은 것에 대한 시인의 애정과 노래를 통해 우리는 문득 그 작은 것이 이 세상에서 얼마나 중한 것인가 하는, 잠시 잠깐 잊어버렸던 사실을 새삼 돌이켜보게 되며, 나아가 그 작은 마디들이 한데 모여 제 스스로 큰 것이 된다는 점을, 또 세상에서 크다고 회자되는 것을 어떻게 보아야 하는가 하는, 이를테면 일종의 세상 보는 안목을 세세히 챙겨볼 수 있게 된다.

이 시집에 등장하는 많은 인물들은 이른바 '거대담론'의 대상이라 강조되는 민중이라 할 수 있을 터인데, 그런 점에서 이 시집은 큰 것을 이야기하고 있는 듯하기도 하다. 그렇지만 시집에서 우선 다가오는 일감은 아주 자잘한 세상일들이 그저 고만고만하게, 풍경의 이켠 저켠에 박혀 있는 하나의 소묘화 같다는 느낌이다. 그 까닭인지 민중이라는 언사가 주는 질감이나 무게는 필시 아주 큰 그 무엇일 터인데도 불구하고 이 민중이라는 표상이 그의 시에 들어와서는 그다지 크지도 않은, 도리어 퍽이나 왜소하기조차 한 혹은 부담 없이 눈에 쉽게 잡히는 생활 안의 낯익은 이웃 사람이 된다. 그래서 이 시집은 민중들의 사연이 굽이굽이 녹아 있는 '민중약전' 같은 긴 노래로 읽힌다.

이 민중약전 같은 그의 시를 읽다보면 왠지 모르게 쓸쓸함, 조용한 슬픔 등이 가슴에 차오르게 된다. 아마도 제대로 살아보려 해도 계속 어긋나기만 하는 힘없는 사람들의 원통함을 바라보고 있을 때 차오르는 동일시의 감정이겠다 싶기도 하다. 그러나 또 분명한 것은 그의 시편에 깃들어 있는 그런 슬픔의 정조가, 이를테면 애리애리한 감성의 끄트머리를 건드리는 '우리를 슬프게 하는 것들' 유처럼 유치한 관념적 정서의 소산이 아니라는 점이다. 예의 슬픔의 정조는 세상의 끝까지 밀려나고 거절당해본 사람들, 가장 밑바닥까지 눌려본 사람들, 더이상 볼 낭패조차 없어 억장만 무너지고 있는 삶들의 구체적 생활의 깊은 상처에서 도리 없이 올라오는 슬픔이기에 우리는 거부할 수 없는 슬픔을 확인하게 된다. 이 거부할 수 없다는 것은 우리가 만약, 고달픈 삶의 조건 속에서 그래도 애써 살아보려는 '낮은 자'들의 희망이 절망으로 뒤집어지고, 선량함이 분노로 바뀌는 대목 앞에 마주친다면 슬픔을 느끼지 않을 수 없다는 의미에서 그렇다. 가령 다음과 같은 시에 마주칠 때 우러나오는 정서가 그러하다.

세상의 석탄을 모두 캐내면
산 끝 쪽에서는 빛이 터질까
6000°C의 생탄 열량으로, 내 새끼들은
따순 세상을 살까
대답 없는 적막강산,
햇별에 녹아버린
캠프 불빛 속의 30년, 지금
폐광된 광업소의 헐린 집터 자리에
푸른 채소를 가꾸는 선산부 김씨의
밭은기침 소리에
태백산이 운다.
짓무른 눈가를 문지르며, 태백산의 들꽃이
울고 있다.

—「질경이 9 — 전임 선산부 김씨」 전문

이런 슬픔과 쓸쓸함은 왕왕 우울함으로 이어진다. 그러나 그 우울함이 자해적인 침울로 빠지는 법은 결코 없다. 그래도 희망을 놓치지 않으려는 의지가 그런 우울 맞은편에서 긴장관계를 이루고 있기 때문이다. 그 긴장의 절묘한 연주를 앞에 인용한 시와 다음 시 사이에서 확인할 수 있다.

얼음강 같은 침묵 속에서, 꺾여
무릎 꿇을수록

아아! 이뻐라
더 깊이 박혀 할딱이는
뿌리, 우리들의 숨.

—「갈대 2—겨울, 금강에서」 전문

이처럼 두 시편은 하나의 대구를 형성하여 슬픔을 이야기하되 희망을 놓치지 않으려 하기에 그 슬픔이 하나의 예비가 되고, 희망을 지향하되 생활의 슬픔이라는 구체적 기반 위에서 출발하려는 것이기에 그 희망의 지향이 결코 허약하지 않다. 이런 대비되는 정서의 배치는 슬픔이나 희망의 '현실성'을 강조하려는 시인의 '현실주의적'인 시각과 안배에서 기인한다고 볼 수 있다.

2

이 시집에 깃들어 있는 시인의 정서를 받아들이려 하다보면 애잔함, 젖은 눈길, 그렇지만 어질고 잡티 없는 맑은 눈길 등의 형상이 떠오른다. 그래서인지 세상의 재바름에 비해 세상을 어질게만 바라보고 있는 그의 눈길이 때로는 애처롭게 보이기도 한다. 하지만 그 잡티 없는 맑은 눈길은 우리에게 민중들의 삶의 현장과 그 사람들의 세상살이가 얼마나 고달픈가를 새삼 명징하게 느끼게 해주는 장치가 되어 그런 고달픔을 그저 바라보는 우리네 눈길을 적신다. 이런 젖음의 이미지는, 앞서 이야기한 것처럼 그의 시에 삶의 쓸쓸함이 깊게 배어 있는 것과 연결된다. 아무리 애써봐도 세상에 거절당하기만 하는 인생들의 사연과 간난이, 공평치 못한 세상살이에 대한 우리들의 원망을 끌어내어 그런 쓸쓸함을 자아낸다. 그러나 우리가 중요하게 눈여겨보아야 할 대목은 그 쓸쓸함이 그 자체로 끝나거나 자기 연민으로 곤두박질치지 않는다는 사실이다. 그것은 그런 쓸쓸함의 표면 밑에 그것을 뚫고 올라오르려는 혹은 그것에 그냥 물러서지 않겠다는 그 무엇이 흐르고 있기 때문인데, 그것은 요컨대 '다부짐'이라는 말로 표현할 만한 것이 아닐까 한다. 해서, 이를 꽉 다문 자세로서의 이 여물고 다부짐의 정서는 아무리 거절당하고 엎어져도 다시 또 세상에 대드는 활력의 동인이 되고 있는 바이다.

이런 다부짐은 예컨대, 다소 선언조이기는 하나, "꽉꽉 밟히고 또 밟혀/질겅질겅 밟혀/납작납작 엎드"리는 보잘것없고 팍팍한 인생이지만 "떼로 엉켜 크는 질경이들"처럼 그 생명력은 결코 만만치 않다는 것을 보여주는 시집의 첫 시 「질경이 1」(선언적 성격이 강한 이 「질경이 1」하나만 두고 보자면 다소 건조하고 팍팍한 감을 받을 수도 있다. 그러나 시집 전체를 놓고 볼 때 이 시편의 선언적 성격은 맞춤한 제자리를 차지하고 있는 셈이다)에서, "해 지는 곳에서 새벽을 키"우는 「해 지는 곳에서 새벽을 기다린다—다시 안면도에서」라는 시편에서, 사람 떠나고 황량한 들판이 되다시피 한 농촌에서 "불씨는 땅 속에 뿌리내렸을까?" 하고 다시 꿈을 심는 마음을 키우는 「쥐불놀이—1992. 12」에서, 눈물과 슬픔 속에서 사랑과 믿음을 확신하는 「노래 4」에서, 앞에서 본 시편 「갈대 2—겨울, 금강에서」에서 그리고 다음과 같은 작품에서 그 진면모를 드러내고 있는 것이다.

> 겨울이 깊을수록, 잡풀들
> 뿌리, 더욱 깊숙이 내려
> 풀벌레 소리를 키우고 있는데
> 남한강 북한강, 눈치껏
> 서로 등을 밀고 흐르다가
> 퍼질러앉아, 펑펑 울면서,
> 그 타는 눈물로
> 한랭전선 녹이는

양수리에서.

—「양수리에서 2」 전문

그런데 예의 다부짐은 맹동주의적인 반항이나 오기 혹은 조급한 열망으로 채워지는 것이 아니라, 깊고도 추운 겨울 같은 현실 조건을 일단 인정하고 바로 그 조건 속에 '뿌리'를 박는 것에서 자기 정체를 구한다는 점에서 강한 현실적 설득력을 지닌다 하겠다(윤중호는 그의 첫 시집 『본동에 내리는 비』에 실린 작품 「겨울 보리」에서도 "추운 애기에 뿌릴 내려야지" 하면서 예의 '겨울'과 '뿌리내림'을 강조하고 있다). 이런 자세는 고통스러운 현실에서 넘어지고 좌절하기도 하지만, 가령 무기력 같은 정서에서 일찌감치 벗어나 있는 까닭이 되기도 한다. 그런 점에서 앞의 시편들에서 느껴지는 다부짐은 끈질기고 악착같은 민중적 천성과 생명력, 나아가 아파도 과잉 엄살부리지 않는 민중적 낙관성의 다른 표현으로 읽힐 수도 있는 셈이다.

이처럼 윤중호의 시가 진술하고 있는 현실 극복의 의지는 현실의 어려움과 남루함을 일단 있는 그대로 인정하는, 즉 왜곡되지 않은 현실 전유를 가능케 하는 실질적 자세를 견지하는 것에서 시작된다는 점 때문에 단단한 실질적 중심을 잡고 있는 바이다. 그런 까닭에 어려움 속에서도 그 어려움으로 한 겹 더 깊이 들어가서 자신의 거처를 마련하려는 민중의 천래적이고 본능적인 정서를 자기 호흡과 맞출 수 있게 되는 것이다. 이 호흡 맞춤은 다시 말해 민중의 낙관성이나 생명력에 대한 시인의 연대의식의 모색과 다른 것이 아니다. 따라서 예의 연대의식의 모색이 앞에서 말한 것처럼 주관적 기대에 기초하고 있는 것이 아니라, 고통이나 절망을 대면할 때 그 속에 더 깊이 파고들어가 새로운 희망과 생명의 길들을 열어젖히는 민중적 노력의 진실성에 근거하고 있다는 점에서 그 모색의 현실적 값은 더해지는 터이다. 그런 모색의 노력은 예컨대 「돼지감자꽃 부처님」 같은 작품에 제대로 녹아 있다. 돼지감자

꽃으로 분한 민중은 "쓰레기장을/(……) 꽃밭으로 꾸미"는 존재들이다. 그러나 그 꽃밭은 추상적이고 무매개적으로 가꾸어지는 것이 아니라 "갈아엎을 건 갈아엎고/타작할 건 매타작 흠씬 패/슬그머니 땅 속에 알을 품"는 과정 속에서 이루어진다는 것을 어김없이 강조하고 있는데 여기서 우리는 가파른 현실 앞에 간단없이 도전하는 민중의 알심을 절로 느끼지 않을 도리가 없다.

3

모두에서 이야기한 것처럼 이 시집을 민중약전으로 읽을 수도 있다. 다양한 민중적 인물들의 인생유전이 노래되고 있기 때문이다. 그러나 알다시피 우리 현실에서 민중적 삶이란 고난과 시련이 약속되어 있는 현장이 아닌가. 거기에는 인간이 감당할 수 있는 모든 고통이 종류별로 웅크리고 있는 바이다. 물론 우리는 민중적 삶이란 형상에서 어떤 질박함이나 해학 혹은 담백한 미소 등을 얻어오기도 한다. 가령 이 시집에서 「질경이 3—미쓰꼬 우리 이모」「질경이 4—버버리 강씨」「하관—재야 소설가 강홍규 선생님께」 등등을 보면 그러하다. 그러나 아무래도 민중약전이라 함은 짧은 기쁨에 비해 긴 고통이 더 많이 깔려 있는 기록물이 될 수밖에 없지 않을까?

그 고통은 대체로 정직한 노동 뒤에 오는 '배반의 노동'에서 유래하는바, 그 정직한 노동이 홀대받는 민중약전적 인물의 한 예를 우리는 「질경이 5—경운이 성님」에서 볼 수 있다. 그의 인생은 "무신 놈의 팔자가 그런지 몰러. 첨부텀 천애고아로" 시작되는 역사이다. 큰아버지는 인민군, 아버지는 국방군이 되어버리고 그의 삶은 부랑 → 주물 공장 → 기지촌 웨이터 → 농사꾼 → 기름밥 먹는 운전사 → 장돌뱅이를 거쳐 "다시 땅강아지처럼 자갈산을 일궈서 사과 과수원을 만들"어본다. 하지만 사과 값이 그만 똥값이 되어 "말짱 허당"이 되어버린 것이 그의 인생 결산서이다. 아무리 땀 흘리고 정직한 노동을 해도 그의 앞에 날아오는 것은 다름아니라 '배반의 노동' 확인서인 것이다. 잘되어야 할 텐데, 라고 위로하는 화자에게 "잘 안 되면 오칙헌대니, 씨팔, 다 절단낼겨"라고 내뱉는 그의 말은 그 배반의 노동과정 뒤에 오는 세상에 대한 절규와 악다구니에 다를 바 없다. "잘 안 되면 오칙헌대니"에는 아직 선량한 천성과 한편으로는 세상에 대한 약간의 두려움이 남아 있고, 분명한 호흡이 지난 뒤에 뱉어냈을 법한 "씨팔, 다 절단낼겨"라는 말에는 더 이상 가볼 데 없는 절망과 분노가 겹쳐져 있는 셈이다. 선한 품성의 사람이 어떻게 망가지는가를 이 세 마디는 직접적으로 보여주고 있는 셈이다.

이 배반의 노동에서 밀려오는 허탈한 심사는 여러 시편 곳곳에 배어 있다. '노가다' 판 세월 뒤에 오는 허망함에 "눈에 날이"(「한철이 아저씨」)선 착한 상일꾼 한철이 아저씨가 그렇고, "막막한 후산부가 던져주는, 찬밥덩이를 먹고 사는/막장의 생쥐들처럼/숨가쁘게, 허파에, 석탄 가루를/쟁여넣으면서/밭은기침 소리로 사는/우리"(「질경이 6—조성일에게」) 혹은 "내 새끼들은/따순 세상을 살까"(「질경이 9—전임 선산부 김씨」) 하는 걱정이 그러하며, 팔십 평생 땅만 파며 살아온 외할아버지가 "고추 값이 똥값이라/외할아버지의 80평생이, 차박차박/겨울비에 젖어"(「구장터 외할아버지」)가는 것도 여지없이 그러하다.

이런 민중약전적 진술에는 자연스레 이른바 경제적, 정치적 모순이라는 언사가 개입하게 마련이다. 그의 시적 형상화 대상인 이 땅의 삶의 현장 곳곳에는 사회적, 정치적, 경제적 모순, 즉 구조적 모순이 불거져 있지만, 그런 대상을 묘사하는 그의 시에는 그 어떤 이념적, 정치적 용어나 그것을 도드라지게 하는 장치가 등장하지는 않는다. 차라리 그런 용어나 장치는 애써 피해가고 있다고 보는 편이 옳다. 그러나 그렇다고 그의 시가 그런 정치라는 것에 무관심하고 무연한 것인가 하면 결코 그렇지 않다. 그의 시는 오히려 가장 정치적이고 이념적이다. 그것은 그의 시가 이념과 정치가 어떻게 탄생하는지, 그것이 또 민중들의 삶에 어떤 상관성을 가지고 있는지를 민중들의 일상적 생활과 정한을 통해 자연스레 보여주고 있다는 점에서 그렇다. 말하자면 그의 시는 예의 정치 혹은 이념 등의 태반 혹은 발원처가 어디이며, 그것이 어떻게 이루어져 있는가를 '생활적'으로 보여주고 있기 때문이다. 그 태반을 이루고 있는, 이를테면 각 시편에 등장하는 인물들의 인생 역정이나 살림살이 등을 들여다보면 달리 생각하지 않아도 절로 이념과 정치라는 것이 구체적 생활에 결합되어 오롯이 나타나는 것이다. 다시 말해 그의 시는 정치 혹은 이념이라는 것이 '저 밖에' 있는 그 무엇이 아니라 민중들의 일상 영역 바로 그 안에 박혀 있음을 구체적으로 보여주고 있는 것이다.

이는 윤중호 시인이 정치를 문학으로 감싸안고 변환시키는 방법론을 제대로 익히고 있기 때문이라고 해석할 수 있다. 그렇기 때문에 정치를 이야기하지 않아도 정치가 드러나고 모순을 설명하지 않아도 모순이 파악되는 것이다. 이는 달리 말해 무정치적 묘사로 가장 정치적인 장치를 만들어내고 있는 고유한 시적 방법의 소산이다. 이와 같은 점에서 그의 시에는 터무니없는 슬로건 유의 정치성이나 혹은 현실에 뿌리박지 못한 주관적 전망주의가 아니라, 현실 생활의 현장에 끈끈히 밀착되어 있는, 실로 정치성다운 '정치성'이 깃들어 있다고 하겠다. 그가 노래하고 있는 민중약전이 무채색의 서민 풍경이나 '한 많은 인생' 풍경으로 전락하지 않고 실로 '민중적'인 민중약전이 되고 있는 것은 바로 이런 무정치적인 정치성의 발현 때문이라 하겠다.

이렇듯 언뜻 보기에 정치성과 거리가 먼 듯한 윤중호의 시는 한편으로는 고유한 정치적 의미를 내포하고 있다. 정치성은 어떤 유형으로 나타나든 일종의 목적의식을 자기 동인으로 한다. 그런 의미에서 이 시집에서의 각 시편들도 어떤 목적의식을 분명히 가지고 있다. 민중적 삶에 대한 연대나 동참 혹은 그런 민중적 삶에 대한 따스한 눈길이 그것일 수도 있다. 하지만 이 시편들은 논리상의 목적의식에 떠밀려다니지는 않는다. 거꾸로 그런 논리 생성의 원천인 민중 생활과 인물, 풍경 등속의 마디마디마다의 생김새나 흐름 등을 진솔하게 들려준다. 그럼으로써 그런 마디마디들이 모이고 포개질 수밖에 없다는 점을, 나아가 그런 것을 통해 목적의식을, 강요가 아닌 자연스러운 흐름의 귀착점으로 생각하지 않을 수 없게 만들고, 우리에게 그 귀착과정을 또 무리 없이 납득시키고 있는 것이다. 정치성과 현실 극복의 목적의식을 먼저는 시적으로 중화시키고, '연후' 에 시와 정치를 합체시킨다는 것, 그 점이 바로 윤중호 시의 고유한 가능성이자 강점이 아닐 수 없다.

(『금강에서』 해설, 1993)

연단(鍊鍛)에서 오는 새 길의 풍경

—안도현, 『외롭고 높고 쓸쓸한』

1

내가 시인 안도현의 이름은 들은 지는 꽤 되었다. 그러나 안도현 형에게는 섭섭한 이야기이겠지만 사실 나는 그의 이름보다는 그의 신춘문예 당선작인 「서울로 가는 全琫準」을 먼저 알았고 또 이 작품의 당자인 그의 이름은 금방 잊어버렸어도 그의 시제는 인상에 무척 깊이 남아 계속 기억하고 있던 터였다. 그러나 안도현이라는 이름을 비로소 정확히 기억하게 된 것은 그의 두번째 시집 『모닥불』을 읽고 나서였다.

「서울로 가는 全琫準」을 읽고 나서도 그랬지만 『모닥불』을 읽고 나서 특히나 강하게 왔던 일감은, 가까운 발치서 한 번도 본 적이 없음에도 불구하고 그가 꽤나 단단하고 다부질 것이라는 느낌이었다. 그 단단함이나 다부짐은 단지 시인이 조형한 형상의 질감에서뿐만이 아니라 그의 시심의 원천이나 일상인으로서의 성정이 두루 그런 것 같다는 느낌에서 오는 것이었다.

그러던 차에 그를 직접 만날 기회가 생겼다. 작년 '민족문학작가회의' 에서 추진하던 각 지역 시낭송회가 전북지역 문인들과 공동으로 전주에서 개최되었는데 나도 우연찮게 전주에 내려가는 기차에 끼어 타게 되었다. 안도현 형은 아마 그때 행사의 사회를 보았을 것이다. 그러나 고백건대 나는 사회를 보는 그가 안도현 형이라는 사실을 행사가 끝날 때까지 몰랐었다. 그가 문제의(?) 안도현 형이라는 사실은 뒤풀이 자리에서 수인사를 통해서야 비로소 알게 되었으니 실례도 이만저만이 아니었다.

그 행사에서 사회를 보는 그를 보면서 나중에 나는 그에 대한 인상이 그다지 빛나가지 않았다는 사실을 확인하게 되었다. 그의 첫인상 중 도드라진 것은 무엇보다 까만 뿔테안경 뒤에서 한시도 멈추지 않고 '반짝 반짝' 거리는 그의 눈매였다. 어떻게 보면, 장난기가 가득 담기긴 했지만 속으로는 순정한 악동의 눈길 같기도 하고, 또 어떻게 보면 맵싸하다는 느낌을 주는 눈매였는데, 하여튼 통틀어 말해 다부지되 거칠지 않은 단단함의 인상이었다. 마치 호두 그림 옆에 '크지는 않되 내실 있고 단단합니다' 라는 문구를 결합시킨 광고의 이미지를 연상시키는 것이었다. 지금 생각해도 그는 영락없이 단단한 호두를 연상시키는 인상이 아닐 수 없다.

자리를 옮겨 술을 들면서 같이 노래를 부르고 떠들고 하면서 은근히 확인한 것은 그가 마냥 단단한 것이 아니라, 좋게 말해서는(!) 제법 한량 기질, 좀 험하게(?) 말해서는 '왈왈구찌' 냄새를 피운다는 것이었다. 더구나 그런 인상과 어울려 키는 나만큼 작다는 것 등에 동류의식을 느껴서인지, 적어도 내 마음에는 퍽이나 들었고 또 기습적으로 내비치는 부드러움이 겹쳐질 때는 꽤나 매력적인 남자라는 인상을 받았지만 당초 그를 면전에서 보지 않고서 느꼈던 그에 대한 인상, 즉 단단하고 다부지다는 느낌은 철회될 수 없었다.

그런 견고함의 이미지가 이 시집에도 여전히 도드라지게 융기하고 있다. 여러 시편에서 보이는 자신에 대한 엄격한 평가와 더 험해진 삶의 행로를 감당하기 위해 신발끈을 단단히 조여매는 결단의 모습 등은 바로 그 견고함과 강단의 이미지를 마찰 없이 불러일으키기 때문이다. 물론 이 시집은 그런 견고함뿐만이 아니라 안타까운 회고나 쓸쓸한 마음결들이 서로 위아래, 혹은 안팎으로 교직되어 있다. 또 자신에 대한 질책이나 자괴심, 열패감 등이 수시로 나타난다. 하지만 그것은 밑바닥으로만 머리를 내미는 심약한 자조가 아니기에 표현 그 자체로 받아들여서는 될 법한 일이 아니다. 오히려 눈여겨보아야 할 사실은 그런 감수성을 만들어낸 현실의 냉엄함을 속상하지만 겸허하게 인정하는 것과 거기서 다시, 그것도 가장 쓸쓸하게 가장 외롭게 가장 낮게 시작하려는 작심을 품어오는 것이 그런 견고한 삶의 자세가 없으면 되지 않을 것이라는 점이다. 그런 점에서 이 시집은 그한테 전에 느꼈던 인상을 재삼 확인시켜주는 셈이었다.

2

지금 시인의 몸 안에는 울혈 덩어리가 많다. 시인은 묵상하며 여태껏 자신이 걸어온 길이 울혈로 맺혀 있는 것에 대해 적지 않은 열패감을 느끼고 있다. 그는 그것을 풀기 위해 자신의 정신과 몸을 조심조심 만져보며 찬찬히 진단해보고 있다. 시편의 대다수가 내성(內省)의 흐름인 것도 그런 점 때문인 듯싶다. 그 속에서 먼저 느껴지는 것은 그 울혈의 존재가 만들어내는 엷은 자괴의 감정이다. 하지만 시인은 그것을 묵묵히 받아들이며 안으로 내연시키고자 한다. 그 내연의 과정에서 지향하는 것은 다시 쌓고픈 자존의 높이이다. 때문에 이 시집에서 자괴를 싸안아오는 그의 실존적 고민은 자존의 높이를 재구축하는 일과 서로 팽팽하게 긴장되어 있는 바이다.

많은 시편들이 일종의 자문자답 형식으로 이루어져 있다는 것은 이 긴장된 내성의 측면과 긴히 맞닿아 있다. 여기서 자문의 대상은 예상되다시피 시인의 생활과 내면이며 이어 자신에 대한 힐난이나 준열한 질책 등이 그 뒤를 따른다. 한편 자답은 그런 물음 연후에 어떻게 혁신하고 처신할 것인가에 대한 진중한 모색과 결기의 다짐이다. 물론 자문이 곧바로 지혜로운 자답을 끌어오지 못할 수도 있다. 하지만 자답을 곧바로 내오지는 못한다 하더라도 자문 하나만은 야무지게 해보고 싶다는 마음이 여실히 나타나고 있는 것은 분명하다.

자문 뒤에 따를 자답, 그 자답의 육화를 위해서 필요한 것은 일종의 새로운 꿈꾸기가 아닐 수 없다. 꿈꾸기가 어려운 세상인심, 아니 꿈꾸기에 지쳐하는 시절, 누구는 꿈이란 이제 없다고 웅얼대며 투명한 소주만 마시는, 그래서 세상에서 투명하게 보이는 것은 소주밖에 없다고 명정(酩酊)에 곤두박질치는 세류에, 혹은 많은 이들이 재빠른 '현실주의'로 변신하는, 시인의 상상력과 꿈이 자꾸만 궁핍해져가는 듯한 이 시대에 그는 이제 새롭게 꿈꾼다. 비로소 꿈꾸려 한다. 시인은 꿈꾸는 자이다라는 '고색창연' 한 주제를 씹고 또 씹는 것이다. 그러나 꿈은 항상 현실을 예비하는 행위이다. 꿈이 현실을 준비하는 것이 되지 못할 때 그것은 창백한 자위일 뿐이라는 것을 그는 잘 알고 있다. 그렇지만 이제 세상길이의 어느 만큼은 와본 연후에 오는, 그래서 웬만큼 세상을 살아낸 다음에 오는, 결코 녹록지 않은 꿈꾸기이기에 그 꿈의 현실적 육화는 이전보다 더한 가능성의 기대를 낳는다. 누구도 꿈꾸지 않는 시절, 새로운 꿈의 모양을 세상에 하나하나, 정확히 박음질하기 위해 시인은 먼저 해야 할 일을 찾는다. 그 먼저 해야 할 일은 다름아닌 자신을 정직히 돌아보고 직시하는 것, 그리고 그 돌아보는 행위 속에 자신을 칼날 같은 '자아비판' 앞에 세우고 다시 달구는 일이다.

이런 행위는 이른바 '반성', 혹은 이 말이 너무 지겨우면 자성이라 표할 수 있을, 아무튼 그런 것에 속한다. 생각해보면 지난 80년대 우리는 무던히도 싸워왔다. 질곡의 깊이가 너무 깊었기에 싸움의 강도도 그만큼 높았고 또 그 속도도 무척이나 빨랐으며 그 강도와 속도가 더하면 더 할수록 우리가 희망하는 것은 더 빨리 올 줄 알았다. 그렇지만 분명 그런 싸움 속에서 꿈꾸었던 것 중 많은 것이 이제는 역사에서 시효를 상실한 것처럼 치부되고 있고 또 그것은 그것 나름대로 일정 수준의 설득력을 얻고 있다. 하지만 다른 한편으로 그런 결과는 그 시효상실을 예비하고 다른 방략을 구하지 못했던 우리의 안일과 무능력에서 기안하는 오류의 결과일 수도 있다. 그런 점에서 이런 오류는 개인의 진실 차원에서든 집단의 진실 차원에서든 지난 시절 그 싸움의 강도만큼이나 맵게 반성되고 정확히 재평가되어야 할 터이다. 그러나 둘러보면 자기 반성이나 평가의 부실함 또는 회피에 너무나 관대한 우리들이 아닌가. 혹은 그 반성이 있다고 해도 내부분열적 반성에 그치는 경우가 많지 않던가. 오늘 시인은 그 남루해진 듯한 반성의 거울을 정성 들여 닦고 그 앞에 자신을 들이민다. 자신의 몸뚱어리 깊숙한 곳에서 그리고 세상의 밑바닥에서 올라오는 많은 목소리에 자신의 귀를 연다. 그러나 한편으로 그런 의식은 자신에게만이 아니라 세상 사람들 모두에게 적용되어야 한다는 메시지의 타전과 다를 바 없다. 하지만 그것이 광야의 홀로 목소리로만 남지 않을까? 혹은 재바른 사람들이 시인의 목마른 타전에 얼마나 귀를 열어줄까? 무척이나 저어되지 않을 수 없다.

3

이즈음 세상 돌아가는 모양새가 그처럼 팍팍하다면 다시 한번 세상을 바로 세워보자고 청하는 목소리가 그전만큼의 효과를 보지는 못할 것이기에 그 목소리를 시인은 일종의 에움길로 보낼 수도 있다. 사실 그 편이 상식일는지도 모른다. 그러나 시인은 그 상식을 역전하고 우리의 의표를 찌른다. 곧바로 치고 들어오는 것이다. 시인은 거두절미하고 시집을 '너에게 묻는다'로 출발시킨다. 단 세 마디로 기습해온다.

> 연탄재 함부로 발로 차지 마라
> 너는
> 누구에게 한 번이라도 뜨거운 사람이었느냐
>
> —「너에게 묻는다」 전문

그 '너'는 이 시집을 읽는 당신일 수도 있고, 시라고는 특히나 이런 시라고는 안면도 익혀본 적이 없는 사람일 수도 있으며, 나아가서는 이 세상 모든 사람일 수도 있다. 하지만 그 '너'는 아무래도 시인 자신과 그 시인과 유사한 삶의 유적을 만들어왔던 사람들인 듯하다. 어떻게 보면 시인과 우리는 꽤나 뜨겁게 살아왔다고 자부할 수 있을는지 모른다. 그러나 속내 한 겹만 더 들어가서 다시 물어보면, 정말 뜨거웠던가? 스스로 뜨거웠던 것이 아니라, 뜨거운 사우나 속의 몸뚱어리가 그 습기의 뜨거움을 자신의 뜨거움으로 착각하듯이 역사 스스로의 뜨거움을 자신의 뜨거움으로 오인하지는 않았는지. 시인 자신과 우리에게 보내는 준열한 질책이자 나무람이 아닐 수 없다.

이처럼 우리는 이 시집 읽기를 위해서는 한번 가슴 깊이 '뜨끔'이라는 징검돌을 밟아야 한다. 시인은 이와 같은 기습을 통해 우리를 단박에 긴장시킨 다음에야 「너에게 묻는다」에 깔려 있는 자성의 시그널을 여러 모양의 거울과 기호로 변주시킨다. 이 변주는 주로 겉모양으로는 자신의 안팎(그러나 우리 모두를 포함하는) 풍경을 대상으로 하여 물어보고, 희망하고, 다짐하는 화성으로 이루어진다. 그것은 예컨대 "나는 오늘 하루 밥값을 했는가"(「먼 불빛」)라고 자문해보는 대목이나 자신의 시작(詩作)을 되돌아보면서 다시금 시작의 긴장의 끈을 팽팽히 잡아당기려는 다짐의 심사를 보여주는 「겨울밤에 시 쓰기」 「반쯤 깨진 연탄」 등등이 「너에게 묻는다」가 던지는 질문의 이형동질이라는 것에서 목도

되는 바이다.

시인이 두려워하는 것은 자신의 모자람이나 잘못이 아니다. 그것은 인생 다반사이고 좋은 반면교사일 수도 있다. 때문에 그는 그것에 대한 인정에 인색치 아니하며 더욱이 만약 잘못이 있다면 그것을 교정하고 넘어설 의지가 여전하기에 시인에게 그런 것은 넘을 수 없는 벽이 아니다. 잘못도 있고 실수도 있겠지만 다시 일어나 앞으로 가면 된다. 시인이 두려워하고 못 견뎌하는 것은 힘 미치지 못해 쓰러지는 것이 아니라 힘 다하지 않고 무릎 꿇는 것이다. 이런 심리는 다음과 같은 시에 적절하게 나타난다.

언젠가는 나도 활활 타오르고 싶은 것이다
나를 끝 닿는 데까지 한번 밀어붙여보고 싶은 것이다
타고 왔던 트럭에 실려 다시 돌아가면
연탄, 처음으로 붙여진 나의 이름도
으깨어져 나의 존재도 까마득히 뭉개질 터이니
죽어도 여기서 찬란한 끝장을 한번 보고 싶은 것이다

—「반쯤 깨진 연탄」 중에서

뭔가를 다시 시작하고 싶은 시인(그리고 우리들)의 마음은 그 두려움을 깨칠 수 있는 힘을 찾는다. 그 힘은 머릿속에서 혹은 '그 좋았던 시절'에 대한 추억 속에서 주어지는 것이 아니라 자신의 꼴을 투명하게 보는 것, 그 속에서 자신의 아포리아를 확인하고 모자란 것을 튼실하게 채워넣는, 결코 만만치 않은 어려운 길이란 사실을 그는 예감하고 있다. 그 출발의 탄성(彈聲)으로서 그는 자신의 꼴을 가끔은 자탄으로 가끔은 부끄러움으로 또 가끔은 후회스러운 심정으로 살펴보는 것을 택한다. 이는 시인 자신 즉 '나'에 대한 상상력 요소의 확장을 통해 이루어지고 있다. 이 상상력은 이를테면 옷이나 집, 자전거, 연탄, 기관차,

튀밥 등과 같이 생활 곳곳에 산재해 있는 가장 일상적인 것에서부터 나무, 모악산, 서해, 만경평야 등등의 무쌍한 자연까지에서 얻어온다. 이런 요소들은 '나'를 비춰주는 거울이 되고 '나'를 성찰케 해주는 상징이 되는 것이다. 이 상상력의 그물이 지나가는 곳에서 '나'의 형상은 어떻게 거두어질까?

'나'는 이렇게 묘사된다. "한 덩이 재로 남는 게 두려워/여태껏 나는 그 누구에게 연탄 한 장도 되지 못"해 '나'를 으깨 "눈 내려 세상이 미끄러운 어느 이른 아침에/나 아닌 그 누가 마음 놓고 걸어갈/그 길을 만들 줄도 몰랐었"(「연탄 한 장」)던 자, "저 아래 도시에서 한 뼘이라도 아파트 평수를 늘리려고/얼마나 얕은 물가에서 첨벙대기만 했"(「모악산을 오르며」)던 자, "튀밥으로 배 채우려는 욕심"처럼 "순식간에 뒤집히는 삶을 기다려오지는 않았는지"(「튀밥에 대하여」) 모를 자, 또는 "그 동안 세상 바깥에서 세상 속을 몰래 훔쳐보기만 했"(「겨울밤에 시쓰기」)던 자, 그래서 혹시나 "한 마리 딱정벌레나"(「나의 경제」) 혹은 "흙탕물 속에서 먹이를 찾아 두리번거리는 늪개구리"(「옷」)일지도 모르는 자가 바로 '나'인 셈이다. 그런 까닭에 "나는 오늘 하루 밥값을 했는가/못 했는가 생각할수록 어두워지"(「먼 불빛」)는 듯하고 "이 세상에 소풍 와서/여태 무슨 냄새를 풍기고 있었"(「이 세상에 소풍 와서」)는지 모를 "나는 고쳐야 할 것이 너무 많은/인간" 혹은 "인간도 아니다"(「이 늦은 참회를 너는 아는지」). 그렇기 때문에 '나'는 "나 아닌 것들을 위해, 아니 나 자신을 위해서도/(……) 한 번도 목숨 걸고 살아본 적이 없"(「나에게 보내는 노래」)었던 인물로 회고되는 것이다.

시인은 자신을 이렇게 누추한 존재로 발가벗기고 엄하게 다루고 있다. 그 다음에는? 그는 자신이 배워야 할 것을 찾아나선다. 그러나 그 배움의 대상은 새로운 것이 아니다. 이미 세상에 있었고 지금도 있는 것, 그러나 우리가 지나쳐온 것, 깊은 사념으로 바라보아야 할 현상을 그냥 수월하게 여긴 것 등이 그것이다. 「연탄 한 장」을 보자. 이 시에서 눈에 자꾸 걸리는 대목은 "온몸으로 사랑하고 나면 / 한 덩이 재로 쓸쓸하게 남는 게 두려워"이다. 온몸으로 지극함을 다하고 나서도 재로 쓸쓸히 남는다는 것, 그것은 정히 두려운 일일 터이다. 아니 지체 중 단 하나만으로 그러하고 나서도 '이름도 빛도 없이' 스러지는 것은 못 견딜 일일 터이다.

시인은 혹은 우리가 이러저러한 삶을 살면서 그래도 사람값은 제대로 하고 살아야겠다고, 이 앙다물고 모진 가난이나 미혹에 견딜 수 있었던 것도 아마도 알게 모르게 언젠가는 그 반대급부가 올 것이라는 기대가 존재했었기 때문일는지도 모를 일이다. 어떻든 개인이든 집단이든 우리가 옳다! 하고 세상에 자신을 던져넣은 것은 그것을 끌어당겼던 무엇이 그 뿌리를 이루고 있었기 때문일 것이다. 그것을 희망이라 부르든 욕망이라 부르든 상관없다. 문제는 희망이든 욕망이든 그것이 생명과 사랑의 튼튼한 동아줄이기 때문이었다. 그러나 지금 와서 다시 생각해보건대 그 동아줄의 한 올 한 올은, 혹시 문명(文名)에 대한 갈급함이 아니었을까? 혹은 내가 이렇게 헌신하고 있는데 좋은 세상은 결단코 내 눈앞에서 이루어져야 한다는 '당대주의'는 아니었을까? 그도 저도 아니면 적어도 재로 된다 해도 그 과정과 흔적은 누가 분명히 알아주기를 바라는 마음이 아니었을까? 모를 일이다. 그러나 아무튼 시인은 이제 재로 남아야 한다고 한다. 이런 마음은 가령 그 자체로 제값을 다하는 헌신과 희생이라는 표상을 떠올리는 「해와 달」「우물」 등의 마음과 닮아 있다.

시인은 모서리가 닳아 너덜해질 대로 너덜해진 사랑, 헌신, 희생 등등의 낡은 말에 왜 이리 집착하는 것일까? 이런 의문 앞에 시인은 다시 묻는다. 내가 혹은 당신이 그런 것에 고개를 끄덕였다 해도 참으로 "한 번이라도 뜨거운" 사랑이었냐고, 헌신이었냐고, 희생이었냐고. 말하자면 시인은 그런 말들의 형식을 재론하고 있는 것이 아니다. 그 내용을 따지는 것이다. 딱딱히 말해 그런 것들의 외연과 내포를 극한까지 밀고 나가보자는 것이다. 사랑이나 헌신 등의 표상은 없었던 것이 아니다. 시인이 배우고자 하는 질문은 요컨대 예사로이 있던 그것에 어느덧 배어 있는 우리의 사사로움이나 소탐을 어떻게 하면 벗겨낼 수 있는가에가 있다.

이미 있는 것을 달리 보는 것 그것을 옛날 우리가 받았던 '의식화교육' 에서는 '시각교정' 이라 했던가. 대상을 다른 시각에서 달리 본다는 뜻일 것이다. '우리의 혈맹국' 미국을 제국주의로 혹은 시인이 학교에서 배운 "위대한 민족의 지도자"(「학교로 가는 길」) 박정희를 독재자로 알게 한 것은 그 '시각교정' 덕이었다. 그러나 그 시각교정은 아직 소각(小覺)일 뿐이어서 있다가도 곧잘 없어질 수도 있고, 없다가도 느닷없이 생기는 것일 수도 있다. 세상의 이치를 깨닫는다는 것, 사람살이의 속살에 얼룩진 곡절의 사연을 볼 수 있다는 것, 해서 세상과 사람을 입체적으로 이해할 수 있다는 것은 큰 깨달음일 텐데, 그것을 위해 필요한 것은 거듭되는 '시각교정' 일 터이다. 시인은 이 시각교정의 과정을 밟아나가고 있다. 이는 마음 한번 달리 먹으면 지옥이 천국이라는 관념놀음이 아니라 현실의 엄정한 객관성을 몰각하지 않겠다는 자세에서 나오는 것이기에 핍진성의 품격을 수반하고 있다.

이 달리 봄을 위해 시인은 "서울 사는 친구"를 빌려 자신에게 그리고 벗들에게 이야기한다. 이제껏 노력했던 것이 겨울 마파람에 낙엽처럼 다 날아가버리는 듯하고, 그 때문인지 사는 게 사는 것 같지 않을 때 자연과 세상을 새삼 다시 한번 둘러보고 그것에 깃들어 있는 문리(文理)가 제 모습을 어떻게 드러내는가를 생각해보라고. 이전의 세상 논리를 벗고 다시 둘러본 세상 제 몸에 맞는 논리를 올려보자고.

이 달리 봄은 한편으로 이전에 느끼지 못했던 것을 알게 해준다. 시인이 "홍터투성이" 군산 앞바다 서해를 마주할 때 그런 듯하다. 이야기해보자. 항용 동해는 푸르다 한다. 한 가지 색이다라는 말이다. 그래서인지 동해가 주는 이미지는 순진한 유년의 그것이다. 하지만 서해는 그렇지 않다. 푸르지도 않으며 한 가지 색도 아니다. 서해는 곳곳의 색이 다 다르다. 온갖 것이 다 섞여 있는 듯한 색깔이다. 어떤 곳은 회색빛이고 어떤 곳은 황토빛이다. 또 어떤 곳은 우리 색감으로 구분이 되지 않는다. 동해는 어쩌면 밝음 그리고 햇살의 이미지와 닮아 있다. 그러나 서해는 슬픔의 사념으로 떠오는 듯하다. 동해안은 곧바른 모양이다. 반듯하고 잘 뻗은 포도(鋪道)를 연상시킨다. 하지만 서해는 그렇지 않다. 우리네 인생의 곡절과 사연의 굴곡만큼이나 꾸불꾸불 구절양장이다. 순진하지만은 않고, 밝지만은 않고, 곧바르지만은 않고 그리고 단순하지만은 않은 것이 세상이라 하는데, 그 속에서 버티며 살아야 하는 우리네 삶도 마찬가지로 단순치 않다. 서해는 그러나 깨끗한 것에서부터 더러운 것까지, 높은 것에서부터 낮은 것까지 다 받아들이고 품어낸다. 그것이 서해의 품이다.

군산 앞바다 서해는 세상살이의 모든 것을 이루는 것들이 한데 엉켜 웅성거리는 혼융과 화엄의 바다이다. 그 서해는 세상이 주는 상처로 검은 멍이 든다. 그러나 자기의 역사는 놓치지 않는다. 시인은 세상의 본디 모양을 닮은 그런 서해를 보면서 세상 스스로의 조리를 어떻게 이해하고 닮아갈 것인가 묵상하는 듯하다. 세상에서 마음에 드는 색깔만, 모양만 적출하는 편벽함이 아니라 또는 익숙한 자기 눈길로만 보는 것이 아니라 이것저것 다 받아들이며 그 속에서 상처받고 가슴에 멍울 들더라도 바다의 본질은 잃지 않는 서해의 넉넉한 품새를 자신의 삶과 비교해보는 듯하다.

또 이런 것은 어떤가. 「나무」를 보면 시인은 나무를 빌려 자신을 논하고 있다. 시인은 나무를 보며 "왜 가지가지 신경통을 모르겠으며"라는 생각을 하게 된다. 그 가지가지의 신경통은 고달프고 누추한 일상의 잔가지들일 수 있다. 우리네 삶에서도 문제는 항상 이런 잔가지일 수 있다. 굵고 표나는 삶을 지향한다고 믿는 삶을 피곤하게 만드는 일상의 잔가지 같은 것들, 그러나 그것은 우리가 애써서 챙기지 않으면 안 되는 것들임에도 불구하고 그것을 경시한 채 삶의 진면목을 다 아는 듯이 행세한 자신과 우리의 논리를 시인은 다시 생각하고 있다. 그러나 나무는 가지가지 신경통의 번다함과 귀찮음을 묵묵히 받아들이면서도 자신을 버팀목으로 키워가는 굵은 과정을 가는바, 시인은 그 나무를 다시 그리고 달리 보면서 우리를 환기시키고 있는 것이다.

'잔가지의 신경통' 을 보지 못하는 삶은 성긴 삶일 테고 자칫하면 투기성 삶일 수도 있다는 염려는 그런 잔가지를 바른 삶의 테마에서 빠져서는 안 될 것으로, 새롭게 각성하게 한다. 그런 마음의 맥락은 '튀밥' 에도 연해 있다. "삶이 가르쳐준 길을 따라 제대로 / 나는 가고 있는지, 가령 / (……) / 순식간에 뒤집히는 삶을 기다려오지는 않았는지 / 튀밥으로 배 채우려는 욕심이 크면 클수록 / 입 안에는 혓바늘이 각성처럼 돋지 / 안 먹겠다고, 저녁밥 안 먹겠다고 떼쓰다 / 어머니한테 혼나고 매만 맞는 거지" (「튀밥에 대하여」)

4

시인은 배우려 한다. 세상의 모든 물상을 다시 보는 눈을 통해, 자신의 시각을 다른 각도로 조정해보면서. 그러나 그런 배움이 눈의 각도만 달라지고 넓어진다고 해서 성큼 올 리는 없다. 배움의 대상을 제대로 잡았을 때 그것을 자기 것으로 체현하기 위해서 필연적으로 받아들여야 할 것은, 어쩌면 혹독한 연단(鍊鍛)과 거기에 맞물려 올 고행일는지 모를 일이다. 그 연단의 과정은 "턱끝까지 숨이 차오"르는, 언제 끝날지 모르는, 다만 계속 숨차고 단내 나는 그리고 몸에서는 신 살구내음 나는 길일 터이지만 시인은 마치 훈련소의 신병처럼 온몸 긴장되어 바닥을 기면서, 입 속으로 흙이 들어가 씹혀도, 튀어오른 돌멩이에 무릎이 까져도, 그것은 하나하나 다시금 확인해야 할 세상의 풍경이고 속내평이라 여기면서 그 길을 가려 한다. 그런 연후에만 "그 동안 세상 바깥에서"(「겨울밤에 시쓰기」) 서성거리던 자신이 이제는 한복판으로 들어갈 수 있기 때문이다. "나는 해놓은 일이 없음을 깨닫는다 문득/이래서는 안 되지, 안 되지 하면서 삶은 새로 시작하는 것"이라 자신을 환기시키면서 "자세를 낮추어 풀밭 속으로 낫을 갖다"(「풀베기」)대겠다는 자세 낮추기를 취하는 것도 예의 세상을 다시 그리고 제대로 배우기 위한 태도와 진배없다.

하지만 그 연단과정은 힘이 들어도 무척 들 일이다. 거기에는 안락과 미혹의 여지도 많을 터이다. 그때마다 시인은 한편으로는 자신을 다시 한번 격려하기도 나무라기도 그리고 다독거리기도 하고 다른 한편으로는 다시 연단의 초발심을 곧추세우고 있기도 하다. 가령 "자만심을 버려야 해/(……)/새 길을 만들어 달릴 때 너는 기관차인 것이다/끝이다, 더는 못 간다 싶을 때 힘을 내/달릴 수 있어야 모두들 너를 힘센 기관차로 부를 것이다"(「기관차를 위하여」)나 "조금만 더 가면 훌륭한 게 나올 거라는/믿기 싫지만, 그래도 던져버릴 수 없는 희망이/여기까지 우리를 데리고 온 것처럼/모항도 그렇게 가는 거야"(「모항으로 가는 길」) 혹은 "한 발 두 발 오르다가 보면/턱끝까지 숨이 차오를 때가 있는데 그러면/나는 이 세상에 결국은 고생하기 위해 왔다고 생각하며/산다는 것은/조금만 더, 가보자, 하면서 앞으로 나아가는 것이라고/내 나름대로 언뜻 결론 지어보면서/(……)/산을 오른다/내려갈 길을 분명히 알고 있다면/나는 나를 잊고 오르리라"(「모악산을 오르며」) 같은 시편들이 전자의 마음 씀씀이의 표현이라면, "세상을 꽉 껴안고"(「마늘밭 가에서」) 싶다는 결기나, "나는 그 동안 세상 바깥에서 세상 속을 몰래 훔쳐보기만 했던 것이다//다시, 볼펜을 잡아야겠다/낮은 곳으로 자꾸 제 몸을 들이미는 눈발이/오늘밤 내 사랑하는 사람들에게 이불이 되었으면 좋겠다, 라고/나는 써야겠다, 이 세상의 한복판에서/지금 내가 쓰는 시가 밥이 되고 국물이 되도록"(「겨울밤에 시쓰기」) 혹은 "날 추운데 쉬운 일이 아니다 결코/저 스스로 몸에다 불을 켠다는 것/그리하여 남에게 먼 불빛이 된다는 것은"(「먼 불빛」) 또 "인간도/가장 오래 헤맨 자의 발바닥이/가장 독한 냄새를 풍기는 법//나는 이 세상에 소풍 와서/여태 무슨 냄새를 풍기고 있었나/(……)/저물어 하산하기 전까지는/독해져야겠네 자네한테 말고/오늘 나 자신한테 말이야"(「이 세상에 소풍 와서」) 그리고 "나 아닌 것들을 위해, 아니 나 자신을 위해서도/우리는 한 번도 목숨 걸고 살아본 적이 없었다/(……)/세상은 내 한 몸이라도 들이밀어 바람구멍을 막아야 하는 곳/너를 위해 버려도 좋은 내 몸뚱어리 식지 않았으니/아직은 집으로 돌아갈 때가 아니다/내가 불러야 할 노래는 끝나지 않았으니/아직은 집으로 돌아갈 때가 아니다"(「나에게 보내는 노래」) 같은 시편들은 후자의 초발심을 다시 재확인하는 시편들인 셈이다.

5

누구든지 어떤 결심의 초발심으로 다시 돌아가 현재의 자신을 곧게 세워보겠다는 다짐을 할 때 그것은 대개가 투박하고 유장한 톤으로 이루어지기 쉽다. 이 시집에도 그런 경향이 나타나고 있기는 하다. 그러나 안도현 시인의 시세계는 그렇게 단조롭지 않다. 예의 다짐이 때때로 다른 모습으로 변주될 때 우리는 시인의 다양한 마음의 결과 그것의 다채로운 조형법을 볼 수 있다. 「저 물푸레나무 어린 새순도」 같은 시를 보면 그것을 곧바로 느끼게 된다. 같은 주제를 이야기한다 하더라도, 가령 세상과 엉켜보려고 "뾰족, 뾰족 연초록 새순을 밀고 나오는 것을 보면"서 그렇게 "살맛 나는 물푸레나무가 되"고 싶고 그래서 "저 습진 땅에서/이내 몸 구석구석까지/봄"이 오는 것을 보고 싶다는 감수성의 결은 예의 맹세나 다짐의 또다른 풍경을 보여주고 있기 때문이다.

이와 더불어 안도현 시인의 다채로운 시세계는 무엇보다 반짝이는 단시들에서 발견된다. 긴 시들에서 가끔 호흡이나 마디의 맺힘이 충분치 못하여, 그래서 시를 궁굴려보는 재미가 덜한 반면 단시들은 시적 메시지를 축약적 구도 속에 명징하게 보여주고 있어, 거기서 맛볼 수 있는 시적 긴장감의 재미가 여간 아닌 까닭이다.

우리는 이제까지 시인이 새 길을 찾아가는 아니 뚫으려고 애쓰는 마음과 그것을 현실화시키기 위해 궁리하는 방법을 같이 둘러보았다. 아마 그 길은 시인 혼자만의 길도 아니며 또 그 혼자만이 가야 할 길은 더욱 아닐 것이다. 오늘 그는 그 길을 그와 우리가 서로 동무 되어 가야 할 것이라는 전언을 다음과 같이 타전해오고 있다.

산 첩첩 물 넘실 어려운 시절
헤쳐나갈 길 없다고 여겨질수록
친구야 가자
우리가 새 길이 되어 가자

—「새 길」 중에서

(『외롭고 높고 쓸쓸한』 해설, 1994)

안테나와 리베로의 비평

김응교(시인)

1. 견고함과 자유로움

글이 아닌 인간으로 먼저 만났기에, 이 사람을 이해하는 데에 시간이 에둘러 필요했는지도 모르겠다. 80년대 말, 어느 민주화운동단체의 뒤풀이 때 구석에 박혀 있던 어둔 표정, 그때 나는 그를 그저 쓸쓸한 한 명의 문화활동가로만 기억하고 있었다. 이후 이 책에 비평문이 실려 있는 안재성의 장편소설 출판기념을 겸한 저녁식사 자리에서도, 그는 온갖 세상의 질고를 짊어진 듯한 그늘진 표정으로 구석에 앉아 소주를 털어내고 있었다. 그러다가 그의 글을 만나고 나서 사람이 달라 보이기 시작했다. 그의 「'심약한' 지식인에 어울리는 파멸」(1992)이라는 글을 읽었을 때, 나는 그저 그런 평론가와는 확연히 다른 견고한 길을 걸어갈 글쟁이로 그를 엿보기 시작했다. 허술한 외모와 달리 그의 글은 호두처럼 단단했고, 견고한 빛을 뿜으며 나를 끌어당겼다. 이어서 그의 「'훔쳐보는' 신촌, '흉내내는' 신촌」(1993)을 읽고, 나는 새로운 문화평론가의 도래를 인정하게 되었다.

그 이후, 그와 같은 대학원에 다니면서, 때로는 허공을 차는 심심한 그의 눈길이 때로는 맵싸하고 빈틈없음을 알게 되었다. 그러다가 2001년 봄날, 그가 와세다 대학에 방문연구원으로 오면서, 우리는 거의 매일 함께 떠들고, 먹고, 수영하고, 롯폰기의 밤거리를 발정한 개처럼 쏘다니기도 했다. 그는 느슨히 사는 것 같지만 놀면서 연구했고, 연구하면서 놀았다.

노래방에서도 '연구 발표'를 했다. 그는 60년대부터 90년대까지 시대별로 노래를 부르며 갖가지 춤을 보였다. 처음 보는 사람에게는 난데없는 쇼크였다. 지루박, 차차차, 일자춤, 영일레븐 춤 등 놀랍게도 프로 춤꾼의 모습을 보여주었다. 늘 다른 사람의 춤을 보고 "시골 새마을회관에서 호박덩이 주고 배운 춤하고, 신사동에서 교습비 내고 배운 내 춤을 비교하지 말라"고 하곤 했다. 우스꽝스런 말 같지만, 그의 글을 보면 지루박에 대한 그의 자신감은 농담이 아님을 볼 수 있다.

> 한국전쟁 이후 GI(Government issue) 문화, 즉 미군 문화에서 전래된 일명 '지터 벅(jitter bug)'은 미국식 발음 '지러벅'에서 한국식 발음(기실 일본식 발음) '지루박'으로 넘어온다. (……) 한국의 카바레 사용자들은 한국식으로 변용한 일자(一字) '지루박'만 추게 된다. 때문에 한국식 '지루박'으로는 국제 경연대회에 나갈 수가 없었다. 심사위원으로서는 난생 처음 보는 기이한 춤이기 때문이다.[1)]

책을 뒤지기에 앞서 그는 '체험'하면서 연구했던 것이다. 그래서 "신사동에는 지하에 첫사랑 카바레, 3층에는 88카바레 등 두 개의 카바레를 한 건물에 거느린 곳도 있다"[2)]는 식의 표현은 그 자신의 '연구소'에

---

1) 이성욱, 「카바레 : 아줌마를 여인으로」, 『리베로를 꿈꾸는 비평』, 문화과학사, 2000, 219쪽.

2) 같은 글, 225쪽.

대한 소개였던 것이다. '지루박' 처럼 가볍기 그지없는 단어에 표상된 시대적 의미를 파헤치는 엽기적이며 선구자적 평론가가 이성욱이다.

어느 궁핍한 도쿄 유학생 집에서 저녁식사 하려던 날, 그가 뜬금없이 자기가 기도하겠다고 했다. "하나님, 지지리 가난한 사람들 제발 잘살게 해주십쇼"라는 굵뜬 목소리의 기괴한 비장함에, 수저를 들 수 없었던 그날. 그가 죽기 두 달 전이었다. 그때쯤 버릇처럼 "책 서너 권 정도 내고, 먼 여행을 떠나고 싶네"라고 쫑떨거리곤 했다. 그 말이 예언처럼 들어맞았다. 간암 말기 통보를 받고, 문인들이 자주 오는 인사동의 음식점 주인들을 찾아 조용히 인사를 다니면서, 묵묵히 죽음을 맞이했었나보다. 70년대를 사랑하여 '쇼쇼쇼, 김추자, 선데이서울 게다가 긴급조치' 라는 제목의 책을 내고 싶다던 그는 전태일이 사망(1970년)했던 11월 13일, 선배 쫓아가듯 먼 여행을 떠나버렸다.

보고 싶지만, 그가 타준 차를 마시며 재즈, 그레고리오 성가, 보사노바, 추억의 팝송 등 장르에 상관하지 않는 그의 컬렉션을 듣고 싶지만, 아직도 와세다에서 그가 쓰던 연구실 앞만 지나가도 그의 옹근 목소리가 느껴져 돌아보곤 하지만…… 이나마 반갑다. 그가 살아생전 뜬금없이 말하곤 했던 이 평론집 속에 그의 견고함과 자유로움의 성정(性情)이 우부룩이 융기(隆起)하고 있으니.

2. 본질을 흡수하는 안테나 비평

그는 이 년간 『시사저널』(2000~2002년)에 문화 칼럼을 고정적으로 썼다. 원고를 보내기 전에 메일로 보내 의견을 묻곤 했다. 그때마다 이 사람이 문화와 문학 현상에 대해 어떤 안테나 같은 촉수(觸手)를 갖고 있다는 사실을 느끼곤 했다. 이번 평론집에도 그 면모가 그대로 드러나고 있다. 이 책은 20세기와 21세기의 나들목에서 문학이 발신한 전파를 빨아들이듯 흡수한 안테나의 역할을 보여주는 평론집이다. 80년대 노동문학, 분단문학, 소시민문학 등 현실사회에 대한 사회적 상상력을 다루고 있으며, 또한 90년대 포스트모더니즘과 패스티시(pastiche) 그리고 키치 등의 새로운 움직임을 깊은 논리로 분석하고 있다.

제1부는 이 시대에 문학을 비평하는 행위가 어떤 의미를 갖고 있는지를 논하고 있다. 「비평의 길」은 그의 평론이 가야 할 길을 예시하는 글이다. 이 글을 통해 그는 리얼리즘과 모더니즘의 깊은 의미를 점검하고 있다. 가령,

> 황석영과 조세희를 비교하면서 전자의 손을 훌쩍 들어주는 것은 얼른 수긍하기 힘들다. 황석영 소설의 리얼리즘적 성과를 감안한다 하더라도 그의 소설에 내재해 있는 영웅서사적 요소 같은 것은 오히려 리얼리즘적으로도 세련되지 못한 측면이다.(「비평의 길」, 19쪽)

이렇게 그는 기계적인 선입관을 거부하곤 했다. 그의 글을 보면, 상식으로 인정되는 모든 생각을 한번 뒤집어 검토하는 것을 볼 수 있다. 또한 작품뿐만 아니라, 작품 외적인 여러 요인에 의해 작품이 평가받을 수밖에 없음을, '할리우드 스타시스템' 등 여러 경우를 들어 설명하곤 한다. 따라서, 작품 내적인 문제로 보든 외적인 문제로 보든, 90년대 문학 지형의 민감한 '센서'가 신경숙이라고 한다. 이러한 논리에 따라, 신경숙의 『외딴방』을 방현석의 『십 년간』과 더불어 '후일담문학'의 전형을 보여주는 성과로 기록하고 있다. 아울러 그는 90년대 문학의 문제점으로, 비평이 '상업주의와 공모'하는 행위를 여러 번 뼈아프게 지적하고 있다. 이로 인해 90년대 비평은 작품 논쟁이라기보다는 비평가의 권력집단화로 인한 비평하는 '사람들 사이의 분규'였다고 평가한다. 그러다가 그 자신도 그 분규의 올무에 걸릴 수밖에 없었지만, 오히려 그 일을 통해 '문학의 위기'라는 시대적 질문을 스스로에게 던지고 있다.

「문학과 '벌거숭이 임금님'」에서 그는 불의를 참지 못하는 그의 성정을 그대로 노출시켜, 정면으로 문화권력과 부닥친다. 그러면서 문학이 상업적 이벤트를 통해 자해(自害)의 길로 가는 것을 웅건하게 막아선다. 문학의 존재 이유를 팽팽하게 증언하는 이 글에는 문학의 미래에 대한 진중한 모색과 결기(決氣)가 다져져 있다.

제2부는 이른바 '신세대문학'으로 불렸던 작품에 대해 논하고 있다. 이성욱이라는 이름을 널리 알린 「'심약한' 지식인에 어울리는 파멸」은, 이인화의 소설 『내가 누구인지 말할 수 있는 자는 누구인가』의 표절 사실을 밝혀낸 글이다. 그런데 보다 빛나는 대목은 이 글의 앞 대목, 즉 이인화 소설의 인물 행위의 내적 동기를 꼼꼼하게 비판하고 그것이 인물 형성의 '파멸'에 이르고 있음을 참을성 있게 지적하는 대목이다. 그릇된 반영은 작가의 그릇된 생각에서 비롯되었다는 논리에 따라, 표절과 패스티시에 이를 수밖에 없는 지식인의 파멸을 논하고 있는 것이다. 이와 더불어 그는 무라카미 하루키의 가벼움과 우리 문단에 끼친 그의 영향(「'나'와 세계의 불화 그리고 '생존법'」)을 논하고, 이인화와 더불어 박일문 주인석 장석주 소설이 '출판자본이 요구하는 소재주의에 함몰된 작품'과 다름없다고 지적하면서, 이와 대별되는 수작으로 양귀자의 『숨은 꽃』을 들고 있다.

제3부는 시대적 문제를 고민했던 7, 80년대 작품론(조세희 김호창 안재성 등), 제4부는 내성적인 성찰로 인간의 문제를 반영했던 90년대 작품론(은희경 김영현 오정희 김형경 채영주 이문열 박상우 이순원 고원정 등)이 모여 있다. 여기서도 그의 평론은 늘 본질을 겨냥하고 있는 예민한 칼끝처럼 날카롭다.

계속 변화되는 문화예술 환경은 문학으로 하여금 문학과 대중문화 혹은 키치를 비롯한 여타 매체 사이의 경계 위에서 아슬아슬한 외줄타기를 더욱더 강요할 것이다. 그 곡예가 위험하다 해서, 그래서 그것을 거부한다 해도 문학이 돌아갈 수 있는 안전지대는 이제 더이상 없다. 아니 스스로 안전지대를 지워나가는 것이 문학의 신생을 보장하는 일일는지 모른다.(「문학과 키치」, 326~327쪽)

그는 키치를 논하면서, 60년대생의 세대론적 논의에서 시작해 다양한 방법으로 본질적인 접근을 시도한다. 나날이 부박해져가는 시대에 조세희의 『난장이가 쏘아올린 작은 공』 같은 '격조의 문학'을 갈구하는 동시에, 시대적인 반영이기에 피할 수 없는 키치를 '키보드 문학 세대'가 적극적으로 받아들일 때 그것이 신생(新生)에의 한 예시가 될 것이라고 한다. 이렇게 그는 어떤 현상을 볼 때, 근본적이며 포괄적인 성찰을 지향한다.

제5부는 김지하 백무산 유하 윤중호 안도현의 시에 대한 작품론과 시인론이다. 김지하의 초기 시 「황톳길」과 「역려(逆旅)」를, 또한 시집 『황토』 『애린』 『중심의 괴로움』을 비교하면서, 김지하 시를 관통하는 일관성과 변화(「신생을 위한 시」)를 짚어내고 있다. 또한 사회주의권의 도괴와 현실 근거를 잃어버린 신세대문학의 시대에, 그나마 '자신의 생생한 현실적 근거'를 치열하게 파들어가고 있는 시인으로 백무산과 유하를 들고 있다(「세기말, 백무산과 유하에게서 얻은 생각」). 또한 "울혈의 존재가 만들어내는 엷은 자괴의 감정" "그것을 묵묵히 받아들이며 안으로 내연시키"는 자세, 그러면서 "세상의 밑바닥에서 올라오는 많은 목소리에 자신의 귀를" 열고, "상식을 역전하고 우리의 의표를 찌"르는 (「연단에서 오는 새 길의 풍경」) 안도현 시인의 자세는 이성욱이 가장 바라던 작가적 자세였다. 따라서, 저자의 서문이 없는 이 책의 가장 마지막 글로 실린 안도현 시집의 발문은, 마치 작가의 마무리 글처럼 읽힌다.

여기서 잠깐 그의 문장에 대해 살펴보자. 그의 전체적인 의도를 이해하지 않고 그의 한 문장을 떼내어 이해할 때 가끔 곤혹스러울 때가 있다. 후반기에 잡지와 신문에 고정 칼럼을 많이 쓰면서 그의 문장은 단문이 되었지만, 90년대 초반기에 썼던 평론은 장문이 많다. 그런데 장문 속에 명징하게 숨어 있는 응축된 의미를 풀어헤칠 때 어떤 재미가 느껴지곤 한다. 가끔 뜬금없는 은어나 거친 말을 생경하게 넣어 긴장감 속에 해탈의 재미를 느끼게 한다. 이것도 그의 성정과 닮아 있다.

3. 자유인, 리베로 비평

이 책은 '리베로 평론가'가 쓴 책이다. 이성욱은 문학연구 이전에, 그 터를 이루고 있는 '지금 여기'의 움직임을 주목했던 문화연구가이다. 그는 문학이라는 좁은 영역에만 머물지 않고 패션, 건축, 대중문화, 풍속 등 당대의 문화 전반을 평론의 대상으로 삼았던 문화평론가이다. 1992년 계간 『문화과학』의 창간 멤버로 활동하면서 풍속과 대중문화 등 문화 전반에 대해 보여준 그의 이론적 깊이와 날카로운 분석력은 그가 당대 비평가 중에서도 개성적인 자리를 차지하게 했다. 이 책은 다가오는 시대에 문화와 문학운동의 상호소통에 대한 증표를 보여주는 평론집으로 기억될 것이다. 이 평론집을 내기 전에 냈었던 책에서 그가 했던 말을 들어보자.

> 나로서는 오히려 리베로가 더 어울리는 별호일 듯하다는 생각이다. 리베로는 축구에서 자유인을 이르는 말이다. 리베로에게 제 포지션은 따로 없다. 정해진 전술을 따라 움직이지도 않는다. 공을 둘러싸고 벌어지는 사태에 즉각 뛰어드는 것이 다만 제 일이다. 비평의 운명은 비평 대상의 소재, 방법, 영역 등을 항상 새롭게 사유하고 새롭게 섞어보는 일에서 벗어날 수 없다고 판단한 것도 또 그런 식의 글을 써보고자 했던 것도 어쩌면 리베로와 같은 비평을 꿈꾸었기 때문인지 모르겠다.[3)]

이 글을 읽으면 이번 평론집에서 그가 '뛰어들었던' 사태와 그의 자유로운 비평 방법을 이해할 수 있겠다. 자유인이 되고자 했던 그는 "공을 둘러싸고 벌어지는 사태에 즉각 뛰어"들어야 하는 제 사명을 다했으며, "비평 대상의 소재, 방법, 영역 등을 항상 새롭게 사유"했던 '리베로 평론가'였다. 80년대 현실사회에 문학이 참여해야 했을 때도, 90년대 이른바 '신세대문학'의 표절 시비를 '분노하며' 지적했던 리베로이며, '문학의 위기'에 대해 문학권력에 대해 몸으로 항거한 우리 시대의 리베로이다. 또한 키치, 패스티시, 키보드 문학, 섹슈얼리티 등 세기말의 온갖 문제와 접선했던 안테나요, 리베로였다.

경직된 이념과 논리의 억압을 벗어난 자유로운 상상력으로 깊이와 너비를 모두 지녔던 그는 일본에서 깊이 있게 문학과 도시와의 관계를 연구했다. 그리고 '선구적인 의미를 갖는 박사학위논문'(김철 교수의 말)을 써냈다. 아깝게도 우리는 이미 주목받았고, 이제 후로 귀중한 역할을 감당할 만한 평론가 하나를 잃었다. 하지만, 책을 통해 그를 다시 만나니 그나마 기쁘다. 이 책을 통해, 안테나와 리베로 평론가의 사명을 감당한 그의 연구가 우리 문학과 문화연구에 얹어진 작은 주춧돌이라는 사실을 확인할 수 있었으며, 또한 그의 영향을 예감(豫感)하게 되는 것이다.

3) 같은 책, 8쪽.

문학동네 평론집
비평의 길

초판인쇄 | 2004년 6월 5일
초판발행 | 2004년 6월 10일

지 은 이 | 이성욱
펴 낸 이 | 강병선
책임편집 | 차창룡 조연주 이상술
펴 낸 곳 | (주)문학동네
출판등록 | 1993년 10월 22일 제406-2003-045호

주 소 | 413-756 경기도 파주시 교하읍 문발리 파주출판도시 513-8
전자우편 | editor@munhak.com
전화번호 | 031) 955-8888
팩 스 | 031) 955-8855

ISBN 89-8281-832-4 03810

www.munhak.com